Michelle Natascha Weber
Lukrezia – Farben aus Blut

MICHELLE NATASCHA WEBER

LUKREZIA

FARBEN AUS BLUT

ROMAN

Copyright © 2013 Michelle Natascha Weber
Umschlaggestaltung und Layout: Michelle Natascha Weber
Bildmaterial: Shutterstock, Fotolia
ISBN: 978-1539383697
http://www.michelle-weber.de

Qindie steht für qualitativ hochwertige Indie-Publikationen. Achten Sie also künftig auf das Qindie-Siegel! Für weitere Informationen, News und Veranstaltungen besuchen Sie unsere Website: http://www.qindie.de

*Für meine Mutter
Weil es dieses Buch
ohne dich nicht geben würde.
Und all die anderen auch nicht.*

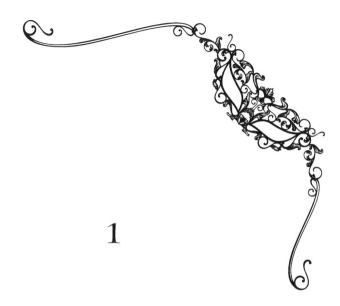

1

Die Sommernächte in Terrano neigen dazu, schwül und heiß zu sein. Die Hitze des Tages lässt kaum nach und man findet keinen Schlaf. Ein Umstand, der für die Schönheit nicht zuträglich ist und ihr von Tag zu Tag mehr Schaden zufügt. Dies wiederum ist eine Tatsache, die vielen Kurtisanen missfällt, ist ihre Schönheit doch eines der wenigen Dinge, die sie zu Beginn ihrer Laufbahn besitzen und Augenringe sind dabei ebenso wenig wünschenswert wie ein blasser Teint, der von der Übermüdung herrührt. Ich bin keine Ausnahme, gehöre ich doch selbst zu diesen Frauen, deren Erscheinungsbild ihr einziges Kapital ist. Neben einer spitzen Zunge und der hohen Bildung, die sie in den Kreisen des Adels zu einer begehrten Gesellschaft machen.

Gerade an diesem Abend hatte ich versucht, es mir auf der Terrasse meines kleinen Stadthauses so angenehm wie möglich zu machen, um der aufgestauten, stickigen Hitze im Inneren meiner Gemächer zu entgehen und noch ein wenig an der frischen Luft zu verweilen. Es ist eine schöne, große Terrasse. Man kann von ihr aus nahezu die ganze Stadt überblicken und die Zypressen und Orangenbäume verleihen ihr eine romantische Atmosphäre und einen betörenden Duft. Es gibt keinen Ort, an dem ich mich lieber aufhalte, wenn mich die Sehnsucht nach Stille ergreift. Und dies war einer jener Abende, an denen ich die Einsamkeit dem Trubel der gesellschaftlichen Ereignisse vorzog.

Wie so oft verlor ich mich, umgeben von dem Zauber der Nacht, in Wachträumen und ließ meine Gedanken ohne Ziel umherschweifen. Doch meine Ruhe fand ein jähes Ende, als eine mir gut bekannte, amüsiert wirkende Stimme die Stille zerriss und mich mit einem Ruck unsanft in die Realität zurückkehren ließ.

»Nanu, Signorina Lukrezia? Ist die schönste Rose von Porto di Fortuna etwa allein an diesem wundervollen Sommerabend? Dann würde ich Euch gerne für einen Augenblick Gesellschaft leisten, wenn Ihr es gestattet.«

Ein resigniertes Seufzen kam über meine Lippen und ich öffnete widerwillig die Augen. Das Gesicht von Andrea Luca Santorini blickte mich von dem marmornen Geländer aus an und ein vergnügtes Glitzern tanzte in den dunklen Augen des jungen Terrano. Niemand außer Andrea Luca wäre wohl so impertinent, zu dieser Stunde auf die Terrasse einer Frau zu klettern und so verwunderte mich sein Erscheinen kaum. Wollte man den Gerüchten Glauben schenken, so tat er dies mit erstaunlicher Regelmäßigkeit zu den unterschiedlichsten Anlässen, wann immer sich die Gelegenheit bot, einer außergewöhnlichen Schönheit zu begegnen. Natürlich wartete er meine Antwort nicht ab, sondern machte es sich, nach einem eleganten Schwung über das Geländer, auf der steinernen Bank gemütlich, die unter einem hochgewachsenen Olivenbaum stand.

»Ich wüsste nicht, wie ich Euch davon abhalten sollte, Signore Santorini.« Meine Stimme klang spöttisch, meine einladende Geste war es noch viel mehr, doch das störte den Adeligen nicht im Geringsten.

Er überging es mit einem süffisanten Lächeln. »Aber Signorina Lukrezia, seid nicht so grausam zu mir. Ich bringe Euch eine Einladung und dieses kleine Geschenk.«

Mein Interesse war geweckt, so ungern ich es mir eingestand. Ich sah aufmerksam auf das kleine, verzierte Kästchen in Andrea Lucas Hand, sorgsam darauf bedacht, ihm dabei einen guten Ausblick auf mein weißes Seidennachthemd zu gewähren, das ihn außerordentlich zu faszinieren schien.

»Und welche Einladung sollte dies wohl sein?« Ich versuchte, meine Neugier nicht allzu sehr zu zeigen, und verlieh meiner Stimme einen neutralen, nahezu desinteressierten Tonfall, was Andrea Lucas Lächeln nur noch breiter werden ließ. Er war nicht leicht zu täuschen und hatte den Weg zu mir herauf nicht zum ersten Mal auf sich genommen. Entsprechend wusste er mein Verhalten besser zu deuten, als es mir lieb war.

»Mein Vater veranstaltet seinen jährlichen Maskenball und ich würde mich sehr glücklich schätzen, wenn Ihr mich dorthin begleitet. Es soll natürlich nicht Euer Schaden sein.« Mit diesen Worten klappte er das teuer wirkende Kästchen auf und ließ mich einen Blick auf seinen Inhalt werfen. In dem samtigen Inneren lagen zwei wunderschöne diamantane Rosen, die im Licht des vollen Mondes voller Zauber zu glitzern begannen, sobald sie aus der Dunkelheit erlöst waren. Andrea Luca entging nicht, wie mir beim Anblick der funkelnden Ohrringe der Atem stockte und er nahm es mit einem zufriedenen Gesichtsausdruck zur Kenntnis. »Ich dachte mir, sie seien Eurer Schönheit angemessen. Würdet Ihr sie auf dem Ball für mich tragen?«

Langsam gewann ich meine Fassung zurück und blickte mit einem verführerischen Augenaufschlag in seine dunklen Augen, die stets eine unerklärliche Anziehungskraft auf mich ausübten, wenn er mich auf diese Weise ansah. »Aber natürlich, Signore Santorini. Es wird mir eine Ehre sein«, hauchte ich mir dunkler Stimme, die ihre Wirkung auf die männliche Spezies nur selten verfehlte. Meine Antwort schien ihm zu gefallen, denn sie zauberte ein Lächeln auf sein Gesicht, das selbst seine Augen zu erreichen vermochte. Dies war eine Reaktion, die man bei einem Terrano nur selten bewirken konnte, waren die Männer dieses Landes zwar im Allgemeinen heißblütig, versteckten ihre Gefühle aber beinahe immer hinter einer gleichgültigen Maske.

»Dann sind wir uns also einig, Signorina. Aber Ihr entschuldigt mich nun sicherlich, ich möchte Eure Nachtruhe nicht unnötigerweise noch länger verzögern.« Er zwinkerte mir schelmisch zu und sprang dann mit geübter Geschmeidigkeit über das Geländer, um in der Nacht zu verschwinden. Vor nicht allzu langer Zeit hätte mir dies einen gehörigen Schrecken versetzt, doch mittlerweile hatte ich mich daran gewöhnt und war mir sicher, dass er die Straße wohlbehalten erreicht hatte.

Über diese Sicherheit hinaus blieb mir der Adelige allerdings ein Rätsel. Ich wunderte mich darüber, dass sein Besuch so hastig ausgefallen war, da er es sich sonst selten nehmen ließ, länger bei mir zu verweilen.

Andrea Luca stellte eine interessante Mischung aus unverschämt und gefährlich dar, was ihn in Verbindung mit seinem blendenden Aussehen zu einem wahrhaftigen Herzensbrecher machte. Die Frauen liebten ihn. Die Männer - nun, das war eine andere Geschichte. Gerüchte über Duelle in den frühen Morgenstunden waren oft in aller Munde und wenn ich mir alles, was ich über ihn wusste, recht betrachtete, so hielt ich sie keineswegs für übertrieben.

Ich konnte nicht einordnen, was er von mir erwartete, denn es schien nicht das übliche Interesse eines Mannes an einer Kurtisane zu sein, das ihn zu mir trieb. Entsprechend war ich äußerst vorsichtig. Dies war im besonderen Maße angeraten, wenn man seine Verbindung zu Pascale Santorini, seinem Onkel und zudem noch dem herrschenden Fürsten über Ariezza, betrachtete, in dessen Diensten er stand. Pascale war ein gefährlicher Mann und ich wollte lieber nicht erleben, was geschah, wenn man zu einem Dorn in seinem Auge avancierte. Alles in allem waren die Santorini nicht das Beste, was einer Kurtisane geschehen konnte, die unvorsichtig war. Diese Tatsache hinterließ bei jedem unserer Treffen ein ungutes Gefühl in meinem Magen, das die Freude an einem solch lukrativen Verehrer deutlich trübte.

Nachdenklich ging ich in das Haus hinein und schloss die Terrassentür, das Kästchen mit den Ohrringen fest in der Hand, bis die Kanten in meine Handfläche schnitten und ich meinen Griff lockern musste. Beinahe wünschte ich mir, eine Artista nach meiner Verbindung zu diesem Mann befragen zu können, sollte denn in der Tat eine existieren, verwarf diesen tollkühnen Gedanken jedoch schnell wieder. Keine Kurtisane sollte den Artiste jemals vertrauen, wenn sie an ihrem Leben und dessen natürlichem Verlauf hing. Und das tat ich. Ich verspürte kein besonders großes Bedürfnis, mein Leben von einer der raffinierten Malerhexen mithilfe ihrer Pinsel manipulieren zu lassen, sollte ich ihr einen Grund dazu geben, mir schaden zu wollen. Und dies konnte bei meiner Arbeit nur allzu schnell geschehen. Kurtisanen und Ehefrauen - zu denen die meisten Artiste früher oder später zählten - vertrugen sich nicht sonderlich gut. Ihre Interessen hatten wenig gemein, wenn man von der Möglichkeit absah, dass sie sich auf den gleichen Mann bezogen.

So bewegten mich beunruhigende Gedanken, bis ich den Weg in mein Bett fand und dort über meinen Grübeleien einschlief. Die Ohrringe, die sie verursacht hatten, befanden sich gut verwahrt auf meiner Kommode, wo sie auf den großen Ball der Santorini warteten.

Die Tage bis zum Ball vergingen ohne besondere Ereignisse und mein Leben nahm seinen natürlichen Verlauf. Ich sorgte für eine passende Ausstattung, die genügend Aufsehen erregen würde, denn dies war mein Geschäft und ich wollte Signore Santorini nicht enttäuschen. Schließlich bekam man nur selten die Gelegenheit, die Aufmerksamkeit der fürstlichen Familie auf sich zu ziehen. Zumindest dies war keine Frage, wenn es auch zweifelhaft war, ob es ein wünschenswerter Umstand war oder nicht.

Wie so oft wurde ich aufgeregter, je näher der Ball rückte. Meine Vorfreude wurde allerdings von dem Wissen getrübt, dass ich mich nicht voll und ganz dem Geschehen auf dem Fest hingeben durfte und wachsam bleiben musste. Eine Tatsache, die meine Nervosität von Tag zu Tag verstärkte, bis der Zeitpunkt des Balls unausweichlich gekommen war.

Am Abend hielt eine edle schwarze, von stolzen, weißen Pferden gezogene Kutsche vor meinem kleinen Haus und ich musste mir gegen meinen Willen eingestehen, dass ich beeindruckt war. Andrea Luca wusste, wie man einen Auftritt gekonnt inszenierte.

Als ich mich zögerlich näherte, fand ich mich einer roten Rose gegenüber, die mir schnell offenbarte, wer sich in dieser Kutsche befand. Mein verführerischstes Lächeln fand den Weg auf meine Lippen, als ich die Rose entgegennahm, denn gleich darauf tauchte der Kopf des Mannes, zu dem der Arm gehörte, in dem Fenster auf. Prüfend musterte er mich für einige Augenblicke und zog dann eine Augenbraue in mildem Staunen in die Höhe. »Aber Signorina Lukrezia! *So* möchtet Ihr mich begleiten?«

Erschrocken sah ich an mir hinab, was Andrea Luca ausgesprochen zu amüsieren schien. Nur stammelnd brachte ich eine Erwiderung zustande. »Wie ... wie meint Ihr das, Signore Santorini?«

Er antwortete nicht sofort. Stattdessen verschwand sein Kopf aus meinem Blickfeld und ich hörte ein leises Rascheln aus dem Inneren der Kutsche, das ich nicht einordnen konnte.

Mit vor Verwirrung laut klopfendem Herzen wartete ich ab. Solcherlei hatte ich noch nie zuvor erlebt und ich war zutiefst verunsichert. Doch allmählich verwandelte sich der erste Schrecken in Ärger. Wie konnte er es wagen, mich derart zu beleidigen? Ob er nun der Neffe eines Fürsten war oder nicht!

Nach einer schier unendlich erscheinenden Weile tauchte Andrea Luca auf der anderen Seite der Kutsche wieder auf. In seinen Händen hielt er einen großen, schlicht wirkenden Kasten aus Mahagoni, den er mir grinsend präsentierte. »Ich meinte damit lediglich, dass dies hier Eurer Schönheit angemessener sei.«

Er hielt mir den Kasten auffordernd entgegen, woraufhin ich ihn wütend und einigermaßen verständnislos anstarrte. »Ich kann auf Eure kleinen Spielchen verzichten, Signore! Was soll dieser Unsinn? Seid Ihr gekommen, um Eure Scherze mit mir zu treiben? Soll ich etwa diesen Kasten auf dem Ball tragen?«

Andrea Luca war von meiner Missbilligung wenig beeindruckt, denn er sah mich vollkommen ungerührt und offensichtlich belustigt an. Vielleicht hatte ich überreagiert, doch seine Worte hatten mich getroffen und meinen Stolz verletzt. Niemand hatte sich jemals zuvor über meine Erscheinung beklagt. Kurzum, eine solche Behandlung war ich nicht gewohnt und sie gefiel mir nicht.

Er wies auf meine Haustür, ohne seine Miene zu verziehen, bemühte sich aber nicht, das Glitzern in seinen Augen zu verbergen. »Lasst uns hineingehen, Signorina Lukrezia. Dann werdet Ihr sehen, was sich in diesem Kasten befindet.«

Ich erwog es für einen Moment, wütend zu bleiben, doch dann gewann meine strenge Ausbildung die Oberhand und das oft geübte Lächeln umspielte von Neuem meine Lippen. Es war selten klug, einen Verehrer vor den Kopf zu stoßen. Einen Verwandten von Pascale Santorini noch weitaus weniger und ich konnte mir lebhaft vorstellen, wie meine Lehrmeisterin auf mein Verhalten reagiert hätte. Signorina Valentina war stets streng gewesen, wenn es um unser Benehmen ging. Der Gedanke an sie und ihre mahnenden Worte half mir nun, meinen Ärger zu schlucken und tief durchzuatmen.

»Aber natürlich, Signore Santorini. Verzeiht meine harschen Worte. Es muss die Aufregung vor dem Ball sein, die mich so unbedacht reden lässt.« Ohne weiteren Widerspruch nahm ich den mir dargebotenen Arm an, um an Andrea Lucas Seite das Haus zu betreten. In meinem Salon angekommen, öffnete er die hölzerne Schachtel und einmal mehr stockte mir der Atem. Dieser Mann war in der Tat niemals um eine Überraschung verlegen.

In dem Kasten lag, sorgfältig zusammengefaltet, das schönste mitternachtsblaue Kleid, das ich jemals erblickt hatte. Auf der dunklen Seide glitzerten kleine Rosen, die meinen Ohrringen glichen, im Licht der Kerzen und zogen jeden Blick unweigerlich auf sich. Silberne Fäden stellten Ranken und Blätter dar und feine Spitze vervollkommnete den Anblick perfekt. Andrea Luca war tatsächlich sehr umsichtig gewesen. Selbst die verzierte Maske, die mein Gesicht vor den Artiste und anderen potenziellen Feinden verbergen würde, hatte er nicht vergessen und er reichte sie mir mit einem zufriedenen Blick.

Überwältigt von diesen Gaben sah ich zu dem Adeligen auf. »Signore Santorini, welch wundervolle Überraschung! Ihr seid ein Mann von erlesenem Geschmack.«

Andrea Luca lächelte und legte den Kopf schief. Der verlangende Blick in seinen Augen erschreckte mich in seiner Intensität und ich musste zugeben, dass er mich überraschte. Bisher war sein Interesse einer eher unbestimmten Natur gewesen.

»Nur das Beste kommt für mich infrage, Lukrezia. Das solltet Ihr inzwischen wissen.« Eine leichte Härte schwang in seiner Stimme mit und erinnerte mich daran, wem ich gegenüberstand. Ich schlug die Augen nieder und sah unsicher zu Boden, um mich zu fassen. Das »... *und ich bekomme es auch* ...«, blieb unausgesprochen, lag aber greifbar in der Luft.

Stille hatte sich über den Raum gesenkt und lastete für einen Augenblick schwer auf uns, doch dann fand ich zu meiner routinierten Beherrschtheit zurück und lächelte ihn an, was die entstandene Spannung endlich löste. Die Luft schien leichter zu werden und strömte wieder frei in meine Lungen, ließ das Gefühl, gleich ersticken zu müssen, schwinden.

»Dann fühle ich mich geschmeichelt, dass Ihr mich zu Eurer Begleitung erwählt habt. Doch nun müsst Ihr für einen Augenblick auf mich verzichten. Ich werde mich umkleiden, damit wir nicht zu spät erscheinen.« Als ich ihm das Paket aus der Hand nahm, berührten meine Finger sanft die seinen in einem stillen Versprechen. Dann verschwand ich schnellstens in meinem Ankleidezimmer, ohne mich noch einmal nach ihm umzudrehen.

Erleichtert schloss ich die Tür hinter mir und atmete unter dem erstaunten Blick meines Mädchens, Antonia, auf. Es war gefährlich, mit Andrea Luca Santorini zu spielen, denn man wusste niemals, was hinter der spielerischen Fassade lauerte und zum Vorschein kommen konnte, sobald man die Vorsicht fallen ließ. Der Abend versprach, anstrengend zu werden. Nach einigen hastigen, erklärenden Worten, kleidete ich mich mit Antonias Hilfe um. Schweißtropfen traten auf ihre Stirn, während sie mich in das enge Mieder einschnürte, so schnell es ihre geschickten Finger zuließen. Das Kleid passte, als sei es allein für mich gemacht. Offenbar waren Andrea Luca meine Maße bekannt und ich fragte mich, aus welcher Quelle dieses Wissen wohl stammen mochte, war es doch nichts, was ich normalerweise in Gesellschaft ausplauderte. Möglicherweise hatte er meine Schneiderin aufgesucht und ihr diese Information im Austausch gegen einige goldene Münzen entlockt. Vielleicht war aber auch sie es gewesen, die sich für diesen nachtblauen Traum verantwortlich zeichnete, denn die Meisterschaft, mit der der Stoff verarbeitet worden war, sprach für sich.

Prüfend besah ich mich in dem großen Spiegel meines Ankleidezimmers. Das tiefe Nachtblau betonte meinen hellen Teint und brachte ihn gut zur Geltung, sodass er verführerisch schimmerte. Viele Frauen neideten mir diesen Vorteil, war doch helle Haut in Terrano eine Seltenheit. Die meisten Menschen unseres sonnigen Landes besaßen eine weitaus dunklere Hautfarbe. Meine dichten, schwarzen Locken fielen locker auf meine Schultern, wo sie nicht durch Nadeln gebändigt waren und erweckten den Anschein einer Leichtigkeit, die Antonias harte Arbeit daran Lügen strafte.

Ich drehte mich versunken vor dem Spiegel, um das Kleid zu bewundern, auf dem die Rosen wie Sterne am Nachthimmel aufblitzten, hob spielerisch die Maske mit den Pfauenfedern vor mein Gesicht. Sie bedeckte alles, bis auf meine rot betonten Lippen und die blauen Augen, die für die Verhältnisse dieses Landes ebenfalls selten waren. Sie sprachen dafür, dass mein Blut womöglich nicht allein den Menschen Terranos entstammte.

Derart versunken hatte ich nicht bemerkt, dass Andrea Luca eingetreten war und mich aus dem Türrahmen heraus nachdenklich beobachtete. Erschrocken fuhr ich herum, als ich sein Abbild im Spiegel wahrnahm. Bewunderung stand in sein Gesicht geschrieben und etwas anderes, das ich nicht deuten konnte. Langsam löste er sich von seinem Platz und trat auf mich zu, bis er so dicht vor mir stehen blieb, dass ich die Wärme seines Körpers spüren konnte. Seine Hand fuhr sanft über meine Wange, dann meinen Hals hinab und endlich berührten sich unsere Lippen. Ich verlor jedes Gefühl für die Zeit, während er mich in seinen Armen hielt. Trotzdem wusste ich, dass nur ein kurzer Augenblick vergangen sein konnte, bis er mich losließ. Seine Gefühlsregungen waren wieder sicher hinter der undurchdringlichen Fassade verschwunden, die seine Gedanken besser verbarg, als es die Maske einer Kurtisane jemals hätte vollbringen können.

Er zwinkerte mir zu, bevor er mir seinen Arm anbot, als sei nichts geschehen. »Signorina, Ihr werdet auf dem Ball alle Blicke auf Euch ziehen. Doch nun lasst uns gehen. Die Nacht erwartet uns!«

Mechanisch nahm ich den mir angebotenen Arm an und folgte Andrea Luca nach draußen zu der wartenden Kutsche, deren Tür der livrierte Kutscher bereits vorsorglich mit einer tiefen Verbeugung geöffnet hatte, um uns einzulassen.

Nachdem ich mich von den Ereignissen erholt hatte, schalt ich mich selbst. Es war sonst absolut nicht meine Art, den Kopf zu verlieren, warum also diesmal? Wütend über mein törichtes Verhalten beschloss ich, von nun an auf die kleinen Überraschungen vorbereitet zu sein, die der Adelige für mich bereithielt. Ich wollte versuchen, etwas mehr Abstand zu den Geschehnissen zu wahren, um sie besser überblicken zu können. Bisher hatte er mich jedes Mal unvorbereitet erwischt, doch nun würde ich endgültig auf der Hut sein, wenn es Andrea Luca Santorini betraf, das schwor ich mir. Er sollte kein so leichtes Spiel mit mir haben, wie er es anzunehmen schien.

※

Der Weg zum Anwesen des Zweiges der Santorini Familie, dem Andrea Luca angehörte, war nicht weit und so erreichten wir unser Ziel, bevor ich auch nur im Geringsten Ungeduld verspüren konnte.

Es war ein prachtvolles Bauwerk, das hell erleuchtet war. Durch die hohen Fenster konnte man die klaren Kristalle der prunkvollen Leuchter erkennen, die die Szenerie mit ihrem Glitzern untermalten. Unendlich viele Kerzen brachten den weißen Marmor zum Glänzen und ließen ihr Licht über wertvolle Teppiche und Statuen tanzen. Scheinbar waren die anderen Gäste bereits eingetroffen, denn der Hof hatte sich inzwischen geleert. Allein die Diener, die sich um verspätete Ankömmlinge kümmerten, waren noch vor dem Palazzo zu finden.

Formvollendet half mir Andrea Luca aus der Kutsche und hauchte mir dabei einen zarten Kuss auf die Hand, der dafür sorgte, dass sich die feinen Härchen an meinen Armen aufrichteten. Hier war ich endlich ganz in meinem Element und die Unsicherheit verflog spurlos, als wir den geschmückten Ballsaal betraten.

Natürlich kamen wir zu spät, offenbar genau das, was Andrea Luca beabsichtigt hatte. Es bescherte uns einen großen Auftritt, den keiner der Anwesenden versäumte. Alle Augen richteten sich auf uns und ein heiseres Flüstern ersetzte bald die plötzlich eingetretene Stille, während wir ohne Hast die breite Treppe hinab schritten. Ich spürte die bewundernden Blicke der Männer, die auf mir ruhten, aber ebenso die von Neid durchsetzten Blicke einiger Frauen. Waren es ehemalige Geliebte oder hoffnungsvolle Anwärterinnen? Besonders eine der Frauen fiel mir auf. Ihr Gesicht wurde von einer Schwanenmaske bedeckt und das Lächeln auf ihren Lippen war rätselhaft und geheimnisvoll. Wir gingen an ihr vorüber und Andrea Luca begrüßte sie mit einer leichten Verbeugung, die seiner Position auf diesem Fest angemessen war. Welchen besonderen Stand mochte sie wohl einnehmen, um diese Achtung zu verdienen? Denn Andrea Luca beachtete keine der anderen Frauen in dem Saal, die nur zu gerne seine Aufmerksamkeit für eine Weile selbst beansprucht hätten.

Über einen Scherz lachend, schritt ich neben ihm durch den Saal und sah mich dabei aufmerksam um. Ich kannte viele der Anwesenden und bewunderte die vielfältigen Masken, bis ich plötzlich den hasserfüllten Blick einer verschleierten, in strahlendes Weiß gekleideten Frau auffing. Ihr Gesicht wurde von einem mit Kristallen besetzten Schleier bedeckt, der bei jeder Bewegung glitzerte wie die Lüster, die die Szenerie beleuchteten. Ihre schwarzen Augen durchbohrten mich wie Messerklingen und schnitten förmlich durch das Kleid hindurch tief in meine Haut ein.

Sie gehörten zu einer Artista.

Andrea Luca musste bemerkt haben, wie ich mich verkrampfte, denn er blickte mich verwundert an und wandte sich dann ebenfalls in die Richtung, auf die mein Blick geheftet war. Auch ihm schien nicht zu gefallen, was er sah. Sein Griff um meinen Arm festigte sich merklich und er zog mich näher zu sich heran. Fragend sah ich zu ihm auf. Er schien aus einem unbegreiflichen Grund auf der Hut zu sein und blieb stehen. Die Frau kam auf uns zu und streckte ihre Arme verlangend und mit einem strahlenden Lächeln nach ihm aus.

Betont kühl blickte ich die Artista an, deren Augen nahezu anbetend auf Andrea Luca gerichtet waren. Sie war noch sehr jung und sicherlich auch recht hübsch, mit dem glatten, schwarzen Haar und dem typisch olivfarbenen Teint einer Terrano. Ihre kindlich großen Augen hätten unschuldig aussehen können, hätte sie nicht das Kleid einer Artista getragen, das deutlich zeigte, dass es sich hier um kein gewöhnliches Mädchen handelte. Sie war eine Hexe, die in den magischen Künsten bereits so weit ausgebildet war, dass sie den Schleier der Artiste anlegen durfte. Ich war vorsichtig, denn hinter der Fassade eines jungen Mädchens schien mehr zu stecken, als man auf den ersten Blick wahrnahm, auch wenn man ihr Kleid außer Acht ließ.

Sie zögerte kurz, bevor sie Andrea Luca erreichte, und schaute schüchtern zu ihm empor, ehe ihre mädchenhaft hohe Stimme die ersten Worte hervorbrachte. »Signore Santorini! Wie schön, Euch endlich wiederzusehen! Mein Herz fiebert dieser Stunde schon seit Wochen entgegen!«

Ihr Lächeln war süß und strahlend, Andrea Lucas Miene dagegen war undurchdringlich und versteinert. Er blieb jedoch höflich, obwohl der Charme, der ihn sonst auszeichnete, zu meinem Erstaunen spurlos verschwunden war. »Signorina della Francesca. Ich bin sehr erfreut, Euch in unserem Hause begrüßen zu dürfen. Doch Ihr werdet es verstehen, wenn ich meine Pflichten als Sohn des Gastgebers wahrnehmen muss und nicht vollkommen für Euch da sein kann. Sicher ergibt sich später eine Gelegenheit zu einer Unterhaltung.«

Die Artista schien von dieser kühlen, abweisenden Antwort nicht sonderlich begeistert und ihr Gesicht verzog sich missbilligend zu einem wütenden Schmollen. Ich fragte mich, wer diese Fremde wohl sein mochte und in welcher Beziehung sie zu dem Adeligen stand, als sich ihr Blick von Neuem auf mich richtete. Sie betrachtete mich abschätzig. Auch Andrea Luca bemerkte diesen Wechsel ihres Ziels und er trat einen Schritt nach vorn, um sich zwischen uns zu bringen.

»Ah, ich verstehe! Ihr möchtet also den Abend lieber mit einer billigen Hure verbringen, als mit Eurer zukünftigen Gemahlin? Wie könnt Ihr es wagen, mich so zu beleidigen, Andrea Luca?«

Ohne jegliche erkennbare Gefühlsregung trat ich an Andrea Luca vorbei, obwohl in mir die Wut zu kochen begann. Kurtisanen waren keine Huren. Und ich war nicht dazu bereit, mich auf diese Weise beleidigen zu lassen, noch nicht einmal von der Artista, die meinem Begleiter versprochen war. Falls ihre Worte überhaupt der Wahrheit entsprachen. »Aber Signorina della Francesca, sehe ich so ärmlich gekleidet aus, dass Ihr mich mit einer Hure von der Straße verwechselt? Ihr möchtet

Signore Santorini doch sicher nicht in einem solchen Maße beleidigen?«

Der rosige Mund der Artista öffnete sich und schloss sich wieder, ohne ein Wort hervorgebracht zu haben. Die Röte auf ihren Wangen hätte zu einer anderen Zeit sicherlich reizend gewirkt, nun erweichte sie damit keinen der amüsierten Blicke der Zuschauer, die sich in einiger Entfernung um uns versammelt hatten.

Meinen Begleiter hatte unterdessen die Geduld verlassen. Seine kalte Stimme mischte sich in unsere Konfrontation, bevor sie eskalieren konnte. »Wie Ihr wisst, bleibt mir noch ein Jahr Zeit bis zu unserer Hochzeit und so bin ich frei, zu tun, was immer mir beliebt. Wenn Ihr uns nun bitte entschuldigen würdet, ohne den ganzen Saal von Eurer Missbilligung in Kenntnis zu setzen?«

Mit diesen knappen Worten nahm Andrea Luca meinen Arm und zog mich aus der Reichweite der Artista, deren Augen Funken zu sprühen begannen. Also war sie ihm tatsächlich versprochen. Eine politisch inspirierte Heirat ohne jede Spur des Gefühls, keine Frage. Zumindest, was ihn betraf.

Ich konnte noch immer ihren Blick in meinem Rücken fühlen, nachdem wir an einem anderen Flecken zum Stehen gekommen waren. Es schien, als hätte ich mir ungewollt eine gefährliche Feindin geschaffen, wenn ich die Blitze in ihren Augen richtig deutete. Eine sehr Einflussreiche noch dazu, wenn man den Namen della Francesca in Betracht zog. Er wies auf eine lange, reine Blutlinie der Artiste hin, die zukünftig einiges an Macht versprach - in magischer wie politischer Hinsicht.

Andrea Luca war auf dem Ball trotz dieser unangenehmen Begegnung vollkommen in seinem Element. Er genoss den Neid der anderen Männer auf seine Eroberung, ohne einen weiteren Gedanken an den Vorfall mit Alesia della Francesca zu verschwenden. Ich hatte mir in Porto di Fortuna keinen geringen Ruf erarbeitet und erfreute mich einer Beliebtheit, die wohl darauf beruhte, dass ich bisher keinen meiner Verehrer erhört hatte. Eine Beliebtheit, die sich keineswegs auf die Reihen der Artiste ausdehnte. Wenn man es genau nahm, war dies in meinem Betätigungsfeld ohnehin nur selten der Fall.

Auch ich hätte den Abend genießen können, wäre da nicht Alesia gewesen, die uns auf Schritt und Tritt in einigem Abstand verfolgte und mich mit Blicken durchbohrte, wann immer ich mich in ihre Richtung wandte.

So war ich also auf keinen Fall unglücklich, als der Ball nach Musik, Tanz und Klatsch endete und Andrea Luca mich zu meinem Haus begleitete. Wir waren den Weg durch die sternenklare Nacht und die milde Brise zu Fuß gegangen und er hatte mir von seiner Verbindung zu Alesia erzählt.

Wie erwartet, war ein Mann wie er nicht von den Umständen dieser erzwungenen Vereinigung begeistert und ich konnte ihn verstehen. Weder er noch ich hatten in unserem Leben wirklich eine Wahl, waren wir doch das, was die Erwartungen der Gesellschaft aus uns machten.

Als wir vor meiner Tür standen, blickte Andrea Luca mir tief in die Augen, ohne ein Wort zu sagen und er war ungewöhnlich nachdenklich. Einmal mehr war ich von der Unergründlichkeit dieser dunklen Augen fasziniert. Seine Lippen trafen die meinen zum Abschied, und nur ungern ließ ich ihn wieder los. Auch er schien von den gleichen Gefühlen bewegt, denn ich spürte, dass er sich nur widerwillig von mir löste.

Lächelnd wandte er sich schließlich ab und ging die Straße entlang und auch ich drehte mich zur Tür herum, um hineinzugehen. Unvermittelt drang seine Stimme noch einmal an mein Ohr und durchschnitt die Stille der Nacht. »Gute Nacht, Signorina Lukrezia. Ihr seht im Schlaf bezaubernd aus.«

Erschrocken fuhr ich herum, doch Andrea Luca war nicht mehr zu sehen. Nur sein Lachen lag noch in der Luft. Einmal mehr hatte er mich mit einem Rätsel zurückgelassen, obgleich ich mir geschworen hatte, dass ihm dies niemals mehr gelingen sollte.

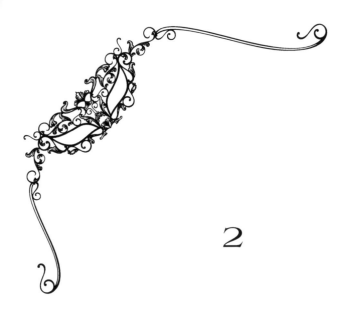

2

Am Tag nach dem Ball war ich abgelenkt und nachdenklich. Nur mit halbem Ohr hörte ich dem fröhlichen Geplapper Smeraldas zu. Wir hatten uns angefreundet, während wir beide unsere Ausbildung bei Signorina Valentina absolviert hatten, und waren seit dieser Zeit unzertrennlich.

Smeralda war eine Schönheit, mit dem in Terrano so seltenen blonden Haar und den grünen Katzenaugen einer Frau von den Smaragdinseln, die sie bei den Männern unseres Landes begehrt machten. Ebenso wie ich entsprach Smeralda nicht dem Bild, das man von den Terrano hatte. Unsere Andersartigkeit hatte uns von Anfang an verbunden und allmählich eine tiefe Freundschaft entstehen lassen. Wir hatten das stille Abkommen getroffen, uns niemals durch einen Mann entzweien zu lassen und dies würde so bleiben, solange wir lebten. Es war die Basis unseres Vertrauens zueinander, die es uns ermöglichte, auch jene Dinge auszusprechen, die man gewöhnlich für sich behielt.

Erst als Smeralda den Namen Alesia della Francesca erwähnte, horchte ich auf. Auch sie hatte den Ball in der Villa Santorini mit einem ihrer zahlreichen Verehrer besucht. Obgleich wir uns nicht begegnet waren, war sie Zeugin der Szene zwischen Andrea Luca, seiner künftigen Gemahlin und mir geworden.

»... eine sehr merkwürdige Darbietung für eine Artista. Sie will das Herz des jungen Santorini wohl für sich alleine. Es wird schwer werden, sich ihm zu nähern, wenn sie erst verheiratet sind. Mit einer della Francesca würde ich mich an deiner Stelle nur ungern anlegen wollen.«

Ich bemerkte, wie sich gegen meinen Willen eine kleine Falte zwischen meinen Brauen bildete und sah zu ihr auf. »Noch ist er frei zu tun, was er möchte. Ich glaube nicht, dass Andrea Luca Santorini sich zu irgendetwas zwingen lässt. Auch von einer della Francesca nicht.«

Meine Reaktion auf ihre Überlegungen fiel heftiger aus, als ich es beabsichtigt hatte. Smeralda bedachte mich dafür mit einem Blick, der vielerlei Deutungen zuließ und von eigenen Vermutungen bezüglich meiner Beziehung zu dem Adeligen sprach. Nachdenklich sank sie auf ihrem Sessel zurück, musterte mich aufmerksam und sichtlich neugierig. Sie war eindeutig darauf aus, mehr über meine Gefühle zu erfahren und bemühte sich nicht, es vor mir zu verbergen. »Sei vorsichtig, Lukrezia. Diese Sache könnte dich mehr kosten, als du zu geben bereit bist. Die Santorini sind nicht für ihr gutes Herz bekannt, auch wenn Andrea Luca sehr charmant ist.«

Gerade, als ich zu einer Antwort ansetzen wollte, öffnete sich die Tür und Antonia trat mit einem besorgten Gesichtsausdruck in den Salon. Ihr Gesicht war unnatürlich bleich und ihre Wangen wiesen rote Flecken auf. Ein deutliches Zeichen für ihren inneren Aufruhr, das mich ein nervöses Kribbeln in der Magengegend verspüren ließ. Antonia war kein ängstliches Mädchen mit schwachen Nerven und es bedurfte einiger Anstrengungen, um sie aus der Ruhe zu bringen.

Ich brach den Satz ab, bevor ich ihn begonnen hatte, und sah sie fragend an.

»Signorina Lukrezia, ein Besucher bittet darum, empfangen zu werden.«

Erstaunt über diese Eröffnung, zog ich die Augenbrauen in die Höhe. Ich erwartete keinen Besuch und konnte mir niemanden vorstellen, der um diese Zeit den Weg zu mir antreten würde.

»Ich sagte doch, dass wir nicht gestört werden möchten. Um wen handelt es sich, Antonia?«

Das Mädchen machte eine entschuldigende, hilflose Geste und mein scharfer Ton tat mir auf der Stelle leid, trug sie doch keine Schuld an Smeraldas Nachforschungen, die mich aus der Ruhe gebracht hatten. »Ich habe es ihm gesagt, aber er ließ sich nicht darauf ein und drängte mich, ihn einzulassen. Er stellte sich als Signore Gespari vor.«

Verwundert sah ich zu Smeralda, die verneinend den Kopf schüttelte. Der Name war keiner von uns geläufig, was dafür sprach, dass er nicht aus dieser Gegend stammte oder zumindest nicht sonderlich bekannt war.

»Lass ihn herein, Antonia. Wir werden uns diesen Signore Gespari etwas näher ansehen.«

Antonia nickte und verschwand dann durch die Tür. Schon nach kurzer Zeit kam sie mit dem mysteriösen Signore Gespari zurück. Neugierig blickten wir auf den Mann, der eintrat und uns seinerseits einer eingehenden Musterung unterzog. Signore Gespari war durchaus gut aussehend. Dichtes, schwarzes Haar wellte sich in kurzen Locken um ein markantes Gesicht, das von einem gepflegten Bart betont wurde. Er war von athletischer Statur und seine edle Kleidung trug zur Abrundung seines Erscheinungsbildes bei und wies ihn als einen Mann aus, dem zumindest die finanziellen Mittel nicht fehlten. Oberflächlich betrachtet schien er eine gute Partie zu sein. Es gab jedoch eine Art von unterschwelliger Brutalität in seinem Auftreten, die ihn auf der Stelle unsympathisch machte. Der hungrige, lüsterne Blick, mit dem er Smeralda und mich ansah, gefiel mir nicht. Kühl schaute ich zu ihm auf und öffnete meinen Mund, um die Frage nach seinem Begehr zu formulieren, doch seine herrische Stimme klang durch das Zimmer und schnitt mir das Wort ab.

»Signorina Lukrezia? Ich habe Euch ein lukratives Angebot zu machen. Ihr solltet gut überlegen, ob Ihr es annehmen möchtet, wenn Euch weiterhin an diesem luxuriösen Leben gelegen ist.« Er wandte sich zu Smeralda und machte eine unmissverständliche Geste in Richtung der Tür. »Ihr solltet besser draußen warten. Dieses Gespräch geht niemanden etwas an.«

Smeralda sah mich an und ihre Augen stellten eine stumme Frage. Ich nickte ihr knapp zu und sie entfernte sich mit einem letzten wachsamen Blick auf diesen unverschämten Menschen. Wütend funkelte ich ihn an, nachdem die Tür ins Schloss gefallen war. »Ich bin sehr gespannt, was für ein lukratives Angebot Euer Benehmen entschuldigen soll, Signore Gespari! Besser, Ihr redet schnell und verschwendet meine Zeit nicht.«

Eine Kurtisane war keine dahergelaufene Hure! Diesem Mann fehlte es offenbar an Manieren, was bereits seine ungeschliffene Ausdrucksweise vermittelte. Und ich war nicht gewillt, mir diese Behandlung bieten zu lassen, lukrativ hin, lukrativ her. Außerdem hatte ich starke Zweifel an seinen Motiven und dem gesellschaftlichen Stand, den er mir vorspielen wollte.

Gespari schien nicht beeindruckt von meiner Wut. Er lehnte sich bequem in einem meiner samtbezogenen Sessel zurück und grinste mich auf schmutzige Weise an. »Nun, Signorina, wir beide wissen, dass Andrea Luca Santorini ein Auge auf

Euch geworfen hat. Allerdings wird diese Tatsache nicht von allen Beteiligten begrüßt ...« Sein Blick wurde hart und er starrte mich unverhohlen lüstern an. Seine Augen schienen förmlich durch mein Kleid hindurchdringen zu wollen. »Lasst die Finger von Santorini, wenn Ihr nicht möchtet, dass Euch etwas geschieht. Es soll nicht zu Eurem Nachteil sein, denn auch ich habe einiges zu bieten.«

Gespari lehnte sich über den niedrigen Tisch und lachte schallend. Angewidert wich ich vor ihm zurück. Ich vermutete mit starker Gewissheit, dass Alesia hinter diesem charmanten Besuch steckte und spürte, wie das Blut in meinen Adern aufwallte, wenn ich an sie dachte.

»Ich suche mir meine Begleitung immer noch selbst aus. Vielen Dank, Signore Gespari, aber ich befürchte, ich muss Euer großzügiges Angebot ablehnen.« Für eine Kurtisane war ich herzlich wenig charmant und verführerisch, aber das störte mich nicht. Zur Hölle mit dieser verwöhnten kleinen Hexe und ihrem Handlanger!

Kalter Zorn blitzte bedrohlich in Gesparis Augen auf, nachdem ich gesprochen hatte. Er gehörte also nicht zu der geduldigen Sorte, ganz im Gegenteil. »Überlegt es Euch gut, Signorina. Ihr seid nicht viel mehr, als eine käufliche Hure, die auf den guten Willen ihrer Bewunderer angewiesen ist. *Und niemand weist mich ungestraft ab.*«

Die letzten Worte betonte er überdeutlich und seine Stimme wurde lauter und drohender. Ich starrte ihn voller Abscheu an, aber gleichzeitig stieg lähmende Angst in mir auf. Gegen einen Mann von seiner Statur hatte ich keine Chance, und wenn er mir erst zu nahe gekommen war, würde ich ihm kaum mehr entkommen können.

»Was seid Ihr? Ein Tier, das etwas zur Befriedigung seiner niederen Triebe sucht? Dann nehmt Euch eine Hure, offenbar kennt Ihr Euch damit ja bestens aus! Ich habe jedenfalls keinen

Bedarf, vielen Dank, Signore!« Bei den letzten Worten sprang ich auf, so schnell ich es vermochte, aber Gespari war schneller. Wütend kam er auf mich zu und schleuderte mich gegen die Wand, an der ich so hart aufkam, dass mir die Luft aus den Lungen wich. Der Schmerz fuhr unbarmherzig durch meinen Körper und verhinderte für einige quälend lang erscheinende Sekunden jegliche Gegenwehr. Sein heißer Atem schlug mir unangenehm ins Gesicht und ich wandte mich ab, um ihm zu entrinnen, doch er ließ es nicht zu. Gesparis Arme erschienen mir wie undurchdringliche Barrieren aus Stahl, die mich seinem Willen unterwarfen. Ich hasste meine Hilflosigkeit und unterdrückte das verzweifelte Schluchzen, das in meiner Kehle aufsteigen wollte.

»Du hast dein Schicksal besiegelt, aber vorher werde ich trotzdem meinen Spaß mit dir haben. Dazu wurdest du doch ausgebildet, nicht wahr?«

Panisch versuchte ich, das kleine Messer in meinem Strumpfband zu erreichen, während er an meinem Mieder zerrte, um es zu öffnen. Ich fühlte gerade den harten Griff des Messers unter meinem Kleid und machte Anstalten, verstohlen den Stoff nach oben zu ziehen, ohne dass Gespari etwas davon bemerkte, als ich plötzlich eine eiskalte Stimme hinter ihm vernahm. Sein Rücken versteifte sich sofort und er ließ von mir ab, als habe er sich an mir verbrannt.

Jetzt, da endlich wieder Luft in meine Lungen strömte, sah ich Andrea Luca in der Tür zur Terrasse stehen. Er lehnte lässig im Türrahmen, das Rapier wie einen Spazierstock in der rechten Hand, aber sein Gesicht war ungewöhnlich blass und ausdruckslos. Nur in seinen Augen flackerte ein wütendes Feuer, an dem man seine Gefühle ablesen konnte.

»Ich würde die Finger von der Signorina nehmen, wenn ich an Eurer Stelle wäre, Signore.« Andrea Lucas Tonfall war gefährlich leise und er trat langsam nach vorne. Gesparis Hand fuhr ebenfalls zu seinem Rapier, während er sich zu dem Mann umwandte, der diese unmissverständliche Drohung ausgesprochen hatte.

»Signore Santorini, nehme ich an? Ihr werdet Euch gedulden müssen, bis ich fertig bin. Ich bin beschäftigt, wie ihr seht.«

Andrea Luca wirkte wie ein Panther, der gleich zum Sprung ansetzen wollte. Ein grausam wirkendes Grinsen fand den Weg auf sein Gesicht und sein ganzer Körper war angespannt, bereit, sofort sein Rapier in Gesparis Körper zu treiben. »Ich bin untröstlich, Signore, aber ich befürchte, dass ich Euch nicht gewähren lassen kann. Eure schmutzigen Finger würden die makellose Haut von Signorina Lukrezia beflecken und das würde ich nur ungern mit ansehen.«

Andrea Lucas Worte weckten neuen Zorn in Gespari. Sein Gesicht rötete sich und kleine Adern pochten heftig an seinen Schläfen. Seine Stimme klang gepresst und seine Antwort drang zwischen zusammengebissenen Zähnen hervor. »Dieses Weib wurde schon oft genug befleckt, will mir scheinen. Einmal mehr macht keinen Unterschied.«

Das Grinsen verschwand aus Andrea Lucas Gesicht und er trat drohend ein Stück näher. »Ich glaube nicht, dass Signorina Lukrezia sich von einem solch schmutzigen Straßenköter wie Euch beleidigen lassen muss. Aus welcher Gosse hat man Euch geholt? Den Abwasserkanälen von Porto di Fortuna?«

Gespari platzte der Kragen. Mit einem hasserfüllten Knurren sprang er auf Andrea Luca zu, der ihm gewandt auswich und den Hieb mit seiner eigenen Klinge parierte. Gebannt und ängstlich an die Wand gepresst sah ich dem folgenden Schlagabtausch zu.

Andrea Luca erinnerte mich an eine große, wütende Raubkatze. Er sprang über die Möbel meines Salons, als seien diese Hindernisse nicht vorhanden und trieb Gespari, der ihm zunächst nur wenig entgegenzusetzen hatte, schnell und erbarmungslos auf meine Terrasse zu. Schritt für Schritt musste der fremde Mann zurückweichen, während die Klingen mit einem schrillen Geräusch glockenhell aufeinanderprallten.

Dann waren sie im Freien angelangt und ich blieb alleine in meinem Salon zurück, beobachtete sie durch das Fenster, das nach draußen führte.

Gespari war erstaunlich gut, nachdem er endlich sein Gleichgewicht gefunden hatte und damit begann, Andrea Lucas Schläge mit eigenen Angriffen zu kontern. Die Männer kämpften verbissen, ohne Finessen und große Worte, bis Gespari über eine der marmornen Bänke auf meiner Terrasse stolperte, die in seinen Weg geraten war. Schnell sprang Andrea Luca hinterher und setzte ihm das Rapier an die Kehle.

Beide Männer atmeten bereits schwer und erste Schweißtropfen hatten sich auf ihren Gesichtern gebildet. Atemlos brachte der Adelige Worte hervor. Ich trat näher an die Tür heran, um besser verstehen zu können, was sie sagten, wagte mich jedoch nicht heraus, aus Angst, Andrea Luca abzulenken.

»Das war es für Euch, Signore. Ich werde Euch lehren, dass man niemals eine Frau gegen ihren Willen berühren darf.«

Gespari starrte hasserfüllt auf seinen Gegner, doch anstelle einer Antwort, folgte nur eine blitzartige Bewegung, die mich warnend aufschreien ließ, als ich erkannte, was er im Sinn hatte. Doch es war bereits zu spät.

Er griff nach der Erde eines umgestürzten Blumentopfes und schleuderte sie in Andrea Lucas Augen. Geblendet taumelte dieser zurück und riss den Kopf zur Seite, um dem Schlimmsten zu entgehen, aber der kurze Moment reichte Gespari, um auf die Füße zu kommen.

Mit einem schrecklichen Grinsen schnellte er auf Andrea Luca zu und das Rapier schnitt bedrohlich durch die Luft, um dessen Leben ein Ende zu bereiten. Die Hand des Adeligen fuhr zeitgleich in sein ledernes Wams und seine eigene Klinge fiel klirrend zu Boden. Er zog eine Pistole hervor, zielte damit auf Gespari. Wie in einem Albtraum nahm ich wahr, dass sich ein Schuss löste, der ohrenbetäubend durch die plötzliche Stille hallte.

Gespari stürzte schwer und mit einem lauten Aufprall zu Boden, als die Kugel in sein Fleisch eindrang und ihn zum Fall brachte. Blut sickerte träge über den hellen Stein meiner Terrasse und verfärbte ihn dunkel. Dann verschwamm das Bild vor meinen Augen. Das Entsetzen ließ meine Sinne schwinden und die Umgebung schwankte unter meinen Füßen. Tröstliche Schwärze hüllte mich ein, als ich ihm zu Boden folgte.

Ich erwachte erst, als etwas Feuchtes meine Stirn berührte. Andrea Luca kniete neben mir, seine Hand strich über mein Haar und er murmelte sanfte, beruhigende Worte.

Ich fühlte mich wie betäubt und meine Glieder waren schwer, wie nach einer langen Krankheit. Die Erinnerung kam schnell zurück, gefolgt von einer Welle der Übelkeit, die der Anblick Gesparis in mir ausgelöst hatte. Hilflos ließ ich die Augen über meine Umgebung schweifen. Gesparis Körper war bereits von der Terrasse verschwunden und von dem Kampf war keine Spur mehr geblieben. Kein Tropfen Blut besudelte den Boden an der Stelle seines Falls.

Andrea Luca war meinem Blick gefolgt. Er hob sanft mein Kinn an, um mich davon abzulenken und sah mir in die Augen. »Es tut mir leid, dass Ihr das sehen musstet, Lukrezia.«

Ich blickte von einer dunklen Vorahnung erfüllt zu ihm auf. »Aber es war erst der Anfang, nicht wahr?«

Andrea Lucas Miene verhärtete sich merklich, bevor er mir antwortete und er zögerte für einen langen Moment. »Vielleicht war es das. Aber ich schwöre Euch, dass Euch niemand jemals wieder anfassen wird. Niemand wird es wagen, Euch etwas anzutun, solange ich lebe.«

Ich klammerte mich an ihm fest und fand für eine Weile Trost in seinen Armen. Denn ich glaubte ihm.

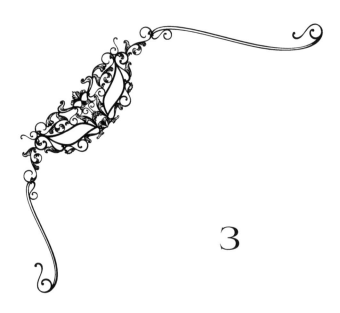

3

Die nächsten Tage vergingen für mich, als wäre ich in einem schlechten Traum gefangen. Gespari hatte mich wie eine Hure behandelt und das Entsetzen darüber saß tief, denn noch nie zuvor war mir ein Mann mit einer solchen Geringschätzung begegnet oder hatte gar versucht, mir seinen Willen aufzuzwingen.

Wenn ich daran zurückdachte, wie Andrea Luca ihn kaltblütig getötet hatte, schlich sich Angst vor dem Adeligen in mein Herz. Doch ich empfand noch etwas anderes für ihn, das ich nicht einordnen konnte. Er zog mich an, aber trotzdem spürte ich stets die Gefahr, die von ihm ausging und die mich stetig davor warnte, in seiner Gegenwart unvorsichtig zu werden. Dieser Zwiespalt beherrschte meine Gedanken und ließ mich weder bei Tag noch bei Nacht aus seinen Fängen entkommen, sodass ich nur selten zur Ruhe kam.

Ich hatte bereits mehrere Tage in meine Grübeleien versunken verbracht, als Antonia eines Nachmittags in meinen Salon trat.

Alle Farbe war aus ihrem Gesicht gewichen, was mich diesmal sofort in Alarmbereitschaft versetzte. Sollte Alesia della Francesca etwa noch eine weitere Überraschung für mich vorbereitet haben?

»Signorina Lukrezia, eine Dame hat nach Euch gefragt. Sie wartet unten auf Euch ... Soll ich ...?« Sie brach mitten in ihrem Satz ab und blickte mich Hilfe suchend an.

»Nun sprich schon, Antonia! Solange es nicht Beatrice Santi selbst ist, kann es sicher nicht so schlimm sein.«

Meine eigene Nervosität äußerte sich in einer ungeduldigen Reaktion. Ein deutliches Zeichen dafür, dass die letzten Tage meine Nerven über das Maß strapaziert hatten. Antonias Gesicht gewann ein wenig von seiner natürlichen Farbe zurück und sie räusperte sich, während sie sich um Fassung bemühte. Ihre Stimme klang fester, als sie diesmal zum Sprechen ansetzte. »Signorina Alesia della Francesca ist hier.«

Entgeistert blickte ich das Mädchen an. Der Gedanke an eine Artista in meinen eigenen vier Wänden trug nicht zu meiner Erbauung bei und überstieg meine schlimmsten Erwartungen bei Weitem. Einige heftig rasende Herzschläge vergingen in Stille, bis ich meine Überraschung überwunden hatte und Worte fand. »Dann bitte sie hinein. Ändern können wir es wohl ohnehin nicht mehr.«

Antonia nickte und begab sich ohne Zeit zu verschwenden nach unten, um die Artista in den Salon zu geleiten und sie nicht zu lange in meinen Räumen allein zu lassen.

Nachdem sie gegangen war, blieb mir genügend Raum für unangenehme Vermutungen. Was konnte Alesia von mir wollen? Dass sie sich die Mühe machte, mich selbst aufzusuchen, erstaunte mich. Mittlerweile musste sie Kenntnis darüber erlangt haben, dass ihr Auftrag fehlgeschlagen war und ich konnte mir sehr gut vorstellen, dass sie darüber nicht erfreut war. Wollte sie sich nun selbst darum kümmern, dass ich aus Andrea Lucas Leben verschwand?

Alesia della Francesca war noch sehr jung – ich schätze sie bestenfalls auf siebzehn Jahre. Ich konnte mir kaum vorstellen, dass ihre Macht groß genug war, um mehr zu tun, als durch ihre Pinselstriche die Menschen aus ihrem Umfeld zu beobachten, um Aufschluss über ihre Beziehungen zu erlangen. Unwillkürlich überlegte ich, wie wohl Andrea Lucas Beziehung zu mir aussehen mochte, doch ich verwarf den Gedanken mit einem gereizten Seufzen über meine eigene Dummheit. Was auch immer nun folgen sollte, würde meine ganze Aufmerksamkeit beanspruchen, ohne dass ich mich von anderen Problemen ablenken ließ.

Es dauerte nicht lange, bis Antonia mit der Artista in den oberen Gemächern angelangt war. Alesias Gesicht war hinter dem durchscheinenden weißen Schleier verborgen, hinter dem die Artiste züchtig ihre Gesichter versteckten. Auch ich hatte eine Maske angelegt, denn es war nicht angeraten, ihr mit nacktem Gesicht zu begegnen. Man brachte uns bereits früh bei, dass es unklug war, seine Identität nicht zu schützen. Eine Kurtisane, die ihre Gesichtszüge vor einer Artista verbarg, war zumindest in einem geringen Maße vor ihren Künsten sicher. Schließlich würde es ihr schwerfallen, ein brauchbares Porträt von einer maskierten Person zu malen, über das sie ihre Intrigen spinnen konnte. Es glich einer Einladung zur Einmischung in das eigene Leben, wenn man auf einen solchen Schutz verzichtete.

Das Gesicht der Artista war kühl und arrogant. Sie stand in ihrem fein bestickten, weißen Kleid vor mir und musterte mich abschätzig. Ich wusste, dass es nicht vernünftig war, sie zu reizen, aber dennoch erhob ich mich nicht von meinem Platz, als sie eintrat.

Mit einer weit ausschweifenden Bewegung lud ich sie dazu ein, sich zu setzen, während Antonia sich still zurückzog und die Tür leise hinter uns schloss. Sie würde nicht weit sein, wenn ich sie brauchte. Antonia war ein gutes, treues Mädchen von scharfem Verstand und ich hoffte, dass sie Alesia nicht allzu sehr auffallen würde. »Willkommen in meinem bescheidenen Heim, Signorina della Francesca. Was führt Euch zu mir? Ich kann mir nicht vorstellen, dass es meine Dienste sind, die Ihr begehrt.«

Bei meinen Worten flammte Wut in ihren großen dunklen Augen auf, aber trotzdem ging sie auf das ihr angebotene Sofa zu und ließ sich ohne Hast darauf niedersinken. Derweil musterte ich sie interessiert. Sie war für ihr junges Alter überraschend gut darin, ihre Gefühle zu verbergen. Bereits nach wenigen Augenblicken verwandelte sich ihr Blick wieder in eine emotionslose Maske, die nur wenig von ihren Gedanken preisgab.

»Ich habe Euch ein Angebot zu machen. Und ich denke, es wäre von Vorteil für Euch, wenn Ihr es Euch anhören würdet.«

Diese Worte gefielen mir überhaupt nicht, denn als ich sie das letzte Mal gehört hatte, war ich danach beinahe den Gelüsten eines Schlägers zum Opfer gefallen. Die Erinnerung an den Mann, der sich Gespari genannt hatte, führte noch immer dazu, dass Übelkeit in mir aufsteigen wollte. Mühsam unterdrückte ich die unangenehme Empfindung.

»Mir scheint, dass mir zu viele Menschen in den letzten Tagen Angebote unterbreiten wollen, Signorina. Aber ich glaube kaum, dass ihr Euch davon abhalten lassen werdet, ganz gleich, wie ich darüber denke.«

Ich konnte Alesias Augen durch den grobmaschigen Schleier gut erkennen, da dieser eher darauf ausgerichtet war, das Gesicht seiner Trägerin zu betonen, als es zu bedecken, und was ich darin lesen konnte, erschreckte mich. Ihre Augen waren auf eine Art und Weise kalt, die selbst Andrea Luca in den Schatten stellte. »Ihr habt recht, ich werde mich nicht davon abhalten lassen und ich will vollkommen offen zu Euch sein. Ich werde es nicht dulden, dass Ihr mir Andrea Luca wegnehmt. Verschwindet aus seinem Leben!« Dieser Ausbruch zerstörte Alesias mühsam aufrechterhaltene Fassade und gab den Blick auf das Kind frei, das noch immer in dem jungen Mädchen steckte. Einem sehr gefährlichen jungen Mädchen allerdings. Es würde nur wenige Jahre dauern, bis Alesias Kräfte vollkommen erwachten und dann sollte man sich besser vor ihr in acht nehmen.

Ich schüttelte den Kopf und spürte, wie sich meine Augenbrauen ablehnend zusammenzogen. »Ich bitte Euch, Alesia. Andrea Luca ist nicht mit Euch verheiratet. Er liebt Euch noch nicht einmal. Wollt ihr wirklich verlangen, dass er das letzte freie Jahr seines Lebens mit einem von Euch auferlegten Zwang verbringt?«

Mir war bewusst, dass ich mit dem Feuer spielte, doch wenn es um Andrea Luca ging, schien meine Vernunft nicht zu gebrauchen zu sein. Der Gedanke daran, ihn verheiratet zu sehen, widerstrebte mir, obgleich ich mir keinen Reim darauf machen konnte, worin dieses Gefühl wurzelte. Sein Lebensweg würde sich niemals mit meinem überschneiden. Es war Unsinn, etwas anderes glauben zu wollen.

Alesia schien mit meiner Antwort nicht zufrieden. Trotzdem schlich sich ein kaltes Lächeln auf ihre Züge und sie starrte mich für einen langen Moment wortlos an, bevor sie fortfuhr. »Seid Ihr sicher, dass Ihr es Euch nicht in Ruhe überlegen wollt, Signorina *Cellini*?«

Der Schrecken musste mir ins Gesicht geschrieben stehen und ich fühlte, wie das Blut in meinen Ohren zu rauschen begann, als sie den Namen genüsslich über ihre Lippen brachte. Sie wirkte wie eine Raubkatze, die ihr Opfer soeben mit Haut und Haaren verspeist hatte und in der Tat fühlte ich mich, als sei genau das mit mir geschehen.

Meine Gedanken überschlugen sich. Sie kannte meinen Namen! Es war ein Geheimnis, das jede Kurtisane hütete wie einen Schatz. Wir legten unsere ursprünglichen Namen und die Namen unserer Familien ab, sobald wir zum ersten Mal den Fuß in das Haus einer Lehrmeisterin setzten. Das Wissen um die wahre Identität einer Kurtisane gab ihren Feinden eine wertvolle Waffe in die Hand und machte sie unweigerlich verwundbar. Und wenn sie den Namen meiner Familie kannte, dann war es nur noch ein kleiner Schritt, bis sie auf ein weiteres Geheimnis stieß, das ich nicht in den falschen Händen wissen wollte.

Ich versuchte, Worte zu finden, die ich dieser kleinen Hexe ins Gesicht schleudern konnte, damit ihr selbstgefälliges Grinsen verging, doch sie blieben mir im Halse stecken.

Alesia weidete sich an meinen Qualen, das war offensichtlich. Das vergnügte Glitzern in ihren Augen ließ keinen Zweifel daran. »Ja, ich kenne Euren wahren Namen und ich weiß noch sehr viel mehr über Euch, Ginevra. Eure Reaktion hat Euch verraten, aber ich war mir vorher schon sicher. Meine Informanten sind zuverlässig.«

Ihr fröhlicher Tonfall war nahezu unerträglich. Mühsam gelang es mir, meine Gedanken zu ordnen und sie bewegten sich auf das kleine Messer in meinem Strumpfband zu. Es wäre so einfach, diese unglücksselige Geschichte ein für alle Mal zu beenden … Aber nein, daran durfte ich noch nicht einmal denken, denn es würde meine Lage eher verschlimmern, als sie zu verbessern. Unter Aufbietung all meiner Willenskraft unterdrückte ich den Impuls, Alesias Freude mit dem Einsatz meiner Klinge ein Ende zu bereiten. Als Mörderin einer Artista wäre mir kein langes Leben mehr beschieden. Alesia beobachtete sichtlich vergnügt jede erkennbare Gefühlsregung, bis ich endlich meine Stimme wiederfand und ihre Observation unterbrach.

»Dann sagt mir doch, was Ihr wisst, Alesia.«

Ich konnte es mir nur allzu gut vorstellen, aber die Artista würde ihren Triumph bis zum Letzten auskosten, das konnte in ihrem niedlichen Puppengesicht lesen. Wie konnte ein solch junges Mädchen nur so unschuldig aussehen und dennoch so skrupellos sein? Ich zweifelte nicht daran, dass ich bereits tot wäre, besäße sie die notwendigen Kräfte dazu.

»Ich denke, Ihr wisst, worauf ich hinaus möchte, *Ginevra*.« Wieder betonte sie meinen Namen, sprach ihn langsam und genüsslich aus. »Wenn Ihr nicht möchtet, dass Eurer Schwester etwas geschieht, dann tut Ihr besser, was ich von Euch verlange. Ihr werdet es sonst bitter bereuen, das schwöre ich Euch.«

Also wusste sie von Angelina. Mir wurde schlagartig kalt. Ich hatte ihre Existenz immer sorgfältig geheim gehalten und es war mir schleierhaft, wie Alesia davon erfahren hatte. Wir waren stets sehr vorsichtig gewesen und Angelina war keine leichtfertige Frau, die unnötige Risiken einging. Alesias arrogante, selbstgerechte Miene machte mich wütend und ich begann, diese Frau mit jeder Faser meines Seins zu hassen. Oh ja, sie besaß Mittel und Wege, um mir zu schaden, aber sie sollte sich nicht einbilden, dass es einfach werden würde. Trotzdem ging diese Runde an sie. Bei dem Gedanken daran, dass die Existenz meiner Schwester einer Artista oder besser noch, Alesia della Francesca, bekannt war, wollte sich mir der Magen umdrehen.

Die Artista blickte mich erwartungsvoll an, doch ich schwieg. Es gab nichts mehr zu sagen. Mit einem triumphierenden Lachen erhob sich Alesia von meinem samtenen Sofa und wandte sich zum Gehen. »Ihr wisst, was Ihr zu tun habt, *Ginevra*.«

Ich bemühte mich nicht, mich meinerseits zu erheben, denn ja, sie hatte recht. Ich wusste, was ich zu tun hatte.

Nachdem Alesia gegangen war, blieb mir genügend Zeit, um über meine neue und äußerst unerfreuliche Lage nachzudenken. Eine Artista, die meinen wahren Namen kannte, war ein Problem für sich, aber es betraf wenigstens nur mich allein. Eine Artista, die jedoch den Namen meiner Zwillingsschwester und ihre Identität kannte, war eine Gefahr, der ich nicht mehr ausweichen konnte. Angelina war ein Teil von mir, und auch wenn sie ein vollkommen anderes Wesen besaß und einen anderen Weg für sich gewählt hatte, so konnte niemand mir jemals näherstehen als sie. Ich durfte sie nicht der Rache einer Artista aussetzen, die mich damit treffen wollte. Angelina würde niemals wollen, dass ich Alesia nachgab, um sie zu schützen, das wusste ich. Sie würde sich dieses Problems auf eine andere Art entledigen. Doch ich wollte nicht diejenige sein, die sie auf einen solchen Weg brachte.

Traurig dachte ich an den Abend mit Andrea Luca zurück, an dem alles seinen Anfang genommen hatte. Ich wünschte mir sehnsüchtig, ich wäre Alesia della Francesca niemals begegnet oder hätte Andrea Luca auf diese unerwartete Weise kennengelernt. Zuvor hatte ich jederzeit eine geschäftsmäßige Distanz zu ihm bewahren können, doch dies war mir nun nicht mehr möglich. Ich spürte, wie gegen meinen Willen eine feuchte Spur meine Wange hinab rann. Wütend auf mich selbst wischte ich die Tränen ab. Es gab keinen anderen Ausweg. Wenn ich wollte, dass Angelinas Leben in Sicherheit war, so musste ich die Gefühle ignorieren, die der Adelige in mir ausgelöst hatte.

Ich musste nicht lange warten, bis Andrea Luca über die Terrasse in meinen Salon eintrat und mich mit seinem schiefen Lächeln bedachte. An jedem anderen Tag hätte dies auch mir ein Lächeln entlockt, an diesem Abend verfehlte es jedoch seine Wirkung. Als Andrea Luca mich genauer musterte, verschwand die zuvor zur Schau getragene Heiterkeit. Er kannte mich lange genug, um zu erkennen, wenn etwas nicht in Ordnung war. Seine Miene wurde ernst. Er setzte sich neben mich und ein seltsames Licht flackerte in seinen Augen, ein Licht, dessen Ursprung ich nicht ergründen konnte. »Was ist mit Euch, Lukrezia? Ihr seht blass aus ... hat Euch etwas erschreckt?«

Ich wandte mein Gesicht von ihm ab, zu groß war meine Angst, ihm zu viel zu verraten, bevor die Zeit dazu gekommen war. Doch Andrea Luca gehörte nicht zu den Männern, die ein Ausweichen duldeten. Seine Hand berührte sanft mein Kinn und drehte meinen Kopf zu sich herum.

Fragend blickte er mich an und ich nahm all meinen Mut zusammen, bevor er mich vollkommen verließ. Im Stillen verfluchte ich mein innerliches Zittern und straffte meinen Körper entschlossen, um ihn zum Gehorsam zu zwingen. Davonlaufen hatte nun keinen Sinn mehr. Aber meine Stimme klang bei aller Entschlossenheit dünn und unsicher.

»Die Schatten meiner Vergangenheit haben mich eingeholt, Signore Santorini. Ich werde Porto di Fortuna verlassen müssen und damit auch Euch. Ich bitte Euch, stellt mir keine Fragen, denn ich werde Euch keine Antworten geben können, so sehr ich das auch möchte.« Ich kämpfte mit meiner Stimme, die mir zu versagen drohte und versuchte, so kühl zu wirken, wie es mir in diesem Augenblick nur möglich war.

Andrea Luca stutzte beinahe unmerklich, doch dann erstarrten seine Züge zu Eis. Seine Finger entfernten sich von mir und ein Hauch von Stahl lag in seinen Augen. »Ich werde Euch niemals gehen lassen, Lukrezia, und das wisst Ihr.«

Ich spürte, wie mir ein kalter Schauer über den Rücken rann. Ja, ich wusste es. Aber ich wusste ebenso, dass ich gehen musste, wenn ich das Leben meiner Schwester schützen wollte. Und so sehr ich mich auch danach sehnte, Alesia am Boden zu sehen, ich konnte nicht wissen, ob sie Verbündete hatte und wer bereits von dieser Angelegenheit Kenntnis erlangt hatte.

Die Verzweiflung ließ meine Stimme schärfer klingen, als ich es beabsichtigt hatte. »Wie wollt Ihr mich aufhalten? Wollt Ihr mich in Ketten legen und in ein Verlies stecken? Oh ja, für einen Santorini sollte das kein Problem darstellen.«

Andrea Lucas Augen blitzten für eine Sekunde wütend auf, doch dann legte sich das mir wohlbekannte, nichtssagende Lächeln über sein Gesicht und ließ Raum für unangenehme Vermutungen. »Aber Signorina Lukrezia, ich bin überrascht. Haltet Ihr mich für so fantasielos? Ich weiß durchaus, mit einer solch wunderschönen Dame angemessen umzugehen. Die Ketten würden Eure Handgelenke nur über das Maß strapazieren und das könnte ich mir niemals verzeihen.«

Sein Plauderton weckte trotz aller Vorsicht die Wut in mir und ich spürte, wie es in meinen Adern zu kochen begann. Wie konnte dieser arrogante, selbstgefällige Mensch es nur wagen, in einem solchen Moment seine Scherze mit mir zu treiben? Ich bereute schon beinahe jeden freundlichen Gedanken an ihn und bedachte den Adeligen mit einem eisigen Blick. »Es erfüllt mich mit Freude, Euch so erheitert zu sehen. Wenn Ihr wirklich wisst, wie man eine Frau behandelt, dann erfüllt mir meinen Wunsch und lasst mich gehen!«

Meine Worte schienen Andrea Luca zumindest insofern zu beeindrucken, dass die Belustigung von seinen Zügen verschwand. Ich spürte, wie angespannt er war. Er musterte mich schweigend, mit ernster Miene. Seine Finger berührten meinen Arm und glitten dann zu meiner Hand hinab. »Ich habe Euch geschworen, Euch zu beschützen, Lukrezia, und ich gedenke, meinen Schwur nicht zu brechen. Wenn Ihr mir nicht erzählen möchtet, wer Euch bedroht, werde ich es selbst herausfinden, ob ihr das wollt oder nicht. Ich werde Euch nicht aus Porto di Fortuna verschwinden lassen, wenn ich es verhindern kann, dessen könnt Ihr Euch sicher sein.«

Ich suchte noch nach einer Antwort, als ich bemerkte, wie mir heiße Tränen über die Wangen flossen. Meine Stimme versagte. Ich hatte mir gegen meinen Willen gewünscht, diese Worte zu hören, obgleich es an Wahnsinn grenzte, und nun, da sie ausgesprochen waren, brachen meine Gefühle aus mir heraus, ohne dass ich sie zurückzuhalten vermochte.

Hilflos schluchzend sank ich in Andrea Lucas Armen zusammen und fand dort endlich den ersehnten Halt. Aber der Stachel der Angst, den Alesia della Francesca gepflanzt hatte, saß tief in meinem Herzen und bohrte sich immer tiefer hinein. Die Erinnerung an meine eigenen Worte klang in meinen Ohren nach. Es war in der Tat erst der Anfang gewesen.

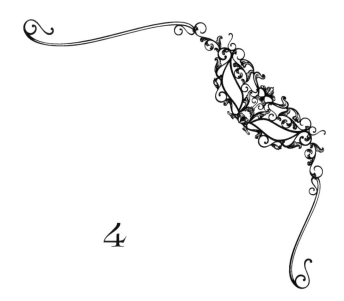

4

Mein Leben hatte sich bis zur Unkenntlichkeit verändert. Noch vor Kurzem war ich jede Nacht der Mittelpunkt auf einem anderen Fest, geradezu wie einer der Sterne, die am Nachthimmel über Porto di Fortuna glitzerten und zu dem alle voller Staunen aufsahen. Nun lebte ich zurückgezogen, fast an jedem Abend allein. Manchmal leistete mir Smeralda Gesellschaft, wenn sie selbst keinen Verpflichtungen nachging, doch häufig war es nur Antonia, deren stille Präsenz mir Trost spendete.

Andrea Luca besuchte mich, so oft es ihm möglich war. Wenn er bei mir war, waren meine Sorgen für eine Weile leichter zu ertragen, doch auch über ihm schien seit den letzten Begebenheiten ein düsterer Schatten zu schweben. Sein Onkel verlangte oft nach seinen Diensten, sodass ich ihn nur selten zu Gesicht bekam. Und wenn er bei mir einkehrte, war er meist in einer merkwürdig dunklen Stimmung, die sich nur langsam hob. Nicht selten ließen mich seine Besuche unruhig zurück, denn über das, was ihn bedrückte, sprach er nie.

Seit jenem verhängnisvollen Nachmittag war es still um Alesia geworden, was mich zu dem Schluss verleitete, dass Andrea Luca hinter ihr kleines Spiel gekommen war. Doch solange ich mir nicht sicher sein konnte, schwieg ich lieber, ehe ich das Risiko einging, etwas Falsches preiszugeben.

Mit jedem vergehenden Tag hatte ich das Gefühl, als müsse ich hinter den Mauern meines Hauses ersticken. Ich hasste Alesia dafür, dass sie mich in diese Lage gebracht hatte. Andrea Luca war der Meinung, dass es für meine Sicherheit unabdingbar sei, für einige Zeit den Gesellschaften fernzubleiben, doch ich fühlte mich wie ein wildes Tier, das in einen Käfig gesperrt worden war.

Sehnsüchtig stand ich auf meiner Terrasse und blickte nach draußen über die Straßen und Wasserwege Porto di Fortunas, sah die Gondeln, die über die Kanäle trieben und das Wasser, das im Licht der Sommersonne lebendig schimmerte, als bestünde es aus flüssigen Diamanten. Voller Verlangen stellte ich mir vor, wie es wäre, dort unten zu sein, unter den Menschen, die ihren täglichen Geschäften nachgingen. Und schließlich konnte ich es nicht mehr länger ertragen, in meinem Haus eingesperrt zu sein. Es mochte ein Fehler sein, Andrea Lucas Warnungen in den Wind zu schlagen, aber es war mir gleichgültig.

Ich trug nur ein einfaches Kleid, als ich endlich auf die Straße trat. Es war unwahrscheinlich, dass ein Beobachter einen Zusammenhang zwischen der elegant gekleideten Kurtisane und dem jungen Mädchen in der weißen Leinenbluse und dem dunkelblauen Rock erkennen würde, das offenbar einige Besorgungen auf dem Markt zu erledigen hatte. Das Haar fiel mir bis auf den durch ein Haarband gebändigten, hinteren Teil in offenen Locken in mein Gesicht und verbarg es so vor allzu neugierigen Blicken. Ich musste in diesem Aufzug eher an Antonia erinnern, als an mich selbst.

Ich hatte selten Gelegenheit, mich unter die Menschen Porto di Fortunas zu mischen und es erschien mir wie eine Erleichterung, nach allem, was mir in der letzten Zeit widerfahren war. Neugierig schaute ich mich um und steuerte dann auf den Hafen zu, an dem ein reges, einladendes Treiben herrschte. Die Schiffe lagen schaukelnd auf dem Wasser und die kräftigen Seeleute gingen darauf ihrer Arbeit nach, ließen dabei ihre rauen Stimmen über das Wasser klingen. Von den warmen Sonnenstrahlen eingehüllt, fühlte ich mich an meine sorgenfreie Kindheit erinnert. Damals gehörte ich noch zu diesen einfachen Menschen und kannte die Sorgen der hohen Gesellschaft mit ihren Ränken und Intrigenspielen nicht.

Die Existenz der Artiste war für meine Schwester und für mich ein zauberhaftes Märchen von schönen Frauen in ihren reinen, weißen Kleidern, die durch ihre Kunstfertigkeit mit Pinsel und Farbe Magie wirken konnten. Niemals wäre es uns damals in den Sinn gekommen, dass diese Frauen skrupellose Ränkeschmiedinnen waren, die durch ihre Fähigkeit, in die Zukunft zu sehen und Ereignisse durch ihre Bilder eintreten zu lassen, die Menschen um sich herum manipulierten. Die Mächtigsten unter ihnen waren fähig, einen Widersacher durch einige Pinselstriche zu töten und so grenzte es kaum an ein Wunder, dass die Malerhexen in ganz Terrano gefürchtet wurden. Und nun war ich selbst zum Ziel einer solchen Frau geworden und musste nicht mehr nur um mich allein fürchten, sondern auch um das Leben meiner Schwester.

Sicher, noch mochte Alesia keine allzu große Bedrohung darstellen, aber was wäre, wenn sie unter dem Schutz einer Meisterin stünde? Einer Meisterin wie der großen Beatrice Santi? Keine andere der Malerhexen kam dieser Frau gleich und ich wusste, dass sie zu Alesias Familie gehörte, wenn auch nur entfernt. Was läge für Alesia näher, als eine solche Verwandte um Hilfe zu bitten?

In meine Gedanken versunken und in die Auslagen eines toregischen Händlerwagens vertieft, der am Rande des Marktplatzes seine Kundschaft mit allerlei skurrilen Waren anlockte, bemerkte ich den Aufruhr in der Menge erst, als mich ein harter Aufprall traf, der mich das Gleichgewicht verlieren ließ. Erschrocken stürzte ich zu Boden, eben noch das erstaunte Gesicht des charmanten Toregen vor Augen, der es verstanden hatte, zu jeder seiner Waren eine amüsante Geschichte zum Besten zu geben. Eine dunkel gekleidete Gestalt huschte an mir vorüber und zog eine schimpfende Menschentraube hinter sich her.

Dies gehörte eindeutig zu den Freuden des einfachen Lebens, auf die ich gerne zu verzichten bereit war – Diebe, Straßenschmutz und wütende Menschenmengen, die nach Rache dürsteten.

Nachdem der Mob vorübergezogen war, wollte ich mich auf wackligen Beinen erheben und machte wenig erfolgreiche Anstalten, den Staub, der helle Flecken auf dem dunklen Stoff hinterlassen hatte, von meinem Rock zu klopfen.

Auf diese Weise beschäftigt, bemerkte ich nicht sofort, dass ein Schatten auf mich gefallen war, der die Sonne verdeckte. Fragend blickte ich auf, als sich der Schatten nicht weiterbewegte, und sah mich einem edel gekleideten Mann gegenüber, der mich besorgt musterte. Er beugte sich zu mir hinab und hielt mir seine Hand entgegen, die ich dankbar annahm. Unsicher kam ich auf die Füße, bemüht, ihm dabei keinen allzu genauen Blick auf mein Gesicht zu gewähren. »Habt Ihr Euch verletzt, Signorina? Euer Sturz sah böse aus.«

Ich versuchte, mich möglichst wie ein einfaches, scheues Mädchen zu verhalten, was mich mangels Gewohnheit passenderweise recht unbeholfen wirken ließ. Mit etwas Glück würde mein Helfer annehmen, dass mich die Begegnung mit einem Mann von edlem Stande vollkommen eingeschüchtert hatte. Also richtete ich meine Augen bescheiden zu Boden und murmelte mit verhaltener Stimme eine Antwort. »Nein, Signore. Es geht mir gut. Danke, dass Ihr mir geholfen habt.«

Ich hoffte inständig, dass er es dabei bewenden lassen würde, doch der fremde Edelmann gehörte eindeutig zu der hartnäckigen Sorte. Er schien ganz und gar nicht gewillt, mich einfach meiner Wege ziehen zu lassen. »Ein solch hübsches Mädchen sollte sich nicht alleine am Hafen aufhalten. Zu viele raue Gesellen treiben sich hier herum und könnten Gefallen an Euch finden. Es wird besser sein, wenn ich Euch nach Hause begleite, damit keiner von ihnen auf dumme Gedanken kommt.«

Ich konnte nur knapp einen protestierenden Laut unterdrücken und bemühte mich, nicht die Fassung zu verlieren und mir nichts von meinen Gefühlen anmerken zu lassen. Innerlich verfluchte ich mich für meinen kleinen Ausflug in die Freiheit und meine Dummheit, denn nun musste ich wohl oder übel die Folgen dafür tragen. Fieberhaft suchte ich nach einem Weg, dieser unerwarteten Situation zu entrinnen. »Ich danke Euch, Signore, aber Ihr müsst Euch wegen mir nicht sorgen. Ich bin bisher immer alleine zurechtgekommen und kenne mich hier sehr gut aus.«

Der Fremde lachte laut auf. Seine Stimme war nicht unangenehm und ich fragte mich, ob wir uns schon einmal begegnet waren. Ich kannte die meisten Adeligen, die sich in Porto di Fortuna aufhielten und dieser Mann musste, nach seinem Erscheinungsbild zu urteilen, einer von ihnen sein. Oder er gehörte zu den reichen Kaufleuten, die verzweifelt den Adel imitierten, was mir noch wahrscheinlicher erschien. Unter dem schützenden Schleier meines Haares verborgen, musterte ich ihn ein wenig genauer. Schwarzes Haar glänzte im Sonnenlicht und bildete einen blendenden Kontrast zu den grünen Augen, die mich mit ihrem lebendigen Funkeln beobachteten. Seine Haut war von der Sonne gebräunt, wie bei jemandem, der sich häufig im Freien aufhielt. Doch etwas Helles durchbrach die dunkle Farbe, zog meinen Blick an. Ich vermochte es nicht mehr, ein erschrockenes Keuchen zu ersticken, bevor es mir über die Lippen drang. Eine lange Narbe zog sich auf seiner glatt rasierten Wange von seinem rechten Auge hinab, bis zu seinen Lippen und entstellte sein ansonsten attraktiv wirkendes Äußeres.

Er bemerkte meine Reaktion und seine Züge wurden ernst. Das Lachen verstummte. Ein grausamer Zug bildete sich um seine Lippen und seine Augen erschienen mir mit einem Mal so kalt und hart wie Stein. »Erschreckt Euch mein Gesicht, Signorina? Viele Menschen reagieren so, wenn sie mich ansehen. Fürchtet Ihr dabei um Eure eigene Schönheit oder habt ihr Mitleid mit einem armen Gezeichneten wie mir?«

Sein kurzes Auflachen klang bitter und unheimlich, so als würde er sich insgeheim über die ganze Welt lustig machen. Etwas an diesem Mann beunruhigte mich zutiefst, auch wenn es keinen sichtbaren Grund dafür gab. Ich hatte das Bedürfnis zu fliehen, aber dennoch verharrte ich für eine letzte Antwort. »Ich fürchte nicht um mich, Signore. Ich habe es nur nicht erwartet. Es tut mir leid, wenn ich Euch damit verletzt habe. Bitte entschuldigt mich, ich habe noch einiges zu erledigen.«

Mit diesen Worten drehte ich mich um und lief die Straße hinab, zwang mich eisern, nicht zurückzublicken. Ich kämpfte gegen die Versuchung an, zu laufen, so schnell ich konnte und bewegte mich dabei weiter zum Hafen hin. Beinahe konnte ich seinen Blick noch in meinem Rücken spüren und ein Schauer kroch über meine Arme. Wer mochte dieser Mann sein?

Ich war noch nicht weit gekommen und fühlte mich immer noch unbehaglich, als ich aus den Augenwinkeln beobachtete, wie sich eine aufgeregte Menschenmenge am Hafen versammelte und laut aufeinander einredete. Neugierig trat ich näher heran und versuchte, einen Blick auf das zu erhaschen, was die Aufmerksamkeit der Menschen beanspruchte.

Nachdem ich mich durch die Menge hindurch bis zum Pier geschlängelt hatte, war es nicht schwer, die Ursache für den Aufruhr ausfindig zu machen. Ein Schiff von außergewöhnlicher Bauart war dort vertäut und schaukelte sanft auf den Wellen auf und ab. Noch nie zuvor hatte ich ein solches Kunstwerk erblickt und so verstand ich die Aufregung der Versammelten.

Dunkel schimmerndes Holz war für den Bau des Schiffes verwendet worden und feine goldene Muster, die an eine Schrift erinnerten, zogen sich darüber. Es glich einem Vogel, dessen Kopf, Flügel und Schwanzfedern aus Gold nachgebildet worden waren. Die Segel wiesen kräftige, leuchtende Farben auf und flatterten in der leichten Sommerbrise. Ich überlegte noch, wer wohl einen solchen Reichtum besitzen mochte, um sein Schiff auf diese Weise ausstatten zu lassen, als eine Planke heruntergelassen wurde. Kräftige Männer mit dunkler Haut und in fremdartigen, farbenfrohen Kleidern traten in mein Blickfeld. Auch sie waren mit Gold geschmückt und trugen eine ebenso goldene Sänfte, die über und über mit funkelnden Edelsteinen besetzt war. Die leichten, grünen Vorhänge der Sänfte waren geschlossen, sodass man nur erahnen konnte, dass jemand darin sitzen musste und dass dieser Jemand von hohem Stande war.

Ich verfolgte das Schauspiel nachdenklich, während die Menschen um mich herum mit offenen Mündern dastanden und vor Ehrfurcht nahezu erstarrt waren. Die Männer trugen die Sänfte, an der bei jedem Schritt helle Glöckchen ihre eigene Melodie spielten, über die Planke hinab und zogen mit teilnahmslosen Gesichtern davon. Ihr Weg führte sie hinauf nach Il Diamante, dem Teil der Stadt, in dem der Adel Porto di Fortunas beheimatet war.

Allmählich lichtete sich der Menschenauflauf am Hafen und ich stand noch für eine Weile unschlüssig auf meinem Platz, bis ich mich ebenfalls abwandte. Der Tag hatte mir genügend Aufregung geboten und Müdigkeit kroch in meine Glieder und machte sie träge. Ich entschloss mich dazu, nun doch besser den Weg nach Hause anzutreten und dachte dabei über die Erlebnisse nach, die mein Ausflug in die Freiheit mit sich gebracht hatte.

Der Mann mit dem narbigen Gesicht beschäftigte mich. Er hatte mein Interesse geweckt und ich wollte zu gerne herausfinden, wer er sein mochte, auch wenn diese Regung keinesfalls klug zu nennen war. Da ich in meinem Leben jedoch selten eine weise Entscheidung traf, ignorierte ich das mulmige Gefühl, das die Erinnerung an ihn begleitete.

Auch das Schiff ging mir nicht mehr aus dem Kopf und es beunruhigte mich, obwohl ich keinen Grund dafür zu finden vermochte. Die Anwesenheit eines solch prächtigen Seegefährts hatte eine Bedeutung, dessen war ich mir sicher. Denn auch wenn oftmals fremdartige Schiffe in Porto di Fortuna anlegten, so hatte ich noch niemals zuvor einen solchen Reichtum und eine solche Pracht im Hafen liegen sehen.

Die Sonne hatte bereits zu sinken begonnen und war schon bis zur Hälfte in das Meer eingetaucht, als ich endlich mein Zuhause erreichte. Ich fröstelte, obgleich es in den Straßen noch immer heiß war und so beeilte ich mich, die Tür hinter mir zu schließen und in die Sicherheit meiner Räume zu gelangen.

Hastig wies ich Antonia an, die Badewanne mit heißem Wasser zu füllen und erblickte mich in meinem Ankleideraum zum ersten Mal seit dem Morgen in einem Spiegel. Beinahe erkannte ich mich selbst nicht mehr wieder. Meine Haut wirkte fahl und meine zerzausten Haare fielen in wilden, losen Strähnen in mein Gesicht. Das blaue Haarband hatte sich schon vor einiger Zeit gelöst und war irgendwo in den Straßen der Stadt zurückgeblieben. Meine Kleider waren schmutzig und staubig und so war ich darauf bedacht, mich ihrer schnellstens zu entledigen und in das heiße, reinigende Wasser zu gleiten, das Antonia für mich bereitet hatte.

Die feinen, aromatischen Dämpfe des Badewassers vertrieben die düsteren Gedanken schon bald und nach einer Weile fühlte ich mich wieder wie ich selbst. Schließlich entstieg ich widerstrebend den wohligen Fluten, um meinen Körper in ein weiches Tuch zu hüllen.

Auf diese Weise bedeckt, begab ich mich in Richtung des Salons und lief durch das Halbdunkel meines Schlafzimmers, ohne meine Umgebung wahrzunehmen. Schon hatte ich die Tür erreicht und legte meine Finger um den Türknauf, doch eine leise Stimme ließ mich innehalten. »Wo seid Ihr gewesen, Lukrezia?«

Mein Herz setzte für einen Schlag aus. Ich fuhr erschrocken herum und erblickte Andrea Luca in einem der hellen Sessel, die neben meinem Bett aufgestellt waren. In dem dämmrigen Licht konnte ich seine Gestalt nur schemenhaft erkennen, doch allein seine angespannte Haltung verriet, dass er wütend sein musste, auch wenn sein Tonfall bar jeden Gefühls war.

Ich zögerte, unsicher, wie ich mit der ungewohnten Lage umgehen sollte. Noch nie zuvor hatte sich sein Zorn gegen mich gerichtet und die Situation lähmte mich, sodass erst einige Augenblicke verstrichen, bevor ich Worte fand. »Ich war auf dem Markt, Signore Santorini. Ihr könnt nicht von mir verlangen, dass ich jeden Tag in diesem Käfig sitze und auf Euch warte.«

Andrea Luca erinnerte mich einmal mehr an eine große Raubkatze, die ihre Beute fest im Visier hatte. Er verfolgte jede meiner Bewegungen mit den Augen und ich hatte große Mühe, nicht die Nerven zu verlieren, war bemüht, mehr Abstand zwischen uns zu bringen.

»Ich hatte Euch gesagt, dass Ihr hierbleiben sollt, bis Euch keine Gefahr mehr droht. Durch Euer Verhalten setzt Ihr Euch unnötigen Risiken aus, *Lukrezia*.« Er betonte meinen Namen überdeutlich, sprach ihn aus, als würde er sich jede Silbe auf der Zunge zergehen lassen. Dann erhob er sich und näherte sich mir ebenso bedächtig.

Instinktiv wich ich vor ihm zurück, doch es gab keine Möglichkeit zur Flucht und ich wusste, dass er schneller sein würde. »Von welcher Gefahr sprecht Ihr, Andrea Luca? Von den anderen da draußen, die mich wegen Euch umbringen wollen oder von Euch selbst? Ich weiß nicht, welche Gefahr die Größere ist.«

Andrea Luca lachte leise, während er unaufhaltsam auf mich zu trat. Mir blieben nur noch wenige Schritte, bis ich die Wand in meinem Rücken spürte, die erbarmungslos und unnachgiebig deutlich machte, dass mein Rückzug beendet war. Ich konnte das Feuer in seinen Augen tanzen sehen, doch es war nicht allein die kalte Wut, die ich von ihm kannte. Es war mehr.

»Diese Entscheidung überlasse ich Euch, Signorina. Ihr wisst, dass Ihr vorsichtiger sein solltet. Ich würde Euch nur sehr ungern verlieren.« Die Drohung, die in seinem Tonfall mitschwang, blieb mir nicht verborgen und ich hatte keine Schwierigkeiten damit, zwischen den Zeilen zu lesen, wie sie gemeint war. Andrea Luca stand unmittelbar vor mir und seine Arme, die gegen die Wand gestützt waren, verhinderten jegliches Entkommen. Für einen Moment sah er mich aus seinen dunklen, unergründlichen Augen an und ich war von seinem Blick gefangen, konnte mich nicht abwenden und mich nicht zur Wehr setzen, bis er mich schließlich an sich zog und meine Lippen mit einem Kuss verschloss.

Ich schmiegte mich freiwillig in die starken Arme des Terrano Adeligen, dessen Hände an meinem Körper hinab wanderten und dabei eine Spur aus Feuer auf meiner Haut hinterließen. Unbeachtet fiel das Tuch, das mich bedeckt hatte, zu Boden, als Andrea Luca mich auf seine Arme hob und zum Bett hinübertrug. Sanft ließ er mich auf das Laken gleiten und blickte mir noch einmal tief in die Augen, bevor sein Blick verlangend über meinen nackten Körper glitt. Es war an der Zeit, alles andere zu vergessen. Zumindest für eine kurze Weile, die nur uns beiden gehörte.

Als ich am nächsten Morgen erwachte, war Andrea Luca bereits verschwunden. Nur ein kleines Kästchen war von ihm in den zerwühlten Laken zurückgeblieben. Erstaunt nahm ich es zur Hand und schaute es mir genauer an. Sein Äußeres ließ nicht auf seinen Inhalt schließen und es erschien mir schlicht, wenn auch von feinem Samt umhüllt.

Zögerlich öffnete ich das kleine Behältnis und ein überraschter Laut drang über meine Lippen. In seinem Inneren lag ein goldener Ring, in den ein blutroter Rubin eingearbeitet war, der von kleinen Diamanten eingerahmt wurde. Der Stein glühte im Licht der Morgensonne, als würde das Feuer selbst in seinem Herzen brennen, und ich betrachtete das Spiel des Lichts für einen langen Augenblick fasziniert, ohne die Augen davon abwenden zu können.

Ich wusste mittlerweile, dass Andrea Luca bei seinen Geschenken Wert auf eine gewisse Symbolik legte, und rätselte noch über die Bedeutung dieser Gabe, als Antonia das Zimmer betrat. In ihrer Hand hielt sie einen kostbar aussehenden Brief, den sie mir umgehend reichte.

»Ein Bote ist gerade angekommen, Signorina Lukrezia. Er hat diese Nachricht für Euch abgegeben.«

Ich fühlte das seidene Papier in meiner Hand und entfaltete das versiegelte Schriftstück mit plötzlich zitternden Fingern. Meine Augen entzifferten eine Einladung, in geschwungenen goldenen Buchstaben verfasst. Eine Einladung zu einem Ball des Fürsten, dessen Siegel auch im Inneren noch einmal deutlich sichtbar auf dem Papier prangte.

Widerstandslos glitt der Brief aus meiner kraftlosen Hand und fiel mit einem leisen Rascheln zu Boden.

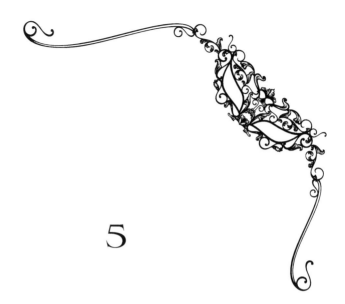

5

Es war mir nicht möglich, eine persönliche Einladung des Fürsten abzulehnen und so sah ich dem Tag seines Balls mit bangem Herzen entgegen. Auf seinen Festen waren nur selten Kurtisanen eingeladen und wenn, dann nahm es meist kein glückliches Ende und sie dienten ihm zur Belustigung seiner adeligen Gäste. Pascale Santorini hatte niemals ein Geheimnis daraus gemacht, dass er nichts für Kurtisanen übrig hatte. Ganz gleich, wie seine Gründe für diese unerwartete Ehre also aussehen mochten, sie ließen nichts Gutes für mein Schicksal vermuten.

Ich überlegte, ob Andrea Luca wohl Kenntnis von den Plänen des Fürsten besaß, doch das hielt ich für unwahrscheinlich. Ich konnte nicht glauben, dass er mich über ein solches Vorhaben nicht informiert haben sollte.

Die Aussichten, dieses Fest nicht mit meiner Anwesenheit beehren zu müssen, standen ohnehin überaus schlecht, wenn man den hohen Stand des Gastgebers betrachtete. Ich bezweifelte, dass Andrea Luca über die Macht verfügte, mir den Besuch des Balls zu ersparen.

Nachdenklich zog ich den Ring, den er mir hinterlassen hatte, von meinem Finger und spielte abwesend mit ihm. Ich war nervös und fühlte mich unwohl bei dem Gedanken an die Motive des Fürsten. Sicherlich würde auch Alesia anwesend sein und ein neuerliches Treffen mit ihr war das Letzte, was ich momentan wollte.

Pascale Santorini war bekannt für seine raffinierten Winkelzüge. Kein anderer Terrano Fürst war so gefürchtet und verhasst wie er und dies hatte seinen guten Grund. Die wenigsten seiner Widersacher lebten lange genug, um sich Verbündete gegen ihn zu suchen. Nun hatte er offenbar mir eine Rolle in einem seiner gesellschaftlichen Schauspiele zugedacht, doch ich würde eine unberechenbare Mitspielerin sein. Der Fürst mochte mir überlegen sein, doch ich würde zumindest mit Stolz untergehen und ihm die Stirn bieten, solange ich es konnte.

Mein Tag verging mit den Vorbereitungen auf den Abend im Palazzo des Fürsten. Es war selbstverständlich keine Zeit mehr, ein Gewand für diesen Anlass anfertigen zu lassen und so war ich auf das angewiesen, was meine Garderobe mir zu bieten hatte.

Beim Durchsehen meiner vorhandenen Ausstattung fiel mein Blick auf das nachtblaue Kleid, das mir Andrea Luca in jener Nacht geschenkt hatte, in der alles seinen Anfang genommen hatte. Wehmütig streichelten meine Finger über die dunkle Seide, die sich kühl und beruhigend anfühlte, und ich erwog es kurz, das Kleid für den Ball auszuwählen, verwarf den Gedanken dann aber. Ich wollte die Erinnerung an diese Nacht nicht mit dem verderben, was mir heute bevorstehen mochte.

Nach einer Weile fand ich schließlich das, was ich gesucht hatte. Schwerer weinroter Samt glitt durch meine Finger, fühlte sich in meinen Händen warm und weich an. Zufrieden nahm ich das kostbare Kleid heraus und rief nach Antonia, damit sie mir beim Ankleiden zur Hand gehen konnte.

Entgegen der landläufigen Meinung der männlichen Spezies kann es durchaus lange dauern, sich angemessen zu bekleiden. Manchmal kann dies gar zu einer schweißtreibenden Angelegenheit ausufern, wenn es darum geht, das Mieder zu schnüren und jedes kleine Detail an die richtige Stelle zu rücken. Nach getaner Arbeit drehte ich mich also außer Atem und mit gerötetem Gesicht prüfend vor dem Spiegel und betrachtete das Ergebnis unserer Bemühungen.

Der Samt war raffiniert geschnitten und schimmerte je nach Lichteinfall hell oder dunkel, während die schwarze Spitze mit dem Rosenmuster, die in das Mieder eingesetzt worden war, das Bild perfekt abrundete. Das Kleid selbst besaß keine Ärmel und ließ die Schultern frei, um den Blick auf die nackte Haut zu lenken, die mit dem dunklen Samt kontrastierte. Für jede wohlerzogene Adelige wäre es wohl verwerflich gewesen, sich derart bekleidet in der Öffentlichkeit zu zeigen – aber was bedeutete dies einer Kurtisane?

Ich verzichtete auf jeglichen Schmuck, bis auf die Rose mit den Blütenblättern aus Granat, die in meinem offenen Haar saß, und den Ring mit dem glühenden Rubin, der an meinen Finger gesteckt war. Die weich fallenden Wellen des roten Samtes waren mir heute Abend Schmuck genug. Mein kleiner Dolch, der all meine Wege begleitete, war unter den Falten des Rockes verborgen. Er gab mir durch die Kälte des Metalls das beruhigende Gefühl einer zwar geringen, aber immerhin vorhandenen Sicherheit. Unter dem passenden Umhang und einer mit Rubinen besetzten, roten Maske verborgen, begab ich mich hinaus, nachdem Antonia die Kutsche gerufen hatte.

Sie war keineswegs so edel wie jene, die Andrea Luca herbeigezaubert hatte, aber sie erfüllte ihren Zweck in ausreichendem Maße. Diese Nacht würde ohnehin nicht wie ein Märchen enden, also bestand auch keine Notwendigkeit, sie als ein solches zu beginnen.

Es nahm nicht viel Zeit in Anspruch, zum Palazzo des Fürsten zu gelangen. Unzählige Kutschen fuhren durch das hohe Tor hindurch zu dem prachtvollen Bauwerk aus golden geädertem Marmor und die edlen Terrano entstiegen ihnen vor dem weit geöffneten Eingang, um dem Fürsten ihre Aufwartung zu machen. Am nächsten Tag würden sie natürlich hinter vorgehaltener Hand über seine grausamen Taten tuscheln, aber diese waren am heutigen Abend, an dem der Klatsch endlich neue Nahrung erhalten sollte, in Vergessenheit geraten.

Ein livrierter Diener half mir aus der Kutsche heraus und wies mir den Weg in den Saal, in dem schon ein großer Teil des Publikums des Fürsten versammelt war. Dieser hatte weder Kosten noch Mühen gescheut, um den Ballsaal unvergesslich herzurichten. Beinahe blendete mich das Licht aus den kristallenen Leuchtern, die im Luftzug der geöffneten Glastüren, die in die beleuchtete Parkanlage hinausführten, melodisch klirrten. Und auf keinem Fest hatte ich jemals zuvor derart viele Früchte aus fernen Ländern zu Gesicht bekommen, ganz gleich, wie reich der Gastgeber gewesen sein mochte.

Der Innenraum des großen Saales war ein Meer aus Licht, leuchtenden Farben und Juwelen, die an den Gewändern aufblitzten. Der Adel Porto di Fortunas hatte sich herausgeputzt wie selten zuvor und wollte unterhalten werden. Schließlich hatten die Feste des Fürsten bisher immer gehalten, was sie versprochen hatten.

Als ich endlich genügend Mut gefasst hatte, um den Saal zu betreten, spürte ich, wie die Blicke der Versammelten auf mir ruhten. Manche von ihnen waren unverhohlen neugierig, andere feindselig und nicht wenige bewundernd.

Ich kannte die meisten der Gäste ebenso gut, wie ich auch ihnen bekannt war und dies war der Grund, aus dem sich bei meinem Eintreten ein leises, unangenehmes Raunen ausbreitete. Für eine Kurtisane war ich für lange Zeit der Gesellschaft ferngeblieben. Und nun tauchte ich ausgerechnet an diesem Ort und zu dieser Zeit wieder auf, gleich einer versunkenen Stadt, die nach langer Zeit dem Meer entstieg.

Fast taten mir diese Leute leid, die sich nun in endlosen Spekulationen ergehen mussten. Ich genoss meinen Auftritt trotz meines ungewissen Schicksals und setzte meinen Weg ungerührt fort, während ich mein charmantestes Lächeln nach allen Seiten erstrahlen ließ. Es war Zeit, mit dem Schauspiel zu beginnen. Ich suchte mir eines der feinen Kristallgläser mit dem blutroten Wein aus, um in angemessener Weise auf den Hauptdarsteller zu warten.

Tatsächlich enttäuschte der Fürst sein Publikum nicht und trat bald auf eine kleine Galerie, um sich bewundern zu lassen – ferner selbstverständlich auch, um mit einigen Worten den Ball zu eröffnen. Ebenso wie die anderen Teilnehmer an dem Spektakel des Fürsten, blickte ich nach oben, um ihn zum ersten Mal aus der Nähe zu betrachten.

Pascale Santorini war sicherlich gut und gerne zehn Jahre älter als Andrea Luca, glich ihm aber auf erschütternde Weise. Er besaß das gleiche dichte, glänzend schwarze Haar und die gleichen unergründlich dunklen Augen wie sein jüngerer Neffe. Ein gepflegter Bart zierte sein Gesicht und umrahmte volle Lippen, die einen harten Zug besaßen und somit selbst ein Lächeln mit einem Hauch von Grausamkeit untermalten. Diese Eigenheit wurde auch in seiner Stimme offenbar, die zwar angenehm klang, aber gleichzeitig etwas Einschüchterndes besaß.

Pascale war gut gebaut und so manche Signorina blickte sehnsuchtsvoll zu ihm hinauf, wohl von dem stillen Wunsch beseelt, dass er seine Ehefrau Giulia für sie verlassen möge. Doch ich vermochte es nicht, diesen Wunsch mit ihnen zu teilen. Die Selbstsicherheit, die der Fürst ausstrahlte, war beängstigend. Nicht einmal bei Andrea Luca hatte ich Derartiges erlebt und ich spürte, wie ich innerlich zu zittern begann. Dieser Mann war gefährlicher als alles, was mir in meinem bisherigen Leben begegnet war. Er war kalt, berechnend und von einer Intelligenz erfüllt, die unfassbar schien.

Die Musik spielte auf und vertrieb die Kälte aus meinen Gliedern. Die Tänze begannen und Paare bildeten sich, um sich einzureihen. Es hatte keinen Sinn, den Fürsten stundenlang zu beobachten und seine Aufmerksamkeit damit früher oder später auf mich zu ziehen, denn das würde seine Pläne sicherlich kaum vereiteln.

Ich fragte mich, wo Andrea Luca stecken mochte. Es war eine seiner Eigenarten, auf Festlichkeiten zu spät zu erscheinen. Ich glaubte jedoch nicht, dass er es bei einem Fest des Fürsten wagen würde. Gleichzeitig konnte ich mir allerdings nicht vorstellen, dass er an diesem Abend nicht anwesend sein würde. Und wer würde ihn begleiten? Ein zarter Stich begleitete diesen Gedanken.

Suchend ließ ich meinen Blick durch den Raum schweifen, bis er sich auf das weiße Seidenkleid einer Artista heftete, die mich zu beobachteten schien. Ein genauerer Blick bestätigte meinen Verdacht. Es war Alesia della Francesca, die sich diese Festlichkeit nicht entgehen ließ. Ihr süßes, unschuldiges Gesicht war zu einem grausamen, triumphierenden Lächeln verzogen, das so manchen unwissenden Beobachter verwundern mochte und das Blut wich spürbar aus meinem Gesicht. Ich war mir sicher, dass Alesia wusste, aus welchem Grund mich der Fürst eingeladen hatte.

Mein Magen verknotete sich. Sie löste sich von ihren Gesprächspartnern und schlenderte aufreizend selbstbewusst zu mir hinüber. Ich rang für einen Augenblick um meine Fassung und blickte ihr dann ebenfalls mit einem kühlen Lächeln entgegen.

Alesia verschwendete keine Zeit, ganz im Gegenteil. Auf meiner Höhe angelangt, hielt sie beiläufig inne und ihr Lächeln strahlte blendender als die Lichter des Saales. Ihre Stimme war leise und frohlockend. Es war nur ein einziger Satz, den sie mir zuflüsterte: »Ihr hättet auf mich hören sollen, *Ginevra*, ich habe Euch gewarnt.«

Sie kicherte hell und ging an mir vorbei, weiter in Richtung des Fürsten, der am anderen Ende des Raumes von einer scherzenden Menge umgeben war. Ich versuchte, gelassen zu bleiben, obwohl ich Mühe hatte, den Impuls, davonzulaufen, zu unterdrücken. Kannte der Fürst etwa schon meine wahre Identität? Hatte er Angelina in seiner Gewalt? Oder würde Alesia nun dafür sorgen, dass er alles erfuhr? Meine Gedanken überschlugen sich und verwandelten sich in die schrecklichsten Fantasien. Was sollte ich tun? Was hatte Alesia geplant?

Möglichst unauffällig sah ich mich in dem Saal um, bemüht, einen Ausweg aus einer Situation zu finden, die ich noch nicht einmal kannte oder im Entferntesten verstand, als jemand meine Hand ergriff und mich ohne Vorwarnung zu den Tanzenden hinüberzog.

Mit vor Schreck geweiteten Augen schaute ich auf und fand mich Andrea Luca gegenüber, der unbemerkt eingetreten sein musste. Sein Gesicht war ernst und ähnlich farblos, wie das meine. Er tanzte mit mir in eine weniger belebte Ecke des Ballsaals und führte mich dann hinaus in den nächtlichen Park.

Der Vollmond stand hoch am Himmel und untermalte die Schönheit des beleuchteten Parks, der, bis auf die Geräusche der kleinen Springbrunnen und des Trubels im Inneren des Palazzo Santorini, still war. An einem anderen Tag hätte ich diesen romantischen Ort in vollen Zügen genossen, doch heute stand mir der Sinn nicht danach. Sorgenvoll sah ich auf die Fenster zurück, durch die ich Alesia bei dem Fürsten stehen sehen konnte.

Andrea Luca bemerkte meinen besorgten Blick und folgte seiner Richtung, wandte sich dann aber wieder zu mir um. Die Sorge auf seinem Gesicht hatte sich noch verstärkt. Ich hatte ihn noch nie zuvor so erlebt. Seine Maske war gefallen und hatte sein wahres Ich darunter entblößt. Ein leiser Fluch entwand sich seinen Lippen. »Was im Namen des Abgrundes tut Ihr hier, Lukrezia? Ihr könnt nicht bleiben, es ist zu gefährlich für Euch!«

Ich spürte, wie das Blut in meinen Ohren zu rauschen begann, und nahm die Maske ab, um besser atmen zu können. Das Geschehen wirkte auf mich wie ein böser Albtraum, der mich nicht aus seinen Klauen entließ, sondern unaufhaltsam auf seinen Höhepunkt zustrebte.

»Soll ich eine Einladung des Fürsten ausschlagen? Ihr wisst so gut wie ich, dass mir das nicht möglich ist. Was geht hier vor, Andrea Luca?« Die Angst in meiner Stimme und meine Atemlosigkeit mussten deutlich herauszuhören sein.

Mit einer raschen, impulsiven Bewegung zog er mich an sich und hielt mich fest, seine Hand streichelte beruhigend über mein Haar. Tonlos flüsterte er seine Antwort. »Ich weiß es nicht, Lukrezia ... Ich weiß es nicht. Aber Pascale hasst Kurtisanen und er muss Pläne für diesen Abend haben, sonst hätte er Euch niemals in den Palazzo eingeladen.«

Unvermittelt ließ er mich los und sah mir forschend in die Augen, dann wandte er sich zu dem bunten Treiben im

Palazzo um und nahm meine kalt gewordene Hand in die seine. »Ich muss wieder hineingehen. Mein Onkel und mein Vater erwarten mich und ich kann ihnen nicht länger fernbleiben. Verlasst dieses Fest, sobald Ihr die Möglichkeit dazu findet und seid vorsichtig, versprecht mir das.«

Andrea Luca strich sanft über meine Wange und küsste mich zärtlich, bevor ich etwas erwidern konnte. Ich hatte Angst um ihn, Angst um Angelina und ja, auch um mich selbst, denn zumindest Andrea Luca und ich spielten eine Rolle in den Plänen des Fürsten, daran hegte ich keinen Zweifel.

Unsicher erwiderte ich seinen Kuss und versuchte, tapfer zu lächeln, was mir vollkommen misslang. Es endete in einer verzerrten Grimasse, die eher eine schlechte Imitation darstellte. Die rubinbesetzte Maske fand ihren Weg auf mein Gesicht zurück und bedeckte es schützend.

»Ich verspreche es ...« Mehr brachte ich nicht über die Lippen. Andrea Luca nickte und ging mit mir zurück in den Saal, wo uns einige neugierige Augen musterten. Der Blick des Fürsten war ebenfalls auf uns gerichtet und sein Mund verzog sich zu einem kalten Grinsen.

Andrea Luca verließ mich und steuerte auf ihn zu. Die beiden Männer begannen eine heftige Diskussion, in deren Verlauf auch Sante Santorini in Erscheinung trat und ebenfalls auf seinen Sohn einwirkte. Ich konnte an Andrea Lucas Gesicht ablesen, dass ihm das Gesagte missfiel. Er schüttelte vehement den Kopf und seine Augen leuchteten in einem wütenden Licht. Sante Santorini legte beruhigend seine Hand auf den Arm seines Sohnes und lächelte ihn beschwichtigend an, um seine Wut zu besänftigen. Es war jedoch mühelos zu erkennen, dass seine Vermittlungsversuche scheiterten.

Ich wollte näher herangehen, um ihre Worte zu verstehen, wurde aber von einem Blick des Fürsten aufgehalten, der sich überraschend auf mich richtete. Ich sah in die Augen Pascale

Santorinis und was ich in ihnen erblickte, die kalte Berechnung und das Vergnügen an meiner Angst, ließ mich zurückweichen, als hätte sich eine tödliche Klinge in mein Herz gebohrt.

Im Saal wurde es plötzlich still. Der Fürst stieg erneut auf die Galerie empor und blickte auf die Menge hinab. Andrea Luca und Sante Santorini standen hinter ihm, doch während die Miene seines Vaters kein Gefühl verriet, gelang es Andrea Luca kaum, seine Wut zu verbergen.

Die nächsten Worte des Fürsten trafen mich noch schwerer als sein Blick und ich musste mich an einem der Stühle, die am Rande der Tanzfläche aufgestellt waren, festhalten, um nicht das Gleichgewicht zu verlieren. Nicht jedes Wort erreichte mich in aller Klarheit, doch ein entscheidender Satz brannte sich in mein Gedächtnis: »... und mit großer Freude gebe ich die anstehende Hochzeit meines Neffen mit Prinzessin Delilah, der zukünftigen Königin von Marabesh, bekannt ...«

Ich blickte fassungslos hinauf auf die Galerie, sah, wie Andrea Lucas Gesicht zuerst alle Farbe verlor und sich dann vor Zorn verzerrte.

Ich nahm Alesia wahr, die ohnmächtig zu Boden stürzte, das triumphierende Lächeln von ihrem Gesicht gewischt. Und ich sah, wie die goldene Sänfte, die ich am Hafen erblickt hatte, unter den grellen Tönen einer fremdartigen Musik von den dunkelhäutigen Sklaven in den Saal getragen wurde.

Ich wollte schreien, aber meine Stimme versagte mir ihren Dienst. Meine Finger gruben sich noch tiefer in die Rückenlehne des Stuhles, um dort Halt zu finden.

Die Schleier, die die Sänfte verhüllten, wurden zurückgezogen und ein wunderschönes, graziles Wesen mit bronzefarbener Haut entstieg ihr. Nur in skandalös durchscheinendes Tuch gehüllt und mit edlen Juwelen geschmückt, trat sie ihren Weg hinauf auf die Empore an, von der aus der Fürst sich an meinen Qualen weidete. Die Prinzessin besaß leuchtend kupferfarbenes Haar, das flammengleich auf ihrem Rücken loderte und vor meinen Augen verschwamm.

Mein Blick wanderte zu Andrea Luca, der den Fürsten hasserfüllt anstarrte. Ich wünschte mir so sehr, verstehen zu können, was er sagte, aber das Stimmengewirr der anwesenden Gäste war zu laut, es dröhnte in meinen Ohren und ließ mich nichts anderes mehr hören, als ein Meer des niemals enden wollenden, heiseren Wisperns.

Ein erschrockener Aufschrei wogte durch die Menge, als Andrea Lucas Rapier aus seiner Scheide zischte und sich gegen den Fürsten erhob, doch auf der Stelle war er von Pascales Männern umzingelt, die aus den Schatten getreten waren, die sie verborgen hatten und die nun ihrerseits die Klingen auf ihn richteten. Ich konnte erkennen, dass sein Atem schnell ging und ich wollte die Hände vor die Augen schlagen, um nichts mehr sehen zu müssen.

Die Hand des Fürsten bewegte sich knapp und unauffällig in meine Richtung und ich spürte, wie ein Arm meine Taille umfasste und eisiger Stahl meinen Hals küsste.

Sofort herrschte Totenstille in dem Ballsaal.

Kalter Schweiß trat auf meine Stirn und ich bemerkte, wie sich Andrea Lucas Haltung veränderte. Verzweiflung zeichnete sich auf seinem Gesicht ab, als er erkannte, dass der Kampf verloren war. Endlich vernahm ich seine Stimme, die sich über die Stille erhob. »Lass sie gehen und ich tue, was du von mir verlangst.«

Der Stahl verschwand auf ein Zeichen des Fürsten von meiner Haut und der Mann, der mich festgehalten hatte, stieß mich grob von sich. Ich stolperte nach vorne und richtete mich gerade auf, die Augen fest auf Andrea Luca gerichtet, der mich ansah, wie er es noch nie zuvor getan hatte. Zärtlichkeit lag in seinen Augen, als seine Maske ein zweites Mal an diesem Abend fiel. Die nächsten Worte, die ich hörte, erstaunten mich, erklangen sie doch aus meinem eigenen Mund. »Ich beglückwünsche Euch zu Eurem guten Geschäft, mein Fürst ...«

Die Menge verfolgte jeden meiner Schritte, hing an meinen Lippen, sensationslüstern und ohne Emotion. Für sie waren wir Unterhaltung, nicht mehr und nicht weniger. Kein Mitgefühl ging von ihnen aus, nur reine Lust an dem Drama, das ihr Fürst für sie inszeniert hatte. Mir war es nun gleichgültig, was mit mir geschehen würde. Ich ging voran, während der Fürst mich aufmerksam beobachtete, trat näher an die Galerie heran und sah in das berechnende Gesicht von Prinzessin Delilah, die an dem Geschehen eine merkwürdige Freude entwickelt hatte.

»... doch Ihr werdet verstehen, dass ich mich von Eurem Neffen verabschieden möchte, bevor ich Euer Fest verlasse. Ich danke Euch für Eure großzügige Einladung, die mich in Euer Leben treten ließ und doch befürchte ich, dass ich die Verlobung nicht mit Euch zu Ende zu feiern vermag.«

Ich hatte Andrea Luca nun beinahe erreicht und niemand hatte mich davon abgehalten, ebenfalls auf die Galerie emporzusteigen. Der Fürst musterte mich aufmerksam und interessiert, erwiderte jedoch nichts. Unaufhaltsam ging ich weiter auf Andrea Luca zu und hielt erst dicht vor ihm an. Meine Worte waren nur für ihn allein bestimmt und ich neigte mich zu ihm und flüsterte sie sacht in sein Ohr. »Du hast gesagt, du würdest mich niemals gehen lassen und nun sage ich dir eines – ich werde dir in Nichts nachstehen. Du wirst mir nicht entkommen, das schwöre ich dir.«

Ich sah ihm ein letztes Mal tief in die dunklen Augen und küsste ihn dann. Ein aufgeregtes Raunen erklang, als Andrea Luca mich noch einmal vor den wütenden Augen der Frau an sich zog, die nun seine Gemahlin werden sollte. Eine Ewigkeit schien zu vergehen, die trotzdem noch viel zu kurz war, bevor ich mich abwandte und die Treppe hinab schritt, ohne zurückzublicken.

Ich lief schnell und ohne aufgehalten zu werden nach draußen und als die kalte Nachtluft meine Haut berührte, bemerkte ich zum ersten Mal, wie vom Wind gekühlte, heiße Tränen über meine Wangen rannen und mir die Sicht nahmen.

Ich stolperte weinend bis zu meiner Kutsche und erst, als ich darin angekommen war und die Türen sicher hinter mir verschlossen hatte, kam mir das Bild eines Mannes mit einer Narbe zu Bewusstsein, der mich angespannt aus grünen Augen beobachtete.

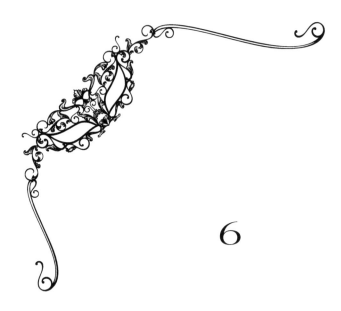

6

Als die Kutsche vor meinem Zuhause anhielt, war es mir gelungen, mühsam die ersten Tränen zu trocknen und einen klaren Kopf zu bekommen. Ich bezweifelte, dass der Fürst mich in Frieden lassen würde, konnte ich ihm doch eine wunderbare Hilfe dabei sein, Andrea Luca seinen Willen aufzuzwingen. Und ich war mir sicher, dass er schon bald seine Männer in Bewegung setzen würde, um mich in seiner Reichweite zu verwahren.

Der Fürst hatte mich zweifelsohne nicht ohne Grund gehen lassen. Er hatte Andrea Luca in Sicherheit wiegen wollen, bis die Formalitäten der Verlobung abgeschlossen waren. Und wie sollte ein Mann wie er daran zweifeln, dass er eine einfache Frau nur allzu schnell wieder einfangen konnte?

Nachdem ich den Kutscher hastig für seine Dienste entlohnt hatte, lief ich, so schnell es mir möglich war, in die trügerische Sicherheit meines kleinen Hauses und rief nach Antonia, die aufgeregt die Treppe hinabeilte.

Ihr hübsches Gesicht war bleich und sie wirkte angespannt. Ein Zustand, der sich noch verstärkte, als sie mich in meiner aufgelösten Verfassung erblickte. Ich konnte erkennen, dass sie etwas Kleines in der geballten Hand hielt, nicht aber, worum es sich dabei handelte. Kaum bei mir angekommen, sprudelten auch schon die Worte aus ihr heraus, die sie mir während der quälenden Zeit, in der ich mich auf dem Ball befunden hatte, nicht hatte anvertrauen können. »Signorina Lukrezia! Ich bin so froh, dass Ihr wohlauf seid! Signore Santorini hat nach Euch gesucht, kurz, nachdem Ihr gegangen seid, und er hat mir dies hier für Euch gegeben. Er sagte, Ihr sollt so schnell wie möglich das Haus verlassen und zu dem Ort gehen, den er Euch notiert hat, denn dort wäret Ihr sicher! Was geht hier vor, Signorina?«

Angst stand in Antonias braunen Augen, die mich fragend anblickten. Sie öffnete ihre zitternde Hand und hielt mir einen kleinen Schlüssel entgegen, der zu meinem Erstaunen an dem blauen Haarband befestigt war, das ich verloren geglaubt hatte. Eine Nachricht war um Band und Schlüssel gewickelt und ich brach das Siegel, ohne lange zu zögern. Sie enthielt den Namen eines Ladens in La Modestia, in Eile niedergeschrieben und mit einigen knappen Anweisungen, die auf den Sinn des Ganzen hindeuteten. Das Papier war schon leicht zerknittert, die Tinte verwischt, aber noch lesbar.

Ich hatte keine Zeit, um mich darüber zu wundern, woher Andrea Luca das Haarband haben mochte und legte Antonia besänftigend meine Hand auf die zarten Schultern, die von unterdrückten Schluchzern bebten. »Hab keine Angst, Antonia. Geh zu deiner Familie und bleibe dort, bis ich dich holen lasse. Du bist hier nicht mehr sicher, genauso wenig wie ich. Ich weiß, dass ich auf dich zählen kann.«

Antonia öffnete den Mund, um zu widersprechen, doch ich schüttelte entschieden den Kopf. Sie konnte nicht bei mir bleiben. Es war zu gefährlich für sie, solange ich noch nicht einmal selbst wusste, was aus mir werden würde. Und ich wollte um jeden Preis verhindern, dass ihr etwas geschah. »Nein, Antonia. Es gibt keine andere Möglichkeit. Und nun beeile dich, die Zeit wird knapp.«

Ich umarmte das Mädchen flüchtig und stieg die Treppe hinauf, so schnell ich es in dem langen Ballkleid vermochte. Der Fürst rechnete vielleicht damit, dass ich ruhig und ahnungslos in meinem Haus warten würde, bis seine Männer sich Einlass verschafften, aber ich hatte vor, ihm den Triumph gründlich zu verderben. Ohne Antonias Hilfe streifte ich das Ballkleid ab, das mit einem leisen Rauschen zu Boden glitt, wühlte in dem großen Wandschrank, bis ich schließlich in einer der hintersten Ecken gefunden hatte, wonach ich suchte. Eilig zog ich mir die weiße Bluse über, die ich schon seit einer Ewigkeit nicht mehr angerührt hatte. Die Hose und die Stiefel fühlten sich ungewohnt an und die Frau, die ich dort vor mir im Spiegel erblickte, hatte kaum noch Ähnlichkeit mit dem, was ich für lange Zeit gewesen war.

Mit unsicheren Fingern zerrte ich das Band von dem Schlüssel, den Andrea Luca mir hinterlassen hatte, und band es mir in die Haare. Dann suchte ich einige Dinge zusammen, die ich brauchen würde, wenn ich an einem anderen Ort überleben wollte. Ich zögerte unentschlossen und nahm dann das Kästchen mit dem Schmuck zur Hand. Es würde mir gute Dienste leisten, wenn die Münzen knapp wurden.

Als ich das Zimmer verlassen wollte, fiel mein Blick auf eine längliche Truhe aus fein geschnitztem Ebenholz, die seit Langem verlassen dort stand und nur selten geöffnet worden war. Unsicher bewegte ich mich auf sie zu und streichelte über die hölzerne Oberfläche, die sich glatt und kühl anfühlte. Ich betätigte vorsichtig den Öffnungsmechanismus. Mit einem Ruck sprang der Deckel auf und gab den Blick auf ihren Inhalt frei, der unter mehreren Lagen aus weichem Tuch verborgen war. Vorsichtig zog ich sie beiseite und ja, dort lag es vor meinen Augen. Glänzend polierter Stahl mit einem fein verzierten Korbgriff, der im Halbdunkel hell aufglühte, als er von den spärlichen Lichtstrahlen berührt wurde. Zaghaft schlossen sich meine Finger um das Rapier und hoben es aus seinem Lager, in dem es so lange geruht hatte. Mein Vater hatte immer gewollt, dass seine Töchter in der Lage sein sollten, sich zu verteidigen, wenn sie den Härten des Lebens allein ausgesetzt waren und er hatte Angelina und mich schon früh den Umgang mit einer Waffe gelehrt. Während Angelina gleich Gefallen an den schlanken, eleganten Klingen gefunden hatte, waren mir die kleineren, handlicheren Dolche immer lieber gewesen. Kein Dolch konnte jedoch etwas gegen ein Rapier mit seiner längeren Reichweite ausrichten, besonders dann, wenn der Gegner gut ausgebildet war und ich brauchte allen Schutz, den ich finden konnte.

Zunächst zögerlich, dann etwas sicherer, schwang ich die edle Waffe und spürte einmal mehr, wie perfekt sie ausbalanciert und in ihrer Leichtigkeit auf mich ausgerichtet war. Unser Vater hatte keine Kosten gescheut, als er diese Klingen für uns anfertigen ließ. Heute war ich ihm dankbar dafür, erleichterte mir dies doch die Führung des Rapiers, obgleich es mir an Übung mangelte. Schnell zog ich auch den Waffengurt mit der einfachen Lederscheide aus der Truhe und wand ihn um meine Hüften. Eine Waffe zu tragen fühlte sich zwar ungewohnt und hinderlich an, doch es war eine Notwendigkeit, der ich mich nicht zu widersetzen vermochte.

Ich nahm das kleine Bündel mit den Dingen, die ich für unverzichtbar hielt, zur Hand und rannte, nun nicht mehr von den Röcken behindert, die Treppe hinab. Antonia schien in der Zwischenzeit getan zu haben, was ich ihr aufgetragen hatte, denn sie war nirgends zu sehen. Ich spürte trotz der Erleichterung einen Stich, der mein Herz schmerzen ließ. Wir waren nicht mehr getrennt gewesen, seitdem ich das Mädchen eingestellt hatte.

Ich wollte das Haus nicht durch die Vordertür verlassen, sondern wählte mir den Hinterausgang. Kurz erwog ich, es Andrea Luca nachzutun und über die Terrasse zu verschwinden, doch dies erschien mir keine besonders kluge Lösung zu sein. Bevor ich mir bei einer solch gewagten Handlung den Hals brach, konnte ich mich ebenso gut sofort den Männern des Fürsten stellen. Der Gedanke an Andrea Luca war schmerzhaft und ich schob ihn beiseite. Die Verzweiflung würde noch früh genug über mich kommen, wenn ich sicher in dem Unterschlupf angelangt war, den er für mich erwählt hatte.

Mit einem leisen Knarren öffnete sich meine Hintertür, die Tür, die in die Freiheit führte, und wies mir den Weg in eine ungewisse Zukunft. Die Straßen der Stadt waren leer, zu dieser späten Stunde. Die einfachen Leute waren schon lange von ihrer Arbeit nach Hause zurückgekehrt und schliefen in der sicheren Umarmung ihrer Betten, um am Morgen frisch ans Werk zu gehen. In dem prachtvollen Palazzo des Fürsten würden die Verlobungsfeierlichkeiten noch bis in die frühen Morgenstunden andauern. Sie würden am nächsten Tag, wenn der hohe Adel endlich erwacht war, für eine Menge Gesprächsstoff sorgen.

Der Fürst verstand sein Handwerk. Seine Inszenierung war meisterhaft gewesen und suchte Ihresgleichen. Nein, ich wollte nicht an das Geschehen im Palazzo Santorini denken, das Gesicht der Prinzessin aus Marabesh vergessen, die Andrea Luca früher oder später zum König machen würde. Weit weg von Porto di Fortuna, in einem fernen Land, um des Fürsten Macht zu vergrößern. Und natürlich um Andrea Luca als potenziellen Konkurrenten um das Fürstentum zu eliminieren. Wäre schließlich nicht Sante Santorini der rechtmäßige Fürst von Ariezza? Niemand wusste wirklich, warum er seinerzeit auf die

Nachfolge seines Vaters verzichtet hatte und sein jüngerer Bruder, Pascale, an seiner Stelle als regierender Fürst eingesetzt worden war. Aber der Sohn von Sante Santorini musste eine ständige Gefahr für ihn darstellen, die er auf diese Weise geschickt und ausgesprochen profitabel aus dem Weg räumen konnte.

Wachsam schlich ich durch die Nacht, hielt mich immer im Schatten, von jeder Bewegung aufgeschreckt, die mich innehalten und mit klopfendem Herzen horchen ließ, ob dort jemand sein mochte. Ich hoffte inständig, dass niemand gesehen hatte, wie Andrea Luca am Abend in mein Haus gekommen war, um Antonia den Schlüssel zu überbringen. Den Schlüssel wozu? Zu welchem Schloss gehörte das kleine Metallstück in meiner Hand? Die Nachricht wies auf La Modestia, eines der einfacheren Viertel Porto di Fortunas, hin, in dem die Arbeiter und Ladenbesitzer ihr Zuhause gefunden hatten. Eines der Viertel, wie jenes, aus dem ich entstammte und in dem ich meine Kindheit verbracht hatte.

Es war seltsam, wie unheimlich die Straßen der Stadt im Dunkel der Nacht wirkten, wenn man alleine war und nicht wusste, wohin man gehörte. Meine Sinne waren angespannt und erschienen mir schmerzhaft verstärkt. Die Umrisse der Häuser hoben sich scharf von dem dunklen Nachthimmel ab, nur vom silbrigen Licht des Vollmonds beleuchtet, der am Himmel stand und auf mich niederblickte wie ein großes, wachsames Auge. Die Nacht war mir niemals fremd gewesen, hatte sich doch ein großer Teil meines erwachsenen Daseins in diesen dunklen Stunden abgespielt, in denen sich das Leben der hohen Gesellschaft erst richtig entfaltete. Doch noch nie zuvor war ich auf mich allein gestellt durch die schattigen Straßen gewandert. Stets hatte mich jemand begleitet, stand an meiner Seite und nahm der Dunkelheit ihren Schrecken.

Ich wusste nicht mehr, wie lange ich bereits durch die Straßen geschlichen war, bis ich endlich an der von Andrea

Luca angegebenen Stelle ankam und zum ersten Mal die Unterkunft erblickte, die mir Schutz vor den Männern des Fürsten gewähren sollte. Die Sonne begann den Himmel bereits in ein zartes Rot zu färben und würde schon bald den Platz des Mondes einnehmen, um der Welt ihr Licht zu schenken und einen neuen Tag beginnen zu lassen.

Ich stand vor einem kleinen Laden, soweit ich dies anhand des schiefen Schildes erkennen konnte, das über der Tür angebracht war. Die verblassten, einstmals goldenen Lettern deuteten auf einen Schuhmacher hin, der wohl von hier aus seine Kundschaft mit Schuhwerk versorgte. Der Laden wirkte verlassen, aber das mochte an der frühen Tageszeit liegen, zu der sich nur wenige Menschen durch die Stadt bewegten.

Wie Andrea Luca es in seinen Anweisungen festgehalten hatte, begab ich mich zur Rückseite des Häuschens, wo ich tatsächlich die Hintertür vorfand. Ein neues Schloss, das hier in seinem Glanz fehl am Platz wirkte, schimmerte mir einladend entgegen und ich schob vorsichtig den Schlüssel in die Öffnung und drehte ihn um, ohne einen Widerstand zu spüren. Die Tür sprang leise, in gut geölten Angeln, auf und führte in die Dunkelheit eines stillen Raumes. Vorsichtig umfasste ich die kleine bereitstehende Öllampe, die ein sanftes Licht ausströmte und damit zumindest einen geringen Teil der mich umgebenden Schwärze zu vertreiben vermochte.

Andrea Luca hatte offenbar alles für mein Eintreffen vorbereitet – oder war dies vielleicht das Werk der Bewohner des Hauses, falls es denn welche gab? Ich hegte Zweifel daran, dass er genügend Zeit dazu besessen hatte.

Eine hölzerne Treppe wand sich hinauf in das in der Dunkelheit liegende, obere Stockwerk und ich schlich auf den knarrenden Stufen nach oben, wo mich die versprochene Tür erwartete. Auch diese verursachte kein Geräusch. Sie schwang still nach innen auf und gab den Blick auf ein einfach eingerichtetes Zimmer frei.

Ich beeilte mich, meinen Bestimmungsort zu betreten, obgleich ich Mühe hatte, mehr als die grundlegenden Elemente darin zu erkennen. Die Anspannung fiel von meinem Körper ab, kaum dass ich über die Schwelle getreten war, und machte einer dumpfen Müdigkeit Platz, die erbarmungslos durch meine Glieder kroch. Die Umrisse des Zimmers verschwammen vor meinen Augen. Ich schloss die Tür hinter mir und es gelang mir gerade noch, die kleine Öllampe sicher auf einem Tisch abzustellen, bevor ich auf dem Bett zusammenbrach und auf der Stelle vom Schlaf übermannt wurde.

Mein Schlaf war unruhig und von wirren Traumbildern erfüllt, die mir Prinzessin Delilah an Andrea Lucas Seite zeigten. Ich sah ihn auf dem Thron von Marabesh, für immer meinem Zugriff entzogen und glücklich mit der exotischen Schönheit an seiner Seite, die höhnisch auf mich herablächelte. Noch einmal erblickte ich den Fürsten, der mir alles genommen hatte. Ein hartes Lachen kam über seine vollen Lippen, das mich gleich einem erschrockenen Kaninchen erstarren ließ und in meinen Ohren dröhnte. Ich wollte schreien, weglaufen, die schrecklichen Bilder vergessen, aber ich konnte ihnen nicht entkommen. Sie verfolgten mich durch die Nacht hindurch, bis ich glaubte, etwas Kühles auf meiner Stirn zu spüren, das die Albträume vertrieb und mich beruhigte.

In einem anderen Traum meinte ich, Andrea Luca an meinem Bett sitzen zu sehen. Er redete mit jemandem außerhalb meines Sichtfeldes und schien besorgt. Sein Gesicht wirkte älter als sonst, es zeigte keine Spur des Mannes, der stets so überlegen und undurchschaubar war. Zärtlich strich er in meinem Traum über meine Wange und hielt meine Hand, blickte auf mich hinab und beugte sich dann zu mir nieder, um mich sanft zu küssen. Leise, beruhigende Worte irrten durch mein Bewusstsein, doch ich vermochte sie nicht zu verstehen, so sehr ich es mir auch wünschte.

Nach einer Weile erhob er sich und schenkte mir einen bedauernden Blick. Ich wollte das Bett verlassen, um ihn aufzuhalten, doch ich war zu schwach, fiel hilflos in die weichen Kissen zurück, aus denen heraus ich mit ansehen musste, wie er schließlich durch die Tür trat und verschwand. Nur eine Rose und die Erinnerung an seine Anwesenheit blieben in dem Raum zurück. Seine letzten Worte schwebten noch sacht durch meinen Geist: *»Ich werde bald zurückkommen, Lukrezia.«*

Heiße Tränen liefen im Schlaf über meine Wangen und ließen mich voller Verzweiflung schluchzend erwachen. Für einen Moment blieb ich starr liegen, unfähig, dem Meer der Traurigkeit zu entfliehen und zur Besinnung zu kommen. Dann versuchte ich, die Reste des Schlafes abzuschütteln und nahm zum ersten Mal meine Umgebung wirklich wahr. Ich lag in einem einfachen Bett ohne großen Zierrat, aber mit weichen Kissen und Decken ausgestattet, die frisch dufteten. Die Sonne blitzte durch eine Ritze der geschlossenen Fensterläden. Sie erhellte das Zimmer, in dem ich einen kleinen Schrank und einen einfachen Tisch fand, auf dem Speisen und eine weiße Waschschüssel mit passendem Krug bereitstanden. Noch zu sehr im Schlaf gefangen, kam es mir nicht in den Sinn, nach dem Ursprung dieser Gaben zu fragen und so nahm ich sie einfach als gegeben hin.

Leise aufstöhnend bewegte ich meinen schmerzenden Körper in eine sitzende Position und ging steif zu dem Fenster hinüber. Ein Blick auf die belebten Straßen verriet mir, dass es schon Nachmittag sein musste und ich spürte, dass ich hungrig war, denn mein Magen machte sich deutlich bemerkbar.

Im Vorbeigehen fiel mein Blick auf den kleinen Nachttisch, der neben dem Bett stand, und ich erstarrte in meiner

Bewegung. Eine rote Rose lag darauf, noch feucht von kleinen Wassertropfen und ohne jede Spur des Verwelkens. Zögernd ging ich hinüber und nahm sie in die Hand. Keine Dornen stachen in meine Finger, so wie es bei allen Rosen gewesen war, die Andrea Luca mir gebracht hatte.

Nachdenklich setzte ich mich auf das Bett und drehte sie in meinen Fingern. Also war er hier gewesen und konnte sich frei in der Stadt bewegen. Der Fürst musste ihm weitgehend vertrauen oder er hatte noch etwas anderes gegen ihn in der Hand, von dem ich nichts wusste.

Erleichterung breitete sich in mir aus und vertrieb einen Teil der Schwäche aus meinen Gliedern. Andrea Luca war frei und hatte einen Weg gefunden, zu mir zu gelangen. Und das bedeutete, dass es noch Hoffnung gab, selbst wenn sie gering sein mochte. Das Klügste wäre es gewesen, aus Porto di Fortuna zu verschwinden, doch das konnte ich nicht über mich bringen. Es war nicht meine Art, einfach davonzulaufen. Ich musste an Alesia und ihre Reaktion auf die Geschehnisse auf dem Ball denken. Sie hatte von den Plänen des Fürsten nichts geahnt, soviel war gewiss, und vielleicht konnte sie mir von Nutzen sein, auch wenn ich ihr niemals vertrauen durfte. Es mochte an der Zeit sein, ihr einen Besuch abzustatten.

Ein leises Klopfen an der Tür schreckte mich aus meinen Gedanken und ließ mich von dem Bett aufspringen. Meine Hand glitt zu dem Rapier, das jemand von meiner Seite genommen und beiseitegelegt hatte, während ich mit gedämpfter Stimme auf das Klopfen antwortete.

Der Türknauf drehte sich langsam. Meine Muskeln waren bis zum Zerreißen angespannt, bis endlich eine rundliche, ältere Frau das Zimmer betrat, eine Kanne mit zart duftendem Tee in der kleinen Hand und ein freundliches Lächeln auf den Lippen. »Ihr braucht nicht zu erschrecken, mein Kind. Ich will Euch nichts Böses.« Sie kicherte und stellte die Kanne auf dem

Tisch ab. Ich kam mir ziemlich töricht vor, bereit, eine harmlose ältere Frau anzugreifen, die nichts weiter wollte, als mich mit Tee zu versorgen und die sicherlich schon vorher genauestens gewusst hatte, dass ich mich hier befand.

Ich ließ resigniert die Waffe auf das Bett fallen und lockerte meine wachsame Haltung. »Verzeiht mir, aber ich habe niemanden erwartet, Signora. Lebt Ihr in diesem Haus?«

Ich schaute sie neugierig an, während sie mir ein warmes Lächeln schenkte und den Tee in eine Tasse goss, die sie ebenfalls mitgebracht hatte. Vorsorglich reichte sie mir das heiße Getränk, bevor sie antwortete. »Aber ja, mein Kind, ich lebe hier, zusammen mit meinem Mann, Giuseppe. Andrea Luca hat uns gebeten, Euch bei uns aufzunehmen und für Euch zu sorgen, bis er Euch holen kommt. Nennt mich einfach Maria.«

Der Tee wärmte mich von innen und trug mit Marias Freundlichkeit zu meiner Entspannung bei. Meine Neugier war geweckt. Welche Verbindung hatten diese einfachen Leute zu einem Mann wie Andrea Luca Santorini? Noch wagte ich es nicht, Maria darauf anzusprechen, doch ich nahm es mir für die Zukunft vor. »Ich danke Euch, Maria. Hat Andrea Luca gesagt, wann er mich holen möchte?«

Marias Gesichtszüge wurden düster, was in mir ein Gefühl hinterließ, als würden Wolken die Sonne verdecken und sie blickte kurz aus dem Fenster. »Nein, das sagte er nicht. Aber seid versichert, dass er alles versuchen wird, um sein Versprechen einzulösen.« Ein Lächeln vertrieb die Düsternis aus ihrem Gesicht und ließ sie wieder fröhlich wirken. Ich bewunderte sie dafür und wünschte mir, ebenfalls diese Wesensart zu besitzen, die das Leben leichter erscheinen ließ. »Sorgt Euch nicht zu sehr, das würde Euer hübsches Gesicht viel zu früh altern lassen. Wenn Ihr etwas braucht, dann könnt Ihr mich meist in der Küche finden. Vielleicht möchtet Ihr uns ab und an Gesellschaft leisten, wenn Euch die Zeit zu lang wird. Aber ich stehe hier und schwatze, dabei wartet Giuseppe auf mich!«

Sie lachte hell auf und zwinkerte mir zu, dann war sie auch schon verschwunden und nahm einen großen Teil der Wärme mit sich. Andrea Luca hatte mich also in guter Obhut zurückgelassen und zumindest das Rätsel um die Besitzer des kleinen Ladens war gelöst, wenn es auch das Einzige war. Seufzend trat ich zu dem Essen hinüber und musterte die Speisen für einen Augenblick. Wenn ich heute Nacht noch Alesia aufsuchen wollte, sollte ich dies zumindest nicht hungrig tun.

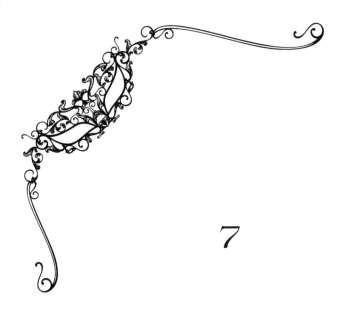

7

Ich wartete, bis die Nacht ihr dunkles Tuch über Porto di Fortuna ausgebreitet hatte, ehe ich mich endlich aus dem kleinen Laden des Schuhmachers Giuseppe schlich. Diesmal schien mir die Dunkelheit weniger Schrecken zu besitzen und ich bewegte mich um einiges sicherer als bei meiner überstürzten Flucht. In Ermangelung einer dunklen Bluse war ich gezwungen gewesen, erneut das weiße Kleidungsstück anzulegen. Ich verdeckte es durch einen viel zu großen Mantel, den ich im Haus des Schuhmachers aufgetrieben hatte, damit ich in den nächtlichen Gassen nicht unweigerlich alle Blicke auf mich zog.

Der Tag war ereignislos vergangen und so war mir genügend Zeit geblieben, um meine Pläne für den Besuch bei Alesia zu schmieden. Das Unterfangen war gefährlich, das war mir bewusst, aber ich sah keinen anderen Punkt, an dem ich beginnen konnte, mehr über die Absichten des Fürsten in Erfahrung zu bringen.

In meine Gedanken versunken und von ihnen abgelenkt, dauerte es einen Augenblick, bis ich erkannte, was plötzlich die Stille der Nacht in meiner Umgebung störte. Leise Schritte hinter mir ließen mich an der Ecke eines Hauses innehalten und angestrengt lauschen. Doch sie verstummten, nachdem ich stehen geblieben war.

War dort jemand, der mir folgte? Ich hielt den Atem an und spähte mit klopfendem Herzen angestrengt in das Dunkel, ohne das Geringste erkennen zu können. Zähe Minuten vergingen, ohne dass die Ruhe des schlafenden Porto di Fortuna gestört wurde. Zischend verließ der angehaltene Atem meine Lungen. Sicherlich war das Geräusch nur meiner überreizten Fantasie entsprungen. Ich schüttelte den Kopf über mich selbst und ging langsam weiter, versuchte, nicht mehr auf die Schritte in meinem Kopf zu achten. Doch ich konnte das Gefühl, verfolgt zu werden, trotzdem nicht abschütteln und begann gegen meinen Willen, schneller zu laufen, schlug unmögliche Abzweigungen ein, verärgert über den Umstand, dass mich dieses Spiel Zeit kosten würde. Schließlich gelang es mir, die Schritte zu verdrängen und ich beruhigte mich. Falls es einen Verfolger gegeben hatte, so war ich ihm entweder entkommen oder er war tatsächlich nur ein Phantom meiner ausgeprägten Einbildungskraft.

Es war ein weiter Weg vom Laden des Schuhmachers bis zum Anwesen des Alberto della Francesca, doch irgendwann hatte ich die Entfernung bezwungen und stand, im Schatten der hohen Mauern verborgen, vor der sandfarbenen Villa. Ich sah zu den antik anmutenden Fenstern unter den Spitzbögen empor, hinter denen ich Alesias Räume vermutete. Die Lichter waren schon lange erloschen und die Stille der Nacht hatte die Geschäftigkeit des Tages ersetzt. Angestrengt dachte ich darüber nach, wie ich hineingelangen sollte. Sicher schliefen die Köche in der Nähe der Küche und würden es nicht ruhig dulden, wenn ich mir durch den Hintereingang Einlass verschaffen wollte. Aber dies war für den Augenblick nachrangig. Als Erstes musste ich auf das Grundstück gelangen.

Die Mauer wirkte einfach zu bezwingen. Zumindest dies würde mir nicht viel Mühe bereiten, waren Angelina und ich in unserer Kindheit doch wild und ungestüm gewesen und hatten so manchen Baum und so manche Mauer erklettert.

Ich seufzte innerlich bei dem Gedanken an duftende Orangen- und Olivenbäume auf dem Anwesen unserer Eltern und den Zauber heißer Sommertage an dem kleinen Flüsschen, an dessen Ufer sie ihre Existenz aufgebaut hatten. Damals hatte mein Vater den Hof von Serrina verlassen, um seine Familie nicht zu gefährden. Und nun war sie erneut in Gefahr durch die Machenschaften einer verzogenen kleinen Artista, die zu lange in der Vergangenheit umhergeschnüffelt hatte. Es wurde Zeit, ein ernstes Wort mit der jungen Signorina della Francesca zu reden, bevor sie noch mehr Unheil anrichten konnte.

Meine Finger suchten nach Halt an dem rauen Stein der Mauer, die glücklicherweise mit allerlei Schmuck versehen worden war. Ich dankte dem Künstler im Stillen für seine prachtvolle und für mich nun überaus praktische Arbeit, während ich mich nach oben zog und einen ersten Blick auf die Gartenanlage der della Francesca warf.

Man hatte im vorderen Bereich der Villa weitestgehend auf eine zu große Rasenfläche verzichtet, was kein Wunder war, wenn man bedachte, dass es sich um ein Stadthaus handelte. Es würde nicht schwer werden, das Haus zu erreichen. Die Bäume waren eine Einladung für jeden Dieb, sich im Schatten zu halten und ungesehen an sein Ziel zu gelangen. Auch Wachen waren nirgends auszumachen. Man verließ sich in diesem Haus auf die starke Blutlinie der Artiste, der auch Beatrice Santi entstammte, und hielt dies für eine ausreichende Warnung. Ich musste zugeben, dass der Gedanke an die mächtige Artista auch mich nicht mit Freude erfüllte. Vielleicht sah sie mir zu und würde mein Leben durch einige leichte Pinselstriche noch mehr aus den Fugen gleiten lassen, als es ohnehin schon geschehen war. Ich glaubte jedoch nicht ernsthaft daran, dass ich jemals wichtig genug sein könnte, um tatsächlich ihre Aufmerksamkeit zu erlangen, obgleich ich eine amüsante Spielfigur in ihrem privaten Feldzug gegen die Santorini abgeben würde. Die Vorstellung verursachte mir eine anhaltende Gänsehaut.

Ich bemühte mich, diese beängstigenden Überlegungen zu verdrängen, damit sie mich bei meiner anstehenden Aufgabe nicht behinderten. Trotzdem wollte es mir nicht ganz gelingen und so nagten sie im Hintergrund meines Kopfes weiter an mir, während ich meine Aufmerksamkeit verbissen auf das Heim der della Francesca zu konzentrieren versuchte.

Ich ließ meine Augen für einen Moment suchend über die Fenster und Türen der Villa gleiten. Schließlich fand ich, was ich gesucht hatte – einen schönen kleinen Balkon, zu dem Rosenranken emporführten. Diese kletterten in überwältigender Pracht über ein an der Wand befestigtes Spalier nach oben. Ein Spalier, das einen Glücksfall darstellte.

Die dornigen Rosen trugen allerdings nicht zu meiner Erheiterung bei. Sie würden mir jedoch auch nicht den Gefallen erweisen, ihre Dornen einzuziehen oder sich in Luft aufzulösen, wenn ich sie charmant darum bat. Mein Charme war gegen Pflanzen kein gutes Mittel. Handschuhe dagegen wären unbezahlbar gewesen.

Ein wenig ärgerlich schalt ich mich selbst, weil ich nicht an eine solche Kleinigkeit gedacht hatte, während ich meinen Körper über die Mauer schwang und hart auf dem Rasen aufkam. Ich lauschte für eine Weile, doch es blieb ruhig im Hause der della Francesca und keine Seele regte sich. Schnell huschte ich durch die Schatten zu dem Spalier hinüber und begann meinen schmerzhaften Aufstieg auf den Balkon, der mich hineinführen sollte. Mein Glück war, dass es Sommer war und die meisten Fenster in den oberen Stockwerken geöffnet blieben, um für eine leichte Abkühlung in der Nacht und frische Luft nach der Tageshitze zu sorgen. So musste ich zumindest nicht meine wenig, bis gar nicht ausgeprägten Fähigkeiten als Einbrecherin auf die Probe stellen. Als ich an dem Balkongeländer ankam und mich daran hinaufzog, bluteten meine Hände von vielen kleinen Stichen und Rissen, sodass jeder Griff und jedes Tasten eine Qual war. Mein Leben als Kurtisane war zumeist alles andere als anstrengend gewesen und so zitterten meine Arme von der Anstrengung des Kletterns und machten meine Bewegungen linkisch und unsicher.

Vorsichtig zog ich den Vorhang beiseite, bemüht, den Artiste des Hauses keine brauchbaren Blutspuren zu hinterlassen. Ich sah mich einem edel eingerichteten Salon voller kleiner Kostbarkeiten gegenüber, der den Reichtum der Familie eindrucksvoll zur Schau stellte. Ein Jammer für Alesia, dass dieser Reichtum trotz allem nicht mit dem Land einer Prinzessin konkurrieren konnte und dass sie dieser unglückselige Umstand den erwünschten Gemahl gekostet hatte. Ein weiterer Grund für die della Francesca, nicht gut auf den Fürsten zu sprechen zu sein, wenn man es recht bedachte. Die Verlobung mochte noch nicht offiziell gewesen sein, war aber durchaus bekannt in gewissen Teilen der Stadt und machte Alesia somit in den höchsten Kreisen zum Gespött der spitzen Zungen des Adels. Sie konnte kein Mitleid und keine Unterstützung erwarten. Nun, um ehrlich zu sein, hielt sich auch mein eigenes Mitleid in Grenzen.

Das fahle Licht des Mondes erhellte die Räumlichkeiten zumindest so weit, dass ich nicht gegen die Möbel stieß und den Schlaf der Familie mit meiner ungebührlichen Anwesenheit unterbrach. Mein Weg führte mich durch einen offenen Durchgang hinaus auf den Flur. Meiner Kenntnis von ähnlichen Gebäuden entsprechend mussten die Schlafräume der Familie ein Stockwerk über mir liegen. Folglich schlich ich, so leise ich es vermochte, die große Treppe hinauf, die sich vor mir erstreckte, um Alesia hinter einer der Türen ausfindig zu machen.

Das alte Holz der Treppe knarrte bei jedem Schritt und ich verfluchte sie tausendfach dafür. Auf den ersten Blick sah sie ungefährlich aus, wenn man den weichen Teppich berührte, in dem man bei jedem Schritt versank, doch bereits nach wenigen Stufen ließ ich mich nicht mehr von ihr täuschen und hatte ihr wahres Naturell erkannt.

Wann immer mein Fuß das Holz berührte, hielt ich inne, wartete voller Anspannung darauf, dass sich eine der Türen öffnen würde und jemand nach der Ursache der beständigen Geräusche suchte. Doch zu meinem Erstaunen blieb die erwartete Unterbrechung aus und ich gelangte unbehelligt in das obere Stockwerk, wo ich mich ratlos umsah.

Alesia konnte sich hinter jeder dieser Türen befinden und so stand ich vor einem Rätsel. Seufzend schlich ich weiter, froh, die Treppe endlich hinter mir gelassen zu haben und gewillt, mein Ohr an jede Tür zu pressen, die ich finden konnte.

So arbeitete ich Tür für Tür ab, blickte dabei in Arbeitszimmer und leerstehende Schlafräume, ebenso wie in einen großen, luxuriös eingerichteten Baderaum. Ein verdächtiges Kichern drang hinter einer der Türen hervor und ich nahm Abstand davon, diese zu öffnen und nachzusehen, wer die Quelle des Geräusches war. Es würde sich mit einiger Wahrscheinlichkeit nicht um Alesia handeln.

Die nächste Tür offenbarte mir das, was ich mir erhofft hatte. Den Arbeitsraum einer Artista, voller bemalter oder auch leerer Leinwände und Materialien, die man zum Malen benötigte und deren Aroma sich schnell bis in den Flur ausbreitete. Wenn dies das Arbeitszimmer Alesias und nicht das ihrer Mutter war, dann würde ihr Schlafraum mit einigem Glück nicht mehr weit davon entfernt sein. Eine Verbindungstür führte neben dem großen Fenster, das dieses Zimmer bei Tage enorm erhellen musste, zu einem weiteren Raum. Ich nahm an, dass ich dahinter Alesia vorfinden würde – anderenfalls würde ich Alberto della Francesca und sein geliebtes Eheweib unsanft aus ihren Träumen von Macht und Stand reißen.

Für einen langen Moment horchte ich an der Tür und vernahm nichts, außer einem leisen Rascheln und dem regelmäßigen Atem einer schlafenden Person. Jetzt kam der gefährliche Teil meines Plans. Ich musste in das Zimmer eindringen, obgleich ich nicht wusste, wie schnell ich zu dem Bett hinübergelangen konnte, ohne dass Alesia, sofern es sich um sie handelte, erwachte und zu schreien begann.

Ich betete dafür, dass sie einen festen Schlaf und eine gut geölte Tür haben möge, und drehte langsam den Türknauf herum. Ein kurzer Blick verriet mir, dass ich mein Opfer gefunden hatte. Das junge Mädchen lag fest schlafend in seinem Bett und wirkte so unschuldig, wie es einer Artista nur möglich war. Ich verschwendete keine Zeit damit, sie lange zu beobachten, sondern zog meinen Dolch aus dem Stiefel und begab mich auf direktem Wege zu ihr.

Alesia erwachte schnell, als sie meine Hand auf ihrem Mund spürte und der kalte Stahl die zarte Haut ihres Halses berührte. Schreckgeweitete Augen blickten mich ängstlich an und Alesia unterdrückte heldenhaft den Wunsch zu schreien, als sie den Dolch an ihrer Kehle wahrnahm. Ihr Körper erschlaffte und sie fiel zurück in ihre Kissen.

Ich flüsterte ihr leise meine Drohung zu. »Wagt es nicht, zu schreien, sonst kann Euch nicht einmal mehr Edea selbst von den Toten zurückholen, habt Ihr mich verstanden?«

Meine Stimme war eisig und besaß einen grausamen Klang, den ich selbst nicht von mir kannte. Alesia nickte, sie hatte verstanden. Ich nahm die Hand von ihrem Mund, veränderte jedoch nicht die Position meines Dolches. Ein scharfes, kaltes Versprechen von ernsten Folgen, falls sie doch noch den Drang, zu schreien, verspüren sollte. Für einen Moment fragte ich mich ernsthaft, was ich hier tat. Ich sollte mein Leben auf Bällen und in den Armen eines wohlhabenden Geliebten verbringen, doch stattdessen saß ich am Bett einer jungen Artista und bedrohte ihr Leben. Aber ich war bereits zu weit gegangen. Es gab jetzt kein Zurück mehr und die Überlegung kam eindeutig zu spät.

»Lu … Lukrezia? Seid Ihr das? Was wollt Ihr von mir?«

Ein Zittern lief durch Alesias Körper und hätte beinahe mein Mitleid erregt, das aber beim Gedanken an Gesparis Besuch sofort verschwand und nur kalten Zorn zurückließ. Meine Antwort war knapp und der nur schwer zu unterdrückende Zorn schwang in meinem Tonfall mit. »Ja, ich bin es.« Um meine Geduld stand es keineswegs zum Besten und so behielt ich den Grund für meinen Besuch nicht lange für mich. Die Worte verließen meinen Mund, bevor Alesia überhaupt zu einem weiteren Satz ansetzen konnte. »Was wisst Ihr über Santorinis Pläne und was habt Ihr ihm verraten? Sprecht schnell und wagt es nicht, mich zu belügen, Alesia. Diesmal bin ich in der besseren Position für Verhandlungen.«

Ich konnte spüren, wie Alesia schmerzhaft schluckte und ein Schluchzen über ihre Lippen drang. Der Verlust Andrea Lucas und die verlorene Macht, die damit einherging, schienen sie schwer getroffen zu haben. Ihre Stimme klang weinerlich und dünn, sie zeigte das junge Mädchen, das unter dem Gewand einer Artista verborgen war. »Ich habe ihm nichts verraten, bitte glaubt mir! Er sagte, dass er dafür sorgen würde, dass Andrea Luca mich vor Ablauf des Jahres heiraten wird, wenn ich alles tue, was er von mir verlangt!«

Alesia schluchzte jetzt herzzerreißend, doch sie überzeugte mich nicht von ihrer Ehrlichkeit. Sie würde jede Leichtgläubigkeit für sich nutzen, daran bestand kein Zweifel und ich war mir nicht sicher, ob sie ihr Wissen nicht doch noch verkaufen würde, wenn sich die Gelegenheit bot – falls sie es nicht bereits getan hatte. Es gab keine Garantie dafür, dass die Artista die Wahrheit sprach.

»Woher wisst Ihr, wer ich bin?«

Das Schluchzen verstummte allmählich, doch ihre Stimme blieb so dünn wie zuvor. Ich hatte selten ein solches Elend zu Gesicht bekommen wie Alesia della Francesca, nachdem man ihr das liebste Spielzeug genommen hatte. Sie flüsterte nahezu. »Es ist Euer Aussehen. Blaue Augen und helle Haut. Beinahe keine Terrano besitzt diese Merkmale und nur eine war dafür bekannt – Fiora Vestini, die rechtmäßige Fürstin von Serrina, die vor zweiundzwanzig Jahren ihr Fürstentum verlassen hat und spurlos verschwunden ist. Es war nicht schwer, eine Verbindung zu sehen. Sie verschwand zur gleichen Zeit wie der damalige Hofmaler, Giorgio Cellini ...«

Ich hörte Alesias Ausführungen ohne Gefühlsregung zu. Ja, Fiora war der Name meiner Mutter und mein Vater war am Hofe Serrinas Hofmaler gewesen, bevor er seine Position aufgrund einer Auseinandersetzung mit dem Bruder der Fürstin verloren hatte. Und um das Verschwinden von Fiora Vestini rankten sich genügend Legenden, um mühelos ein ganzes Buch damit zu füllen. Ihre Worte entsprachen der Wahrheit. Doch meine Mutter war eine einfache Frau, keine Fürstin aus dem Geschlecht der Vestini.

Alesias Worte verursachten mir eine Übelkeit, die langsam durch meinen Körper sickerte. Ich unterdrückte mühsam das beginnende Zittern meiner Hand und blickte sie weiterhin starr an. Ich war nicht bereit, an die Geschichte der jungen Artista zu glauben, denn wenn auch nur ein Funken Wahrheit darin lag, so wäre mein Leben ebenso verwirkt wie das meiner Schwester.

Alesia schien an ihrer Erzählung Gefallen gefunden zu haben. Die Tränen trockneten schnell, während sie munter weiterplapperte. »Niemand ahnt etwas davon. Ich habe die Familiengeschichte der Vestini durchforstet und den dunklen Fleck darin entdeckt, den sie zu verbergen trachten. Auch ein Bildnis der Fürstin habe ich gefunden und es hat mich auf Eure Spur geführt. Ihr seht genauso aus wie sie und Eure Schwester sicher ebenfalls. Ja, Euer Aussehen ist verräterisch, Lukrezia. Es wundert mich, dass bisher kein anderer darauf gekommen ist. Noch nicht einmal Andrea Luca weiß davon ...«

Bei der Erwähnung seines Namens krampfte sich meine Hand um den Dolch, der noch immer an Alesias Kehle ruhte. Sie mochte tatsächlich nichts über die Pläne des Fürsten wissen, aber diese Behauptung ließ mich aufhorchen.

»Woher wollt Ihr wissen, ob er keine Kenntnis davon besitzt, Alesia? Ich bin mir sicher, dass er es Euch nicht anvertraut hätte. Euer Verhältnis erscheint mir nicht unbedingt vertrauensvoll und eng.«

Das selbstvergessene Lächeln auf Alesias Lippen wirkte unter diesen Umständen merkwürdig verdreht, es passte nicht zu der Situation, in der sie sich befand. Noch weniger tat dies ihr lautes Auflachen. Hektisch legte ich meine Hand über ihren Mund und horchte, ob es jemanden geweckt hatte.

Tatsächlich hörte ich, wie sich eine Tür öffnete und jemand über den Flur lief. Vor Alesias Schlafraum hielten die Schritte inne und wer auch immer dort draußen war, lauschte seinerseits. Ich presste den Dolch noch fester an Alesias Hals und blickte sie warnend an, bedeutete ihr, nun keinen Fehler zu machen. Eine besorgte Frauenstimme erklang schließlich vor der Tür. »Alesia? Geht es dir gut, mein Kind?«

Alesia ließ sich Zeit mit der Antwort und blickte mich mit einem seltsamen Glitzern in den Augen an. Die Sekunden verstrichen endlos langsam und quälend, bis sich ihre Lippen erneut zu einem Lächeln verzogen. »Es geht mir gut, Mutter. Ich hatte nur einen schlechten Traum. Sorge dich nicht.«

Mit wachsendem Schrecken sah ich in dem durch die Himmelskörper nur schwach erhellten Raum, wie sich der Türknauf zu drehen begann, und machte mich bereit, sofort aufzuspringen. Meine freie Hand fuhr zu meinem Rapier und zog es halb aus der Scheide, bis Angela della Francesca in der Bewegung innehielt und den Türknauf zurückschnellen ließ.

Noch einmal erklang die Stimme der resoluten Signora. »Du solltest versuchen, noch ein wenig zu schlafen, mein Liebes.«

Das Lächeln auf Alesias niedlichem Gesicht hatte sich vertieft und wirkte engelsgleich. Sie genoss meine prekäre Situation mit jeder Faser ihres Seins. »Aber ja, Mutter. Verzeih, dass ich dich geweckt habe.«

Angelas Schritte verklangen allmählich.

Ich hörte, wie eine Tür geöffnet wurde und schließlich mit einem leisen Geräusch in das Schloss zurückfiel. Erst jetzt wagte ich es, auszuatmen und meine verkrampften Muskeln zu entspannen. Alesias Blick ruhte auf mir. Ich musterte sie kühl, versuchte, das unterbrochene Gespräch wiederaufzunehmen. »Ihr wolltet mir gerade etwas erzählen. Und Eurem Lächeln zufolge könnt Ihr es kaum noch erwarten.«

Das Gesicht der jungen Artista verzog sich zu der selbstgefälligen Miene, die sie damals in meinem Salon zur Schau getragen hatte, als sie ihre Nachforschungen über meine Identität zum ersten Mal enthüllt hatte. Ich wartete gespannt, welche Teufelei sie nun wieder ausgebrütet hatte. »Ich werde Euch gerne zeigen, woher ich das weiß, *Lukrezia*. Aber dazu müsst Ihr mir gestatten, mein Bett zu verlassen. Ich schwöre Euch, dass ich nichts anstellen werde, das Euch in Gefahr bringen könnte.« Sie betonte meinen Namen auffällig und kicherte dann.

Ich erhob mich wachsam, dabei keine ihrer Bewegungen aus den Augen lassend, und ließ sie aufstehen. Alesia war nur in ein dünnes Nachthemd gekleidet, machte aber keinerlei Anstalten, zu dem Überwurf auf einem ihrer Stühle zu greifen und sich zu bedecken. Sie lief zu der Tür hinüber, die in das Nebenzimmer führte. Ich wollte es nicht als Atelier bezeichnen, denn dies hätte mich zu sehr an Angelina erinnert, die als Malerin tätig war und ich mochte sie noch nicht einmal geistig mit Alesia und ihrer Art der Malerei in Verbindung bringen. Mit nur wenigen Handgriffen hatte die Artista eine Öllampe entzündet, die den Raum mit einem warmen Leuchten erfüllte. In solch unmittelbarer Nähe zu den Arbeitsgeräten einer Malerhexe war ich auf der Hut. Es war keine Erfahrung, nach deren Wiederholung ich mich sehnen würde, wenn diese Nacht überstanden war. Sie verursachten mir ein körperliches Unwohlsein, das sich schleichend in mir ausbreitete.

Alesias Schritte hingegen waren voller Leichtigkeit und Schwung. Sie freute sich auf das, was sie mir vorführen wollte. In vielerlei Hinsicht war das Mädchen noch jung und beeinflussbar, in anderen Punkten war sie allerdings so raffiniert und verschlagen wie eine um zehn Jahre ältere Frau. Ihre Füße trugen sie schnell zu einer großen, mit einem weißen Tuch verhüllten Leinwand, das sie vorsichtig davon entfernte. Es war mir nicht möglich, einen erschrockenen Laut zu unterdrücken, als das, was darunter verborgen war, zum Vorschein kam.

Von der Leinwand sah mir Andrea Luca entgegen, lebensgroß und so detailgetreu, als stünde er vor mir. Ich war erschüttert über diese Darbietung von Alesias Kunstfertigkeit. Die Artista würde eines Tages mächtig werden, sehr mächtig sogar.

Alesia erfreute sich an meiner Reaktion und murmelte Worte in einer Sprache, die sich meiner Kenntnis entzog. Ich konnte spüren, wie sich Macht in dem kleinen Raum sammelte und nach mir griff, sie erfüllte Alesia und bündelte sich in ihr. Dann strich sie über das Bild und erweckte es zum Leben.

Ich sah noch immer Andrea Luca, dort auf diesem Bild, doch nun lebte er. Er schlief, atmete, bewegte sich unruhig in einem Traum, der uns verborgen blieb. Ich wollte zu ihm gehen, ihn berühren. Doch Alesia hielt mich zurück, machte mich zu einer hilflosen Zuschauerin, bis sie das Bild mit einer schnellen Bewegung ihrer Hand und einem befehlenden Wort erstarren ließ. Tränen liefen an meinem Gesicht hinab. Ich vermisste Andrea Luca bereits nach einer solch kurzen Zeit schmerzlich und erst jetzt, da ich vor seinem Bildnis stand, wurde mir dies wirklich bewusst.

Wütend wischte ich die Tränenspur von meinen Wangen und schaute zu Alesia, die erschöpft vor mir stand. Die Magie einer Artista forderte ihren Tribut und konnte ihre Anwenderin viel mehr kosten, als sie vielleicht zu geben bereit war. In diesem Zustand sah Alesia ungefährlich aus, wirkte zerbrechlich und so jung, wie sie in Wirklichkeit war. Sie blickte mich unter schwer gewordenen Lidern an und ließ sich kraftlos auf einen Sessel fallen, der in ihrer Nähe stand. »Ich ermüde schnell, das seht Ihr selbst. Noch bin ich nicht in der Lage, starke Magie über einen längeren Zeitraum aufrecht zu erhalten. Aber meine Zeit wird kommen und dann werde ich selbst die Macht einer Beatrice Santi übertreffen!«

Ein fanatisches Licht glühte in ihren Augen und verlieh ihr einen gespenstischen Ausdruck. Ich zweifelte nicht an ihren Worten, denn sie hatte ihre Fähigkeiten eindrucksvoll unter Beweis gestellt. »Ich habe Andrea Luca beobachtet, so wusste ich immer alles, was er getan hat und hatte ihn bei mir, selbst wenn er es niemals geahnt hat. Es ist nicht schwer, etwas Persönliches von seinem künftigen Gemahl zu erhalten, wisst Ihr?«

Ich nickte in plötzlichem Verstehen und erwiderte ihren Blick. Wir beide befanden uns in einer seltsamen Situation, die keine von uns erwartet hatte, denn es gab keinen Weg, sich der anderen zu entledigen, ohne mit ihr unterzugehen. Ich hegte keinen Zweifel daran, dass sie noch mehr von diesen ausgesprochen interessanten Bildern unter den zahlreichen Tüchern verbarg, die in ihren Räumlichkeiten zu finden waren. Es konnte ihr den Hals brechen, wenn eine andere Artista darüber Kenntnis erlangte.

Ich wusste nicht viel von den Regeln der Artiste, doch Alesia besaß weitaus mehr Macht, als sie in ihren jungen Jahren hätte haben dürfen und sie stellte mit ihren Ambitionen eine Gefahr für das zerbrechliche Gleichgewicht zwischen den herrschenden Familien dar. Eine zweite Beatrice Santi ohne Skrupel und Gewissen, die nach Machtgewinn dürstete und dabei über Leichen ging. Doch wir konnten einander von Nutzen sein. Unfreiwillige Verbündete, die das Schicksal zusammengeführt hatte.

Wir trafen ein stilles Abkommen in jener Sommernacht und bedurften dazu nicht vieler Worte. Ganz gleich, welche von uns am Ende gewinnen würde, die Prinzessin würde die Verliererin sein.

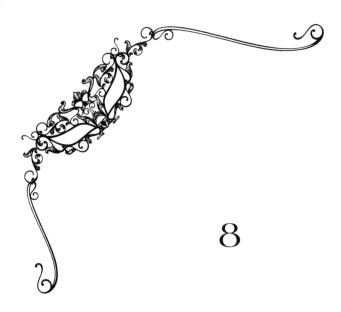

8

Nach meinem Gespräch mit Alesia war es nicht schwer, die Villa della Francesca zu verlassen, hatte die Artista doch selbst dafür Sorge getragen, dass ich ohne Probleme verschwinden konnte. Diesmal sogar, ohne mir die Finger an dem Rosenspalier zerstechen zu lassen.

Ich war besorgt über das, was ich über ihre Machenschaften erfahren hatte. Alesia war viel zu jung, um über eine solche Macht zu verfügen und ich bezweifelte nicht, dass sie ihre Kräfte skrupellos für ihre Ziele einsetzen würde und dies auch bereits getan hatte. Und was war mit meiner eigenen Herkunft? War meine Mutter tatsächlich die Fürstin von Serrina? Der Gedanke erschien mir zu abenteuerlich, um tatsächlich der Wirklichkeit entsprungen zu sein.

Ich achtete kaum auf meine Umgebung, während ich grübelnd durch die Nacht wanderte, und wurde erst aufgeschreckt, als die Schritte hinter mir erneut erklangen. Die Villa della Francesca war bereits ein weites Stück entfernt und ich befand mich in einem völlig ausgestorben wirkenden Teil der Stadt, der keinerlei Hilfe versprach. Diesmal war ich mir sicher, dass ich keiner Sinnestäuschung erlag. Ich wurde verfolgt, nur von wem oder von was, das war die Frage.

Vorsorglich zog ich mein Rapier und verschwand im Schatten einer hohen Mauer. Gegen einen geübten Gegner würde ich nur wenig ausrichten können, doch mir blieb keine andere Wahl, wenn ich verhindern wollte, dass jemand meine Zuflucht entdeckte. Wenn ich weiterging, würde ich ihn geradewegs zu ihr führen, und dies lag nicht in meiner Absicht. Mein Blick wanderte durch die Gassen, versuchte, jede kleinste Bewegung in meiner Umgebung zu erfassen, doch die Nacht blieb stumm und ich sah nichts, was meine Aufmerksamkeit erregt hätte. Ich überlegte bereits, ob ich mich getäuscht hatte, als mein Verfolger endlich zuschlug.

Ein dunkler Schatten sprang von der Mauer herab und riss mich in seinem Schwung mit sich zu Boden, auf dem ich unsanft aufschlug. Reflexartig rollte ich mich zur Seite, um meinem Angreifer zu entkommen, bemühte mich, unbeholfen auf die Beine zu gelangen, die mir durch den Schreck zu versagen drohten und die viel zu weich geworden waren, um stehen zu können.

Auch mein Angreifer machte Anstalten, sich zu erheben und wirkte dabei um einiges geschickter als ich. Schnell stand er wieder auf seinen Füßen, ein schlichtes Rapier in den Händen und einen grimmigen Ausdruck auf seinem unrasierten Gesicht. Er blickte mich an und ein zahnloses Grinsen erschien auf seinen Zügen.

Er bewegte sich blitzartig näher, packte mich, bevor ich eine Möglichkeit hatte, ihm zu entkommen. Schlechter Atem schlug mir ins Gesicht und ließ mich würgen. Seine Stimme drang von einem amüsierten Kichern begleitet an mein Ohr. »So ein hübsches Vögelchen treibt sich in der Nacht allein auf der Straße rum? Sieht so aus, als wärst du die Kleine, nach der der Fürst sucht.«

Eine Denkpause ließ ihn innehalten und wandelte sein Grinsen zu einem lüsternen Ausdruck, der meine Knie noch weicher werden und mein Herz vor Angst schneller schlagen ließ. »Aber das heißt nicht, dass wir vorher keinen Spaß haben dürfen, bevor ich dich bei ihm abgebe.« Seine ungewaschenen Finger betatschten mich gierig. Anscheinend wollte er seine Drohung sofort im Schatten der Mauer in die Tat umsetzen.

Ich spannte meinen Körper an und wehrte mich gegen seinen eisernen Griff, aber es war aussichtslos. Auch mein Rapier nutzte mir im Nahkampf nichts mehr und baumelte nutzlos an meiner Seite. Ich hasste meine Schwäche, wollte dem widerwärtigen Kerl die Augen herauskratzen, doch ich konnte mich kaum bewegen und war ihm hilflos ausgeliefert.

Alles, was ich tun konnte, war, es ihm so schwer wie möglich zu machen. Meine Versuche schienen ihn allerdings eher anzustacheln, als ihn von seinem Vorhaben abzubringen. Das leise Gefühl, dass er es mochte, wenn sich eine Frau wehrte, beschlich mich und hinterließ einen eisigen Klumpen in meinem Magen.

Ich besann mich auf meine Erziehung, so gut es unter diesen Umständen ging, und erstarrte in der Bewegung. Mein Körper entspannte sich und der Fremde hielt ebenfalls inne, erstaunt über meinen plötzlichen Sinneswandel. Meine Stimme klang fest und zitterte nur noch unmerklich, als ich den Tonfall verführerisch senkte und ihn ansprach. »Aber Signore! Ich bin mir sicher, dass wir uns auf einem anderen Weg einig werden können. Wenn Ihr wisst, dass der Fürst nach mir sucht, dann ist Euch sicher auch bekannt, wer ich bin und welche Künste Euch erwarten könnten, wenn Ihr ein wenig freundlicher zu mir wäret.«

Der grobe Kerl schien über mein Angebot nachzusinnen und brauchte für diese Anstrengung einige Momente. Offenbar war er zumindest zu dem Schluss gekommen, dass meine Worte ein Körnchen Wahrheit enthielten, über das es sich nachzudenken lohnte, denn er versuchte nicht mehr, mir gewaltsam die Kleider vom Leib zu reißen und lockerte seinen Griff. Ein heiseres Lachen kam über seine Lippen und ließ seinen Körper erbeben. »Und wie sehen diese Künste genau aus, Mädchen? Vielleicht behalt ich dich einfach und nehme dich zur Frau. Ich kann eine brauchen, die sich um meine Angelegenheiten kümmert und mir zu Gefallen ist, wenn mir danach ist.«

Ein bissiger Kommentar zu seinen sicherlich häufig stattfindenden Besuchen in den Hurenhäusern der Stadt lag auf meinen Lippen. Ich wagte es jedoch nicht, ihn zu äußern, war die Bedrohung durch seine Körperkraft doch viel zu gegenwärtig. »Wenn Ihr mich vor dem Fürsten bewahrt, werde ich gerne an Eurer Seite bleiben und Eure Wünsche erfüllen, Signore. Glaubt mir, keine Kurtisane versteht sich besser auf ihr Handwerk als ich.«

Ich legte tausend Versprechen in meine Stimme, die ich allerdings keineswegs zu halten beabsichtigte, und spürte mit Genugtuung, wie meine Worte ihre Wirkung entfalteten. Der Griff um meine Taille wurde noch lockerer, mein zukünftiger Gemahl wollte seinem Eheweib wohl in die Augen sehen und machte Anstalten, mich umzudrehen.

Ich nutzte die Gunst der Stunde, lächelte ihn voller Liebreiz an und strich sanft über die raue Wange. Verzückung spiegelte sich auf den Zügen des Mannes wider und er zog mich näher an sich heran – zu nahe, wie er wohl bemerken musste, als mein Knie unsanft mit seinen Weichteilen Bekanntschaft schloss und ihn keuchend zu Boden zwang. Ein krächzendes, schmerzerfülltes: »Du elende Hure!«, verließ seinen Mund. Ich wollte mich schnellstens von ihm entfernen und fand mich dabei urplötzlich zur Seite geschleudert wieder.

Ein anderer Mann war auf der Bildfläche erschienen und trat mit seinem gezogenen Krummsäbel auf den am Boden

Liegenden zu. Er war dunkel gekleidet und musste perfekt mit den Schatten verschmolzen sein, bevor er in das Licht des Mondes und der Straßenlaternen getreten war. Ich presste mich gegen die Mauer, obgleich jede Faser meines Körpers danach schrie, davonzulaufen, solange ich es noch vermochte. Doch wie so oft war meine Neugier stärker als mein Verstand und ich blieb, schwor mir zu gehen, sobald ich den Mann gesehen hatte, der seine Klinge an den Hals meines verhinderten Gemahls setzte.

Als er sprach, lief mir ein Schauer über den Rücken. Ich kannte diese Stimme. Arrogant und aristokratisch, dabei aber trotzdem angenehm, wenn auch in diesem Augenblick keine Rede davon sein konnte. Sie gehörte dem Mann mit der Narbe, dem ich am Hafen Porto di Fortunas begegnet war. Erschrocken blickte ich auf das Geschehen vor mir, hörte die Worte des Mannes mit der Narbe zu dem Fremden wie durch einen unwirklichen Schleier.

»Es spricht nicht für gute Manieren, fremde Frauen auf der Straße zu belästigen, du Straßenabschaum. Ich denke, ich sollte dir beibringen, wie man sich in der Gesellschaft einer Dame verhält, bevor du diesen unverzeihlichen Fehler noch ein weiteres Mal begehst.« Seine Klinge spielte neckend um den Hals seines Opfers, verursachte dabei eine dünne, blutige Linie.

Der Mann am Boden begann zu zittern. Meine eigene Angst spiegelte sich nun in seinen Augen wider. Er sah auf. Sein Mund öffnete sich zu einer Antwort, spuckte den Hass aus, den er empfand. »Ich pfeife auf Eure feine Gesellschaft! Wenn Ihr die Hure wollt, so nehmt sie Euch und lasst mich in Frieden meiner Wege ziehen.«

Ein belustigtes Schnauben drang unter dem breiten Hut hervor, der den Kopf des Narbenmannes bedeckte. Er schien Gefallen an der Situation zu finden. Die Klinge stieß leicht nach der Brust des Gefallenen, ritzte sein Hemd auf, traf seine

Haut darunter und hinterließ weitere blutige Striemen. Ich stöhnte vor Entsetzen leise auf, während ich die offensichtliche Quälerei beobachtete. Welche Schatten mochten die Seele dieses Mannes verdunkeln? Ich wollte meinen Blick abwenden, doch als er sprach, wurden meine Augen unweigerlich auf ihn zurückgezogen. »Nein, ich werde dich erst dann deiner Wege ziehen lassen, wenn du deine gerechte Strafe erhalten hast. Was denkst du, wäre angemessen? Ah, ich weiß ...«

Die Klinge ritzte am Bauch des anderen hinab und glitt zwischen seine Beine. Ein erschrockenes Grunzen entfuhr meinem Angreifer. Er machte Anstalten, seine Männlichkeit zu retten und dem drohenden Schnitt zu entkommen.

»Ich denke, der Gerechtigkeit wäre Genüge getan, wenn ich dafür sorge, dass du niemals mehr einer Frau deinen Willen aufzwingen kannst. Oder sollen wir die Signorina fragen, ob sie etwas Besseres weiß?« Er lachte, genoss die Wehrlosigkeit seines Opfers, das außer sich vor Angst war und zu wimmern begann. Ich konnte es nicht mehr länger mit ansehen und schrie auf, was die Aufmerksamkeit der beiden Männer auf mich lenkte.

Der Narbenmann zuckte zusammen. Es wirkte, als würde er aus einer Trance erwachen und sein Blick wurde klar. Erst jetzt schien er seine Umgebung wahrzunehmen und seine Klinge hob sich, ließ von seinem Ziel ab. »Lauf, so schnell du kannst, und komme mir niemals wieder unter die Augen. Bei unserer nächsten Begegnung töte ich dich.«

Er versetzte dem Aufstehenden noch einen flinken Schlag auf die Kehrseite. Dieser machte sich, so schnell er konnte, aus dem Staub, froh, noch einmal mit dem Leben davongekommen zu sein. Ich sah ihm für einen Augenblick hinterher und drehte mich dann zu dem Narbenmann um, der mich eingehend musterte. Nachdem ich gesehen hatte, zu welcher Grausamkeit er fähig war, war ich sehr darauf bedacht, ihm nicht zu nahe zu kommen und behielt ihn im Auge. Wenn er sich mir erst genähert hatte, würden meine Chancen sinken, ihm noch zu entkommen.

Ich nahm den letzten Rest meines Mutes zusammen und stellte ihm die Frage, die mich am meisten bewegte. »Ihr seid also mein Verfolger gewesen, nicht wahr? Warum? Ich habe gesehen, wie Ihr mich auf dem Ball des Fürsten beobachtet habt.«

Mit einer geübten Bewegung steckte er seinen Krummsäbel in die Scheide zurück. Ich wunderte mich über die ungewöhnliche Waffe, die in Terrano kaum verbreitet war, und die, wie ich nun erkennen konnte, mit einer Vielzahl von außergewöhnlichen, verschlungenen Mustern versehen war. Es war nicht die Klinge eines armen Mannes und ich wagte kaum, mir vorzustellen, was er damit im Kampf bewirken mochte. Er hatte es nicht eilig, mir zu antworten, und trug seine Überlegenheit offen zur Schau. »Eure Kombinationsgabe spricht für Euch, Signorina Lukrezia. In der Tat bin ich Euch gefolgt, seitdem ihr Euren Unterschlupf verlassen habt.«

Er verschränkte die Arme über der Brust und sah mich herausfordernd an. Die Narbe auf seiner rechten Gesichtshälfte glänzte glatt im Licht des Mondes und ich fragte mich unwillkürlich, welcher Gelegenheit er sie wohl zu verdanken haben mochte. Schon bei unserer ersten Begegnung hatte er in mir den Impuls ausgelöst, davonzulaufen. Dass er offensichtlich wusste, wo Andrea Luca mich untergebracht hatte, war beängstigend.

»Nun gut, dürfte ich auch erfahren, aus welchem Grund Ihr fremden Frauen in der Nacht durch die Straßen Porto di Fortunas folgt? Dies erscheint mir keineswegs eines Edelmannes würdig.«

Meine Frage schien ihn zu amüsieren. Sie hinterließ ein Glitzern in seinen smaragdfarbenen Augen, die für einen Terrano ebenso ungewöhnlich waren, wie die meinen. Ich biss mir auf die Unterlippe, um einen zornigen Kommentar über sein Verhalten zu schlucken und funkelte ihn wütend an. »Ich habe niemals vorgegeben, ein Edelmann zu sein, Signorina. Aber eine Kurtisane, die als einfaches Mädchen am Hafen umherläuft und den zukünftigen König von Marabesh vor den Augen seiner Verlobten küsst, hat meine Neugier geweckt. Und vielleicht sind unsere Interessen nicht so unterschiedlich, wie ihr glaubt.«

Dies überraschte mich nun wirklich. Ich hatte mit jeder Antwort gerechnet, aber nicht mit dieser. Gemeinsame Interessen mit einem Fremden? Welche Interessen sollten dies wohl sein? Ich ließ mich auf sein Spiel ein und drängte meinen Zorn zurück, was mir anhand der Angst in meinem Herzen nicht schwerfiel. »Und wie sehen unsere gemeinsamen Interessen aus, Signore? Ich kann bisher nichts entdecken, was wir gemeinsam haben könnten.«

Der Narbenmann blickte mich durchdringend an und lächelte dabei rätselhaft. »Tatsächlich nicht? Man sagt den Kurtisanen einen wachen Verstand nach und ich bin mir sicher, dass Ihr selbst wisst, wo unsere Gemeinsamkeiten liegen, wenn ihr kurz darüber nachdenkt. Die Verbindung zwischen uns ist nicht schwer zu erraten.«

Ich überlegte, was er wohl meinen mochte und unsere erste Begegnung kam mir in den Sinn – am Hafen Porto di Fortunas, nachdem das Schiff mit Prinzessin Delilah eingelaufen war. Dann auf dem Ball des Fürsten, als Delilah das erste Mal in das Licht der Öffentlichkeit getreten war. Beide Male waren wir gemeinsam anwesend, also war es durchaus möglich, dass er das Erscheinen der Prinzessin meinte. Ich konnte mir zumindest keinen anderen Reim auf seine Worte machen.

»Ihr redet von Prinzessin Delilah? Nun, Ihr habt mir einiges voraus, denn Ihr kennt scheinbar meine Motive, ich kenne jedoch noch nicht einmal Euren Namen, Signore.«

Der Narbenmann, denn so musste ich ihn in Ermangelung seines Namens nennen, lachte auf und nickte dann zustimmend. Anscheinend hatte ich mit meiner Vermutung ins Schwarze getroffen. Seine offene Belustigung störte mich, sah ich doch keinen Anlass dazu.

»Gestattet mir, dass ich mich vorstelle, und verzeiht mir meine ungehörige Unhöflichkeit gegenüber einer solch edlen Signorina wie Euch. Mein Name ist Domenico Verducci und ich befürchte, wir sind uns noch nie zuvor begegnet. Und ja, ich rede von Prinzessin Delilah von Marabesh, einer Frau, die ebenso schön wie gefährlich ist.« Nach seiner schwungvollen Vorstellung, die von einer tiefen Verbeugung begleitet wurde, kehrten Ernst und Härte in das Gesicht des Mannes zurück, dem ich nun endlich einen Namen geben konnte.

Also kannte er Delilah und womöglich auch das Land, aus dem sie angereist war. Diese Tatsache erklärte auch den Krummsäbel an seiner Seite, eine Waffe, die sich in Marabesh großer Beliebtheit erfreute. Aber welcher Art war die Verbindung zwischen der Prinzessin und dem Mann mit der Narbe?

»Ich würde nicht sagen, dass die Prinzessin von Bedeutung für mich ist, Signore Verducci. Sie ist eher ein Hindernis, das es zu überwinden gilt. Überdies weiß ich noch immer nicht, was Ihr wirklich von mir wünscht.«

Das Gesicht des seltsamen Terrano wirkte plötzlich düster und verschlossen. Er schien über etwas nachzudenken. Überlegte er, in wieweit er mir vertrauen durfte? Auch ich selbst war sehr vorsichtig. Verducci war ein Fremder für mich und er konnte ebenso gut ein Mann des Fürsten sein. Aufmerksam blickte ich ihn an, versuchte, in einem Gesicht zu lesen, in dem man nicht lesen konnte.

»Ihr wollt Euren Geliebten zurück, Lukrezia, und ich kann Euch dazu verhelfen. Ich verlange dafür als Gegenleistung nur Eure Hilfe. Euer Wissen über das Land des Fürsten und das

Machtgefüge innerhalb dieser Stadt sind für mich unbezahlbar, denn ich habe diesen Boden seit Langem nicht mehr betreten. Ich habe nur wenige Verbündete, ebenso wie Ihr selbst, und wir verfolgen das gleiche Ziel. Was also läge näher, als unsere Zusammenarbeit?« Seine Stimme war dunkel und von altem Schmerz erfüllt. Ich zwang mich dazu, den Narbenmann ruhig anzublicken und kämpfte gegen meinen inneren Aufruhr an.

Ich wusste nicht, was er wirklich vorhaben mochte, aber seine Worte waren zumindest in diesem Augenblick ehrlich, das sagte mir mein Gespür. Wir musterten einander, gegenseitig die Motive des anderen abschätzend. Die Pläne des Fürsten zu durchkreuzen, erschien mir unmöglich, aber wenn dieser Mann einen Weg kannte, um dies zu bewerkstelligen, dann würde ich ihm zur Seite stehen. Was konnte es mich jetzt noch kosten, da ich bereits alles außer meinem Leben verloren hatte? Er schien nicht daran interessiert, mich an den Fürsten auszuliefern, denn dazu hätte er mühelos jede Gelegenheit gehabt, ohne überhaupt das Wort an mich richten zu müssen.

Meine Hand fand den Weg in die seine, einen Handel beschließend, von dem ich nicht einmal wusste, was er für mich bedeuten würde. Doch welche Wahl blieb mir, in diesem Spiel, zu dessen Spielfigur ich geworden war?

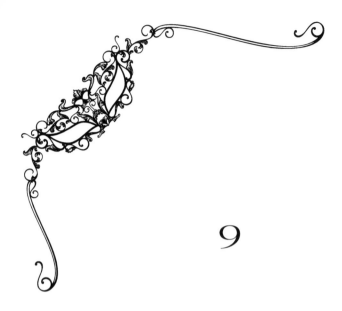

9

Domenico Verducci ließ es sich nicht nehmen, mich zu dem Haus des Schuhmachers zu begleiten und diesmal wehrte ich mich nicht dagegen. Er kannte meinen Aufenthaltsort bereits, also bestand keine Notwendigkeit mehr für ein Versteckspiel. Wir sprachen wenig, obgleich ich versucht war, weitere Fragen zu stellen. Der Narbenmann blickte aber so düster und stur nach vorne, dass ich es nicht wagte, seine Gedanken zu unterbrechen.

Endlich hatte ich ausreichend Gelegenheit, über die Geschehnisse der Nacht nachzusinnen, kam aber zu keinem rechten Ergebnis. Viele Fragen waren offengeblieben, einige neue hinzugekommen und ich fühlte mich unsicher und einsam. Was sollte eine Frau wie ich gegen den Fürsten und eine zukünftige Königin ausrichten? Wie sollte ich dem Mann, der schweigend an meiner Seite lief, von Nutzen sein, wenn ich mir doch selbst nicht zu helfen wusste?

Wir mussten beide ein merkwürdiges Bild abgeben, als wir den Schuhmacher erreichten und Domenico Anstalten machte, sich von mir zu verabschieden. Wir waren damit beschäftigt, einander einzuschätzen und die Absichten des anderen zu ergründen, und so wirkten wir wohl wie zwei Gegner vor einem Kampf, die sich umkreisen, und nicht wie Verbündete. Doch unsere gegenseitige Musterung fand noch vor ihrem Finale ein jähes Ende. Eine mir wohlbekannte, eisige Stimme erklang aus der Dunkelheit und ließ uns innehalten.

»Ah, Signorina Lukrezia! Wie schön, dass Ihr endlich hier angelangt seid. Vielleicht möchtet Ihr mir Eure neue Bekanntschaft vorstellen?«

Ich fuhr herum und sah mich mit vor Schreck geweiteten Augen Andrea Luca gegenüber, der beinahe unkenntlich im Schatten des Hauses stand. Das schlechte Gefühl, ertappt worden zu sein, breitete sich in mir aus, obgleich ich keinen Grund dazu hatte. Ich hatte nichts getan, was diese Reaktion rechtfertigen würde.

Wie so oft, wenn ich Andrea Luca sah, begann mein Herz schneller zu schlagen, aber ob es aus Furcht oder vor Freude geschah, vermochte ich nicht zu unterscheiden. Er wirkte angespannt und wütend. Mir war bewusst, was er denken musste, schlich ich doch mit einem fremden Mann durch die Nacht, der auf den ersten Blick weder abstoßend wirkte noch irgendetwas über seine Beziehung zu mir verriet. Und schließlich war ich eine Kurtisane.

Von den Ereignissen der Nacht ermüdet, suchte ich noch nach einer Antwort, die alles erklären würde, doch Andrea Luca zog bereits das Rapier mit einem leisen, schlangenartigen Zischen aus der Scheide. Das Mondlicht fing sich in dem Stahl und ließ ihn hell erglühen, eine deutliche Warnung an den Mann mit der Narbe. Langsam kam Andrea Luca näher, des Wartens schnell überdrüssig geworden.

Neben mir tat es ihm Verducci gleich und befreite ebenfalls seinen Krummsäbel aus seiner Scheide, der so viel mächtiger wirkte als das schlanke Rapier. Ich fühlte, wie bei diesem Anblick Panik in mir aufstieg und die Erinnerung an Domenicos Spiel mit meinem Angreifer wirkte nun noch beunruhigender, da sich sein Säbel dieses Mal gegen Andrea Luca richtete.

Mit zitternder Stimme versuchte ich, die Männer von ihrem Vorhaben abzubringen. »Nein, Andrea Luca, bitte nicht! Es ist nicht, wie Ihr glaubt! Ihr täuscht Euch!« Doch meine Bemühungen fruchteten nicht. Hatte Domenico Andrea Luca denn nicht erkannt? Als ich seinen Namen aussprach, verzog sich sein Gesicht zu einem verzerrten Lächeln, das mich dazu brachte, ihn ungläubig und mit offenem Mund anzustarren. Was ging hier vor? Der Narbenmann musste doch wissen, dass ich ihm nicht helfen würde, wenn Andrea Luca etwas geschah. Hatte er mich betrogen, damit ich ihn zu ihm führte, und war das, was er mir erzählt hatte, nur Teil seines Spiels gewesen? Andrea Luca reagierte ebenfalls nicht auf mein Rufen. Er war vollkommen auf den Mann mit dem Krummsäbel fixiert, dessen Lächeln nun ein Echo auf Andrea Lucas Zügen fand. Er trat in das Licht und gab sich damit zu erkennen.

»Zurück, Lukrezia. Das ist nicht Eure Sache.« Andrea Lucas Tonfall war kalt und befehlend. Ich wollte ihn anschreien, ihm sagen, dass dies allerdings meine Sache war, schluckte jedoch nur schwer und trat zurück, um zu beobachten, was geschehen würde. Ich hatte ohnehin keinen Anteil mehr daran und konnte die Geschehnisse nicht aufhalten.

Die Kontrahenten umkreisten sich wachsam, immer darauf bedacht, den Angriff des anderen vorauszusehen, doch keiner wagte einen zu schnellen Vorstoß, der den Gegner aus der Reserve zu locken vermochte. Als die Klingen zum ersten Mal aufeinandertrafen, geschah dies zu schnell. Ich konnte nicht erkennen, wer zuerst in die Offensive gegangen war. Schrille, klirrende Geräusche zerstörten die Stille der Nacht im Hinterhof meines Unterschlupfes und ich wunderte mich, weshalb sich weder der Schuhmacher Giuseppe noch seine Frau Maria an den Fenstern zeigten.

Donner grollte in der Ferne und versprach ein heftiges Sommergewitter. Der Wind fegte über den Hof und traf mit seiner Wucht auf die beiden Männer, die ihren tödlichen Tanz begonnen hatten. Atemlos sah ich ihnen zu, fürchtete um Andrea Luca. Das Rapier und der Krummsäbel verhakten sich ineinander. Ich hörte die Worte des Narbenmannes durch das Heulen des Windes, als die Gegner innehielten. Sein Gesicht trug einen überheblichen Ausdruck. »Die Santorini waren schon immer bemerkenswerte Fechter und Ihr habt zweifelsohne viel von Eurer Familie gelernt, Andrea Luca. Doch es wird nicht genügen.«

Das schiefe Lächeln, das Andrea Lucas Gesicht seit so langer Zeit nicht mehr berührt hatte, blitzte für eine Sekunde auf. Er stieß Verducci von sich und brachte Abstand zwischen sich und den anderen Mann. »Ihr wart zu lange außer Landes, Signore Verducci. Ich befürchte, dass Ihr einiges versäumt habt. Doch nun schließt sich der Kreis endlich. Ich werde Euch lehren, wie man in Terrano die Klinge führt.«

Er verbeugte sich spöttisch, ohne dabei die Deckung fallen zu lassen. Domenico lachte laut auf, während sie sich erneut umkreisten und dabei wie wilde Tiger kurz vor dem Beginn eines Machtkampfes wirkten. Schnell trafen die Klingen abermals aufeinander, zeigten die Kunstfertigkeit beider Männer in einem ungestümen Aufblitzen, das von der Natur in einem grellen Lichtblitz nachgeahmt wurde.

Ich hasse Gewitter, fühlte mich unbehaglich und verletzlich, während die Blitze über den Himmel zuckten und ich ihnen schutzlos ausgeliefert war. Ich rätselte über die Verbindung zwischen den Männern, die ihre Akrobatik durch Sprünge, Wendungen und Finten demonstrierten, die ich kaum für möglich gehalten hatte. Es war offensichtlich, dass dies nicht ihre erste Begegnung war und ich wollte nur zu gerne wissen, wie die anderen Gelegenheiten ausgesehen hatten, bei denen sie aufeinandergetroffen waren.

Andrea Luca sprang gewandt über eine Bank hinweg und wehrte den Stoß des Narbenmannes ab, der ihm sofort nachsetzte. Sie fochten unerbittlich weiter, schienen aber trotzdem eine grimmige Freude dabei zu empfinden, trieben einander Parade um Parade, Finte um Finte, Stoß um Stoß durch den Hof. Ich schrie entsetzt auf, als die Klinge Verduccis über Andrea Lucas Brust glitt und dabei sein Hemd aufschlitzte. Blut quoll aus der Wunde hervor und war durch den zerstörten Stoff nur zu gut zu erkennen. Im gleichen Augenblick zog Andrea Luca sein Rapier in einer Drehung über den Arm des Narbenmannes und verursachte seinerseits einen tiefen, blutenden Schnitt. Andrea Luca sprang zurück und auch Domenico erstarrte in seiner Bewegung. Beide Männer begutachteten ihre Wunden für den Bruchteil einer Sekunde, aber dennoch wirkte Andrea Luca amüsiert, auch wenn ich Zorn über seine Verletzung und die eigene Unachtsamkeit in seinen Augen lesen konnte. Die ersten Regentropfen, die der Sturm mit sich trug, begannen sanft vom Himmel zu fallen und würden bald unsere Kleider durchnässen, wenn wir keinen Schutz vor ihnen suchten. Und doch bemerkte ich sie kaum, so sehr war ich von dem Geschehen gebannt.

»Nun, Signore Verducci, es scheint mir, als sei unsere Auseinandersetzung bislang unentschieden. Es ist eine lange Zeit vergangen, seitdem sich unsere Klingen das letzte Mal gekreuzt haben ...« Andrea Luca vollendete seinen Satz nicht und seine Augen wanderten zu mir hinüber. Ich näherte mich ihm, ermutigt davon, dass die Männer voneinander abgelassen hatten.

Auch Verducci sah in meine Richtung und ließ seinen Krummsäbel sinken. »In der Tat ist es lange her und ich befürchte, wir haben die Signorina geängstigt. Nun denn ...« Er hielt inne und vollendete die letzten drei Schritte zu der Mauer, die den Hof umgab, zog sich dann mit einem schnellen Ruck hinauf, der mich erstaunte, schenkte er seiner Wunde doch keinerlei Aufmerksamkeit. »... ich denke, wir sollten unsere Unterredung zu einer anderen Zeit fortsetzten. Eure Signorina wird Euch sicher alles erklären und die Entscheidung zwischen uns kann warten. Ihr entschuldigt mich ...«

Er nickte knapp zu mir hinüber, sprang dann ohne die Spur eines Zögerns die Mauer hinab und verschwand in der Nacht.

Der Regen fiel sanft auf uns nieder und endlich erreichten die Tropfen unsere Haut. Andrea Luca stieß einen langen und ungestümen Fluch aus, bevor er sich zu mir umwandte.

Wir standen uns reglos gegenüber und blickten einander an, als stünde eine unsichtbare Wand zwischen uns. Dann trat ich zögerlich auf ihn zu. Die Zeit für einige Erklärungen war gekommen und ich freute mich keineswegs darauf. »Lasst uns hineingehen, Andrea Luca. Ich möchte mir Eure Wunde genauer ansehen. Der Schnitt sieht nicht gut aus und muss versorgt werden.«

Andrea Luca schwieg, folgte mir jedoch trotzdem, von einem erneuten Grollen am Himmel begleitet, in das Haus hinein, das zumindest Schutz vor dem kommenden Unwetter versprach.

In dem Zimmer, das mir zur Verfügung stand, wies ich ihn an, sich auf das Bett zu setzen, was mir zuerst einen strafenden Blick einbrachte, bevor er der Anweisung Folge leistete. Vorsichtig öffnete ich sein Hemd und betrachtete die stark blutende Schnittwunde genauer. Ich zuckte zusammen, stellte mir vor, wie sich der Stahl, der durch das Fleisch gefahren war, angefühlt haben musste. Verduccis Säbel hatte tief und sauber in Andrea Lucas Haut eingeschnitten, doch mit Glück und der richtigen Behandlung würde er vielleicht keine Narbe zurückbehalten.

Ich konnte spüren, wie er mich beobachtete und auf meine Erklärung wartete. Anstatt dieser stillen Aufforderung nachzukommen, beschloss ich, dass Angriff in diesem Falle die bessere Verteidigung war, und fing an, ihm in einem gereizten Tonfall Fragen zu stellen, während ich überaus geschäftig die Waschschüssel von dem Tisch holte, auf dem Maria mir sonst Speisen hinterließ, und ein Stück Stoff von meiner Bluse riss. »Woher kennt Ihr den Mann mit der Narbe, Andrea Luca? Es scheint, als sei dies nicht eure erste Begegnung gewesen? Ihr müsst von Sinnen sein, Euch in einem Hinterhof grundlos zu duellieren, bevor Ihr mir auch nur einen kurzen Moment gebt, um alles zu erklären!«

Ich funkelte Andrea Luca zornig an, was ihn allerdings kalt ließ. Ohne ihn noch eines weiteren Blickes zu würdigen, setzte ich mich neben ihn und begann, das Blut abzutupfen, dabei bemüht, ihm zumindest ein klein wenig wehzutun.

Zufrieden bemerkte ich, wie er zusammenzuckte, ehe er mich ungeduldig an den Schultern packte und mich damit zwang, ihn anzusehen. »Meine Geschäfte mit Verducci sind nicht von Bedeutung für Euch, Lukrezia, denn dies war lange vor Eurer Zeit. Aber warum wandert Ihr in der Nacht mit diesem Mann durch Porto di Fortuna? Hat Euch die Aufregung der letzten Tage nicht gereicht?« Er zog milde belustigt eine Augenbraue nach oben, trotzdem war nach wie vor der leichte Hauch der Kälte in seiner Stimme zu spüren. Sein Gesicht leuchtete geisterhaft im Licht eines Blitzes auf, das durch das Fenster drang.

Ich zögerte, wollte nichts von meinem Besuch bei Alesia erzählen, aber Andrea Luca würde mich nicht ruhen lassen, bis er wusste, weswegen ich meine Zuflucht verlassen hatte. Meine Wut darüber, dass er mir nichts über seine Beziehung zu Verducci verriet, schwand mit dem Wissen, dass ich nun selbst meine Geschichte offenbaren musste. Doch ich würde ebenfalls all die kleinen Details für mich behalten, die auch er mir stets verschwieg. »Es war an der Zeit, Alesia della Francesca aufzusuchen, um eine private Rechnung zu begleichen, die nicht notwendigerweise Euch als Ursache hatte. Verducci hat mich verfolgt, da er der Meinung zu sein scheint, ich könne ihm von Nutzen sein. Mehr weiß ich selbst nicht, denn er hüllte sich in Schweigen, nachdem er mir dies mitgeteilt hatte. Er ist ebenso gesprächig wie Ihr.«

Die Erklärung kam bissig über meine Lippen und ich schaute Andrea Luca trotzig an, wohl wissend, dass meine Missbilligung an ihn verschwendet war und nichts weiter tat, als sein Amüsement zu steigern. »Hätte ich andere Absichten verfolgt oder würde ich diesen Mann kennen, so wüsstet Ihr doch sicher schon lange darüber Bescheid. Überdies scheint er eher Interesse an Eurer baldigen Gemahlin zu haben, nicht an mir.«

Andrea Luca legte den Kopf schief und sah mich mit glitzernden Augen an, strich mir unvermittelt eine lose Haarsträhne aus dem Gesicht. Ich war überrascht über diesen plötzlichen Wandel und musterte ihn fragend.

»Ihr seid wunderschön, wenn Ihr wütend seid, Lukrezia …« Seine Stimme besaß einen angenehmeren Klang, nachdem das Eis daraus verschwunden war. Scheinbar hatte er nicht die Absicht, auf meine indirekte Anschuldigung zu antworten. »… und ich habe Euch heute Nacht nicht ohne Grund aufgesucht.«

So gerne ich bereit war, in dieser Aussage nicht mehr, als eine Anspielung auf ein intimes Beisammensein zu sehen, bemerkte ich doch einen Unterton in seiner Stimme, der mich aufhorchen ließ. Es steckte mehr dahinter und es war sicher nichts Gutes. »Was ist geschehen?«

Andrea Lucas Blick wurde ernst. Erst nach einem langen Moment setzte er zum Sprechen an, einem langen Moment, in dem ich mir nur das Schlimmste ausmalte. Würde die Hochzeit schon so bald stattfinden? Oder war etwas noch Schlimmeres geschehen? Er nahm meine Hand und hielt sie fest, um mich zu beruhigen, doch die Geste verfehlte ihre Wirkung. Ich war bereits zu aufgewühlt. »Habt keine Angst. Ich habe mit meinem Onkel gesprochen und den Rest des Jahres, das mir bereits gewährt worden ist, noch einmal verlangt. Er ist auf meinen Wunsch eingegangen, also bleibt mir noch Zeit, bis zur Hochzeit.« Erleichterung durchflutete mich und ich wollte gerade etwas erwidern, als Andrea Luca die Hand hob, um mich daran zu hindern. Mein Herz begann, in unheilvoller Vorahnung wild zu schlagen. »Mir bleibt Zeit, aber ich werde nach Marabesh reisen müssen und das schon sehr bald. Ich kann Euch nicht mit mir nehmen. Es wäre zu gefährlich.«

Ich fühlte mich, als müsse ich ersticken. Er wollte nach Marabesh reisen? Nur von Prinzessin Delilah und ihrem Hofstaat begleitet? Aber er war momentan alles, was mich noch mit meinem alten Leben verband!

Andrea Luca musste mir das Entsetzen ansehen, denn er machte Anstalten, mich an sich zu ziehen. Ich wehrte mich und zog mich von ihm zurück. »Was sagt Ihr da? Ihr reist nach Marabesh? Nein!« Ein leises Schluchzen entwand sich meiner Kehle und ich schlug die Hand vor meinen Mund, während es mich schüttelte. Andrea Luca streichelte sanft über mein Haar und ich konnte in seinem Gesicht die Traurigkeit sehen, die er zu verbergen suchte.

»Hab keine Angst. Ich sehe keinen anderen Ausweg, als dieser Anweisung Folge zu leisten. Nur für dich muss ich zuvor einen Ort finden, an dem du vor Pascale sicher bist. Ich werde zu dir zurückkehren, das schwöre ich dir, Lukrezia.«

Der Zweifel musste mir ins Gesicht geschrieben stehen. Würde Andrea Luca tatsächlich den Reizen der Prinzessin widerstehen? Oder würde er mich schon lange vergessen haben, bevor er zurückkehrte? Würde er überhaupt jemals wiederkehren können oder wollen? Marabesh musste ein wunderschönes Land sein, nach allem, was ich darüber gehört hatte.

»Schwöre nicht, wenn du deinen Schwur brechen musst. Aber sag mir eines – was bindet dich an den Fürsten? Da ist noch mehr, als nur das Blutband zwischen euch, denn sonst hättest du Porto di Fortuna verlassen, bevor du dich zu einer Heirat zwingen lässt. Oder ist es die Prinzessin, die du willst?«

Er lachte bitter auf, als sei meine Frage ein Scherz gewesen, den niemand außer ihm verstand, dann wurde er ernst und blickte düster in die Ferne, die Augen auf einen Punkt gerichtet, den nur er allein dort sehen konnte. »Nein, ich will sie nicht und ich werde meinen Schwur nicht brechen. In unserer Vergangenheit gibt es dunkle Stellen. Du möchtest nicht, dass die deinen bekannt werden, also gewähre mir die meinen. Zumindest noch für eine Weile.«

Er hatte recht. Wenn ich ihm nichts über meine Familie erzählen wollte, so durfte auch ich nicht verlangen, dass er mir seine Geheimnisse enthüllte. Was war es, das den dunklen Fleck auf der Seele des Andrea Luca Santorini verursachte und was hatte sein Onkel gegen ihn in der Hand? Doch alle Fragen nutzten nichts, denn er würde es mir nicht preisgeben. Und wenn dies unsere letzte gemeinsame Nacht war, so würde ich dafür sorgen, dass er mich zumindest niemals mehr vergaß.

»So behalte deine Geheimnisse für dich, Andrea Luca Santorini. Aber merke dir eines – selbst wenn alle Ozeane dieser Welt zwischen uns liegen, wirst du niemals von mir lassen können.«

Andrea Luca hatte keine Zeit mehr, etwas zu erwidern, als ich damit begann, ihm alle Facetten meiner Ausbildung zu demonstrieren. Ich verschloss seine Lippen mit einem Kuss, bevor er zum Protest ansetzen konnte. Mit einem leisen Lachen zog er mich nahe an sich heran, nicht mehr gewillt, mich in dieser Nacht noch freizugeben.

Als ich am frühen Morgen erwachte, lag Andrea Luca noch immer an meiner Seite und ich löste mich aus seiner Umarmung, um ihn anzublicken. Er wirkte so friedlich und entspannt, dass es mich noch mehr schmerzte, ihn ziehen zu lassen. Mein Finger berührte sanft den Rand der Wunde auf seiner nackten Brust, die sich im Schlaf regelmäßig hob und senkte, und ich betete dafür, dass es bei dieser einen Wunde bleiben würde. Aber ich konnte nicht daran glauben. Und das machte mir Angst.

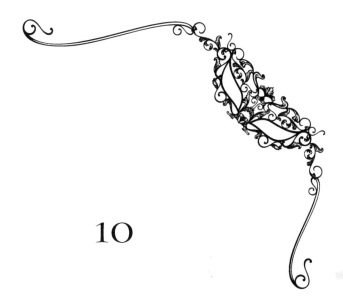

10

Andrea Luca hatte mich spät an diesem Morgen verlassen und ich konnte noch immer seine letzte Umarmung und seinen letzten Kuss spüren, nachdem er schon lange gegangen war.

Nun, da ich wieder allein war, fühlte ich mich einsam und leer. Allein Edea wusste, wann ich Andrea Luca wiedersehen würde und ob es überhaupt ein Wiedersehen gab.

Ich war in meinem Elend auf dem Bett zusammengesunken und bemitleidete mich selbst, bis ich laute Stimmen aus dem Treppenhaus vernahm und erschrocken und mit klopfendem Herzen von meinem Lager aufsprang.

Eine Frau und ein Mann waren in einen Disput verstrickt. Ich konnte Marias Stimme ausmachen, glaubte jedoch nicht, dass die männliche Stimme zu Giuseppe gehörte. Es klang nicht nach einer ehelichen Auseinandersetzung. Ich huschte zur Tür, um mehr verstehen zu können, hörte schnelle Schritte die Treppe hinaufkommen. Reflexartig sprang ich zurück, als die Tür mit einem Ruck aufgerissen wurde und Domenico Verducci den Raum betrat, dabei von einer fortwährend schimpfenden Maria verfolgt, die ihn aufzuhalten versuchte.

Gerade wollte ich den Mund öffnen, um ihn zu fragen, was dieses Eindringen zu bedeuten hatte, als er mich auch schon mit einer bestimmenden Bewegung seiner Hand zum Schweigen brachte. »Packt Eure Sachen zusammen und schafft mir dieses zeternde Weibsstück vom Leib, Lukrezia! Die Männer des Fürsten sind auf dem Weg zu Euch.«

Ich schnappte erschrocken nach Luft und starrte den Narbenmann in stummem Entsetzen an, bis sich der erste Schrecken über seine Worte gelegt hatte. Er sah gehetzt aus, als sei er in großer Eile gewesen und schien es tatsächlich ernst zu meinen. Ich schluckte mühsam mein Misstrauen, denn zumindest wollte ich erfahren, was geschehen war, und ging zu Maria hinüber, die vollkommen außer sich war.

Nach einigen leisen Worten und einem Lächeln nickte sie und ging aus dem Zimmer, dabei weiterhin voller Argwohn ein Auge auf den Fremden werfend.

Ich drehte mich zu ihm um, nachdem sie die Tür hinter sich geschlossen hatte, und stemmte die Arme in die Hüften. Aus meinem Elend aufgeschreckt, war ich angriffslustig und überspielte die Angst durch ein forsches und überaus kühles Auftreten. »Wovon redet Ihr, Signore Verducci? Ihr habt die arme Maria beinahe zu Tode erschreckt! Und aus welchem Grund sollte ich Euch Glauben schenken? Ihr dringt in dieses Haus ein, nachdem Ihr Euch erst gestern mit Signore Santorini duelliert habt und erwartet, dass ich Euch mit offenen Armen empfange?«

Verducci sah mich mit einem wütenden Blick an, ehe seine ebenso gereizte Antwort in einem unheilvollen Tonfall seine Lippen verließ. »Wenn Ihr Euch nicht beeilt, werde ich Eure Fragen nicht mehr beantworten können und der Fürst wird

Euch stattdessen einige Fragen stellen, die mit Sicherheit unangenehm werden. Wenn Euch das lieber ist, könnt Ihr gerne hier warten.«

Ich hoffte, dass mein Blick ebenso finster wirken würde wie der seine, hatte jedoch meine Zweifel daran. Wenn er die Wahrheit sagte, so war das Zögern unangebracht und ich hielt Verducci zwar für keine geringe Gefahr, wollte allerdings nicht das Risiko eingehen, in die Hände des Fürsten zu fallen. Mein Leben war auch ohne Pascale Santorini und seine Ränke kompliziert genug.

Wortlos suchte ich meine wenigen Habseligkeiten zusammen und wurde kurzerhand von Verducci am Arm gepackt und die Treppe hinabgezogen, an deren Absatz Maria mit einem ängstlichen Blick und händeringend wartete.

Ich versuchte, mich aus Verduccis eisernem Griff zu befreien, um mich zumindest von ihr zu verabschieden, hatte jedoch keinen Erfolg damit und schaffte es lediglich, ihr ein kurzes: »Sorgt Euch nicht um mich, Maria!«, zuzurufen, nachdem der Narbenmann ihr eine Nachricht an Andrea Luca in die Hand gedrückt hatte und dann mit mir ins Freie verschwand.

Im Hof wartete bereits eine Kutsche auf uns und ich hatte kaum Zeit, mir einen Überblick über das einfach wirkende Gefährt und die beiden angespannten Pferde zu verschaffen, bevor Verducci mich auch schon durch die geöffnete Kutschentür schob und ich unsanft auf eine der Bänke fiel.

Die Peitsche knallte nach einem kurzen Befehl und ließ die Pferde mit einem Ruck anziehen, um an ein Ziel zu gelangen, das mir nicht bekannt war.

Domenico blickte angespannt und hinter einem Vorhang verborgen nach draußen, hielt Ausschau nach etwas oder jemandem, dessen Existenz nur er allein kannte. Waren es wirklich die Männer des Fürsten, die ihn so beunruhigten?

Meine Hand glitt zu dem Vorhang auf meiner Seite und ich machte Anstalten, selbst nachzusehen, was außerhalb der Kutsche vor sich ging, als Verducci mich packte und wieder davon wegzog. »Wenn Ihr Pascale Santorini heute Abend keine Gesellschaft bei seinem Abendessen leisten möchtet, solltet Ihr Euch lieber von dem Fenster fernhalten, Signorina.«

Seine Stimme enthielt eine deutliche Warnung, weckte jedoch nur die Wut in mir. Erbost schüttelte ich seine Hand ab. Mein Verhalten schien ihn zu amüsieren, denn es brachte ein schiefes Grinsen auf sein Gesicht.

Ich verschränkte unwillig die Arme vor der Brust und spie ihm meine Antwort giftig entgegen. »Mir scheint, ich habe es mit Euch nicht viel besser getroffen, Signore! Könnt Ihr mir nun vielleicht endlich verraten, was diese Szene zu bedeuten hat?«

Mein Gegenüber lehnte sich bequem in seinen Sitz zurück und sah mich abschätzig an. Es schien einer seiner am deutlichsten hervortretenden Wesenszüge zu sein, sich über andere zu erheben und sich über sie lustig zu machen – eine Eigenheit, die ich verabscheute, wenn sie auch in höfischen Kreisen durchaus hochgeschätzt wurde. Doch ich würde damit leben müssen, solange ich mich in seiner Gewalt befand, denn ich war kaum in der Lage, gegen einen Mann zu bestehen, der sich furchtlos einem Duell mit Andrea Luca stellte. Ganz davon zu schweigen, dass er wohl kaum abwarten würde, bis ich eine Waffe aus meinem Bündel gewühlt hatte.

»Santorini hat Euren Aufenthaltsort aufgespürt, verehrte Signorina, und seine Männer sind auf dem Weg, um Euch zu ihm zu bringen. Ich erfülle lediglich meinen Teil unseres Handels und bringe meine Handelspartnerin vor ihren Häschern in Sicherheit. Gefangen oder tot nutzt Ihr mir nichts.«

In der Tat, eine großzügige Geste, die nur einem Mann in den Sinn kommen konnte. Verducci brachte mich in Sicherheit und entführte mich dabei selbst. Der Verdacht, dass er das Haus des Schuhmachers beobachtet hatte, keimte in mir auf, denn wie hätte er sonst so schnell davon erfahren können? Ich hasste es, ohne mein Wissen belauert zu werden, aber scheinbar hatten dies einige Menschen mittlerweile zu ihrer liebsten Beschäftigung erkoren. Ich fühlte mich unbehaglich, unter dem beobachtenden Blick des Narbenmannes, der durch meine Kleider hindurch direkt auf meine Seele zu starren schien, ließ es mir jedoch nicht anmerken. »Da Ihr Euch Eurer Sache so sicher zu sein scheint, kann ich wohl wenig dagegen tun. Sagt mir wenigstens, wohin Ihr mich bringen werdet. Ich wüsste zu gerne, an welchem Ort ich Eurer Ansicht nach sicher und hilfreich sein werde. Und vor allem möchte ich wissen, wie Ihr mich einzusetzen gedenkt.«

Ich legte soviel Sarkasmus und Gift in meine Stimme, wie ich es unter den gegebenen Umständen vermochte, und erwiderte das Starren Verduccis ungerührt. Ich hatte allerdings leise Zweifel daran, dass mein Gebaren von Erfolg gekrönt war, denn meine Lehrmeisterin hatte mich einen anderen Umgang mit Männern gelehrt, als jenen, den ich in letzter Zeit an den Tag legen musste. Ich hatte jedoch keinesfalls die Absicht, den Narbenmann in den Genuss meiner Verführungskünste kommen zu lassen.

Die Erheiterung verschwand augenblicklich von seinen Zügen und ließ nur Düsternis darauf zurück. »Wohin ich Euch bringe, werdet Ihr bald schon mit eigenen Augen sehen und über Euren Zweck werde ich Euch informieren, sobald die Zeit dazu gekommen ist. Eine Frau mit Euren Talenten ist für vielerlei brauchbar, das muss ich Euch sicher nicht erklären.«

Als ich zu einer spöttischen Antwort ansetzen wollte, blieb die Kutsche ruckartig stehen und ließ mich nach vorne rutschen. Verducci griff fluchend nach den Vorhängen und spähte hinaus. Seine Hand machte mir ein Zeichen, auf den Boden zu rutschen und warf dann einen dunklen Umhang zu mir hinüber, unter dem ich mich verbarg. Ich stöhnte in Gedanken leise auf und glitt unter die Sitzbank – mein Leben hatte sich eindeutig zu abenteuerlich für meinen Geschmack entwickelt und ein Ende war zu meinem Leidwesen bisher nicht abzusehen. Ich konnte nur dumpfe Stimmen und Geräusche wahrnehmen, denn es war mir nicht möglich, noch etwas zu sehen, nachdem der Narbenmann eine Klappe vor mir herabgelassen hatte. Die Kutsche schien in der Tat gut präpariert zu sein, für Zwecke wie diesen, eine Tatsache, die mich sehr stark in Versuchung führte, ein wenig mehr über Verduccis geschäftliche Tätigkeiten nachzusinnen.

Ich versuchte, nur flach zu atmen. Die Kutschentür öffnete sich und ein Mann, der, wie ich annahm, zu den Leuten Santorinis gehörte, schnüffelte im Innenraum herum. Ich konnte die Worte Domenicos vernehmen, der ihm erzählte, dass er es sehr eilig hatte, von seiner Reise nach Hause zurückzukehren und dabei in das Lachen des anderen mit einstimmte, der einige anzügliche Bemerkungen über Verduccis angeblich wartende Geliebte machte.

Es wurde heiß in meinem Versteck, während sich die Minuten wie Stunden zu ziehen begannen. Die Zeit schien langsam und zähflüssig wie Honig herabzutropfen und ließ meiner Fantasie jede Menge Raum für unangenehme Überlegungen. Ich fuhr zusammen, als der Fremde gegen das Holz meines Unterschlupfes klopfte und die massive Verarbeitung lobte. Es war erschütternd, wie diensteifrig die Männer waren, die die Bevölkerung Porto di Fortunas schützen sollten, wenn sie die Gelegenheit zu einem kleinen Plausch erhielten. Nach einer halben Ewigkeit hörte ich endlich, wie sich die Tür schloss und die Pferde anzogen. Verducci war gnädig genug, das

Holzbrett zu entfernen und ich kam verschwitzt und nach Luft schnappend nach oben in meine beschränkte Freiheit zurück.

Domenico schien das Geschehen wenig beeindruckt zu haben. Er erschien mir so kalt und ruhig wie eh und je. Erst, nachdem wir ein ganzes Stück gefahren waren, bemerkte ich einen Schweißtropfen, der an seiner Wange herablief und ihm einen Anschein von Menschlichkeit verlieh.

Er blickte mich schweigend an, während ich notdürftig den Schweiß aus meinem eigenen Gesicht wischte. Diese Geste mochte unter den gegenwärtigen Umständen unpassend wirken, doch die erste Lektion meiner Meisterin war es stets gewesen, unter allen Umständen ansehnlich zu wirken. Sie musste es wissen, hatte ihr Leben doch genug Aufregung geboten, bevor sie sich zur Ruhe setzen konnte. Mein eigenes Abenteuer wirkte im Vergleich zu der Geschichte ihres Lebens nahezu wie ein harmloses Märchen.

Schließlich hatte Verducci genug gesehen und war offenbar dazu bereit, das Wort an mich zu richten. Er spähte erneut aus dem Fenster, schien aber nichts Beunruhigendes feststellen zu können und wandte sich zu mir um. »Wir werden gleich unseren Bestimmungsort erreicht haben, Signorina. Ich hoffe, die Umstände werden Euch nicht allzu unerträglich erscheinen. Denkt immer daran, es dient Eurer eigenen Sicherheit.«

Da war es wieder, dieses rätselhafte, amüsierte Lächeln, als sei dies alles nur ein Spiel, aufgeführt zu seiner eigenen Belustigung. Ich ersparte mir eine Antwort, denn sie wäre ohnehin nur verschwendeter Atem gewesen. Wie passte dies alles zusammen? Verduccis Grausamkeit und seine immerwährende Belustigung auf der einen Seite, gegen die anhaltende Düsternis, die auf seiner Seele lastete und seinen verdrehten Sinn für Gerechtigkeit? Ich sehnte mich nach Andrea Luca und der Geborgenheit, die ich manchmal in seiner Nähe empfand, wenn er die Mauern fallen ließ, die ihn für gewöhnlich umgaben. Er war so anders als der Mann, der mir gegenübersaß. Sicher gleichermaßen gefährlich, dabei aber menschlich und lebendig, von einer Freude am Leben erfüllt, die dieser Mensch nicht mehr besaß. Was mochte ihm wohl widerfahren sein? Vielleicht wartete die Lösung des Rätsels an dem Ort, an den er mich brachte. Ich war mir jedoch nicht sicher, ob ich sie wirklich erfahren wollte.

Salzige Seeluft drang durch die kleinen Kutschenfenster, als wir endlich anhielten und die Tür von außen geöffnet wurde. Der Narbenmann sprang hinaus und nahm dann meine Hand, um mir herauszuhelfen. Wir waren am Hafen von Porto di Fortuna angelangt, wie ich zu meiner Überraschung feststellte, jenem Ort, an dem ich das Schiff der Prinzessin zum ersten Mal erblickt hatte.

Ich sah mich erstaunt um, nahm die vielen Schiffe wahr, die hier vertäut waren, und richtete dann einen fragenden Blick an Domenico, der zielstrebig eines dieser Schiffe ansteuerte. Es war ein großes Handelsschiff, an dessen Mast die Flagge von Terrano wehte. Verducci beachtete mich nicht, während er mich weiter voran zog. Mein Blick wanderte über die Galionsfigur, eine schöne Nixe mit rotem Haar, so rot wie das Haar der Prinzessin. Ich konnte nun den Namen des Schiffes erkennen, der in goldenen Lettern angebracht worden war – La Promessa, das Versprechen.

Es war ein merkwürdiger Name für ein Schiff wie dieses, denn die meisten Handelsschiffe trugen weibliche Vornamen. Eine Tradition, die von den Seefahrern seit Jahrhunderten aufrechterhalten wurde und die oft an die Geliebte eines Kapitäns erinnern sollte, die er auf See für eine lange Zeit nicht mehr zu Gesicht bekommen würde. Oder vielleicht nie mehr, denn die Ozeane waren tückisch und launenhaft.

Verducci lief mit mir die Planken hinauf und rief in vollem Lauf seinen Leuten einige Anweisungen zu. Ich verstand wenig von der Seefahrt, aber mir war durchaus bewusst, was »Setzt die Segel!« zu bedeuten hatte. Die Promessa würde auslaufen und wohin, das wusste Edea allein.

Panik keimte in mir auf und ließ mich in einem verzweifelten Versuch, freizukommen, stehen bleiben und gegen Verduccis festen Griff um meine Handgelenke ankämpfen. Doch der Narbenmann war unerbittlich und zerrte mich weiter mit sich in die Dunkelheit seiner Kajüte hinab.

Ich konnte die lüsternen Blicke der Seeleute auf mir ruhen spüren und Übelkeit ergriff mich, als ich die rauen Gesellen flüchtig zu Gesicht bekam. Ich sollte auf einem Schiff mit all diesen Männern bleiben? Geschützt von was? Nur dem Willen eines Mannes, dem ich nicht trauen konnte, aber in dessen Gewalt ich mich nun ohne Zweifel befand?

Hinter mir fiel die Tür mit einem lauten Knall ins Schloss und Verducci schüttelte mich grob. Es dauerte einen langen Augenblick, bis mir bewusst wurde, dass er mit mir redete. Und es dauerte noch länger, bis ich genügend klaren Verstand aufbrachte, um seine Worte tatsächlich zu verstehen. Er war ernst und hielt mich an den Schultern. »So beruhigt Euch, Signorina! Ihr seid hier in Sicherheit. Niemand auf diesem Schiff wird Euch ein Leid zufügen, das garantiere ich Euch!«

Mein laut schlagendes Herz dröhnte in meinen Ohren wie eine Trommel. Ich rang nach Atem und die Worte verließen gepresst meine Lippen. »Wohin bringt Ihr mich?«

Der Narbenmann sah mich hilflos an, eine Gefühlsregung, die ich an ihm nicht erwartet hatte, die jedoch die meisten Männer unter ähnlichen Umständen zeigten. Er setzte mich unbeholfen auf einen unverrückbaren, weichen, roten Sessel, der mit Samt bezogen war. Zum ersten Mal nahm ich die Einzelheiten meiner neuen Umgebung wahr.

Die Kapitänskajüte war edel eingerichtet und sprach für den Reichtum des Kapitäns. Edle Hölzer, die dunkel und sorgfältig poliert schimmerten, goldene Verzierungen und Geräte, dazu Karten von allen bekannten und vielleicht unbekannten Ländern Terra Edeas auf seinem Schreibtisch. Nach allem, was ich gesehen hatte, nahm ich an, dass es sich bei dem Bewohner dieses Raumes um Domenico Verducci selbst handelte.

Nun befand ich mich auf seinem Terrain und war ihm ausgeliefert, nur zu welchem Zweck, das wusste ich noch immer nicht und er machte keinerlei Anstalten, es mir zu offenbaren.

Verducci schien sich in dem gleichen Maße wie ich mich selbst, zu beruhigen, eine Tatsache, die diesmal mich belustigte.

»Wir segeln nach Marabesh, ebenso wie der Neffe des Fürsten und die Prinzessin, die ebenfalls bald ablegen werden. Ich habe ihm eine Nachricht hinterlassen, um ihn über alles Notwendige zu informieren, also sorgt Euch nicht deswegen. Auch ihm muss bewusst sein, dass Ihr in Terrano nicht sicher sein werdet.«

Diese Enthüllung machte mich sprachlos. Ich wartete stumm und mit großen Augen ab, was Verducci noch zu sagen hatte.

»Ich habe veranlasst, einiges von Euren privaten Habseligkeiten aus Eurem Haus auf das Schiff bringen zu lassen. Es wird Euch also auf der Reise an nichts fehlen. Sie befinden sich dort drüben in dieser Ebenholztruhe, die ihr sicher erkannt habt. Meine Kajüte steht Euch für Eure Zwecke zur Verfügung. Doch nun müsst Ihr mich entschuldigen, Signorina, denn die Mannschaft wartet auf meine Anweisungen.« Verducci verneigte sich förmlich und verschwand dann durch die Tür, froh, mir für den Augenblick entkommen zu sein.

Betäubt blieb ich zurück, für den Augenblick unfähig, mich zu bewegen. So war ich also auf einem Schiff angekommen, das mich in ein fremdes Land bringen würde. Der Gedanke ängstigte mich und ich vertraute Verducci nicht, doch es blieb mir keine andere Wahl, als mich damit abzufinden. Ich hoffte, Andrea Luca bald wiederzusehen, glaubte jedoch nicht daran. Zu unwirklich erschien mir die Wendung, die mein Leben genommen hatte.

Seufzend ging ich daran, in der Truhe nachzusehen, was Verducci mir gebracht hatte und fand einige meiner Kleider, zusammen mit einigen anderen persönlichen Dingen, die mir zumindest ein geringes Gefühl der Vertrautheit vermittelten. Die Frage, wie er wohl in mein Haus gelangt war, wischte ich resigniert beiseite. Wenn ich nichts ändern konnte, so musste ich zumindest das Beste aus dieser Situation machen und abwarten, was der Narbenmann für mich geplant hatte. Es gefiel mir nicht, doch die Zeit würde mir zeigen, was ich zu tun hatte. Das hatte sie immer getan und es war das Einzige, worauf ich noch vertraute.

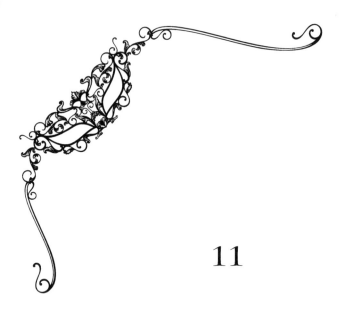

11

Nachdem die Inspektion meiner Truhe abgeschlossen war und ich Verducci im Stillen dafür gedankt hatte, dass er einige meiner Bücher mitgebracht hatte, ließ ich mich mit einem der Werke auf dem Sessel nieder. Es war mir zu unsicher, allein das Schiff zu erkunden, wirkten die Seeleute doch keineswegs vertrauenerweckend. Zudem hatten sie sicher nicht allzu oft die Gelegenheit, in Gesellschaft einer Frau über die Weltmeere zu reisen. Ich wollte mein Glück in dieser Hinsicht nicht auf die Probe stellen und hielt es für vernünftig, zu bleiben, wo ich war.

Ich bemerkte kaum, wie die Zeit verging, so sehr war ich in die Lebensläufe der wichtigsten Künstler unseres Landes vertieft. Erst ein kurzes Klopfen an der Tür schreckte mich auf. Ohne eine Antwort abzuwarten, wurde sie geöffnet und Verducci trat ein. Er sah zufriedener aus, als ich ihn je zuvor erlebt hatte und wirkte deutlich entspannter. Scheinbar gehörte er zu der Sorte Mensch, die das Leben auf dem Meer dem Lande vorzogen. Dies war eine Facette seiner Persönlichkeit, auf die ich niemals von allein gekommen wäre, erschien er mir doch eher wie ein Mann, der sein Leben in der höheren Gesellschaft verbracht hatte.

Domenico ging zu seinem Schreibtisch hinüber und lehnte sich lässig dagegen. Ich musterte ihn neugierig und wartete darauf, dass er etwas sagen würde. Sicherlich war er nicht gekommen, um meinen Anblick auf seinem Sessel zu genießen. Bisher hatte ich kein Interesse seinerseits an meiner Person erkennen können und dies beruhte auf Gegenseitigkeit. Es war eines der wenigen Dinge, in denen wir gewiss einer Meinung waren. »Ich habe gute Nachrichten, Signorina. Die Almira, das Schiff der Prinzessin, wird am frühen Morgen in See stechen und in Richtung Marabesh segeln. Zu diesem Zeitpunkt werden wir bereits einen guten Vorsprung besitzen.«

Ich sah den Narbenmann verwirrt an und wusste nicht recht, was ich von dieser Offenbarung, die er wohl als ausgesprochen wichtig empfand, halten sollte. Schließlich hatte er es bis zu diesem Augenblick nicht für nötig gehalten, mich überhaupt über seine Pläne zu informieren. Also verstand ich nicht, was er nun von mir erwartete. Als er keine Anstalten machte, noch etwas hinzuzufügen, hielt ich es für angebracht, meinerseits Fragen zu stellen. Allerdings erwartete ich keine brauchbare Antwort. »Das bedeutet, dass wir das Land vor der Prinzessin erreichen werden. Der Zweck all dessen bleibt mir jedoch verschlossen. Dürfte ich erfahren, wie Ihr diese Information erlangt habt?«

Verducci überhörte den ersten Teil meiner Frage geflissentlich und schwieg für einen langen Augenblick, bevor er mir die Gnade einer Antwort gewährte. Seine Hand strich nachdenklich über sein bartloses Kinn. »Nun, ich habe die Erfahrung gemacht, dass Brieftauben ein probates Mittel für meine Zwecke darstellen ...« Er zögerte kaum merklich, bevor er weitersprach. »Was Euren Aufenthalt auf meinem Schiff angeht, so dient er in erster Linie dazu, Euch am Leben zu erhalten. Das wisst Ihr bereits.«

Eine erschöpfende Auskunft. Schulterzuckend wandte ich meine Aufmerksamkeit von dem Kapitän ab und blätterte in meinem Buch, was ihn fassungslos zu mir hinüberblicken ließ. Es war mir gleichgültig. Wenn er seine Geheimnisse für sich behalten wollte, so durfte er nicht damit rechnen, dass ich Begeisterung über seine gnädigen Informationsfragmente verspürte. Vollkommen in das Buch vertieft, sandte ich nur noch eine letzte Bemerkung in seine Richtung, bevor er den Raum verließ. »Sofern Ihr Euch dazu durchringen könnt, mir mehr über Eure Pläne zu offenbaren, stehe ich Euch gerne zur Verfügung, Signore. Bis dies aber eintritt, wäre ich Euch sehr verbunden, wenn Ihr mich mit Euren bruchstückhaften Informationen verschonen würdet. Ich bin des Rätselratens müde.«

Verducci hielt inne und schien noch etwas erwidern zu wollen, doch dann drehte er sich um und stürmte aus dem Raum. Die Tür fiel mit einem lauten Knall in das Schloss. Ich gönnte mir ein kleines Lächeln, bevor ich weiterlas.

Der Narbenmann war eine solche Behandlung sicher nicht gewohnt, doch das kümmerte mich nicht. Ich mochte es nicht, wenn mit mir gespielt wurde, insbesondere dann nicht, wenn es um mein Leben ging. Verducci mochte sich in seiner Selbstgerechtigkeit für den einzigen Betroffenen dieser Sache halten, aus welchem Grunde auch immer er darin verwickelt war, doch dies war keine Entschuldigung für sein Benehmen.

Es musste einige Zeit vergangen sein, denn ich konnte durch das Bullauge sehen, wie die Sonne langsam im Meer versank und das Licht des Tages nachließ, als es erneut an die Tür der Kajüte klopfte. Hatte Domenico Verducci sich doch dazu entschlossen, mir seine Geheimnisse anzuvertrauen? Ich bat den vor meiner Tür Stehenden höflich, doch einzutreten und sah mich zu meinem Erstaunen einer zarten Frau gegenüber, die ein Tablett in den Händen trug und mich mit einem misstrauischen Blick eingehend musterte. Sie war zweifelsohne sehr hübsch und wirkte exotisch. Langes, schwarzes Haar floss glänzend über ihre Schultern und rahmte ein feines Gesicht mit großen, dunkel betonten Augen, die beinahe wie Kohlestücke wirkten und von langen Wimpern umkränzt wurden. Ihre Haut besaß einen bronzefarbenen Ton und sie legte eine erstaunliche Anmut an den Tag, die selbst von den Männerkleidern an ihrem schlanken Leib nicht beeinträchtigt wurde.

Ich hatte auf diesem Schiff sicherlich mit allem gerechnet, jedoch nicht mit einer anderen Frau, die unter den Seeleuten lebte. War dies etwa Verduccis Geliebte? Sie war schön genug, um einem Mann den Kopf gehörig zu verdrehen.

Ich schenkte der Fremden ein freundliches Lächeln und dankte ihr, nachdem sie das Tablett mit den Speisen abgestellt hatte. Doch sie machte keinerlei Anstalten, ein Wort mit mir zu wechseln und hüllte sich weiterhin in Schweigen. Wenn ich aber nicht die einzige Frau auf diesem Schiff war, so würde ich nicht einfach klein beigeben, bevor ich nicht wenigstens ihren Namen erfahren hatte. Ich erhob mich von meinem Platz und trat einige Schritte auf sie zu, was ihren Gesichtsausdruck noch abweisender werden ließ. »Ich danke Euch, Signorina. Verzeiht, wenn ich Euch neugierig erscheine, doch ich würde gerne Euren Namen erfahren. Ich habe keine Frau an diesem Ort erwartet.«

Sie verschränkte die Arme vor der Brust und sah zu mir empor. Erst jetzt bemerkte ich, dass sie um einiges kleiner war, als ich selbst, dabei aber auf merkwürdige Weise größer erschien. »Man nennt mich Sadira. Und ja, ich war die einzige Frau auf diesem Schiff, bevor Ihr gekommen seid.«

Ihre Stimme war dunkel und weich wie schwarzer Samt. Wenn sie sprach, fühlte man sich unweigerlich an Gesang erinnert, selbst wenn nur wenige Worte ihre Lippen verließen. Ich meinte, einen leisen Vorwurf herauszuhören, wenn ich mir auch keinen Reim darauf machen konnte. Ich war nicht aus freiem Willen hier und wollte kaum für immer bleiben.

Sadira jedoch störte sich offensichtlich nicht an dieser Tatsache und ließ mich nach ihrer knappen Auskunft einfach stehen. Ich wunderte mich darüber, was ich der Frau getan haben mochte und sah mir dann mit einem ergebenen Seufzen das Essen näher an. Vielleicht war sie an einem anderen Tag gesprächiger und bis dahin würde mir ein gefüllter Magen keineswegs schaden.

Die nächsten Tage verbrachte ich damit, mir das Schiff näher anzusehen. Es würde einige Zeit dauern, bis wir Marabesh erreichten und so hatte ich genügend Muße, die rauen Gesellen und ihre Arbeit näher kennenzulernen. Obgleich der eine oder andere gelegentlich eine zotige Bemerkung über mein früheres Leben machte, lernte ich mit ihnen zu lachen und erfuhr einiges über das Handwerk eines Seemannes, während ich ihnen bei ihren täglichen Aufgaben über die Schultern sah. Es dauerte nicht lange, bis ich meine anfängliche Scheu verloren hatte.

Die Seefahrt übte einen eigenen Reiz aus, das musste ich zugeben. Es war ein wundervoller Anblick, wenn man beobachtete, wie sich am Horizont das schimmernde Wasser und der blaue Himmel trafen und zu einer Einheit verschmolzen. Die Seeluft war frisch und rein. Oft schmeckte ich das Salz auf den Lippen, wenn sie besonders feucht war und ich gewöhnte mich an das sanfte Schaukeln des Schiffes unter meinen Füßen und passte meinen Gang daran an, um besseren Halt zu finden.

Ich war seit jenem ersten Tag selten mit Verducci zusammengetroffen, der hier schlicht »Der Kapitän« genannt wurde und ich hatte das Gefühl, das er mir absichtlich aus dem Weg ging. Ab und an erreichte eine Taube das Schiff und wurde von ihm in Empfang genommen. Welche Nachrichten sie brachte, erfuhr ich jedoch nie. Ich nahm an, dass er es mir mitteilen würde, wenn es mich oder Andrea Luca betraf, obgleich dieser Gedanke womöglich naiv war.

Andrea Luca. Das war eine Kleinigkeit, über die ich nur sehr ungern nachdachte. Beinahe wünschte ich mir, Kontakt zu Alesia aufnehmen zu können, um zu erfahren, wie es ihm erging und was er tat. Ich neidete der Artista diese Möglichkeit. Doch andererseits mochte es besser sein, wenn ich nichts von seinem Tun erfuhr. Es wäre unerträglich, zu sehen, wie er und Delilah sich auf ihrer gemeinsamen Reise näherkamen.

Erst jetzt, da ich von allem, was mein früheres Leben ausgemacht hatte, Abstand gewann, wurde mir bewusst, dass das Leben einer Kurtisane nicht mein Weg war. Eine Kurtisane musste ihren Geliebten stets mit einer anderen Frau teilen. Aber das konnte ich nicht mehr, wenn echte Gefühle ins Spiel kamen, die über eine reine Geschäftsbeziehung hinausgingen.

Ich hatte mir niemals vorstellen können, dass mir solcherlei jemals geschehen würde. Signorina Valentina hatte Smeralda und mich immer davor gewarnt. Sie pflegte jederzeit zu betonen, dass eine Kurtisane keine eigenen Gefühle oder Besitzansprüche haben durfte. Wir waren dazu verdammt, ein Schattendasein hinter den Ehefrauen zu führen und durften niemals darauf hoffen, selbst eines Tages geheiratet zu werden. Denn welcher Mann würde eine Frau mit unserer Vergangenheit zu seiner Frau nehmen? Wir waren Unterhaltung für die Reichen. Darauf ausgerichtet, ihnen die Wünsche von den

Augen abzulesen und die perfekte Gesellschaft zu sein. Schön, gebildet und bewandert in Dingen, in denen es ihre Gemahlinnen nicht waren, wofür wir letzten Endes reich entlohnt wurden.

Es war traurig, darüber nachzudenken, wie leer das Leben einer Kurtisane in Wirklichkeit war. Aber was konnten wir uns anderes erhoffen? Kaum eine von uns kam aus höheren Kreisen, also war dies das Beste, was uns passieren konnte, verschaffte es doch eine gewisse Position, die mit Wohlstand einherging.

Doch nun hatte ich Signorina Valentinas ersten Grundsatz gebrochen.

Müde wandte ich mich von dem Meer ab und beobachtete stattdessen das Treiben an Deck, um auf andere Gedanken zu kommen. Ich lächelte dem Matrosen Roberto fröhlich zu und schenkte ihm einen gehauchten Kuss aus der Ferne, der ihn heftig erröten ließ, als er mich aus der Takelage heraus mit seiner Kunstfertigkeit erfreuen wollte, lachte mit den anderen, als er in seiner Verlegenheit das Gleichgewicht verlor und sich fluchend darin verfing.

Roberto konnte meine Aufmerksamkeit jedoch nicht lange fesseln, denn Sadira und Verducci betraten das Deck. Sie waren in einen Disput vertieft, den sie in einer fremden Sprache austrugen und den er mit einigen harschen Worten beendete. Sadira blieb allein zurück und ihre schwarzen Augen funkelten gefährlich. Sie packte einen Eimer und warf ihn mit einem lauten Aufprall gegen die Bretter des Schiffes. Nach ihrem Ausbruch verschwand sie unter Deck, dabei von dem Johlen ihrer Kameraden begleitet.

Ich beobachtete die Beiden schon seit Tagen und mir waren die Blicke aufgefallen, die Sadira ihrem Kapitän zuwarf, wann immer sie ihn sah. Meist lagen Sehnsucht und Liebe in ihren Augen. Er nahm es jedoch niemals zur Kenntnis, behandelte sie wie die anderen Mitglieder seiner Mannschaft und war blind für die Gefühle, die ihm entgegengebracht wurden. Langsam konnte ich verstehen, warum Sadira eine Abneigung gegen mich empfand. Ich musste ihr wie eine Rivalin vorgekommen sein, die das erlangt hatte oder noch erlangen würde, was sie für sich erhoffte. Als Kurtisane konnte ich kaum auf einen Ruf hoffen, der solche Vermutungen nicht bestärkte.

Ich hatte bisher nur bei wenigen Gelegenheiten einige Worte mit ihr gewechselt, denn sie hielt mich auf Distanz, so gut sie es vermochte. Nachdem sie Verduccis Verhalten gegenüber meiner Person erlebt hatte, legte sie weniger Misstrauen an den Tag, trotzdem hatte sich nur wenig geändert, was ich sehr bedauerte. Ich war mir sicher, dass sie mehr über den Kapitän und seine Beweggründe wusste, und hätte auch gerne mehr über sie selbst erfahren. Ich konnte mir nur schwerlich vorstellen, was eine Frau zu einem Leben auf See trieb und was sie dazu bewogen hatte, ihre Heimat, die ich in Marabesh vermutete, zu verlassen.

Ich wusste noch nicht, dass es nicht mehr lange dauern sollte, bis ich endlich meine Gelegenheit erhielt, Sadiras Schleier zu lüften und den Menschen darunter zu entdecken.

Ich entschied, dass es an der Zeit war, wieder unter Deck zu gehen, bevor Roberto noch etwas Schlimmeres widerfuhr, und betrat gerade die Kajüte des Kapitäns, als ich Sadira darin erblickte, die bewundernd über den kostbaren Stoff eines meiner Kleider strich. Sie kniete so vertieft vor der Ebenholztruhe, dass sie mich erst bemerkte, nachdem ich mich leise geräuspert hatte, um auf mich aufmerksam zu machen.

Sadira blickte mit einem erschrocken wirkenden Gesichtsausdruck auf und sprang auf die Füße, erinnerte mich an ein gehetztes Reh, das von seinem Jäger in die Enge getrieben worden war. Es war offensichtlich, dass sie nicht wusste, was sie tun sollte und eine zarte Röte überzog ihre Wangen.

Ich schloss leise die Tür hinter mir und trat vorsichtig näher, bemüht, sie zu beruhigen und davon zu überzeugen, dass ich ihr nichts Böses wollte. Ich verlieh meiner Stimme einen sanften Ton, obgleich ich unsicher war, wie ich mit der Situation umgehen sollte. Sadira hatte bei mir bisher nicht den Eindruck hinterlassen, sich sonderlich für feine Stoffe zu interessieren und ich war entsprechend erstaunt. Trotzdem war ich fest dazu entschlossen, die Gunst der Stunde zu nutzen.

»Gefällt Euch das Kleid, Sadira? Vielleicht möchtet Ihr sehen, wie es Euch stehen würde? Oder lieber ein anderes?« Ich plapperte munter von edlen Kleidern und der Kunst der höfischen Bekleidung, während ich selbst zu der Truhe hinüberging und eines der Seidenkleider heraushob. Ich wusste beim besten Willen nicht, was ich auf einem Schiff damit tun sollte, aber Verducci würde sich wohl etwas dabei gedacht haben, als er sie bringen ließ. Oder er hatte schlicht und einfach nicht über die passende Bekleidung für Frauen auf Seereisen nachgedacht, was mir wahrscheinlicher erschien.

Sadira blieb auf der Hut. Es war ihr offensichtlich peinlich, dass ich sie so gesehen hatte und erst nach einem langen Moment machte sie Anstalten, meinen Redefluss zu unterbrechen. Ich hielt ihr ein rotes Kleid entgegen und sie streckte vorsichtig die Hand danach aus. Die dunkelhaarige Frau wirkte unbeholfen in der ungewohnten Situation, in der ihr das feurige Temperament nichts nutzte. »Eure Kleider sind sehr schön ... Ich habe so etwas nie besessen.«

Sie leckte sich nervös über die trockenen Lippen, während ich ihr prüfend den Stoff entgegenhielt und dann den großen Spiegel herbeiholte, den Verducci in seiner Kajüte verwahrte. Das Rot passte perfekt zu Sadiras natürlichen Farben und unterstrich sie, ließ sie förmlich glühen. Ich drehte sie mit einer geübten Handbewegung zu dem Spiegel um, damit sie hineinsehen konnte. »Es ist ein wenig zu groß für Euch, aber ich bin mir sicher, dass wir es mit einigen Nadelstichen schnell an Eure Maße anpassen könnten.«

Sadira sah verzückt auf ihr Spiegelbild und ich fragte mich erneut, wie eine Frau wie sie zu dieser Gesellschaft gekommen war. Es lag jedenfalls nicht daran, dass sie kein Interesse an ihrer Weiblichkeit besaß, ganz im Gegenteil. Ein verträumter Ausdruck lag auf ihrem Gesicht und ließ es weicher erscheinen. Sie lächelte selbstvergessen. Ich konnte mir gut vorstellen, wovon sie in diesem Moment träumen mochte und war überrascht, als sie mich nach den holprigen Anfängen unserer Konversation von selbst ansprach. »Ihr liebt ihn nicht. Habe ich recht?«

Ich sah mein eigenes Spiegelbild vor mir, den Blick meiner Augen auf das ihre gerichtet und konnte das Erstaunen über die offene Frage kaum verbergen. Ich hatte nicht damit gerechnet, dass sie mich von allein auf dieses Thema ansprechen würde, und schüttelte verneinend den Kopf, um ihre letzten Zweifel zu zerstreuen.

»Nein, Sadira, ich liebe ihn nicht und seid versichert, er liebt mich ebenso wenig. Wir sind durch unglückliche Umstände verbunden und das wird kein Zustand für die Ewigkeit sein.«

Sadira stieß erleichtert den Atem aus und drehte sich zu mir herum. Die großen, schwarzen Augen musterten mich genau, überprüften meine Worte auf ihren Wahrheitsgehalt. Dann ging sie zu dem Sessel hinüber und setzte sich. Das Kleid legte sie sorgsam auf dem Schreibtisch des Kapitäns ab. Zögerlich setzte sie erneut zum Sprechen an. »Man sagt, Ihr seid eine Kurtisane in Eurer Heimat. Ist das wahr?«

Neugier stand in ihrem Blick, ebenso wie eine gewisse Scheu, die sie nicht ganz ablegen konnte. Ich setzte mich auf mein Nachtlager, mit Sicherheit ebenso neugierig wie sie selbst, jedoch um einiges weniger schüchtern. Eine leichte Hitze war aufgrund ihrer unverblümten Offenheit in mein Gesicht gestiegen und wärmte meine Wangen. »Ja, ich habe in der Tat die Wege einer Kurtisane erlernt, auch wenn ich nicht sicher bin, ob ich noch zu ihnen gehöre.«

Sadira nickte kurz über meine Bestätigung, ließ sich von meiner Aussage aber keineswegs beirren und machte keine Anstalten, das Thema dabei bewenden zu lassen. »In meiner Heimat gibt es Frauen wie Euch, aber sie sind anders. Sie verbergen ihre Gesichter hinter Schleiern und flüstern den Männern, die ihnen verfallen sind, giftige Worte ins Ohr, damit sie tun, was sie wünschen. Ihr seid nicht wie diese Frauen ... Lukrezia.«

Natürlich gab es auch in Terrano Kurtisanen, die dem Bild entsprachen, das die Marabeshitin von den Frauen ihrer Heimat malte. Manche waren womöglich noch weitaus schlimmer, doch das erwähnte ich nicht.

Die Silben meines Namens kamen unsicher über ihre Lippen und sie stockte, schien nach einer Möglichkeit zu suchen, wie sie weitersprechen sollte. Sadiras ganzer Körper war in Bewegung, wenn sie redete. Selten zuvor hatte ich einen Menschen mit einer solch stark ausgeprägten Körpersprache erlebt und ich beobachtete sie fasziniert. Ihre Bewegungen hatten etwas Tänzerisches.

Beherrschte sie den Schleiertanz, von dem in Terrano nur hinter vorgehaltener Hand gesprochen wurde? Ich wollte sie fragen, doch sie unterbrach mich, noch bevor ich einen Laut von mir gegeben hatte. Unsicherheit war auf ihre Züge getreten und die Worte kamen nur langsam, als sei ihr unangenehm, was sie zu sagen hatte. »Könnt Ihr ... Habt Ihr jemals Eure Künste gelehrt? Ist es möglich, Euer ... Wissen weiterzugeben oder ist Euch das verboten?«

Ich sog zischend den Atem ein, denn mit dieser Frage hatte ich nicht gerechnet. Erhoffte sich Sadira etwa, Verducci mit den

Künsten einer Kurtisane verführen zu können? Ich konnte mir keinen anderen Grund vorstellen, aus dem sie mir eine solche Frage stellen würde und überlegte für einen Augenblick.

Es war in der Tat ungewöhnlich für eine Fremde, an solcherlei zu denken. Vielerorts empfand man die Künste einer Kurtisane nicht unbedingt als erstrebenswert und schicklich, zumindest nicht offen. Sadira musste tatsächlich sehr verzweifelt sein. Nun, von der Reaktion Domenicos auf ihre Avancen zu schließen, war dies auch angebracht. Er nahm kaum von jemand anderem, als von seiner eigenen Person, Notiz.

»Ich habe mein Wissen nie weitergegeben, aber ja, es wäre möglich, denn in meinem Land ist es nicht verboten, diese Künste zu lehren. Aber warum, Sadira? Liebt Ihr ihn so sehr?«

Es war nur eine einfache Frage, wenn man bedachte, dass man Kurtisanen außerhalb von Terrano und Mondiénne als unehrenhaft ansah, doch sie ließ die Schultern der Frau in einem halb unterdrückten Schluchzen erbeben. Sie nickte stumm und sah mich flehentlich an.

Wie lange hatte sie schon die Kälte Verduccis und seine düsteren Launen ertragen müssen, um an solche Möglichkeiten zu denken? Aus ihren Fragen entnahm ich, dass Kurtisanen in ihrem Land eine andere Stellung einnahmen, als in dem meinen – sie mussten verhasst sein, sofern es sich hierbei nicht um Sadiras subjektive Einstellung handelte.

Ich wollte sie trösten und strich sanft über ihren Arm, was sie zuerst zurückzucken ließ, bevor sie mir mehr Vertrauen schenkte. Mitleid breitete sich in meinem Herzen aus. »Ich werde Euch helfen, wenn es in meiner Macht steht, aber versprechen kann ich Euch nichts. Liebe lässt sich niemals erzwingen, auch mit den Mitteln einer Kurtisane nicht. Aber bitte sagt mir, wie Ihr hierher gelangt seid. Die Ozeane sind nicht immer Eure Heimat gewesen, nicht wahr?«

Sie schüttelte den Kopf und wischte sich über das feuchte Gesicht. Ich wartete still ab, was sie mir erzählen wollte und übte keinerlei Druck auf sie aus. Wenn die Mauern einstürzen sollten, dann musste es aus ihrem eigenen Antrieb heraus geschehen.

Die Minuten vergingen, während Sadira in die Leere starrte und sich vor ihren Augen Szenen abspielten, die ich nicht zu sehen vermochte. Als die Worte endlich kamen, richtete sich ihr Blick auf mich und ihre dunklen Augen ließen mich erst los, nachdem ihre Stimme verstummt war.

»Die Ozeane waren nicht immer meine Heimat, nein, doch nun sind sie dazu geworden und ich möchte nirgends anders mehr sein. Ich erinnere mich noch an früher, als ich eine Tochter der Sarmadee war und in ihrem Tempel diente. Ich war eine Heilerin damals, so würde man dies bei Eurem Volk nennen, und so traf ich auf ihn, als er in das heilige Haus gebracht wurde. Kaum mehr am Leben war er und sein hübsches Gesicht blutüberströmt von der langen Wunde, die ihn auf ewig zeichnen wird. Ich wachte Tag und Nacht bei ihm und gab ihm meine Kraft, die ihn nach langer Zeit zu den Lebenden zurückbrachte.

Ich wusste, dass sich mein Leben für immer verändert hatte, als ich den Kapitän zum ersten Mal erblickte, denn Sarmadee sandte mir einen Traum in der Nacht, dass mein Platz für immer an seiner Seite sein würde und ich glaube daran.«

Sadira seufzte leise auf, bevor sie ihre Geschichte fortsetzte, in einer Erinnerung verloren, die vielleicht auch für mein Schicksal bedeutsam war. Ihre Stimme klang, als sei sie weit entfernt, nahezu träumerisch. Ich bemerkte, dass ich nervös wurde, während sich das Geheimnis Domenico Verduccis ein wenig weiter erschloss.

»Nachdem er gesundet war, wusste ich, dass er mich verlassen würde, aber ich ließ es nicht zu. Ich folgte ihm, verließ den Tempel und blieb von da an immer an seiner Seite, wie es meine Bestimmung ist. Er sieht mich als seinen Glücksbringer, so nennt er mich oft, und nicht mehr als das. Ich habe ihm geholfen, dieses Schiff zu finden und die Mannschaft anzuheuern, mit der er nun schon seit Jahren über die Meere reist, auf der Suche nach einem Ziel, das ich nicht kenne.« Sie stockte und sah in die Ferne, ohne etwas zu sehen. Ihre Augen waren blind für ihre Umgebung. Sie sahen in die Vergangenheit und schon lange verblasste Bilder erwachten in ihrem Kopf zu neuem Leben.

»Er hat mir nie gesagt, was ihm widerfahren ist und wer ihm diese Wunde zugefügt hat, aber er ist bitter geworden, bitter und grüblerisch. Ich weiß nicht mehr über ihn, als dass sein Vater ein reicher Kaufmann war und dass er sein Land wegen einer verlorenen Wette mit einem Adeligen verlassen hat, dessen Namen er niemals nennt. Sein Herz ist von einer anderen Frau besessen, einer Frau, über die er niemals spricht. Vielleicht ist sie tot, vielleicht lebt sie noch, das weiß ich nicht ...«

Sadiras Worte verklangen und sie blickte traurig zu Boden. Auch ich schwieg und sann über ihre Erzählung nach.

Also behielt der Narbenmann seine Geheimnisse sogar einer Frau gegenüber für sich, die sein Leben seit vielen Jahren begleitete und der er sicher vorbehaltlos vertrauen konnte. Ihre Geschichte konnte das Dunkel um sein Schicksal kaum erhellen, aber ich war ihr dankbar dafür, dass sie ihr Wissen mit mir geteilt hatte, auch wenn es nur wenig war.

Wir redeten für eine Weile über recht belanglose Dinge, denn ich wollte sie von ihren alten Wunden ablenken, bevor sie gehen musste, um ihre Pflichten auf dem Schiff zu erfüllen und Verducci zu dienen. Dem Mann, dem sie viel lieber auf eine andere Weise nahe sein wollte.

Ich grübelte noch lange über ihre Erzählung, nachdem sie mich verlassen hatte, versuchte, die wenigen Anhaltspunkte, die ich nun besaß, zu einem Ganzen zusammenzufügen, aber es gelang mir nicht. Zu groß waren die Lücken und ich war auf Vermutungen angewiesen.

War der Adelige Andrea Luca? Und um was ging es bei der Wette? Sadiras Worte drehten sich in meinem Kopf, doch sie gaben mir keine Antworten. Nur eines wusste ich sicher – meine einsamen Tage auf der Promessa waren gezählt.

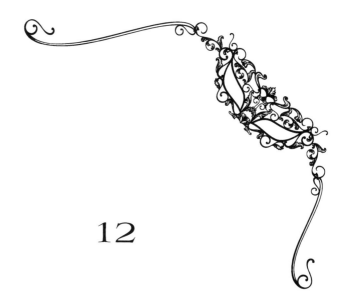

12

Seit jenem Nachmittag mit Sadira hatte sich unser Verhältnis grundlegend verändert. Die Marabeshitin suchte mich auf, wann immer ihre Pflichten sie entkommen ließen und wir redeten über vieles, waren wir doch beide froh, die Gesellschaft der anderen zu haben. Sie zeigte mir die Kunst des Heilens, die sie in ihrer Zeit als Dienerin der Sarmadee ausgeübt hatte und erzählte über ihre Heimat, was in mir den Wunsch aufkeimen ließ, die von ihr beschriebene Pracht mit eigenen Augen zu sehen.

Ich war verwundert, wie ähnlich der Glaube an die Göttin Sarmadee dem meinen war, auch wenn sich in Marabesh niemand um das Geschlecht der hohen Mutter, wie Edea oft bei uns genannt wurde, den Kopf zerbrach. Es gab keine rivalisierenden Kirchen, die deswegen den Glauben der jeweils anderen als Unsinn abtaten und sich bei Tag und bei Nacht stritten. Edea wurde seit Jahrtausenden als die Mutter allen Lebens verehrt und es war niemals jemandem in den Sinn gekommen, ihr

Geschlecht infrage zu stellen und es als minderwertig abzutun. Zumindest, bis ein Gelehrter, der sich selbst Bruder Antonius nannte, eines Tages in den Kirchen seine Vision predigte, die ihm – wenn man seinen Worten Glauben schenken wollte – von Edea selbst gesandt worden war.

Er stellte eine Theorie über die Verblendung aller Gläubigen auf und gab der hohen Mutter das Geschlecht eines hohen Vaters, der die Welt an ihrer Stelle erschaffen hatte. Ich hatte mich mit seinen Vorstellungen niemals wirklich anfreunden können, ebenso wie die meisten Menschen in Terrano. Wir blieben Anhänger des alten Glaubens und überließen es den anderen, Antonius Vorstellungen zu ihren eigenen zu machen.

Ich trug die Kette mit der kleinen elfenbeinernen Figur meiner Göttin oft in diesen Tagen und sie tröstete mich, wenn ich einsam oder verzweifelt war. Man sah es in Terrano nicht gerne, wenn eine Kurtisane dieses Zeichen trug, beschuldigte man uns doch häufig, dass wir Edea zugunsten des schönen Schmuckes, der uns zierte, und unserer angeblichen Zügellosigkeit entsagt hatten. Die Wirklichkeit sah jedoch in vielen Fällen anders aus.

Immer, wenn Sadira gegangen war, kehrten Stille und Einsamkeit zurück und ließen mich nachdenken. Es gab nur wenig Abwechslung auf einem Schiff. Das Meer, so schön und kraftvoll seine Wassermassen auch waren, blieb an jedem Tage gleich und man sah nur selten etwas anderes als seine Wellen und ab und an das Leben darin. Die Männer verrichteten Tag für Tag ihre Arbeit und trieben ihre Späße, aber auch das konnte die Leere in meinem Inneren nicht vertreiben, die seit meiner Trennung von Andrea Luca allgegenwärtig war und immer in meinem Herzen schmerzte, wenn ich an ihn dachte.

So kam es mir in meiner gegenwärtigen Lage sehr entgegen, als die Promessa eine kleine, verlassen aussehende Insel ansteuerte, deren dichter Bewuchs im Licht der heißen Sonne wie ein Meer aus Smaragden glänzte. Weißer Sand umgab den hohen Urwald und ging in das saphirblau leuchtende Wasser über, dessen Wellen leise gegen den Strand schlugen. Bunte Vögel, die ich noch nie zuvor gesehen hatte, flatterten über die Bäume hinweg und ließen von Zeit zu Zeit ihre schrillen oder leisen, melodiösen oder auch rauen Gesänge erklingen. Ich konnte es kaum erwarten, das Schiff zu verlassen und mich umzusehen, versprach die Insel doch endlich neue Eindrücke und Abwechslung von der täglichen Eintönigkeit, die ich mir schon gar nicht mehr erhofft hatte.

Sadira lief an mir vorbei und ich hielt sie an, um zu erfahren, welcher Ort dies war und was wir hier zu schaffen hatten. Sie erklärte mir in kurzen Worten, dass diese Insel keinen Namen besaß, Verducci sie aber gerne als seine Insel bezeichnete und dass wir hier unsere Süßwasservorräte auffüllen würden, bevor die Reise nach Marabesh weiterging.

Seine Insel? Ich wunderte mich erneut über Verducci und seine merkwürdigen Ansichten. Die Beiboote wurden unterdessen zu Wasser gelassen und Giuliano, einer der Seemänner, rief mir fragend zu, ob ich mitkommen wolle.

Dies zumindest war keine Frage – selbstverständlich wollte ich und fand schnell meinen Platz unter ihnen, wie immer von einigen Bemerkungen begleitet, deren erheiternder Wirkung die Männer niemals müde wurden. Ich fand ihre Bemühungen, galant wirken zu wollen, stets von Neuem rührend. Die Seebären waren zu rau, als dass es ihnen wirklich gelingen wollte, aber ich war ihnen dankbar für ihren Willen, mich gut zu behandeln. Ebenso wie für ihre besorgten Ermahnungen, mich nicht zu weit von ihnen zu entfernen, wenn wir die Insel erreicht hatten.

Wir legten die kurze Distanz bis zur Insel in wenigen Minuten zurück und alle verließen das erste Boot, während sich das nächste schon auf dem Weg befand. Noch nie zuvor war ich an einem solchen Ort gewesen und so genoss ich das Gefühl, wenn meine Stiefel bei jedem Schritt in dem warmen, weichen Sand versanken, der bei der ersten Berührung trocken durch meine Finger rieselte. Fasziniert jagte ich für eine Weile den schön geformten Muscheln hinterher, die überall halb im Sand verborgen steckten, und sammelte einige davon ein, die mir besonders gut gefielen. Sicher waren einst wunderschöne Perlen in ihrem Inneren gewachsen und vielleicht würde ich sogar eine davon finden.

Es gab so vieles zu entdecken, dass ich kaum bemerkte, wie die Zeit verging. All die fremden Pflanzen und Tiere, deren Farben hier so leuchtend und intensiv waren – ich liebte die kleine Insel vom ersten Augenblick an.

Als ich müde wurde, ließ ich mich im Schatten einer Palme nieder, die ein wenig vor den Männern verborgen war, die die Boote bewachten, von der aus ich aber alles beobachten konnte, wenn ich es wollte. Ich hatte keine Lust, auf einer einsamen Insel verloren zu gehen und nie mehr den Weg nach Hause zu finden, sollten sich die Männer dazu entschließen, zurückzukehren und mich dabei vergessen. Es war vielleicht nicht sehr wahrscheinlich, doch Vorsicht war mir lieber, als ein einsames Leben an diesem Ort.

Die Palmwedel schützten mich vor den heißesten Strahlen der Sonne und es dauerte nicht lange, bis meine Gedanken abschweiften und ich mich in Träumereien verlor.

Ich dachte an Andrea Luca und die Momente, die wir zusammen erlebt hatten, sah sein schiefes Lächeln vor meinem inneren Auge, als stünde er wahrhaftig vor mir. Wie oft war sein Kopf über dem Geländer meiner Terrasse aufgetaucht, seit jenem Spaziergang im Park, als wir uns zum ersten Mal begegnet waren? Damals, als er mir vor den Augen eines anderen Verehrers die erste Rose geschenkt hatte? Ich konnte noch immer das entrüstete Gesicht meines Begleiters, Baldassare

Lorenzini, vor mir sehen, als sich der attraktive, junge Terrano aus der Gruppe seiner Freunde gelöst hatte, die an der Fontana di Allegra zusammengetroffen waren. Zielsicher war er auf uns zugeschlendert, eine Rose, die er zuvor aus der Parkanlage entwendet hatte, locker in der Hand und ein gewinnendes Lächeln auf den Lippen.

Er hatte keinen Respekt vor dem älteren Mann an meiner Seite oder allgemeingültigen Konventionen gezeigt, während er mir offen seine Bewunderung zum Ausdruck brachte. Auch der hochrote Kopf meines Begleiters, bei dem mich das Gefühl beschlich, als drohte er sogleich zu explodieren, hatte ihn nicht beeindruckt. Weder die Drohungen des Mannes, die ihm nur ein müdes Lächeln entlockt hatten noch meine ablehnende Haltung konnten ihn von seinem Ziel abbringen. Noch am gleichen Abend war er auf meine Terrasse geklettert, um mich in meinem Haus aufzusuchen.

Die Bilder der Erinnerung tanzten durch meinen Kopf und ich seufzte wehmütig. Es schien so lange her. Damals war Andrea Luca nicht mehr für mich, als ein Teil meiner Arbeit. Ein Mann, der mich als Schmuck an seiner Seite zur Schau tragen wollte. Und was war nun daraus geworden? Hatte er Gefühle für mich oder wollte er sich nur etwas, das er als sein Eigen empfand, nicht mehr nehmen lassen? Er hatte niemals über Gefühle gesprochen, wenn wir zusammen waren und auch ich hatte es nicht getan. Vielleicht hatten wir beide befürchtet, dem anderen zu viel zu offenbaren.

In Terrano wurde man dazu erzogen, niemandem zu vertrauen, wenn er nicht zur eigenen Familie gehörte und manchmal barg selbst die Familie Gefahren für Leib und Leben. Selbstverständlich galt dies nicht für alle Schichten. Die einfachen Leute verschwendeten keinen Gedanken an die Ränkespiele der Großen und Mächtigen. Dazu hatten sie bei ihrer täglichen Arbeit ohnehin keine Zeit. Intrigen und Ränke wurden nur dann geschmiedet, wenn die Betroffenen genug Muße dazu hatten und nicht an jedem Tag um ihr Überleben kämpfen mussten. Es sagte vieles über den Adel und sein tägliches Leben aus.

Auch Kurtisanen lernten schnell, sich mit der Kunst der Intrige zu befassen. Einige fielen ihr früher oder später zum Opfer, wenn sie nicht auf ihre Schritte achteten. Andere perfektionierten sie beinahe über den Bereich des Möglichen hinaus, um nicht unterzugehen und dem Vergessen anheimzufallen. Das Vergessen war der Feind einer jeden von uns. Wenn man uns vergaß, hörten wir auf zu existieren, dazu verdammt, von nun an in den Schatten zu wandeln und kaum mehr von jenen wahrgenommen zu werden, zu deren Kreis wir einst gehört hatten.

Schritte, die sich über den Sand näherten, unterbrachen meine Gedanken und ich blickte erschrocken auf. Es dauerte einen Augenblick, bis ich die Gestalt, die vor mir stand, erkannte, denn ich musste gegen die Sonne blinzeln und zuerst erschien mir alles schwarz und schattig. Als ich wieder klar sehen konnte und sich die Schatten verzogen hatten, stand Enrico, der Bootsmann der Promessa, vor mir, um mich, wie ich annahm, zu den Booten zu bringen, die sicher in Kürze zum Schiff zurückkehren würden. Ich mochte diesen Mann nicht. Er war grausam und handelte zu brutal und mit zu großer Freude daran, wenn es etwas zu bestrafen gab. Enrico, von den anderen meist nur Rico gerufen, war nicht sehr groß, besaß jedoch feste und gut ausgebildete Muskeln, mit denen er so manchen Bären in die Knie zwingen konnte. Seine Wangen erweckten selbst nach einer Rasur noch den Anschein eines Bartes und er hatte sein dunkles Haar lang wachsen lassen.

Mir gefiel das Grinsen nicht, das sein Gesicht überzog, während er mich wortlos anstarrte, erhob mich aber dennoch, um mich auf den Weg zu machen. »Ich nehme an, es ist an der

Zeit zurückzukehren, Enrico? Dann sollten wir die anderen nicht warten lassen.«

Ich wollte ohne ein weiteres Wort an ihm vorübergehen, doch seine Hand schloss sich um meinen Arm und hielt mich auf. Ich drehte mich mit einem wütenden Blick zu ihm um, der strafend wirken sollte, jedoch lediglich sein Grinsen noch breiter werden ließ. »Nicht so schnell, kleine Señorita. Wer wird denn einfach so weglaufen?«

Sein Lachen war widerwärtig und von einer beängstigenden Freude erfüllt. Er zog mich an sich und hielt mich mit unerbittlichem Griff fest. Ich wehrte mich und schlug nach ihm, aber meine Bemühungen beeindruckten ihn nicht. »Signore Verducci wird das, was Ihr hier tut, nicht gutheißen! Ihr mögt der Bootsmann sein, aber das bedeutet nicht, dass Ihr selbst vor Strafen sicher seid!«

Dröhnendes Lachen schüttelte den sehnigen Körper des Toregen und trieb mir die Schweißperlen auf die Stirn. Was er im Sinn hatte, konnte ich mir sehr gut vorstellen und ich war von diesen Aussichten wahrhaftig nicht begeistert. Ich starrte den Mann hasserfüllt an, leistete ihm jedoch keine Gegenwehr mehr. Ich konnte nur hoffen, dass einer der anderen Männer auf irgendeine Weise bemerkte, was hier vor sich ging, und mir zur Hilfe kam.

»So ein hübsches Köpfchen, aber die Augen vermögen nicht zu sehen, was um es herum vorgeht. Nein, kleine Kurtisane. Verducci wird dir sicher nicht helfen, das kann ich dir versprechen.«

Die Bestimmtheit in Enricos Stimme ließ mich aufhorchen. Wusste er tatsächlich mehr über die Motive des Narbenmannes? Ich blickte ihn kühl an und versuchte, mir das letzte bisschen Mut zu bewahren, das sich in mir versteckt hielt, obwohl sich das ungute Gefühl in meiner Magengegend weiter ausbreitete.

»Signore Verducci ist ein Ehrenmann. Er wird die Vergewaltigung einer wehrlosen Frau durch einen seiner Männer nicht einfach zulassen.«

Enrico erweckte den Eindruck, als würde er gleich an seinem Lachen ersticken, ein Zustand, den ich mir zutiefst herbeisehnte. Als das Lachen endlich abebbte, ließ er sich dazu herab, mir zu antworten und sein schlechter Atem strömte mir auf überwältigende Weise entgegen. »Verducci ist ein Pirat, kleine, dumme Señorita. Er kümmert sich nicht darum, was seine Mannschaft mit Frauen wie dir tut, solange wir ihm gegenüber loyal bleiben.«

Er kicherte, amüsiert über meine Naivität. Ich konnte damit leben, dass Verducci ein Pirat war, hatte sogar etwas Ähnliches vermutet, doch ich erinnerte mich nur zu gut daran, was mit dem Mann geschehen war, der Enrico in seinem Ansinnen zuvorgekommen war. Nein, ich konnte nicht glauben, dass Enricos Tat ungestraft bleiben würde, auch wenn er es mir nur zu gerne einreden wollte. »Ich werde dir nicht wehtun, wenn du ein braves Mädchen bist. Ich kann einer Frau viel bieten, weißt du? Ich habe beträchtliche Reichtümer angesammelt. Das ist es doch, was du willst.«

Ein großartiges Angebot – der Reichtum eines ungehobelten, schmierigen Piraten für meine Dienste. Ich bemühte mich, ihm meinen Ekel nicht zu zeigen. Stattdessen trat ein erfreutes Lächeln auf meine Züge. Wenn ich schon auf andere Weise nicht aus dieser Situation entkommen konnte, würde ich eben auf sein Angebot eingehen müssen. Ich senkte meine Stimme auf eine tiefere, schnurrende Tonlage und schenkte ihm einen Augenaufschlag, der, wie ich hoffte, meine langen Wimpern gut zur Geltung brachte.

»Euer Angebot ist sehr verlockend, Signore Enrico. Sagt, wie kann ich Euch glücklich machen?« Meine Hand glitt an seiner Brust hinab, während ich ihm tief in die Augen sah. Offenbar war der Bootsmann von seinem eigenen Erfolg überrascht, denn er ließ mich für einen Moment los, einen Moment, den ich dazu nutzte, meine Bluse weiter zu öffnen. Enrico lächelte selig, ein Ausdruck, der ihm aufgrund seiner fauligen Zähne ziemlich schlecht zu Gesicht stand.

Ich redete weiter auf ihn ein und versprach ihm all das, was er hören wollte, während die Bluse von meinen Schultern glitt und sie freilegte, ohne ihm alles zu offenbaren, was sich darunter befand. Enrico leckte sich nervös über die Lippen und ließ mich nicht aus den Augen. War er etwa unsicher geworden, so nah an seinem Ziel?

»Aber wer wird denn so scheu sein?« Ich lachte leise, während ich meine Hüften in einer tänzerischen Bewegung zur Seite schwang und die Hand dann über meinen Schenkel wandern ließ. Auf Enricos Stirn zeichneten sich die ersten Schweißperlen ab, als ich in die Knie ging und ihm freie Sicht auf mein Dekolleté gewährte, das ihn in Erwartung der kommenden Freuden noch mehr aus der Fassung brachte.

Sein Blick war fest auf meine Brust geheftet, und so bemerkte er zu spät, wie sich meine Hand rasch zu dem Griff des Dolches bewegte, der aus dem hohen Schaft meines Stiefels ragte, um dann in einer fließenden Aufwärtsbewegung drohend, mit der Spitze an seiner empfindlichsten Stelle, zum Stillstand zu kommen. Enrico starrte mich entsetzt an und schnappte nach Luft, als könne er nicht fassen, was soeben geschehen war. Meine Kunstfertigkeit mit dem Rapier mochte zu wünschen übriglassen, der Dolch war für mich jedoch wie eine Verlängerung meiner eigenen Hand. Nun war es an mir, ein Grinsen auf den Lippen zu tragen und ich legte meinen Kopf schief, während ich meinen verschwitzten Gönner versonnen anblickte. »Ihr habt zu lange gezögert, Enrico. Ich kann leider nicht für die halbe Ewigkeit auf Euch warten. Und nun solltet Ihr lieber schleunigst aus meinem Weg gehen, wenn Euch etwas am Erhalt Eurer Männlichkeit liegt.« Ich unterstrich meine Worte mit einem leichten Druck der Klinge. Offenbar war die Waffe ausreichend, um ihn über seine nächsten Schritte nachdenken zu lassen. Ich wagte es kaum, zu atmen, während es in ihm arbeitete.

Schließlich verfinsterte sich Enricos Gesicht drohend, bevor er sich fluchend umdrehte und über den Sand davon stapfte, ohne mich eines weiteren Blickes zu würdigen.

Ich stieß erleichtert den Atem aus und war außerordentlich froh darüber, dass die Männer aus Torego, seinem sonnigen, heißen Land, so leicht in ihrem Stolz zu verletzen waren. Ich wusste, dass dieses Intermezzo noch Folgen für mich haben würde, aber daran durfte ich jetzt nicht denken, wenn ich mich aus der Gefahrenzone bringen wollte.

Eilig lief ich zu den anderen zurück, die mich mit lauten Rufen empfingen, und verließ schon bald die Insel, sicher in einem der kleinen Beiboote, von Piraten umgeben.

Enrico würdigte mich keines Blickes mehr und ich fragte mich, was nun in seinem Kopf vor sich ging. Es war gewiss, dass er versuchen würde, Rache zu nehmen, sobald es ihm möglich war, um seinen gekränkten Stolz zu heilen.

Auf der Promessa angekommen, verschwand ich sofort in der Kajüte. Mein Bedarf an aufregenden Erlebnissen war gedeckt und ich sehnte mich zum ersten Mal seit Tagen nach ein wenig Einsamkeit, um die Geschehnisse auf der Insel zu verarbeiten. Es war klar ersichtlich, dass eine Kurtisane außerhalb von Terrano für die meisten nicht mehr als eine käufliche Hure war, die eine bessere Ausbildung genossen hatte. Und diese Erkenntnis traf mich schwerer, als ich es für möglich gehalten hatte.

Ich suchte mir ein Buch, um wenigstens für eine kurze Weile meine Lage zu vergessen und nicht mehr über die Andeutungen des Bootsmannes nachsinnen zu müssen. Lag doch ein

Körnchen Wahrheit in seinen Worten über Verducci? Wusste er vielleicht tatsächlich, was der Narbenmann mit mir vorhatte? Und was würde das für mich bedeuten? Er war mir trotz seiner Grausamkeit stets als ein Mann von Ehre erschienen, doch vielleicht hatte er mich nur damit täuschen wollen, damit ich ihm mein Vertrauen schenkte.

Ich schüttelte den Kopf und konzentrierte mich verbissen auf die Buchstaben. Auf seinem Schiff gefangen, gab es ohnehin nichts, was ich dagegen zu unternehmen vermochte – ganz gleich, ob er nun wirklich ein Pirat ohne Skrupel und Ehre war oder nicht.

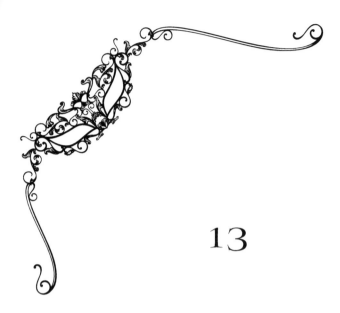

13

Die nächsten Tage der Reise vergingen ereignislos und brachten uns unserem Ziel immer näher. Eine innere Unruhe ergriff mich, wann immer ich an das Schiff der Prinzessin dachte, das Andrea Luca an Bord haben würde. Ich hoffte, ihn in Marabesh wiederzusehen, obgleich ich unsicher war, was bei einer tatsächlichen Begegnung geschehen mochte.

Andrea Luca und seine Motivationen waren mir stets ein Rätsel geblieben, und ob sich dies jemals ändern würde, stand in den Sternen. Ich konnte seine Reaktion auf mein Erscheinen nicht abschätzen, hoffte aber trotzdem, dass sie positiv ausfiel. Er würde die Prinzessin jedoch sicherlich nicht auf der Stelle verlassen, um mit mir zu fliehen. Jeder andere Gedanke war nur romantisches Wunschdenken und ich neigte nicht dazu, mir Illusionen über die Zukunft zu machen.

Darüber hinaus wusste ich noch immer nicht, was Verducci mit mir vorhatte, wenn wir in Marabesh von Bord gingen. Ich begann, das Warten zu hassen, entwickelte eine ausgeprägte

Abneigung gegen die ständige Unsicherheit und die Angst, die ununterbrochen an mir nagten und die mich in der Nacht keinen Schlaf finden ließen.

Enricos Rache hatte bisher auf sich warten lassen und ich hatte mit niemandem über den Vorfall auf der Insel geredet. Tag für Tag schlich er um mich herum und durchbohrte mich mit finsteren Blicken. Es war nicht schwer, zu erraten, dass er darüber nachgrübelte, wie er sich für die erlittene Schmach rächen konnte und auch dies trug nicht dazu bei, dass ich mich auf der Promessa sonderlich geborgen fühlte. Alles in allem konnte ich es kaum erwarten, endlich dem Schiff zu entkommen und die beengten Verhältnisse hinter mir zu lassen.

Ich blieb an Deck, so oft es mir möglich war und starrte hinaus auf die Wellen, immer in der Hoffnung, schon bald einen Blick auf festes Land und die Kuppeln von Marabesh zu erhaschen. Die Reise hatte beinahe zwei Wochen gedauert und ich dankte Edea dafür, dass sie mich mit einem unerschütterlichen Magen gesegnet hatte und die Seekrankheit von mir fernhielt.

So stand ich also auch an diesem Tag an meinem üblichen Platz und sah gedankenverloren auf das Meer hinaus, bis ich eine leichte Berührung an meiner Schulter spürte. Es war Sadiras typische Geste, um meine Aufmerksamkeit zu erlangen und ich folgte ihrer Aufforderung, froh über die kurze Zerstreuung, die sie mir bot.

Sadiras Unterricht hatte sehr gute Fortschritte gemacht. Sie war ein wahrhaftiges Naturtalent und besaß eine rasche Auffassungsgabe, die es zu einer angenehmen Aufgabe machte, sie zu unterweisen. Leider hatten ihr all die Kniffe, die ich ihr verraten hatte, keinen Erfolg bei Verducci beschert. Er sah weiterhin durch sie hindurch, solange er keine Anweisungen für sie hatte, die dringend ihrer Erledigung bedurften.

Gab es irgendwo auf dieser Welt einen Menschen, den er ernst nahm und den er als seinesgleichen behandelte? Ich hatte den Glauben daran verloren. Man merkte Verducci an, dass er sich auf den Wellen zuhause fühlte und er war besser gelaunt, wenn er den Boden eines Schiffes unter den Füßen spürte, trotzdem änderte sich wenig an seinem grundlegenden Verhalten. Sadiras Traurigkeit schmerzte mich. Sie hatte ihr Herz an einen Mann verloren, der ihre Liebe womöglich niemals erwidern würde und dies war für die zarte Frau eine Quelle des ständigen Leidens. Auch diesmal stand der Schmerz in ihre Augen geschrieben, als sie mich ansah, und es fiel mir nicht schwer, zu erraten, woher sie gekommen war. Ich wartete ab, bis sie von selbst das Wort an mich richtete. »Wir werden in den Morgenstunden in Marabesh anlegen. Der Kapitän plant, dich dann zu einem Versteck zu bringen. Dort wirst du sicher sein.«

Also war das Warten endlich vorüber? Ich seufzte erleichtert auf, spürte im gleichen Moment jedoch, wie sich mein Magen schon wieder verkrampfte. Marabesh war ein fremdes Land, dessen Menschen ich nicht verstehen konnte, da ich ihre Sprache niemals gelernt hatte und in dem ich außer einem mysteriösen Piratenkapitän und dessen Schiffsbesatzung niemanden kannte. Ganz zu schweigen davon, dass ich niemandem vertrauen konnte. Meine Lage würde sich also nur geringfügig verbessern, wenn man von dem festen Boden und einer vermeintlich größeren Freiheit absah.

»Und was für ein Versteck wird das sein, Sadira? Du verstehst sicher, dass ich gerne wüsste, was mich erwartet.«

Sadira zögerte merklich. Sie schien mehr zu wissen, war aber offenbar nicht sicher, was sie mir davon verraten durfte. Ich blickte sie forschend an, während sie meinen Augen auswich und auf den Ozean hinausblickte. Die Antwort kam schließlich stockend und unsicher über ihre Lippen, was gewiss nicht allein an der für sie fremden Sprache lag. »Es ist ein altes Haus ... Verducci hat es nach seiner ersten Rückkehr nach

Marabesh erworben und lässt dort eine …« Sie suchte nach den richtigen Worten und kämpfte für einige Augenblicke mit den ihr weniger geläufigen Ausdrücken, bevor es ihr gelang, diese Hürde zu meistern. »… Haushälterin … ist das richtig? Er lässt diese Frau dort leben, damit sie sich um das Haus kümmert, wenn er auf See ist.«

Verducci besaß eine Unterkunft in Marabesh? Sadiras Worte ließen mich aufhorchen, brachten sie doch neue Erkenntnisse über den Narbenmann und sein Leben. Doch darüber hinaus gab es gewohnt wenig über seine Pläne zu erfahren.

Ich nickte knapp. Ich würde also abwarten müssen, was sich für mich ergab. Mehr konnte ich mir nicht erhoffen.

Während Sadira sprach, streifte Enrico an uns vorbei, jedoch nicht, ohne mir einen unheilsschwangeren Blick aus seinen schwarzen Augen zu gewähren. Sadira bemerkte, wie ich ihn meinerseits mit den Augen verfolgte und kalt zurückstarrte. Als er verschwunden war, sah sie mich fragend an. Ihrem scharfen Blick konnte schlecht entgangen sein, wie er mir begegnete. »Ist etwas vorgefallen? Ich beobachte euch schon seit einigen Tagen.«

Ich wandte mich zum Meer um, unschlüssig, was ich ihr über den Tag auf der Insel erzählen sollte. Sadira stellte sich an meine Seite und sah ebenfalls über die Wellen hinaus, wartete darauf, dass ich ihr das Geschehen offenbarte. Warum sollte ich es vor ihr verheimlichen? Sie würde es nicht weitergeben und falls doch, dann wäre es Verducci entweder gleichgültig oder er würde dafür sorgen, dass Enrico keine Frau mehr gegen ihren Willen anfasste, was durchaus wünschenswert war.

So erzählte ich Sadira also, was sich auf der Insel zugetragen hatte. Sie hörte mir aufmerksam zu und ich konnte sehen, wie sich ihr Gesicht bei jedem Wort mehr verdüsterte. Nachdem ich meinen Bericht beendet hatte, war Sadira sehr still geworden und sah nachdenklich in die Richtung, in die der Bootsmann verschwunden war, ohne noch ein weiteres Wort darüber zu verlieren oder mir Fragen zu stellen. Auch ich ließ es dabei bewenden und führte das Thema nicht mehr fort.

Wir redeten noch für eine Weile über Belanglosigkeiten, bevor sie sich von mir verabschiedete und unter Deck verschwand. Ich machte mich ebenfalls auf den Weg. Wenn wir am nächsten Tag Marabesh erreichten, wollte ich vorbereitet sein und nichts von meinen persönlichen Dingen an Bord des Schiffes lassen, wenn ich es vermeiden konnte.

Ich verbrachte den Rest des Tages über meine Bücher gebeugt und versuchte, nicht allzu nervös zu werden, bevor ich endlich erleben würde, was das Schicksal für mich bereithielt. Ich war zwar die heißen Temperaturen von Terrano gewohnt, aber trotzdem machte mir die Hitze zu schaffen, je weiter wir an das fremde Land herankamen und verhinderte damit, dass ich meiner Beschäftigung genügend Aufmerksamkeit widmen konnte.

Ich hatte das Gefühl, als würde die Luft über dem Meer stehen und sich niemals wieder regen wollen. Das Schiff tat es ihr nach und lag still auf den Wellen, bewegte sich nur noch quälend langsam auf unser Ziel zu. So war es abzusehen, dass mir am Abend, als es dunkel geworden war und die Luft endlich abkühlte, die müden Augen zufielen und ich über meinem Buch einschlief.

―※―

Meine Träume waren unruhig und voller seltsamer Bilder, die durch meinen Geist schwebten. Dunkle Wirbelstürme tosten durch meinen Kopf, Erinnerungsfetzen an die Vergangenheit, die in den Wellen des Ozeans versanken, sobald ich sie fassen wollte. Dann wurden die Eindrücke klarer und fassbarer, bis sich ein Bild herauskristallisierte und bestehen blieb. Alesia della Francesca wanderte durch meinen Traum. Sie stand vor mir, noch einen Pinsel voller Farbe in ihrer Hand, die auf ihrem weißen Kleid Spuren hinterlassen hatte. Vielfarbige Flecken, die das reine Weiß trübten und verunreinigten.

Noch nie zuvor hatte ich sie in einem solchen Zustand gesehen. Ihre Augen waren müde und gerötet. Zu wenig Schlaf hatte blaue Ringe unter das tiefe Braun gezeichnet, das sie sonst leuchten ließ. Ihre Züge waren knochig und die Haut, die sich darüber spannte, war blass.

Alesia schien um Jahre gealtert zu sein, als hätte sie Schlimmes erlebt oder große Schmerzen durchlitten. Ihr verzogener Mund, dessen Lippen einst prall und süß gewesen waren, öffnete sich und formte Worte, die ich nicht verstehen konnte.

Sie sprach zu mir, eindringlich und verzweifelt, aber ich konnte ihre Stimme nicht verstehen. Ich sah die Tränen, die über ihre Wangen liefen und dabei helle, glitzernde Spuren hinterließen und ich wünschte mir so sehr, verstehen zu können, was sie bewegte, was sie so zerbrochen hatte wie eine Porzellanfigur, die von ihrem Podest gefallen war und nun in Scherben vor mir lag. Sie deutete auf etwas, das hinter ihr lag und das ich zuerst nicht erkennen konnte.

Dann nahm ich ein Gemälde wahr, das Gemälde, das sie mir in jener Nacht in ihrem Arbeitsraum gezeigt hatte. Aber diesmal sah ich nicht Andrea Luca vor mir. Ich sah Delilah in einem wirbelnden Tanz, ihr rotes Haar wie eine Flammenwand, die bei jeder Bewegung hinter ihr aufloderte. Schleier zogen ihre Bahnen durch die Lüfte und wanden sich wie lebendige Schlangen um den schlanken und beinahe nackten Körper der schönen Prinzessin, der nur von dünnem, juwelenbesetztem Stoff bedeckt wurde. Ich spürte erneut die Energie, die mich in Alesias Nähe durchströmt hatte und die mir diesmal Übelkeit verursachte.

Delilahs Körper drehte und wand sich in unglaublichen Mustern zu einer Musik, die ich nicht hören konnte. Lange, bronzefarbene Beine sprangen und verknoteten sich in einer niemals endenden Bewegung. Schleier wehten wieder und wieder durch mein Blickfeld, schwebten zart in der Luft, bevor sie von ihr herabgezogen wurden und sich um ihren Körper wickelten. Dann verschwand das Bild der Prinzessin und ich stürzte zurück in die tosenden Wellen des Ozeans, dem Alesia mich entrissen hatte.

Erst das Geräusch des zu Boden fallenden Buches und das Gefühl einer rauen Hand, die auf meinen Mund gepresst wurde und mich kaum noch atmen ließ, schreckten mich aus meinen Träumen. Ich wollte schreien und meine Finger krallten sich in den Arm des Eindringlings, aber beides war nicht von Erfolg gesegnet und der feste Griff lockerte sich nicht. In dem schwachen Lichtschein konnte ich eine dunkle Gestalt vor mir aufragen sehen und spürte, wie sich grobe Finger an meiner Bluse zu schaffen machten und gierig daran rissen. Es dauerte nicht lange, bis die Schnürung an der Vorderseite nachgab und meinem Angreifer freie Sicht auf meine Brüste schenkte.

Ich kratzte, trat und schlug um mich, so fest ich nur konnte, aber die Gestalt über mir war zu stark und ließ sich nicht von ihrem Ziel abbringen. Erst, als sich meine Zähne in ihre Hand schlugen, ließ sie mit einem schmerzerfüllten Schrei von meinem Mund ab, holte aber sofort aus und verpasste mir einen harten Schlag ins Gesicht, der mich Sterne sehen ließ. Ein wütender, nur mühsam unterdrückter Fluch drang zwischen zusammengebissenen Zähnen hindurch, bevor sie erneut meinen Mund verschloss. »Halt still, du verdammte Hure!«

Ich kannte die raue Stimme mit dem starken toregischen Akzent. Enrico war endlich gekommen, um seine Rache zu nehmen, bevor es zu spät war.

In einem letzten verzweifelten Versuch, von ihm freizukommen, stieß ich mich mit all meiner Kraft von dem Sessel ab und warf mich mit meinem ganzen Körpergewicht auf ihn.

Es war nicht viel, das ich in die Waagschale werfen konnte, aber mein Gegner war nicht groß und rechnete nicht mit dieser massiven Gegenwehr. Wir polterten beide mit einem lauten Krachen zu Boden, das mir den Atem aus der Lunge trieb und ich rang verzweifelt nach Luft, um sie wieder zu füllen.

Für eine Weile glaubte ich, das Bewusstsein zu verlieren und die schattenhafte Gestalt Enricos verschwamm vor meinen Augen und ließ nur Schwärze zurück, wo sich zuvor ein menschliches Wesen befunden hatte.

Ich konnte mich später kaum noch daran erinnern, wie es dazu gekommen war, aber nur wenige Herzschläge später wurde die Tür der Kajüte aufgerissen und eine andere Gestalt stürzte sich auf Enrico. Sie zog ihn von mir herunter und schleuderte ihn in einer erschütternden Kraftdemonstration gegen die Wand des Schiffes. Das laute Geräusch zersplitternden Holzes erfüllte meinen Kopf, als Enrico hart aufprallte und dann in die Knie ging.

Licht flutete durch die offene Tür, als Sadira mit einer Öllampe den Raum betrat und geschwind zu mir huschte, um mir aufzuhelfen. Ich hörte ihre besorgte Stimme nach meinem Befinden fragen und es klang so fern wie in einem Traum. Ich kämpfte darum, auf die Füße zu kommen. Beinahe hatte ich es geschafft, als mir die Beine ihren Dienst versagten und alles um mich herum in beruhigender Dunkelheit versank.

☙

Als ich erwachte, stand die Sonne bereits am Himmel und tauchte die Welt in das Licht eines neuen Morgens.

Sadira saß neben mir auf dem Lager des Kapitäns und hielt mir einen Becher mit Wasser an die Lippen, aus dem ich durstig zu trinken begann. Ich versuchte, mich aufzusetzen, sank jedoch sofort zurück in die Kissen, als die Welt vor meinen

Augen verschwamm. Ein stechender Schmerz fuhr durch meine Wange und drohte mir die Sinne zu rauben.

Sadira wischte mit einem feuchten Tuch über mein Gesicht. Ihre Stimme war von Sorge erfüllt. »Endlich bist du aufgewacht! Ich hatte bereits befürchtet, du hättest einen ernsthaften Schaden von Enricos Schlag davongetragen. Glaubst du, du kannst aufstehen?«

Ich bewegte meinen Kopf, um zu nicken, wurde aber sogleich mit dem schnell wiederkehrenden Schwindel für meine Bemühungen entlohnt. Nachdem ich die Zähne fest zusammengebissen hatte, mühte ich mich mit Sadiras tatkräftiger Unterstützung auf die Beine und machte die ersten unsicheren Schritte, die jedes Mal von einem erneuten Aufzucken des Schmerzes begleitet wurden. Während wir durch die Kajüte liefen, tastete ich vorsichtig nach meiner Wange, die sich dick und angeschwollen anfühlte. Enrico hatte in der Tat sehr gut getroffen.

Wut pulsierte mit einem warmen Gefühl durch meinen Körper und ließ meinen Kopf klarer werden. »Wo ist er?«

Sadira blickte mich mit ihren dunklen Augen an, in denen ich nichts lesen konnte, was auf ein Gefühl hindeutete. »Der Kapitän hat sich um ihn gekümmert und wird für seine Bestrafung sorgen. Ich ... Ich habe ihm erzählt, was auf der Insel vorgefallen ist und er war sehr wütend. Er wollte mir nicht sagen, was er mit ihm tun wird und der Ausdruck auf seinem Gesicht hat mich davon abgehalten, ihn noch einmal danach zu fragen. Sie haben in der Frühe das Schiff verlassen und sind noch nicht zurückgekehrt.«

Sadiras Worte ließen auf keine liebevolle Behandlung schließen. Ich nahm mir vor, Verducci bei der nächsten Gelegenheit danach zu fragen, auch wenn ich nicht daran glaubte, dass er es mir offenbaren würde. Doch die Tatsache, dass er mit Enrico von Bord gegangen war, ließ auch auf etwas anderes schließen – die Promessa musste endlich das Festland erreicht haben.

An Sadiras Seite strebte ich hinaus an Deck, so schnell ich es in meinem angeschlagenen Zustand vermochte. Die Besatzung war mit ihrer Arbeit beschäftigt und nahm mich nicht wahr, als ich aus der Kajüte ins Freie trat. Und so erblickte ich zum ersten Mal die Stadt Faridah, das Juwel des Südens und die Hauptstadt des Reiches Marabesh, in all ihrer Pracht. Es war ein wahrhaft atemberaubender Anblick. Goldene, von der Sonne überzogene Kuppeln reckten sich in den tiefblauen Himmel, der von keiner Wolke getrübt wurde. Nie zuvor hatte ich seine Farbe so intensiv empfunden, obgleich der Himmel über Terrano ebenfalls von leuchtendem Blau war. Weißer, von feinen Adern durchzogener Marmor war als Material für die prachtvollen, hohen Bauten benutzt worden, deren spitzbogige Fenster über keine Glasscheiben, dafür aber über feine Gitter und luftige Vorhänge verfügten. Sie tanzten in vielen Farben in der leichten Brise und ließen alles bunt und lebhaft erscheinen. Doch trotz all der Pracht erblickten meine Augen auch ärmlichere Bauten, die aus einem sandsteinartigen Material errichtet worden waren und die den Hafen säumten.

Nicht weit von meinem Standpunkt entfernt, hörte ich die lauten, fremden Geräusche, die von einem Markt herrühren mussten, den ich zwischen den Häusern nicht erkennen konnte. Fremdartige, betörende Gerüche berührten meine Nase, die sie nicht einzuordnen vermochte. Mein Blick schweifte über die lebendigen Menschen, die am Hafen stritten und lachten.

Das Leben hier erschien mir so intensiv und greifbar, dass sein Echo durch meinen Körper pulsierte und mich unruhig werden ließ. Zu gerne wollte ich mich unter diese Menschen mischen und all das Neue in mir aufnehmen.

Auch Sadira wurde an meiner Seite von einem Gefühl ergriffen, das ihre Augen leuchten ließ und ihre Haut mit einem warmen Glühen überzog. Sie war nach Hause gekommen.

Am Hafen lagen viele Schiffe, die beladen wurden oder deren Ladung nun den Weg zu ihrem Bestimmungsort finden sollte. Einige der Schiffe wirkten fremdartig und exotisch, nicht viel anders als das prachtvolle Schiff der Prinzessin, das sich ebenfalls auf dem Weg zu diesem Ort befinden musste und bald irgendwo am Hafen anlegen würde. Andere waren weitaus gewöhnlicher. Dies waren die Schiffe, die ich aus meiner Heimat kannte.

Ein ungutes Gefühl ergriff Besitz von mir, als ich an Delilah und den Traum dachte, in dem ich eine fremde Alesia und die tanzende Prinzessin gesehen hatte. Was mochte die Bedeutung dieses Traumes gewesen sein? War es nur mein Unterbewusstsein, das mir diese Vision gesandt hatte oder war dort mehr? Vielleicht war es Alesia möglich gewesen, mit mir in Kontakt zu treten, um mich zu warnen oder um mir eine Nachricht zukommen zu lassen. Wenn dies die Wahrheit war, so hatte sich ihre Macht in kurzer Zeit noch um ein Vielfaches verstärkt und sie musste etwas besitzen, das ihr eine Verbindung zu mir ermöglichte. Dieser Gedanke beunruhigte mich zutiefst. Ich wünschte mir sehnlichst, sie fragen zu können, aber ich war der Hexerei der Artiste nicht mächtig, also blieb mir nur die zwiespältige Hoffnung, dass der Traum wiederkehren möge.

So stand ich also nachdenklich an Deck der Promessa und wartete darauf, dass der Narbenmann zurückkehrte, um mich endlich von dem Schiff zu bringen. Einem unbekannten Schicksal entgegen, das noch in den Sternen stand.

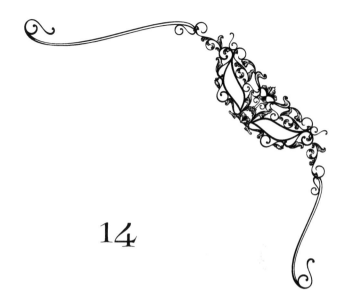

14

Domenico Verducci ließ uns nicht lange warten und kehrte schon bald mit einem verkniffenen Gesichtsausdruck zu uns zurück, um mich an meinen Bestimmungsort zu bringen.

Sadira verabschiedete sich lächelnd von mir und versprach, dass wir uns bald wiedersehen würden, bevor sie ihre Aufmerksamkeit auf den Kapitän konzentrierte, um ihn besorgt zu mustern. Ich beobachtete ihn von meinem Standort aus, als er voll unterdrückter Wut, die man in jeder seiner Bewegungen erkennen konnte, auf mich zu trat. Zum ersten Mal seit Tagen richtete er das Wort an mich. »Es wird Zeit, das Schiff zu verlassen, Signorina. Ich hoffe, dass Ihr in ausreichendem Maße wohlauf seid, denn man erwartet Euch bereits.«

Wie so oft bei Gesprächen mit Verducci, nahm ich eine kühle und abweisende Haltung ein. Es mochte nicht zu unserer besseren Verständigung beitragen, doch irgendetwas an seinem Verhalten provozierte es einfach. »Vielen Dank,

Signore Verducci, es geht mir gut. Mein Befinden wäre jedoch wesentlich besser, wenn Ihr mir endlich mitteilen würdet, was Ihr mit mir vorhabt – oder wer mich erwartet.«

Verducci blickte mich finster an, aber dennoch meinte ich, eine Spur von Unsicherheit in seinen Augen zu entdecken, die aber nur für eine Sekunde schwach aufblitzte und dann spurlos verschwand. »Ihr werdet zunächst in meinem Haus zu Gast sein, um Eure Sicherheit zu gewährleisten, solange dies notwendig ist. Mehr habe ich momentan nicht mit Euch vor, so schwer es Euch auch fallen mag, mir zu glauben.« Er schenkte mir ein gespielt freundliches Lächeln, als er meinen Arm packte, wohl in der Absicht, mich von dem Schiff zu geleiten. Ich wehrte mich gegen seinen Griff und blickte ihn entrüstet an, nachdem er mich losgelassen hatte und mich mit einer emporgezogenen Augenbraue abwartend betrachtete. Offenbar war er von meiner Kratzbürstigkeit überrascht.

»Wart Ihr so lange unter Piraten, dass Ihr Eure Manieren vergessen habt, Signore Verducci? Wenn die Damen dieses Landes mit einer solchen Behandlung einverstanden sind, so ist dies deren Angelegenheit. Ich werde es jedoch nicht erlauben, dass Ihr mit mir umgeht wie mit einem ungehorsamen Schoßhündchen!«

Es war das erste Mal, dass Verducci mich mit einem solch ungläubigen Ausdruck in den Augen anstarrte. Ich musste mir das Lachen mühsam verkneifen, denn er wirkte auf diesem stets finsteren Gesicht überaus komisch.

Einige Herzschläge vergingen in Stille, dann kehrte der amüsierte Ausdruck auf das Gesicht des Narbenmannes zurück und er lachte laut auf.

Nun war es an mir, ihm den gleichen Blick zu schenken und ich starrte ihn argwöhnisch an, als er sich übertrieben höflich vor mir verneigte und mir dann seinen Arm anbot. »Verzeiht meine Unhöflichkeit, Signorina Lukrezia. Darf ich Euch bitten, mich in die Stadt zu begleiten? Ich bedaure, dass ich Euch keine Sänfte bieten kann, die angemessener wäre als ein Fußmarsch, aber vielleicht schenkt Ihr mir trotzdem Euren guten Willen und vertraut Euch meiner Führung an?«

Der Drang, Verducci entweder zu erwürgen oder ihm seine spöttischen, grünen Augen auszukratzen, wurde beinahe übermächtig. Trotzdem lächelte ich ihn honigsüß an und legte in einer grazilen Geste meine Hand auf seinen Arm, nicht ohne ihm meine Fingernägel voller Genugtuung in den selbigen zu bohren. Zufrieden bemerkte ich, wie sich sein Gesicht kurz zu einer schmerzerfüllten Grimasse verzog, er es aber für besser hielt, nichts mehr zu sagen, bevor wir das Schiff verlassen hatten. Die Mannschaft beobachtete uns bereits sehr interessiert. Eine letzte Spitze musste ich jedoch noch abschießen, bevor ich mich in Bewegung setzte. »Habt Ihr Schmerzen, Signore? Ich hoffe, dass Ihr nichts Falsches gegessen habt. Es wäre mir sehr unangenehm, mit Euch in einer fremden Stadt alleine zu sein, wenn Euch vor Entkräftung die Sinne schwinden. Eine Sänfte habe ich jedoch nicht von Euch erwartet – sie würde sicherlich Eure Ressourcen erschöpfen, nicht wahr? Die Reise war nicht sonderlich einträglich für Euer Geschäft.«

Der Narbenmann sah mich mit einem düsteren Blick an, der nichts Gutes verhieß, als er steif mit mir an seiner Seite das Schiff verließ und mich danach für eine Weile keines Blickes mehr würdigte.

Ich konnte es ihm kaum verdenken, fand jedoch, dass es seine eigene Schuld war. Wenn er sich über alles und jeden amüsieren musste, dann sollte er damit leben können, wenn es ihm andere gleichtaten und auch er nicht davon verschont blieb. Ich versuchte, an nichts mehr zu denken, während er mich durch die Straßen Faridahs führte und ich all die fremden Eindrücke in mir aufnahm. Alles war hier anders als in meiner Heimat, in deren Städten es gegen das Leben an diesem Ort gesittet und ruhig zuging. Wenn ich den Hafen von Porto di Fortuna für einen rauen und lebendigen Ort gehalten hatte, so wurde ich in Faridah eines Besseren belehrt. Die Klänge einer schrillen Musik voller mir unbekannter Instrumente drangen an meine Ohren. Sie vermischten sich mit den Stimmen, die in ihrer melodischen Sprache miteinander redeten, stritten und lachten. Schon nach kurzer Zeit breitete sich in mir das Gefühl aus, als wolle mein Kopf zerspringen, trotzdem sah ich mich neugierig um.

Verducci führte mich auf den Marktplatz und schob mich durch das Gedränge der dort versammelten Menschen. Nur ein knappes: »Achtet auf Eure Habseligkeiten«, zischte er mir zu, während wir weiterliefen, ohne eine besondere Eile an den Tag zu legen.

Tausend verschiedene Gerüche strömten in meine Nase. Nicht alle von ihnen waren gut, viele jedoch sehr exotisch. Sie machten mich neugierig, was wohl ihre Quelle sein mochte. Als wir einen Stand voller Parfums passierten, fühlte ich mich schwindelig. Ich hatte jeden Sinn für die Richtung verloren, so sehr lenkten die flatternden, farbenfrohen Stoffe und das Glitzern von Gold und Silber auf allen Seiten von unserem Weg ab. Ich war froh, als wir in einen weitaus weniger belebten Weg verschwanden, in dem es still wurde. Die Geräusche des Marktplatzes verklangen hinter uns. Verducci hielt vor einem einfach wirkenden Sandsteinhaus inne und schob mich durch die Tür, während er sich wachsam nach allen Richtungen umsah.

Mein Kopf schwirrte von all dem Fremdartigen, das ich gesehen hatte und ich war dankbar, als er mich zu einem Kissenberg führte, auf dem ich sitzen konnte. Widerstandslos sank ich darauf nieder und nahm nur am Rande das zufriedene Lächeln Verduccis wahr, der mich anblickte und sich dabei mit verschränkten Armen gegen die Wand lehnte. »Es scheint mir, als hätte Faridah Eure Sinne überwältigt, Signorina. Vielleicht wäre eine Sänfte doch besser gewesen?«

Ich hätte mir einbilden können, dass die Besorgnis aus ihm sprach, doch der selbstzufriedene Ausdruck auf seinem Gesicht machte deutlich, dass dies keineswegs seine Ambition war. Ich war zu müde, um eines der Kissen nach ihm zu werfen und wartete für einen Augenblick, bis mein Kopf klarer wurde, bevor ich ihm antwortete. »Ich hoffe doch, dass Ihr Euren Spaß daran hattet, Signore. Ich nehme an, dass dies der Ort ist, an dem ich bleiben soll? Ein Versteck habe ich mir ein klein wenig anders vorgestellt.«

Ich sah mich, so aufmerksam ich es bewerkstelligen konnte, in dem Raum um, in dem ich nun saß. Alles war einfach gehalten und es gab wenig Zierrat, außer den bunten Kissen und den Gittern vor den Fenstern, die unerwünschte Besucher davon abhielten, das Innere zu betreten.

Die bunten Teppiche mit den verwirrenden Mustern, die den Sandsteinboden bedeckten, waren auch in meiner Heimat beliebt und so waren sie mir nicht fremd. Ein kleines Stück Vertrautheit in einem fernen Land.

Verducci gönnte sich ein leises Lachen, dann kehrte der Ernst in sein Gesicht zurück und der Spott schwand aus seiner Stimme. »Ja, hier werdet Ihr bleiben. Es mag Euch nicht wie ein Versteck erscheinen, dennoch gibt es in diesem Haus einen Platz, der Euch gut verbergen wird, sollte Euch Gefahr drohen. Meine Haushälterin wird Euch alles zeigen, sobald sie zurückgekehrt ist.«

Haushälterin – ein seltsames Wort für eine Frau an diesem Ort. Haussklavin erschien mir passender, aber das behielt ich für mich. Verducci war gut gelaunt, zumindest sagte mir dies mein Gefühl, und so wagte ich es erneut, ihm die Fragen zu stellen, denen er zuvor immer ausgewichen war. Vielleicht würde er mir nun endlich Antworten gewähren.

»Dann werde ich auf Eure Haushälterin warten. Vielleicht ist sie gesprächiger als Ihr. Aber beantwortetet mir eines, bevor

Ihr wieder verschwindet. Warum versucht Ihr, mich zu schützen und wovor? Der Fürst ist weit entfernt und keiner weiß, dass ich hier bin. Was soll also dieses Versteckspiel bedeuten?«

Domenicos Blick richtete sich auf die Wand hinter mir und schien dort etwas zu suchen, das ich nicht sehen konnte. Er war in Gedanken abwesend, wenn sich auch sein Körper in dem gleichen Raum mit mir befand. Es dauerte einige Augenblicke, bis er zu mir zurückgekehrt war und zu einer Antwort ansetzte. Seine Stimme klang resigniert und müde, was ich erschreckender fand, als seine gewöhnliche Haltung.

»Der Fürst ist nicht Euer einziger Feind, Lukrezia. Ihr habt am Abend des Balles in Porto di Fortuna noch eine weitaus grausamere Feindin gewonnen. Prinzessin Delilah schätzt es nicht, wenn man Ihr die Stirn bietet und das habt Ihr getan, indem Ihr den ihr versprochenen Mann vor den Augen aller Versammelten geküsst und sie somit einer sehr peinlichen Situation ausgesetzt habt. Delilah wird nicht ruhen, bis sie Euch unschädlich gemacht hat, dessen könnt ihr Euch sicher sein. Diese Frau vergisst niemals eine erlittene Schmach, besonders, wenn sie ihr von einer anderen Frau zugefügt worden ist.«

Die Prinzessin sollte meine Feindin sein? War denn die ganze Welt verrückt geworden? Ich hatte sie nur ein einziges Mal in meinem Leben gesehen und schon war sie meine Feindin? Ich schüttelte den Kopf, blickte Verducci an und die Trauer in seinen Augen versetzte meinem Herzen einen Stich. Ich wusste so wenig über ihn, nicht mehr als das, was Sadira mir erzählt hatte und einige andere Bruchstücke, die mich zu keinem rechten Ergebnis kommen ließen. Es gab eine Beziehung zwischen ihm und der Prinzessin, die ich nicht ergründen konnte und er schien sie gut zu kennen, wenn man seinen Worten Glauben schenken durfte. Doch woher?

Ich räusperte mich und versuchte, Verducci nicht zu sehr anzustarren, aber die Narbe auf seiner rechten Wange zog meinen Blick unweigerlich auf sich. »Und warum bringt Ihr mich dann in ihr Land? Nachdem die Prinzessin Terrano verlassen hatte, war ich für sie nicht erreichbar, warum habt Ihr mich also in ihre Nähe gebracht?«

Der Blick des Narbenmannes richtete sich auf mich und ließ einen kalten Schauer über meinen Rücken rinnen. »Weil ich Euch dort nicht schützen kann. Ich habe versprochen, nicht zuzulassen, dass Euch etwas geschieht und dieses Versprechen werde ich halten, so gut ich es vermag. Ich werde nicht zulassen, dass Delilah noch mehr Leben zerstört.«

Er hatte ein Versprechen gegeben, mich zu schützen? Aber wem hatte er dieses Versprechen gegeben? Ich konnte mir keinen Reim auf seine Worte machen und meine Verwirrung stieg mit jedem Satz.

Gerade wollte ich die Chance nutzen, um noch mehr zu erfahren, als eine hochgewachsene Frau durch die Tür trat. In ihrer Hand hielt sie einen Korb mit allerlei fremdartig aussehenden Früchten, sah jedoch selbst an diesem Ort am fremdartigsten aus, in dem makellosen grauen Kleid mit dem weiten Reifrock, das selbst bei dieser Hitze bis zum Halse geschlossen war. Ihr blondes Haar war im Nacken streng aufgesteckt und ließ nicht zu, dass ein einziges Härchen aus ihrer Frisur entkam. Neben ihrer beherrschten Strenge fühlte ich mich nackt in der luftigen Bluse und der engen Hose, die in den letzten Tagen mehr zu meiner Kleidung geworden waren, als die kostbaren Kleider, die ich sonst trug.

Die Frau lächelte Verducci flüchtig an, eine Geste, die ihr strenges Gesicht ein wenig entspannte, und musterte mich dann von Kopf bis Fuß, bevor sie auch mir knapp zunickte.

Verducci trat neben sie, wohl in der Absicht, uns einander vorzustellen und die unterkühlte Raumtemperatur zu erwärmen. Ich nickte der Frau ebenfalls zu und wartete dann gespannt ab. Sie war keine Terrano, soviel war sicher. Die grauen

Augen und die helle Haut sprachen dagegen und wiesen sie als den nördlicheren Gefilden zugehörig aus.

Verducci unterbrach meinen Gedankengang schließlich. »Dies ist meine Haushälterin, Elizabeth Weston. Sie kümmert sich um mein Haus, wenn ich auf Reisen bin. Elizabeth wird Euch alles Notwendige zeigen und kann Euch mehr über dieses Land erzählen, sofern es Euch danach verlangt. Ich werde nun für einige Zeit das Haus verlassen, am Abend jedoch zurück sein.«

Er verneigte sich flüchtig und verschwand dann durch die Tür. Die Temperatur sank, sobald sie in das Schloss gefallen war und ich allein mit Elizabeths frostiger Kälte zurückblieb. Ich würde sicherlich niemals Freundschaft mit dieser kühlen Frau schließen, soviel war mir ab dem ersten Moment unser Bekanntschaft bewusst. Elizabeth drehte sich um und richtete nur einige spärliche Worte an mich, bevor sie in Schweigen versank. »Ich werde Euch nun alles zeigen, was Ihr wissen müsst. Wenn Ihr mir folgen wollt?«

Ich erhob mich und versuchte, dabei so würdevoll zu wirken, wie es unter den gegebenen Umständen möglich war. Mein Lächeln war offenbar verschwendet, denn es fand keine Erwiderung und wohl auch keine Beachtung, wenn ich die Haltung Elizabeths richtig deutete.

Unsicher folgte ich ihr durch das Haus und ließ mir die wenigen Räume zeigen, die der Narbenmann bewohnte, wenn er in Faridah weilte. Ebenso wie das lange, dunkle Labyrinth, das unter die Erde führte und somit das Versteck darstellte, von dem Verducci gesprochen hatte. Elizabeth schärfte mir den richtigen Weg zu einem kleinen Raum ein, der mit schweren Türen gesichert war, und ließ mich wieder und wieder erklären, wie man dorthin gelangte, ohne sich zu verirren, bis ich es beinahe im Schlaf wusste.

Ich nahm nichts mehr wahr, außer den dunklen, nur von dem leichten Feuerschein einer Fackel erhellten Gängen des

Labyrinthes, das sich endlos in die Tiefe schlängelte und mir dabei jegliche Orientierung nahm. Verloren in der Stille, in der es nichts gab, außer meinen eigenen Schritten, meinem Atem und den gleichen Geräuschen, die von der Haushälterin an meiner Seite ausgingen.

Der modrige Geruch der feuchten Wände erfüllte meine Lunge und ich konnte kaum noch atmen. Die Luft wurde schwerer und schwerer. Ihre Schwere glich dem Gefühl in meinen Beinen, die mich nicht mehr vorantragen wollten.

Ich hatte dort, im Dunkel unter der Erde, jedes Zeitgefühl verloren, als Elizabeth mich endlich nach oben brachte und mich in das Zimmer entließ, in dem ich von nun an meine Nächte verbringen sollte.

Die Haushälterin war im unteren Bereich des Hauses verschwunden, um sich um ihre Arbeit zu kümmern und es war mittlerweile spät am Nachmittag, wenn ich die Farbe der Sonne richtig beurteilte, die den Raum mit einem warmen, rötlichen Leuchten erfüllte. Mein Zimmer war klein, aber recht gemütlich. Mir stand ein Bett aus dunklem Holz zur Verfügung, das an den Seiten von durchscheinenden Vorhängen gerahmt wurde, ebenso wie eine passende Truhe und ein kleines Tischchen, über dem ein Spiegel angebracht worden war.

Erschöpft sah ich darin mein Spiegelbild an. Meine sonst schimmernden Locken waren stumpf und im Nacken zusammengebunden. Gelöste Strähnen fielen in ein Gesicht, das von Müdigkeit gezeichnet war, die tiefe Ringe unter meinen Augen hinterlassen hatte. Ich hatte schon bessere Tage gesehen, daran bestand kein Zweifel.

Irgendjemand hatte, während ich mit Elizabeth in der Dunkelheit verschwunden gewesen war, meine Habseligkeiten in das Zimmer gebracht. Ich wollte mich gerade meiner schmutzigen Bluse entledigen, als mein Blick etwas kleines Goldenes streifte, das jemand auf dem Tisch vergessen hatte.

Interessiert streckte ich meine Hand danach aus und hielt ein feines Medaillon in den Fingern, das mit verschlungenen Verzierungen versehen worden war. Es sah nicht mehr neu aus und wies einige Kratzer auf, die auf eine lange Zeit des Tragens hindeuteten, es in meinen Augen jedoch nur noch schöner machten.

Wem mochte es gehören? Elizabeth oder Domenico womöglich? Ich konnte mir kaum vorstellen, dass jemand anderes hier ein- und ausging. Ich würde es wohl nur erfahren, wenn ich nachsah, also öffnete ich das Schmuckstück und klappte seine Seiten auseinander. Meine Augen weiteten sich in stummem Schrecken, als ich das kleine Bildnis darin erblickte.

Es zeigte Prinzessin Delilah. Ihr rotes Haar und die bronzene Haut waren unverkennbar und ihre dunklen Augen starrten mich unverwandt an. Aber es war etwas anderes in ihrem Gesicht, es war viel weicher und die Augen blickten freundlicher, als ich es bei der Prinzessin in Erinnerung hatte. War dies wirklich die Delilah, die ich auf dem Ball des Fürsten angetroffen hatte, oder war es eine Frau, die ihr sehr ähnelte? Eine Schwester vielleicht? Und warum befand sich ein Bild von ihr im Haus des Narbenmannes?

Ich schüttelte benommen den Kopf, als das Bildnis vor mir verschwand, sich in einem Farbenwirbel auflöste, der bald mein ganzes Blickfeld ausfüllte. Ich sah einmal mehr die Bilder, die Alesia mir gesandt hatte und die ich nicht hatte verstehen können.

Die Prinzessin tanzte durch meine Vision, wirbelte, von ihren Schleiern umweht durch einen fremdartigen Raum voller weiter Torbögen, die ins Nichts führten. Doch dieses Mal war dort noch mehr. Ich sah Andrea Luca, der ihr mit leerem Blick nachstarrte, jede ihrer Bewegungen verfolgte und dabei so leblos wirkte, als hätte die Seele seinen Körper verlassen.

Sein Feuer und seine Kraft schienen erloschen, sein Geist nicht mehr in seinem Körper und seine Gedanken nicht mehr die seinen. Seine Gestalt war unversehrt, doch was war mit ihm geschehen? Der Schmerz in meinem Herzen trieb mir die Tränen in die Augen, als sich Delilahs verführerischer Körper vor Andrea Luca wand und drehte, sie die Schleier lasziv über ihre Haut gleiten ließ, dann über ihn hinweg. Ihre Haare umfingen ihn wie Arme, die mit roten, feurigen Fingern nach ihm griffen, während die Schleier, in die sie gekleidet war, über seine Haut glitten und ihn streichelten, als besäßen sie ein Eigenleben.

Ich schrie auf, wollte nicht mehr sehen, was die Prinzessin mit Andrea Luca tat, wollte Andrea Lucas leere Augen nicht mehr sehen müssen. Der Strudel, der mich in die Vision geführt hatte, gab mich endlich frei. Laut schluchzend stürzte ich zu Boden, hinein in die ruhige, dunkle Stille der Ohnmacht, die mich tröstend empfing und mich vergessen ließ.

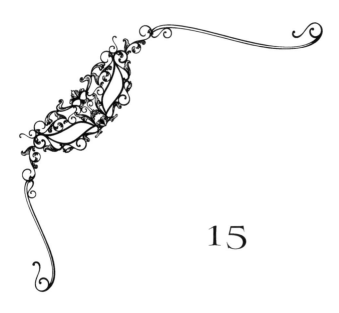

15

Ich erwachte in meinem Bett, als ich leise Schritte in der Dunkelheit vernahm, die durch das Haus schlichen. Benommen schüttelte ich die letzten Reste des Traumes ab, der mich nach meiner Vision gefangen genommen hatte und in dem ich wieder und wieder mein Gespräch mit Verducci durchlebte. Seine grünen Augen schwebten durch mein Bewusstsein, als versuchte es, mir etwas zu zeigen, das ich nicht sehen konnte, etwas das in meiner Erinnerung verborgen war und einfach nicht zutage trat. Immer wieder diese smaragdgrünen Augen, die so vertraut wirkten, wenn der Narbenmann mit mir sprach.

Ich setzte mich auf und strich den Vorhang zur Seite, lauschte in die Dunkelheit, aber dort war nichts mehr. Die Schritte waren wohl nur Überbleibsel des lebendigen Traumes oder hatten zu Elizabeth gehört, die des Nachts durch das Haus gewandert war.

Langsam glitt ich zurück in die Kissen und ließ die Erinnerungen auf mich einwirken. Die Vision von Andrea Luca schmerzte mich, sobald ich daran dachte und ich zwang mich dazu, sie beiseitezuschieben, um die Bilder nicht erneut vor meinem inneren Auge erleben zu müssen. Ich hoffte, dass sich mein Geist diese Begebenheit nur aufgrund meiner ständigen Angst ausgedacht hatte und nichts davon der Wahrheit entsprach.

Ich fragte mich, wer mich wohl mit dem Bildnis der Prinzessin in der Hand aufgefunden und zu Bett gebracht hatte, doch sonderlich viele Möglichkeiten existierten nicht. Es gab kaum einen Zweifel daran, dass das kleine Medaillon verschwunden war und nicht mehr auftauchen würde. Doch wem gehörte es? Es konnte kein reiner Zufall sein, dass sich das Schmuckstück in diesen Räumen befunden hatte. War die Frau, die darauf abgebildet war, wirklich Delilah? Und wenn nicht, wer war sie dann?

Auch der Traum von Verducci beunruhigte mich. Irgendwo in meinem Unterbewusstsein war etwas verborgen, das ich zutage fördern musste, wenn ich seinem Geheimnis auf die Spur kommen wollte. Ein Versprechen hatte er gegeben, aber wer hatte Interesse daran, dass mir nichts geschah? Andrea Luca vielleicht, doch seine Beziehung zu dem Narbenmann schien mir nicht auf freundschaftlichen Gefühlen zu beruhen.

Ich war mir auch sicher, dass Angelina niemanden wie ihn kannte, obgleich sie über vielerlei Kontakte verfügte – warum also nicht auch zu einem Piraten? Nein, Angelina wäre selbst diejenige gewesen, die sich an meine Seite gestellt hätte, um die Schwierigkeiten gemeinsam mit mir zu meistern.

Ich vermisste meine Schwester. Wir sahen uns nicht oft, da wir in unterschiedlichen Welten lebten, aber dennoch fanden wir Trost darin, dass wir immer wussten, dass wir füreinander da sein würden, wenn es die Zeiten erforderten. Was würde Angelina empfinden, wenn sie nach mir suchte und ich nicht mehr auffindbar war? Niemals würde sie mich in Marabesh vermuten, sicherlich jedoch alle Möglichkeiten, mich zu finden, ausnutzen, sofern es in ihrer Macht lag.

☙

Es dauerte nicht lange, bis ich erneut über meiner Grübelei eingeschlafen war. Aber diesmal war mein Erwachen nicht so sanft wie zuvor. Eine grobe Hand presste sich auf meinen Mund und knebelte mich, während ich noch im Halbschlaf gefangen lag. Dann schwand alles Licht aus meiner Umgebung, als man mich in eine Decke einschlug, die mir die Sicht raubte.

Panik ergriff Besitz von mir und ich versuchte verzweifelt, mich zu befreien. Aber meine Entführer hatten gute Arbeit geleistet und ich konnte mich kaum noch bewegen, geschweige denn, einen Laut von mir geben.

Das dunkle Gefühl, das diese Leute, denn es waren ohne Zweifel mehrere, solcherlei öfter taten, breitete sich in mir aus und ließ keine angenehmen Schlüsse auf mein Schicksal zu. Warum war Verducci nicht hier? Ich konnte mir nicht vorstellen, dass er hinter diesen Geschehnissen steckte, denn er hatte sich zu viel Mühe gemacht, um mich zu schützen. War ihm etwas geschehen? Das Gleiche galt auch für Elizabeth Weston, die es bestimmt nicht gerne sah, wenn sich jemand in ihrem Einflussbereich zu schaffen machte und in dieses Haus eindrang.

Ich wehrte mich, bis mich die Kraft verließ und ich aufgeben musste. Meine Entführer zeigten ohnehin kaum Interesse an meiner Gegenwehr und so machte ich mich so schwer, wie es mir möglich war, um sie zumindest zu behindern.

Irgendwann übermannte mich die Erschöpfung und mein Körper erschlaffte. Die knappe Luft in meinem stickigen Gefängnis erschwerte mir das Atmen und die Hitze machte mich benommen. Ich wurde für einige Zeit umhergetragen. Wie lange konnte ich nicht mehr einschätzen, da ich jedes

Zeitgefühl verloren hatte und nun mehr nur noch abwartete, wohin man mich bringen würde. Dann herrschte plötzlich Stillstand. Wir mussten einen für meine Entführer sicheren Ort erreicht haben, denn sie begannen, leise miteinander zu flüstern, was mich noch mehr entmutigte. Sie sprachen keine der Sprachen, die ich verstand, was mich vermuten ließ, dass es sich bei ihnen um Marabeshiten handelte.

Was konnten diese Leute von mir wollen? Ich kannte niemanden in Marabesh und konnte mir nur schwerlich vorstellen, dass die Prinzessin dahintersteckte, wenn sie doch selbst vor Kurzem erst das Land erreicht haben konnte – falls sie überhaupt schon eingetroffen war.

Nicht lange, nachdem ich zum ersten Mal die rauen Stimmen, die in diesem merkwürdigen Singsang sprachen, vernommen hatte, hörte ich das Quietschen einer Tür, die geöffnet wurde. Dann spürte ich den harten Aufprall, als man mich unsanft zu Boden warf. Die Tür fiel hinter mir ins Schloss und es herrschte für wenige Momente Stille, die, nachdem die Schritte verklungen waren, durch ein leises Rascheln ersetzt wurde, das ich noch nicht einordnen konnte.

Ich blieb für eine Weile mutlos und erschöpft auf dem Boden liegen, dann begann ich, mich aus meinem locker gewordenen Gefängnis herauszuwinden und erblickte meine Umgebung. Ich befand mich in einer Art Zelle, in der es dunkel und feucht war. Das erste Licht des neu beginnenden Tages sickerte blass durch ein kleines, vergittertes Fenster und ließ mich erkennen, dass ich nicht allein war. Verängstigte Frauen sahen mich aus großen, dunklen Augen an, die mich an Sadira erinnerten. Sie saßen dicht gedrängt an den rauen Wänden und begannen zu flüstern, nachdem sie mich zu Gesicht bekommen hatten. Ich konnte keine von ihnen verstehen, denn auch sie mussten aus diesem Lande stammen. Ich bot ihnen sicherlich einen seltsamen Anblick. Wer auch immer mich zu Bett gebracht hatte, hatte mir eines meiner seidenen Nachthemden übergezogen. Es war die den Umständen entsprechend unpraktischste Art der Bekleidung, die mich in dem feuchten, kalten Loch frieren ließ und eindeutig zu viel Haut enthüllte. Es musste diesen Frauen, die von Kopf bis Fuß bedeckt waren, noch merkwürdiger erscheinen, als meine helle Haut und meine blauen Augen es ohnehin schon taten.

Mit steifen Fingern versuchte ich, den Knebel zu lösen, dessen Knoten mir immer wieder entkam, bis eine der Frauen vorsichtig auf mich zu trat und mir dabei half. Dankbar spürte ich, wie sich das schmutzige Tuch löste und in meinen Schoß hinab glitt.

Ich lächelte die junge Frau an und nickte ihr dankbar zu, bevor ich die Decke über meine nackten Schultern zog, die mir zumindest ein wenig mehr Wärme spendete, und mich ebenfalls an eine der Wände verkroch. Ich mochte nicht mehr länger in der Mitte der Zelle sitzen und so alle Aufmerksamkeit auf mich ziehen.

Die Zeit verstrich zäh und qualvoll, während ich misstrauisch nach den Ratten Ausschau hielt, die ich hier vermutete und dabei versuchte, von den Frauen zu erfahren, zu welchem Zweck wir uns hier befanden und was für ein Ort dies wohl sein mochte. Leider blieben meine Bemühungen ohne Erfolg, denn keine von ihnen konnte mich verstehen und so war ich weiterhin auf mich selbst und meine Überlegungen angewiesen.

Meine Umgebung wirkte mit den schmutzigen Zellen und den Gitterstäben wie ein heruntergekommenes Gefängnis. An der Wand, die ich draußen auf dem Gang sehen konnte, brannte eine Fackel, die nur wenig gegen die Dunkelheit ausrichten konnte, bevor sie schließlich durch das schwache Tageslicht ersetzt wurde, das die Zelle noch trostloser erscheinen ließ. Es stank nach Abfällen jeglicher vorstellbaren Art, ein Gestank, den man zwar nach einer Weile nicht mehr so stark bemerkte, der jedoch immer gegenwärtig blieb.

Es machte mich stutzig, dass so viele Frauen hier eingesperrt waren, die allesamt nicht wie Verbrecherinnen wirkten. Zu verängstigt und schüchtern waren sie, um jemanden ein Leid zuzufügen. Jede von ihnen war auf ihre eigene Art hübsch und keine wirkte ungepflegt, soweit ich das beurteilen konnte. Was würde mit ihnen geschehen? Und was war mit mir? Angst schnürte meine Kehle zu und ließ es in der ohnehin schon untertemperierten Zelle noch kälter werden. Ich war noch nie zuvor in einer solchen Situation gewesen. Weit weg von Zuhause, in der Fremde, in der ich niemanden kannte. Allein in einer Situation, derer ich nicht Herr werden konnte, und in der ich noch nicht einmal wusste, wo ich mich befand. Mein ganzes Leben lang hatte meine flinke Zunge dafür gesorgt, dass ich aus allen brenzligen Situationen entkam. Diesmal war jedoch niemand da, an dem ich sie benutzen konnte. Selbst wenn irgendjemand für mich erreichbar gewesen wäre, würde es mir nicht helfen, solange ich noch nicht einmal die Sprache dieses Landes verstand.

Zwei Tage vergingen und alles, was ich sah, war die gleiche Zelle und ab und an ein schmutziger, grober Wärter, der uns mit Nahrung und Wasser versorgte. Ich dachte nicht mehr länger darüber nach, was sich in der Schüssel befand, die hier als Nahrung ausgewiesen wurde. Da es mich nicht umbrachte, hielt ich es für genießbar. Auch der Wärter sprach keine der Sprachen, derer ich mächtig war oder er wollte mich nicht verstehen, beachtete uns kaum, wenn er kam und wieder ging. Am Morgen des dritten Tages schließlich, öffnete sich die Tür der Zelle und die erste der Frauen wurde hinausgebracht. Nur sehr wenig Zeit verstrich, bevor der Wärter allein zurückkehrte und die nächste Frau mit sich nahm, die ihm weinend folgte, aber keine Gegenwehr leistete. Dieses Spiel wiederholte sich mehrere Male, bis nur noch ich allein in der modrigen Zelle saß und auf mein Schicksal wartete. Ich hatte genügend Zeit, um mir auszumalen, was mich erwartete und nichts davon war angenehm oder wünschenswert. Viele der Frauen waren gegangen, ohne sich zu wehren. Einige hatten versucht, dem Wärter die Augen auszukratzen, aber dieser Bär von einem Mann hatte sich nicht von seinem Ziel abbringen lassen und hatte erbarmungslos jede von ihnen davon geführt.

Ich war mittlerweile gefasst und fest entschlossen, meinem Schicksal in das Auge zu blicken, ohne dabei eine jämmerliche Gestalt abzugeben, als drei Männer die Zelle betraten und auf mich zukamen. Erstaunt blickte ich ihnen entgegen und erhob mich bereits von meinem Platz, damit sie dies nicht für mich tun mussten und mich auf die Beine zwangen.

Da erkannte ich einen von ihnen.

Enrico war in einem wirklich bedauernswerten Zustand. Sein Gesicht war unter vielzähligen Blutergüssen angeschwollen und sein rechter Arm hing gebrochen und nutzlos an seiner Seite. Ich spürte jedoch kein Mitleid, denn es war offensichtlich, dass er mich in diese Situation gebracht hatte. Ein schmutziges Grinsen spielte über seine Lippen, als er mich musterte und dabei einige Worte an die Männer richtete, die an seiner Seite standen. Beide wirkten schmierig und ungewaschen, trotz ihrer wertvollen Kleider und Juwelen, die ihren Reichtum offen zur Schau stellten. Einer von ihnen nickte zufrieden und rief dann nach dem Wärter, der herbeischlurfte, um auch mich mitzunehmen.

Zumindest Enrico würde meine Worte verstehen und so konnte ich meine Zunge nicht im Zaum halten. Ich hatte außer meinem Leben nichts mehr zu verlieren und was sollte der Spott noch schaden, wenn sie es mir ohnehin nehmen wollten? »Nanu? Vier Männer sind nötig, um eine einzelne Frau abzuführen? Ich bin erstaunt. Sehe ich so beängstigend aus? Enrico, was habt Ihr diesen armen Menschen erzählt? Etwa von unserer kleinen Begegnung am Strand? Oder von der Nacht in der Kajüte, als Verducci Euch wie eine Fliege zerquetscht hat?«

Meine Worte trieben das Blut in Enricos Gesicht, das sich vor Wut verzerrte. Speichel tropfte zwischen seinen angeschwollenen Lippen hervor, als er einige harte Flüche aus seiner Heimat ausstieß und dann mit geballten Fäusten auf mich zusprang. Die Bewegungen des Wärters waren schneller, als man es bei einem Mann von seiner Statur erwartete. Er hielt Enrico mit einem unnachgiebig festen Griff auf und schleuderte ihn mit einem lauten Grunzen in die Ecke der Zelle, wo er reglos liegen blieb. Dann trat er ungerührt auf mich zu und legte seine große Pranke um meinen Arm.

Ich folgte ihm ohne Gegenwehr. Wir traten in die Sonne des Nachmittages hinaus und er zerrte mich auf eine Empore, an deren Fuß eine große Anzahl marabeshitischer Männer versammelt war. Sie redeten und stritten ohne Unterlass miteinander, in einen ewigen Wortschwall verstrickt, der erst endete, als ich bis zu ihrem Rand gebracht worden war.

Das geschah hier also. Ich wurde als Sklavin an einen dieser Marabeshiten verkauft, würde ihm treu dienen müssen, um seine Wünsche zu erfüllen. Enrico hatte es in der Tat gut mit mir gemeint. Ich fragte mich allerdings, was wohl mit ihm geschehen würde, wenn Verducci oder Andrea Luca davon erfuhren. Hatte er sich etwa durch mich freigekauft, bevor er als Arbeitssklave endete? Ich hielt es nicht für unmöglich und billigte ihm durchaus die ausreichende Intelligenz für eine solche Tat zu.

Der Gedanke, als Sklavin den Rest meiner Tage zu verbringen, erfreute mich nicht im Geringsten. Aber Sklaven konnten vor ihren Herren fliehen, was man vor dem Tod bekanntlich nicht vermochte. Meine Situation hatte sich zwar nur geringfügig verbessert, aber trotzdem schlich sich die leise Hoffnung in mein Herz, dass ich entkommen konnte, wenn ich mich nicht zu dumm anstellte.

Ich blickte ausdruckslos auf die Männer hinab. Der Sprecher, der diesen Verkauf leitete, begann damit, ein Loblied auf mich und meine Talente zu singen, das mit frenetischem Nicken vonseiten der versammelten Zuschauer beantwortet wurde. Schon bald brach die Hölle los, als die Gebote in die Höhe schnellten. Zumindest nahm ich das an und hoffte in einem törichten Anflug von Stolz, dass ich keinen zu schlechten Preis erzielen würde.

So ging es für eine ganze Weile hin und her. Ein zahnloser Alter mit einem schaurigen Grinsen schenkte mir ein anzügliches Zwinkern, das mir Übelkeit verursachte. Ich fragte mich, in welch kleinen Schritten die Gebote wohl eintrafen, während meine Aufmerksamkeit auf den zahnlosen Mann gerichtet blieb, der es sich nicht nehmen ließ, ständig die anderen zu überbieten und dabei eine bemerkenswerte Verbissenheit an den Tag legte.

Der Sprecher trat näher an mich heran und drehte mich grob in alle Richtungen, damit die Bietenden eine gute Aussicht auf meinen Körper erhielten. Ich fühlte mich unter den gierigen Blicken nackt in meinem seidenen Nachthemd, das für weitaus intimere Zwecke gefertigt worden war. Es konnte mich kaum vor den begehrlichen Blicken schützen.

Ich hatte mich schon einigermaßen damit abgefunden, in den Besitz des Alten überzugehen – er sah zumindest nicht allzu gefährlich aus – als eine klare, befehlsgewohnte Stimme über den Platz schallte und die anderen Männer innehalten ließ. Ich konnte die Summe nicht verstehen, die geboten worden war, ihre Höhe reichte jedoch aus, um alle anderen verstummen und aufgeregt murmeln zu lassen.

Das Herz klopfte mir bis zum Hals. Ich drehte mich um und wagte es kaum, den Mann anzublicken, zu dem diese Stimme gehörte. Durfte es denn wahr sein? Die Hoffnung flutete schmerzhaft durch meinen Körper. Ich blickte suchend über die Menge, bis ich ihn fand.

Er saß auf einem glänzenden, schwarzen Hengst, dessen Zügel und Sattel nach Art der Marabeshiten mit vielfarbigen

Bändern verziert worden waren. Dunkel gekleidet, wie es seine Art war, hatte er sich geweigert, die traditionelle Kleidung der Männer Marabeshs zu tragen und war sich selbst treu geblieben.

Unverwandt blickten mich die undurchdringlich dunklen Augen von Andrea Luca Santorini an, selbst dann noch, als das Gebot angenommen und der Kauf damit besiegelt war. Er ritt ohne Rücksicht auf dem stolzen, schwarzen Hengst durch die Menge der enttäuschten Käufer, die zur Seite davonstoben, sobald er sie erreichte. Dann zog er mich vor sich in den Sattel hinab, bevor er das Pferd wendete und dabei einige Anweisungen an zwei Männer weitergab, die ihn begleitet hatten.

Ich klammerte mich an ihm fest, als wir davonritten und den Lärm und den Schmutz des Sklavenmarktes hinter uns ließen. Durch den Stoff seines Hemdes hindurch konnte ich fühlen, wie angespannt sein Körper war. Sein Arm hielt mich fest an seiner Brust und ich schmiegte mich in seinen Schutz. Sacht drang seine Stimme an mein Ohr, als er das Pferd an einem einsamen Springbrunnen anhielt, der vor neugierigen Blicken verborgen war. »Nun habe ich dich zum zweiten Mal freigekauft, Lukrezia ...« Er sprang von seinem Pferd und hob mich dann hinunter in seine Arme, die Ruhe und Geborgenheit verhießen. »... aber als ich es das letzte Mal tat, warst du passender bekleidet.«

Ich schob mich ein kleines Stück von ihm, um ihm in die Augen blicken zu können, aber dort war keine Spur von der Leere, die ich in der Vision gesehen hatte. Ich seufzte erleichtert auf, bevor ich es mir erlaubte, ihn in gespielter Wut anzufunkeln und dabei sein unverschämtes Lächeln zu genießen. »Ich glaube nicht, dass es die richtige Zeit ist, sich über unpassende Kleidung zu beklagen, Signore Santorini. Es scheint dir gut zu gehen, wenn du dir über solcherlei Dinge den Kopf zerbrechen kannst!«

Andrea Lucas Lächeln wurde noch breiter. Er unterzog mich von Kopf bis Fuß einer auffälligen Musterung, bei der er kein noch so kleines Stück vergaß. Schließlich richtete sich sein Blick auf mein Gesicht und der Schalk lag in seinen Augen. »Aber Signorina Lukrezia. Ich bin allein um Eure Gesundheit besorgt.«

Das Lächeln tanzte noch für einen Augenblick auf seinen Lippen, erlosch jedoch viel zu schnell und wandelte sich in Besorgnis. Die Anspannung, die ihn bei seinen Worten kurzzeitig verlassen hatte, kehrte in seinen Körper zurück. Er nahm meine Hand und führte mich zu dem Brunnen. »Verducci hätte dich nicht herbringen dürfen, Lukrezia. Seine Nachricht hat mich erreicht, kurz bevor ich selbst das Land verlassen habe und ich konnte nichts mehr dagegen unternehmen. Ich weiß nicht, was ich mit dir tun soll, denn hier ist es zu gefährlich für dich, das hast du am eigenen Leib erfahren. Ich kenne keinen Ort, an dem du sicher bist.«

Ich ließ meine Hand in das kalte Wasser gleiten und spritzte ein wenig in mein Gesicht, um den gröbsten Schmutz zu entfernen. Maria und Giuseppe kamen mir in den Sinn und mein Herz verkrampfte sich vor Sorge. Trotzdem zog ich bei Andrea Lucas Worten spöttisch eine Augenbraue in die Höhe und sandte ihm einen schiefen Blick. »Ach wirklich? Es ist also gefährlich hier? Nein, das hätte ich niemals gedacht. Ich empfinde es als vollkommen gewöhnlich, von Piraten in ein fremdes Land entführt und dann als Sklavin verkauft zu werden. Mein Leben ist alles andere als einfach, seitdem du ein Teil davon bist.« Ich konnte ein resigniertes Seufzen nicht unterdrücken und es gelang mir nicht gänzlich, die Angst aus meiner Stimme zu verdrängen. »Aber daran ist nun nichts mehr zu ändern. Sind Maria und Giuseppe wohlauf? Ich könnte es nicht ertragen, wenn ihnen durch meine Schuld etwas geschehen ist.«

Andrea Luca lächelte mich beruhigend an und strich mir eine widerspenstige Locke aus dem noch feuchten Gesicht.

»Sei unbesorgt. Beide sind bei bester Gesundheit und werden sich eines langen Lebens erfreuen. Was ist aus Verducci geworden? Er hat dich nicht freiwillig in die Sklaverei verkauft, nehme ich an?«

Ich schüttelte den Kopf und berichtete Andrea Luca dann alles, was sich seit der Zeit unserer Trennung zugetragen hatte. Er hörte mir nachdenklich zu, während sein Gesicht bei jedem meiner Worte düsterer wurde. Als ich von Enrico sprach, leuchteten seine Augen in einem gefährlichen, tödlichen Licht, das mir trotz der heißen Sonne des Nachmittags eisige Schauer über den Körper sandte. Die Wut in seinen Augen war noch lange nicht verschwunden, als ich meinen Bericht beendete und er mich in seine Arme zog.

Seine Stimme war zu einem kaum hörbaren Flüstern gesenkt und obgleich seine Lippen beinahe mein Ohr berührten, musste ich genau hinhören, um seine Worte verstehen zu können. »Er wird keine Ruhe mehr finden, bis er mir gegenübersteht und meine Rache gespürt hat, das schwöre ich. Kein Mann wird dich jemals ungestraft berühren und dich verletzen, solange ich lebe.« Die Eindringlichkeit, mit der er dies sagte, ließ keinen Zweifel daran, dass er es ernst meinte. Enrico würde seine Strafe bekommen und diesmal würde es noch weitaus schlimmer werden als das, was der Narbenmann mit ihm getan hatte.

Vorsichtig berührte Andrea Luca meine Wange, die nach Enricos Angriff von einer bläulichen Farbe überzogen war, und sah mir tief in die Augen, bevor er mich sanft und vorsichtig küsste, um mir nicht wehzutun.

Schritte näherten sich uns ohne Vorwarnung, rissen uns aus unserer Versunkenheit und ließen Andrea Luca aufspringen. Seine Hand fuhr zu seinem Rapier und er stellte sich vor mich, bevor er nach der Quelle des Geräusches suchte.

Es war die Sänfte der Prinzessin.

Delilah hatte ihre Spione sicherlich überall und es hätte mir bewusst sein müssen, dass Andrea Luca nicht ohne Beobachtung den Palast verlassen konnte. Falls ich damit nicht recht hatte, musste Delilah mit weitaus stärkeren Mächten im Bunde sein, als mit einfachen Menschen. Die seidenen Vorhänge wurden von einer grazilen Hand beiseite gezogen und die Prinzessin glitt geschmeidig daraus hervor. Sie war so schön wie ich sie in Erinnerung hatte, wirkte in diesem Licht und in ihrer Heimat vielleicht noch schöner, als im Palazzo Santorini.

Die Erinnerung an die Vision und an Alesias Gesicht kam mit betäubender Wucht zurück und traf mich so hart, dass ich erschrocken aufkeuchte. Ich hatte ihm nichts davon erzählt und nun war es zu spät. Was sollte ich nur tun?

Meine Gedanken rasten, während ein freundliches Lächeln den Weg auf Delilahs Gesicht fand. Das Lächeln einer Schlange vor dem tödlichen Biss. Delilahs Stimme war dunkel und verführerisch. Nur die wenigsten Männer würden einer Frau wie ihr widerstehen können und falls sie es doch taten, so war ihr Leben in Gefahr. Niemand würde die Prinzessin abweisen und danach noch ein langes und gesundes Dasein genießen dürfen. Daran bestand kein Zweifel.

»Aber Liebster! Ich kann es nicht dulden, dass du eine andere Frau auf der Straße vor den Augen meines Volkes küsst, wenn du doch mir versprochen wurdest. Es ist Zeit, den Kurtisanen zu entsagen, auch wenn sie bei deinem Volk als Zier gelten mögen.« Ihr Lächeln wurde noch strahlender, als sie näherkam und sich ihr Körper dabei mit der Geschmeidigkeit einer Schlange bewegte.

Weder Andrea Luca noch ich erwiderten etwas.

»Ich denke, sie wird ein wundervolles Geschenk für den Harem des Sultans sein.« Sie lachte erfreut auf.

Ein Lachen, das ihr im Halse stecken blieb, als Andrea Lucas Rapier aus seiner Scheide schnellte und die aufblitzende Spitze auf ihr Herz deutete. Es war, als würden sich Panther und Schlange in einem Kampf auf Leben und Tod gegenüberstehen, einem ungleichen Kampf, bei dem es jedoch um mein Leben ging. »Haltet Euch von dieser Frau fern, Prinzessin. Oder Ihr werdet nicht lange genug leben, um die Hochzeit zu feiern, die sich Euer Vater so sehnlichst wünscht.« Andrea Lucas Stimme war gefährlich leise. Selbst die Prinzessin schien ihre nächsten Schritte sorgfältig abzuwägen, bevor sie sich abwandte und ihrer Leibwache ein Zeichen gab, die Säbel einzustecken. Andrea Luca ließ das Rapier sinken, blieb jedoch weiterhin wachsam.

Delilah wandte sich wieder zu uns um. Ein Ende ihres Schleiers lag fest in ihrer Hand, als dieser sich plötzlich wie von Geisterhand in einem unmerklichen Luftzug aufblähte. Er schwebte nah an dem Gesicht des Adeligen vorbei. Die Augen der Prinzessin veränderten sich, besaßen einen tierhaften, rötlichen Schimmer, der wie die Feuer des Abgrundes aufloderte. »Nein, Andrea Luca, diese Frau beschützt du nicht!« Ein langes Zischen begleitete ihre Stimme und Andrea Luca versteifte sich plötzlich. Sein Rapier glitt aus seiner Hand und prallte mit einem leisen Klirren auf.

Ich schrie in maßlosem Entsetzen auf. Das war es also, was Alesia mir hatte sagen wollen. Delilah war eine Hexe und Andrea Luca stand unter ihrem Bann!

Ich konnte mich nicht mehr wehren, als mich die Wachen ergriffen, um mich in den Palast zu bringen. Alles verschwamm unter den Tränen meiner Verzweiflung. Denn was konnte ich gegen eine Hexe ausrichten?

16

Der Weg hinauf zum Palast des Sultans war lang und beschwerlich. Die Straße wand sich unaufhörlich in die Höhe und ihre Steigung wurde immer steiler, je näher wir unserem Ziel kamen. Die Wachen hielten mich unnachgiebig gepackt, während wir hinaufgingen und ich wehrte mich nicht mehr gegen sie, so sehr hatten mich Verzweiflung und Erschöpfung gelähmt.

Also würde es mein Schicksal sein, meine Zeit in einem Harem zu verbringen und dort die Wünsche des Sultans zu erfüllen. Es war kein allzu großer Unterschied zu dem Leben einer Kurtisane in Terrano, wenngleich es um einiges weniger frei war. Der Gedanke hätte mich wahrscheinlich erheitert, wenn die Umstände anders gewesen wären. Doch mein Leben hatte sich verändert und ich war nicht mehr dazu bereit, einem Mann zu dienen, für den ich nichts empfand und für den ich nur reiner Besitz war, selbst wenn er mir im Austausch die Annehmlichkeiten seines goldenen Käfigs dafür bot.

Betäubt von meiner Situation nahm ich kaum mehr meine Umgebung wahr. Immer wieder kam das Bild der Prinzessin mit den roten Augen in meinen Sinn und die Erinnerung an Andrea Luca, der in ihrem Zauberbann gefangen war, trieb mir die Tränen in die Augen und ließ mich die Straße nur verschwommen erkennen.

Nach einem schier endlosen Lauf durch Faridah erreichten wir den Palast des Sultans und endlich wusste ich, warum man dieses Gebäude als die Pforten des Himmels bezeichnete. Der weiß geäderte, hellblaue Marmor, aus dem das prachtvolle Gebäude mit den vielen Türmen erbaut worden war, wirkte, als sei der Himmel selbst auf die Welt herabgekommen, um aus seiner Substanz dieses Bauwerk zu errichten. Goldene Kuppeln warfen das Licht der Sonne so gleißend hell zurück, als seien sie ihre kleineren Geschwister, die schützend über den Palast wachten.

Nie zuvor hatte ich Gärten von einer solchen Pracht gesehen wie jene, die diese Anlage umgaben. Hohe Palmen spendeten Schatten für die exotischen Blumen, die von den Gärtnern gepflegt wurden. Sie waren von Mauern umgeben, deren Durchgänge von starken, grimmigen Wachen geschützt wurden. Ich bemerkte, wie mein Mund offenzustehen drohte, und zwang mich dazu, ihn geschlossen zu halten, während ich einen langen, weißen Weg entlanggeführt wurde.

Zu meiner Überraschung wurde ich allerdings nicht zu dem großen Portal gebracht, das auf geradem Wege in den Palast hineinführte. Die Wachen bogen kurz davor ab und brachten mich in einen abgetrennten Hof, der an der Seite des Gebäudes angefügt war und der noch schärfer bewacht wurde, als die Mauern selbst.

Die Männer, die als Wache aufgestellt waren, beachteten mich kaum. War es so gewöhnlich, dass neue Frauen für den Sultan gebracht wurden?

Über den weiß gemauerten Hof führte eine steile Treppe empor, die an einem vergitterten Durchgang endete. Die Gitter waren jedoch nicht so wie diejenigen, die mich in der Zelle der Sklavenhändler eingesperrt hatten, nein, es waren kunstvoll geformte Gitter, deren Schönheit durch die goldene Farbe noch verstärkt wurde.

Die Wachen öffneten das Gitter, schoben mich wortlos hindurch und verschwanden, so schnell, wie sie gekommen waren, ohne sich um mein weiteres Schicksal zu kümmern.

Ich blieb allein zurück, zumindest dachte ich dies, bevor ich einige Schritte über den weißen Marmorboden getan hatte und endlich mein zukünftiges Gefängnis erblickte.

Es war wahrhaftig ein goldener Käfig, der mich hier umfing.

Zarte Schleier umwehten mich und streichelten über meine nackten Arme, als ich eine weitere Treppe hinab trat und mein Blick auf die vielen schönen Frauen fiel, die hier versammelt waren. Einige von ihnen badeten in einem großen Becken voll klaren Wassers und lachten und kicherten dabei fröhlich. Machte es ihnen denn gar nichts aus, eingesperrt zu sein? Andere lagen auf seidenen Kissen, die in allen Farben schimmerten, die ich mir vorstellen konnte, und kümmerten sich um den Erhalt ihrer Schönheit, wohl ebenso ihr wichtigstes Gut, wie es auch das meine gewesen war.

Keine von ihnen war mit mehr bekleidet, als mit ebenso zarten Schleiern wie jenen, die meine Haut bei jedem Windhauch streiften. Goldener Stoff verhüllte die wenigen Teile ihres Körpers, die zu intim waren, um sie offen zu zeigen. Diese wurden dafür von klingenden goldenen Plättchen betont, die den Blick unweigerlich anzogen. Sie waren wie dafür geschaffen, die Aufmerksamkeit eines Mannes zu fesseln. Die Frauen schienen sich ihrer eingeschränkten Freiheit kaum bewusst, während sie mit nackten Füßen über den hellen Mosaikboden des Harems liefen und sich ihrem täglichen

Dasein hingaben. Für mich waren sie wie schöne, bunte Vögel, die von ihrem Besitzer in einen Käfig gesperrt worden waren und die darüber verlernt hatten, wie das Leben in der freien Natur war.

So mancher Blick wurde mir zugeworfen. Einige davon freundlich, andere abschätzend oder desinteressiert, aus dunklen Augen, die mit schwarzen Kohlestiften umrahmt worden waren. Einmal mehr musste ich an Sadira denken, frei und ungebunden wie der Wind und keinem von diesen kleinen, zarten Vögelchen ähnlich, die ich vor mir sah. In meinem schmutzigen, zerrissenen Nachthemd und mit dem zerzausten Haar fühlte ich mich unter ihnen wie ein Fremdkörper. Ich war etwas, das nicht in diese Welt gehörte, aber trotzdem dazu gezwungen war, in ihren Lebensraum einzudringen.

Es dauerte nicht lange, bis eine kräftige, sehr resolute Dame auftauchte und die Mädchen aufscheuchte, sie für etwas ausschimpfte, das ich nicht verstehen konnte. Sie schien mir nicht hierher zu gehören und erinnerte mich auf eine unbestimmte Weise an Elizabeth Weston. In ihrem hochgeschlossenen und eindeutig nicht aus Marabesh stammenden Kleid und mit ihrem aufgesteckten Haar, das von hellbrauner Farbe war, ähnelte sie ihr, wirkte jedoch um einiges freundlicher.

Als sie sich zu mir umwandte, zeigte sich ein warmes Lächeln auf ihren Lippen und in ihren graublauen Augen. Sie betrachtete mich für einen Augenblick, wohl um mich einzuordnen, dann legte sie einen Arm um mich und führte mich durch den Harem, bis wir an eine Stelle gelangt waren, die etwas abseits von den neugierigen Blicken der anderen Frauen lag.

Erleichterung durchflutete mich, als sie mich in meiner Muttersprache ansprach. Endlich gab es eine Person, mit der ich reden konnte. »Nanu? Ihr seht mir nicht nach einem

Mädchen aus, das es als Ehre ansieht, dem Sultan zu dienen und das von seiner Familie hierhergeschickt worden ist. Ich frage mich, was Euch zu uns verschlagen hat.« Sie sah mich prüfend an, bevor sie sich, ohne meine Antwort abzuwarten, vor eine Truhe kniete und darin nach etwas suchte, das meiner Sicht durch den hohen Deckel entzogen war. Ich beobachtete sie misstrauisch und überlegte noch, was ich ihr antworten sollte, als sie mit einer triumphierenden Geste ein Gewand ans Tageslicht beförderte und es eingehend musterte. »Das hier müsste Euch passen. Hier! Probiert es an. Eure Kleidung scheint mir viel erlebt zu haben.«

Ich nickte und nahm das Gewand entgegen, nicht wirklich davon begeistert, mich wie eine Haremsdame zu bekleiden, damit jeder freie Sicht auf meinen Körper erhielt, den es danach gelüstete. Ich war für eine subtilere Art der Verführung, sah aber ein, dass mein weißes Nachthemd alles andere als sauber und kleidsam war und dringend einer Wäsche bedurfte.

»Ihr habt Recht, Signorina. Ich bin gegen meinen Willen hierhergebracht worden und möchte nicht hier verweilen. Dennoch sieht es so aus, als sei ich für den Moment gezwungen, hierzubleiben. Ich danke Euch für Eure Freundlichkeit ...« Ich geriet ins Stocken, wusste nicht recht, was ich noch sagen sollte. Es war kaum die rechte Zeit, meine Geschichte zu erzählen, vor allem, da ich diese Frau nicht kannte und ihre Freundlichkeit kein Zeichen ihrer Vertrauenswürdigkeit war. Schließlich gehörte sie ganz offensichtlich dem Harem des Sultans an, obgleich ich mich ein wenig darüber wunderte, wie sie in das Bild dieser halb nackten, hübschen Mädchen passen sollte.

Die Frau sah mich verständnisvoll an und führte mich dann zu dem Becken hinüber, damit ich den Schmutz abwaschen konnte. Während sie mir dabei zusah, wie ich das Nachthemd abstreifte und in das Wasser stieg, redete sie neugierig weiter auf mich ein, um mehr über mich und die Umstände zu erfahren, die mich hierhergeführt hatten. Ich schilderte ihr den groben Verlauf meiner Erlebnisse in Marabesh, seitdem ich an die Sklavenhändler verkauft worden war, verzichtete aber darauf, ihr Einzelheiten zu offenbaren oder gar die daran beteiligten Personen zu benennen. Es reichte, wenn sie mich für eine Fremde hielt, die aus der Sklaverei freigekauft worden war, um schließlich hier zu stranden. Diese Geschichte erschien mir einigermaßen glaubwürdig.

Cordelia wirkte gedankenverloren, nachdem ich meine Erzählung beendet hatte. »Ich würde Euch gerne helfen, mein Kind, aber ich bin nur eine einfache Dienerin des Sultans. Es verwundert mich jedoch, dass Ihr gegen Euren Willen hierhergebracht worden seid. Sultan Alim ist ein guter Mann. Ich kann mir kaum vorstellen, dass er solcherlei veranlassen würde ...« Nun war es an ihr, ihren Redefluss zu unterbrechen und sie schlug ihre Hand erschrocken vor den Mund. Ich blickte sie erstaunt an und versuchte zu erraten, was sie wohl bewegen mochte. »Aber ich bin schrecklich unhöflich, verzeiht mir! Mein Name ist Cordelia Bennet und ich sorge für die Erziehung der Ehefrauen des Sultans und ihres Gefolges.«

Sie lächelte gewinnend und nahm eine abwartende Haltung ein, während ich schmutzige Klümpchen aus meinen Locken entfernte, die dringend eines Kammes bedurften. Angewidert betrachtete ich die dunkle Brühe, die dabei aus meinem Haar herausströmte und das Wasser verfärbte. »Der Sultan hat mich nicht hierhergebracht, Signora Bennet, es war seine Tochter, Prinzessin Delilah. Aber auch ich sollte nicht unhöflich zu Euch sein. Man nennt mich in meiner Heimat Lukrezia.«

Cordelia Bennet zog überrascht eine Augenbraue in die Höhe. Die Art meiner Vorstellung hatte der offenbar in gesellschaftlichen Dingen gut bewanderten Frau sofort gesagt, um was es sich bei meiner Person handelte, nannte ich ihr doch nicht den Namen meiner Familie. Etwas, das zusammen mit meiner Herkunft recht eindeutig für eine Kurtisane sprach. Sie überspielte diese Gefühlsregung allerdings schnell und benahm sich sogleich wieder, als sei niemals etwas geschehen.

»Die Prinzessin hat Euch in diese Lage gebracht? Das wird ihrem Vater nicht gefallen … andererseits kann er seiner Tochter keinen Wunsch abschlagen …« Sie brach ab und blickte für einen Augenblick nachdenklich in die Ferne, was mir Gelegenheit gab, diese neue Information zu verarbeiten.

Also stand der Sultan selbst unter dem Bann seiner Tochter? Das war in der Tat keine gute Nachricht. Delilah schien sich keine sonderlich großen Sorgen darum zu machen, dass ich ihr Geheimnis kannte, denn sonst hätte sie mich auf der Stelle töten lassen, anstatt mich in diesem Harem ruhigzustellen. Wenn sie allerdings die Menschen in ihrer näheren Umgebung ihrem Willen unterworfen hatte, wunderte es mich nicht mehr.

Der unangenehme Gedanke, dass Delilah noch etwas mit mir vorhatte, beschlich mich und ließ die Übelkeit aufkeimen, die ich in der Nähe von magischen Aktivitäten oft verspürte und die mich nun unweigerlich an die schlangenhafte Frau erinnerte.

Cordelia Bennet zögerte für einen Moment, als ich nichts erwiderte, dann sprach sie weiter. Meine Augen weiteten sich vor Erstaunen über das, was mir die rundliche Frau anvertraute. »Ihr müsst wissen, dass sich die Prinzessin seit einiger Zeit verändert hat. Ich wünschte, Miss Weston wäre noch immer bei uns. Sie hat sich um Delilahs Erziehung gekümmert und stand ihr sehr nahe. Eliza hatte einen guten, beruhigenden Einfluss auf sie, aber die Prinzessin wollte sie nicht mehr um sich haben, nachdem sie zu uns zurückgekehrt ist. Edea weiß, warum.« Sie verstummte, sehr ernst geworden, dann kehrte das immerwährende Lächeln auf ihr rundes Gesicht zurück und sie sprang mit einem überraschend schnellen Satz auf die Beine. »Aber was sitze ich hier und schwatze, wenn die Arbeit ruft und Ihr sicher schon vollkommen aufgeweicht seid!«

Eliza Weston war die Erzieherin der Prinzessin? Ich war davon überzeugt, dass es sich hierbei um Elizabeth handeln musste, denn ansonsten wäre der Zufall gar zu groß gewesen. Hatte das Medaillon also ihr gehört und stellte eine Erinnerung an ihre Zeit mit der Prinzessin dar? Es wäre ein guter Grund für Verducci, die Frau bei sich aufzunehmen und sich um sie zu kümmern. Und von welcher Rückkehr sprach Cordelia?

Sie schien jedoch keine weiteren Details enthüllen zu wollen, so unvermittelt, wie sie das Gespräch abgebrochen hatte, und ich stellte keine Fragen, obgleich sie mir auf der Zunge brannten wie Feuer. Cordelia reichte mir ein weiches Tuch, als ich aus dem Becken stieg, um mich zu trocknen. Dann führte sie mich zu einem Paravent, hinter dem ich mich bekleiden konnte. Der Sichtschutz schien der ihre zu sein, denn ich konnte mir nicht vorstellen, dass eines der freizügigen Mädchen Bedarf dafür hatte, wenn sie ohnehin kaum bekleidet umherliefen.

Ich schenkte der übrig gebliebenen Erzieherin ein warmes Lächeln voller Zuversicht, die ich nicht wirklich verspürte, als sie mich erwartungsvoll ansah. »Ich danke Euch, Signora Bennet. Ihr seid sehr freundlich zu mir gewesen.«

Die ältere Frau erwiderte mein Lächeln strahlend und verabschiedete sich dann von mir. Nicht aber, ohne mich vorher darauf hinzuweisen, dass ich sie jederzeit aufsuchen konnte, wenn ich es wünschte.

Ich begann, mich in die fremdartigen Schleier zu kleiden, die ein beständiges Eigenleben zu führen schienen, wenn man sich mit solcherlei Bekleidung nicht auskannte. Ich stand ihren Tücken mehr oder weniger hilflos gegenüber und es dauerte eine Weile, bis ich mich damit zurechtfand. Doch schließlich hatte ich es vollbracht, die leichten Stoffbahnen um meinen Körper zu winden und trug die für einen Harem geschaffene Kleidung am eigenen Leib. Ich fühlte mich nackt, in dem ohne Unterlass raschelnden Gewand, das nur aus blauen Schleiern und goldenen Plättchen zu bestehen schien. Es zeigte beinahe alles, was ich zu bieten hatte. Ein Umstand, der Signorina Valentina nicht glücklich gestimmt hätte, hatte sie uns doch anstatt in der Kunst der Enthüllung in den Künsten der raffinierten Verhüllung ausgebildet.

Es schickte sich nicht, sich vor einem Mann zu entkleiden, bevor man ihn nicht fest in das eigene Netz gelockt hatte. Die Welt mochte Kurtisanen für frei von moralischen Bedenken halten, doch wir verschenkten unsere Gunst und unsere Körper nicht leichtfertig. Welcher hohe Herr würde uns noch wollen, wenn wir uns schon unzähligen Verehrern vor ihm hingegeben hatten? Die Adeligen Terranos ließen sich die Gesellschaft einer Kurtisane einiges kosten. Und dafür erwarteten sie, dass die Ware zumindest offiziell unversehrt blieb.

Die Vorteile einer solchen Art der Bekleidung, wie sie hier üblich war, lagen natürlich klar auf der Hand. Für die Frauen waren sie eher gering, aber es hinderte sie sehr effektiv daran, Waffen an ihrem Körper zu verbergen, die ihrem Herrn schaden konnten. Unglücklich wanderte ich durch den Harem und sah mich dabei um. Vielleicht fand sich eine Möglichkeit, diesem Käfig zu entfliehen und vor dem Zugriff der Prinzessin sicher zu sein, auch wenn ich in diesem Aufzug sicherlich nicht weit kommen würde.

Meine Schritte trugen mich bald durch einige Lagen der wehenden Schleier hindurch, bis zu einem hohen, bogenförmigen Durchgang, der in den Haremsgarten hinausführte. So bedrückend ich das Innere dieses goldenen Käfigs empfand, so befreiend und bezaubernd wirkte der Garten auf meine Stimmung. Glitzerndes Wasser sprudelte mit einem leisen Lied in einem kleinen Brunnen und lockte bunte Vögelchen an, die sich daran gütlich taten und sich nicht daran störten, dass ich nähertrat. Es gab vielerlei Orte, die zum Verweilen einluden, umgeben von noch spät blühenden Bäumen und Blumen, die einen betörenden Duft verströmten. Die Sonne war dabei, unterzugehen und tauchte die Welt in ihr rötliches Licht, das allem einen besonderen Zauber verlieh.

Ich ließ mich auf einer kleinen Bank nieder, um ihre letzten Strahlen zu genießen, die meine Haut sanft erwärmten und mir an der frischen Luft ein leises Gefühl von Geborgenheit schenkten. Die Fensterbögen des Harems lagen hinter mir und ich versuchte zu vergessen, was sie für mich bedeuteten. Beinahe stieg das Gefühl, zuhause in Porto di Fortuna auf meiner Terrasse zu sitzen, in mir auf und tröstete mich.

In einem Wachtraum versunken, hielt ich den Kopf, der plötzlich über der weißen Mauer auftauchte und mich aus dunklen Augen ansah, für ein Hirngespinst. Allerdings nur so lange, bis der zugehörige Körper ebenfalls darauf in Erscheinung trat und sich mit einem gewagten Sprung zu mir hinab schwang.

Ich unterdrückte einen leisen Aufschrei und starrte fassungslos in das selbstzufrieden lächelnde Gesicht von Andrea Luca, der mir vollkommen ungerührt zuzwinkerte, während er zu mir hinüberschlich. Er legte einen Finger an die Lippen, der mir bedeutete, still zu sein. Eine emporgezogene Augenbraue deutete sein unverhohlenes Wohlgefallen an, als er mich in meiner Kostümierung erblickte. Seine Augen wanderten aufreizend langsam über meinen Körper, dabei keine Rundung missachtend. Ich funkelte ihn wütend an, als er nahe genug herangekommen war und sich neben mir auf der Bank niederließ.

Seine Augen glitzerten vergnügt. Er genoss es, seine alten Gewohnheiten aufleben zu lassen und wollte gerade zu einer Rede ansetzen, die ich jedoch sofort mit einem ungehaltenen Flüstern unterbrach. »Bist du vollkommen verrückt geworden, dich einfach in den Harem des Sultans zu schleichen? Was ist, wenn dich die Wachen entdecken? Delilah wird dich umbringen und mich gleich dazu!«

Ein schiefes Lächeln zeigte sich auf seinen vollen Lippen, die wie immer von seinem dunklen Bart überschattet wurden, und er legte mir einen Finger auf die meinen, um mich zum Schweigen zu bringen. »Sie wird mich nicht töten lassen, denn sie braucht mich noch, um ihre Ziele zu erreichen, also sei unbesorgt.« Er sah mich an, diesmal besorgter als zuvor. Als er jedoch keine Spuren fand, die auf eine neuerliche Misshandlung hinwiesen, richtete er seinen Blick auf mein Gesicht und spielte mit einer meiner Locken. »Und du glaubst nicht ernsthaft, dass ich es zulassen werde, dass der Sultan dich berührt? Du solltest mich besser kennen.«

Ich kannte ihn in der Tat besser und wusste, dass er zumindest versuchen würde, es zu verhindern. Ein Santorini mochte es nicht, wenn man ihm etwas wegnahm und Andrea Luca unterschied sich darin nicht von seinem Onkel. Ich begann, mich einmal mehr zu fragen, was er wohl für mich empfand, zeigte er doch kaum jemals mehr als den Hauch eines Gefühls, riskierte aber ohne Frage sein Leben für mich. Sicher, ein Santorini wusste immer, was er wollte und er ließ es sich nicht mehr nehmen, ganz gleich, wie widrig die Umstände waren. Allerdings blieb die Frage, ob das alles war, was hinter Andrea Lucas Handlungen steckte oder ob er tatsächlich von Empfindungen geleitet wurde, die darüber hinausgingen.

»Die Prinzessin ist eine Hexe, Andrea Luca. Was willst du gegen sie ausrichten, wenn sie sogar ihren Vater unter Kontrolle gebracht hat und der ganze Hofstaat mit Sicherheit ebenso hinter ihr steht?«

Ein Hauch von Stahl und eine ausgeprägte Sturheit lagen in seinen Augen, als er mich mit schief gelegtem Kopf anblickte und mein Kinn mit einem Finger anhob, wie er es gerne tat, wenn er mit mir redete und ich seinem Charme nicht nachgeben wollte. »Lass das meine Sorge sein, Lukrezia. Den Zauber über alle aufrecht zu erhalten, kostet sie eine enorme Menge ihrer

Kräfte und so kann sie mich nicht ständig überwachen, auch wenn sie mir sehr viel Aufmerksamkeit schenkt. Wäre ich sonst bei dir?«

Ich erwiderte nichts. Es war bezeichnend für Andrea Luca, dass er eine solche Sorglosigkeit an den Tag legte und ein feiner Stachel des Ärgers darüber bohrte sich mit einem schmerzhaften Stich in mein Herz.

»Delilah hat einen Fehler gemacht, als sie ihre Maske fallen ließ, denn nun weiß ich, womit ich es zu tun habe. Der Sultan ist schwach und steht unter dem Bann seiner Tochter. Er würde alles für sie tun, wenn sie es verlangt, doch sie sollte sich besser nicht einbilden, dass sie es mit mir ebenso leicht haben wird. Hab keine Angst, ich werde dich bald von hier fortbringen.«

Ich nickte stumm und schmiegte mich in seine Arme, die mich schützend umfingen, wenn ich auch ernstliche Zweifel an seinen Worten hegte. Für eine viel zu kurze Zeit gab es nur uns beide auf der Welt, bis ein schriller Schrei die Stille zerriss und ich nach einem Moment der Starre eines der Mädchen an einem Fenster stehen sah. Sofort flog die äußere Tür des Gartens auf und zwei kräftige Wachen stürmten mit gezogenen Krummsäbeln auf uns zu.

Andrea Luca fluchte heftig, war jedoch schon aufgesprungen und hatte mich mit sich gezogen. Ein spöttisches Lächeln huschte über seine Mundwinkel, während sein Rapier aus der Scheide glitt und er mich noch einmal flüchtig küsste.

Sein Kopf deutete knapp in Richtung des Harems und ich tat, was er von mir verlangte und zog mich in das Innere zurück, wo sich schon jedes der Mädchen einen Platz an den Fenstern gesucht hatte, um der Auseinandersetzung zuzusehen.

Andrea Lucas spöttische Stimme drang an mein Ohr. »Aber nein, Zwei gegen Einen, wie unehrenhaft!«

Dann prallten die Klingen der Wachen auch schon mit flinken Stößen gegen sein Rapier und ließen mich ängstlich aufstöhnen, bevor ich erkennen konnte, dass er beide pariert hatte und seinerseits Hiebe anbrachte.

Die Terrano hatten eine schnelle Art des Fechtens entwickelt und die Fechtmeister unseres Landes waren überall für ihre Geschwindigkeit mit der Klinge berühmt und gefürchtet. Der Neffe des Fürsten war dabei bekanntlich keine Ausnahme.

Andrea Luca spielte mit den schwerfälligeren Männern, trieb sie dazu, einander in die Quere zu kommen und übereinander zu stolpern, während er anmutig über Bänke und Brunnen setzte oder sich an den Ästen der Bäume weiter schwang.

Er ließ die älteren Wachen hinter sich herlaufen, bis sie völlig außer Atem waren und keuchend nach Luft schnappten. Man konnte ihm ansehen, welch großen Spaß er an der kleinen Szene hatte, als er schließlich von einer Bank aus auf die Mauer sprang und von dort oben mit seinem Rapier die weit ausholenden Schläge der Krummsäbel abwehrte, einer der Wachen den Knauf seiner Waffe in das Gesicht trieb und der Anderen einen Tritt versetzte, der den Mann zu Boden schickte.

Er sah kopfschüttelnd auf die Männer nieder und lachte heiter auf, dann sah er sich suchend nach mir um und zwinkerte mir ein letztes Mal zu. »Eine enttäuschende Darbietung für die Männer, die den größten Schatz des Sultans bewachen sollen. Ich komme bald zurück!«

Dann sprang er von der Mauer und war verschwunden, bevor sich die Wachen erholt hatten und auf den Beinen standen. Ich seufzte erleichtert auf und ließ mich auf einer der weichen Kissenansammlungen nieder, die unter mir nachgab und mir einen bequemen Platz verschaffte.

Andrea Luca war nicht einfach unter Kontrolle zu halten und die Prinzessin tat gut daran, wenn sie ihn nicht unterschätzte, auch wenn ihr dies vielleicht noch nicht bewusst war. Es mochte ihr größter Fehler sein.

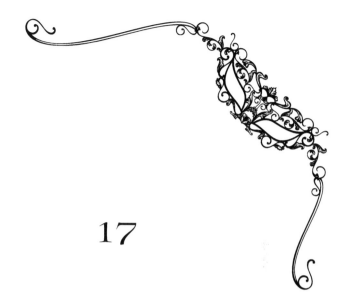

17

Die Zeit in einem Harem verstreicht quälend langsam. Man kann wenig tun, außer seinen eigenen Gedanken nachzuhängen und sich ansonsten um sich selbst zu kümmern. Es wunderte mich nicht, dass die meisten Frauen, die dem Sultan gehörten, ein eitles Verhalten an den Tag legten und sich eher um ihr Haar, als um ihre Umwelt sorgten.

Beinahe war es, als würde ich mich in einer anderen Welt befinden, abgeschlossen von dem Leben, das sich außerhalb dieser Mauern abspielte. Weit weg von den weltlichen Intrigen, dafür mit Frauen eingeschlossen, die das Intrigenspiel noch weitaus besser beherrschten als Pascale Santorini. Sie waren Meisterinnen darin, sich gegenseitig bei dem Sultan auszustechen, um zu seiner neuen Favoritin aufzusteigen und es gab wenig, was sie nicht zu tun bereit waren, um ihm zu gefallen. Trotzdem war es eine Welt, in der es eine eigene Herrschaftsstruktur gab, fern des Einflusses der Männer. Aber so kühl diese Frauen auch untereinander taten, sie waren noch wesentlich kälter zu einer Fremden, die in ihren Augen unter ihnen stand. Gegen die Frauen des Sultans erschienen mir die Kurtisanen Terranos nahezu wie liebenswürdige Geschöpfe und diese Feststellung war außerordentlich besorgniserregend.

Ich hatte mehr Zeit zum Nachdenken, als es mir lieb war, und versuchte mich davon abzulenken, wann immer es mir möglich war. Häufig hielt ich mich im Garten auf, oft von der zwiespältigen Hoffnung beseelt, dass Andrea Lucas Kopf über der Mauer auftauchen würde. Doch er tat es nie. Ich hoffte, dass Delilah nichts von seinem Ausflug in den Harem erfahren hatte. Es stand außer Frage, dass sie ihn dann noch stärker im Auge behalten würde als zuvor und Andrea Luca würde sich folglich kaum mehr frei bewegen können. Er war noch nicht lange in Marabesh und so war es wahrscheinlich, dass die Wachen ihn nicht erkannt hatten, wenngleich der Sultan sicher davon erfahren hatte, dass ein junger Terrano in seinen Harem eingedrungen war. Doch die Terrano waren dank der guten Handelsbeziehungen zu Marabesh so häufig hier vertreten, dass dies nicht unbedingt auf Andrea Luca zurückfallen musste.

Cordelia Bennet war über den Vorfall in ihren geheiligten Hallen nicht glücklich, doch sie wagte es nicht, mit mir zu reden wie mit den anderen Mädchen. Ich war eine freie Frau und keine Sklavin oder war es zumindest gewesen, bevor ich in Delilahs Hände gefallen war. So musste sich die korpulente Signora also damit begnügen, mich mit hochrotem Kopf zu beschwören, dass dies niemals mehr geschehen durfte. Schließlich war es keinem Mann außer dem Sultan und seinen persönlich auserwählten und entmannten Wachen erlaubt, eine der Haremsdamen anzublicken, geschweige denn, sie zu berühren.

Cordelias lange Rede berührte mich kaum. Ich war nicht auf meinen eigenen Wunsch hier und niemand hatte sich jemals darum bemüht, Andrea Luca oder mich nach unseren

Ansichten zu fragen, bevor wir auseinandergerissen worden waren.

Am Abend des zweiten Tages, den ich im Harem verbrachte, traten zwei Wachen ein und wechselten einige Worte mit Cordelia, die zunächst erstaunt Fragen stellte und dann ein wenig ratlos auf mich deutete. Ich erhob mich voller unguter Vorahnungen, als die Wachen auf mich zusteuerten und Cordelia Bennet mir einen hilflosen Blick zuwarf. Schnell huschte sie hinter den Männern her und erreichte mich zeitgleich mit ihnen, während sie sich bereits vor mir aufbauten.

Verwirrt blickte ich abwechselnd zu den beiden Parteien, als die großen, starken Männer mit der gebräunten Haut auch schon nach mir griffen und mich festhielten. Hatte Delilah sich doch dazu entschlossen, mich zu beseitigen? Mein Herz begann, laut und schnell zu schlagen.

Cordelia redete auf die Männer ein und hielt sie dadurch auf, bevor sie sich in Bewegung setzen konnten. Die Antwort schien ihr nicht zu gefallen, dennoch setzte sie ein beruhigendes Lächeln auf und richtete schließlich das Wort an mich. »Habt keine Angst, mein Kind. Der Sultan richtet ein Fest aus und zu diesem Anlass möchte die Prinzessin ihrem Vater sein ... nun, Geschenk überreichen. Diese Männer werden Euch zu dem Fest bringen und für Eure Sicherheit sorgen. Ihr müsst nicht fürchten, dass Euch ein Leid geschieht.«

Ich hatte mir in der Tat schon immer gewünscht, als großzügige Gabe einer liebevollen Tochter an ihren Vater zu enden. Die beiden starken Männer erschienen mir für diesen Zweck übertrieben. Ich zweifelte daran, dass ich auch nur einem von ihnen zu entkommen vermochte, selbst wenn ich doppelt so stark wäre. Delilah würde jedoch sicherlich ihre Gründe für diese reizende Sicherheitsmaßnahme haben.

Ich erwiderte Cordelias Lächeln gezwungen und versuchte zu nicken, ohne dass ich dabei die Beherrschung über meinen

Körper verlor, der unkontrolliert zu zittern beginnen wollte. Vor Delilah würde ich meine Angst nicht zeigen, ganz gleich, wie mächtig sie als Zauberin sein mochte und was sie mir antun konnte. Sicher würde auch Andrea Luca anwesend sein. Delilah würde sich keine Gelegenheit entgehen lassen, um ihm ihre Macht zu demonstrieren, besonders, wenn er wenig mehr tun konnte, als zuzusehen und ihre Genialität zu bewundern.

Die beiden Haremswachen setzten sich in Bewegung und zwangen mich damit, ihnen durch die Räume des Palastes zu folgen. Um meine Angst abzuschütteln, sah ich mich neugierig um und hoffte, mich damit von dem Fest und dem Gedanken an den Sultan abzulenken.

Endlich sah ich mit eigenen Augen, was außerhalb des Harems lag. Die Pracht ließ meinen Atem stocken, während ich von den Wachen durch den Palast geführt wurde. Ich bemerkte kaum noch die groben Hände der Männer, als ich mit offenem Mund nach allen Seiten blickte und die blassblauen Marmorwände voller goldener Ornamente auf den langen Fluren bewunderte, die alles schmückten, wohin das Auge auch reichte.

Den Boden, über den wir liefen, zierte feinstes Mosaik, das ich noch nie zuvor in solcher Kunstfertigkeit gesehen hatte. Verschlungene Muster liefen durch die Gänge, für alle Ewigkeit miteinander verwoben. Mir wurde schwindelig, je länger ich auf diese Farbenpracht starrte, die sich wand wie der Körper der tanzenden Prinzessin. Marmorierte Säulen, die rund und bauchig gestaltet waren, gaben den Blick auf wunderschöne Gärten frei, die dahinterlagen. Andere führten in abgeschiedene Höfe, die von dem rötlichen Licht der untergehenden Sonne erleuchtet wurden, die alles mit einem warmen Schein überzog. Sie ließ die Mauern des Palastes wie pures Gold erscheinen und brachte sie zum Glühen.

Ich war verzaubert von der Schönheit dieses fremdartigen Ortes, der so anders war, als meine Heimat und so vergaß ich alles andere um mich herum. Das Fest, der Sultan, Delilah, meine Situation, alles verschwamm in meinen Gedanken. Allerdings nur so lange, bis wir schließlich einen großen Saal erreichten, aus dem betörende, fremde Düfte drangen, die meine Sinne vernebelten.

Das warme Licht von Öllampen verstärkte das restliche Leuchten der Sonne und ließ die goldenen Teller voller Speisen aufblitzen, die auf den großen Tischen der hungrigen Gäste harrten. Beinahe befürchtete ich, dass die Tische ihrer Last nicht würden standhalten können. Die Klänge einer fremden Melodie, die von den versammelten Musikern auf mir unbekannten Instrumenten gespielt wurde, untermalten den Eindruck perfekt.

Davon abgelenkt, bemerkte ich die Anwesenden erst, als sich Delilahs kalter Blick in mein Fleisch bohrte und meine Aufmerksamkeit erweckte. Alle Augen ruhten auf mir, als die Prinzessin geschmeidig hervortrat und einige Worte an den Sultan richtete, die ich nicht zu verstehen vermochte. Und so erblickte ich Sultan Alim, den Herrscher von Marabesh, zum ersten Mal mit meinen eigenen Augen.

Der Sultan war nicht mehr jung. Das bequeme Leben hatte seine Formen aufgeweicht und einen dicklichen, kleinen Mann zurückgelassen, dessen Züge von einem weißen Bart und von weißem Haar eingerahmt wurden. Es war schwer zu sagen, ob er das kupferfarbene Haar seiner Tochter besessen hatte oder ob es eine Gabe ihrer Mutter gewesen war. Die Kleider des Mannes waren wertvoll und makellos, ebenso wie sein Turban aus einem schimmernden, weißen Stoff, auf dem ein großer, dunkelroter Rubin saß. Waren seine Augen wacher gewesen, bevor er unter den Bann seiner Tochter gefallen war? Nun wirkten die schwarzen Augen, als blickten sie aus weiter Ferne in den Saal hinab und waren müde, so müde wie das restliche zerfurchte Gesicht. Beinahe erweckte es mein Mitleid, diesen verbrauchten Mann zu sehen.

Sultan Alim thronte auf einem wertvollen Podest aus dunklem Holz, das mit goldenen Ornamenten verziert worden war, und wurde von einem blauseidenen Baldachin geschützt, über dem eine goldene Sonne leuchtete. Ich wusste von Sadira, dass diese Sonne das Symbol der Sarmadee war und ihn schützen sollte, doch es hatte ihn nicht vor seinem eigenen Fleisch und Blut geschützt.

Der Sultan verfolgte jede Bewegung seiner Tochter, bis sie mit einer weit schweifenden Geste ausholte und schließlich auf den Platz wies, an dem ich stand. Die Wachen schubsten mich an, damit ich auf den Herrscher dieses Landes zu trat, um ihm meine Ehrerbietung zu erweisen.

Ich war dazu entschlossen, mir keine Blöße zu geben und tat, was von mir verlangt wurde, während meine Augen auf den kleinen Mann auf seinem prunkvollen Thron fixiert waren. Dicht vor seinem Podest hielt ich inne und blickte kalt auf die triumphierende Delilah. Dann sank ich in meinem anmutigsten höfischen Knicks vor dem Sultan nieder. Ein spöttisches Lächeln spielte über meine Lippen.

Alim sah mich verlangend von Kopf bis Fuß an und wies dann auf ein Kissen zu Füßen seines Throns, auf dem ich wohl Platz nehmen sollte. Er verschwendete keine Worte an mich, auch nicht an seine Tochter, die er mit einem huldvollen, majestätischen Nicken bedachte und die sich dann zu ihrem Platz zurückzog.

Delilah war unruhig, das merkte ich, sobald ich nähergekommen war und es offenbarte eine Seite an ihr, die ich nicht zu sehen erwartet hatte. Sie wartete auf etwas oder jemanden. Ich vermutete, dass es ihr Sorgen machte, dass Andrea Luca noch nicht den Saal betreten hatte. Zumindest nahm ich dies an, da ich ihn nirgends ausmachen konnte. Sie kannte seine persönlichen Eigenheiten noch nicht und war somit seinen Launen ausgeliefert, die sie offensichtlich aus der Ruhe brachten.

Es war nicht leicht, meine Gesichtszüge zu kontrollieren, als ich mich, so grazil ich es vollbringen konnte, auf dem weichen Kissen niederließ. Die strenge Ausbildung von Signorina Valentina half mir jedoch dabei und ich dankte ihr im Stillen für die Unnachgiebigkeit, mit der sie uns unser Handwerk gelehrt hatte. Insbesondere dankte ich ihr dafür, dass sie uns beigebracht hatte, unsere wahren Gefühle zu verbergen und unser Gesicht einer Maske gleich werden zu lassen, wenn die Notwendigkeit bestand.

Eine kleine Hand mit dicken Fingern, die sich durch die goldenen Ringe kaum noch bewegen konnten, legte sich auf meine Schulter und machte keine Anstalten mehr, sich wieder von ihr zu lösen. Ich unterdrückte den Wunsch, sie abzuschütteln und lächelte den Sultan gewinnend an, als er begann, sich mit seiner Tochter in leisem Ton zu unterhalten.

Ich horchte auf, als der Name Santorini fiel, konnte aber den Zusammenhang nicht entschlüsseln, da sich die Sprache der Marabeshiten wohl für alle Ewigkeit meiner Kenntnis entziehen würde, sofern ich nicht dazu gezwungen war, an diesem Ort zu verweilen. Etwas, das ich zu vermeiden gedachte. Delilah mochte mich für alle Zeiten hinter die Mauern eines Harems verbannen wollen, doch das war keineswegs die Zukunft, die ich anstrebte. Meine Aufmerksamkeit war noch auf Delilah und ihren Vater gerichtet, als die lauten Stimmen der Marabeshiten verstummten und stattdessen einem aufgeregten Flüstern Platz machten. Manche Dinge änderten sich niemals, ganz gleich, in welchem Land man sich befand.

Ich suchte den Punkt, auf den sie sich zu konzentrieren schienen, um zu erfahren, was sie wohl in solche Aufregung versetzt hatte. Dort erblickte ich Andrea Luca, der die Ursache dieses gespannten Wisperns war. Er trat unbekümmert durch einen offenen Durchgang in den Saal und schenkte der Menge ein schiefes Lächeln, das alles bedeuten konnte. Er wirkte kühl und ungerührt, als er vor das Podest des Sultans trat und sich nachlässig vor ihm verneigte. Delilah würdigte er dabei keines Blickes, mich fand er jedoch sofort.

Ich konnte erkennen, wie er kaum merklich erstarrte und seine Augen in einem gefährlichen Licht in Richtung der Prinzessin aufflackerten. Dann löste ein Lächeln seine Anspannung und er begab sich an meine Seite, nachdem er einige Worte in der singenden Sprache der Marabeshiten an den Sultan gerichtet hatte. Ich blickte ihn fragend an, ebenso wie die meisten anderen Menschen, die sich in dem Festsaal befanden und nicht zuletzt der Sultan selbst, doch Andrea Luca war nicht geneigt, Antworten zu geben.

Er sah an diesem Abend blendend aus. Das schwarze Haar fiel ihm in die Stirn und zog meinen Blick unweigerlich auf seine dunklen Augen. Er war ganz in Schwarz gekleidet und hatte einen Schnitt gewählt, der seinen Körper betonte. Ich konnte mir nur zu gut vorstellen, mit welchem Verlangen Delilah Andrea Luca anblickte und sich wünschte, seinen Willen endlich zu brechen, was ihr bisher allem Anschein nach noch nicht gelungen war. Ihre Blicke durchbohrten ihn von der anderen Seite des Thrones aus, beobachteten, wie er sich an das Podest lehnte und nachdenklich einen Finger an seine Lippen legte. Ich richtete meine Aufmerksamkeit auf den Sultan, der in die Hände klatschte und einige Worte an die Musikanten richtete, die gleich darauf eine nur wenig schnellere Melodie zu spielen begannen. Die neugierigen Blicke der anwesenden Männer – es waren keine Frauen in diesem Raum zu sehen – richteten sich unverzüglich auf einen Durchgang, hinter dem nach kurzer Zeit eine schöne Marabeshitin hervorkam.

Sie trug eine große, grünliche Schlange, die sich um ihren Hals gewunden hatte. Ich starrte fasziniert und voller Abscheu auf das Tier, das sich langsam bewegte, während sich die Tänzerin im Takt der Musik wiegte. Ihr Körper wurde nur von durchscheinenden, roten Tüchern verhüllt, die die Augen der Männer nahezu magisch anzogen. Sie begann einen schlangengleichen Tanz und wickelte dabei das Tier um sich herum, bog ihren Körper in alle Richtungen, die weit über das Menschenmögliche hinausgingen. Schwarzes Haar umwehte sie und verband sich mit den Tüchern und der Schlange zu einer wirbelnden Einheit, die von den Männern begierig beklatscht und bejubelt wurde. Doch ihre Augen blieben allein auf ihre Schlange geheftet. Ihre einzige und größte Liebe, die alles andere überstieg.

In meiner Faszination hatte ich kaum bemerkt, dass ein Diener mir einen Kelch mit Wein brachte, den ich unbedacht an die Lippen setzte. Erst Andrea Lucas Hand auf meinem Arm und sein Kopfschütteln machten mich auf den Fehler aufmerksam. Ich stellte den Kelch erschrocken ab, biss mir auf die Lippe, um vollständig zu Bewusstsein zu kommen. Die Frauen der Marabeshiten verstanden das Handwerk, andere Menschen durch ihren Tanz in einen Bann zu ziehen, aus dem man sich ohne Hilfe nicht mehr zu lösen vermochte. Als die Musik verstummt war, brandete überschwänglicher Jubel unter den Versammelten auf. Er verebbte erst, nachdem die Tänzerin mit einer Geste der Ehrerbietung verschwunden war.

Andrea Luca verließ seinen Platz, um sich mit einem charmanten Lächeln auf den Lippen in eine gute Position vor dem Sultan zu bringen, in der ihn jeder im Raum mühelos sehen konnte. Ich hielt den Atem an und traute meinen Ohren kaum, als seine Stimme durch die plötzlich eingekehrte Stille schnitt. Er sprach auf Terrano mit dem Sultan, sodass auch ich ihn verstehen konnte, seine Worte jedoch den meisten der Anwesenden verborgen bleiben mussten. »Welch wundervolle Darbietung, Sultan Alim! Ihr seid ein Mann von ausgezeichnetem Geschmack, was auch die Wahl Eurer zukünftigen Gemahlin beweist. Doch ich bin bestürzt – ist es denn in

Marabesh Brauch, dass der Vater die Frau des Sohnes für sich beansprucht?«

Ungläubiges Gemurmel erhob sich unter denjenigen, die Andrea Luca verstanden hatten. Der Sultan sah fragend zu seiner Tochter hinüber, die ihren zukünftigen Gemahl voller Entsetzen anstarrte. Sie wollte sich erheben und auf ihn zugehen, doch der Sultan hielt sie an ihrem Arm zurück und versetzte ihr einen strengen Blick.

Es war Delilah nicht möglich, ihre Magie so offen zu wirken, das wurde mir bewusst, als ihre Augen rot aufleuchteten und das Leuchten sogleich erlosch, sobald sie sich an ihre Umgebung erinnerte. Hilflos setzte sie sich und ergab sich den Umständen. Ihr Blick verhieß allerdings schon jetzt die Rache, die sie nehmen würde, sobald sie dazu in der Lage war. Auch ich selbst war über die Frechheit Andrea Lucas erschrocken und schlug unwillkürlich eine Hand vor den Mund. Ich fürchtete um seinen Kopf, den er so leichtfertig riskierte. Der Sultan wandte sich zu Andrea Luca um, der einen enttäuschten Gesichtsausdruck aufgesetzt hatte. Er schüttelte ungläubig den Kopf, als könne er einfach nicht fassen, welch raue Sitten bei den Marabeshiten herrschten. Alim erhob sich halb von seinem Thron, als er sich nach vorn beugte und den jungen Terrano zu sich heranwinkte. Der Sultan war besorgt, das konnte man ihm ansehen. Offenbar war es für einen Marabeshiten eine große Schande, sich des Besitzes eines anderen Mannes zu bemächtigen, solange dieser ihn nicht freiwillig aufgab. Ich konnte seine geflüsterten Worte mühelos verstehen, da ich direkt neben beiden saß. Unauffällig versuchte ich, noch näher heranzurücken, ohne die Aufmerksamkeit zu sehr auf mich zu lenken.

»Dann hast du Besitzrechte an dieser Frau, mein Sohn? Deine Anschuldigungen wiegen schwer. Ich kann nicht glauben, dass meine Tochter mir den Besitz eines anderen Mannes zum Geschenk machen würde.«

Andrea Luca legte seine betroffene Miene nicht ab. Er beugte sich ebenfalls näher zu dem Sultan und flüsterte leise seine Antwort. »Nun, Sultan Alim, auch in Terrano ist es Sitte, eine Frau neben der ersten Ehefrau zu besitzen und diese hier habe ich rechtmäßig erworben, bevor ich nach Marabesh kam und Eurer Tochter versprochen wurde. Ich würde sie nur ungern verlieren, denn sie hat mich sehr viel gekostet.« Als er diesen letzten Teil erwähnte, blickte er in meine Augen und ich verstand. Ich hatte Andrea Luca sehr viel mehr gekostet, als einen Teil seines Goldes und ich würde ihn noch weitaus mehr kosten, wenn es uns nicht gelang, Delilah zu entfliehen. »Sicher waren Eurer Tochter die Gebräuche meines Landes nicht bekannt, sonst wäre ihr dieser Fehler niemals unterlaufen.« Er sandte der Prinzessin einen unmissverständlichen Blick, in dem nichts als Kälte zu finden war. Ich konnte die Wut in Delilahs Augen sehen. Die Wut und den Hass auf mich und auf ihre Hilflosigkeit, die sie lähmte, während ihr wundervoller Plan vor aller Augen zunichtegemacht wurde. Ihre Haare flammten im Licht der Kerzen ebenso auf wie ihre Augen und verliehen ihr den Anschein, als würde sie brennen.

Der Sultan seufzte laut und klopfte Andrea Luca auf die Schulter. Er schüttelte müde den Kopf und richtete sich dann auf. Seine Stimme war die eines Herrschers, als sie über den Köpfen aller Gäste erschallte und mir eine Gänsehaut verursachte. Mein Herz setzte für einen Schlag aus.

»Ich habe mich dazu entschlossen, das Geschenk meiner Tochter an ihren zukünftigen Gemahl zu geben, auf dass sein Harem wachsen und gedeihen möge und er ein guter und fruchtbarer Herrscher an ihrer Seite wird, der Marabesh viele stolze Söhne beschert!«

Jubel brandete auf, als alle Männer ihre Kelche erhoben und auf ihren weisen Sultan und seinen vielversprechenden zukünftigen Schwiegersohn tranken.

Ich dankte zum ersten Mal der Gesellschaft der Marabeshiten für ihre Traditionen, die mir zumindest für diese Nacht die Freiheit und die Flucht vor dem Bett des alten Sultans beschert hatten. Diese Schlacht hatte Andrea Luca durch seine Unverschämtheit für sich entschieden, aber er hatte Delilah dabei zu sehr gedemütigt, war einen Schritt zu weit gegangen. Ich mochte nicht an ihre Rache denken, die nicht lange auf sich warten lassen würde. Und trotz der Zuversicht und des selbstsicheren Grinsens auf seinem Gesicht, als er mir zuzwinkerte und mich von den Kissen zog, krampfte sich mein Herz vor Angst zusammen, wenn ich an die Zukunft dachte.

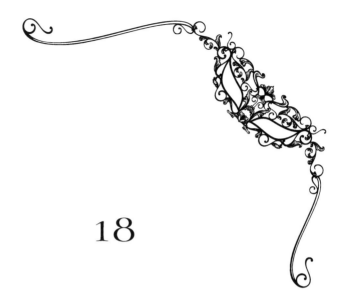

18

Wenn mir schon die Zeit im Harem lang gewesen war, so empfand ich das Fest des Sultans als noch qualvoller. Ich konnte wenig anderes tun, als herumzusitzen und die immer neuen Darbietungen der Tänzerinnen zu beobachten. Ihre Freizügigkeit stieg mit jeder Stunde, ebenso wie die Zudringlichkeit der Zuschauer.

Die Männer wurden betrunkener und mutiger. So mancher von ihnen fand Gefallen daran, nach einer der schönen Frauen zu greifen und sie auf seinen Schoß zu ziehen, wenn sie sich nicht schnell genug zur Wehr setzte und ihm somit rechtzeitig zu entkommen vermochte. Ich wandte meinen Blick davon ab, wollte nicht sehen, was dann geschah.

Obgleich Andrea Luca nahe bei mir saß, hätte er nicht ferner sein können. Er konnte vor dem Sultan und seiner Tochter nicht mit mir reden, geschweige denn, mich berühren oder eine andere vertraute Geste zeigen. Es würde ihm als Schwäche ausgelegt und die Prinzessin noch weiter brüskieren. Niemand auf dem Fest schien uns aus den Augen lassen zu wollen und Delilah fixierte mich beständig, beobachtete jeden meiner Atemzüge.

Es war ein seltsames Gefühl, ihm nach all der Zeit so nahe zu sein, sich mit ihm in einem Raum zu befinden, ohne dass wir sofort getrennt wurden. Aber ich litt trotzdem unter der Distanz zwischen uns, die mir wie eine unbezwingbare Mauer erschien. Wann würden wir dieses Fest verlassen können und was würde dann geschehen? Ich konnte beinahe spüren, wie es in Delilahs Kopf arbeitete, wie sie über einen Plan nachsann, sich für die erlittene Schmach zu rächen. Es würde ihr mit ihren magischen Künsten nicht schwerfallen und ich fragte mich, wie wir ihr dieses Mal entgehen sollten, schien es mir doch kein Entkommen aus diesem prunkvollen Gefängnis zu geben.

Tief in der Nacht erhob sich Andrea Luca von seinem Platz und trat nahe an den Thron des Sultans heran. Er wirkte steif und angespannt, was mich nach diesem Fest nicht mit Verwunderung erfüllte, waren die Vergnügungen in Terrano doch von gänzlich anderer Art, als dieses Gelage. Ich konnte mir vorstellen, dass es ihn ebenso abstieß wie mich selbst. Die Faszination war mit dem angestiegenen Alkoholpegel aus dem Festsaal gewichen und überließ reiner Abscheu kampflos das Feld.

Ich beobachtete aufmerksam, wie er dem Sultan etwas zuflüsterte, woraufhin dieser eine ablehnende Haltung annahm. Nach einem einnehmenden Lächeln vonseiten des Terrano Adeligen und einigen weiteren Worten begann er jedoch, wissend zu grinsen. Er gewährte mir einen lüsternen Blick, der mich erschauern ließ. Zu deutlich erinnerte er mich damit an das Schicksal, dem ich nur knapp entronnen war.

Dann trat Andrea Luca an meine Seite und schenkte dem Sultan noch ein vielsagendes Zwinkern. Er zog mich grob von meinem Kissen und verschwand, nach einigen amüsierten

Zurufen der anderen Männer, mit mir in einem der langen Gänge, die sich um diese Zeit verlassen vor uns erstreckten.

Ich vermochte es nicht, in seinem Gesicht zu lesen, aus dem alle Heiterkeit verschwunden war, sobald wir außer Sichtweite waren. Ich bemerkte aber, dass sein Griff lockerer wurde. Er verlor kein Wort an mich, solange wir durch die halbdunklen Gänge des Palastes liefen. Ich konnte es ihm nicht verübeln, würde es für unfreundliche Augen doch durchaus fragwürdig erscheinen, wenn er mich durch den Palast trug und dabei süße Worte in mein Ohr flüsterte. Schließlich hatten wir sein Ziel erreicht. Er trat mit mir durch eine Tür und verschloss diese sorgfältig mit einem protzig wirkenden Schlüssel. Neugierig blickte ich mich in dem Raum mit den vielen Sitzkissen auf dem Boden um. Er erschien mir wenig anders als der Harem, in dem ich die letzten Stunden vor dem Fest verbracht hatte.

Hinter einer leicht geöffneten Tür meinte ich, ein Becken zu sehen, aus dem warme Schwaden weißen Dampfes in die Lüfte trieben, die einen angenehmen Duft hinterließen. Der Sultan hatte seinen zukünftigen Sohn standesgemäß untergebracht und ihm allen Luxus seiner Welt zur Verfügung gestellt. Sicher besaß Andrea Luca auch seine eigenen Badefrauen und Dienerinnen, von denen allerdings keine zu sehen war. Eine Tatsache, die mich aufatmen ließ. Leichtbekleidete Frauen waren das Letzte, was ich in seinen Gemächern sehen wollte.

Warmer Atem streichelte meine Haut, als Andrea Luca meine Locken zur Seite schob und einen sanften Kuss auf meinen Nacken setzte, der mich aus meiner Inspektion aufschreckte. Seine Arme legten sich um meine Taille und drehten mich zu ihm herum, ohne dass ich ihm Gegenwehr leistete.

Ein verlangendes Licht leuchtete in seinen Augen, als er mich anlächelte und spielerisch an einem der durchscheinenden Schleier zupfte. »Langsam finde ich Gefallen an den marabeshitischen Traditionen. Ich frage mich, ob wir dich nach

Art des Harems bekleidet lassen sollten oder ob dir ein Gewand aus unserer Heimat besser zu Gesicht steht.«

Meine erboste Miene brachte wenig mehr Erfolg, als ihn zu erheitern und diese Kleinigkeit machte mich noch zorniger. Es war seine Art, Scherze zu treiben, wenn die Situation ernst war, aber ich konnte mich einfach nicht damit anfreunden.

»Wenn dir diese Art der Kleidung gefällt, bin ich mir sicher, dass die Prinzessin ganz nach deinem Geschmack sein dürfte. Und sie erwartet dich bestimmt schon freudig in ihrem Schlafgemach, um sie dir vorzuführen, was unser kleines Problem auf der Stelle lösen würde!«

Ein amüsiertes Auflachen kam über Andrea Lucas Lippen und er zog fester an dem Schleier, der sogleich nachgab und sich von meinem Gewand löste. Achtlos ließ er den Fetzen, der leicht wie eine Feder hinab segelte, zu Boden fallen. Erschrocken zuckte ich zusammen und wich einen Schritt zurück. Ein gefährlich wirkendes Funkeln blitzte in seinen dunklen Augen auf, erlosch jedoch schon einen Augenblick später.

»Du fürchtest dich noch immer vor mir, nicht wahr? Nein, ich hätte nicht mein Leben riskiert, um dich zu befreien, wenn mir dein Schicksal gleichgültig wäre und ich dich verletzten wollte. Das weißt du.« Er näherte sich mir, verringerte die entstandene Distanz zwischen uns. Ich wich diesmal nicht vor ihm zurück, als er mich zu den Kissen führte und mich zu sich hinab zog. Er zeigte allerdings kein anderes Interesse als jenes, mit mir zu reden. Andrea Luca wirkte müde und erschöpft, so als hätte er schon seit Tagen keinen Schlaf gefunden und sei in den wenigen Minuten, seitdem wir das Fest verlassen hatten, um Jahre gealtert. Ich war schockiert über diese Veränderung. Vorsichtig rückte ich näher an ihn heran, wagte es aber noch nicht, ihn zu berühren. Zu fremd erschien er mir.

Die Anstrengung, gegen Delilah anzukämpfen, hatte ihre Spuren hinterlassen und ihm einen großen Teil seiner Energie geraubt. Ich fragte mich, wie es ihm überhaupt gelang, sich gegen sie zur Wehr zu setzen.

»Ja. Ich fürchte mich. Und du tust alles dafür, dass es auch so bleibt. Doch dir liegt etwas anderes auf dem Herzen, nicht wahr?«

Andrea Luca nickte und fuhr mit der Hand über sein Gesicht. Auch ich merkte, wie schwer mein Körper von der Müdigkeit geworden war und die Verzweiflung versuchte sich Einlass in mein Herz zu verschaffen, wann immer ich an Delilah dachte. Einige Herzschläge verstrichen, bevor Andrea Luca etwas erwiderte. »Ich brauche dir nicht zu sagen, dass jeder Augenblick, den du in diesem Palast verbringst, ebenso gut dein Letzter sein kann. Die Prinzessin kann es nicht wagen, offen gegen mich vorzugehen, sie wird aber schon bald einen Weg gefunden haben, dieses unangenehme Problem zu lösen. Ich habe damit begonnen, nach Verducci zu suchen. Er ist ein Pirat, ja, es ist wahr, aber er ist nicht ohne Ehre und er wird dich fortbringen, sobald ich ihn erreichen kann ...« Er hielt für einen Moment inne und die Stille lastete schwer auf uns, während meine Gedanken zu rasen begannen. Andrea Lucas nächste Worte drangen wie durch einen unwirklichen Schleier zu mir hindurch. »In Orsanto wirst du sicher sein. Dort wird Pascale dich nicht erreichen können, ohne Beatrice Santi zu verärgern. Und das wird selbst er nicht wagen. Sie wird dich schützen, bis ich wieder selbst den Boden Terranos betreten kann.«

Mein Kopf schwirrte. Ich konnte keinen Zusammenhang zwischen seiner Familie und einem sicheren Orsanto finden. Orsanto war das Territorium der Santi und sie hatten den Santorini nie freundschaftlich gegenübergestanden. Es erschien mir widersinnig, dass die Kurtisane eines Santorini dort sicher sein sollte. Vor allem in der Obhut der mächtigsten Artista, die Terrano jemals gesehen hatte und die gleichzeitig die Erzfeindin des Fürsten war. Ich schüttelte ablehnend den

Kopf und sah Andrea Luca an, als hätte er den Verstand nun vollkommen verloren. Jede Artista hasste Kurtisanen und würde sicherlich alles Mögliche mit ihnen tun, sie jedoch niemals schützen. »Was redest du da? Beatrice Santi hasst deine Familie. Weswegen sollte sie für dich eine Ausnahme machen und ausgerechnet einer Kurtisane ihren Schutz gewähren? Du musst verrückt sein!«

Andrea Luca wandte den Kopf von mir ab und betrachtete eine der kunstvollen Öllampen, die seinen Gemächern ihr warmes Licht spendeten. Für meinen Geschmack erhellten sie den Raum noch lange nicht genug und hinterließen zu viele Schatten, in denen sich alles Mögliche verbergen konnte. Meine Fantasie zeigte mir Bilder von großen Wachmännern, die mit gezogenen Krummsäbeln daraus hervorschnellten und giftigen Schlangen, die zischend aus dem Halbdunkel glitten.

»Glaube mir einfach, Lukrezia. Beatrice Santi wird dich schützen. Den Grund dafür kann ich dir noch nicht nennen. Ich bitte dich einfach, mir zu vertrauen.« Bei den letzten Worten drehte er sich zu mir um und sah mir tief in die Augen.

Ich vertraute ihm, zumindest soweit ich es konnte. Aber ich glaubte nicht daran, dass er es vermochte, nach Terrano zurückzukehren und noch einen eigenen Willen zu besitzen, wenn er länger in den Fängen Delilahs verweilte. Auch der Wille eines Santorini konnte nicht so stark sein, dass er auf Dauer dem Zauber der Prinzessin widerstand.

Also wollte er, dass wir wieder getrennt wurden und dass ich auf etwas wartete, das womöglich niemals eintraf. Ich wagte zu bezweifeln, dass eine Artista eine bessere Gesellschaft darstellte als die Prinzessin, war ich mir doch auch durchaus der guten Beziehungen zwischen den della Francesca und den Santi bewusst. Ich konnte mir nicht vorstellen, dass Beatrice Santi von der Frau begeistert war, die der kleinen Alesia das Leben so schwergemacht hatte.

Diesmal wandte ich mich von ihm ab und sprang von den Kissen auf. Ruhelos lief ich zu einem Fenster und blickte hinaus, über das nächtliche Faridah, der Stadt, die mir nun eher als Gefängnis, denn als Wunder erschien. Die Stille der Nacht hatte alles sichtbare Leben auf den Straßen ausgelöscht und ließ sie trostlos und leer erscheinen.

Wütend fuhr ich schließlich zu ihm herum. »Nein, ich werde nicht ohne dich nach Terrano zurückkehren, Andrea Luca! Wenn du nicht heimkehren kannst, ohne deine Schuld gegenüber deinem Onkel zu begleichen, in was auch immer diese bestehen mag, dann lass uns in ein anderes Land gehen, in dem er uns nicht erreichen kann.«

Mit der Geschmeidigkeit einer Raubkatze kam Andrea Luca ebenfalls auf die Füße und mit nur wenigen Schritten hatte er mich eingefangen und hielt mich an den Armen fest. In seinen Augen lag eine Traurigkeit, die ich dort niemals zu sehen erwartet hatte und sie stach in mein Herz wie eine feine Nadel. »Ich möchte nicht, dass dir etwas geschieht, Lukrezia. Aber ich kann nicht mit dir in ein anderes Land gehen, ebenso wie auch du nicht glücklich werden würdest, wenn wir unsere Heimat niemals wieder betreten könnten, verstehst du das denn nicht? Wir lieben unser Land zu sehr, die Gondeln, die über den Canale di Stelle gleiten und den Duft der Orangenbäume im Sommer. Das könnten wir beide nicht für ein prunkvolles Wüstenland aufgeben, in dem das falsche Gold von den Wänden blättert, wenn man sie berührt.«

Die Tränen waren mir in die Augen getreten, als Andrea Luca sprach, denn es war die Wahrheit. Ich vermisste Terrano und meine Familie, denn obgleich ich sie selten sah, wusste ich doch immer, wie ich zu ihr gelangen konnte. Niemals war sie mir fern. Hier, in diesem fremden Land, fühlte ich mich einsam und verlassen. Es gab niemanden außer Andrea Luca, dem ich mich zugehörig fühlte. Und nun wollte er, dass ich ihn verließ und mich erneut in die Hände von Verducci und seiner Mannschaft begab – falls dieser überhaupt noch am Leben war. Die Leichtigkeit meiner Entführung ließ mich nichts Gutes für sein Schicksal vermuten.

Andrea Luca wischte mir sanft eine Träne von der Wange und zog mich an seine Brust. Ich wusste nicht, ob er mir jemals erzählen würde, was Pascale Santorini gegen ihn in der Hand hatte und es schmerzte mich, zu wissen, dass ich vielleicht zurückzukehren vermochte, Andrea Luca jedoch niemals seine Heimat wiedersehen würde, wenn er nicht tat, was der Fürst von ihm verlangte.

Doch es gab noch etwas anderes, was ich von ihm wissen wollte, etwas, das mich seit Langem beschäftigte. Und nun war der richtige Augenblick gekommen, um eine Antwort zu verlangen. Vielleicht würde ich dann endlich wissen, warum wir uns in dieser ausweglosen Situation befanden, Spielball der Mächte, die sich unseres Einflusses entzogen.

Ich blickte durch den Tränenschleier zu ihm auf, sah in seine Augen, um darin lesen zu können, wenn er antwortete. Wollte endlich die Wahrheit erkennen, falls er sie denn aussprechen würde. »Du hast recht. Also stehen wir es bis zum Ende durch, was auch immer das Ende sein wird. Aber sag mir eines, Andrea Luca Santorini. Sag mir, warum du das tust. Du könntest mich gehen lassen und die Prinzessin heiraten, ohne dich jemals einer Gefahr auszusetzen. Warum tust du es trotzdem? Warum lässt du die Dinge nicht einfach so sein, wie sie sind?«

Die alte Maske legte sich über Andrea Lucas Gesicht, als sich seine Züge zu dem bekannten, süffisanten Lächeln verzogen und seine Augen so undurchdringlich glitzerten wie eh und je. Die Enttäuschung breitete sich schleichend in mir aus, als nur noch der kleine Triumph blieb, einmal für eine kurze Zeit hinter seine Maske geschaut und den wahren Andrea Luca dahinter erblickt zu haben.

Seine Stimme war leise und streifte mein Ohr mit einem unwirklich erscheinenden Hauch seines Atems, der sogleich verging, als sei er niemals da gewesen. »Du hast mich zu viel gekostet, Lukrezia. Viel mehr, als ich zu geben bereit war. Und ich werde dich nicht mehr aufgeben.«

Er beugte sich zu mir hinab und küsste mich, ohne mir die Zeit zu einer Erwiderung zu geben, die nach einer Lösung dieses Rätsels verlangte. Ich vergaß meinen Widerspruch und meine Ängste zumindest in dieser einen Nacht, bevor am Morgen die Sonne aufgehen würde und die Sorgen mit ihr zurückkehrten.

19

Es musste noch früh am Morgen sein, als ich mit einem leisen Schrei erwachte und mich in dem großen Bett aufsetzte, das ich mit Andrea Luca geteilt hatte.

Noch halb in meinem Traum gefangen und in kalten Schweiß gebadet, tastete ich nach ihm, doch er hatte den Palast bereits verlassen, um sich auf die Suche nach Verducci zu begeben, bevor er sich seinen Pflichten widmen musste. Eine Tatsache, die mich überaus stark beunruhigte, war ich nun doch auf mich allein gestellt an diesem Ort, an dem mir niemand freundlich gesonnen war. Wie es seine Art war, hatte Andrea Luca mir einiges auf dem Bett hinterlassen und so fand ich eine Schale mit frischen Früchten und ein schlichtes Kleid aus hellblauer Seide neben mir, das eindeutig den Schnitt meiner Heimat aufwies. Ich berührte glücklich den vertrauten Stoff und fragte mich, wo er das Kleid wohl aufgetrieben haben mochte.

Ich konnte es kaum erwarten, mich nach einer solch langen Zeit endlich in ein vertrautes Gewand zu hüllen. Das einfache

Kleid erschien mir schöner, als die prachtvollste Ballrobe, die ich je besessen hatte.

Die Seide fühlte sich auf meiner Haut kühl an und schmiegte sich an meinen Körper, als sei es allein für mich geschneidert worden. Ich zog das Kleid über und versuchte, es ohne fremde Hilfe an den Seiten zu schnüren. Während ich mich dieser überaus verzwickten Tätigkeit widmete, kehrte die Erinnerung an den verworrenen Traum zurück und ließ mich in der Bewegung erstarren. Erneut drängten sich die Visionen in meinen Geist, diesmal klarer und deutlicher.

Ich sah Alesia, so wie sie mir in der Nacht erschienen war, das Gesicht blass vor Erschöpfung und Schmerz, wie sie mich aus großen, dunklen Augen anstarrte, die in dem eingefallenen Gesicht riesig wirkten. Der früher so rosige Mund war farblos, die Lippen aufgesprungen. Sie formten lautlose Worte, als sie zu mir zu sprechen begann.

Erst nach einer ganzen Weile hörte ich etwas. Zuerst kamen die Sätze in einem leisen, kaum verständlichen Flüstern, dann lauter und eindringlicher. Endlich konnte ich verstehen, was sie mir sagen wollte, doch es ängstigte mich noch weitaus mehr, als die Entdeckung von Delilahs Zauberkräften. »Hört mich an, Lukrezia! Die Fürstin von Serrina ist eine Artista. Eure Mutter hat die Gabe in ihrem Blut und ihr Blut fließt auch durch Eure Venen! Ihr habt die Gabe der Artiste in Euch!«

Ich schüttelte ungläubig den Kopf, während mein Körper trotz der Hitze zu zittern begann. Ich musste Alesias Enthüllungen gegen meinen Willen zuhören und konnte mich nicht davor verschließen, auch wenn ich kein Wort mehr davon hören wollte. Meine Mutter war keine Artista! Niemals hatte sie einen Pinsel oder Farbe berührt, solange ich zurückdenken konnte.

»Nein, Alesia. Ihr irrt Euch. Ich trage die Gabe nicht in mir. Niemand in meiner Familie tut das.« Ich flüsterte diese Worte zu mir selbst, nahm nicht an, dass Alesia mich hören konnte.

Doch zu meiner Überraschung reagierte sie darauf und ihr Blick wurde noch eindringlicher.

»Es liegt in Eurem Blut, in dem Blut Eurer Familie, Lukrezia! Ihr müsst mir helfen! Die Prinzessin ist zu stark, ich kann ihrem Einfluss auf Andrea Luca nichts mehr entgegensetzen! Sein Wille ist stark, aber ohne Hilfe kann er nichts gegen sie ausrichten!«

Tränen der Verzweiflung rannen über Alesias Wangen, als ich ihre Worte anzweifelte und sie ließen die blasse Haut unwirklich glitzern. Sie war der vollkommenen Erschöpfung zu nahe gekommen, hatte zu viel von ihrer Macht auf einmal genutzt, ohne sich Ruhe zu gönnen.

Alesia della Francesca war nur noch ein Schatten ihrer selbst und es war nur eine Frage der Zeit, bis die Magie das junge Mädchen aufgezehrt hatte. Die Anstrengung, ihre Kräfte über eine solch weite Distanz zu wirken, würde sie umbringen. Sie war noch zu schwach, um solch machtvolle Magie einsetzen zu können, ohne einen hohen Preis dafür zu zahlen.

»Lukrezia, Euer Vater hat Euch und Eure Schwester die Malerei gelehrt, das weiß ich. Nutzt sie! Ihr habt die Magie gespürt, die Euch umgibt. Setzt sie für Euch ein! Andrea Lucas Leben ist in Gefahr, sobald die Prinzessin ihr Ziel erreicht hat!« Alesias Stimme wurde schwächer und erreichte mich nur noch aus weiter Ferne. Ihre Umrisse verschwammen und sie verblasste zusehends. Ich wusste nicht, wie ich sie festhalten sollte, und sie entglitt mir immer weiter, wurde durchscheinend wie ein Geist. Nur die Fragmente ihres letzten Satzes erreichten mich noch, als auch ihre Stimme verklang. Es war ein Satz, der mein Herz zu Eis erstarren ließ. »Der Fürst ... Er glaubt, er hat Euch gefunden ... Eure Schwester!«

Angelina? Der Fürst glaubte, ich sei in seiner Gewalt? Hatte er Angelina an meiner statt gefunden und hielt sie nun gefangen? Ein letzter Trumpf, den er hervorzaubern konnte, wenn Andrea

Luca nicht tat, was er verlangte? Übelkeit stieg in mir auf und Schwindel zwang mich auf das Bett zurück. Es durfte einfach nicht sein! Angelina hatte von all dem nichts geahnt und ich hasste mich dafür, dass ich sie nicht gewarnt hatte, sie in Ariezza zurückgelassen hatte, um sie nicht zu gefährden, um sie ihr Leben weiterleben zu lassen, ohne sie damit zu belasten, was mit mir geschah. Angelina würde dem Fürsten ihre wahre Identität nicht preisgeben, um mich zu schützen, das wusste ich mit Bestimmtheit. Aber was konnte ich tun, um sie zu befreien, wenn ich selbst eine Gefangene war?

Ich fühlte mich, als sei ich in einem Albtraum gefangen. Trotzdem wusste ich, dass ich schon lange erwacht war und dieser Albtraum mein Leben war, das mehr und mehr aus seinen Bahnen geriet. In mir sollte das Blut einer Artista fließen, Andrea Lucas Leben war in Gefahr und Angelina war möglicherweise in den Händen des grausamsten Fürsten, den Terrano jemals gesehen hatte!

Ich hasste das Gefühl der Hilflosigkeit, das mich in den Wahnsinn zu treiben drohte. Ruhelos begann ich, in dem Raum auf und ab zu laufen, unschlüssig, was ich nun zu tun hatte. Selbst wenn ich die Gabe der Artiste besäße, was ich ernstlich bezweifelte, wusste ich dennoch nicht, wie ich sie einsetzen sollte, denn niemand hatte es mich jemals gelehrt. Natürlich hatte uns unser Vater schon früh sein Handwerk beigebracht, aber ich konnte mir einfach nicht vorstellen, dass unsere Mutter uns niemals von der Macht in unserem Blut erzählt haben sollte, wenn dies wirklich der Wahrheit entsprach. Hatte sie uns davor schützen wollen?

Die Gabe war gefährlich. Wenn man sie unvorsichtig nutzte, konnte sie schnell den eigenen Tod bedeuten und dies war etwas, das keine Mutter ihren Kindern wünschte.

Das Erbe der Artiste wurde über mächtige Blutlinien weitergegeben, denen es gelungen war, die Macht in Terrano durch ihre Kräfte unter sich aufzuteilen und so gemeinsam über das Land zu herrschen. Manchmal übersprang es eine Generation, um in der Nächsten umso stärker wiederzukehren und den Kindern der Gabenlosen ungeahnte Kräfte zu verleihen. Diese Artiste wurden im ganzen Land gefürchtet. Auch Beatrice Santi gehörte zu ihnen, die Fürstin von Orsanto, deren Macht unfassbar war.

Kleinere Familien wie die della Francesca spalteten sich von den großen Blutlinien ab und bildeten eigene Zweige. In diesen floss die Gabe nicht so stark und rein, wie in ihrem Stamm, was offenbar auf Alesias Kräfte keine allzu negativen Auswirkungen besessen hatte.

Die Vestini waren eine der fünf großen Familien, die Terrano in ihrem Besitz hatten, ebenso wie die Santorini und die Santi. Fünf große Familien, die gegeneinander intrigierten und um die Vorherrschaft rangen. Und nun sollte ich selbst ein Teil davon sein, ebenso wie Angelina, ohne dass wir jemals etwas davon geahnt hatten?

Aber selbst wenn Alesia die Wahrheit gesagt hatte, so fehlten mir doch die Mittel, um den Versuch zu wagen, die Existenz der Gabe zu überprüfen. Ganz abgesehen davon, dass ich nicht einmal wusste, wie ich dies anzustellen hatte. Delilah würde es wohl kaum dulden, wenn ich nach Leinwand und Farbe verlangte. Der Prinzessin waren die Artiste mit größter Wahrscheinlichkeit nicht unbekannt und es war schwer vorstellbar, dass sie magische Konkurrenz in ihrem Territorium schweigend akzeptierte.

Und wenn die magischen Kräfte in mir schlummern sollten, so verhieß dies sicherlich nichts Gutes für die Zukunft. Angelina und ich würden den Artiste in Terrano ein Dorn im Auge sein. Wir hatten beide keine Ausbildung genossen und waren durch unseren Vater, der keineswegs aus einer der Blutlinien stammte, nicht reinblütig. Wir würden als unreine Hexen angesehen und von den reinblütigen Artiste verfolgt, wohin auch immer wir gingen, da allein der Anschein der Ausübung von Magie ohne Ausbildung hart bestraft wurde.

Die Artiste ließen keine Bastarde in ihren Reihen zu. Wer einer der Blutlinien angehörte, wurde von Kindesbeinen an beobachtet und auf die Begabung untersucht. Somit entging kaum eine magisch begabte Frau jemals den strengen Augen der Malerhexen. Wie die Töchter der Fiora Vestini einer solchen Untersuchung hätten entkommen sollen, entzog sich meinem Verständnis. Man hätte sie niemals in Ruhe gelassen. Außer … es wäre der Fürstin gelungen, sich und ihre Sprösslinge so gut zu verbergen, dass man niemals von ihrer Existenz erfuhr. Aber hätte sie eine ihrer Töchter dann nach Porto di Fortuna gesandt, um zu einer Kurtisane zu werden? War es Leichtsinn oder die beste Tarnung für die Tochter einer Artista? Wer würde schon vermuten, dass eine Malerhexe, nein, eine Fürstin, zulassen würde, dass ihr eigen Fleisch und Blut einen solchen Weg einschlug? Selbst wenn sie alles aufgegeben hatte.

Gedankenverloren hatte ich nach den Früchten gegriffen und knabberte halbherzig an einer süßen, runden Frucht mit weichem Fleisch, deren Ursprung mir unbekannt war, als sich die Tür zu Andrea Lucas Gemächern mit einem harten Ruck öffnete und gegen die Wand prallte.

Die Frucht rutschte aus meiner Hand, als ich erschrocken von dem Bett aufsprang. Eine Palastwache steckte den Kopf durch den nun offenen Durchgang, erblickte mich dann und nickte jemandem zu, den ich noch nicht sehen konnte. Andrea Luca würde sich wohl kaum auf diese Weise Einlass zu seinen eigenen Räumlichkeiten verschaffen, also musste es jemand anderes sein. Doch wer würde einfach in sein Gemach eindringen? Wo war sein Gefolge?

Wäre die Frucht nicht schon längst zu Boden gefallen, so hätte sie es mit Sicherheit in dem Moment getan, in dem ich den Eindringling zu Gesicht bekam. Prinzessin Delilah glitt in ihrer schlangengleichen Anmut durch die Tür und blieb mit einem gewinnenden Lächeln vor mir stehen.

Sie war in ein für ihre Verhältnisse ungewohnt hochgeschlossenes Gewand gehüllt, dessen grüngoldener Brokatstoff ihre reptilienartige Erscheinung ebenso unterstrich, wie er ihr kupfernes Haar betonte. Sie hatte es auf strenge Weise aus dem Gesicht genommen und am Hinterkopf zusammengefasst.

Meine Haltung versteifte sich und ich war fest dazu entschlossen, mir keine Blöße zu geben, solange sich die Hexe in einem Zimmer mit mir aufhielt. War nun die Zeit gekommen, um Rache zu nehmen? Ihr Blick war erwartungsvoll auf mich gerichtet, nachdem sie in einiger Entfernung von mir stehen geblieben war. Sie erwartete doch wohl nicht ernsthaft, dass ich vor ihr auf die Knie fiel? Meine Stimme war eisig, als ich sie stattdessen ansprach. »Prinzessin Delilah. Welch unverhoffte Ehre, dass Ihr eine einfache Frau wie mich besuchen kommt. Welch unglücklichem Umstand verdanke ich Euren hohen Besuch?«

Ich konnte den Zorn über meinen Spott in Delilahs Augen aufblitzen sehen und wusste instinktiv, dass es alles andere als klug war, die Prinzessin vor den Augen der Wachen zu reizen. Dennoch ließ es mein Stolz nicht zu, dass ich mich unterwürfig verhielt und sie um Gnade anwinselte. Nach einem Zeichen schloss die Wache die Tür und wartete davor auf ihre weiteren Befehle. Mir sollte es recht sein. Die Prinzessin war als Herausforderung schlimm genug und ich brauchte keinen zusätzlichen Fleischberg, der sich meiner annahm und der die Situation noch weiter zu meinem Nachteil verschlimmerte.

Das Terrano der Prinzessin war ohne Akzent und ihre Stimme ebenso kalt, wie die meine, als sie zum ersten Mal bewusst das Wort an mich richtete. »Unglücklich ist er in der Tat – für Euch. Aber Ihr könnt es mir nicht verübeln, wenn ich einen Blick auf die kleine Hure werfen möchte, die sich zwischen mich und meinen zukünftigen Gemahl stellt.«

Hure! Schon wieder dieses Wort, das ich langsam zu hassen begann. Heiße Wut vertrieb die frostige Kälte, die ich zuvor verspürt hatte. Ich konnte nur mühsam den Wunsch unterdrücken, Delilahs hübsches Gesicht mit meinen Fingernägeln zu bearbeiten, was mir allerdings mit größter Sicherheit umgehend ein unsanftes Eingreifen der Wache bescheren würde. »Ich bin nicht mehr oder weniger eine Hure, als Ihr es seid, Prinzessin. Aber ich muss mich zumindest keiner Magie bedienen, um einen Mann zu verführen und seinen Willen zu brechen.«

Delilah zischte leise. Es war ein Geräusch, das mich auf beunruhigende Weise an eine giftige Schlange erinnerte. Dann ergriff ihre rechte Hand eines der Tücher, die sie ständig bei sich trug. Tücher, die sie für ihre Magie einsetzte, wie ich aus meinen Visionen wusste. Ihre Augen leuchteten in einem rötlichen Licht und ich spürte, wie die vertraute Übelkeit durch den Gebrauch von Magie in meiner Nähe in mir aufstieg.

»Ihr solltet besser Eure Zunge hüten, Terrano-Hure. Oder sollte ich sie vielleicht herausschneiden lassen? Sicher seid Ihr ohne Eure scharfe Zunge kaum noch von Interesse für einen Mann wie Andrea Luca Santorini.«

Ich wich vor ihr zurück, als sie sich mir näherte, und das Blut begann, in meinen Ohren zu pochen, je stärker sich Delilahs magische Energie um sie herum verdichtete. Ich meinte, zu spüren, wie die magiegeschwängerte Luft knisterte. Sie umhüllte mich und wurde unter ihrem Einfluss dick und zähflüssig.

»Interessanter jedenfalls, als eine Frau, die ihn ohne ihre kleinen Spielzeuge nicht zu gewinnen vermag. Er wird Euch niemals lieben, solange er mich haben kann, Delilah! Ihr werdet mich töten müssen, denn vorher gebe ich ihn nicht auf!«

Delilahs Zischen wurde lauter und ihr Tuch erhob sich ohne sichtbares Zutun der Prinzessin in die Lüfte. Durchscheinender, leichter, grüner Stoff mit einem goldenen Rand, der mich zum Schweigen bringen sollte. Rot glühende Augen, die mich in ihren Bann schlagen wollten, damit ich nicht mehr davonlaufen konnte. Der Zorn der Prinzessin mischte sich schmerzhaft in die magische Energie, die nach mir greifen wollte. Wir umkreisten uns wie zwei wütende Löwinnen, die einander nicht aus den Augen ließen. Die Luft wurde noch schwerer und heißer. Ich meinte, an ihr ersticken zu müssen und versuchte, all meine Willenskraft zu sammeln, um weiterhin atmen zu können.

Alesias Stimme flüsterte in mein Ohr, wiederholte die Worte aus meinem Traum: »*Die Macht liegt in deinem Blut, Lukrezia.*«

»Nein, tot bist du nichts wert, kleine Terrano. Aber er wird tun, was ich von ihm verlange, solange du in meiner Gewalt bist.« Sie lachte hell auf. Der Wahnsinn sprach aus ihrer Stimme, Wahnsinn, der mein Herz mehr in Angst versetzte, als es ihre Magie jemals hätte tun können. Die Prinzessin war verrückt und das machte sie gefährlich und unberechenbar.

Ihre Schleier griffen nach mir und streichelten über meine Haut. Ihre Berührung wirkte wie die sanfte Liebkosung eines Geliebten und ich schloss die Augen, um ihrem Blick nicht mehr länger ausgesetzt zu sein, der sich in meinen Geist bohren wollte, um mich zu unterwerfen.

Ein scharfes, befehlendes Flüstern kam über ihre Lippen und ich konnte ihren Atem auf meinem Gesicht spüren, so nah war sie mir gekommen. »*Du wirst tun, was ich dir sage ...*«

Ich war zu schwach, spürte, wie sich meine Gedanken vernebelten und der Prinzessin ihren Willen überlassen wollten. Meine Beine gaben nach, als ich die Gewalt über meinen Körper verlor und sie meinen Geist daraus verdrängte, um ihn zu lenken, wie es ihr gefiel. Panik ergriff mich und machte es ihr noch leichter, die Kontrolle zu erringen, bis plötzlich eine Erinnerung durch meinen Geist zuckte.

Ich sah die Augen meiner Mutter, wie sie liebevoll auf mich herabblickten. Augen, so blau wie meine, in einem Gesicht, das für eine Terrano von ungewöhnlich heller Farbe war. Ich hielt mich an diesem Bild fest, wie an einem Anker und spürte, wie die Hitze in meinem Körper von kühlem Wasser verdrängt wurde, das reinigend durch meine Adern strömte und mich von Delilahs Einfluss reinwusch.

Die Angst fiel von mir ab, ließ nur eine unnatürlich tiefe Ruhe zurück, deren Quelle ich nicht in mir selbst finden konnte. Oder lag sie doch in mir und war immer dort gewesen? Ich erlangte die Herrschaft über meinen Körper zurück, konnte mich bewegen, klare Gedanken fassen, die die meinen waren und nicht von einer fremden Macht stammten, die mein Verderben im Sinn hatte. Delilah verschwand aus meinem Inneren, vertrieben von einer geheimnisvollen Kraft. Ich schlug langsam die Augen auf. Das klare Blau des Meeres traf auf das unnatürliche Rot des Abgrundes, als ich Delilahs Blick erwiderte und den Unglauben auf ihren Zügen erkannte. Nur wenige Worte verließen meine Lippen, bekräftigten noch einmal meinen Schwur: »*Er wird Euch niemals gehören, Delilah.*«

Das Rot flackerte und erlosch. Die Hexe taumelte zurück und schnappte nach Luft. Sie blickte sich gehetzt in dem Raum um, rief nach den Wachen, die sofort hineinstürmten.

Ein schlanker Finger zeigte auf mich und die Männer ergriffen mich sofort mit starken, groben Händen, die mir wehtaten und rote Male auf meiner Haut hinterließen. Die Angst kehrte zurück, als Delilah mich hochmütig ansah. Sie hatte sich gefangen, war wieder die Herrin ihrer Sinne. »Sie bringen dich in den Sommerpalast, bis ich weiß, was ich mit dir tun werde, Terrano-Hure. Und ich schwöre dir, du wirst bereuen, was du getan hast.« Dann drehte sie sich um und stürmte aus dem Zimmer, ohne zurückzublicken, bis auch der letzte Schleier aus meinem Blickfeld verschwunden war.

Der Sommerpalast. Mein neues Gefängnis hatte einen Namen. Die Tür fiel laut und voller Endgültigkeit in ihr Schloss, als mich die Wachen hinausbrachten. Erneut einer unbestimmten Zukunft entgegen.

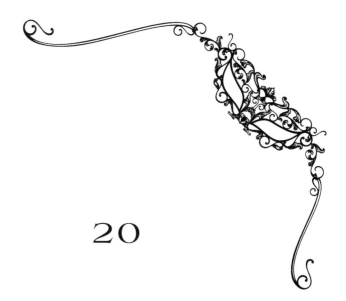

20

Meine Wärter in den weiten, leuchtend roten Hosen waren unbarmherzig und durch keine Anstrengung meinerseits davon zu überzeugen, mich loszulassen. Sie starrten unablässig geradeaus, ohne jemals den Blick auf etwas anderes als ihr befohlenes Ziel zu richten. Dieses lag offenbar in einem der hinteren Höfe des Palastes.

Lautes Stimmengewirr empfing mich, als wir hinaus in die Sonne traten und ich zum ersten Mal in meinem Leben eine der berühmten Kamelkarawanen Marabeshs bewundern durfte. Hell gekleidete Männer beluden die gelangweilt wirkenden Tiere mit allerlei Dingen, die ich nicht identifizieren konnte. Die Kamele rochen so stark, dass es mir den Atem verschlug, als ich näher an sie herangeführt wurde. Die Aussicht, für unbestimmte Zeit diesem Geruch ausgesetzt zu sein, war keineswegs erfreulich. Ich hoffte, dass ich mich mit der Zeit zumindest daran gewöhnen konnte, damit ich ihn nicht mehr als gar so überwältigend empfand.

Die Wachen brachten mich, ohne lange zu zögern und mir die Zeit für weitere Eindrücke zu gewähren, zu einer Sänfte, an deren Seiten vier starke Männer warteten. Ihre Körper waren von Kopf bis Fuß von hellem Stoff umhüllt, der sie vor neugierigen Blicken verbarg und sie somit zu unheimlichen, geisterhaften Gestalten machte. Sollten diese Männer etwa die Sänfte den ganzen Weg durch die Wüste tragen? Ich nahm an, dass es kein kurzer Weg sein würde, denn der Sommerpalast befand sich offensichtlich nicht innerhalb der Grenzen Faridahs.

Der Gedanke erschien mir unmenschlich und ich war weit davon entfernt, den Sitten am Hofe Marabeshs noch irgendetwas Positives zuzubilligen. Die Sänfte war nicht so prunkvoll, wie es die der Prinzessin am Hafen gewesen war. Aber sie war aufwendig gestaltet und deutete den hohen Stand der Insassen an, wenn man auch weitestgehend auf das allgegenwärtige Gold verzichtet hatte, das im Palast jeden Winkel zierte. Meine Wachen schoben mich ohne Umschweife durch die schweren, purpurfarbenen Vorhänge, die den Blick auf das Innere versperrten, und ließen mich dann allein.

Ich blinzelte in dem plötzlichen Halbdunkel, während meine Augen versuchten, sich an die neuen Lichtverhältnisse zu gewöhnen. Somit bemerkte ich die Frau, die mir gegenübersaß und mich aus neugierigen Augen anstarrte, erst nach einem langen Augenblick.

Ihr Gesicht war, soweit ich es erkennen konnte, ein wenig rundlich und wies die typisch dunkle Färbung der Marabeshiten auf. Das schwarze Haar wurde von einem Schleier bedeckt, ebenso wie die untere Hälfte ihres Gesichtes, dessen Konturen ich nur vage erahnen konnte. Sie war weitaus besser verhüllt, als ich es von den anderen Frauen des Sultans in Erinnerung hatte, war ihr Körper doch von undurchsichtigem, weißem Stoff bedeckt, der ihre Figur verbarg. Ihr Blick war offen und wirkte freundlich. Anders, als ich es von den meisten Frauen dieses Landes erlebt hatte, die bislang eher mit Ablehnung und Misstrauen auf mich reagiert hatten. Nahezu keine von ihnen hatte mich offen angesehen. Die meisten von ihnen waren zu sehr damit beschäftigt gewesen, mich heimlich aus den dunkel umrandeten Augenwinkeln zu mustern. Ich erwiderte ihren Blick und lächelte freundlich. Welchen Nutzen brachte es mir, leer vor mich hinzustarren, wenn es momentan ohnehin keine Möglichkeit zur Flucht gab? Dies bewiesen die beiden Wachen eindrucksvoll, die noch immer in der Nähe der Sänfte postiert waren, als diese sich mit einem Ruck schwankend in Bewegung setzte.

Ich brauchte einige Momente, um mich an diese merkwürdige Form der Fortbewegung zu gewöhnen und musterte derweil meine Umgebung, die ich wohl für die nächsten Tage dauerhaft zu Gesicht bekommen würde.

Die Sänfte war mit weichen Kissen in dem gleichen Purpur wie die Vorhänge ausgestattet und sie enthielt wenig mehr als das. Durch die Vorhänge konnte ich nur unbestimmte Schemen erkennen und das Parfum meiner Reisebegleitung machte es mir in seiner Schwere nicht leicht, zu atmen. Es ließ in mir den dringenden, hartnäckigen Wunsch nach frischer Luft aufkeimen.

In meine Betrachtung der Sänfte vertieft, überraschte es mich, als plötzlich eine kräftige Stimme aus der Richtung der anderen Frau erklang und mich, mit einem schweren Akzent versetzt, in meiner Muttersprache ansprach.

Aufgeschreckt wandte ich mich zu der verschleierten Frau um. Ich hatte nicht damit gerechnet, dass sie meine Sprache verstand oder mich als Terrano erkannte. »Ihr müsst die Frau aus Terrano sein, von der alle im Palast geredet haben.«

Soviel Offenheit verblüffte mich. Die Marabeshitin nahm offensichtlich keine Umwege, wenn sie etwas in Erfahrung bringen wollte. Ich stutzte kurz, bevor ich die Überraschung überwunden hatte und eine Antwort fand. »Nun ... ja, ich nehme an, dass ich das bin, wenn keine andere Frau aus meinem Lande im Palast von Faridah weilt, Signorina.«

Die Marabeshitin nickte verständnisvoll und ein breites Lächeln zeichnete sich unter ihrem Schleier ab. Meine Antwort schien sie zu erfreuen. Nun, auch in meinem Lande wären die Hofdamen überaus entzückt gewesen, den Grund für die Gerüchte, die sie gehört hatten, allein für sich zu haben, ohne dass er eine Chance erhielt, ihnen zu entkommen.

»Oh, dann seid Ihr es wirklich! Wie wundervoll, Euch endlich zu begegnen! Mein Vater hat oft mit den Terrano Handel getrieben und ich habe so viel über Euer Land gehört. Sagt, ist es wirklich wahr, dass der Fürst aus Terrano *Euch* der Prinzessin vorgezogen hat?« Leichter Unglauben schwang deutlich hörbar in ihrer Stimme mit. Gut, das erklärte natürlich ihre Kenntnis meiner Sprache.

Innerlich seufzte ich resigniert auf. Natürlich musste ich an eine Reisebegleitung geraten, die ausgesprochen stark an dem höfischen Klatsch interessiert war und die noch dazu alles andere als schüchtern war, wenn es darum ging, ihre Neugier zu befriedigen. Ich versuchte, die Geduld aufzubringen, die in dieser Situation nötig war und antwortete ihr, so ruhig ich es vermochte.

»Das wird Euch nur der Fürst sagen können, Signorina. Aber vielleicht ist es Euch zu Ohren gekommen, dass er es nicht gerne sieht, wenn man ihm etwas aufzwingt, das er nicht selbst gewählt hat. Aber bitte, dürfte ich den Namen meiner Reisegefährtin erfahren, bevor wir uns in weitere Gespräche vertiefen?« Ich lächelte süffisant und blickte ihr in die neugierigen hellbraunen Augen, die nun enttäuscht schauten.

Es ging mir schwer über die Lippen, Andrea Luca als Fürsten zu bezeichnen, denn einen solchen Stand hatte er bisher nicht besessen. Ich empfand es als merkwürdigen Zufall, ausgerechnet eine solch wissbegierige Frau in dieser Sänfte zu treffen. Steckte womöglich Delilah dahinter? Natürlich konnte ich mich täuschen und entwickelte möglicherweise einen ausgeprägten Verfolgungswahn, der alles andere als angebracht war und meinem Gegenüber Unrecht tat.

Die Marabeshitin störte sich nicht lange an meiner ungenauen Antwort über Andrea Lucas Gewohnheiten. Sie rückte näher zu mir heran, nachdem die Enttäuschung von ihrem Antlitz verschwunden war. Es mochte schließlich auf der Reise noch genügend Gelegenheiten geben, nähere Details zu erfahren. »Ich bin Farasha, die zehnte Frau von Sultan Alim. Und Ihr seid Lukrezia, die Kurtisane aus Terrano. Ich habe Euch im Harem gesehen. Seid Ihr nicht auch glücklich, endlich den Sommerpalast sehen zu dürfen? Er soll wunderschön sein, schöner, als es die Pforten des Himmels sind!«

Ich konnte es kaum noch erwarten. Farasha schien mir über ihr Schicksal alles andere als unglücklich zu sein und strahlte eine unter diesen Umständen schon beinahe unnatürliche Vorfreude aus. Es gelang mir nicht, ihre Gefühle nachzuvollziehen, obgleich es mir während meines Aufenthaltes in Marabesh schon oft so erschienen war, als würde man mir einen Spiegel vorhalten, in dem ich eine verzerrte Version des Lebens einer Kurtisane zu Gesicht bekam.

Nur mit halbem Ohr hörte ich ihr zu, als sie mir von der Pracht des Sommerpalastes mit seinen unzähligen Gärten und Wundern vorschwärmte und dabei mich und ihre Umgebung vollkommen vergaß. Es schien sie nicht zu stören, dass ihr Leben von anderen bestimmt wurde. Sie sah es als Ehre, für den Harem des Sultans auserwählt worden zu sein. Es war ein Ziel, das zu erreichen wohl der Traum jedes Mädchens in Marabesh war und das der Familie Wohlstand sicherte, solange ihre Tochter keinen schwerwiegenden Fehler beging. Ich wunderte mich darüber, dass ich mich nicht an Farasha erinnerte, wenn sie doch die zehnte Frau des Sultans war und mich im Harem gesehen hatte. Und ich war mir sicher, dass mir diese Frau mit ihrem ungewöhnlichen Äußeren im Gedächtnis geblieben wäre. Doch ich schwieg darüber. Ich hatte ohnehin keine Möglichkeit zu einer Erwähnung dieses Umstands, als ihr Geplapper mit der Macht eines Wasserfalls auf mich herabstürzte und jeden weiteren Versuch zunichtemachte, selbst zu Wort zu kommen. Zumindest würde ich mich auf dieser Reise nicht über mangelnde Kommunikation beklagen können, solange Farasha in dieser Sänfte blieb – was sich wohl nicht mehr verhindern ließ.

Die Zeit verlor ihre Bedeutung, als die Sänfte unaufhörlich ihren Weg durch die Stadt und dann in die Wüste zurücklegte, nachdem wir die bewohnten Gebiete verlassen hatten. Gelegentlich legte die Karawane eine Pause ein, die die Männer auch dringend brauchten, soweit ich dies von meinem Standpunkt aus beurteilen konnte.

Ein fetter Mann in schreiend bunten Kleidern kommandierte das Geschehen mit schriller, lauter Stimme, die in meinen ohnehin schon belasteten Ohren schmerzte, sobald sie erschallte. Er ließ das Lager errichten, das weder Farasha noch ich betreten durften. Natürlich um der Schicklichkeit willen und damit keiner der Männer das Auge auf uns richten konnte.

Große, farbenfrohe Zelte wurden errichtet, um die Männer vor der Sonne zu schützen und die Tiere wurden zumindest für kurze Zeit von der Last befreit, die sie den ganzen Tag über schleppen mussten. Farasha und ich wurden von einer älteren, dicht verschleierten Frau mit allem versorgt, was wir benötigten, sobald eine von uns einen Wunsch äußerte. Eine stille und zuverlässige Betreuerin, deren Namen ich niemals erfuhr.

Wann immer es mir möglich war, blickte ich nach draußen, doch alles, was ich erkennen konnte, war Sand. Sand, so weit mein Auge reichte. Sand, der weiche Formen in die Landschaft zeichnete, die in Stille vor uns lag und in der es kein Leben zu geben schien. Immer wieder nur Sand und der blaue Himmel, von dem die Sonne glühend heiß auf uns hinab brannte.

Mit jeder Stunde wurde es in der Sänfte heißer und heißer, bis mir der Schweiß in Strömen herablief und die Luft zu stickig zum Atmen und Edea sei Dank, auch zu schwer zum Reden wurde. Dann, am Abend, brachte die Dunkelheit Erleichterung. Jedoch nur, um die Hitze des Tages mit Kälte zu ersetzen, die unbarmherzig in die Knochen fuhr und jeden, der ihr ausgesetzt war, beinahe erfrieren ließ, sodass es nicht einfach war, Schlaf zu finden.

Es war keine schöne, beschauliche Reise durch diese unbarmherzige Wüste von Marabesh. Und nach allem, was ich von Farasha erfahren hatte, würde sie noch für eine Woche andauern, da der Sommerpalast inmitten einer großen Oase erbaut worden war, die in dieser Wüste verborgen lag. Ich hielt dies für vollkommenen Irrsinn, behielt meine Meinung allerdings für mich. Ich bezweifelte ohnehin, dass Farasha meine Gedanken darüber verstehen würde. Nichts auf der Welt schien für sie erstrebenswerter, als den Sommerpalast zu sehen.

Ich freute mich keineswegs auf die weitere Reise und die fortwährende Gesellschaft von Farasha, deren Redefluss auch nach zwei Tagen noch nicht versiegt war. Ihre Worte prasselten unaufhörlich auf mich nieder, solange die Hitze sie noch nicht zu überwältigen vermocht hatte.

Ich verspürte oft den unwiderstehlichen Drang, die schwatzhafte Frau zu erwürgen, um diesem grausamen Spiel ein Ende zu bereiten. Ich befürchtete allerdings, im Anschluss in der Wüste ausgesetzt zu werden, obgleich ich vermutete, dass der Sand die bessere Gesellschaft war und mir zumindest mit Stille begegnen würde. Manchmal war ich ihr jedoch dankbar, dass sie mich nach den neuerlichen Ereignissen vom Nachdenken abhielt. Trotzdem konnte ich nichts dagegen ausrichten, dass die Erinnerung in der

Nacht zu mir zurückkehrte und von der Macht flüsterte, die in meinem Blut verborgen war und die mich mit Angst erfüllte.

Ich wagte es nicht, die Kräfte einer Artista zu nutzen, wenn ich sie denn wirklich in mir tragen sollte, fürchtete die Gefahr, die daraus erwachsen konnte, wenn ich mich der Magie hingab, ohne sie zu verstehen.

Aber Angelina war in Gefahr, dies schien eine unumstößliche Tatsache zu sein. Ich bezweifelte, dass der Fürst ihr etwas antun würde, solange er glaubte, dass er mich in seiner Gewalt hatte, aber es gab keine Gewähr dafür. Und Andrea Luca – wenn sein Leben in Gefahr war, musste ich dann nicht alle Macht nutzen, die mir zur Verfügung stand? Er hatte sein Leben schon so oft für mich riskiert, durfte ich dann weniger tun?

Meine Überlegungen raubten mir den Schlaf. Ich lag bis in die frühen Morgenstunden wach und grübelte, nur von Farashas ruhigem, regelmäßigem Atem begleitet, bis ich einen der Vorhänge öffnete und in das Licht eines neuen Tages blinzelte. Doch anstelle des erwarteten blauen Himmels sah ich, dass dieser sich gelblich schwarz verfärbt hatte, dunkel und bedrohlich wirkte. Furcht bildete einen eisigen, harten Klumpen in meinem Magen, als ich sah, dass die Karawanenführer in heller Aufregung aufeinander einzuschreien begannen. Sie deuteten auf etwas in der Ferne. Was mochte dieser Aufruhr am Morgen bedeuten? Farasha schlief tief und fest. Ich hatte den Eindruck, dass noch nicht einmal ein Erdbeben diese Frau aufwecken konnte, nachdem sie eingeschlafen war. Also kletterte ich, gegen alle Verbote, aus der Sänfte heraus, obwohl mich etwas in meinem tiefsten Inneren davor warnen wollte und meinen Magen aufwühlte.

Die Männer liefen aufgeregt durcheinander. Jeder war in eine hastige Tätigkeit versunken und Panik breitete sich unter ihnen aus wie eine Seuche, die jeden ansteckte, der sich ihnen näherte. Eine altbekannte Übelkeit wühlte meinen Magen auf und ich stützte mich für einen Augenblick an der Sänfte ab, bevor ich weiterlief und die Angst in den Augen der Männer erkannte, die versuchten, einen Unterschlupf zu finden. Aber einen Unterschlupf vor wem oder vor was? Die unheimliche Stille lastete schwer auf mir, denn sie konnte keines natürlichen Ursprungs sein. Dann sah ich, was die Männer so entsetzt hatte. Der Sand war zu einem unheimlichen Leben erwacht. Er war aus seinem Ruhelager auferstanden und bewegte sich auf uns zu. Ein harter Windstoß ergriff meinen Körper und stieß mich wie eine Puppe von den Füßen, ließ mich ihm entgegenfallen, dem wilden, erbarmungslosen Sand, der unter meinen Füßen so weich und harmlos wirkte.

Immer näher kam die düstere Wolke, wie ein Rachegott aus alter Zeit, der zu uns herabgestiegen war, um Vergeltung zu üben. Ich war wie gelähmt, als die ersten Sandkörner meinen Körper trafen. Erst noch vereinzelt, dann immer mehr und mehr, schnitten sie in meine Haut wie scharfe, kleine Nadeln. Sie rissen an meiner Kleidung und zerfetzten sie erbarmungslos in einer Wucht, die ich niemals für möglich gehalten hatte.

Ich wollte mich bewegen, einen Schutz vor den kleinen Nadeln finden. Doch ich konnte nichts mehr sehen, nichts mehr hören, während die feinen Körner unaufhörlich in mein Gesicht wirbelten und mir den Atem nahmen. Die Welt um mich herum verschwamm im Nichts und ließ mich alleine zurück. Allein in einer Wüste mit dem heißen Sand, der wütend auf mich einschlug, bis ich reglos am Boden liegen blieb und das Tosen um mich herum endlich verstummte, in dem tiefen Dunkel nur noch Stille wartete.

Als ich erwachte, war der Rachegott verschwunden und hatte die Welt in einer noch unheimlicheren Stille zurückgelassen. Um mich herum herrschte Leere, einsame Leere, die niemand mehr mit mir teilte. Ich konnte mich nicht mehr daran erinnern, wie ich in die Sänfte gelangt war, die mich halb im Sand begraben umgab, doch sie hatte mein Leben gerettet. Von Farasha fehlte jegliche Spur.

Meine Kehle war trocken und es verlangte mich nach Wasser, das es jedoch nirgends gab. Ich begann, meine schmerzenden Glieder mühsam zu bewegen und vorwärts zu kriechen, hinaus aus dem Sand, der zu meinem Bett geworden war. Meine Haut fühlte sich roh an, war blutig und aufgesprungen, schmerzte bei jeder mühsamen Bewegung, die ich tat. Die Verzweiflung war schon lange durch den nie enden wollenden Durst verdrängt worden, der mein ganzes Denken beherrschte und nichts anderes mehr überleben ließ. Wo waren alle? Waren sie noch am Leben oder würde ich in dieser Wüste alleine sterben, ohne jemals meine Heimat wiedergesehen zu haben? Mein Körper fühlte sich heiß an, glühte noch stärker als die Sonne, die mich zu verbrennen drohte. Wilde Traumbilder tanzten durch meinen Geist. Da war Delilah und sie lachte in ihrem Triumph, während sich ihr Körper in den einer Schlange verwandelte, deren Gift von ihren Zähnen troff. Meine Einbildung zeigte mir Bilder von schimmernden Flüssen im Wüstensand, die verschwanden, je näher ich auf sie zu kroch. Wasserfälle stürzten herab und wechselten sich mit Meeren ab, die für mich unerreichbar waren und deren Feuchtigkeit mir entzogen blieb.

Wie viel Zeit mochte vergangen sein, bis ich kraftlos auf dem Sand zusammenbrach? Die Hitze meines Körpers löschte meinen Geist aus und ließ eine leere Hülle zurück, die dort im Sand der Wüste lag, endlich besiegt.

Alesias Stimme rief nach mir und erzählte mir von dem Blut in meinen Adern, das in meinen Ohren rauschte und alles andere übertönte. Ich würde niemals über den Hügel, der dort vor mir lag, hinwegsehen können, niemals wieder. Ich schwebte in den Himmel empor, auf das hinabblickend, was einmal mein Körper gewesen war.

Doch dann wurde ich gewaltsam auf den Boden gerissen und fuhr mit einem gewaltigen Ruck in meinen Körper zurück. Etwas Feuchtes berührte meine Wange und erweckte mich zum Leben. Die hohe Stimme eines Kindes schrie Worte, die ich nicht verstehen konnte. Nur das eine: »Bahir, Bahir!«, prägte sich in mein Gedächtnis ein und blieb bestehen.

Ich schlug die Augen auf und versuchte zu sehen, erblickte das aufgeregte Kind, das noch immer nach jemandem rief und dabei auf und ab sprang. Doch ich konnte keinen Zusammenhang zwischen ihm und mir herstellen.

Dann sah ich ihn, als er über den Dünen auftauchte. Als sein mächtiger, schwarzer Hengst, noch edler als das Tier, das Andrea Luca geritten hatte, mit wehender Mähne über den Sand hinweg trabte und auf der Düne, in meinem beschränkten Blickfeld, zum Stehen kam. Es trug einen dunkel gekleideten, großen Mann auf seinem Rücken, der absprang und auf mich zulief, als sich meine Augen, die vor Anstrengung schmerzten, wieder schlossen. Mein Kopf wurde sanft angehoben und kühles Wasser rann über meine aufgesprungenen Lippen, gab mir mit jedem Schluck das Leben zurück. Ich öffnete meine Augen, während ich durstig schluckte und sah in ein stolzes, markantes, braun gebranntes Gesicht, das von einem dichten, dunklen Bart eingerahmt wurde. Die blauen Augen des Mannes blickten voller Überraschung in meine. Er flüsterte einige ungläubige Worte und hob mich vom Boden auf, befreite mich endlich von dem Sand der Wüste, der mich so lange eingeschlossen hatte. Ich blieb bei Bewusstsein, bis er mich auf sein Pferd gesetzt hatte und es antrieb. Dann versank die Welt in tröstender, schwarzer Stille, die mich diesmal nicht in Verzweiflung hüllte, sondern mir Hilfe versprach.

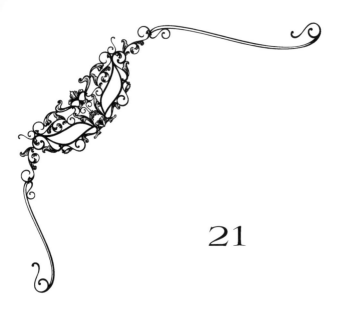

21

Als ich erwachte, wusste ich nicht mehr, wo ich mich befand oder was mit mir geschehen war. Jede Faser meines Körpers war von Schmerzen erfüllt und diese brachten die Erinnerung bruchstückhaft in mein Gedächtnis zurück.

Irgendjemand hatte mich entkleidet und gewaschen, denn der verkrustete Sand war von meinem Körper verschwunden. Leider hatte das Wasser jedoch nicht meine wunde Haut heilen können und die rote Gereiztheit blieb bestehen und machte mir bei jeder Bewegung zu schaffen.

Allmählich nahm ich mehr von meiner Umgebung wahr und bemerkte, dass ich mich in einem runden Zelt befand, durch dessen hellen Stoff das Licht von draußen herein schimmerte. Ich lag auf einem weichen Lager, das aus mehreren Lagen Schaffell zu bestehen schien und das leicht nach den Tieren roch, die der Ursprung des Materials waren.

Der Boden wurde von Teppichen bedeckt, die mich an den Palast des Sultans erinnerten und die hier ein merkwürdiges

Bild abgaben. Solche Pracht in einem einfachen Zelt erschien mir fehl am Platze, ebenso wie die edlen Holztruhen, die an der Zeltwand aufgereiht waren.

An welchem Ort mochte ich mich hier befinden? Ich versuchte, mich von meinem Lager zu erheben, um mehr sehen zu können, doch als sich alles in meinem Kopf zu drehen begann, legte ich mich gerne wieder zurück. Es war zu früh, das gab mir mein Körper deutlich zu verstehen, auch wenn es sich mein Geist nur ungern eingestand. Ich lag für eine Weile still, bis sich der Schwindel gelegt hatte, und wurde erst aufmerksam, als ich eine Bewegung bemerkte. Ein Spalt hatte sich in der Zeltwand geöffnet und ließ eine verschrumpelte, dunkel verhüllte Frau eintreten, die eine Schale in der Hand hielt. Sie lächelte mich mit einem schaurigen, zahnlosen Grinsen an, während sie in der Sprache der Marabeshiten beruhigend auf mich einredete.

Ich nickte dankbar, was meinen Kopf erneut in einen wirbelnden Strudel stürzte. Dann nahm ich die Schale entgegen, in der ein hölzerner Löffel in einem breiartigen Gemisch steckte. Der Brei roch nach nichts, soweit ich es feststellen konnte, und so wagte ich es, vorsichtig den Löffel hineinzustecken und ihn unter dem aufmunternden Nicken der alten Frau an die Lippen zu führen. Sie klatschte erfreut in die Hände und goss klares Wasser aus einem Krug in eine weitere, kleinere Schale, die sie mir ebenfalls reichte, bevor sie hocherfreut aus dem Zelt eilte.

Ich wunderte mich über ihr merkwürdiges Verhalten und rechnete mit ihrer baldigen Rückkehr, doch nichts geschah. Unter Aufbietung all meiner Willenskraft leerte ich den Inhalt der Schale, während ich wartete.

Vor dem Zelt konnte ich Stimmen hören und schemenhafte Menschen erkennen, die ihrem Tagewerk nachgingen. Ich wollte so gerne verstehen, was sie sprachen und sehen, was sie dort draußen taten, aber ich wagte es nicht mehr, das Lager zu verlassen und blieb liegen, bis die Nacht über der Außenwelt hereinbrach. Rege Betriebsamkeit breitete sich vor meinem Zelt aus. Ein großes Feuer wurde entzündet, dessen warmen, roten Schein ich durch den Stoff flackern sehen konnte. Leise Musik erklang und weckte meine Neugier, lockte mich schließlich von den Schaffellen herunter. Ich glaubte nicht, dass ich in allzu großer Gefahr schwebte, denn die alte Frau war freundlich gewesen und schien um mein Wohlbefinden besorgt. Außerdem war Delilah weit entfernt und ich nahm nicht an, dass sie mich hier finden konnte.

Der Gedanke an Andrea Luca, der sich irgendwo in Faridah aufhielt und sicher schon lange bemerkt hatte, dass ich verschwunden war, stach in mein Herz, doch ich schüttelte ihn entschlossen ab. Wenn es unser Schicksal war, dass wir zusammengehörten, so würde es uns wieder zusammenführen, wenn die Zeit gekommen war. Daran versuchte ich fest zu glauben, auch wenn es schwerfiel.

Ich musste oft innehalten und mich an den Truhen abstützen, wenn mich der Schwindel ergriff oder mich der Schmerz zu überwältigen drohte, bevor ich endlich durch den Spalt nach draußen blicken konnte. Der glitzernde, blausamtene Sternenhimmel über der Wüste raubte mir den Atem. Niemals hatte ich den Himmel so intensiv wahrgenommen wie hier, wo er schier bis in die Unendlichkeit reichte und seine kleinen Lichter silbern aufblitzen ließ wie Diamanten auf dem Stoff einer Ballrobe.

Viele der hellen Zelte, die einen deutlichen Kontrast zu der dunklen Nacht bildeten, standen im Kreis um das lodernde Feuer, um das sich die Bewohner des Lagers scharten. Palmen spendeten am Tag ihren Schatten und ich konnte ein kleines Flüsschen rauschen hören, das Leben in diesem leeren Land spendete und es den Menschen erlaubte, hier zu existieren, ohne zu verdursten. Feuchtes Gras wuchs zu meinen Füßen und ich war verwundert über dieses kleine, von hohen Felsen geschützte Tal in der Wüste, die ich trocken und leer geglaubt hatte.

Die Bewohner der Oase starrten aufmerksam in das Feuer, während ein trauriges Lied klagend und langsam durch die Nacht schwebte. Der Sänger berührte mein Herz und ließ es im sachten Takt der Instrumente schlagen, die seine Stimme untermalten. Beinahe meinte ich, Schemen im Feuer zu erkennen, die sich bewegten, doch ich konnte sie nicht fassen und sie entglitten mir gänzlich, als eine sanfte, männliche Stimme mit einem fremden Akzent hinter meinem Rücken erklang und leise Worte in mein Ohr flüsterte. Warmer Atem berührte in einem kaum merklichen Hauch meinen Nacken und ließ mich erschauern. Ich fuhr herum und blickte in die blauen Augen meines Retters.

»Seht in die Flammen und sie werden Euch eine Geschichte erzählen.« Seine Geste wies auf das Feuer und ich drehte mich zu der Menge um und starrte in die Flammen, von dem Zauber der Nacht und der Musik gefangen, die so anders war, als die Musik, die ich im Palast des Sultans vernommen hatte. Erneut erklang die tiefe, angenehme Stimme des mysteriösen Mannes und erzählte mir, von welchen Geschehnissen der Sänger berichtete. »Er erzählt die Legende von Leila, der Königin der Nacht, Tochter der großen Schlange. Die große Schlange wollte Leila zu ihrem Werkzeug auf Erden machen, um die Kinder Sarmadees zu verführen und sie ihr Untertan zu machen. Leila war eine gehorsame Tochter und tat ihr Werk, bis sie Sultan Sajid von Marabesh begegnete und sich unsterblich in den wohlgestalten Mann verliebte. Denn Leila trug das Erbe ihres menschlichen Vaters in sich, der ihr die Fähigkeit, zu fühlen, geschenkt hatte. So wurde Leila ihrer Mutter ungehorsam und streifte ihre Fesseln ab, um zur ersten Frau des Sultans zu werden. Unter dem zornigen Blick der großen Schlange ging sie zu ihm und auch Sajid gefiel die schöne Leila, mit dem Haar, so schwarz wie der Nachthimmel und den Augen, so silbern wie die Sterne, die auf uns hinabsehen. Aber Leila konnte ihr dunkles Herz und ihr wahres Erbe nicht lange vor dem rechtschaffenen Sajid verbergen, der Sarmadee treu ergeben war und so versuchte sie, ihn dazu zu verführen, der Göttin des Lebens abzuschwören. Aber Sajid wurde von reiner, heißer Wut durchflutet und er verstieß Leila, jagte sie aus den Pforten des Himmels, die von Sarmadee geschützt wurden. So schwand alles Gute aus ihrem Herzen und sie wurde von dem Bösen zerfressen, das die große Schlange in ihr gesät hatte. Eifersüchtig sah sie, wie er eine andere Frau, Karida, die reinen Herzens war, zu seiner Frau nahm und sein Reich mit ihr teilte. In der gleichen Nacht tat sie den Schwur, ihre Rache an Sajid zu nehmen. Sie würde sein geliebtes Land und all seine Freuden an sich reißen und ihm und seinen Nachfahren nichts mehr lassen, als die Erinnerung an die Schmach, die ihr zugefügt worden war.

Nun ruht sie niemals und sucht sich immer neue Opfer, deren Herzen sie vergiftet. Sie nennt ihre Opfer ihre Kinder, denen sie von ihrer Macht schenkt und die sie mit allem belohnen wird, was sie sich wünschen, wenn sie ihr helfen, ihre Ziele zu erreichen. Keine Kreatur könnte jemals verdorbener sein als die dunkle Königin der Nacht.«

Bei den letzten Worten war seine Stimme immer leiser und dunkler geworden, doch ich schenkte ihr kaum Beachtung. Die Bilder im Feuer erwachten zum Leben und tanzten vor meinen Augen, erzählten mir die Geschichte in einer fremden Art der Magie, die von dem Lied des Sängers erweckt worden war und nun alle in ihren Bann zog.

Ich sah, wie die schöne Leila den Sultan zu verführen suchte und von ihm davongejagt wurde, nachdem er seine Gebete an Sarmadee gesprochen hatte. Und ich erschauerte, als ich der großen Macht gewahr wurde, die der Königin der Nacht innewohnte. Als das Lied endete, blieb Trauer in der Luft hängen und ließ mein Herz schwer werden. Die Geschichte hatte mich an Delilah erinnert, die mir ebenso grausam und schlangenhaft erschien wie die Frau in dem Lied des Sängers und die über eine ähnliche Macht gebot.

Schließlich wandte ich mich zu dem Mann um, der dies alles für mich übersetzt hatte, und schenkte ihm ein dankbares Lächeln. Auch auf seinem Gesicht konnte ich die Gefühle erkennen, die mich ergriffen hatten. Doch hier vermischten sie sich mit echter Trauer und ich wusste nicht, was ich sagen sollte. Dann verschwand die Trauer von seinen Zügen und machte einem warmen Lächeln Platz. »Es ist keine schöne Geschichte, doch sie erinnert uns daran, wie nah das Böse unseren Herzen ist und wie es uns verführen möchte, wenn wir uns von dem schönen Schein der Macht blenden lassen.« Mein Retter legte eine Hand auf sein Herz und verneigte sich tief vor mir. »Verzeiht meine Unhöflichkeit, Signorina. Ich bin Bahir und man nennt mich den Prinzen der Wüste ...«, er lachte heiter auf, ein Laut, der ansteckend wirkte. »... auch wenn ich nicht von königlichem Geblüt bin.«

Ich erwiderte sein Lächeln und imitierte einen angedeuteten Hofknicks, was anhand meiner dürftigen Bekleidung – der dunklen Wolldecke aus meinem Lager – alles andere als einfach war. Bahir ignorierte meinen unschicklichen Aufzug höflich, schien ihn kaum zu bemerken. »Ein Prinz also, der durch die Wüste zieht. Man nennt mich Lukrezia in meiner Heimat, auch wenn ich in diesem Lande schon sehr viel schmählichere Namen für meine Person zu hören bekommen habe.«

Bahir schaute mich erstaunt an. »Man sollte keine Frau beleidigen oder sie allein in der Wüste zurücklassen. Wer hat Euch so schändlich behandelt, Lukrezia?«

Ich seufzte leise und ging zu meinem Lager zurück, als ich bemerkte, dass meine Beine mein Gewicht nicht mehr länger tragen wollten und nachzugeben drohten. Die Zeit, die das

Lied des Sängers eingenommen hatte, hatte einen großen Teil meiner Kraft verbraucht und nun erfuhr ich die Rache für meine Neugier. »Das ist eine sehr lange Geschichte und ich verstehe sie selbst noch immer nicht ganz. Aber ich möchte in meine Heimat zurückkehren, sobald es möglich ist, zumindest dies kann ich Euch mit Bestimmtheit sagen. Ihr kennt meine Heimat sicher, denn Ihr sprecht meine Muttersprache ...« Misstrauen schlich sich plötzlich und ungebeten in mein Herz. Woher wusste dieser Mann, dass ich eine Terrano war? »Verzeiht meine Frage, Bahir, aber woher wusstet Ihr, dass ich aus Terrano stamme?«

Bahir war von meiner Frage scheinbar nicht beeindruckt, denn seine Miene blieb unbewegt und er blickte mich weiterhin ruhig und gelassen an. »Ihr habt im Schlaf geredet und da war es nicht schwer, Eure Herkunft zu erraten. Ihr werdet mir hoffentlich meine Unhöflichkeit verzeihen, aber ich habe Euch oft besucht, um mich nach Eurem Befinden zu erkundigen.«

Ich spürte, wie mir die Röte in die Wangen stieg und mein Kopf heiß wurde. Dieser Mann hatte in seiner Ruhe etwas an sich, das dazu führte, dass ich mich unreif und linkisch fühlte. Besänftigt nickte ich und sah nachdenklich zu Boden, bevor ich meine Augen wieder auf ihn richtete. »Wie kommt es, dass Ihr hier draußen in der Wüste lebt? Wenn Ihr meine Sprache sprecht, müsst Ihr entweder Beziehungen zu meinen Landsleuten unterhalten oder Euch oft in einer Stadt aufhalten, in der man uns antreffen kann.«

Im gleichen Moment, in dem ich es ausgesprochen hatte, biss ich mir auch schon auf die Zunge. Ich kannte mich mit den Gepflogenheiten des Wüstenvolkes nicht aus und es konnte sehr gut sein, dass es hier als unhöflich galt, solch direkte Fragen zu stellen. Scheinbar waren meine Manieren auf meinen Reisen vollkommen verroht und nicht mehr zu gebrauchen. Das Gesicht des Wüstenprinzen wurde düster und ich wollte mich gerade für meine Frage entschuldigen, als er seinerseits zu reden begann. »Einst diente ich dem Sultan von Marabesh, wie es die Männer meiner Familie seit Anbeginn seiner Blutlinie getan haben. Dort lernte ich, wie ein Terrano zu sprechen, und Eure Sprache zu verstehen.«

Ein Mann des Sultans. Dies war in der Tat das Letzte, was ich nun brauchte. Andererseits befand er sich nicht bei Alim in Faridah, also gab es vielleicht doch noch Hoffnung, dass er mir nicht sofort die Kehle durchschneiden würde, wenn ich vorsichtig war.

»Und doch steht Ihr nun nicht an seiner Seite?«

Bahir starrte für einen langen Augenblick die Wand des Zeltes an, bevor er sich zu mir umwandte. Es fiel mir schwer, in seinem Gesicht zu lesen, auf dem so viele Gefühle miteinander stritten, obwohl es einfach war, seine Gefühle zu beurteilen und sie einzuordnen. Der Prinz der Wüste versteckte sie nicht hinter einer Maske, wie die anderen Männer, die ich kannte. Er trug seine Emotionen offen und ohne Scheu zur Schau. Schließlich blieb nur reiner Hass in seinen Augen übrig, ein Gefühl, das mich in seiner Intensität erschreckte. »Der Weg des Sultans ist nicht mehr der meine. Ich bin an seinem Hofe ein Geächteter, ein Verbannter. Aber ich bereue es nicht. Meine Männer und ich nehmen uns, was uns zusteht und was er unseren Familien in seiner Gier genommen hat.« Bitterkeit lag in seinen Worten. Was mochte dieser so freundlich erscheinende Mann getan haben, um verbannt zu werden? Ich empfand den Sultan nicht als edel, ebenso wenig wie seine Tochter, und konnte mir gut vorstellen, dass er sein Volk ausbeutete, um seinen Prunk erhalten zu können. Woher sollten seine Einnahmequellen in diesem Maße auch sonst stammen? Sicherlich waren Güter aus Marabesh beliebt, doch nicht beliebt genug, um diesen Prunk zu gewährleisten und das Gold an den Wänden seines Palastes zu rechtfertigen.

Zögernd wagte ich es, Bahir die Frage zu stellen, die sich in meinen Geist gedrängt hatte. »Was habt Ihr getan, um ein Geächteter zu werden?«

Ich konnte es nicht verhindern, dass meine Stimme atemlos klang. Es war gewagt und entsprach nicht den Regeln der Höflichkeit, doch Bahirs Offenheit verleitete mich dazu, Dinge auszusprechen, die ich unter anderen Umständen niemals über die Lippen gebracht hätte.

Sein Blick bohrte sich in meine Augen und hielt sie fest. Eine verwirrende Fülle von Gefühlen stand erneut darin geschrieben und ich konnte ihm nicht ausweichen, obgleich ich dies nur zu gerne getan hätte. »Ich redete wider die Tochter des Sultans und warf ihr vor, nicht die zu sein, die sie zu sein scheint. Denn bei Sarmadee, ich sah, wie Prinzessin Delilah den Tod fand.«

Was redete dieser Mann da? Delilah sollte tot sein? Wenn dies den Tatsachen entspräche, dann wären meine Probleme nicht existent und ich hätte alles, was in den letzten Tagen geschehen war, nur geträumt. Die Wunden an meinem Körper ließen dies allerdings eindeutig nicht glaubhaft erscheinen. Nein, ich wünschte mir wirklich, dass er die Wahrheit sprach, aber seine Worte waren zu unwahrscheinlich, als dass ich daran glauben konnte. Hatte ich es endgültig mit einem Verrückten zu tun? Bahir erschien mir nicht wie ein Mann, der dem Wahnsinn anheimgefallen war, aber Delilahs Existenz belegte, dass seine Worte nicht den Tatsachen entsprechen konnten. Trotzdem war er von seiner Wahrheit überzeugt, das konnte ich an seinem festen Blick erkennen, der auf mich gerichtet blieb.

»Aber wie ist das möglich? Was ist damals geschehen, das Euch davon überzeugt hat, dass die Prinzessin nicht mehr am Leben ist, obgleich sie gesund am Hofe Marabeshs weilt?«

Der große Mann verschränkte die Arme vor seiner Brust und blickte erneut in die Ferne, bevor er den Kopf schüttelte und mir antwortete. »Sie stürzte vor meinen Augen in einen

Abgrund in der Wüste und kam nicht mehr lebend daraus hervor. Es war damals, auf der ersten Jagd, an der sie teilnehmen durfte und die ihren größten Wunsch erfüllte – an den Spielen der Erwachsenen Anteil zu haben. Doch als ich an den Hof zurückkehrte, um dem Sultan die Nachricht ihres Todes zu überbringen, fand ich sie an seiner Seite und sie hieß das, was ich mit meinen eigenen Augen gesehen hatte, Lügen.«

Er schwieg, als er sich an jenen schicksalhaften Tag erinnerte und das Schweigen zog sich in die Länge, bis er die Erinnerung daran abgeschüttelt hatte. Was er dann sagte, ließ mich ihn aus großen Augen anstarren. »Sie leuchtete hell wie das Licht der Sonne und war ein Wildfang, wie ihn die Welt noch nie zuvor gesehen hatte. Doch dabei so liebreizend und voller Zauber, dass niemand ihr widerstehen konnte. Sie ähnelte der Frau, die ihre Stelle eingenommen hat, auf keine Weise.«

Liebreizend war nicht das Wort, das ich benutzt hätte, um Delilah zu beschreiben und hell wie die Sonne leuchtete die schlangengleiche Frau in meinen Augen auch nicht. Warum aber sollte irgendjemand Interesse daran haben, Bahir ihren Tod vorzuspielen, vorausgesetzt, diese Delilah war die Echte? Er war davon überzeugt, dass er ihren Tod gesehen hatte, aber was war dann mit dieser Delilah, wenn sie nicht die Tochter des Sultans war? Wer war die Frau, die Andrea Luca heiraten sollte, in Wirklichkeit? Und hatte sie ihren Sturz nicht vielleicht doch überlebt und war nach Faridah zurückgekehrt?

»Auch ich bin der Prinzessin begegnet, Bahir, doch ich kenne die Delilah, von der Ihr sprecht, nicht. Ich kenne nur eine mächtige Hexe mit dem Herzen einer Schlange, die den Hof des Sultans fest in ihrer Hand hält und vor keinem Mittel zurückschreckt, um noch mehr Macht zu erlangen.«

Bahirs Gesicht verzog sich zu einem grimmigen Ausdruck und er strich nachdenklich über seinen Bart. »Dann ist sie es, die Eure Lage verschuldet hat? Keine Frau, die der Schönheit der Prinzessin gleichkommt oder sie übertrifft, hat jemals lange genug gelebt, um noch davon zu berichten.« Seine Augen nahmen einen merkwürdigen Glanz an, der mir auf beunruhigende Weise fanatisch erschien. »Das Schicksal hat Euch zu mir geführt, Lukrezia. Ihr wurdet uns von Sarmadee geschickt. Die Farbe Eurer Augen ist ein Zeichen der Göttlichkeit, die Euch innewohnt.«

Würde mir die Göttlichkeit innewohnen, so wäre ich sicher nicht in dieser Lage und so schüttelte ich verneinend den Kopf, mehr als erstaunt über diese abwegige Idee und den sprunghaften Wechsel in Bahirs Verhalten. Aber ich sah einen Weg, der Wüste mithilfe dieses Mannes zu entfliehen, wenn ich ihn davon überzeugen konnte, dass wir das gleiche Ziel verfolgten. »Nein, Bahir. In mir wohnt keine Göttlichkeit, aber vielleicht ein wenig Magie. Auch dürfte es nicht mein Aussehen sein, das den Hass der Prinzessin geweckt hat. Möglicherweise können wir einander helfen, unsere Lage zu verbessern und die Pläne der Prinzessin zu durchkreuzen. In Faridah gibt es noch mehr Menschen, die ihren Fall herbeisehnen. Helft mir, zurückzugelangen, dann werden wir gemeinsam einen Weg finden, Marabesh von dieser Frau zu befreien.«

Der Blick des Wüstenprinzen war zwar von mildem Unglauben erfüllt, doch er wirkte nicht ablehnend, was ich als gutes Zeichen wertete. »Ich werde darüber nachdenken, kleine Signorina aus Terrano. Und wer weiß, vielleicht entdeckt Ihr, dass ich die Wahrheit gesprochen habe. Zumindest hoffe ich das.« Die letzten Worte verließen seine Lippen in einem heiseren Flüstern, auf das ich mir keinen Reim machen konnte. Er drehte sich um, um zum Ausgang des Zeltes zu gehen, zögerte jedoch, bevor er den Spalt, der ins Freie führte, öffnete. »Wenn Ihr etwas benötigt, so lasst es mich wissen. Hanifah wird dafür sorgen, dass es Euch an nichts fehlt, bis ich nach der Jagd zurückkomme. Sie versteht, was Ihr sagt, auch wenn es nicht so scheint.«

Er lächelte rätselhaft und ein seltsam erfreutes Licht tanzte in seinen Augen. Der Wüstenprinz verschwand aus dem Zelt und ließ mich alleine und nachdenklich mit diesen neuen Erkenntnissen auf meinem Lager zurück.

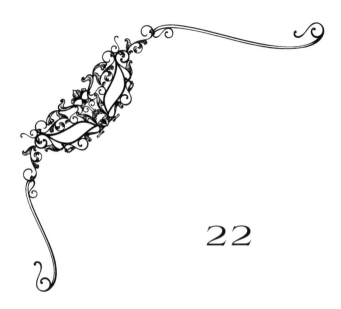

22

Obgleich ich am liebsten sofort aufgebrochen wäre, war mir bewusst, dass mein Körper noch nicht dazu in der Lage war. Ich würde noch einige Tage auf meinem Lager verbringen müssen, bevor ich den erneuten Weg durch die Wüste in Betracht ziehen konnte. Noch immer schmerzte mein Körper bei jeder Bewegung und ich konnte es kaum ertragen, wenn meine Haut von zu eng anliegendem Stoff bedeckt wurde. So dachte ich also mit Grauen an die engen Mieder, die ich zuhause in Terrano täglich getragen hatte, und war dankbar für die lose, helle Kleidung, die die Frauen in der Wüste trugen und die mich nicht allzu sehr einengte.

Bahir und seine Männer waren schon früh am Morgen nach unserem Gespräch zu ihrer Jagd aufgebrochen und ich fragte mich, welcher Art ihre Beute wohl sein mochte. Es war schwer zu glauben, dass die Männer in der Wüste nach Tieren jagen würden und das Glitzern in Bahirs Blick hatte von anderen Dingen gesprochen.

Es war in der Tat ein erhebender Anblick, als die stolzen Wüstensöhne auf ihren edlen Pferden und bis an die Zähne bewaffnet, ausgezogen waren. Aber trotzdem hatte er eine kalte, spitze Nadel der Furcht in meinem Herzen zurückgelassen, die sich beständig bemerkbar machte.

Was, wenn sie in der Wüste auf Andrea Luca trafen? Es war nicht unwahrscheinlich, dass er ebenfalls aufgebrochen war und sich auf dem Weg zum Sommerpalast befand. Ich hatte Bahir nichts von ihm erzählt und so blieb die Unsicherheit. So, wie er von dem Sultan gesprochen hatte, würde der zukünftige Mann an Delilahs Seite ein vortreffliches Ziel für seine ganz persönliche Rache abgeben.

Doch es gab noch weitaus mehr, was mich an diesem Tag beunruhigte. Bahir hatte die Wahrheit gesprochen, als er mir sagte, dass die alte Hanifah jedes Wort verstehen würde, das ich zu ihr sprach. Sie weigerte sich zwar beharrlich, Terrano zu sprechen und murmelte stets in der Sprache des Wüstenvolkes, wenn sie mir die Dinge brachte, die ich benötigte, dennoch betrat sie an diesem Morgen das Zelt und gab mir das, worum ich sie gebeten hatte.

Es waren mehrere Farben, die in ihrer Konsistenz fremdartig auf mich wirkten und die viel flüssiger waren als die Ölfarbe, die ich gewohnt war. Dazu einige Lagen eines dicken weißen Leinenstoffes und Pinsel in verschiedenen Stärken, die grob und borstig wirkten sowie ein Stück langer, schwarzer Kohle. Ein wenig ratlos sortierte ich die Farben, die mir überaus grell erschienen, und breitete, nachdem Hanifah mich verlassen hatte, den Stoff auf dem Boden aus. Alles unterschied sich sehr von den Materialien, mit denen mein Vater mich das Malen gelehrt hatte. Dies war keine feine Leinwand und der vertraute Geruch der Ölfarben fehlte mir ebenfalls. Trotzdem war es alles, was ich bekommen konnte und so musste ich mich damit zufriedengeben. Die fremden Materialien machten meine Aufgabe nicht leichter, wenn man bedachte, dass ich mich an der Magie einer Artista versuchen sollte und dabei noch den Umgang mit den mir unbekannten Werkzeugen erlernen musste. Ich wusste nicht, ob meine Visionen von Alesia nur wirren Fieberträumen entsprungen waren. Doch wenn ich es nicht versuchte, würde ich es niemals erfahren und der Gedanke, nach Andrea Luca zu sehen, erschien mir überaus verlockend.

Zaghaft tauchte ich den Pinsel in eines der irdenen Töpfchen und wagte einen vorsichtigen Strich, der sofort auf dem Stoff verlief und hässliche Spuren bildete. Loser Stoff war ohnehin eine unebene Arbeitsfläche und machte es mir nicht leichter, darauf ein ansehnliches Gemälde zu hinterlassen. Auf diese Weise würde ich eine Ewigkeit brauchen, um herauszufinden, ob ich die Begabung einer Artista besaß, wenn es überhaupt der richtige Weg war. Also änderte ich bald schon meine Annäherung an diese Arbeit und griff zu der Kohle, die mir vertrauter war. Entnervt gab ich schon nach kurzer Zeit auf und warf wütend den Leinenstoff gegen eine der Zeltwände, an der er mit einem dumpfen Geräusch aufkam und zu Boden rutschte. Es verschaffte mir kein befriedigendes Erlebnis gegen meine Wut, rief dafür jedoch Hanifah auf den Plan, die sich die Bescherung mit einem leisen Murmeln und einem bedenklich zahnlosen Lächeln besah. Dann rief sie mir etwas zu und verschwand lachend aus dem Zelt.

Ich wunderte mich noch über ihre merkwürdige Reaktion, als sich der Schlitz in der Zeltwand schon gleich darauf wieder öffnete und die alte Frau zurückkehrte. Diesmal hielt sie bräunliches Pergament in ihrer runzligen Hand und reichte es mir unter eifrigem Nicken. Ich nahm es erleichtert entgegen und lächelte sie dankbar an, was ihr Grinsen noch weiter öffnete und mir die schwarzen Stummel offenbarte, wo sich einst ihr Gebiss befunden hatte. Schaudernd wandte ich mich ab, nachdem sie verschwunden war, und nahm mir das Pergament vor. Auf diesem Material würde ich nicht mit der flüssigen Farbe malen können. Dennoch erschien es mir weitaus besser, als der dicke Stoff, der die Farben verlaufen ließ und die Kohle schlecht annahm. Nach einigen Strichen hatte ich das Gefühl für die unförmige Kohle erlangt und begann damit, Andrea Luca aus meinem Gedächtnis zu zeichnen. Ich wollte ihn so lebensecht darstellen, wie es nur möglich war und verbrachte Stunden damit, die Schatten an die richtigen Stellen zu setzen und mich daran zu erinnern, wie die Lichter in seinen Augen tanzten, wenn er lächelte oder wütend war. Bald war das Licht zu schwach geworden, doch ich versuchte trotzdem, im Schein der Öllampen weiter zu malen, während mich die Verzweiflung packte. Kein Gefühl der fließenden Magie stellte sich ein und Andrea Luca wirkte keineswegs echt oder lebendig, ganz zu schweigen davon, dass sich das Bild in Bewegung setzte, wie ich es bei Alesia gesehen hatte.

Schließlich gab ich es auf und zerriss das Pergament in kleine Fetzen, die leicht wie Schneeflocken zu Boden rieselten und dort in einem stummen Vorwurf zum Liegen kamen. Erschöpft fiel ich auf mein Lager und Tränen traten mir in die Augen, bevor ich in einen traumlosen Schlaf hinüberglitt.

Auch die nächsten beiden Tage vergingen auf ähnliche Weise und brachten mich der Verzweiflung immer näher. Alesia musste sich getäuscht haben, als sie meine Mutter für eine Artista gehalten hatte. Sie war Fiora Cellini, die Frau eines einfachen Hofmalers von ebenso einfacher Geburt und nicht Fiora Vestini, die große Fürstin von Serrina. Und obgleich ich die Frustration mit jeder Faser meines Körpers spürte, brachte der Gedanke auch eine gewisse Erleichterung mit sich. Ich war genau das, wofür ich mich mein Leben lang gehalten hatte.

Ich wusste nicht mehr weiter. Mein Vater hatte Angelina und mich jede erdenkliche Technik gelehrt, die er selbst kannte und ich konnte ein beinahe perfektes Abbild von Andrea Luca auf das Pergament bringen. Es blieb jedoch immer nur ein Abbild, ohne ein eigenes Leben zu besitzen wie die Bilder Alesias, die sich bewegten und die zu zeigen vermochten, was der Dargestellte erlebte. Musste ich dazu etwa eine Sprache der Magie beherrschen, so wie sie es offenbar tat? Aber wenn dem so war, hätte Alesia mich nie dazu veranlasst, nach der Magie in meinem Blut zu forschen. Sie wusste ebenso gut wie ich, dass ich diese Sprache niemals erlernt hatte.

Ich ahmte jede Linie nach, so gut ich es aus dem Gedächtnis zu tun vermochte, doch das Ergebnis blieb stets das Gleiche. Kein Funkeln trat in Andrea Lucas Augen und sein schiefes Lächeln erwachte nicht zum Leben.

Resigniert blickte ich auf meine geschwärzten Hände hinab und betrachtete mein Gesicht mit den dunklen Augenringen, die von Schlafmangel und Erschöpfung zeugten, in der kupfernen Schale, die mit Wasser gefüllt neben mir stand. Meine Finger schmerzten von der langen Arbeit und das Licht schwand bereits und würde bald das Wüstenvolk aus seinen Zelten locken, um das große Feuer zu entzünden, wie in jeder Nacht zuvor, in der Geschichten erzählt worden waren.

Es wurde Zeit, für heute aufzugeben. Ich tauchte meine Hände in das kühle Nass, um die Kohle abzuwaschen, zerstörte damit mein Spiegelbild. Gedankenverloren strichen meine nassen Finger übereinander, während sich das klare Wasser schwarz verfärbte. Hartes Metall erregte meine Aufmerksamkeit. Ich nahm zum ersten Mal seit Tagen den Ring mit dem großen Rubin an meinem Finger wahr.

Den Ring, den Andrea Luca mir geschenkt hatte, bevor ich zum Ball des Fürsten gegangen war. Ich hatte ihn seit dieser Zeit nicht mehr abgelegt und wann immer ich ihn sah, musste ich an Andrea Luca denken und an die Zeit, die wir miteinander verbracht hatten. Die Kanten des Rubins, in seiner goldenen Fassung, schnitten in meinen Daumen, als ich ihn dagegen presste und einer plötzlichen Eingebung folgend die Kohle wieder zur Hand nahm.

Die Stimmen vor dem Zelt verstummten, als mein Verstand alles um mich herum ausschloss und nur mich selbst und das Pergament vor mir auf dem Boden zurückließ. Mir war, als wäre es um mich herum dunkel geworden, als ob das Licht nur noch auf das Pergament gerichtet war und auf nichts anderes mehr.

Nichts war mehr wichtig, als die Erinnerungen kamen und mich mit sich fortrissen, während meine Hand mechanisch die Linien auf das Pergament zeichnete und Andrea Luca dort vor mir zum Leben erwachte. Es war anders als zuvor, denn ich legte keinen Wert mehr auf die Genauigkeit eines Schattens, sondern legte alles, was ich bei seinem Anblick empfand, in die Striche, die ich zeichnete.

Diesmal entstand ein Porträt, das nicht wie die anderen zuvor durch Technik dominiert wurde, sondern allein durch mein Gefühl. Die vertraute Übelkeit stieg in meinem Magen auf, doch diesmal lag etwas anderes darin, etwas, das sie schnell beruhigte und mich beinahe schweben ließ. Das fremde Gefühl verdrängte das Unwohlsein, das ich stets in Anwesenheit von Magie empfand, und tauschte es durch ein merkwürdiges Gefühl des Fließens aus, das durch meinen Körper strömte und seinen Weg in meine zeichnende Hand fand. Es war ähnlich, wie die Kühle des Wassers, die ich damals in der Gegenwart der Prinzessin empfunden hatte. Es beruhigte meinen Körper und all meine Sinne. Wie in einem Traum blickte ich auf das Bild vor mir hinab und strich sanft darüber, ohne zu wissen, was ich tat. Ein Glühen ging von meiner Hand aus, ein warmer Schein, der aus mir herausfloss und dann auf das Bildnis herabströmte. Die schwarzen Linien überzogen sich mit Farbe und zeigten mir bald die gebräunte Haut Andrea Lucas, seine unergründlichen dunklen Augen und den vollen Mund, der von dem Schatten eines Bartes umgeben wurde, der durch keine Rasur zu erhellen war. Sein Haar glänzte rabenschwarz und weich im Licht des sanften Kerzenscheins. Dann entschwand das Bild vor meinen Augen und wandelte sich, zeigte mir Andrea Luca, wie er von Wut gezeichnet durch den Palast des Sultans stürmte und eine Tür aufriss, die ich in der Geschwindigkeit des Geschehens kaum erkennen konnte. Der Ring an meinem Finger wurde warm und schien zu glühen. Ich starrte in tiefer Trance versunken auf die Geschehnisse, die sich mir offenbarten.

Ich konnte den heißen Zorn in Andrea Luca spüren, ihn in meinem eigenen Körper fühlen. Er schritt suchend durch den Palast, bis er schließlich sein Ziel gefunden hatte. Prinzessin Delilah lag verführerisch dahin gegossen und in glühendes Rot gekleidet auf einer goldfarbenen Récamiere. Sie schaute mit einem gespielt erschrockenen Blick auf Andrea Luca, der sich ihr mit kaltem Blick näherte, die unterdrückte Wut in jeder seiner Bewegungen sichtbar.

Ich hatte Schwierigkeiten, Delilahs Worte zu verstehen, die sie ihm unschuldig, unter einem bedeutungsvollen Klopfen auf ihr Lager, darbrachte. Ich konzentrierte mich noch stärker, sah, wie er näher zu ihr trat und ein charmantes Lächeln seine Züge erhellte, während er sich an ihrer Seite niederließ.

Die Prinzessin war entzückt über diese neue Entwicklung und strahlte den Terrano mit einem verführerischen Augenaufschlag an. Sie wollte die tanzenden Feuer in seinen Augen nicht sehen. Er packte Delilahs Hand fest an ihrem Handgelenk und hielt sie auf, als sie sich an seinem Hemd zu schaffen machte. Ein nun wirklich erschrockener Blick und eine Frage von ihrer Seite ließen sein Lächeln gefrieren. Er tat ihr weh, das konnte ich an der Haltung seiner Hand sehen, die sich fest um ihr Handgelenk geschlossen hatte und Abdrücke darauf hinterließ.

Endlich konnte ich seine Stimme hören, die hart und unnachgiebig klang. »Ihr wisst genau, wovon ich rede, Delilah.

Was habt Ihr mit Lukrezia gemacht und wo habt Ihr sie versteckt?«

Delilahs Gesicht wurde blass. Sie wollte nach ihrem Schleier greifen, aber Andrea Lucas Hand hielt sie auch diesmal auf, hinderte sie an jeder weiteren Bewegung. Das verführerische Lächeln war spurlos verschwunden und ich meinte, Angst in ihren Augen aufblitzen zu sehen. Auch die Prinzessin war ohne ihre Magie nur eine einfache Frau und so war sie der Stärke eines Mannes ausgeliefert, sobald er sie in seiner Gewalt hatte.

Ihre Stimme war von einem flehenden, beschwörenden Klang durchwoben, als sie sich gegen seine Anschuldigungen verteidigte. »Aber so glaube mir doch, ich habe ihr nichts getan, Liebster. Lass uns diese Frau vergessen, sie steht nur unserem Glück im Wege. Oder glaubst du mir nicht, dass ich dich glücklich machen kann?«

Ihr Körper bewegte sich verführerisch und ihre dunklen Augen schlossen sich halb, während sie das rote Licht, das in ihnen tanzte, zu verbergen suchte.

Das Lächeln auf Andrea Lucas Lippen kehrte zurück und vertiefte sich, doch es erwärmte seine Augen nicht. Seine Hände ließen Delilah in keinem Augenblick los und ich hoffte, dass er sie weiterhin festhalten würde, damit sie es nicht vermochte, ihn in ihren Bann zu ziehen. »Ich teile mein Lager nicht mit einer Schlange, Prinzessin. Und ich zweifle nicht daran, dass Euer Kuss ebenso giftig ist. Redet! Ihr windet Euch wie die Schlange, die in Eurem Blut liegt, doch Ihr könnt mich nicht täuschen. Wo ist Lukrezia?«

Ein scharfes Zischen drang zwischen den Lippen der Prinzessin hervor, als sie wütend versuchte, ihre Hände freizubekommen und hilflos auf den Schleier starrte, der an ihrer Seite herabhing. Ihre Magie wurde ebenso durch Bewegung wie auch durch ihre Augen in Gang gesetzt. Bewegung, an der sie nun gehindert wurde. Als sie bemerkte, dass es zwecklos war, versuchte sie stattdessen, tief in Andrea Lucas Augen zu blicken und eine falsche Träne rann an ihrer Wange herab. »Aber Liebster, warum bist du so grausam zu mir? Ich habe ihr nichts getan. Es geht ihr gut und sie ist auf dem Weg zum Sommerpalast meines Vaters. Ich dachte, das sei auch in deinem Sinne, denn hier würde sie uns nur stören.«

Ohnmächtige Wut trieb die Hitze durch meinen Körper, als ich die Lügen der Prinzessin vernahm. Sie drohte, die Verbindung, die ich durch die Magie aufrechterhielt, zu zerstören. Das Bild begann, vor meinen Augen zu verschwimmen und ich kämpfte darum, es nicht zu verlieren und meinen Körper zu kontrollieren, der stetig schwächer wurde. Nach einem schier endlosen Ringen entschied ich den Kampf zu meinen Gunsten. Meine Sicht klärte sich und ließ es zu, dass ich das Geschehen weiterverfolgte.

Frost lag in Andrea Lucas Stimme und selbst ich fror in meinem Wüstenzelt, in dem die Temperaturen nie zu sinken schienen. Er legte den Kopf schief und sein Gesicht verwandelte sich in eine Maske aus Eis. »Eine Schlange, die weinen kann. Ihr seid erstaunlich, Prinzessin. Doch nun entschuldigt mich, ich habe Eure Anwesenheit lange genug ertragen müssen. Und betet um Edeas Gnade, wenn Ihr mich belogen habt.«

Er wollte sie loslassen, doch das rote Licht in Delilahs schwarzen Augen flackerte auf. Langsam bewegte sich ein Ende ihres Schleiers und wollte sich erheben. »Bemühe dich nicht, *Liebster*. Du kannst sie nicht erreichen. Meine Männer werden sie töten, bevor du auch nur in ihre Nähe kommst. Niemals wird sie den Palast lebendig verlassen!«

Wahnsinniges Lachen zerriss die plötzlich eingetretene Stille, bis Andrea Luca seinen Griff um ihre Handgelenke verstärkte und sie vor Schmerz und Erstaunen aufkeuchte. Der Schleier sank und blieb leblos liegen. Echte Angst trat in die Augen der Prinzessin und ließ das rote Licht unsicher flackern.

Ich hatte Andrea Lucas Stimme oft wütend und kalt erlebt, doch noch nie war sie so unerbittlich und ohne Gefühl gewesen wie in diesem Moment. Sie klang, als würden feine, eisige Splitter auf Delilah abgeschossen, begleitet von einem wütenden Licht in seinen Augen, dem selbst die Feuer des Abgrundes nicht gleichkamen. Er war Feuer und Eis, in einem einzigen Menschen vereint. »Wenn Lukrezia etwas geschieht, dann werdet Ihr das bereuen, das schwöre ich Euch, Delilah. Ihr werdet niemals wieder in Frieden leben und Ruhe finden, denn ich werde Euch jagen und selbst Eure Magie und Eure Männer werden Euch nicht mehr helfen können.«

Er stieß Delilah grob von sich und sie fiel mit einem erschrockenen Aufschrei auf ihr Lager zurück. Mechanisch zog sich ihr Körper zusammen und glitt in eine für sie angenehmere Position. Andrea Luca verließ unterdessen mit schnellen Schritten und von kalter Wut verzerrtem Gesicht ihr Gemach.

Ich konnte noch erkennen, wie sie ihren Schleier fest packte und sich selbst geschwind erhob, dann verschwamm das Bild, als mein Körper und mein Geist die Verbindung nicht mehr aufrecht zu erhalten vermochten. Ich konnte nicht mehr schreien, nicht mehr denken, brach vor Erschöpfung auf dem Boden des Zeltes zusammen und blieb reglos liegen. Die Macht einer Artista forderte ihren Preis. Alesia hatte recht behalten.

23

Das Erwachen nach meinem ersten Ausflug in die Welt der Artiste war grausam. Mein Kopf schmerzte ohne Unterlass und meine Kehle war trocken und rau, sodass ich dachte, ich könne niemals mehr einen Laut von mir geben. Ich fühlte mich weitaus schlimmer, als nach meiner Zeit in der Wüste, denn dieses Mal war nicht allein mein Körper erschöpft, sondern auch mein Geist war nicht zu gebrauchen und ich konnte keinen klaren Gedanken fassen. Mühsam kämpfte ich mich auf mein Lager und starrte in die Leere. Zu mehr war ich nicht mehr fähig und selbst dies war eine gnadenlose Anstrengung, die mich an die Schwelle einer Ohnmacht trug.

Die Stunden vergingen, ohne dass ich ihr Vergehen wahrnahm und ich schlief und erwachte abwechselnd, ohne dass eine Besserung meines Zustandes eintrat. Ich bemerkte, dass Hanifah mehrmals das Zelt betrat und besorgt murmelte, nahm sie aber nur am Rande meines Bewusstseins wahr und konnte sie kaum erfassen. Die Zeit verging. Es wurde hell und dunkel in meinem Zelt und es wurde lauter und leiser, als die Menschen im Freien dem Leben nachgingen, von dem ich abgeschnitten war.

Irgendwann, nachdem Tag und Nacht gewechselt hatten, fügten sich die Gedankenfetzen in meinem Geist zu einem Ganzen zusammen. Ich erhob mich durstig und hungrig von den Schaffellen und griff vorsichtig nach dem Fladenbrot und dem Wasser, die Hanifah neben mir abgestellt hatte. Ich fühlte mich zwar müde und ausgelaugt, doch ich war zumindest in der Lage, klar zu denken und versuchte, ein wenig Nahrung zu mir zu nehmen. Mein Magen rebellierte auf der Stelle und verursachte mir eine Übelkeit, die sich jedoch von dem Gefühl, das die Magie in mir auslöste, unterschied. Es war eine gewöhnliche körperliche Reaktion, nicht mehr und nicht weniger.

Langsam kam die Erinnerung an das zurück, was mir meine Vision gezeigt hatte und ich blickte mich suchend nach dem Porträt um, das noch immer auf dem Boden lag. Nur ein mit schwarzen Strichen gezeichnetes Abbild auf bräunlichem Pergament, aus dem alles Leben gewichen war.

Hanifah hatte es nicht berührt, wie es schien, und ich zweifelte nicht daran, dass die alte Frau sehr wohl die Magie in solcherlei Dingen spüren konnte. Trotzdem hatte sie die kleinen Tongefäße mit der Farbe zur Seite geräumt und auf einer der Truhen abgestellt, damit sie nicht im Weg waren.

Würde ich die Magie auf diesem Bild noch ein weiteres Mal in Gang setzen können oder war es nur noch ein hübsches, aber wertloses Stück Pergament? Alesia nutzte das große Ölgemälde stets für ihre Magie, zumindest glaubte ich dies, aber würde dieser kleinen Skizze weiterhin Macht innewohnen? Oder war ich allein die Wurzel der magischen Kraft?

Das Gefühl der fremdartigen Energie, die durch meine Adern geströmt war, erinnerte mich an einen Rausch, von dem man sich wünschte, dass er niemals verging. Die Macht der Magie fühlte sich täuschend gut an, manchmal warm und anregend, ein anderes Mal kühl und beruhigend. Doch sie zehrte an der Lebenskraft und ich erkannte instinktiv die Gefahr, die in ihr wohnte. Wenn mein Körper nicht durch seinen ohnehin angeschlagenen Zustand versagt hätte, hätte ich es nicht mehr vermocht, mich ohne Hilfe zu befreien. Ich verstand noch nicht, wie man die Bindung lösen konnte, wenn es an der Zeit war und wie viel ich mir zumuten durfte. Nur allzu leicht konnte ich mich mit der magischen Macht töten, so wie es auch Alesia geschehen würde, wenn sie ihre Energien nicht bald zu schonen begann.

Aber dass die Macht der Artiste durch meine Adern strömte, bedeutete noch weitaus mehr, denn Alesia hatte die Wahrheit gesagt. Fiora Cellini, meine Mutter, die ich immer für die schöne und einfache Frau eines Malers gehalten hatte, war die rechtmäßige Fürstin von Serrina, durch ihr Blut und ihre Abstammung. Es war ein Geheimnis, das es zu wahren galt. Der Fürst von Serrina, Battista Vestini, war kein gnädiger Mensch und er würde seinen Thron ohne Rücksicht schützen und dabei jeden töten, der einen Anspruch darauf besaß. Ganz zu schweigen davon, wie Pascale Santorini reagieren würde, wenn er jemals davon erfuhr. Das Leben aller Menschen, die ich liebte, war durch das Wissen um das Geheimnis meiner Eltern in Gefahr und das machte mir noch mehr Angst, als Angelina in den Fängen des Fürsten zu wissen.

Der Gedanke an meine Schwester lenkte meinen Blick unweigerlich auf das Pergament und die Kohle zurück, die dort, nicht weit von mir, lagen und einem weiteren Versuch harrten. Doch obgleich ich mir wünschte, sie sehen zu können und mich davon zu überzeugen, dass sie wohlauf war, wagte ich es nicht, meine Kräfte erneut auf die Probe zu stellen. Ich zweifelte ohnehin daran, dass es funktionieren würde, denn ich besaß nichts, was meiner Schwester gehörte und eine Verbindung zu ihr herstellen konnte.

Der Gedanke, noch einmal Magie zu wirken, erfüllte mich mit einer merkwürdigen Art der Erregung, allerdings auch mit Abscheu. Ich verlor dabei die Kontrolle über meinen Körper und war meiner Umwelt wehrlos ausgeliefert. Dagegen war die Magie der Prinzessin wesentlich offensiver und leichter anzuwenden, denn solange sie außer Reichweite ihres Opfers blieb, konnte ihr nichts geschehen.

Aber was war nun mit der Prinzessin und wo war Andrea Luca? Ich traute es ihm durchaus zu, dass er sich selbst zum Sommerpalast aufgemacht hatte, nein, ich war mir sogar sicher, dass dies seine Absicht gewesen war, als er Delilah verließ. Noch nie zuvor hatte ich ihn so wütend erlebt und es hätte mich nicht allzu sehr verwundert, wenn er Delilah einfach getötet hätte. Er konnte nicht wissen, dass meine Zwillingsschwester, von der ich ihm niemals erzählt hatte, in Lebensgefahr schwebte, sollte er etwas Unüberlegtes tun.

Ich hatte Angst um Andrea Luca, nachdem ich am eigenen Leib erfahren hatte, was eine Reise durch die Wüste an Gefahren in sich barg und dabei hatte ich noch lange nicht alles gesehen und erlebt. Sandstürme und Wüstenräuber waren nur die Spitze des Eisberges.

Beinahe wünschte ich mir, dass Delilah ihn davon abgehalten hatte, den Palast zu verlassen. Doch ein wütender Santorini ließ sich niemals zurückhalten, wenn er sich etwas in den Kopf gesetzt hatte und Andrea Luca war in seiner Familie keine Ausnahme. Es schien aussichtslos, mit ihm Kontakt aufnehmen zu wollen. Selbst wenn ich meine Abscheu überwinden konnte, so würde ich es sicher nicht bewerkstelligen können, wenn es schon für Alesia eine kaum zu überwindende Kraftanstrengung war, mich in meinen Träumen zu erreichen.

Unentschlossen saß ich auf meinem Lager und grübelte darüber nach, ob ich es versuchen sollte, als vor meinem Zelt laute Schreie ertönten. Zuerst war ich erschrocken, doch dann bewegte ich meine schmerzenden Glieder zu dem Schlitz in der Zeltwand, um hindurch zu spähen.

Alle Bewohner der Oase waren auf den Beinen und versammelten sich im Freien, redeten aufgeregt aufeinander ein, ohne Besorgnis an den Tag zu legen. Ich erkannte den kleinen Jungen, der mich in der Wüste gefunden hatte. Er schenkte mir ein freches Grinsen und winkte mich so heftig heran, dass sein schwarzes Haar unruhig hin und her tanzte, während es die Sonnenstrahlen einfing.

Vorsichtig trat ich näher an die Menge heran und erkannte unter den schwatzenden Frauen Hanifah, die mich zahnlos anlächelte und ihre Aufmerksamkeit dann in die Ferne richtete. Auch ich blickte hinab, in das glühend goldene Wüstental, und schirmte meine Augen gegen die grelle Sonne ab, die mir aus dieser Richtung entgegen strahlte. Dort entdeckte ich die kleinen schwarzen, hellen und braunen Punkte, die sich in einer riesigen Staubwolke näherten.

Jubel brandete auf, als Bahir mit seinen Wüstenräubern im Galopp über die Dünen geritten kam, die prachtvollen Pferde zu einem immer schnelleren Lauf anspornend. In den prallen Satteltaschen raschelte und klimperte es lautstark. Schon bald hatten die stolzen Männer in den weiten Gewändern das Lager erreicht, sprangen ab und rissen die Satteltaschen von ihren Pferden. Wenn sie ohne Gemahlin waren, so wurden sie sogleich von mehr als nur einem jungen Mädchen begleitet, das stolz und voller Zuneigung auf den Wüstenräuber blickte und von ihm die reiche Beute präsentiert bekam. Es waren Schmuckstücke und Münzen, ebenso golden wie der Wüstensand und von Juwelen verziert, die in der Sonne glitzerten, teure Gewänder und kostbare Stoffe.

Interessiert beobachtete ich das Treiben und fragte mich, woher all dieser Reichtum stammen mochte. Bahir, der von seinen Leuten wie ein wahrer König gefeiert wurde, glitt ebenfalls von seinem schwarzen Hengst und begann, etwas in seinen Satteltaschen zu suchen. Erstaunt blickte ich ihn an, als er auf mich zu trat und mir mit einem strahlenden, vergnügten Lachen eine feine goldene Stirnkette zeigte. Sie wurde von einem prachtvollen Saphir geziert, der funkelnd das Licht der Sonne einfing.

»Als ich sie sah, musste ich an Eure Augen denken, Lukrezia. Erweist mir die Ehre, sie heute Abend auf unserem Fest zu tragen.« Bahir verneigte sich vor mir und hielt mir die Kette auf seiner offenen Hand entgegen, während ich mich Hilfe suchend umsah. Alle Augen waren auf uns gerichtet und gespanntes Schweigen herrschte unter den Versammelten. Ich starrte das schöne Schmuckstück zögerlich an, als sei es eine Schlange, die sogleich zubeißen wollte und bemerkte, wie sich Schweißtropfen auf meiner Stirn bildeten.

Die Kurtisane Lukrezia hätte das Geschenk, ohne zu zögern, mit einem charmanten Lächeln und süßen Worten angenommen. Doch der Mensch Ginevra Cellini konnte sich einfach nicht dazu überwinden, das Schmuckstück aus der Hand dieses Mannes zu nehmen. Aber wenn ich es nicht tat, so würde ich Bahir vor seinem Volk beschämen. Also legte ich zaghaft eine Hand auf die feine Kette und verneigte mich nach der Art des Wüstenvolkes vor dem Wüstenprinzen, der mich mit dieser Aufmerksamkeit bedacht hatte. »Ich danke Euch, Bahir. Ihr ehrt mich, mit einem solch wundervollen Geschenk.«

Ein Aufatmen ging durch die Menschen und sie jubelten ihrem Prinzen zu, der sich lachend zu ihnen umdrehte. Unwillkürlich ging mir durch den Kopf, dass ich einen Fehler begangen hatte, dessen Ausmaße ich noch gar nicht begreifen konnte. Bahirs Stimme hielt mich jedoch von weiteren Überlegungen ab. »Ich habe Euch das Versprechen gegeben, Euch meine Entscheidung mitzuteilen, wenn ich zurückkehre und ich bin ein Mann, der seine Versprechen hält. Wir werden in zwei Tagen in aller Frühe nach Faridah aufbrechen, denn Ihr habt mir auf der Jagd Glück gebracht und nun ist es an mir, Euch dafür zu danken.«

Es war mir ein Rätsel, wie ich Bahir Glück gebracht haben sollte, doch das Volk der Marabeshiten war noch abergläubischer als die Terrano und so sann ich nicht weiter über seine Worte nach. Ich war erleichtert darüber, dass er mich so einfach gehen ließ oder mich vielmehr nach Faridah bringen wollte, obwohl ich seine eigenen Ziele in dieser Sache nicht kannte. Aber letzten Endes war dies auch nicht meine Angelegenheit, hatte ich doch eigene Interessen, die es zu verfolgen galt.

Als Bahir einige Worte in seiner Sprache an seine Männer richtete und deren Jubel aufbrandete, zog ich mich in das Zelt zurück, um noch ein wenig auszuruhen. In meinem jetzigen Zustand würde es mir schwer genug fallen, die Reise durch die Wüste anzutreten und ich konnte in der Tat alle Ruhe brauchen, die ich vorher zu bekommen vermochte, wenn ich an ihrem Ende noch auf meinen Füßen stehen wollte.

Im Inneren des Zeltes wurde mein Blick erneut auf das Pergament gelenkt und ich hob es diesmal vom Boden auf, um es an einem sichereren Ort zu verwahren. Zärtlich strich ich über Andrea Lucas lächelndes Gesicht. Sofort überzog sich das Bild mit Farbe und meine Gedanken drohten zu verschwimmen. Die magische Energie zerrte an mir und wollte mich dazu verleiten, zu sehen, was Andrea Luca tat. Ich löste meinen Blick hektisch von dem Pergament und legte es neben den Farben auf der Truhe ab.

Ich wagte es nicht, das Bild zu zerstören, da ich nicht wusste, ob Andrea Luca dann Schaden nehmen konnte und mir kam zu Bewusstsein, dass ich diese kleine Zeichnung an einer sicheren Stelle verwahren musste, auf dass sie niemandem in die Hände fiel, der Böses im Sinn haben mochte. Ich wusste viel zu wenig über die magischen Wege, derer ich mich zu bedienen wagte, und konnte das Ausmaß ihrer Gefahren kaum abschätzen.

Er lebte noch, daran hatte ich keinen Zweifel mehr, denn sonst wäre das Porträt stumm geblieben. Seufzend ließ ich mich auf den Schaffellen nieder und hing düsteren Gedanken über eine noch düsterere Zukunft nach, war damit das Rätsel um Andrea Lucas Verbleib doch noch lange nicht gelöst. Trotzdem glaubte ich nicht, dass er Bahirs Männern in die Hände gefallen war. Sicherlich würde er nicht mit einer voll beladenen Karawane reisen. Alesia hatte mich darum gebeten, ihr zu helfen, Andrea Lucas Geist vor Delilah zu schützen. Bedauerlicherweise hatte sie dabei nicht daran gedacht, mir mitzuteilen, wie ich dies bewerkstelligen sollte. Es erschien mir wie Selbstmord, es alleine herausfinden zu wollen. Es gab einen guten Grund dafür, dass die Artiste keine wilden Hexen in ihren Reihen duldeten. Der Schaden, der dabei angerichtet werden konnte, wenn Magie ohne Ausbildung eingesetzt wurde, stellte eine schreckliche Bedrohung für alle Beteiligten dar.

Die Zeit bis zum Fest am Abend verging wie im Flug. Ich beobachtete von meinem Platz aus die Vorbereitung des Festplatzes und das rege Treiben der kichernden Frauen, die glücklich waren, ihre Männer in Sicherheit zu wissen. Ich beneidete sie um dieses Wissen. Voller Stolz trugen sie den Schmuck aus der Beute zur Schau und ließen sich von den anderen bewundern.

Schließlich brach die Nacht gemeinsam mit dem köstlichen Geruch nach vielerlei Speisen und dem lodernden Holzfeuer über der Oase herein. Sie überzog die Wüste mit ihrem dunklen Tuch, auf dem die silbrigen Sterne leuchteten und gemeinsam mit der Sichel des Mondes ihr Licht spendeten. Musik spielte auf und lockte die Menschen aus ihren Zelten, um die erfolgreiche Jagd und ihre Beute zu feiern. Ich nahm Bahirs Geschenk zur Hand und ließ die feine Kette durch meine Finger gleiten. Der Saphir wirkte dunkel und tief wie ein See, in dessen Tiefen man bei Nacht nicht blicken konnte und er erfüllte mich mit unangenehmen Vorahnungen. Trotzdem legte ich das Schmuckstück über meine Stirn, wo es sich kalt und schwer anfühlte. Unsicher trat ich nach draußen in das Licht des Lagerfeuers, über dem ein großes Rind gebraten wurde.

Ich erblickte Bahir schon sehr bald. Er winkte mich zu sich heran und ich ging zu ihm hinüber, um mich an seiner Seite auf dem Platz niederzulassen, der mir für diesen Abend bestimmt war. Er lachte und scherzte mit seinen Männern, während ich dem Lied des Wüstenbarden zuhörte und die Aura der nächtlichen Wüste auf mich wirken ließ.

Das Feuer wärmte mich angenehm, als sich die Kälte der Nacht langsam in das Lager schlich und sich dort ausbreitete. Gesang und Tanz vermischten sich mit dem Stimmengewirr der Menschen und schlossen mich aus, da ich sie nicht zu verstehen vermochte. Geschichten wurden erzählt und blühten in den lodernden Flammen auf, um dann in einem anderen Lied zu vergehen und selbst zu Asche zu werden. Die Tänze dieses Volkes waren so anders als das, was ich im Palast des Sultans gesehen hatte. Die Frauen und Männer tanzten gemeinsam, in einem lebendigen Kreis, ohne dabei ihre Haut zu präsentieren und sich wie Schlangen zu winden. Nur die reine Lebensfreude sprach aus ihrer Bewegung und aus ihren Gesichtern, wenn alle im Takt der Musik zu klatschen begannen.

Junge Männer führten einen Schwerttanz mit Krummsäbeln auf, den ich als atemberaubend empfand und der sich von den Traditionen meiner Heimat stark unterschied. Allein ihre Klingen waren schon sehr viel breiter und schwerer als die, der mir bekannten Rapiere. Ganz zu schweigen von dem Kampfstil, den sie vor meinen Augen zum Leben erweckten und dem nicht einmal Verduccis Schwertkunst gleichkam.

Bei all den Vergnügungen bemerkte ich, wie ich immer wieder beobachtet wurde. Oft von Bahir selbst, der mich kaum jemals aus den Augen ließ, jedoch auch von seinen Leuten, die mich erwartungsvoll ansahen und miteinander tuschelten, sobald sie ihren Blick abgewandt hatten.

Ich ignorierte ihre Blicke, so gut ich konnte, und begann damit, unruhig auf meinem Platz neben Bahir hin und her zu rutschen. Ich wollte nichts lieber tun, als in mein Zelt zu gehen und in meine eigene Ruhe und Abgeschiedenheit entkommen. Bahir bemerkte meine Unruhe bald und erhob sich, dann reichte er mir die Hand und zog mich auf die Füße.

Erstaunt folgte ich ihm, als er mich schweigend von der Menge wegführte und wir hoch auf einer Düne, die ihren Blicken entzogen war, zum Stehen kamen. Von dieser erhöhten Stelle aus konnte man weit über den Wüstensand blicken, der im Licht des Mondes nicht mehr golden, sondern silbern schimmerte.

»Ihr fühlt Euch in Gesellschaft nicht wohl, Lukrezia? Ihr wart sehr unruhig auf dem Fest.«

Diese einfache Feststellung machte mich verlegen. In früheren Zeiten wäre es mir nicht so schwergefallen, meine Gefühle zu verbergen, ganz gleich, wie unangenehm mir die Blicke der Menschen waren. Im Gegenteil, ich hätte die Aufmerksamkeit genossen. Auch das Gefühl der Verlegenheit war ungewohnt für mich und so suchte ich nach einer Antwort auf seine Frage, die mein Verhalten erklären würde und es gleichermaßen entschuldigte. »Ich habe einige Zeit allein verbracht und bin die Aufmerksamkeit nicht mehr gewohnt. Verzeiht bitte, Bahir. Es lag nicht an Eurem Fest …«

Der Sand zu meinen Füßen war plötzlich von enormem Interesse für mich. Ich betrachtete jedes Sandkorn sehr genau, bis ich Bahir leise kichern hörte. Ein seltsames Geräusch für den stolzen, normalerweise laut herauslachenden Wüstenprinzen, das mich aufblicken ließ. »Oh, es lag sehr wohl an dem Fest. Ich bin nicht blind und habe die Blicke bemerkt, die auf Euch lasteten. Ich fürchte, mein Geschenk war nicht wohl durchdacht. Es tut mir leid, wenn ich Euch damit in Verlegenheit gebracht habe. Es hat die Hoffnungen meines Volkes geweckt.«

Ich sah Bahir erstaunt an und bemerkte, dass auch er verlegen war und meinem Blick auswich. »Hoffnungen? Ich befürchte, dass ich Euch nicht folgen kann.«

In Wirklichkeit befürchtete ich, nur allzu gut zu verstehen, was hier vor sich ging. Ich überlegte fieberhaft, wie ich aus dieser Situation entkommen konnte, ohne jemanden zu verletzen.

Bahir schwieg und richtete seinen Blick nach oben auf den Sternenhimmel. Ich folgte seinen Augen und sah auf einen großen, sehr hell leuchtenden Stern, der die anderen Sterne des Himmels in seiner Helligkeit weit übertraf. Als Bahir endlich sprach, schwang eine leise Melancholie in seiner Stimme mit, die mein Herz gegen meinen Willen berührte. »Seht, sie wünschen sich nur, dass ich glücklich werde und die Frau finde, die für mich bestimmt ist. Bei meiner Geburt wurde von den weisen Frauen der Fah'dir prophezeit, dass ich derjenige sein werde, der unser Volk aus der Knechtschaft der Sultane führt. Sie hielten die Farbe meiner Augen für ein Zeichen des Göttlichen, das in mir wohnt, so wie man es auch von Euch glaubt. Nun wünschen sie sich, dass Ihr die Frau seid, auf die sie gewartet haben. Doch sie meinen es zu gut und bedenken nicht, dass solche Dinge Zeit brauchen, um zu erwachen.« Er verstummte und sah mich mit einem leisen Schimmer der Hoffnung in seinen Augen an, bevor er seinen Blick wieder auf die Sterne richtete.

Ich suchte nach den richtigen Worten, um ihm meine Lage zu erklären und fand doch keine, die ihn nicht verletzen würden. So versuchte ich es stattdessen mit einer unverbindlichen Frage. »Und was ist mit Euch, Bahir? Glaubt Ihr an diese Prophezeiung?«

Ein Lächeln zeigte sich auf den Lippen des Wüstenprinzen, als er mich ansah. Die Röte stieg in meine Wangen, ohne dass ich es verhindern konnte. »Wenn ich Euch anblicke, dann hoffe ich, dass es die Wahrheit ist. Aber wir wissen nichts voneinander, Lukrezia, und so übe ich mich in Geduld, bis die Zeit gekommen ist.«

Das Blut musste vollkommen aus meinem Gesicht gewichen sein, zumindest fühlte es sich so an. Mir wurde kalt und ich hörte Bahirs Stimme wie aus weiter Ferne an mein Ohr dringen.

Der Wüstenprinz musste der Traum einer jeden Frau aus seinem Volke und sicher auch aus einigen anderen Völkern sein. Aber ich würde niemals die Frau an seiner Seite werden und das musste ich ihm verständlich machen, bevor er sich ernstlich Hoffnungen auf meine Hand machte. Dies war nicht das Land, in dem ich leben wollte, und ich sehnte mich nach Andrea Luca.

Mein Herz gab mir in diesem Augenblick die Antwort auf eine alte Frage. Allein mein Kopf wollte sie noch nicht wahrhaben.

Besorgt blickte Bahir mich an und nahm meine Hand in die seine. Auch er wirkte unter seiner dunklen Haut blasser als gewöhnlich und die Ursache konnte nicht allein das silberne Licht des Mondes sein, das die Farbe von seinen Zügen wusch. »Fehlt Euch etwas, Lukrezia? Es tut mir leid, ich hätte auf Euren Zustand Rücksicht nehmen sollen und Euch nicht hierherbringen dürfen. Ich begleite Euch zurück zu Eurem Zelt, damit Ihr Ruhe finden könnt.«

Noch bevor ich antworten konnte, begleitete mich Bahir die Düne hinab und brachte mich zum Lager des Wüstenvolkes zurück. Ich wollte ihm etwas sagen, doch er ließ mich nicht und bestand darauf, Hanifah zu rufen, damit sie nach mir sah, ohne Widerspruch von meiner Seite zu dulden.

Hilflos hob ich die Hand, um ihn aufzuhalten, doch er war bereits verschwunden und wurde vor meinem Zelt von lauten

Zurufen und Gelächter empfangen, deren Bedeutung mir, trotz der fremden Sprache, nur allzu gut bekannt war. Ich schüttelte fassungslos den Kopf und stöhnte leise auf. Mein Leben war schon kompliziert genug, ohne ein Wüstenvolk, das mich wegen einer alten Prophezeiung mit seinem selbst ernannten Prinzen verheiraten wollte. Und außerdem hatten Bahirs Worte und der Gedanke an Andrea Luca ein Gefühl in mir geweckt, das mich mit Erstaunen erfüllte, obgleich es schon lange klar auf der Hand lag. Ich war jedoch zu stolz und zu sehr den Wegen einer Kurtisane verhaftet, um es vor mir selbst zugeben zu können und verdrängte es lieber, anstatt seine Natur zu akzeptieren.

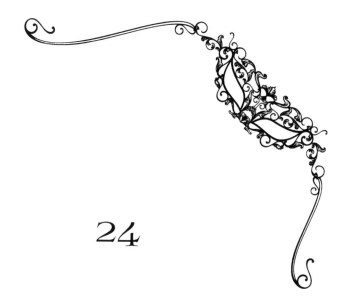

24

Müde geworden wälzte ich mich auf meinem Lager von einer Seite zur anderen und fand doch keinen Schlaf. Die Ereignisse der letzten Tage wollten mich einfach nicht loslassen. Ich würde Bahir schon am nächsten Tag sagen müssen, dass seine Hoffnungen vergebens waren, und fürchtete mich davor. Er war ein stolzer Sohn der Wüste und ich wusste aus Erfahrung, dass stolze Männer dazu neigten, solcherlei nicht gut aufzunehmen.

Das Wüstenvolk war nur allzu bereit, Liebesdinge zu überstürzen, sofern es nicht die eigenen waren, wie mir schien, und diese Entdeckung erfüllte mich mit Unbehagen. Es war eine Sache, einen Mann abzulehnen, doch wiederum eine ganz andere, dies mit seinem ganzen Volk zu tun.

Seufzend grub ich die Finger fester in das weiche Schaffell und versuchte, mich zum Schlafen zu zwingen. Stattdessen verschwamm meine Sicht auf vertraute Weise und ich erblickte Alesias Gesicht, das sich vor meinem verschwommenen Blick herauszubilden begann. Nein, ich wollte sie jetzt nicht sehen und hören, was sie mir zu sagen hatte und ich kämpfte gegen den Wunsch an, ihr eines der Schaffelle in das Gesicht zu schleudern, damit sie mich in Ruhe ließ. Alesia hatte mir bisher immer nur weitere Schwierigkeiten und Sorgen beschert und so war ich über ihren neuerlichen Besuch in meinem Geist keineswegs erfreut. Doch all meine Gegenwehr nutzte mir nichts. Ihre Stimme rief meinen Namen immer eindringlicher und zwang mich dazu, zu ihr aufzublicken und ihr in die Augen zu sehen.

Alesia sah besser aus, als in meinen letzten Visionen. Ihr Gesicht hatte ein wenig Farbe angenommen und wirkte nicht mehr so eingefallen wie zuvor. Auch die dunklen Ringe unter ihren Augen erschienen milder, ihre Lippen voll und rosig. Die magische Energie, die von ihr ausging, war stärker geworden und ließ sie klar und deutlich vor mir erscheinen.

Ich fragte mich, was wohl diese Wandlung bewirkt haben mochte und wartete, nun doch neugierig geworden, auf das, was sie mir mitteilen wollte. Vielleicht würde sich das Rätsel auf diese Weise lösen.

»Also habt Ihr endlich am eigenen Leib erfahren, dass ich die Wahrheit gesagt habe. Helft mir, die Verbindung zu stärken, damit wir uns ohne Störungen unterhalten können.«

Die Verbindung aufrechterhalten, nun, das wollte ich gerne tun. Alesia hatte dabei jedoch übersehen, dass meine Lehrmeisterin eine Kurtisane und keine Artista gewesen war und ich von daher nicht wissen konnte, wie man derlei bewerkstelligte. Gerade wollte ich danach fragen, als ich spürte, wie die Kraft, die von Alesia ausging, nach mir griff und nach meiner eigenen suchte. Ich fühlte die Art ihrer Macht, die anders als die meine war. Dort, wo meine Magie wie Wasser floss, war die ihre wie der Wind, der alles umfing und sanft wie eine leichte Brise oder gewaltig wie ein Sturm zu sein vermochte.

Ich schloss die Augen und suchte nach meiner eigenen Macht, um sie ebenfalls auszusenden. Erneut wurde mir unwohl, als ich sie tief in meinem Inneren fand und ich beobachtete, wie sich Wasser und Wind ineinander verflochten, um die Verbindung zwischen uns zu stärken. Mein Körper begann zu schweben. Ich verließ mein Lager und kam mit Alesia in einem fremdartigen Raum zum Stehen, in dem es nur die Schwärze der dunkelsten Nacht und ihre silbrigen Sterne gab.

War es ein Traum oder war es Wirklichkeit? Ich konnte es nicht unterscheiden. Alesia lächelte mich zufrieden an, doch ihr Lächeln hatte nichts Beruhigendes. Es erinnerte mich an die alte Alesia, die unter der Verzweiflung verborgen gewesen war. Ich ermahnte mich zur Vorsicht und blickte sie fragend an. »Nun, hier bin ich, Alesia. Aus welchem Grund habt Ihr diesmal nach mir gerufen? Gibt es Neuigkeiten von meiner Schwester, die Ihr mir nicht vorenthalten möchtet?«

Alesia legte ihren Kopf auf eine kindliche Weise schief und blickte mich versonnen an. »Oh, Eurer Schwester geht es gut, soweit es mir bekannt ist. Der Fürst hat Gefallen an ihrer Art gefunden. Solange sie sich zur Wehr setzt und dabei geschickt vorgeht, dürfte er ihrer nicht müde werden. Er hat eine Schwäche für widerborstige Frauen, deren Willen er brechen kann.«

Alesias Plauderton erschien mir bei dieser Enthüllung vollkommen unangebracht und Wut stieg in mir auf, als ich in ihr niedlich lächelndes Gesicht blickte. Sie empfand eine tiefe Freude daran, mir ihre Neuigkeiten zu übermitteln und ich wollte nur zu gerne erfahren, was diese Wandlung in ihr ausgelöst hatte.

Ich verlieh meiner Stimme einen möglichst geschäftsmäßigen Klang, sah ihr fest und ohne ein Gefühl zu offenbaren in die Augen, die von langen Wimpern überschattet, mädchenhaft zu Boden gerichtet waren und mich von unten herauf anblinzelten.

»Es ist wirklich erfreulich, zu sehen, dass es Euch bessergeht. Vielleicht möchtet Ihr mir mitteilen, was Eure schnelle Genesung bewirkt hat? Sicher seid Ihr nicht nur gekommen, um mir Neuigkeiten von meiner Schwester zu übermitteln.«

Bei meinem kühlen Tonfall wurde Alesias Gesicht ernst und sie richtete sich gerade auf. Es war nicht die richtige Zeit, für selbstsüchtige Machtspiele und das wussten wir beide. Für unseren persönlichen Machtkampf war noch Zeit genug, wenn Delilah ihr Spiel verloren hatte.

»Andrea Luca konnte sich von dem Einfluss der Prinzessin befreien und befindet sich gerade auf dem Rückweg vom Sommerpalast, wo er Euch vermutet hat. Ein Mann mit einer großen Narbe auf der rechten Wange ist bei ihm und sie reiten nach Faridah zurück, soweit ich dies erkennen konnte. Ich kenne die Beschaffenheit dieses Landes nicht so gut, wie Ihr es mittlerweile tut.«

Ich nickte. Die Vermutung, dass Andrea Luca sich selbst zum Sommerpalast des Sultans aufgemacht hatte, war naheliegend gewesen. Folglich blieb meine Überraschung darüber, dass sie den Tatsachen entsprochen hatte, aus. Allerdings war die Enthüllung, dass Verducci bei ihm war, erfreulich. Also lebte der Narbenmann und hatte den Besuch der Sklavenhändler unbeschadet überstanden.

Alesia sah mein Nicken als Ermunterung an, weiterzusprechen, und fuhr schnell mit ihren Ausführungen fort. »Was die Prinzessin tut, kann ich nicht sehen, denn dazu fehlen mir die Mittel. Sie wird jedoch alles andere als erfreut sein und vor Wut toben, dessen können wir uns sicher sein. Andrea Luca wird sehr vorsichtig sein müssen, wenn er in ihren Einflussbereich zurückkommt und er wird Eure Hilfe brauchen, um ihr nicht erneut zu verfallen.«

Ich begann, unruhig an dem merkwürdigen Ort auf und ab zu laufen und dachte für einen Moment nach, bevor ich mich zu

Alesia umwandte. »Wie stellt Ihr Euch das vor, Alesia? Ich bin keine ausgebildete Artista und Delilah ist stark. Ich kann wohl kaum gegen sie ankommen, ohne eine richtige Ausbildung genossen zu haben.«

Alesia schien alles andere als beunruhigt über meine Worte und lächelte einmal mehr ein leises, versonnenes Lächeln. »Oh, Ihr werdet es können, keine Sorge. Schließlich habt Ihr Eure ersten Versuche schon erfolgreich absolviert. Und die gefühlsmäßige Bindung zwischen Euch und Andrea Luca wird den Rest besorgen, daran hege ich keinen Zweifel.«

Ihr Gesicht verdüsterte sich und Zorn blitzte in ihren Augen auf, bis sie sich wieder gefangen hatte. Ich spürte eine leichte Erschütterung in unserer Verbindung, die mir wehtat, aber sogleich von dem kalten Wasser davon gespült wurde, das den Schmerz abklingen ließ.

»Ich habe herausgefunden, dass die Prinzessin in Terrano beinahe keine Macht besitzt, da ihre Magie an ihre Heimaterde gebunden ist und die Kraft aus dem Land bezieht. Aus diesem Grund wollte sie so schnell wie möglich nach Marabesh zurückkehren. Ihr wisst, was das bedeutet, Lukrezia?«

Oh ja, das wusste ich allerdings. Es war an der Zeit, dass Andrea Luca und Delilah nach Terrano zurückkehrten, nicht nur ich allein. Dort würde sich ein Weg finden, gegen sie vorzugehen und – sofern Bahir die Wahrheit gesprochen hatte – ihr Geheimnis zu enträtseln und zu lüften. Sicherlich würde Verducci einiges dazu beitragen können, doch dazu musste ich zuerst ihn und Andrea Luca finden.

Ich blickte Alesia prüfend an und mir fiel auf, dass die Farbe aus ihrem Gesicht wich und es sich mit einer grauen Tönung überzog, die alles andere als gesund wirkte. Selbst mit der Hilfe meiner Magie war sie noch nicht weit genug genesen, um unsere Verbindung aufrechtzuerhalten. Sie musste eine enorme Menge ihrer Lebenskraft aufgewandt haben, um ihre

Ziele zu erreichen und dies forderte erneut seinen Tribut. Der Wind löste sich von dem Wasser und ließ den Raum um uns herum erzittern. Ich sah den verzweifelten Ausdruck auf Alesias Gesicht, während sie vor meinen Augen verschwamm. Dann spürte ich, wie ich fiel und ins Bodenlose stürzte. Ein Gefühl der Todesangst schnürte mir die Kehle zu und ich schrie, bis ich nichts mehr sehen, nichts mehr spüren konnte.

So beunruhigend Alesias Besuch gewesen war, so gut war er für meinen Schlaf. Als ich am Morgen nach meinem Sturz von den Geräuschen um mein Zelt herum erwachte, hatte ich zuvor zumindest tief und fest geschlafen.

Noch immer erschöpft, hob ich die Beine von meinem Lager und setzte mich auf, um nach dem Wasser zu greifen, das erfrischend und beruhigend durch meine trockene Kehle floss. Die Nachwirkungen der Magie gefielen mir von Mal zu Mal weniger. Ebenso wie die Gefühle, die ich in der Vision erlebt hatte und Alesias Zustand, der kaum stabil zu nennen war. Wenn mich meine Erinnerung nicht täuschte, hatte ich, als sie schließlich verschwamm, sogar eine graue Strähne in ihrem glatten, dunklen Haar gesehen und diese ließ mich ungewollt erschauern.

Wenn die Magie so stark war, ein junges Mädchen wie Alesia altern zu lassen, die einige Jahre weniger zählte, als ich es tat, wollte ich nicht erfahren müssen, was sie noch alles bewirken konnte und wo ich selbst bei ausreichendem Missbrauch enden würde. Meine Mutter hatte ohne Zweifel ihre Gründe gehabt, die Gabe vor uns zu verheimlichen, selbst wenn es nicht derjenige war, dass es dazu diente, ihre wahre Identität geheim zu halten. Sie hatte niemals mehr Pinsel und Farbe angerührt und wusste sicherlich besser als ich, was einer unvorsichtigen Artista geschehen konnte. Ein Schicksal, das ich keinem geliebten Menschen wünschen würde.

Alesias Worte über Angelina beunruhigten mich, auch wenn es schien, als sei sie nicht in akuter Gefahr. Sie war klug genug, die Vorlieben des Fürsten zu erkennen und so lange mit ihm zu spielen, wie es notwendig war. Ich wollte allerdings nicht wissen, was geschah, wenn sie dabei nicht vorsichtig war und einen winzigen Fehler beging. Pascale Santorini war kein geduldiger Mensch und diese Tatsache ließ kalte Angst in mein Herz fließen.

Wie konnte ich sie befreien? Selbst wenn ich mich an ihrer statt stellte und die Wahrheit offenbarte, war dies keine Garantie dafür, dass er sie gehen ließ. Auch auf seine Ehrenhaftigkeit konnte ich nicht hoffen, denn der Fürst besaß keine Vorstellung von Ehre, die der gängigen entsprach. Ich konnte meine Hoffnung nur darauf setzen, mit Verducci und Andrea Luca einen anderen Weg zu finden, sie aus seinen Klauen zu befreien.

Aber dazu würde ich zunächst beide Männer finden müssen, also nach Faridah zurückkehren, da sie, Alesias Worten zufolge, in die Stadt unterwegs waren. Ich wusste nicht, wie lange sie schon den Sommerpalast verlassen hatten, doch es konnte seitdem noch nicht viel Zeit verstrichen sein. Und so war es durchaus möglich, die Stadt vor ihnen zu erreichen und dort auf sie zu warten.

Des Grübelns müde geworden, begab ich mich vor mein Zelt, um mir die Reisevorbereitungen anzusehen. Es wurde eifrig gepackt und gehämmert. Die Frauen liefen zwischen den Zelten umher wie aufgeschreckte Hühner, während die Männer damit beschäftigt waren, einen Holzverschlag zu bauen, dessen Nutzen ich mir nicht vorstellen konnte.

Ziellos wanderte ich umher, bis ich Bahir entdeckte, der die Bauarbeiten mit einigen befehlsgewohnten Worten beaufsichtigte und die Frauen hin und her scheuchte, um Dinge zu erledigen, um die sich noch niemand gekümmert hatte. Als er mich erblickte, blühte ein Lächeln auf seinen Zügen auf und er kam strahlend vor Freude auf mich zugelaufen.

Bahir so zu sehen, hätte so manche Frau in freudiges Entzücken versetzt. Mich erinnerte es jedoch eher an die unangenehme Aufgabe, die ich nun zu erledigen hatte. Er nahm meine Hände in die seinen und wies mit einer weit schweifenden Geste auf unsere Umgebung. »Die Männer arbeiten schnell. Die Freude darüber, Verbündete gegen die Prinzessin zu gewinnen, erfüllt ihre Herzen. Wir werden schon bald zur Stadt des Sultans aufbrechen können.« Stolz und Zuneigung sprachen aus seiner Stimme. Er führte mich umher, um mir den Fortgang der Arbeiten zu zeigen, deren Früchte mir ein Rätsel blieben. Dann wandte er sich wieder zu mir um, das Gesicht ernster und forschender als zuvor. »Und es erfüllt mein Herz mit Freude, Euch wohlauf zu sehen, Lukrezia. Hattet Ihr eine angenehme Nacht?«

Nun war der Moment der Wahrheit gekommen und meine Knie wurden weich, im Angesicht der ungewohnten Aufgabe, das Herz eines Wüstenprinzen zu brechen. Nun gut, es vielleicht nicht zu brechen, enttäuschen würde ich es allerdings mit Sicherheit. Wir liefen nebeneinander durch das Lager und ich spürte einmal mehr die Blicke aller Anwesenden auf uns lasten, die ihrem Prinzen nur das Beste wünschten. »Ich danke Euch, Bahir. Zumindest habe ich in dieser Nacht ein wenig ruhen können. Doch sagt, gibt es einen Ort, an dem wir miteinander reden können, ohne beobachtet zu werden?«

Bahir schaute mich verwundert an. Dann deutete er auf das größte Zelt, das mit goldenen Quasten geschmückt worden war, ansonsten aber wie die anderen aus hellem Stoff bestand, der die Sonne reflektierte. »Dann begleitet mich zu meinem Zelt und teilt mir Eure Sorgen mit, kleine Signorina aus Terrano.«

Ich folgte Bahir bis zu seinem Zelt und ließ ihn den Stoff zur Seite heben, um mich hereinzulassen. Sein Zelt war geräumig und mit ebenso edlen Teppichen eingerichtet wie das meine, dennoch gab es hier einiges mehr zu sehen: große Truhen, die teilweise als Ablageplatz für Karten dienten, die die bekannte Welt zeigten sowie einige Dinge, deren Funktion ich nicht enträtseln konnte. Es gab eine große Zahl bunter Kissen und viele Bücher, schwere in Leder gebundene Wälzer, die aufgestapelt in einer Ecke standen. Also gefiel es dem Prinzen, etwas für seine Bildung zu tun. Ein Wesenszug, den ich bei einem Mann aus der Wüste nicht unbedingt erwartet hatte, der aber eindeutig zu ihm passte.

Er deutete auf eines der Kissen, die als Sitzmöglichkeiten dienten, und bat mich, mich darauf niederzulassen. Dann folgte er meinem Beispiel und glitt selbst auf einen der weichen Sitzplätze hinab, wo er seine langen Beine übereinander kreuzte und mich erwartungsvoll ansah.

Ich zögerte für einen Moment, wusste nicht, wie ich anfangen sollte, dann nahm ich all meinen Mut zusammen. Ich hatte eine Magie wirkende Prinzessin, wilde Piraten und Sklavenhändler überlebt, also würde ich nicht vor einem Wüstenprinzen davonlaufen.

»Ich wollte mit Euch über den gestrigen Abend reden, Bahir. Seht, es war nicht allein meine Verfassung, die mich blass werden ließ ...« Ich unterbrach mich, unsicher, was nun zu sagen sei. Warum befand ich mich eigentlich an diesem Ort und versuchte, dem Mann neben mir etwas zu erklären, dessen volle Bedeutung ich noch nicht einmal vor mir selbst zugeben konnte? Nein, ich wollte noch nicht aussprechen, was mein Herz mir schon lange zugeflüstert hatte. »Es ehrt mich, dass mich Euer Volk für die Frau aus der Prophezeiung hält. Aber ich kann sie niemals erfüllen, denn in meiner Heimat bin ich eine Kurtisane, eine Frau, die sich an einen reichen Mann verkauft, um dafür Wohlstand und gesellschaftliches Ansehen zu erlangen.«

Die Worte klangen hart in meinen eigenen Ohren, eine brutale Wahrheit, die nicht geschönt werden konnte in ihrer eigenen Hässlichkeit. Ich sah den Schrecken in Bahirs Augen, als er nach etwas suchte, das er erwidern konnte und für einige Herzschläge nichts fand, was seine Gefühle auszudrücken vermochte. Er tat mir leid, als er dort saß und etwas in seinen Kopf bekommen wollte, was ihm unfassbar erscheinen musste, trug ich für ihn doch das Zeichen der Göttlichkeit, das besudelt worden war.

»Aber warum tut Ihr so etwas? Es kann nicht sein ...« Er brach ab und starrte mich voller Unglauben an. Es schmerzte mich, die Ursache seiner Gefühle zu sein und doch vermochte ich nicht, etwas daran zu ändern. Meine Vergangenheit war nicht ungeschehen zu machen.

»Meine Familie ist nicht reich, Bahir, und bei meinem Volk gilt das nicht als Schande. Aber ich kann Euch nicht heiraten, selbst wenn sich die Gefühle irgendwann einstellen sollten, denn ich gehöre einem anderen Mann.« Ich sah zu Boden, wagte es nicht, ihn anzublicken, bis mich ein Geräusch aus seiner Richtung erstaunt zu ihm aufsehen ließ.

Der Körper des Wüstenprinzen schüttelte sich vor unterdrücktem Lachen, das lauter wurde, als es schließlich aus ihm herausbrach. Ich schaute ihn entsetzt an, denn dies war nicht die Reaktion, mit der ich gerechnet hatte. Tränen traten in die Augen des Prinzen, als er immer weiterlachte, bis sich sein Ausbruch zu einem Kichern beruhigt hatte. Entschuldigend sah er mich an und schüttelte den Kopf, während er seine Tränen abwischte und die Traurigkeit in seine Augen zurückkehrte.

»Verzeiht, Lukrezia, doch die Wege Sarmadees sind in der Tat verwinkelt und voller Abzweigungen. Unsere Göttin besitzt einen seltsamen Humor, denn so lange warte ich nun schon auf eine Frau wie Euch und nun, da ich Euch gefunden habe, gehört Ihr einem anderen Mann. Das Schicksal kann grausam sein. Aber sagt mir, liebt Ihr diesen Mann, dessen Besitz Ihr seid, oder fühlt Ihr zumindest etwas für ihn? Und behandelt er Euch gut?«

Ich starrte Bahir verdutzt an, nachdem ich seine Frage vernommen hatte. Auf eine solch direkte Weise hatte mir noch niemand jemals diese Frage gestellt und nun, da ich darauf antworten sollte, wusste ich nichts zu sagen.

Liebte ich Andrea Luca und liebte er mich? Wir riskierten unser Leben füreinander, ohne jemals auch nur ein Wort darüber verloren zu haben, was wir für den anderen empfanden. Und nun, was war nun? Nun saß ich einem Mann gegenüber, der eine Kurtisane aus Terrano hatte heiraten wollen, die niemals mit einem Gemahl gerechnet hatte, und musste über diese Frage ernsthaft nachdenken. Die Komik der Situation ließ mich auflachen und versetzte Bahir in Erstaunen, der mich argwöhnisch beobachtete, während ich mich schuldbewusst beruhigte. »Ich weiß es nicht, Bahir. Mein Herz sagt Ja, aber ich will verflucht sein, wenn ich es ihm offenbare, bevor er selbst über seinen Schatten gesprungen ist und mir seine Gefühle dargelegt hat.«

Der Wüstenprinz schüttelte erneut den Kopf und versuchte, die Traurigkeit in seinem Blick gleichsam damit abzuschütteln. »Ihr Menschen aus Terrano seid ein kompliziertes Volk. Ihr versteckt eure Gefühle voreinander und macht aus euren Herzen eine verschlossene Schatztruhe, die ihr niemandem öffnen wollt.«

Ich nickte bejahend zu Bahirs Worten, denn dies schien in der Tat die passende Zusammenfassung der Terrano Mentalität zu sein. Nach einer kurzen Pause fuhr er mit leiser Stimme fort. »Aber ich weiß, wann ein Kampf verloren ist und man sich zurückziehen muss. Doch nun erzählt mir mehr darüber, wie eine Kurtisane, wie Ihr es nennt, in die Wüste Marabeshs kommt und sich eine Prinzessin zur Feindin macht, bevor wir auf eine Reise aufbrechen, die uns in das Feindesland führt.«

Bahir hatte recht, er verdiente es, mehr darüber zu erfahren. Die Reise mochte nun auf Messers Schneide stehen, also erzählte ich ihm die ganze Geschichte so, wie sie sich zugetragen hatte, und ließ dabei nichts aus.

Ich wusste nicht, ob ich ihm vertrauen konnte, doch es war der einzige Weg, lebend zu Andrea Luca und Verducci zu gelangen und vielleicht irgendwann zu erfahren, wie es um meine Beziehung zu dem Terrano Adeligen bestellt war.

Nachdem ich geendet hatte, erhob sich der Wüstenprinz und zog mich auf die Füße, dann legte er seine rechte Hand auf sein Herz und blickte mir tief in die Augen. »Die Prophezeiung mag sich darin getäuscht haben, dass Ihr die Frau an meiner Seite sein werdet. Doch vielleicht werdet Ihr meinem Volk trotzdem die Freiheit bringen und die Schlange niederwerfen, die für unsere Lage verantwortlich ist. Ich werde Euch nach Faridah bringen, noch einmal in das Juwel von Marabesh reisen und an Eurer Seite stehen, solange es nötig sein wird, um die falsche Delilah zum Fall zu bringen. Das schwöre ich bei meiner Ehre und bei der Ehre meiner Vorväter, die treue Diener unseres Landes waren.«

Dankbar blickte ich Bahir in die blauen Augen und fand darin nur Ehrlichkeit. Hoffnung erfüllte mein Herz und ließ mich unter Tränen lächeln, denn Faridah war in greifbare Nähe gerückt und ich war nicht mehr allein.

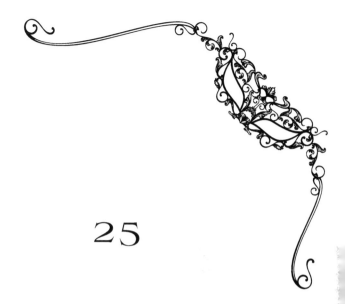

25

Nach meinem Gespräch mit Bahir kehrte ich zu meinem Zelt zurück, um noch ein wenig Ruhe zu finden. Zwar hatte ich neue Hoffnung geschöpft, doch die Unsicherheit, was nun werden sollte, blieb bestehen.

Mit jeder Stunde, die verstrich, fühlte ich mich nutzloser. Ich war nicht in der Lage, bei den Vorbereitungen zu helfen und fand auch sonst in meiner geschwächten Verfassung keine Aufgabe, die ich hätte bewältigen können, um dem Warten einen Sinn zu geben.

So verbrachte ich die zäh verstreichenden Stunden damit, immer nervöser und unruhiger zu werden und im Lager umherzustreifen oder in meinem Zelt zu sitzen und zu grübeln. Die Schlüsse, die ich daraus zog, waren alles andere als tröstlich.

Was würde Andrea Luca tun, wenn er nach Faridah zurückgekehrt war und wieder im Palast des Sultans weilte? Er musste mittlerweile annehmen, dass ich tot war, hatte er mich doch in der Wüste nicht finden können und jede Spur von mir verloren. Er hatte der Prinzessin damit gedroht, sie zu töten, falls mir etwas geschah und dies wiederum würde ihn selbst in tödliche Gefahr bringen – und nicht nur ihn allein. Ich hoffte zwar inständig, dass seine Worte nur eine einfache Drohung gewesen waren, um Delilah einzuschüchtern, wusste aber gleichzeitig, dass ein Santorini seine Versprechen zu halten pflegte. Und Andrea Lucas Wut machte es unwahrscheinlich, dass seinen Worten der Ernst gefehlt hatte. Und was war, wenn er es vorzog, aus Marabesh zu fliehen und nach Terrano zurückzukehren? Ich war mir sicher, dass ihn seine nächsten Schritte nach Orsanto führen würden, denn dorthin hatte er auch mich bringen wollen. Aber was war dann mit mir? Andrea Luca hatte Verducci gefunden und würde auf seinem Schiff zurückkreisen, da es die beste Möglichkeit darstellte, nach Hause zu gelangen, ohne sich der Gefahr von Verrat auszusetzen.

Aber wenn die Promessa den Hafen verlassen hatte, gab es hier niemanden mehr, an den ich mich wenden konnte. Ich wäre gezwungen, in Marabesh zu bleiben, wenn Bahir mir nicht helfen wollte. Doch allzu weit wollte ich den guten Willen des Wüstenprinzen nicht ausnutzen. Es war zu gefährlich, alleine auf einem fremden Schiff reisen zu wollen. Ich war keine Närrin und konnte mir meine Zukunft in diesem Falle lebhaft vorstellen. Sie enthielt keinerlei wünschenswerte Komponenten.

Es schien also, als ob ich versuchen musste, Kontakt zu Andrea Luca aufzunehmen. Eine Aussicht, die mein Herz mit Grauen erfüllte, denn dies konnte ich nur durch die Magie in meinen Adern erreichen.

Aber was musste ich tun? Ich erinnerte mich daran, dass Alesia bei der Ausübung ihrer Magie Worte in einer fremden Sprache gesprochen hatte, um das Bild Andrea Lucas zum Leben zu erwecken. Zuerst hatte ich angenommen, dass dies nötig sei, um überhaupt die Magie der Artiste freizusetzen, aber bisher hatte ich die Ströme in meinem Blut ohne Hilfe einer Sprache in Gang gesetzt und sie einfach fließen lassen. Trotzdem bedeutete dies am Ende nichts, wusste ich doch wenig von den Kräften einer Artista und ihrer Funktionsweise.

Seufzend holte ich das Bild herbei, das Andrea Luca vor meinen Augen erscheinen lassen würde. Und tatsächlich erwachte die Magie auch diesmal in mir und zeigte mir den Adeligen, irgendwo inmitten der Wüste Marabeshs. Ich richtete all meine Gedanken auf ihn, blickte sein Abbild so lange an, bis sich jede Einzelheit seines Ausdrucks in mein Gedächtnis gebrannt hatte. Ich meinte, ich würde sein Bild niemals mehr vergessen können, mich in alle Ewigkeit daran erinnern, wie er dort neben Verducci im Sand saß und mit ernster Miene und kaum unterdrücktem Zorn zu ihm sprach, die Stirn in Falten gelegt, die ihn älter wirken ließen, als er es an Jahren war.

Mein Geist flüsterte meine Botschaft an ihn, wieder und wieder: »*Ich lebe, erwarte mich in Faridah.*«

Doch er regte sich nicht, gab mir kein Zeichen, dass er mich verstanden hatte. Wieder versuchte ich es, flüsterte leise, dann immer lauter, als die Verzweiflung meine Hoffnungen im Sand zerstreute.

Tränen traten in meine Augen, sammelten sich zu kleinen Teichen. Sie waren wie ein Schleier, der alles verschwimmen ließ und Andrea Luca vor meinen Augen davon spülte. Schluchzer regten sich in mir und verkrampften meinen Körper.

Die Tränen flossen aus meinen Augen und tropften auf das Pergament. Ich erwartete zu sehen, wie die Tränen über die Kohle flossen und sie verwischten, verschmierte, schwarze Spuren auf das Pergament brachten. Aber nein, sie erreichten es nicht, drangen in das Bild, das darunter erzitterte wie die Oberfläche eines Sees, auf den der Regen hinabfiel.

Regenwasser. Sanfter, weicher, warmer Regen, der auf die Erde tropfte und ihr Leben gab. Regen, der in der Wüste so selten war. Und doch begann sich der blaue Himmel der Wüste mit grauen Wolken zu überziehen und Regen ging auf das Lager nieder. Die ersten Tropfen fielen auf Andrea Luca und Verducci hinab, ließen sie erstarren und fassungslos nach oben blicken. Kleine Wassertropfen bildeten Perlen auf Andrea Lucas Hand. Ich weinte weiter und auch das Wasser, das vom Himmel fiel, wurde dichter und stärker. Das Lagerfeuer erlosch zischend und dicker Rauch stieg in die Lüfte auf.

Müdigkeit überkam mich und trotzdem konnte ich mich nicht lösen, starrte weiter in das Bild hinein. Andrea Luca führte seine Hand an die Lippen und wandte sich mit einem erstaunten Ausruf zu Verducci um, der ebenfalls die Hand an den Mund führte und das Wasser kostete. War es das Salz meiner Tränen, das sie so erstaunte? Träumerisch sah ich zu, wie sich das Wasser am Boden fing und kleine Pfützen bildete, in die die Tropfen eintauchten. Ich versank mit ihnen darin, sobald sie die Oberfläche berührten und wir bildeten Ringe, die sich im Vergehen vergrößerten.

So wurde ich eins mit dem Regen, fand mich selbst in der Pfütze, wie ich von dort zu Andrea Luca heraufschaute. Leise flüsterte ich meine Nachricht und meine Stimme wurde zu der des Wassers, in dem mein Bildnis erschien wie in einem Spiegel, der glatt und unberührt in der Wüste lag.

Der Regen versiegte.

Ich konnte Andrea Luca sehen, wie er sich vor die Pfütze kniete, Erstaunen in den Augen, eine Hand ausgestreckt, um mich zu berühren, trotzdem noch zögerlich, zu ängstlich, etwas zu zerstören. Seine Lippen murmelten meinen Namen, ganz sacht und leise, sodass ich ihn kaum verstehen konnte, denn das Wasser rauschte zu stark in meinen Ohren.

Ich blickte voller Liebe zu ihm auf, flüsterte noch einmal meine Botschaft, nahm auch Verducci aus den Augenwinkeln wahr, der sich mit einem erschrockenen Ausruf vor die Pfütze kniete. »*Ich lebe. Warte auf mich in Faridah. Ich werde die Promessa erreichen.*«

Schläfrigkeit breitete sich in mir aus. Die Menschen in Andrea Lucas Lager trafen nacheinander ein, um auf mich herab zu starren und bei meinem Anblick miteinander zu flüstern. Sadiras schwarze Augen blickten auf mich, bohrten sich in meinen Blick. Ihre Lippen riefen nach mir. Doch ich konnte meine Augen nicht mehr länger offenhalten. Meine Lider erschienen mir so schwer wie Stein. Sie sanken nieder und schlossen die Welt aus.

Langsam trieb ich durch das Wasser davon. Mein Körper wurde schwer, zog mich herab, bis ich in die Fluten eingetaucht war. Aus der Pfütze entstand ein ganzes Meer. Wellen schlugen über meinem Kopf zusammen, nahmen mir den Atem, als ich in ihnen versank, unfähig, mich zu bewegen und an die Oberfläche zu gelangen. Dann spürte ich, wie eine Hand nach mir griff und mich aus dem Wasser zog. Meine Verbindung zu dem Nass versiegte. Ich schnappte nach Luft und durchbrach es, hustend und halb erstickt. Im Schock öffnete ich die Augen und blickte Hanifah an, die mich an den Schultern hielt, voller Furcht fremde Worte murmelte.

Meine Kleider waren durchnässt und bildeten eine Lache auf dem Boden, doch sie war für mich kaum fassbar. Die Ohnmacht griff nach meinen Sinnen und drohte, mich zu überwältigen. Mein Atem ging flach und keuchend, meine Glieder ließen sich nicht mehr bewegen. Ich versank erneut. Diesmal nicht in dem kalten Nass, sondern in trockener Stille.

Aber selbst in der Stille blieb ich nicht allein. Traumfetzen wirbelten durch meinen Geist. Vertraute Gesichter tauchten vor mir auf und ich sah eine grünliche, große Schlange, die über den Mosaikboden des Palastes kroch. Sie zischte leise, betrachtete mich aus dunklen Knopfaugen und zeigte mir ihre gespaltene Zunge. Dann verformte sich ihr Körper, wuchs immer weiter an und wölbte sich heraus. Schwarze Knopfaugen wurden zu menschlichen, in einem fein geschnittenen Gesicht, das von kupfergoldenem Haar umrahmt wurde. Der lange Körper steckte in einem grüngoldenen Gewand, das mich an Schlangenhaut erinnerte. Die gespaltene Zunge schnellte zwischen Delilahs Lippen hervor und sie starrte mich bösartig an.

Wieder wandelte sich das Bild, zeigte eine kleine Frau mit schwarzem Haar, das im Nacken zu einem Knoten gesteckt worden war. Sie trug ein kostbares, weißes Kleid, das mit goldenen Fäden bestickt war.

Es war das Kleid einer Artista.

Dunkle Augen sahen mich unter einem weißen Schleier wissend an. Andrea Luca erschien an ihrer Seite und nahm ehrerbietig ihre Hand. Ich kannte das Gesicht mit den hohen Wangenknochen und es erschien mir so vertraut, als gehörte es einer alten Bekannten, trotzdem hatte ich diese Frau noch nie zuvor gesehen und ihr Name entzog sich mir.

Mein Blick fiel auf das Wappen, das auf ihr Kleid gestickt worden war. Es zeigte den weißen Schwan der Santi.

Da wusste ich, wen ich vor mir hatte – Beatrice Santi, die Fürstin von Orsanto und die mächtigste Artista, die jemals gelebt hatte. Ihre roséfarbenen Lippen öffneten sich, formten Worte, die durch den Schleier meiner Ohnmacht an mein Ohr drangen. »Ich weiß, wer du bist. Komm zu mir und ich werde dich alles lehren, was du wissen musst, um deine Kräfte zu nutzen. Jeder weitere Versuch bringt dich näher an die Schwelle des Todes. Komm zu mir, Ginevra. Ich erwarte dich.«

Dann verschwand das Bild in Schwärze, löste Andrea Lucas lächelndes Gesicht und die Worte der Artista in Nichts auf.

Ich fiel zurück in den Schlaf, um meinen Körper zu regenerieren.

Ein nicht enden wollendes, schleifendes, kratzendes Geräusch erweckte mich aus meinem langen Schlaf und machte mir bewusst, wie hungrig ich war. Der Hunger krampfte meinen Magen quälend zusammen und beherrschte mein ganzes Denken. Hanifah setzte einen Becher mit kühlem Wasser an meine Lippen, damit ich davon trinken konnte. Das Wasser brachte die Erinnerung zurück und ließ mich leise aufstöhnen. Es erinnerte mich nur zu gut an das Gefühl des Ertrinkens.

Ein zaghafter Blick auf meine Umgebung offenbarte mir, dass ich mich nicht mehr in meinem Zelt befand, sondern in einem kleinen quadratischen Verschlag aus Holz, der an den Seiten von einer zeltartigen Plane geschützt wurde, durch die kein Licht mehr drang. Also war es Nacht, eine Tatsache, die von der Kälte in meinen Gliedern, die selbst die warme Decke nicht fernhalten konnte, bestätigt wurde.

Der Verschlag war in Bewegung, einer Bewegung, von der das Schleifen herrührte, wie ich schon bald feststellte. Befand ich mich in dem Schlitten, den Bahir hatte bauen lassen? Wenn es so war, dankte ich ihm für seine Voraussicht. Ich stützte mich auf meine Arme, um einen Blick nach draußen zu erhaschen, doch Hanifah lächelte mich fröhlich an und drückte mich bestimmend in die Kissen zurück, die auf dem Holz unter mir lagen. Dann reichte sie mir weiches Fladenbrot, das ich dankbar in Empfang nahm.

Also hatte die Reise begonnen, während ich im Schlaf gefangen lag. Fragend sah ich zu Hanifah hinüber, nachdem ich einen schwachen Bissen von dem Brot genommen hatte, das mir als die beste Speise erschien, die ich jemals gekostet hatte.

»Wie lange schon?«

Ihr zahnloser Mund lachte und Hanifah hielt drei ihrer krummen Finger in die Höhe.

Also waren wir schon seit drei Tagen unterwegs und würden Faridah bald erreicht haben. Es erschütterte mich, dass ich so lange geschlafen hatte und ich konnte mir gut vorstellen, in welcher Gefahr mein Leben gewesen wäre, hätte Hanifah mich nicht im letzten Moment aus dem Wasser gezogen und mich aus den alles verschlingenden Wogen befreit. Ich schenkte ihr ein dankbares Lächeln, während ich mir innerlich schwor, niemals mehr die Kräfte einer Artista einzusetzen, ohne zu wissen, was ich tat. Die Warnung der Artista aus meinem Traum klang in meinen Ohren nach und es beschäftigte mich, woher Beatrice Santi meinen Namen kannte. Warum rief sie nach mir und welche Verbindung hatte sie zu Andrea Luca? War es wirklich die echte Beatrice gewesen oder hatte mir mein angeschlagener Geist einen Streich gespielt?

Die Rätsel brachten meinen betäubten Kopf zum Schwirren, doch zumindest ließ nun endlich der Hunger nach und mein Magen entspannte sich. Meine Augen schlossen sich erneut.

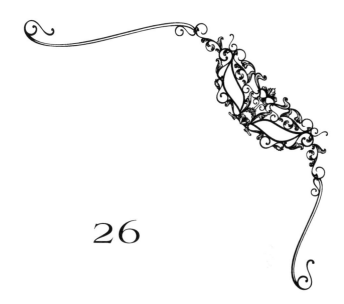

26

Die restlichen Stunden, bis wir Faridah erreichten, vergingen beinahe wie im Fluge. Ein nervöses Kribbeln hatte sich in meinem Magen ausgebreitet und rumorte besonders stark, wenn ich an die Promessa dachte. Hatte Andrea Luca meine Nachricht tatsächlich erhalten – und was noch wichtiger war, hatte er daran geglaubt? Ich wusste nicht zu unterscheiden, was Realität und was Traum gewesen sein mochte und wagte es nicht, die Magie der Artiste noch einmal einzusetzen. Nicht, dass es mir überhaupt möglich gewesen wäre, denn Hanifah wachte streng über mich und ließ es noch nicht einmal zu, dass ich mich weit genug bewegte, um nach draußen zu schauen.

Noch immer fühlte ich mich schwach und unwohl, neigte dazu, in Grübeleien zu versinken, obgleich ich es kaum noch erwarten konnte, den Schlitten endlich zu verlassen. Zu lange hatte ich untätig in einem Wüstenzelt sitzen und darauf warten müssen, was die Gnade anderer für mich bereithielt.

Nun brannte ich darauf, mein Schicksal in die eigene Hand zu nehmen und meinen Weg selbst zu bestimmen. Ganz gleich, was mich dann erwartete, zumindest würde ich frei sein und womöglich schon bald meine Heimat wiedersehen. Es war ein Gedanke, der mich aufrecht hielt und es war mir gleichgültig, welche Überraschungen der Fürst noch für mich vorgesehen haben mochte.

Bahir hatte mich im Laufe des Tages einmal kurz besucht, als die Wüstenräuber anhielten, um ein Lager aufzuschlagen. Wir redeten wenig, denn die Reise schien ereignislos verlaufen zu sein. Die Männer reisten in der Nacht und rasteten in Höhlen, die ihnen bekannt waren. Es machte ihnen keine Mühe, die Wüste zu durchqueren und ich nahm an, dass dies darauf zurückzuführen war, dass sie das karge Wüstenland zu ihrer Heimat erkoren hatten. So gab es nicht viel zu berichten und Bahir kehrte schon bald wieder zu seinen Männern zurück, während Hanifah mich mit einem vorwurfsvollen Schimpfen in die Kissen zurückdrückte. Es machte mir wenig aus, denn meine Gedanken waren schon längst an unserem Ziel angekommen. Und wenn dieses erreicht war, würde sie mich gehen lassen müssen, ob sie es nun für richtig hielt oder nicht.

Natürlich dankte ich der alten Frau für ihre Sorge und die Pflege, die sie mir angedeihen ließ, denn schließlich hatte sie mich damit am Leben erhalten, doch in meinem momentanen Zustand der Unruhe war mir dies alles zu viel, und ich wünschte mir sehnlichst, endlich allein sein zu können.

Schließlich hielten die Pferde an und der Schlitten kam mit einem laut schleifenden Geräusch zum Stehen. Ich schüttelte Hanifah ab, so gut ich es vermochte, ohne ihre Gefühle zu verletzen, und ignorierte ihr Zetern, während ich mich ungeschickt aus der warmen Wolldecke schälte, die sie mir auch in der größten Hitze aufgenötigt hatte. Endlich umfassten meine Finger den steifen Zeltstoff und schoben ihn beiseite.

Die ersten Sonnenstrahlen des Tages berührten meinen Körper mit ihrer noch milden Wärme. Ich hielt mich an der Wand des Schlittens fest und spürte, wie Hanifah hinter mir ebenfalls aus dem Gefährt kroch. Sie war verstummt und sah neben mir auf Faridah hinab, die ebenso goldglänzend und voller Zauber im Morgenlicht vor mir lag wie bei meinem ersten Blick auf ihre hohen Türme und glitzernden Kuppeln. Hätte die Entzauberung für mich nicht so schnell eingesetzt, wie sie es damals tat, wäre ich wohl weiterhin voll Staunen über ihre Schönheit gewesen. Doch diesmal sah ich nur einen Ort, an dem Sklavenhandel an der Tagesordnung war und der hinter seinem schönen Schein eine grausame und hässliche Welt verbarg. Schaudernd wandte ich mich ab und sah zu den Wüstenräubern hinüber, starken und rauen Männern mit dunkler Haut und in dunklen Gewändern, die nun von ihren stolzen Pferden stiegen und abwartend zu Bahir hinübersahen.

Der Prinz der Wüste näherte sich mir. Nachdenklich waren auch seine blauen Augen auf die Stadt gerichtet.

An welche Vergangenheit mochte er bei ihrem Anblick zurückdenken? Und waren es gute oder schlechte Erinnerungen? Ich konnte an seinem Gesicht nichts ablesen und seine Stimme war nur ein leises Murmeln, als sie sich über die Stille erhob. »Faridah, das Juwel des Südens. Nun haben wir Euer Ziel erreicht, Lukrezia. Wir werden allein hineinreiten, nur Ihr und ich. Meine Männer werden in die Wüste zurückkehren.«

Ich blickte erstaunt zu Bahir auf. Also sandte er seine Männer zurück in die Wüste und würde mit mir auf das Schiff kommen? Es fiel mir schwer, mir den Wüstenprinzen an einem anderen Ort vorzustellen, doch es war allein seine Entscheidung und er musste selbst wissen, was er tat. Ich hatte ihm alles erzählt, was er erfahren durfte und er konnte die Gefahr abschätzen, die ein solches Unterfangen in sich barg. Ich antwortete nicht, nickte nur als Zeichen, dass ich verstanden hatte.

Hanifah trat mit traurigen Augen auf uns zu, zog zuerst den mächtigen Bahir an ihre Brust und verabschiedete sich dann auf die gleiche Weise von mir. Ich spürte den Körper der alten Frau, der so dünn und zart wie der eines Vogels war, und ich roch zum letzten Mal ihren Geruch nach den fremdartigen Gewürzen, die sie in ihre Speisen gab.

Eine Träne rann aus meinem Augenwinkel, als sie zu dem Schlitten hinüberging und hineinkletterte, den Stoff hinter sich fallen ließ, um nach Hause zurückzukehren. Es war unwahrscheinlich, dass ich sie jemals in meinem Leben wiedersehen würde.

In Bahirs Augen lag ebenfalls Traurigkeit, als er sich auf seinen Hengst schwang und mich zu sich emporzog. Das Pferd tänzelte unter dem neuen Gewicht und schnaubte, schüttelte seinen Kopf. Der Hengst war so stark, dass ich mir sicher war, dass mein Gewicht seinem Rücken nichts ausmachen würde, doch er schien nervös zu sein und reagierte entsprechend.

Bahir sandte einige Worte an seine Männer, die ebenfalls aufstiegen und abwarteten, bis er sein Pferd gewendet hatte. Einer seiner starken Arme lag um meine Taille, um mir Halt zu geben, während wir endlich auf die Stadt zutrabten.

Die Wachen an den Toren sahen uns gelangweilt an. Sie machten keine Anstalten, den Wüstenprinzen aufzuhalten, sahen keine Gefahr in einem Mann aus der Wüste und seiner Angetrauten, denn so musste ich in den Kleidern des Wüstenvolkes wirken.

Ohne Hast ritten wir durch die Stadt, sahen die Viertel der armen Leute mit ihren Häusern aus Lehm oder Holzverschlägen, in denen es schmutzig war und übel nach Dingen roch, deren Quelle ich lieber nicht erfahren wollte. Dann passierten wir die besseren Viertel, in denen ich einige der höheren Türme wiederzuerkennen meinte. Eine leichte Brise strich sanft um meine Nase, eine Brise, die nach den unendlichen Weiten des

Meeres roch, das nun nicht mehr weit war. Mit jedem Schritt stieg meine Nervosität und ich rutschte unruhig auf dem Sattel umher, erwartete in jedem Augenblick die Wachen des Palastes, die uns aufhalten würden. Doch sie kamen nicht. Warum sollten sie es auch, war ich für die Prinzessin doch tot, irgendwo in der Wüste ohne Wasser verschollen und niemals mehr wiedergekehrt. So wie die echte Delilah? Ich wusste es nicht.

Endlich kamen die Masten der Schiffe in Sicht und die eingeholten Segel flatterten im Wind, wo sie nicht richtig befestigt waren. Ich schloss die Augen in einem kurzen Gebet an Edea, hoffte, dass sie meine Bitte erhören würde und die Promessa mit Andrea Luca im Hafen lag und auf mich wartete.

Bahir hielt seinen Hengst an und ich glitt hinab, bevor er mich aufhalten konnte. Ich bewegte mich unsicher auf den Hafen zu, wo ich das Schiff vermutete, und meine Beine drohten, unter mir nachzugeben. Menschen kamen mir entgegen, widmeten mir jedoch keinen zweiten Blick, zu unauffällig war ich für sie, wohl zu arm, um interessant zu sein. Dann ergriff jemand meinen Arm und hielt mich mit festem Griff auf. Wütend fuhr ich herum, was in meiner angeschlagenen Verfassung kaum eine Bedrohung darstellte, sah mich aber keiner Wache gegenüber, die mein Fortkommen behindern wollte. Stattdessen blickte ich in die schwarzen Augen Sadiras, die einen Finger an die Lippen gelegt hatte und verschwörerisch zwinkerte. Ich konnte die Sorge in ihrem Blick lesen, dann eine Spur von Erleichterung, nachdem sie mich gemustert hatte. Sie verlor kein Wort über meinen Zustand, ließ aber meinen Arm los und umfasste meine Schultern, um mich zu stützen.

Erleichterung durchflutete mich, als ich ihr vertrautes Gesicht und ihre vertraute Präsenz wahrnahm. Sie ließ mir den Weg bis zur Promessa leichter erscheinen, als er es tatsächlich war, obgleich es nur noch wenige Meter waren, die uns von unserem Ziel trennten.

Bahir folgte uns, wie ich am Aufschlagen der Hufe seines Pferdes erahnen konnte. Sadira blickte mich aus ihren großen Augen fragend an, nachdem sie einen Blick nach hinten geworfen und dort den Wüstenprinzen entdeckt hatte. Meine Stimme zitterte vor Anstrengung, als ich sie beruhigte. »Er ist ein Freund.«

Dann wartete sie, bis er zu uns aufgeschlossen hatte, und brachte mich die Planken der Promessa hinauf, wo die Seeleute mit erstaunten Rufen bei ihrer Arbeit innehielten, um zu erfahren, was mit mir geschehen war.

Sadira zögerte nicht lange. Sie brachte mich sofort ins Innere des Schiffes, das sich unter meinen Füßen sanft auf dem Wasser wiegte, hinab in die mir wohlbekannte Kajüte, in der mich nicht allein gute Erinnerungen erwarteten. Bilder von Enrico huschten durch meinen Kopf und ließen es mir schwindelig werden.

Sadira ließ mich auf den Sessel gleiten, auf dem ich erschöpft sitzen blieb. Prüfend sah sie auf mich hinab, dann öffnete sie einen der Schränke und begann, nach etwas zu suchen. Nach einigen Augenblicken trat sie mit einem kleinen Fläschchen zu mir heran und hielt es mir auffordernd vor die Nase. »Hier, trink das, es wird dich stärken. Der Kapitän und der Terrano suchen die Stadt nach dir ab, seitdem wir die Wüste verlassen haben. Sie werden schon bald wieder hier sein.«

Ich entkorkte das kleine Fläschchen und schnupperte daran, verzog widerwillig das Gesicht, als mir der bittere Geruch in die Nase stieg. Sadira störte sich wenig an meinem Unwillen und setzte sich neben mich. Ihr Blick war erwartungsvoll auf mich gerichtet. Ich fasste mir ein Herz und tat ihr den Gefallen, hustete heftig, nachdem ich das bittere, scharfe Mittel geschluckt hatte und es sich in meinem Magen warm ausbreitete. Mein Mund fühlte sich taub an, nachdem das Brennen abgeklungen war. Ein sehr undamenhafter Fluch entwand sich meinen Lippen und ich reichte Sadira das Fläschchen mit einer Grimasse zurück, die ihr ein Schmunzeln entlockte.

»War das ein besonders effektiver Weg, um mich umzubringen oder hat dieses Mittel noch eine andere Wirkung?«

Sadira lächelte mich an, bevor sie auf meinen unterschwelligen Vorwurf antwortete. »Du wirst dich bald besser fühlen. Das Mittel mag grauenvoll schmecken, doch es hilft. Ich weiß, was ich tue.«

Nun, daran zumindest hegte ich keinen Zweifel. Ich wusste, dass in Sadira eine überaus begabte Heilerin steckte, die ihr Handwerk gründlich erlernt hatte.

Müde sank ich gegen die hohe Lehne des Sessels und schloss erschöpft die Augen. Die Promessa mochte kein vollkommen sicherer Ort sein, doch sie war mir zumindest vertraut und zu einem Großteil mit Menschen aus meinem Land besetzt, die meine Sprache verstanden oder zumindest eine Sprache, die auch mir bekannt war. Tränen der Erleichterung stiegen in mir auf, aber ich drängte sie zurück und ließ ihnen keinen freien Lauf. Noch nicht. Dies würde ich erst dann tun, wenn Andrea Luca und ich gemeinsam den Boden unserer Heimat erreicht hatten.

Sadiras Hand lag so leicht wie ein Schmetterlingsflügel auf meinem Arm und ich spürte, wie meine Lebensgeister wieder zurückkehrten. Das tagelange Liegen hatte mir noch mehr geschadet als die Magie, die mich erschöpft hatte und ich musste versuchen, auf die Beine zu kommen, wenn ich nicht bis in alle Ewigkeit die bemitleidenswerte Kranke bleiben wollte. Ich fragte mich, was wohl aus Bahir geworden war, aber er würde alleine zurechtkommen, auch wenn er die Umgebung nicht kannte.

Die Zeit verstrich und Sadira brachte mir frisches Wasser zum Waschen und eine duftende Seife, die mich an die Rosengärten Terranos erinnerte. Eine überwältigende Sehnsucht nach meinem Zuhause breitete sich in meinem Herzen aus. Seufzend stöberte ich in meinen Kleidungsstücken. Verducci hatte die Truhe mit meinen Habseligkeiten an ihren alten Platz bringen lassen und ich dankte ihm im Stillen dafür, dass ich mich somit der staubigen Wüstenkleidung zu entledigen vermochte.

Es tat gut, selbst tätig zu werden, ohne auf die Pflege und den Willen anderer angewiesen zu sein und ich genoss das Gefühl, als ich in die mittlerweile gewaschene Hose und eine frische Bluse schlüpfte. Die Kleider aus Samt und Seide erschienen mir nach wie vor nicht für das Schiff und für die Augen seiner Besatzung geeignet. Der Gedanke brachte ein Lächeln auf meine Lippen, das mein Herz leichter machte.

Dann, endlich, öffnete sich die Tür und Andrea Luca blickte mir aus ihrem Rahmen entgegen. Er wirkte reifer, nicht mehr so sorglos, wie ich ihn kennengelernt hatte.

Zögernd sah er auf mich hinab, wie ich dort vor der Truhe kniete und alles inspizierte und Unsicherheit stand in seinem Blick, eine Emotion, die ich nur selten an ihm gesehen hatte und die ich vor allem nicht erwartete.

Ebenfalls verunsichert schaute ich zu ihm auf, mühte mich dann zitternd auf die Beine. Er kam mit langen Schritten auf mich zu und zog mich dann vom Boden herauf an seine Brust. Ich spürte seinen warmen, muskulösen Körper und schmiegte mich noch enger an ihn.

Leise murmelte er meinen Namen in mein feuchtes Haar, dann löste er sich von mir und sah mir forschend in die Augen, während sich sein schiefes Lächeln auf seinen Zügen abzeichnete. Andrea Lucas Unsicherheit war verflogen. Neckend zupfte er an einer meiner Locken und seine Stimme klang rau und sanft, ebenso ungewohnt wie die Unsicherheit zuvor. »So züchtig verhüllt, Signorina Lukrezia? Ich hatte mich schon daran gewöhnt, Euch stets kaum bekleidet zu Gesicht zu bekommen.«

Ich versuchte halbherzig, ihn empört anzustarren. Dann verwandelte sich meine Miene ebenfalls in ein Lächeln, das sich nach der langen Zeit der Ernsthaftigkeit fremd anfühlte. »Nun, das mag daran liegen, dass ich mir meine Kleidung diesmal selbst wählen durfte, Signore Santorini, und ich nicht mehr dem absonderlichen Geschmack der hiesigen Männer folgen muss.«

Er lachte leise und strich sanft mit einem Finger über meine Wange, dann wurde er ernst, hielt mich jedoch immer noch in seinen Armen. Andrea Luca war kein Narr, er wusste, wie es um meinen Zustand bestellt war und er gab mir Halt. »Ich dachte, du seiest tot. Wir hatten dich beinahe aufgegeben, doch dann hat dich der Regen zu mir zurückgebracht.«

Andrea Lucas Stimme war zu einem Flüstern geworden und er sah abwesend zu Boden. Als er wieder zu mir aufblickte, wirkte er entschlossener denn je und seine Stimme war so kraftvoll und befehlsgewohnt, wie ich sie kannte. Seine Gefühle blieben selten über einen langen Zeitraum sichtbar und ich seufzte innerlich auf, als er einmal mehr seine Maske zur Schau trug. »Ich würde gerne bleiben, um alles zu erfahren, was du in der Wüste erlebt hast – besonders würde es mich interessieren, wie dort, in der Trockenheit, Regen fallen kann, obgleich ich dazu meine eigenen Vermutungen habe, die sehr, sehr weit führen. Doch uns bleibt keine Zeit. Die Promessa muss so schnell wie möglich nach Terrano ablegen.« Schnell und ohne weitere Erklärungen fasste er nach meiner Hand und wollte mit mir an Deck gehen. Doch ich schüttelte störrisch den Kopf und blieb stehen, riss mich schließlich mit der Kraft der Verzweiflung von ihm los.

Meine Stimme war lauter und ungehaltener, als ich es ihm gegenüber jemals für möglich gehalten hatte und ich war ebenso erstaunt darüber wie Andrea Luca. Meine Worte ließen ihn in der Bewegung erstarren. »Nein! Verdammt sollst du sein, Andrea Luca! Nun hörst du mir endlich zu!«

Andrea Lucas Blick war von einem milden Staunen erfüllt, das ihn jünger erscheinen ließ, als er es an Jahren war. Offenbar hatte ihn mein Ausbruch sprachlos gemacht. Doch es gab Dinge, die endlich ausgesprochen werden mussten und die nicht mehr warten konnten.

Eine seiner dunklen Augenbrauen nach oben gezogen, sah mich der Terrano erwartungsvoll an und wartete ab.

Die Zeit für ein kleines Geständnis war gekommen und die Worte sprudelten hervor, ohne dass ich lange darüber nachdenken konnte. »Ich verstehe deine Eile, doch es gibt Dinge über mich, die du nicht weißt und die ich dir sagen muss, bevor es zu spät ist.«

Nun war Andrea Luca wirklich neugierig geworden und er machte keine Anstalten mehr, mich an Deck zu befördern. Von seinem Verhalten ermutigt, fuhr ich fort. »Ich habe eine Schwester, eine Zwillingsschwester, um genau zu sein. Sie lebt als Malerin in Porto di Fortuna, nicht sonderlich bekannt, doch bekannt genug, um in die Hände deines Onkels zu fallen. Er denkt, dass er mich in seiner Gewalt hat, doch es ist Angelina, die er gefangen hält.«

Andrea Luca blickte mich für einen Augenblick stumm an und die Überraschung stand deutlich in sein Gesicht geschrieben. Dann trat er näher zu mir heran, die Stirn in nachdenkliche Falten gelegt. Verstehen war in seine Augen getreten. »Ist es das, was du mir damals nicht sagen konntest, als du Porto di Fortuna verlassen wolltest?«

Ich nickte hilflos. Es erschien mir albern, es ihm damals verheimlicht zu haben, war Angelina doch nun in größerer Gefahr, als sie ihr von Andrea Luca jemals hatte drohen können. Sein Gesicht war finster geworden und seine Augen wirkten noch dunkler als sie es gewöhnlich taten. Mir wurde kalt und die Härchen an meinen Armen stellten sich unwillkürlich auf. Seine Miene brachte meinen Mut zum Schwinden.

»Ich konnte es nicht, bitte versteh mich. Eine Kurtisane darf keine Familie haben, das weißt du so gut wie ich. Die Gefahr für alle, die wir lieben, ist zu groß.«

Er nickte knapp und ich beeilte mich, ihm auch den Rest zu erzählen. »Doch da ist noch mehr, Andrea Luca. Delilah wird an Macht verlieren, sobald sie den Boden von Terrano betreten hat. Sie bezieht ihre Magie aus dem Land und ist daran gebunden, deswegen wollte sie so schnell nach Marabesh zurückkehren.«

Düster und grüblerisch stand Andrea Luca vor mir, in Gedanken versunken, deren Inhalt ich diesmal sogar nachvollziehen konnte. Ich wusste nichts von den Plänen, die er geschmiedet hatte, doch es konnte sehr gut möglich sein, dass ich diese soeben durchkreuzt hatte.

Für eine Weile regte er sich nicht, dann richtete sich sein Blick wieder auf mich und schien mich fast zu durchbohren. Die Kälte in meinem Inneren, die ich noch vor einem Augenblick gespürt hatte, wurde greifbarer und wirklicher, bevor sie mit seinen Worten verging.

»Du hättest es mir sagen müssen, Lukrezia. Schon viel früher. Pascale hätte deine Schwester getötet, wenn Delilah etwas geschehen wäre und niemand hätte es vermocht, ihn dabei aufzuhalten, denn er verzeiht Untreue niemals. Ich kann nicht mehr mit dir nach Terrano zurückkehren, das weißt du selbst.«

Diesen Gedanken hatte ich die ganze Zeit verdrängt und nun, da er ausgesprochen im Raum stand, stach er in mein Herz wie eine heiße Klinge. Er hatte recht, so wenig ich es wahrhaben wollte. Wenn er mit mir nach Terrano zurückkehrte, war Angelinas Leben in Gefahr, denn der Fürst würde sich rächen wollen und er würde seine Rache bekommen, ganz gleich, auf welchem Wege.

Eine Frage bildete sich zögerlich in meinen Gedanken. »Was wirst du tun?«

Ein gefährliches Glitzern trat in Andrea Lucas Augen und jagte einen Schauer über meinen Körper. Für einen langen, atemlosen Moment blieb es bestehen, bis ein leichtes Lächeln seine Lippen teilte und es von seinem Gesicht wischte. »Wir spielen das Spiel des Fürsten bis zum bitteren Ende, doch glaube mir, diesmal werden wir die Sieger sein.« Noch einmal streichelte er über meine Wange und küsste mich zärtlich, bevor er nach meiner Hand griff und mit mir zur Tür der Kajüte strebte. Die Kälte und die Finsternis waren verschwunden und machten Tatendrang Platz. »Doch zuvor gibt es noch einiges zu besprechen und dabei sollten wir Verducci nicht ausschließen.«

Benommen stolperte ich hinter Andrea Luca her zum Deck hinauf, wo Verducci zwischenzeitlich eingetroffen sein musste. Was ihn in eine solch heitere Stimmung versetzt haben mochte, gab mir jedoch Rätsel auf.

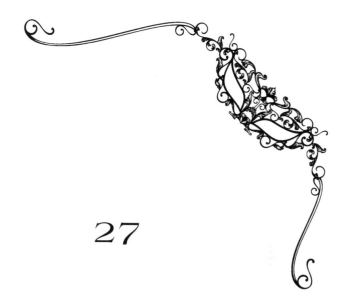

27

Kaum berührte uns an Deck das Licht des Tages, als Andrea Luca unvermittelt zum Stehen kam und auch mir zu verstehen gab, dass ich anhalten sollte. Überrascht tat ich, was er von mir verlangte und versuchte, einen Blick über seine Schulter auf das zu erhaschen, was ihn dazu veranlasst hatte.

Andrea Luca hatte sich schützend vor mir aufgebaut und hielt mich mit einem Arm hinter seinem Körper, was mir die Sicht verdeckte, mich jedoch nicht lange von dem Geschehen fernhalten konnte.

Ich vernahm harte Worte, die vor Zorn troffen, und stellte zu meinem Erstaunen fest, dass ich die beiden Stimmen kannte, die in den lauten Disput verstrickt waren. Sie gehörten zu Bahir und Verducci, die sich mit gezogenen Krummsäbeln gegenüberstanden. Sie fixierten einander drohend.

Die Mannschaft hatte sich um die streitenden Männer versammelt und blickte wachsam auf ihren Kapitän, bereit einzugreifen, falls es nötig wurde. Ihre entschlossenen Gesichter sagten mir nur zu deutlich, wie Bahirs Chancen standen, wenn Verducci ihre Einmischung zuließ.

Die Spannung in der Luft war greifbar und ich spürte, wie sich die Härchen an meinen Armen aufrichteten, während ich die Szenerie mit einer ängstlichen Faszination beobachtete.

Bahirs Stimme erklang, bebend vor unterdrückter Wut. Wie ein scharfer Pfeil richtete sie sich gegen Verducci, dessen langer Säbel in der Sonne ebenso wütend aufblitzte wie seine grünen Augen. »Hätte ich gewusst, dass dieses Schiff einem solch schmutzigen Straßenköter gehört, hätte mein Fuß niemals seine Planken berührt!« Die blauen Augen des Wüstenprinzen waren zu schmalen Schlitzen zusammengekniffen und sein Zorn ergoss sich in giftigen Worten über den Kapitän.

Verducci stand ihm jedoch in nichts nach. »Seht an, der stolze Wüstenprinz ist noch immer in seiner Ehre verletzt. Ich war nicht schuld daran, dass Ihr so unvorsichtig sein musstet und Eure Entdeckungen offen vor dem Hof hervorgebracht habt. Ihr wusstet genau, wie der Sultan zu seiner Tochter steht und dass er Eure Anschuldigungen niemals dulden würde!«

Bahir schnaubte amüsiert und seine Augen glitzerten gefährlich. Ein Ausdruck, den ich bei diesem stets so ruhigen Mann noch niemals zuvor gesehen hatte. »Wart nicht Ihr es, der seine Anweisungen ausgeführt hat? Der zahme, kleine, hübsche Schoßhund der Prinzessin, der jeden Wunsch von ihren Augen ablas? Und wart nicht Ihr es, der meinen Platz eingenommen hat, als ich fliehen musste? Wahrlich, das Ausmaß Eures Verrates ist unglaublich!«

Der Zorn in Bahirs Stimme verschlug mir den Atem. Niemals hätte ich ihm diesen glühenden Hass zugetraut und ich zitterte unwillkürlich trotz der Hitze der Sonne. Doch was sagte er da? Verducci als zahmer Schoßhund der Prinzessin? Hatte er uns tatsächlich verraten und würden die Palastwachen schon bald auf seinem Schiff erscheinen? Ich spürte, wie sich Andrea Lucas Körper vor mir anspannte. Seine Hand fuhr zum Griff seines Rapiers und ruhte auf dessen Knauf, stets bereit, die Waffe zu ziehen und sie gegen mögliche Angreifer zu richten. Doch noch wartete er ab, wollte ebenso wie ich hören, was Verducci zu Bahirs Worten zu sagen hatte. »Ja, ich war es. Und ich habe meine Taten bitter bereuen müssen. Einen hübschen Schoßhund nennt Ihr mich? Seht her, was daraus geworden ist!« Er drehte seinen Kopf zur Seite und wies auf die lange, schreckliche Narbe, die sich über sein Gesicht zog und es entstellte. Doch was bedeutete dies schon? Eine Narbe, die von einem Kampf herrührte, mehr nicht. Die Bedeutung von Verduccis geschwundener Attraktivität erschien mir nicht allzu groß zu sein.

Ich konnte erkennen, wie sich die Miene des Wüstenprinzen verzog, als er das Gesicht des Piraten anstarrte. Lag eine Spur von Mitleid in seinen Augen? Es erlosch zu schnell, um es mit Sicherheit erkennen zu können.

Der Kapitän setzte erneut zum Sprechen an. Selbsthass lag in seiner Stimme, ein Gefühl, von dem der Narbenmann zutiefst geprägt war und das oft an die Oberfläche seines Wesens drang. »Spart Euch Euer Mitleid, Bahir. Ja, sie hat mich damit gezeichnet, als auch ich entdeckte, dass sie nicht mehr das war, was wir kannten und liebten. Niemals werde ich ihr Gesicht vergessen, den alles verzehrenden Hass in ihren Augen, als sie den glühenden Stahl ohne Gefühl über meine Wange gleiten ließ. Damals, als ich sie mit ihrer Lüge konfrontierte. Ihre Wachen sind ihr treu ergeben, so wie ich es war, so wie Ihr es auch wart. Ich war kaum noch am Leben, als sie mich zu den Abwasserkanälen brachten und mich zum Sterben verdammt dort liegen ließen.«

Ich unterdrückte einen überraschten Aufschrei. War dies das Geheimnis des Narbenmannes? Der Grund, aus dem er

Delilah hasste? Ich klammerte mich an Andrea Luca, der reglos die beiden Männer beobachtete.

Bahirs Klinge sank zu Boden. Er betrachtete den Narbenmann aufmerksam, suchte in seinen Augen nach einem Hinweis darauf, ob er die Wahrheit sprach oder nicht. »Woran soll ich erkennen, dass Ihr die Wahrheit sprecht, Terrano? Schon einmal habt Ihr mich verraten, habt Euch gegen mich gewandt, um Euren eigenen Vorteil zu suchen. Warum solltet Ihr das nicht noch einmal tun und endlich den Euch so verhassten Verräter ausliefern?«

Verduccis Lachen war bitter. Er ließ ebenfalls den Säbel sinken, doch sein Blick blieb unverwandt auf Bahir gerichtet. »Wenn Ihr dies glaubt, Bahir, dann nehmt Eure Klinge und durchbohrt mich damit. Meine Männer werden Euch keine Gegenwehr leisten, das schwöre ich Euch. Ja, ich habe die Prinzessin geliebt, ebenso wie Ihr. Doch sie hat uns beide verraten, mich noch mehr als Euch, denn sie gab vor, auch mich zu lieben. Darum tut es, Bahir, nehmt Eure Rache, denn mein Leben bedeutet mir nichts mehr. Aber wenn Ihr Rache an der Prinzessin sucht, dann lasst Euren Säbel sinken, denn nicht ich bin Euer Ziel.«

Bahir richtete seinen Säbel auf Verducci und das Funkeln in seinen Augen verhieß nichts Gutes. Entsetzt starrte ich auf die beiden Männer, blickte zu Domenico, der seine Klinge fallen gelassen hatte. Er stand mit weit geöffneten Armen vor dem Wüstenprinzen.

Ich versuchte, Andrea Lucas Griff zu entkommen, der sich fest um mein Handgelenk gewunden hatte, fing den warnenden Blick des Adeligen auf. Seine Stimme klang unerbittlich. »Nein, Lukrezia. Wir dürfen uns hier nicht einmischen.«

Voller Verzweiflung sah ich auf Bahir und Verducci. Andrea Luca würde es zu verhindern wissen, dass ich etwas unternahm und so blieb mir nichts weiter, als abzuwarten. Und bei Edea, ich hasste es. Schweißperlen traten auf meine Stirn. Ich hoffte inständig, dass Bahir nichts Unüberlegtes tun würde. Dann schob er endlich seinen Säbel in die Scheide zurück und das gefährliche Licht in seinen Augen erlosch, ließ den Mann zurück, den ich zu kennen glaubte. »Wenn Ihr mich diesmal betrügt, so schwöre ich, bei Sarmadee, dass es Euer Tod sein wird und dass ich Euch noch darüber hinaus verfolgen werde.«

Ich bemerkte, wie Andrea Luca sich ebenfalls entspannte und mein Handgelenk freigab. Schnell trat ich neben ihn und wandte mich zu den beiden Männern um, die sich unbewegt gegenüberstanden. Bahir atmete schwer, als hätte er eine große körperliche Anstrengung hinter sich gebracht. Domenicos Arme hingen schlaff an seinen Seiten hinab. Beide wirkten ratlos, unsicher, nachdem sich die Spannung gelöst hatte.

In einer Ecke des Schiffes fand ich Sadira. Ihre Knöchel waren weiß von der Anstrengung, sich an die Reling zu krallen und ihre Unterlippe blutete. Sie musste die Zähne in das Fleisch gebohrt haben, wohl um ihrerseits einen Schrei zu unterdrücken. Niemand hatte in diesen Minuten so leiden müssen wie die kleine Heilerin aus Marabesh, auch wenn dies keiner Seele auf dem Schiff bewusst sein mochte. Für Sadira musste dieser Moment unerträglich sein, denn sie wusste nun, wer die Frau war, die der Narbenmann ihr vorgezogen hatte und die er vielleicht im Stillen noch immer liebte.

In der entstandenen Stille trat Andrea Luca nach vorn. Sein Gesicht war angespannt. Jeder war sich des Ernstes der Lage bewusst und ich fragte mich, was Verducci nun fühlen mochte, nachdem er sein lange gehütetes Geheimnis allen auf dem Schiff preisgegeben hatte.

Alle Blicke richteten sich nun auf Andrea Luca. Seine Stimme klang ruhig und kräftig über das Schiff, als er seinen Appell an den Wüstenprinzen und den Narbenmann richtete, vielleicht ehemals Freunde, durch eine Frau entzweit. »Wir alle sind durch unsere Ziele vereint ...« Er war nahe an die beiden Männer herangetreten und von seiner wachsamen Haltung war nichts geblieben. In den Gesichtern aller Versammelten konnte ich eine breite Spanne von Gefühlen erkennen, die miteinander stritten. Trotzdem lauschten sie seinen Worten. »... und wir sollten nicht untereinander unser Blut vergießen, sondern uns gemeinsam gegen unsere Feinde wenden, selbst wenn es noch ungeklärte Differenzen zwischen manchen von uns gibt.«

Sein Blick ruhte auf Verducci. Auch zwischen diesen beiden Männern gab es eine alte Rechnung, die noch offen war. »So ungern ich es zugebe, Ihr sprecht erneut die Wahrheit, Signore Santorini.« Der Narbenmann verneigte sich andeutungsweise, auf die spöttische Art, die ihm zu eigen war, in Richtung des Adeligen. Dann wandte er sich zu Bahir um, den amüsierten Ausdruck, den er mühsam wiedergefunden hatte, wie eine Maske über seinem Gesicht tragend. »Mein Schiff wird noch heute nach Terrano ablegen und Signorina Lukrezia, die Ihr bereits kennengelernt habt, in ihre Heimat überführen. Wenn Ihr an Bord bleiben möchtet, so steht es Euch frei, mit uns zu segeln, Bahir.«

Das Gesicht des Wüstenprinzen war ausdruckslos und er verschränkte die Arme vor der Brust, während er nachdachte. Schließlich hatte er seine Entscheidung gefällt, schüttelte verneinend den Kopf. »Die Prinzessin ist hier und ich habe keine Veranlassung, in Euer fernes Land zu reisen, wenn sie in Marabesh bleibt und das Volk in ihrer endlosen Gier weiterhin beraubt und knechtet. Ich werde nicht mit Euch kommen.«

Verducci nickte zustimmend, nicht unglücklich über diese Entwicklung der Dinge. Er wollte den Mund zu einer Erwiderung öffnen, doch Andrea Luca hielt ihn mit einer Geste zurück. Der Narbenmann wirkte erstaunt, ließ ihn jedoch gewähren.

»Niemand von uns kann in diesem Land etwas gegen die Prinzessin ausrichten, das muss uns allen bewusst sein.« Er schenkte mir einen flüchtigen Blick und lächelte mich schief an, dann drehte er sich zu den Männern um, die ihn ansahen, ohne zu verstehen, worauf er hinauswollte. Andrea Luca streckte seine Hand nach mir aus und hielt sie mir offen entgegen. Zögernd trat ich zu ihm hin und ließ zu, dass sich unsere Finger verflochten. »Die bezaubernde Signorina Lukrezia hat mich vor Kurzem darauf hingewiesen, dass Prinzessin Delilah ihre Macht aus ihrem Heimatland bezieht. Somit dürfte es für uns alle klar auf der Hand liegen, dass wir sie von hier entfernen müssen, um sie von ihrer Kraftquelle abzuschneiden. Erst dann werden wir unser Ziel erreichen können.«

Verducci schüttelte vehement den Kopf. »Sie wird Marabesh nicht noch einmal verlassen, dessen könnt Ihr Euch sicher sein. Delilah ist nicht dumm, sie wird Euch schnell durchschauen und Eure Pläne, wie auch immer diese aussehen mögen, durchkreuzen.«

Andrea Lucas Lächeln vertiefte sich noch und ich konnte das Blitzen in seinen Augen sehen – war es amüsiert oder entsprang es einer anderen Emotion? Ich konnte es nicht genau bestimmen. Sein Kopf legte sich schief und er führte nachdenklich einen Finger an sein Kinn. »Aber Signore Verducci, traut Ihr mir denn so wenig zu? Das solltet Ihr nicht. Es könnte Euer größter Fehler sein.« Sein Lächeln milderte die Drohung ab, ließ sie aber nicht völlig schwinden. »Menschen wie unsere geschätzte Prinzessin Delilah neigen zu einer ungesunden Selbstüberschätzung. Sie begehen leichter Fehler als andere, denn sie sind zu sehr von ihren Taten überzeugt. Die Prinzessin ist keine Artista, sie kann weder in die Zukunft blicken noch jemanden beobachten, sofern er sich ihres Einflusses entzieht. Sie ist sich sicher, dass Lukrezia tot ist und wenn ich nun zu ihr zurückkehre, so wird sie nur zu gerne glauben, dass ich ihren Wunsch nach einer raschen Hochzeit erfüllen werde. Doch kein Santorini hat jemals außerhalb von

Terrano geheiratet und ich werde nicht derjenige sein, der diese Tradition bricht.«

Ich blickte Andrea Luca ungläubig an und spürte einen leichten Stich in meiner Brust, dort wo das Herz saß. Er würde also reumütig zu der Prinzessin zurückkehren und ihre Wünsche erfüllen? Heiße Wut stieg in mir auf, wenn ich daran dachte, was dies alles miteinbeziehen mochte.

Ich schüttelte seine Hand ab und funkelte ihn wütend an. Sein Blick richtete sich fragend auf mich, doch ich schwieg und beachtete ihn kaum. Dies war eine Sache, die wir unter uns klären mussten und nicht vor all den versammelten Neugierigen auf dem Deck der Promessa. Stattdessen warf ich meinen nächsten Satz so unpersönlich und neutral ein, wie es mir in meiner aufgewühlten Verfassung möglich war. »Ihr seid Euch Eurer Sache sehr sicher, Signore Santorini. Ich hoffe, dass nicht Ihr es sein werdet, der seiner verblendeten Selbstüberschätzung zum Opfer fällt.«

Andrea Lucas Augen wurden hart und dunkel, sein Lächeln verließ ihn jedoch nicht und er fing sich schnell wieder. »Sorgt Euch nicht um mich, Signorina Lukrezia. Ich weiß, was ich tue. Wisst Ihr es denn auch?«

Die Stille auf Deck war ungemütlich und einige der Seemänner besahen sich ihre Hände oder etwas anderes, das urplötzlich von enormem Interesse für sie war. Sadira wirkte nachdenklich. Sie sah abwechselnd auf Andrea Luca und mich und zog offensichtlich ihre eigenen Schlüsse aus unserem Verhalten. Ich konnte wenig mehr tun, als Andrea Luca einen Blick zu widmen, in dem all meine Wut und Verachtung lagen.

Es war Verducci, der die entstandene Stille brach. »Dann solltet Ihr zum Palast zurückkehren und schon bald die von Euch gewünschten Ereignisse in Gang setzen. Ich erkenne die Notwendigkeit, die Prinzessin nach Terrano zu bringen, wenn Eure Worte der Wahrheit entsprechen, auch wenn ich mir nicht sicher bin, Eure Gründe für diese Annahme vollständig zu verstehen.«

Andrea Luca hatte sich von mir abgewandt, während Verducci sprach. Seine Haltung war steif und gerade geworden. »Es gibt Gründe dafür, Signore, dessen könnt Ihr gewiss sein. Ich werde in Kürze eine Nachricht durch einen meiner Männer senden, um Euch darüber in Kenntnis zu setzen, wie wir weiterhin vorgehen. Ich befürchte, dass es notwendig sein wird, noch für kurze Zeit im Hafen zu verweilen, bis wir uns sicher sein können, dass die Prinzessin genau das tut, was ich erwarte.« Er zögerte kurz, bevor er weiterredete. »Doch ich glaube, es gibt noch eine Kleinigkeit, die ich mit Signorina Lukrezia besprechen muss, bevor ich von Bord gehe. Wenn Ihr uns bitte entschuldigen würdet?«

Verducci nickte und gab seinen Männern einige Anweisungen. Schnell kehrten sie zu ihrer Arbeit zurück, während Andrea Luca mich noch einmal unter Deck brachte.

Erst, als die Tür der Kajüte hinter uns ins Schloss gefallen war, wagte ich es, mich heftig von ihm zu lösen. Ein kühler Blick traf mich. Die Wut in meinem Inneren ließ es jedoch nicht zu, dass er mich beeindruckte. »Vielleicht wirst du mich jetzt darüber in Kenntnis setzen, was dich so sehr beschäftigt, Lukrezia?«

Seine Worte waren ebenso knapp, wie ohne Gefühl, doch es war mir gleichgültig. Eine innere Stimme flüsterte mir zu, dass es keine andere Wahl gab, weder für ihn noch für mich, doch ich weigerte mich beharrlich, darauf zu hören. Zu abstoßend war die Aussicht auf ein intimes Beisammensein zwischen Andrea Luca und der Prinzessin.

»Du wirst also Verduccis Rolle als Delilahs kleines Schoßhündchen einnehmen, habe ich recht? Du wirst brav all das tun, was die Prinzessin von dir verlangt. Oh, ich kann dich gut verstehen, sie ist wirklich eine reizvolle Beute für jeden Mann!«

Meine heftige Reaktion überraschte mich selbst. In Andrea Lucas Augen blitzte es warnend auf und sein Mundwinkel zuckte, ein äußeres Zeichen für seine innere Anspannung, die schon bald zu explodieren drohte. »Das denkst du also wirklich von mir, Lukrezia? Ich bin durch die verdammte Wüste geritten, um dich zu finden und jetzt, da ich dich gefunden habe, gehe ich in den Palast zurück und teile das Lager mit der Prinzessin? Glaubst du nicht auch, dass ich viel lieber auf diesem Schiff bleiben würde, anstatt mich in dieses Schlangennest zu begeben und dort gute Miene zu machen?«

Seine Stimme war leise, wurde aber gegen Ende dieser Rede immer heftiger und ließ mich zusammenzucken. Niemals hatte ich einen Santorini gesehen, der die Beherrschung verlor, doch Andrea Luca schien kurz davor zu stehen, mir diese neue Erfahrung zu gönnen.

Ich hatte eine sehr unangenehme Vision von einem Piratenrudel, das lauschend vor der Tür verharrte, doch sie hielt mich nicht zurück. All die aufgestaute Wut der letzten Tage brannte in meinem Inneren wie ein alles verzehrender Feuersturm und setzte mein logisches Denken außer Kraft. »Woher soll ich wissen, was du möchtest? Du redest nicht darüber, verbirgst dein Gesicht hinter einer Maske, die du niemals fallen lässt! Willst du mir ernsthaft erzählen, dass dein Umgang mit Delilah ein rein höflicher sein wird, ohne darüber hinaus mit ihr in Berührung zu kommen? Nein, das glaube ich dir nicht!«

Staunen trat auf Andrea Lucas Züge, ein Ausdruck, den ich an diesem Tage schon oft genug gesehen hatte. Dann verzog sich sein Mund, zuerst zu einer undeutbaren Grimasse, dann zu etwas anderem, einem Lächeln, das schließlich in Lachen mündete. Wütend riss ich eine der Kartenrollen von Verduccis Schreibtisch und warf sie nach ihm. Er wich ihr spielerisch aus, eine Tatsache, die meine Wut noch steigerte. Die Kajüte war klein und eng. Andrea Luca benötigte nur wenige Schritte, bis er vor mir stand und meine Handgelenke gepackt hatte. Er verschränkte sie hinter meinem Rücken, sodass er mir sehr nahe kam und ich mich kaum noch bewegen konnte. »Eine Kurtisane, die Eifersucht kennt? Wie viele Überraschungen hältst du noch für mich bereit, Lukrezia?« Er lachte und ich wehrte mich, versuchte, aus seinem festen Griff zu entkommen und verfluchte einmal mehr meine eigene Schwäche, die nicht nur körperlicher Natur war, sondern auch meinem Herzen entsprang. »Nein, ich hege keine Gefühle für die Prinzessin. Und wenn du dich nur darum sorgst, dass sie sich mir nähern könnte, so kannst du beruhigt sein, denn das wird sie nicht.« Er zog eine seiner Augenbrauen empor, trug weiterhin einen belustigten Ausdruck zur Schau. »Kann ich davon ausgehen, dass du nicht versuchen wirst, mich umzubringen, wenn ich deine Hände loslasse?«

Ich spürte noch immer den heißen Lavafluss, der durch mein Inneres lief und hasste ihn dafür, dass er sich über mich amüsierte, trotzdem nickte ich und er ließ mich los. Ich entfernte mich ein Stück von ihm und lehnte mich an den Schreibtisch, eine Bewegung, die er mit leichtem Misstrauen verfolgte, wie ich mit einiger Genugtuung feststellte. »Bilde dir nicht zu viel ein, Andrea Luca Santorini. Ich habe lediglich etwas dagegen, dass die Prinzessin meinen lukrativsten Fang für sich beansprucht. Etwas, das jeder Kurtisane widerstreben würde.«

Ein heiteres Glitzern tanzte in Andrea Lucas Blick, als er auf mich zukam. Ein wenig langsamer als zuvor, aber dennoch unaufhaltsam. Ich konnte nicht mehr zurückweichen, denn sonst würde ich auf dem Tisch sitzen und dort keine sonderlich würdevolle Position einnehmen. Also blieb ich, wo ich war und bewegte mich nicht, bis er nahe genug herangekommen war, um meine Hand zu nehmen.

Er führte sie an seine Lippen und hauchte einen Kuss auf meine Finger, bevor er sich mit einem geheimnisvollen Lächeln aufrichtete. »Selbstverständlich. So wie auch ich meinen teuersten Besitz nicht einfach aufgeben möchte.«

Ohne darüber nachzudenken, zog ich den Terrano Adeligen näher zu mir heran und schlang einen Arm um seinen Nacken. Ich blickte ihm tief in die Augen und setzte mein geschäftsmäßigstes Lächeln auf. Sein muskulöser Oberkörper schmiegte sich warm an mich. »Wie schön, dass wir uns zumindest über diese Kleinigkeit einig sind.«

Dann zog ich ihn näher an mich heran und küsste ihn zum letzten Mal für eine lange Zeit. Diese Tatsache war mir unbestreitbar bewusst und so genoss ich es umso mehr, bis wir uns voneinander lösen mussten und Andrea Luca sich einen Schritt von mir entfernte. Ein Hauch von Melancholie lag in seinem Blick. Er förderte ein zerknittertes Pergament aus seinem Hemd zutage und reichte es mir. »Gib das Beatrice Santi, wenn du bei ihr angekommen bist. Bewahre es gut und ich bitte dich darum, brich das Siegel nicht selbst. Ich werde so bald wie möglich nachkommen, das schwöre ich dir. Komm nun, es wird Zeit, dass ich gehe. Je schneller ich den Palast erreiche, desto schneller werden wir beide wieder den Boden Terranos unter unseren Füßen spüren.« Noch einmal küsste er mich flüchtig, dann nahm er meine Hand und wir kehrten an Deck zurück.

Andrea Luca nickte Verducci zum Abschied zu, ließ mich los, um die Planke hinabzugehen, doch eine stolze Stimme, die von der Seite erklang, hielt ihn auf, bevor er einen Fuß daraufsetzen konnte. »Ihr werdet jemanden brauchen, der an Eurer Seite steht und Euch noch eine Klinge zur Verfügung stellen kann, wenn Ihr unter Euren Feinden seid.« Es war Bahir, der Wüstenprinz, der sich Andrea Luca näherte. Der Blick des Terrano wurde nachdenklich, als Bahir weitersprach. »Wir haben ein gemeinsames Ziel und es kann niemals schaden, einen Verbündeten zu haben, der einem Mann den Rücken decken kann, wenn er in Gefahr ist. Ich werde mit Euch gehen.«

Also hatte der Wüstenprinz seine endgültige Entscheidung getroffen und er hatte weise gewählt, so wie es seine Art war. Ich hoffte, dass Andrea Luca dieses Angebot annahm, denn mit Bahir an seiner Seite würde Delilah es schwerer haben, ihre schlangengleichen Finger um ihn zu winden. Ich wunderte mich zwar darüber, wie Bahir es schaffen wollte, unerkannt zu bleiben, doch er kannte sicher Mittel und Wege, die ihm dabei helfen würden.

Andrea Luca musterte den Wüstenprinzen, dann nickte er zustimmend. »Dann kommt, wir haben keine Zeit mehr zu verlieren – unsere Feinde erwarten uns.« Beide Männer lachten und verschwanden, nach einem letzten Zwinkern Andrea Lucas, die Planken hinab, warfen sich Seite an Seite in die Menschenmenge, die den Hafen stets zu bevölkern schien.

Ich seufzte leise und wandte mich schweren Herzens ab. Bald würde meine Reise nach Hause beginnen. Allein. Nur mühsam gelang es mir, die Tränen zurückzuhalten. Doch ich hatte mir geschworen, nicht mehr zu weinen, und so zwang ich meine Gefühle dazu, in meinem Inneren verschlossen zu bleiben, bis ich ihnen die Türen öffnete.

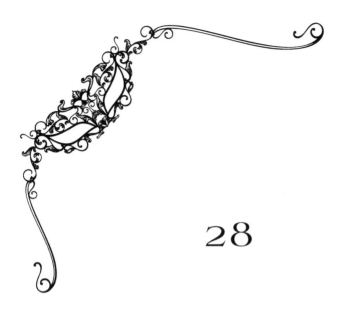

28

Nachdenklich betrachtete ich das bräunliche Pergament in meiner Hand, neugierig auf das, was darauf niedergeschrieben stand. Es würde womöglich einige Rätsel um Andrea Lucas Beziehung zu der mächtigen Artista lösen, doch ich wollte seine Bitte respektieren und das Wachssiegel mit dem Wappen der Santorini nicht brechen. Ich starrte abwesend auf den Drachenkopf mit den gekreuzten Klingen, die in das rote Wachs geprägt waren, und verlor mich in meinen Gedanken.

Was mochte mich in Terrano erwarten? Ich konnte mir nicht im Geringsten vorstellen, was Beatrice Santi mit mir tun würde. In meinem Traum hatte sie davon gesprochen, mich die Wege der Artiste zu lehren. Aber wollte ich das überhaupt? Ich war als Kurtisane erzogen worden und konnte mir kaum vorstellen, dass ich damit glücklich sein würde, das weiße Kleid und den Schleier einer Artista anzulegen.

Ich befürchtete ohnehin, dass es dazu zu spät war. Ich würde sicherlich niemals all das verlorene Wissen über Magie aufholen können, das sich ausgebildete Artiste über Jahre aneignen mussten und die Malerhexen würden mich niemals in ihren Reihen akzeptieren.

Auch ich wollte keineswegs zu ihnen gehören, denn mein Leben hatte einen anderen Verlauf genommen und ich würde den Wunsch meiner Mutter, von dem ich annahm, dass er ihre Beweggründe bestimmt hatte, nicht mit Füßen treten. Artiste hassten Kurtisanen, das war der Lauf unserer Welt. Es erschien mir unnatürlich, daran etwas ändern zu wollen.

Es war bereits einige Zeit vergangen, seitdem Andrea Luca und Bahir in der Menschenmenge verschwunden waren, und die Traurigkeit in meinem Herzen wurde von meiner angeborenen Neugier überdeckt, die mich dazu brachte, mich auf dem Schiff nach Verducci und Sadira umzusehen. Wenn ich Glück hatte, würde Verducci nun vielleicht ein wenig redseliger sein und mir mehr über die alte Geschichte verraten, die sein Geheimnis barg. Ich hegte zwar Zweifel daran, doch ich wollte es zumindest versuchen.

Auf der Promessa gingen die Männer ihrer Arbeit nach. Es hämmerte an allen Ecken und die Seeleute liefen geschäftig über das Schiff, während andere eine kleine Pause einlegten und sich dabei mit Würfel- oder Kartenspielen beschäftigten, die ihnen regelmäßig laute Ausrufe entlockten. Auf dem Schiff war es gewohnt lebendig und ich lächelte dem einen oder anderen Seemann zu, der mir grüßende Worte zurief.

Ich musste nicht lange suchen, bis ich Sadira auf der anderen Seite des Schiffes entdeckte, wo sie sich düster die Wellen besah, die in die Unendlichkeit zu führen schienen. Es war bereits Nachmittag geworden und ich war erschöpft von den Geschehnissen des Morgens. Sadiras Trank hatte mich bisher auf den Beinen gehalten, doch es war kein Wundermittel, das mich auf der Stelle gesunden ließ, und so spürte ich deutlich die Müdigkeit in meinen Gliedern.

Ich versuchte, mir meine schlechte Verfassung nicht anmerken zu lassen, als ich zu Sadira hinüberging und mich neben sie stellte, ebenfalls auf das Meer hinaussehend, das darauf wartete, uns nach Hause zu geleiten.

Sadira sah mich flüchtig aus ihren großen, traurigen Augen an, bevor sie sich abwandte und in die Ferne starrte. Ich wartete, ließ ihr Zeit, bis sie mich schließlich von selbst ansprach. »Du solltest hinabgehen und dich ausruhen. Du bist sehr blass geworden.«

Sadira war in der Tat ganz die Heilerin und ich hatte nichts anderes von ihr erwartet. Ein Lächeln umspielte meine Lippen und ich schüttelte ablehnend den Kopf, was mir eine strenge Musterung mit emporgezogenen Brauen einbrachte. »Nein, ich habe zu viel Zeit mit Ausruhen vergeudet, Sadira. Aber lass uns nicht über mich reden. Wie fühlst du dich?«

Ich wusste, dass die Marabeshitin Offenheit mehr schätzte, als die langen, verschleierten Reden der Terrano, und so machte ich kein Geheimnis aus meinen Absichten.

Sadira sah selbst nicht gut aus. So finster und grüblerisch hatte ich sie nur selten zuvor erlebt. Es war nicht die Art der kleinen Heilerin, lange in eine solche Stimmung zu verfallen, auch wenn sie oft von Traurigkeit umgeben wurde.

Wie erwartet, schreckte Sadira nicht vor der offenen Frage zurück, sondern zuckte nur die Schultern und versuchte sich an einem Lächeln. Ein Versuch, der hoffnungslos scheiterte.

»Mir geht es gut. Ich weiß nun wenigstens, was dem Kapitän wiederfahren ist. Aber er wird die Prinzessin wohl niemals vergessen. Nach allem, was ich von ihr gehört habe, ist sie eine beeindruckende Persönlichkeit.«

Ich lachte heiser auf, ein hartes und unangenehmes Geräusch, das mir einen schiefen Blick von Sadira einbrachte. »Ja, in der Tat – sie ist so beeindruckend wie eine giftige Kobra. Ich kann mir keinen Mann vorstellen, der sie um ihrer selbst willen liebt, aber wenn Bahir die Wahrheit gesagt hat, dann ist sie ohnehin nicht mehr die Frau, die sie einmal war.«

Sadira nickte und wandte sich zum Meer um. »Es muss schwer für dich sein, dass dein Geliebter zu ihr gegangen ist.«

Geliebter. Das Wort klang seltsam in meinen Ohren. Ich wusste nicht, ob Andrea Luca mein Geliebter war oder nur der Mann, der mich freigekauft hatte und der mich jetzt nicht mehr aufgeben wollte.

Die Marabeshitin musterte mich aufmerksam. Diesmal war ich es, die wortlos auf das Wasser starrte und grübelte. Eine Erinnerung blitzte in meinem Kopf auf und ich wandte mich schaudernd von den Wellen ab, als das Gefühl, zu ertrinken, in mein Gedächtnis drang und mir für einen schaurigen Augenblick den Atem nahm.

Sadiras Stimme verscheuchte die ungebetene Empfindung. »Du tust ihm unrecht, Lukrezia, weißt du das?«

Ich blickte Sadira überrascht an. Sie konnte keine Gedanken lesen. War ihre Intuition so stark, dass sie erraten hatte, was in meinem Kopf vor sich ging? Ihre Augen waren klar und eindringlich auf mich gerichtet und ließen nicht zu, dass ich mich erneut von ihr abwandte.

»Er ist dir durch die Wüste gefolgt und hat dabei sein Leben riskiert. Ich glaube, dass kein Mann so etwas für eine Frau tun würde, die er nicht liebt. Auch wenn er nun in den Palast zurückgekehrt ist, so tut er dies nicht ohne Grund. Du hast ihn nicht erlebt, bevor er dein Gesicht im Wasser gesehen hat. Er dachte, du seiest tot und er war fest dazu entschlossen, die Prinzessin zu töten, auch wenn es ihn sein eigenes Leben gekostet hätte.« Ich hörte Sadiras Schilderungen regungslos zu und sah, wie dabei die Melancholie in ihre Augen zurückkehrte und sie mit Tränen füllte. »Weißt du, wie sehr ich es mir wünsche, dass der Kapitän so etwas für mich tut? Doch er beachtet mich niemals. Du bist vom Glück begünstigt, Lukrezia, zweifle nicht daran.

Santorini ist wie ein wildes Tier, wie eine Raubkatze. Er war aufgebracht und ruhelos, bis er dich gesehen hat. Du hättest sehen sollen, wie die Leibwachen der Prinzessin mit ihren blitzenden Krummsäbeln auf uns einhieben, nachdem sie uns in der Nähe des Sommerpalastes aufgespürt hatten. Sie wollten ihn zu ihr zurückbringen, doch er wäre niemals gegangen, bevor er nicht herausgefunden hat, wo du bist und ob du noch lebst.« Sie verstummte, wischte wütend die Tränen ab, die ihre Schwäche vor den Augen der Männer offenbart hatten.

Mein Herz schmerzte, wann immer ich sah, wie schlecht es ihr ging, und ich spürte heißen Zorn, wenn ich an Verduccis Verblendung dachte, die ihn diese wundervolle, zarte Frau einfach nicht sehen ließ. Schmerz war alles, was er ihr zu bieten hatte.

Meine Gedanken an Andrea Luca waren ebenso schmerzhaft und ließen meine Stimme versagen. Nur eine leise Erwiderung gelang mir, bevor auch ich schwieg. »Wenn er es nur einmal aussprechen würde, Sadira, dann gäbe es keine glücklichere Frau auf dieser Welt.«

Sie nickte verstehend. Wir verharrten noch eine Weile schweigend an Deck und hingen unseren eigenen Gedanken nach, bis ich mich aufraffte und meine Hand tröstend auf Sadiras Schulter legte. »Wo ist der Kapitän?«

Sie deutete mit dem Kinn auf die Luke, die in den Schiffsinnenraum hinab führte, in dem die Vorräte gelagert wurden. »Er ist dort hinein verschwunden. Ich würde ihn bei den Weinfässern suchen.«

Bei den Weinfässern also. Das klang beunruhigend und ich konnte mir den jederzeit so beherrschten Verducci kaum als hemmungslosen Trunkenbold vorstellen. Sadiras Worte ließen mich jedoch vermuten, dass er dort des Öfteren zu finden war und doch ab und an die Beherrschung verlor, wenn es ihm half, zu vergessen.

Ich verabschiedete mich von Sadira und machte mich auf den Weg in den dunklen Schiffsinnenraum, an den sich meine Augen nach der Helligkeit im Freien erst gewöhnen mussten. Es war heiß hier unten, im Bauch des Schiffes, in dem sich die Luft von Außen staute. Ich war froh, als ich den hinter einer hölzernen, nur angelehnten Tür verborgenen Laderaum erreicht hatte, in dem es kühler war und in dem sich die Fässer mit den Vorräten stapelten.

Es dauerte einige Augenblicke, bis ich in dem dunklen, labyrinthartigen Gewirr Verducci ausmachen konnte, der zusammengesunken neben einem Fass saß, auf dem er eine weiße Kerze entzündet hatte, von der das Wachs tropfte. Er starrte melancholisch in die Flammen und hielt dabei eine schon beinahe geleerte Flasche roten Weins in der Hand, deren bereits leere Schwester traurig zu seinen Füßen lag.

Tatsächlich war es der schwache Lichtschein, der mich auf den Kapitän aufmerksam gemacht hatte, denn es war der einzige Orientierungspunkt, den ich in der fremden Umgebung ausmachen konnte.

Ich räusperte mich leise und er hob seinen blutunterlaufenen Blick, stützte seinen schweren Kopf auf einer Hand ab, die sich in sein Haar gegraben hatte. »Ah, Signorina Lukrezia! Nehmt Euch eine Flasche Wein und setzt Euch zu mir!«

Der Wein hatte Verduccis Zunge gelöst und er lachte leise in sich hinein. Ich nahm auf einem der niedrigeren Fässer Platz und musterte ihn mit verschränkten Armen.

Verducci machte nicht den Eindruck, als könne man vernünftig mit ihm reden und er lallte. Ich versuchte, darüber hinwegzusehen, ignorierte die mir angebotenen Flaschen, auf die er mit einer schwungvollen Geste wies. Es erschien mir wenig einladend, meinen Kummer gemeinsam mit dem Kapitän im Alkohol zu ertränken. Schon gar nicht, wenn ich mich dabei allein mit ihm in der Vorratskammer der Promessa befand.

»Es scheint, als hätte Euch die Begegnung mit Bahir aufgewühlt, Signore Verducci?«

Der Narbenmann verzog das Gesicht zu einer übertriebenen Grimasse und nahm noch einen kräftigen Schluck aus der Flasche, bevor er mir die Gunst einer Antwort erwies. »Ihr seid also gekommen, um alte Wunden aufzureißen? Oh ja, ihr Frauen seid stets bereit dazu, uns zu quälen und das Messer in unseren Rücken zu rammen, wenn wir uns nicht vorsehen. Doch ich sehe mich vor, das habe ich gelernt. Kein hübscher Rock vermag es mehr, mich zu täuschen!«

Diesem laut vorgetragenen Ausbruch folgte erneut ein kräftiger Schluck des Weines, bevor die Flasche geleert zu Boden fiel und dort der anderen Gesellschaft leistete.

»Ist das Euer Problem, Signore Verducci? Ihr macht die gesamte Frauenwelt für Delilahs Taten verantwortlich? Wie schade, ich hätte Euch mehr zugetraut, als eine solch engstirnige Sicht der Dinge.«

In Verduccis Augen blitzte es wütend auf und er verpasste der Flasche einen harten Tritt, sodass sie gegen die Schiffswand donnerte und mit einem lauten Klirren, das mich erschrocken zusammenzucken ließ, in unzählige Scherben zersprang. Dann schnaubte er laut und schoss einen Blick auf mich ab, der mich sicher getötet hätte, wäre er dazu in der Lage gewesen. »Was wisst Ihr schon, kleine Kurtisane? Die Frauen sind verdorben und kalt, sie reißen unser Herz heraus und verschlingen es, lachen uns aus, wenn wir am Boden liegen, in unserem eigenen Blut, das wir für sie vergossen haben! Nichts wisst Ihr!«

Verduccis Selbstmitleid verursachte mir Übelkeit und ich wandte den Blick von ihm ab, betrachtete stattdessen die Vorräte, die fein säuberlich an Ort und Stelle standen. Sergio, der Schiffskoch, war sehr penibel, wenn es um seinen Einflussbereich ging und das konnte man hier auf eindrucksvolle Art und Weise erkennen. Auch mein Tonfall war schärfer, als beabsichtigt, nachdem ich meine Fassung wiedergewonnen hatte. »Ich weiß offenbar mehr als Ihr, denn ich sehe zumindest die Frau, die Euch liebt, während Ihr in Eurem Selbstmitleid zu blind seid, um es zu erkennen. Ihr hasst Mitleid, Signore Verducci, doch ich sage Euch eines, Ihr tut mir leid!«

Ich erhob mich ungehalten von meinem Platz, um den Kapitän seinem Rausch zu überlassen und Verducci tat es mir auf wenig elegante Art nach. Er hielt sich mit einer Hand an einem der Fässer fest und starrte mich zornig und mit gerötetem Kopf an. »Wie könnt Ihr es wagen, Ihr verdorbenes Weibsstück! Ihr kennt keine größeren Schwierigkeiten als die, das passende Kleid für eine Abendgesellschaft zu finden, und Ihr wollt mir etwas über das Leben erzählen?«

Unsicher beugte er sich hinab und feuerte dann, bedrohlich schwankend, die nächste Weinflasche gegen die Schiffswand, was mich vorsichtig zur Tür zurückweichen ließ. Ich hatte keine Lust, zu Verduccis Zielscheibe zu werden, wenn er in seiner Wut noch mehr Dinge zertrümmern wollte. Ich machte mich als Weinflasche nicht besonders gut. »Nein, nicht über das Leben, aber über die Liebe und über die Frau, der Ihr Tag für Tag ein Messer in das Herz rammt! Aber welchen Nutzen soll es haben, dies einem Trunkenbold wie Euch zu erzählen? Ihr könnt ja nicht einmal mehr auf Euren eigenen Beinen stehen. Haben Euch Eure Männer jemals so gesehen? Wie enttäuschend!«

Verduccis Gesicht verzerrte sich und ich befürchtete, es übertrieben zu haben. Die nächsten Worte verließen seinen Mund zwischen zornig zusammengebissenen Zähnen und er bebte vor Wut. »Wenn ich meiner Schwester nicht geschworen hätte, Euch zu beschützen, dann könnte Euch nur noch die Gnade Edeas retten, Ihr schlangenzüngiges Weib!«

Er konnte sich kaum noch auf den Beinen halten und so machte er mir nicht unendlich viel Angst, trotzdem bewegte ich mich zur Tür hin. Er mochte zwar bei einem Versuch, mir zu folgen, über seine eigenen Füße stolpern, doch ich wollte lieber kein Risiko eingehen.

Ich zögerte, bevor ich etwas erwiderte. Das Wort Schwester hatte mich aufhorchen lassen und ich starrte den Narbenmann fragend an. Er hatte eine Schwester, die mich kannte? Die meinen Schutz wollte? Ich suchte nach den passenden Worten, um meine Frage zu stellen, ohne ihn noch weiter zu reizen, doch ich befürchtete, dass es dafür bereits zu spät war. »Eure Schwester? Dann sagt mir doch, wer Eure Schwester ist, Domenico!«

Die Haltung Verduccis veränderte sich und er begann, erheitert in sich hinein zu kichern. Eine Reaktion, die mich verwirrte. Er schaute mich ausgesprochen amüsiert an und strich sich selbstzufrieden über das Kinn. Gesten, die in seinem betrunkenen Zustand übertrieben wirkten. »Wenn Ihr das noch immer nicht wisst, Lukrezia, dann seid *Ihr* diejenige, die blind ist.« Das Kichern steigerte sich zu einem ausgewachsenen Lachanfall und Verducci brach, nach Luft schnappend, auf seinem Fass zusammen. Aus ihm war nichts mehr herauszubekommen, zumindest soviel war sicher, und so huschte ich, nach einem letzten Blick voller Abscheu, aus dem Raum und ließ die Tür mit einem lauten Knall ins Schloss fallen.

Dieser Besuch hatte nicht das gewünschte Ergebnis gebracht und ich sann noch über Verduccis Worte nach, als ich die Kajüte erreicht hatte und mir das Bild von tiefgrünen Augen durch die Erinnerung trieb, die mich anstarrten, als wollten sie mir etwas sagen.

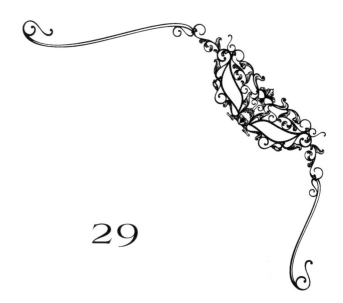

29

Nach meiner Begegnung mit Verducci beeilte ich mich, schnell in die Kajüte zu kommen. Der Tag hatte mir genügend Aufregung geboten und die Müdigkeit machte sich in meinem ohnehin erschöpften Körper deutlich bemerkbar. Ich atmete schwer, als die Tür hinter mir ins Schloss fiel. Noch immer verfolgten mich Verduccis Worte über seine Schwester, ebenso wie das Bild dieser grünen Augen, die mich verwirrten. Ich kannte außer ihm nur einen Menschen, der grüne Augen besaß und ich war mir sicher, dass sie keine Geschwister hatte. Oder sollte ich mich so sehr täuschen?

Ich verwarf den Gedanken, ließ mich vorsichtig auf meinem Schlafplatz nieder und dankte Edea dafür, dass ich zumindest nicht in einer der Hängematten schlafen musste, in denen die Besatzung normalerweise ruhte. Mein Magen war zwar durch die Reise über das Meer an das Schaukeln des Schiffes gewöhnt, ich glaubte allerdings nicht, dass er einen dieser Schlafplätze, in denen man unsicher in der Luft hing und jeder Bewegung ausgeliefert war, lange ertragen würde. Müde hing ich meinen Gedanken nach, bis meine Augenlider immer schwerer wurden und ich sie schließen musste. Es war erst früher Abend und ich hatte noch nichts zu mir genommen, doch ich konnte den Schlaf nicht mehr hinauszögern und ergab mich der Ruhe, die meinen Körper wie kühles Wasser überspülte. Die Welt der Träume empfing mich mit offenen Armen und ich verlor mich darin, bis eine junge, weibliche Stimme meinen Namen rief und mich ihr entreißen wollte. War es Sadira, die mit mir zu reden wünschte? Ich wehrte mich gegen die Stimme, tat sie als Traum ab und wollte sie ignorieren, doch sie rief beständig weiter nach mir: »Lukrezia! Lukrezia, wacht auf!« Unwillig drehte ich mich auf die andere Seite und wollte die unwillkommene Störung ausschließen, bis die Stimme so ungehalten meinen Namen schnappte, dass ich endlich erwachte und mich erschrocken aufrichtete. Die Luft flimmerte vor meinen Augen und ich rieb darüber, um klare Sicht zu erlangen und die Täuschung zu vertreiben. Meine Bemühungen blieben jedoch vergeblich, denn das Flimmern hielt an und eine plötzliche Übelkeit stieg in mir auf.

Ich stöhnte unwillig, als sich das Gesicht von Alesia della Francesca vor meinen Augen manifestierte und dabei die Einrichtung der Kajüte vor meinem Blick verbarg.

Dies war also die Ursache meines Unwohlseins. Erbost blickte ich die Artista an, die mich aus meinen Träumen gerissen hatte, noch wesentlich zorniger darüber, dass sie vollkommen erholt vor mir stand. Kein Anzeichen ihrer vergangenen Anstrengungen stand ihr mehr in das hübsche Puppengesicht geschrieben und keine dunklen Ringe verunstalteten ihre makellose Haut. So wie es schien, hatte Alesia alle Ruhe dieser Welt genossen, während ich tagelangen Strapazen ausgesetzt war und nun gönnte sie mir selbstverständlich nicht das Gleiche.

Meine Stimme troff vor unterdrückter Wut auf die junge Artista, die mich süßlich anlächelte. Ein Lächeln, das ihre wahren Gefühle nicht ganz verbergen konnte, denn in ihren Augen tanzten feurige Lichter. »Was wollt Ihr von mir, Alesia? Euch war sicherlich bewusst, dass ich Ruhe gebrauchen kann. Konntet Ihr keinen besseren Moment wählen, um mich aufzusuchen?«

Alesias Lächeln vertiefte sich und sie strahlte mich förmlich an. Ein Ausdruck, der mich auf unheimliche Weise an eine zubeißende Schlange erinnerte und die Erinnerung an Delilah aufkommen ließ. »Aber Lukrezia, Ihr wollt Euch doch wohl jetzt nicht ausruhen? Ihr enttäuscht mich maßlos. Es gibt so vieles zu tun und Ihr habt Eure Aufgabe schließlich nicht zufriedenstellend erfüllt.«

Meine *Aufgabe*? Ich konnte mich nicht daran erinnern, dass ich mit Alesia della Francesca ein Arbeitsverhältnis eingegangen war. Ich hob dementsprechend erstaunt die Augenbrauen in die Höhe, während ich sie auf eine Erklärung wartend ansah. Die Übelkeit quälte mich diesmal noch weitaus stärker als sonst, lehnte ich die Magie, aus der sie entsprang, doch aus gutem Grunde ab. Die Gefahr, die sie mit sich trug, ließ eisige Schauer über meinen Rücken rinnen.

»Oh, das tut mir wirklich leid, Alesia. Vielleicht hättet Ihr mich zuvor über meine Aufgaben aufklären sollen?« Ich gab mir keine Mühe, den Spott in meiner Stimme zu verbergen und erwiderte ihr Lächeln mit einer säuerlichen Note. Die Arroganz der Artista ließ die Lavaströme in meinem Inneren aufwallen und sie begannen, langsam durch meine Adern zu strömen.

Das Mädchen schlug in gespieltem Schrecken eine ihrer zarten Hände vor die rosigen Lippen. Ich wunderte mich nur in geringem Maße über ihre plötzliche Wandlung. Die junge Artista war wohlauf und hatte, während Andrea Luca Delilahs Einfluss entzogen war, einiges von ihrer alten Stärke zurückerlangt. »Aber nein, Lukrezia! Ich muss mich bei *Euch* entschuldigen! Ich hätte Euch Eure Aufgaben deutlicher vorgeben müssen. Stellt Euch vor, ich dachte, nur weil Eure Mutter eine Artista war, hättet Ihr ein wenig mehr von Ihrem Verstand erben müssen.« Sie kicherte. Ich biss wütend die Zähne aufeinander und bedachte sie mit einem Blick, der sie auf der Stelle hätte töten müssen. Zu meinem Leidwesen blieb mir diese Genugtuung versagt.

»Wie man eindrucksvoll an Eurem Beispiel erkennt, liebste Alesia, ist adeliges Blut weder eine Garantie für gute Manieren noch für einen besonders ausgeprägten Verstand. Also würdet Ihr mir nun bitte mitteilen, was Ihr mir zu sagen habt und mich dann in Ruhe lassen?«

Alesias Puppengesicht verzog sich zu einer verärgerten Grimasse und sie verbarg ihre Gefühle nicht mehr länger. Ich vergaß von Zeit zu Zeit, wie jung die Artista war, denn ihre Verschlagenheit machte ihre Jugend oftmals wett. »Wie könnt Ihr es wagen, so mit mir zu reden? Ihr seid nicht mehr als eine schmutzige Hure, die ihren Körper für schönen Schmuck an den Meistbietenden verkauft!« Sie schrie mich an und verlor für einen Augenblick die Beherrschung, bevor sie nach Luft schnappte und einen tiefen Atemzug tat, der sie ruhiger werden ließ. Ich hielt es nicht für nötig, ihr zu antworten, hatte ich diese Beleidigung doch schon allzu oft gehört. Sie schnitt nicht mehr so tief, wie sie es einst vermocht hatte.

Auch ich drängte den glühenden Zorn in meinen Adern zurück und blickte die Artista kühl an. Sie fuhr sich mit einer Hand über den Mund, bevor sie mich hochmütig anstarrte. Es musste sie unendliche Mühe kosten, ihre Stimme ruhig zu halten, als sie zu sprechen begann, und ich bewunderte ihre Selbstbeherrschung, die für einen solch jungen Menschen stark ausgeprägt war. »Ich dachte, ich hätte mich klar genug ausgedrückt. Ihr solltet Andrea Luca dazu veranlassen, dass er nach

Hause zurückkehrt und den Einflussbereich der Prinzessin verlässt! Stattdessen sitzt Ihr auf einem Schiff und wartet darauf, bis es Euch in Sicherheit gebracht hat, während er der Prinzessin erneut verfallen ist!«

Daher kam also Alesias Wut. Sie hatte scheinbar ihre Beobachtungen gemacht und dabei voreilige Schlüsse gezogen. Zumindest hoffte ich dies inständig, denn alles andere bedeutete, dass Andrea Luca nicht nach Hause zurückkehren würde. Ich versuchte, all meine Vernunft, die mir noch geblieben war, zu finden und sammelte mich. Es würde mir nichts helfen, nun ebenso zu reagieren, wie Alesia es tat. »Unterschätzt Ihr nicht die Willenskraft eines Santorini, Alesia? Euer mangelndes Vertrauen verletzt mich. Vielleicht solltet Ihr einfach abwarten.«

Alesias Augen waren weit geöffnet und sie blickte mich an, ohne für einen langen Augenblick ein Wort der Entgegnung hervorzubringen. Offensichtlich war sie von meiner Reaktion überrascht. Ich bemerkte, wie sie schwächer wurde, und tat meinerseits nichts, um die Verbindung zu stützen. Ich hegte wenige Zweifel daran, dass die süße, kleine Artista einige böse Überraschungen für mich bereithielt, wenn sie meiner nicht mehr bedurfte. Doch sie sollte besser nicht glauben, dass sie es mit einer einfältigen Gegnerin zu tun hatte.

Endlich fand sie ihre Sprache wieder. »Ich warne Euch, Lukrezia! Wenn Ihr den Boden Terranos ohne Andrea Luca betretet und ihn in diesem schrecklichen Land zurücklasst, werdet Ihr spüren, zu was ich fähig bin!« Die Drohung lag schwer in der Luft und Alesia biss sich auf die Lippe. Scheinbar kam ihr zu Bewusstsein, was sie getan hatte und sie wusste um die Konsequenzen, wenn sie ihr wahres Gesicht zu früh zeigte. Ihre Haut war blass geworden und ihr Ausdruck wandelte sich zu einem gezwungenen Lächeln, das weder ihre Augen erreichte, noch sonderlich glaubhaft erschien. »Ich hoffe, dass Ihr wisst, was Ihr tut, Ginevra.«

Der Name kam aus ihrem Munde einer Drohung gleich und ich hasste seinen Klang, verhieß er doch niemals etwas Gutes, wenn sie ihn gebrauchte. Ich wollte zu einer letzten Erwiderung ansetzen, doch Alesias Umrisse verschwammen. Ihr Gesicht war von Erschöpfung gezeichnet.

Ich atmete erleichtert auf, als die Artista verschwand und ich allein in der Kajüte zurückblieb. Was mochte Alesia gesehen haben? Andrea Luca schien seine Rolle außergewöhnlich gut zu spielen, fast schon zu gut für meinen Geschmack, wie ich befürchtete. Konnte Delilah es vollbracht haben, ihn erneut in ihren Bann zu ziehen? Unruhe ergriff mich und ließ mich von meinem Platz aufstehen, während ich nach einem Weg suchte, mehr in Erfahrung zu bringen.

Wieder und wieder fiel mir das kleine Tintenfässchen auf dem Tisch des Kapitäns ins Auge und zog mich förmlich zu sich hinüber. Ich kämpfte gegen den Drang an, denn ich wusste um die Gefahr, die mir dann beschieden sein würde.

Aber durfte ich überhaupt darüber nachdenken? Es war möglich, dass Andrea Luca mich brauchte. Er riskierte sein Leben für mich, wann immer ich in Gefahr war, reiste selbst durch die Wüste, um mich zu finden. Durfte ich weniger tun?

Unentschlossen griff ich nach Tinte und Feder, stellte beides wieder zurück, unfähig, gegen die Warnung in meinem Inneren anzukommen, die erklang, sobald ich Anstalten machte, die ersten Linien auf das Papier zu setzen.

Ich rang für einen atemlosen Moment mit mir, unsicher, ob am Ende meine Gefühle für Andrea Luca oder meine Angst die Oberhand behalten würden. Doch dann verging mein inneres Ringen und ich begann, die Striche auf das Pergament zu setzen, die mich zu Andrea Luca führen würden.

Während ich damit beschäftigt war, meine Aufgabe auszuführen, schloss ich all meine Gedanken aus und ließ mich allein von meinen Gefühlen leiten. Meine Finger berührten zwischen den Strichen beständig den Rubin, der glühte, wann immer meine Haut an den Stein stieß. Schon bald spürte ich, wie sich die Linien bewegten und ich kämpfte gegen die Angst an, die dafür sorgen wollte, dass mir das entstehende Bild entglitt.

Mit klopfendem Herzen starrte ich auf das Pergament und versuchte dabei, jeden Gedanken an die vorherigen Geschehnisse zu verdrängen, mich stattdessen an das berauschende Gefühl zu erinnern, das der Fluss der Magie in mir auslöste.

Schon verschwammen die Linien und Andrea Lucas lächelndes Gesicht wurde mit Leben erfüllt. Es verleitete mich dazu, eine Hand nach ihm auszustrecken und seine Wange zu berühren. Er erschauerte leicht und sprach leise meinen Namen, fand mich aber nicht und schüttelte den Kopf, wie um eine Illusion zu verdrängen.

Andrea Luca war allein. Er hielt sich in seinen Gemächern im Palast des Sultans auf und saß nachdenklich auf dem großen Bett, das ich einst mit ihm geteilt hatte, wenn es auch nur für eine einzige Nacht gewesen war.

Sein Blick war in die Ferne gerichtet und ließ keine Spur von der Leere erkennen, die Delilahs Zauber auslöste. Stattdessen erschien er mir entspannt, lehnte sich mit nacktem Oberkörper und unter dem Kopf verschränkten Armen in die weichen Kissen zurück.

Ich fragte mich, wo Bahir sein mochte, doch sicher war er nicht in dem gleichen Zimmer untergebracht und würde zudem im Palast einiges an Vorsicht walten lassen müssen, damit er nicht entdeckt wurde.

Ich beobachtete Andrea Luca für eine Weile und sah zu, wie er müde die Augen schloss. Es war mir bisher nicht bewusst geworden, wie erschöpft er sein musste. Die tagelang andauernde Reise durch die Wüste hatte ihm keine Zeit gelassen, Erholung zu finden. Zärtlichkeit überflutete mein Herz und ließ es lauter schlagen. Die Empfindung wandelte sich in

Erschrecken, als sich unvermittelt die Tür zu seinen Gemächern öffnete. Andrea Luca setzte sich ruckartig auf, um zu sehen, wer sich dort Zutritt verschaffte.

Schnell schob sich eine dunkle Gestalt in den Raum hinein und schloss die Tür behutsam, nachdem sie sich aufmerksam umgeschaut hatte. Auch ich erblickte den Besucher, einen hochgewachsenen Mann mit kurzem Haar und einem Bart, der in Terranomanier seine Lippen umkränzte. Er war gekleidet wie einer unserer Landsmänner und ich nahm an, dass er zu Andrea Lucas Leuten gehörte.

Der Adelige entspannte sich und blickte den anderen Mann fragend an.

»Die Almira wird bereitgemacht und kann in wenigen Tagen ablegen. Ihr hattet offenbar leichtes Spiel, sie von Eurem Vorhaben zu überzeugen, denn im Palast wird alles für die Abreise vorbereitet. Ich habe mich vergewissert, dass niemand um diese Gemächer herum zu finden ist.« Die Stimme gehörte zu Bahir, den ich endlich an den blauen Augen erkannte. Darüber hinaus erinnerte wenig an den Mann, den ich in der Wüste angetroffen hatte. Die langen Locken des Wüstenprinzen waren der Schere zum Opfer gefallen und fielen ihm kürzer in das markante Gesicht, auf eine Art, die mich an Andrea Luca erinnerte. Auch sein einstmals voller Bart war ausgedünnt und zurechtgeschnitten. Ich war erstaunt über diese unerwartete Wandlung.

Andrea Luca glitt aus dem Bett und ein zufriedenes Lächeln huschte über seine Züge. Schnell nahm er das Hemd auf, das er zuvor achtlos zur Seite geworfen haben musste, und zog es über.

Ich bemerkte, in meine Beobachtung versunken, dass mich meine Kräfte zu verlassen drohten und eine bleierne Müdigkeit durch meinen Körper schlich, die mich lähmte. Trotzdem vermochte ich es nicht, das Bild gehen zu lassen. Verbissen hielt ich die Verbindung aufrecht.

»Sie war gerne bereit, zu glauben, dass Lukrezia tot ist und ich gebrochen zu ihr zurückgekehrt bin, um mich meinem unausweichlichen Schicksal zu ergeben. Ich habe ihr einen frühen Hochzeitstermin genannt und sie war entzückt darüber, ihr Ziel erreicht zu haben.«

Bahir nickte verstehend und strich über seinen Bart, ein wenig zögerlich, als er bemerkte, dass dort nicht mehr die gewohnte Fülle herrschte. »Ihr solltet trotzdem vorsichtig sein. Die Prinzessin ist geschickt und ihre Leibwache ist ihr treu ergeben. Sobald sie ahnt, was hier gespielt wird, wird sie ihre Kräfte einsetzen, um das Blatt zu wenden.«

Andrea Luca verschränkte die Arme vor seiner Brust und in seinen Augen leuchtete ein entschlossenes Licht. »Sie wird es nicht herausfinden. Ich halte die Prinzessin auf Abstand, so gut ich es vermag. Meine Trauer ist ein guter Vorwand und ich glaube, dass sie ihr willkommen ist, um ihre Kräfte zu schonen. Wenn ich auf diese Weise gefügig bleibe, muss sie ihren Zauber nicht einsetzen, um zu bekommen, was sie möchte. Je eher wir auf dem Weg nach Terrano sind, desto besser werden unsere Chancen stehen, Delilah zu schlagen. Ich werde in aller Frühe eine Botschaft an Verducci senden, damit das Schiff ablegt und Lukrezia in Sicherheit bringt.«

Der Wüstenprinz war anscheinend der gleichen Meinung, denn er brummte zustimmend und ging dann zu einem Fenster hinüber, um hinter dem Vorhang hinauszuspähen.

Also war Andrea Lucas Vorhaben geglückt und wir konnten am Morgen nach Terrano aufbrechen, während er schon bald selbst nachkommen würde. Meine Augen begannen heftig zu brennen und die Welt verschwamm hinter einem trüben Schleier.

Die Müdigkeit überwältigte mich endgültig, mein Kopf sank auf die Tischplatte und meine Glieder gehorchten nicht mehr länger. Es fiel mir schwer zu atmen und meine Kehle trocknete aus. Ich war nicht mehr in der Lage, eigenständig zu schlucken oder nach Wasser zu greifen, um sie zu befeuchten.

Unzusammenhängende Gedanken zuckten durch meinen Kopf. Warum hatte Alesia mir etwas anderes erzählt? Was hatte ihr Besuch bei mir zu bedeuten? Sie musste wissen, wie es um meine Verfassung bestellt war und dass jede weitere Ausübung der Magie gefährlich für mich war – oder war es etwa das, was sie wollte?

Dann fiel ich in das tröstliche Dunkel zurück, das alle Gedanken auslöschte. Mein Körper verlangte nach Ruhe und forderte sie ohne Rücksicht auf meine Wünsche ein.

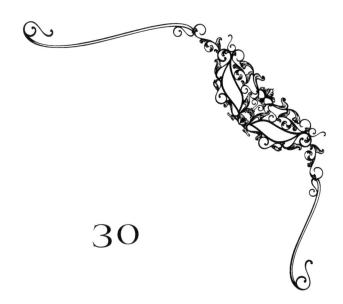

30

Wieder rief eine leise Frauenstimme meinen Namen und jemand schüttelte sanft meine Schulter, um mich aus meinem traumlosen Schlaf zu wecken und in das Reich der Lebenden zurückzurufen. Müde und erschöpft versuchte ich, mich dagegen zu wehren und den eindringlichen Ruf zu ignorieren. Doch wer auch immer mich wecken wollte, ließ sich nicht entmutigen und fuhr unverwandt mit seinen Versuchen fort, ohne sich durch meinen Unwillen abhalten zu lassen. Mein ganzer Körper war so schrecklich schwer, dass ich dachte, ich könne mich niemals mehr bewegen. Umso erstaunter war ich, als ein beißender Geruch in meine Nase stieg und meine Lebensgeister zurückbrachte.

Die aufdringliche Person, die dort an mir rüttelte, hatte ihre Taktik geändert und hielt mir ein Gefäß an die Lippen, aus dem dieser intensive Geruch stammen musste. Resigniert öffnete ich ein Auge und erkannte eine besorgte Sadira, die mir einen Tonbecher an die Lippen hielt und mich dazu nötigte, seinen brennenden Inhalt zu schlucken. Das Gebräu brannte sich meine Kehle hinab, befeuchtete sie allerdings auch, sobald das Brennen nachgelassen hatte. Stöhnend und hustend versuchte ich mich aufzurichten und öffnete auch das andere Auge, was mir erstaunlich leichtfiel.

Sadira musterte mich besorgt. »Ich nehme an, du bist nicht davon eingeschlafen, dieses Bild zu Papier zu bringen?«

Ich wollte etwas erwidern, doch meine Stimme versagte mir ihren Dienst und veranlasste Sadira dazu, mir erneut den Becher an den Mund zu führen. Ich wusste, dass Widerspruch zwecklos war, und ergab mich in mein grauenvolles Schicksal, ohne weiter darüber nachzudenken.

Als der Schmerz nachgelassen hatte, wagte ich einen neuen Versuch, Sadiras Frage zu beantworten. Diesmal funktionierte meine Stimme besser, zwar schwach und krächzend, aber zumindest einigermaßen verständlich. »Nein, ich habe die durchtanzte Ballnacht nicht verkraftet. Wie geht es dem Kapitän?«

Sadira lachte und griff nach dem Pergament, das Andrea Lucas Gesicht trug. Sie betrachtete es neugierig, als wolle sie sich jede Einzelheit davon einprägen und hielt es fasziniert in der Hand. »Der Kapitän leidet unter starken Kopfschmerzen und ist recht übel gelaunt, doch es wird sich im Laufe des Tages bessern.« Ihre dunklen Augen richteten sich bohrend auf mich und ich wusste, dass jedes Abstreiten meinerseits wirkungslos verpuffen würde. Sadira hatte nur zu genau erfasst, was sich hier abgespielt hatte. »Du bist eine Artista, deswegen bist du über diesem Bild eingeschlafen! Der Kapitän hat mir von den Hexen eurer Heimat erzählt, doch ich dachte, dass Kurtisanen keine derartigen Kräfte besitzen können. Er erzählte mir, dass man dazu aus einer der großen Blutlinien stammen muss, die euer Land beherrschen. Und dies dürfte auf Kurtisanen nicht zutreffen, falls ich keine falschen Vorstellungen davon habe.«

Ich konnte Sadira nicht belügen. Ich wusste nicht, wie viel Verducci von dem Handwerk einer Artista verstand, doch das mein Auftauchen in der Wüste keines rein natürlichen Ursprungs gewesen war, konnte keinem verborgen geblieben sein, der zumindest die Kenntnis davon besaß, dass solcherlei existierte. »Nein, das trifft auf Kurtisanen nicht zu. Und ich wurde nicht als Artista geboren. Ich besitze diese unheilvolle Kraft durch das Blut meiner Mutter und habe es selbst nicht gewusst, bis ich einen kleinen Hinweis bekommen habe.«

Sadira nickte und legte das Pergament vorsichtig auf den Tisch zurück. Ich bemerkte, wie ich leise aufatmete, denn ich wusste noch immer nicht, ob diese Werke dem Abgebildeten Schaden zufügen konnten, wenn man sie zerstörte. Der Verlust des anderen Bildes meldete sich in meinem Unterbewusstsein und hinterließ dort ein unbehagliches Gefühl.

Der Marabeshitin blieb meine Reaktion nicht verborgen und sie schaute mich prüfend an. Ein Blick, der nicht allzu angenehm war, starrte er doch bis auf den Grund meiner Seele. »Du siehst schlecht aus und ich glaube nicht, dass diese Kräfte zu deiner Gesundheit beitragen. Doch ich frage mich auch, warum du sie anwendest.«

Dieser Satz von Sadira, der nichts anderes, als eine ehrliche Frage von ihrer Seite beinhaltete, brachte einige unangenehme Überlegungen zurück. Ich traute Alesia nicht. Es war gut möglich, dass ihre Vorstellung allein dazu gedient hatte, mich weiter zu schwächen oder gar mein Ableben herbeizuführen. Ich war zu ungeübt darin, die magische Macht zu kontrollieren und das wusste Alesia ebenso gut wie ich selbst. Sie brauchte mich nicht mehr, denn Andrea Luca würde bald nach Terrano zurückkehren und dem Einfluss der Prinzessin dort entkommen. Und das, was ich der Unterhaltung zwischen Bahir und Andrea Luca entnommen hatte, bedeutete, dass Alesia nichts gesehen hatte, was sie zu anderen Schlüssen hätte verleiten können. Die junge Artista war wieder im vollen Besitz ihrer Kräfte, und wenn Delilah beseitigt war, blieb nur noch ich, die sie aus dem Weg schaffen musste. Es war gut möglich, dass der Fürst die zuvor geplante Verlobung von Neuem ins Auge fassen würde.

Ich ließ mir Zeit, bevor ich Sadira antwortete und als ich es tat, war meine Stimme düster. »Ich wollte diese Kräfte nicht anwenden, Sadira. Ich glaube, ich wurde geschickt hereingelegt und habe zu schnell reagiert, ohne das nötige Vertrauen in Andrea Luca zu setzen. Ein Fehler meinerseits, den ich möglicherweise bitter bereut hätte.«

Für die Marabeshitin musste ich in Rätseln sprechen, doch sie fragte nicht weiter, auch wenn ich ihr die Neugier deutlich ansehen konnte. Aber ich wollte noch nicht darüber reden. All dies war eine Vermutung, die in keiner Weise bewiesen war. Vielleicht hatte Alesia in der Tat eine Szene zwischen Andrea Luca und Delilah falsch interpretiert.

Die Unsicherheit nagte an mir und ich biss mir nachdenklich auf die Lippe. Sadira beobachtete mich und ich zwang mich zu einem Lächeln, blickte dann nach draußen, wo die Sonne schon hoch über dem Meer stand und die Welt mit ihrem Strahlen überzog. Von dem Hafen von Faridah oder den goldenen Kuppeln war nichts mehr zu sehen und ich vermutete, dass wir Marabesh hinter uns gelassen hatten und uns auf dem Meer befanden.

Bemüht, das Thema zu wechseln, wandte ich mich zu Sadira um und erhob mich von dem unbequemen Stuhl, der mein Nachtlager gewesen war. Schnell war die kleine Frau an meiner Seite und half mir auf die steifen Beine, die mich noch nicht ohne Widerspruch tragen wollten. »Die Promessa hat abgelegt? Dann hat Andrea Luca also seine Botschaft überbringen lassen?«

In Sadiras Augen glitzerte ein freudiges Licht. »Ja, die Nachricht erreichte uns am frühen Morgen durch den Mann aus der Wüste und der Kapitän hat uns sofort ablegen lassen. Wir sind schon seit einer Weile unterwegs. Die Almira wird ebenfalls in zwei Tagen ablegen und deinen Geliebten nach Hause bringen.«

Ich atmete erleichtert auf, froh, das heiße Wüstenland in meinem Rücken zu wissen. Wir verließen den engen Raum und gingen an Deck. Die frische Seeluft wehte salzig und voller Versprechen auf Abenteuer um meine Nase. Sie weckte meine Lebensgeister weitaus angenehmer als Sadiras widerlich schmeckendes Gebräu.

Ich blickte hinaus über die Wellen und genoss das Gefühl der vertrauten Bewegung unter meinen Füßen. Wir waren in der Tat schon weit von Marabesh entfernt, wie es mir schien, denn nirgends konnte ich mehr festes Land in der Ferne erkennen. Nur das blaue Wasser war geblieben, das mit jedem Wellenschlag von Freiheit flüsterte.

Eine Erinnerung regte sich in meinem Unterbewusstsein, eine Erinnerung, die mir Angst machte, doch ich verdrängte sie. Ich würde in meinem Leben noch genügend Wasser zu Gesicht bekommen und durfte mich nicht bei jeder Gelegenheit an das eine Mal erinnern, als es mir beinahe zum Verhängnis geworden wäre.

Sadira war für einige Augenblicke bei mir geblieben und hatte sich dann verabschiedet, um ihrer Arbeit nachzugehen. Sie zumindest besaß eine sinnvolle Tätigkeit, im Gegensatz zu mir, die ich mich bald unnütz fühlen würde, je länger wir über die Wellen segelten.

Aus den Augenwinkeln sah ich Domenico Verducci, der mit verkniffenem Gesichtsausdruck über das Schiff lief und seinen Männern übellaunig Befehle erteilte. Als er mich erblickte, wurde sein Blick finster und ich schenkte ihm ein ironisches Lächeln. Durch meine Reaktion fühlte er sich offenbar genötigt, auf mich zuzukommen, denn er schlug den Weg in meine Richtung ein und verneigte sich steif vor mir. Diese Geste erstaunte mich, war unser Umgang bisher schließlich keineswegs von höfischen Verhaltensmustern geprägt. Ich nahm seine Verneigung auf die angemessene Weise zur Kenntnis und blickte ihn neugierig an. Verducci wich meinem Blick aus und wandte sich zum Meer um. Seine Stimme klang rau, als er die ersten Sätze hervorbrachte. »Ich hoffe, Ihr seid wohlauf und hattet eine angenehme Nachtruhe, Signorina Lukrezia. Wir werden Terrano in zwei Wochen erreichen, wenn uns der Wind wohlgesonnen ist.«

Von einer angenehmen Ruhe konnte kaum die Rede sein und ich schauderte bei dem Gedanken an die Magie, die in der Nacht meinen Körper durchflossen hatte. Trotzdem behielt ich diese Gedanken für mich, denn Sadira hatte ihm offenbar nichts von den Geschehnissen in der Kajüte mitgeteilt. Ich wunderte mich über sein höfliches Auftreten, verbiss mir aber die kleinen Spitzen, die mir auf der Zunge lagen, und blieb ebenso förmlich, um nicht unnötig alte Wunden aufzureißen.

»Vielen Dank, Signore Verducci. Ich bin wohlauf. Ich hoffe, Eure Kopfschmerzen plagen Euch nicht allzu sehr?«

Der Kapitän verzog das Gesicht zu einer Grimasse und ich wartete darauf, dass sein gewohntes Naturell zum Vorschein kam. Falls dieses aufgrund seiner Kopfschmerzen im Verborgenen blieb, so hoffte ich, dass er noch öfter von einer solch unangenehmen Erscheinung geplagt sein würde, wenngleich dieser Wunsch vielleicht ein wenig selbstsüchtig war.

Verducci versteifte sich bei der Erinnerung an das Geschehen im Schiffsinnenraum. »Es ist mir unangenehm, dass Ihr mich in dieser Verfassung gesehen habt, Signorina. Und ich möchte mich dafür in aller Form bei Euch entschuldigen. Mein Verhalten war unangebracht.«

Er verstummte und ich starrte ihn verblüfft an, hatte diese Worte nicht aus seinem Munde zu hören erwartet. Ich öffnete die Lippen, um etwas zu erwidern, doch er brachte mich mit einer Geste zum Schweigen, die unmissverständlich war. Dabei wirkte er so hilflos, wie ich es einem Domenico Verducci niemals zugetraut hätte. »Ihr müsst dazu nichts sagen, Signorina. Doch seitdem Ihr bei mir wart, beschäftigt mich eine Frage, auf die ich allein von Euch eine Antwort erhalten kann. Ihr habt von Sadira gesprochen. Ist es wahr, dass sie ... nun, Gefühle für mich hegt?«

Bei jedem seiner Worte wurden meine Augen größer und ich musste mich zwingen, meine Empfindungen nicht offen zu zeigen. Konnte ein Mann denn wirklich so blind für seine Umgebung sein? Ich hielt es kaum für möglich, dass er in all der Zeit nichts bemerkt hatte. Trotzdem schien es tatsächlich so zu sein.

Ich überlegte meine Worte genau, wollte Sadiras Bemühungen nicht durch einen falschen Schritt von meiner Seite zunichtemachen und unterdrückte den Drang, hysterisch zu kichern. Mit meinen Nerven stand es eindeutig nicht zum Besten, wie ich einmal mehr zu meinem Leidwesen bemerken musste. »Aber natürlich habe ich die Wahrheit gesagt. Sadira hegt Gefühle für Euch – auch wenn Ihr es beileibe nicht verdient habt. Und Ihr habt sie mit Eurem Verhalten zutiefst verletzt.«

Die neue Rolle als Vermittlerin in Liebesdingen fühlte sich ungewohnt an. Ich kam mir ebenso linkisch vor wie Verducci, der sich jetzt noch weniger wohlzufühlen schien. Er kratzte sich unsicher am Kopf, ließ gleich darauf die Hand sinken, als er bemerkte, was er tat und was es über sein Innerstes verriet. Verducci war aufgewühlt, das konnte man an jeder seiner Bewegungen erkennen. Er brummte einige unverständliche Worte in seinen Bart, bevor er mich forschend ansah. »Und was schlagt Ihr vor? Was soll ich tun? Wenn ich sie verletzt habe, würde ich gerne versuchen, es wieder gut zu machen. Doch ich weiß nicht ...« Er verstummte, kämpfte mit sich und mit dem Fall seiner Maske. Ich hätte die Situation komisch gefunden, wenn die Dinge nicht so ernst gewesen wären.

Ich erblickte Sadira, die nachdenklich zu uns herübersah, während sie damit beschäftigt war, einen Eimer mit Wasser unter Deck zu befördern und ich lächelte ihr so beruhigend zu, wie es mir möglich war, ohne etwas über die Ursache dieses Zusammentreffens preiszugeben. Verducci folgte meinem Blick und sah Sadira nach, bis sie aus unserem Blickfeld verschwand.

»Vielleicht solltet Ihr sie ein wenig mehr beachten und sie nicht ansehen wie einen Eurer Männer. Sadira ist eine schöne Frau und sie ist durchaus Eurer Aufmerksamkeit würdig, auch wenn sie weder von adeligem Geblüt ist noch aus Terrano stammt. Aber Ihr scheint ohnehin eine Schwäche für Marabeshitinnen zu haben, wenn ich mich nicht täusche.« Diese kleine Spitze konnte ich nicht für mich behalten und meine Wangen wärmten sich, während ich errötete. Hastig redete ich weiter, um diese unwillkommene Erscheinung zu überspielen. »Euren Augen ist einiges entgangen, während Ihr Euer Herz an eine Frau gehängt habt, die es nicht mehr gibt.«

Bei der Erwähnung dieser Frau und der Erinnerung, die sie mit sich brachte, verdunkelte sich Verduccis Gesicht und seine Stimme wurde leise. Er sprach eher zu sich selbst als zu mir. »Ihr wisst nicht, wovon Ihr redet, Lukrezia. Ihr wisst nicht, wie Delilah gewesen ist. Sie war wie die Sonne, hell und strahlend, voller Lebensfreude und Liebe für ihr Volk. Sie war eine starke Frau, aber gleichzeitig ein verletzliches Kind, das seinen Weg im Leben suchte. Sie wäre eine wahrhaftige Königin geworden, von allen geliebt und verehrt.«

Wenn es sich um die gleiche Frau handelte, die noch im Palast lebte, dann hatte sie zweifelsohne ihren Weg gefunden. Ich räusperte mich und wandte mich von Verducci ab, wollte nicht, dass er meine Gedanken an meinem Gesicht ablesen konnte. »Diese Frau, von der Ihr sprecht, gibt es nicht mehr, Domenico. Ihr wollt Rache an ihr nehmen, doch könnt Ihr es wirklich, wenn sie vor Euch steht? Aus Eurer Sonne ist eine Schlange geworden, die alles zerstört, was in ihrem Weg steht.«

Verducci schnaubte und seine Schultern erzitterten. Ich war erschrocken, bis ich bemerkte, dass er lachte. Ich fand seine Reaktion überaus unpassend und spürte, wie sich Wut in mir sammelte. Der Narbenmann beruhigte sich, nachdem er den Ausdruck auf meinem Gesicht wahrgenommen hatte. »Nein, Lukrezia. Aus Delilah ist keine Schlange geworden. Ich bin mir beinahe sicher, dass sie damals wirklich den Tod gefunden hat und dass Bahir die Wahrheit spricht. Diese Frau, die Ihr kennengelernt habt, ist eine andere und deshalb hat sie versucht, mich töten zu lassen. Wer konnte die Prinzessin besser kennen, als ihr eigener Geliebter? Ich sah es in ihren Augen, kenne den Wahnsinn dieser schönen Frau, die den Platz Delilahs eingenommen hat und an ihrer Stelle Marabesh regieren will. Und ich glaube nicht, dass dem Sultan nach ihrer Hochzeit ein langes Leben beschieden sein wird. Doch Ihr könnt Euch kaum vorstellen, wie sehr ich mir gewünscht habe, dass sich Bahir täuscht und meine Sonne noch am Leben ist. Ja, die Ähnlichkeit zwischen den beiden Frauen ist überwältigend, aber es gab einen kleinen Makel an Delilahs Körper. Nur eine winzige Narbe, an einer Stelle, die niemand sonst jemals zu Gesicht bekommen hat.«

Als Kurtisane waren mir körperliche Dinge nicht fremd und so war ich über Verduccis Enthüllungen nicht so schockiert, wie es sicher manche Adelsdame gewesen wäre – zumindest in der Öffentlichkeit. Es war bekannt, was in höfischen Kreisen hinter verschlossenen Türen geschah. Und warum sollte sich die angeblich jungfräuliche Tochter des Sultans von Marabesh keinen Geliebten halten, der ihr die Zeit vertrieb? »Und Ihr habt die Prinzessin damit konfrontiert?«

Verducci nickte und starrte in die Ferne, hing gedankenverloren der Erinnerung nach, die ihn zu seiner Rache antrieb. Sein Gesicht wirkte müde und grau. Ich empfand Mitleid mit dem Mann, der so von seinem inneren Hass getrieben wurde, dass er nichts anderes mehr empfinden konnte. »Es hat kein gutes Ende genommen, wie alle Welt sehen kann. Ich weiß nicht, ob es Glück war, zu überleben, doch ich werde meine Rache haben, das schwöre ich Euch. Ich werde Delilah rächen und endlich Ruhe finden.«

Verducci war bitter geworden und er nahm meine Anwesenheit kaum mehr wahr. Ich hoffte, dass er Sadira von nun an besser behandeln würde, doch ich war mir keineswegs sicher. Das Andenken an die Prinzessin in seinem Herzen war noch lange nicht überwunden. Dies konnte man an seinem verzerrten Gesicht erkennen, wann immer die Sprache auf sie kam. Leise entfernte ich mich und ging in die Kajüte zurück, entsprach damit seinem Wunsch nach Einsamkeit und überließ ihn seinen Gedanken. Vielleicht würde auch Domenico Verducci eines Tages seinen Frieden finden. Und vielleicht würde Edea es so richten, dass er dies an der Seite Sadiras tat und endlich die schöne Prinzessin mit dem kupfernen Haar vergaß, die in seinem Herzen lebte.

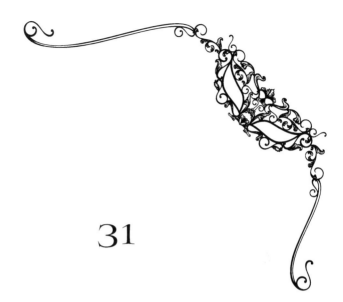

31

Mein Leben auf dem Schiff unterschied sich auf dem Rückweg nach Terrano nicht sonderlich von der Fahrt nach Marabesh. Ich hatte wenig anderes zu tun, als die Nase in meine Bücher zu stecken und über die Promessa zu streifen, wo die anderen ihrer Arbeit nachgingen.

Wann immer Sadira und Verducci meinen Weg kreuzten, konnte ich nicht widerstehen, die beiden zu beobachten. Daraus wurde ein willkommener Zeitvertreib, als mir auffiel, wie der Kapitän damit begann, die Marabeshitin verstohlen aus den Augenwinkeln zu mustern, wann immer er sie zu Gesicht bekam. Sadira bemerkte zunächst nichts von ihrem neuen Verehrer, bis ihr die ungewohnte Aufmerksamkeit vonseiten des Narbenmannes auffiel und sie ihn ihrerseits mit den Augen verfolgte, sobald er in ihr Sichtfeld trat. Stets, wenn sich ihre Blicke bei diesen heimlichen Observationen trafen, ergab sich das gleiche Phänomen und sie schauten schnellstens in eine andere Richtung, während beide vorgaben, schrecklich beschäftigt zu sein.

Mit der Zeit fand ich Vergnügen daran, mich ständig in ihrer Nähe aufzuhalten, um keinen Augenblick dieser unbeholfenen Annäherung zu versäumen. Zwei Wochen auf See waren eine lange Zeit, wenn man keine Zerstreuung hatte und zudem lenkte mich dieses überaus interessante Treiben von den Gedanken an Andrea Luca ab, der mittlerweile selbst auf dem Weg nach Terrano sein musste.

Ich wagte es nun endgültig nicht mehr, meine magischen Kräfte zu gebrauchen. Falls meine Vermutungen über Alesias Motive der Wahrheit entsprachen, hatte ich nicht vor, ihre Wünsche zu erfüllen und ihr Andrea Luca auf einem silbernen Tablett zu servieren. So ließ ich die Sorgen bei Tage nicht an mich herankommen, konnte es in der Nacht aber nicht vermeiden, dass die Träume wiederkehrten und ich am nächsten Morgen unausgeruht und mit Ringen unter den Augen erwachte.

Meistens sah ich in diesen Träumen, wie Andrea Luca der Prinzessin verfiel und mich darüber vergaß, mir fremd und unheimlich wurde, bis er selbst zu einer Schlange geworden war, die mich unheilvoll anzischte. Ihre schwarzen Augen, in denen es kein Licht gab, starrten mich unverwandt an und drangen bis in meine Seele. Danach erwachte ich schweißgebadet und mit klopfendem Herzen.

Auch Träume von meiner Zwillingsschwester und Pascale Santorini quälten mich. Doch diese Träume besaßen weniger Schrecken als die Visionen von Andrea Luca und der Prinzessin, wenngleich sie in der Realität kaum wünschenswerter waren. Kurzum, meine Zeit auf dem Schiff war nicht in jeder Hinsicht friedlich und ich sehnte mich danach, endlich festen Boden unter meinen Füßen zu spüren. Doch es war allein der Boden Terranos, nach dem es mich verlangte. Ich verspürte keine Sehnsucht mehr nach dem Zauber fremder Nationen.

Die zweite Woche war bereits zur Hälfte verstrichen und ich ging meiner neuen Beschäftigung an Deck nach, als Verducci sich endlich dazu durchrang, sich Sadira auf andere Weise zu nähern, als nur durch heimliche Blicke aus der Ferne. Die kleine Frau war gerade auf dem Weg zu der Luke, die unter Deck führte, einige Seile und Tücher auf den zarten Armen tragend, als Verducci in ihren Weg sprang und ihr die Last abzunehmen trachtete. Erschrocken über diese plötzliche Bewegung vonseiten des Kapitäns, ließ Sadira ihr Päckchen mit einem erschrockenen Schrei zu Boden fallen, der die Aufmerksamkeit des halben Schiffes auf die Szene lenkte.

Sie regte einige der Männer zu launigen Bemerkungen an, die Verducci und Sadira in diesem Moment wohl lieber überhört hätten. Beide sanken gleichzeitig auf die Knie, um den angerichteten Schaden zu beheben.

Ich hatte Mühe, mir das Lachen zu verbeißen, das ich gegen meinen Willen in meiner Kehle aufsteigen fühlte, konnte mich aber dennoch nicht abwenden. Ich beobachtete fasziniert, wie Verducci Sadira die zu Boden gefallenen Gegenstände auf die Arme legte und dabei wie zufällig über ihre dunkle Haut strich, was einen fragenden Blick der Frau nach sich zog.

Nachdem er sich erhoben hatte, bellte er den Männern einige unwirsche Befehle zu und warf einen giftigen Blick in meine Richtung, der mich dazu brachte, die Hand vor den Mund zu schlagen, um das Kichern zu unterdrücken.

Mit einem äußerst verwirrten Blick hatte sich auch Sadira erhoben. Sie schüttelte voller Staunen über den Kapitän den Kopf und sah ihm nach. Dann fanden mich ihre Augen und sie machte sich auf den Weg zu mir herüber, wo sie die verhängnisvolle Fracht auf dem Boden zu meinen Füßen ablegte. Es schien, als könne die Arbeit warten, bis Sadira erfahren hatte, was hier vor sich ging. Ich konnte mühelos die Fragen in ihren dunklen Augen lesen.

Sie sandte noch einmal ein ungläubiges Kopfschütteln in die Richtung, in der Verducci verschwunden war. »Hast du etwas mit dieser Sache zu schaffen? Ich habe noch nie zuvor etwas Derartiges mit dem Kapitän erlebt und du hast dich in den letzten Tagen einige Male mit ihm unterhalten.« Sadiras Stimme klang misstrauisch, doch ich zuckte nur die Schultern und setzte eine unschuldige Miene auf, die ihre Zweifel zerstreuen sollte. Ihre skeptisch emporgezogenen Brauen machten deutlich, dass ich auf ganzer Linie versagte. Sadira war auf keinen Fall so leichtgläubig, wie ich es mir in diesem Augenblick gewünscht hätte.

»Ich weiß nicht, was in Verduccis Kopf vor sich geht, Sadira. Vielleicht solltest du ihn selbst fragen. Ich habe ihn lediglich darauf hingewiesen, dass seine Manieren der Damenwelt gegenüber zu wünschen übrig lassen. Und er versucht scheinbar, dieses Fehlverhalten zu korrigieren.« Mein Augenaufschlag war unter der Aufsicht Signorina Valentinas sehr lange geübt worden und ich hielt ihn für recht überzeugend, legte dann nachdenklich einen Finger an die Lippen und versuchte, Sadira auf die richtige Spur zu lenken. Auch sie musste ein wenig angeschoben werden, wenn sie ihr Glück finden sollte. »Aber so wie es aussieht, solltest du die Gelegenheit nutzen, solange er es sich nicht anders überlegt. Schließlich kann der Kapitän recht launenhaft sein und wer kann schon sagen, wie lange seine momentane Stimmung noch anhält?«

Das Misstrauen stand Sadira deutlich in das hübsche Gesicht geschrieben. Ich konnte es ihr nicht verdenken, trug ich doch tatsächlich die Verantwortung für Verduccis Verwandlung und war keineswegs so unschuldig, wie ich es vorgab. Ich wollte jedoch vermeiden, dass Sadira das Gefühl beschlich, ich hätte ihr die Liebesangelegenheiten aus der Hand genommen. Ich hatte Verducci lediglich in die richtige Richtung geschubst. Laufen mussten sie von allein und der Weg war lang und mit Hindernissen gespickt. Letztlich gab die zarte Marabeshitin nach und zuckte ihrerseits ergeben die Schultern. Der argwöhnische Ausdruck in ihren Augen schwand und wurde durch Ratlosigkeit ersetzt. »Und was rätst du mir? Soll ich dem Kapitän hinterherlaufen und die Künste einsetzen, die du mich gelehrt hast, während die Mannschaft dabei zusieht?«

Sadira sah mich mit einem ironisch gefärbten Grinsen von der Seite her an und ich konnte mir bei dieser Vorstellung nun endgültig nicht mehr helfen und lachte heiter auf. »Aber nein, selbst auf einem Schiff sollte die Dame von Welt die Diskretion wahren. Ich denke, ich halte es auch für einige Zeit außerhalb der Kajüte aus, bis ihr fertig seid.«

Ich vollführte eine großzügige Geste in Richtung eben jenes Raumes, die Sadira ebenfalls zum Lachen brachte, und war mir sicher, dass wir mittlerweile die Aufmerksamkeit der halben Mannschaft auf uns gezogen hatten.

Auch Verducci kam wieder nach oben und bedachte uns mit einem argwöhnischen Blick, der unsere Heiterkeit noch weiter anspornte.

Sadira schlug mir spielerisch auf den Arm und schüttelte strafend den Kopf mit dem langen, schwarzen Haar, bevor sie mit einem gekonnten Hüftschwung davonstolzierte und dafür prompt mit einem bewundernden Blick des Kapitäns entlohnt wurde. Er starrte ihr nach, bis sie in den Innenraum des Schiffes verschwunden war.

Ich konnte mir mühelos vorstellen, dass Domenico mich wirklich hassen musste, war er sich meiner Blicke doch durchaus bewusst und konnte dennoch wenig dagegen tun, wenn er sein neuerliches Ziel erreichen wollte. Sadira würde ihn genüsslich zappeln lassen, sobald er an ihrem Haken hing – und er hatte es verdient. Ich glaubte natürlich nicht daran, dass Sadira und Verducci in die Kajüte verschwinden würden, denn es war noch lange nicht sicher, ob sie am Ende tatsächlich zueinanderfanden. Aber zumindest bestand Hoffnung, dass Sadiras Traum eines Tages wahr werden konnte.

Ich blieb noch eine Weile an Deck stehen und genoss die Strahlen der Sonne auf meiner Haut, die mich mit wohliger Wärme erfüllten. Wir hatten schon vor einiger Zeit jene kleine Insel passiert, an die ich nicht nur gute Erinnerungen besaß, doch diesmal war ich nicht von Bord gegangen, auch wenn mich die Schönheit dieses Ortes weiterhin anzog. Zu frisch war noch die unangenehme Begegnung mit Enrico in meinem Gedächtnis verankert und ich fragte mich, was wohl aus dem ehemaligen Bootsmann geworden war, nachdem Andrea Luca mich aus den Händen der Sklavenhändler befreit hatte. Wenn er in seine Hände gefallen war, so hatte er kein angenehmes Schicksal genossen. Für dieses Wissen benötigte ich keineswegs das Talent einer Artista.

Ich erwartete für diesen Tag keine besondere Aufregung mehr und war schon dabei, wieder die Kajüte aufzusuchen, als laute, aufgeregte Schreie über das Schiff gellten. Erschrocken blickte ich mich um und sah dann zum Ausguck hinauf, wo bereits mit wilden Worten und Gesten kommuniziert wurde, die ich von meinem Standpunkt aus nicht zu verstehen vermochte.

Auch Verducci lief alarmiert, mit dem Fernrohr in der Hand und hastigen Schritten, auf die Männer zu, die ihm beunruhigt entgegensahen. Bei seinen Männern angekommen, blickte er durch sein Fernrohr hindurch über das Meer und nickte angespannt, bevor er es zusammenschob. Sadira hatte mittlerweile ebenfalls beschlossen, sich die Quelle der Aufregung näher anzusehen und trat soeben aus der Luke hinaus ins Freie. Ich konnte beim besten Willen nichts entdecken, als ich angestrengt über das Meer blickte, das ruhig vor mir lag. So blieb ich also unentschlossen an meinem Platz stehen, während ich noch überlegte, ob ich mich der Gesellschaft nähern sollte, die dort, am anderen Ende der Promessa, in eine Diskussion verstrickt war.

Schließlich siegte meine Neugier und ich machte mich auf den Weg, sah aber bereits im Gehen, dass Verducci zu mir herüberblickte und Sadira einige Anweisungen gab, die ich durch die Entfernung nicht zu verstehen vermochte. Sadira nickte zustimmend und kam schnell auf mich zugelaufen, fing mich in der Mitte des Schiffes mit einem besorgten Gesichtsausdruck ab und lenkte mich in eine andere Richtung.

Ich blieb störrisch stehen und blickte sie um eine Erklärung heischend an. »Was in Edeas Namen geschieht hier? Was ist da draußen, das die Männer so in Aufregung versetzt?«

Die zarte Marabeshitin umfasste mit festem Griff meinen Arm. Ich bemerkte, dass ihre Hand trotz ihrer zur Schau getragenen Stärke zu zittern begonnen hatte und diese Entdeckung ließ mein Herz schneller schlagen. Besorgnis keimte in mir auf.

Für einen Moment schaute sie voller Angst zu Verducci hinüber, der dort seine Männer um sich versammelt hatte, dann atmete sie tief ein und versuchte, ruhiger zu werden. Ihre Stimme klang ungewöhnlich dünn und unsicher. »Die Heaven's Fire hat Kurs auf uns genommen ...« Sie brach ihren Satz ab und schaute sich um.

Ich hatte unterdessen Zeit, mir einige unangenehme Fragen zu stellen. Nichts davon trug zu meiner Beruhigung bei. Heaven's Fire hörte sich eindeutig nach einem Schiff an, allerdings nach keinem Schiff aus unserer Heimat, wie ich aus dem Namen schloss. Er stammte von den Smaragdinseln, Alviona, der Heimat von Elizabeth Weston und Cordelia Bennet, die im Norden lag. Dennoch rechtfertigte dies nicht die Reaktion der anderen. War die Heaven's Fire ein Piratenschiff?

Sadira brauchte einen weiteren Augenblick, um sich zu fassen, und ich wartete voller böser Vorahnungen darauf, dass sie weiterredete. »John Roberts, der Kapitän des Schiffes, und Domenico sind sich vor einiger Zeit auf den Inseln begegnet und haben für eine Weile zusammengearbeitet. Dann gerieten sie wegen der Aufteilung der Beute in Streit und Roberts beschuldigt den Kapitän seitdem, ihn betrogen zu haben. Sie werden uns sicher angreifen, denn Roberts wird keine Gelegenheit verstreichen lassen, seine Rache zu nehmen.«

Eine Piratenfehde also. Das waren in der Tat keine guten Nachrichten und ein flaues Gefühl breitete sich in meiner Magengegend aus. Piraten waren eine unangenehme Kleinigkeit, mit der man rechnen musste, wenn man die Weltmeere bereiste. Ich wollte eigentlich keine Bekanntschaft mit diesen Leuten machen, sofern sie nicht zur Promessa gehörten und mir zwangsweise schon bekannt waren.

Ich ließ mich von Sadira unter Deck begleiten, wo sie mich in die Kajüte brachte und unruhig nach draußen sah. »Der Kapitän möchte, dass du unter Deck bleibst und die Tür verschließt, falls sie uns erreichen. Wenn es zum Kampf kommt, bist du nirgends sicher, aber das wird keiner von uns sein.«

Die Kapitänskajüte erschien mir im Grunde eher wie ein Präsentierteller, doch ich erwähnte meine Befürchtungen nicht. Wo würden die Piraten sonst die wertvolleren Dinge vermuten? Seekarten waren für jeden Kapitän eine Bereicherung, ebenso wie Verduccis hochwertige Geräte. Und wenn er und der andere Piratenkapitän zusammengearbeitet hatten, dann würde dieser wissen, was sich hier befand.

Ich bemühte mich, meine Angst zu schlucken und wandte mich von Sadira ab. Es blieb mir keine andere Möglichkeit, als abzuwarten und ich suchte in meinen persönlichen Habseligkeiten nach meinem Rapier und dem Dolch. Es war ein geringer Schutz gegen eine Horde kampferprobter Piraten, das wusste ich, doch es würde reichen müssen.

Nachdem ich die Waffen gefunden hatte, wandte ich mich noch einmal zu Sadira um. »Was ist mit dir?«

Ihr Blick war leer. Sie schien mich nicht mehr zu sehen, war kaum noch mit den Gedanken bei mir in der Kajüte. »Mein Platz ist an der Seite des Kapitäns.«

Es blieb mir wenig mehr übrig, als ihre Antwort hinzunehmen. Die kleine Heilerin aus Marabesh drehte sich um und schritt entschlossen aus dem Raum, um an Verduccis Seite die Piraten zu erwarten.

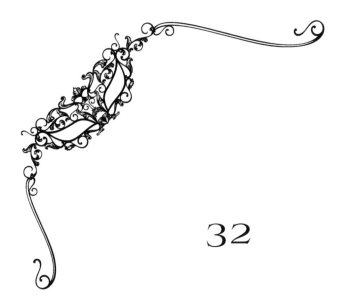

32

Nachdem Sadira mich verlassen hatte, verstrich die Zeit zähflüssig wie dicker Honig. Ich hasste das Eingesperrtsein in der Kajüte und wollte nicht untätig darinsitzen müssen, dennoch war ich keine Närrin und konnte meine Chancen gegen die Piraten gut genug einschätzen, um nicht sofort nach draußen zu laufen und mich dort auf das gegnerische Schiff zu stürzen.

Nicht, dass meine Versuche von Erfolg gekrönt gewesen wären, denn Verducci oder Sadira würden mich sofort unter Deck bringen, um meine Gesundheit nicht zu gefährden. Ich schnaubte leise bei dem Gedanken. Als seien die Magie der Artiste und ein Aufenthalt im Palast des Sultans von Marabesh besser als das, was hier zu drohen schien. Aber die Marabeshitin und der Kapitän waren sich über die Motive des anderen Schiffes einig und so hielt ich meine Zweifel zurück und ging zu der Fensterfront hinüber, die am Heck des Schiffes, für die Kapitänskajüte, angebracht worden war.

Endlich konnte auch ich den kleinen dunklen Punkt am Horizont ausmachen, der sich stetig der Promessa näherte und uns bald erreicht haben würde. Noch waren wir außerhalb der Reichweite der Kanonen des Piratenschiffes, doch wie lange noch? Ich wunderte mich, warum Verducci keine Anstalten machte, vor der Heaven's Fire zu fliehen und es auf den sicheren Kampf ankommen ließ, ihr entgegensteuerte, anstatt Abstand zwischen sein Schiff und die Kanonen des anderen zu bringen. Verducci musste in der Tat wahnsinnig sein. Kein beruhigender Gedanke in diesem Moment, in dem nirgendwo Land in Sicht war, auf das man sich flüchten konnte, wenn es zum Schlimmsten kam. Es war unangenehm, sich auszumalen, was geschah, wenn die beiden Schiffe aufeinandertrafen. Ich verfluchte Verducci dafür, dass er mit seinem Handeln alles in Gefahr brachte, wofür ich gekämpft hatte.

Je mehr Zeit verging, desto deutlicher konnte ich das schlanke, schnelle Schiff erkennen, das mit vom Wind aufgeblähten Segeln auf uns zusteuerte. Unbeirrbar näherte es sich, bis ich die schwarze Flagge an seinem Mast erkennen konnte, die mir einen grinsenden Totenschädel unter einem Säbel präsentierte, der von tanzenden Flammen umhüllt war. Unwillkürlich stellten sich die Härchen an meinen Armen auf und ich erschauerte, als der erste Kanonenschuss über das Meer hallte und ein Beben durch die Promessa lief.

War es Paolo, unser Kanonier, der die schwere Kugel aus dem Bauch der Promessa heraus abgefeuert hatte? Ich konnte es nicht unterscheiden, glaubte aber nicht, dass wir getroffen worden waren. Die Wucht war zu gering und ich hatte kein splitterndes Holz vernommen.

Schon konnte ich die Piraten mit den blitzenden Waffen auf dem anderen Schiff ausmachen und ihre lauten Stimmen wurden gedämpft zu mir herübergetragen. Oder waren es die Stimmen unserer Männer? Überall brach die Hölle los, als

Schuss um Schuss ertönte und mir jedes Mal beinahe den Boden unter den Füßen davon riss. Immer wieder hörte ich Verduccis Stimme über dem Lärm, der seinen Männern Befehle zubrüllte und nicht so weit von mir entfernt zu sein schien, wie ich es angenommen hatte.

Ich beobachtete das Geschehen mit einer fassungslosen Faszination, registrierte, dass uns das andere Schiff erreicht hatte. Das Feuer wurde eingestellt. Promessa und Heaven`s Fire kamen nebeneinander zum Stillstand und die Männer begannen einen Enterkampf.

Es war unmöglich geworden, zu erfassen, was an Deck vor sich ging. Das andere Schiff verstellte mir die Sicht und ich konnte nur noch die Holzplanken der Heaven's Fire sehen, die alles andere ausschlossen und mir nichts als Vermutungen ließen.

Ich konnte hören, wie Stahl auf Stahl traf, wieder und wieder, ohne enden zu wollen. Die Schreie der Männer, ob wütend oder schmerzerfüllt, gellten in meinen Ohren, sodass ich mir wünschte, taub zu sein, um sie nicht mehr hören zu müssen und die Welt auszuschließen.

Mit jedem Schrei, jedem Geräusch, das mir näherkam, wuchs die Angst in meinem Herzen, bis sie sich zu einer Todesangst gesteigert hatte. Weder das Messer in meinem Stiefel noch das Rapier an meiner Seite konnten mich jetzt noch beruhigen, und das Atmen fiel mir schwer.

Der Geruch der abgefeuerten Kanonenkugeln lag in der Luft und ich war froh darüber, war es zumindest nicht der Geruch nach Blut, der in meine Nase drang. Ich sorgte mich um die Männer, die ich in den letzten Wochen kennengelernt hatte, und sandte Stoßgebete zu Edea, um für ihre Sicherheit zu beten. Doch ganz besonders sorgte ich mich um Sadira und Verducci, die irgendwo in diesem ohrenbetäubenden Chaos steckten und für ein Ziel kämpften, das ich nicht ermessen konnte. So nahe waren sie daran gewesen, endlich zueinanderzufinden und nun waren sie in einen Kampf um ihr Leben verstrickt, anstatt zarte Bande zu knüpfen.

Ich wollte ebenfalls nach oben, nicht mehr diesen Vermutungen und meiner Angst ausgesetzt sein, sondern selbst etwas tun, auch wenn es nicht viel war, was ich beitragen konnte. Aber alles war besser, als eingesperrt zu sein, ein Opfer meiner Fantasie, die schrecklicher war als jede Wirklichkeit.

Doch ich kam nicht bis zur Tür hinüber. Das Geräusch zersplitternden Glases ließ mich innehalten und ein lauter Aufschlag auf die Planken der Kajüte ertönte.

Ich sah die glitzernden Glasscherben, die fein zu Boden rieselten, wie verzaubert aufblitzten und mir entgegen stoben. Mechanisch hob ich einen Arm vor mein Gesicht, um mich vor den scharfen Splittern zu schützen, bemerkte jedoch gleich, dass dies ein Fehler war.

Ein großer, breiter Mann mit langem, rotem Haar und nacktem Oberkörper sprang auf mich zu und packte mich. Erschrocken schrie ich auf, bis der Atem aus meinen Lungen wich und ich nur noch keuchen konnte. Mein Rücken prallte hart gegen die Wand der Kajüte.

Der Pirat hatte nicht lange gebraucht, um sich zu fangen und war bereits ganz in seinem Element. Seine schmutzigen Finger fassten grob nach meinen Brüsten und quetschten sie schmerzhaft. Ich versuchte verzweifelt, den großen Kerl von mir zu stoßen, was meine Kräfte bei Weitem überstieg. Nicht weiter von meiner Gegenwehr beeindruckt, lachte er erfreut auf und übler Atem schlug mir entgegen, der keine ausgeprägte Reinlichkeit vermuten ließ. Ich spürte, wie sein Gewicht schwer auf mir lastete, als er sich dazu entschloss, einige Worte auf alvionisch an mich zu richten. Seine Stimme war tief und rau, eindeutig dafür gemacht, im betrunkenen Zustand Seemannslieder zu grölen. »Na Süße, Lust, einem einsamen Seemann die Zeit zu vertreiben?« Er lachte lüstern und voller Vorfreude. Seine großen, behaarten Hände betatschten weiterhin meinen Körper und taten mir weh. Ekel stieg in mir auf, als er damit begann, aufdringlich und feucht meinen Hals zu küssen und mich auf mein Lager herabzog.

Verzweifelt tastete ich nach etwas Schwerem und dankte Edea dafür, dass sie ihn derart beschäftigt sein ließ. Dann fanden meine Finger, was sie gesucht hatten und ich packte den ledergebundenen Folianten, der neben dem Bett auf dem Boden der Kajüte lag und eine passable Waffe abgab.

Ich sammelte all meine Kräfte und holte so weit aus, wie ich konnte, bevor ich dem Piraten das Buch gegen den harten Schädel schmetterte. Diesmal war es für ihn an der Zeit, erstaunt zu keuchen. Er hob sich ein Stück von mir und fasste verdutzt an seinen Kopf, bis er von Schwindel ergriffen wurde und ohnmächtig über mir zusammensank. Benommen ließ ich das Buch zu Boden fallen und rang nach Luft, was mir der Körper des Piraten deutlich erschwerte. Dann wand ich mich unter ihm hervor, um Abstand zwischen uns zu bringen, während ich Edea dafür dankte, dass ich zu den Menschen gehörte, die sich für Bücher interessierten und einige davon besaßen.

Es war nicht einfach, unter dem großen Mann hervorzukriechen und die Schweißperlen standen mir auf der Stirn. Für den Moment waren die anderen Geräusche auf dem Schiff für mich ausgesperrt und es gab allein diesen Körper und mich. Schließlich hatte ich es geschafft und der Rothaarige rutschte an meiner Stelle auf meine Bettstatt.

Nach Atem ringend schaute ich zu ihm hinüber und suchte nach einem Weg, um das Problem zu beseitigen, während meine Augen unwillkürlich von dem Rapier an meiner Hüfte angezogen wurden. Kopfschüttelnd vertrieb ich den Gedanken daran. Doch er würde nicht für immer schlafen und der Schlag war sicher nicht hart genug gewesen, um ihn lange genug besinnungslos bleiben zu lassen, bis Hilfe eintraf. Falls sie denn jemals kommen würde. Hektisch suchte ich nach einem Seil oder etwas Ähnlichem, um ihn zu fesseln, als ich Verduccis Stimme von der anderen Seite der Tür her hören konnte. Er schrie fragend meinen Namen. Ein Hoffnungsschimmer leuchtete in meinem Herzen auf und ich sprang schnell zur Tür hinüber und schob den Riegel beiseite um den Kapitän in sein Domizil einzulassen.

Mit unglaublicher Wucht flog die Tür auf und Verducci stolperte zu mir herein, nachdem er die letzten Säbelhiebe mit einem Piraten ausgetauscht hatte. Sein helles Hemd hing von Blut befleckt in Fetzen an seinem Körper und er hielt den rot gefärbten Krummsäbel fest in der Hand.

Er musterte mich, um sich von meiner Unversehrtheit zu überzeugen und sah sich dann die Kajüte an. Amüsiert zog er eine Augenbraue in die Höhe und schaute zu mir herüber, nachdem er den bewusstlosen Piraten entdeckt hatte. »Es scheint mir, als ob Ihr bestens allein zurechtgekommen seid, Signorina. Red Sam hat eindeutig mehr Blessuren davongetragen als Ihr.«

Wütend funkelte ich den Kapitän an, dessen Besorgnis von einem Moment auf den anderen verflogen war. Er machte keinerlei Anstalten, sich um den anderen Mann zu kümmern. »Eure Besorgnis erfreut mein Herz, Signore Verducci. Läge es im Bereich des Möglichen, diesen netten Menschen zu entfernen, bevor er erwacht? Oder möchtet Ihr ihn heute Abend lieber zu einem kleinen Fässchen Wein einladen, um Euer Wiedersehen zu feiern? Sollte dies der Fall sein, so werde ich ihm selbstverständlich zu Diensten sein.«

Verduccis Lippen öffneten sich zu einer Erwiderung, als die Tür erneut aufgestoßen wurde. Schnell fuhr er zu der neuen Gefahrenquelle herum, taumelte einige Schritte zurück, als ein Körper in seinen Armen landete.

Ein fassungsloser Schrei drang aus meinem Mund, als ich erkannte, um wen es sich handelte. Sadira, die kleine, zarte Heilerin, blutüberströmt von den Hieben einer Klinge, lag regungslos in Verduccis Armen. Noch nie zuvor hatte sie so zerbrechlich ausgesehen, die Haut weiß wie feines Porzellan. Alles Blut war aus ihren Lippen gewichen.

Wer konnte zu solch einer Gräueltat fähig sein? Welches Monster hatte Sadira so übel zugerichtet? Als ich zu ihnen hinüberlaufen wollte, wand sich ein Arm um meine Taille und zog mich an einen Männerkörper, zu dem eine arrogante, kultivierte Stimme gehörte. »Nein wirklich, Domenico. Hier hältst du also deinen größten Schatz versteckt? Ich habe dir keine Sekunde geglaubt, dass du niemals mehr eine Frau anrühren würdest.«

Das Lachen des Mannes war widerlich und voller Selbstgerechtigkeit. Sein Körper in meinem Rücken erbebte. Anscheinend war Kapitän John Roberts persönlich eingetroffen und wollte seine Rechnung mit Verducci begleichen.

Ich war wie gelähmt. Der Schrecken, den ich bei Sadiras Anblick empfunden hatte und die Angst um die kleine Frau saßen tief und machten mich unfähig, etwas anderes zu tun, als mit großen Augen zu Verducci hinüber zu starren. Er hatte sich nicht bewegt und funkelte den Mann in meinem Rücken aus seinen Smaragdaugen an.

Dieser begann erneut zu reden, wollte Verducci reizen, um ihn endlich aus der Reserve zu locken. »Du solltest keine Frauen für dich kämpfen lassen. Doch sei unbesorgt, Sadira geht es gut und sie wird bald erwachen. Ich würde meinem kleinen Kätzchen niemals etwas antun. Du hättest sie bei mir bleiben lassen sollen. Aber du musstest sie in deiner Selbstsucht aus meinen Armen reißen. Ein Schatz mehr, den du auf der Promessa behalten wolltest, nicht wahr?«

Er schwieg vielsagend und nutzte die Gelegenheit, flüchtig mit seiner Hand über meinen Hals zu streifen, die sich erstaunlicherweise nicht so rau anfühlte, wie ich es erwartet hatte. »Aber es ist mir gleich. Dann werde ich eben diese mitnehmen. Dein Geschmack bei Frauen war noch nie zu verachten.«

Von Neuem erklang sein Lachen in meinem Rücken und er schob meine Haare zur Seite, um provokant meinen Hals zu küssen. Wie durch einen Schleier registrierte ich, dass der Piratenkapitän von mir sprach, mich auf sein Schiff entführen wollte, weg von meiner Heimat, einer unbekannten Zukunft entgegen. Nein, ich wollte nicht mehr der Spielball fremder Mächte sein, ganz gleich, wie sehr sie mich an Stärke überstiegen – ich wollte endlich wieder nach Hause!

Noch niemals zuvor hatte ich einen Hass in Verduccis Augen gesehen, der jenem gleichkam, den ich jetzt in ihnen glitzern sah. Nicht einmal der Hass auf sich selbst war so stark wie das Gefühl, das er dem anderen Piratenkapitän entgegenbrachte.

Aus den Augenwinkeln nahm ich Roberts Rapier wahr. Das Rapier, an dem Sadiras Blut klebte. Und es war diese Waffe, die dafür sorgte, dass Verducci sich nicht bewegte und stattdessen Sadira hielt, so als wolle er sie niemals mehr loslassen.

Seine Stimme war dunkel und tief, klang, als ob sie den Tiefen des Abgrundes entstammte. »Lass sie los, John. Diese Frau ist nicht für dich bestimmt und ich werde es nicht zulassen, dass sie das Schicksal deiner Gesellschaft gegen ihren Willen erleiden muss.«

Ich konnte den Mann nicht sehen, der mich festhielt. Verducci jedoch war genau in meinem Blickfeld und er machte eindeutige Anstalten, Sadira auf den Boden zu seinen Füßen gleiten zu lassen. Sein Blick streifte mich kurz und ich schüttelte den Kopf. Er hielt inne.

Meine Hand fuhr langsam an meinem Bein hinab und tastete nach dem Dolch, der in dem hohen Stiefel steckte und darauf wartete, die Freiheit zu erlangen. Noch einmal spürte ich die Lippen des Piraten an meinem Hals, gierig und voller

Hohn glitten sie über meine Haut und ließen neuen Ekel in mir aufkeimen. Dann löste er sich von mir und kicherte leise in sich hinein. »Bist Du noch immer eifersüchtig auf mich, Domenico? Es hat sich bisher noch keine der Damen beklagt.«

Seine Großspurigkeit würde ihm den Hals brechen. Er erwartete offenbar keine Gegenwehr von meiner Seite und ich ließ in ihm nicht den Verdacht aufkommen, dass ich mich wehren würde. Behutsam schlossen sich meine Finger um den Griff des Dolches, den der eitle Kapitän dort übersehen hatte, und ich zog ihn unmerklich nach oben, drehte mich unvermittelt in den Armen des Mannes herum, der mich für erstarrt gehalten hatte. Die scharfe Klinge wies drohend auf seinen Hals. Ich ließ ihn den Kuss des kalten Stahls auf seiner Haut spüren, wie ich es schon einmal bei Alesia getan hatte.

Für einen Moment zeigte sich Verständnislosigkeit in seinen Augen und ich betrachtete mir sein Gesicht, während er versuchte, die neue Situation zu überblicken. Kapitän John Roberts war ein gut aussehender Mann. Jünger, als ich es angenommen hatte, besaß er lange, goldblonde Locken und engelhaft wirkende Züge mit Augen von der Farbe eines Regentages. Verstehen zeichnete sich auf seinem Gesicht ab und ein Lächeln verzog seine Lippen auf eine für viele Frauen reizvolle Weise. Ich hatte jetzt jedoch keinen Blick für attraktive Männer und starrte ihn unbewegt an. Er war der Mann, der Sadira verletzt hatte. Diese Tatsache wurde mir noch klarer und ließ mich seiner momentanen Hilflosigkeit bewusst werden. Beinahe gegen meinen Willen ritzte die Klinge des Dolches die Haut des Piraten und rote Blutstropfen quollen aus dem Schnitt hervor.

»Ich beklage mich aber, Signore. Denn ich habe keineswegs das Bedürfnis, Euer Lager zu teilen, so leid es mir für Euch tut. Und es würde mich sehr erfreuen, wenn Ihr nun Eure schmutzigen Finger von mir nehmen könntet, denn ich lege keinen besonders großen Wert auf Eure Gesellschaft.«

Hinter mir hörte ich, wie Verducci Sadira auf den Boden legte und ich sah, wie etwas in Roberts Augen zu funkeln begann wie Blitze an einem regnerischen Tag. Er löste den Griff um meinen Körper und endlich kam ich frei. Sein leises Lachen drang durch die Kajüte, von dem Schlachtenlärm fast übertönt. »Zu schade, Mylady. Aber Ihr habt – zumindest für den Moment – die besseren Argumente.«

Er öffnete seine Arme zu beiden Seiten, als Verducci zu uns herantrat und seinerseits die Klinge an den Hals des gegnerischen Kapitäns setzte, mit dem ihn diese mysteriöse Fehde verband. Ich trat zurück, konnte es kaum noch erwarten, mich von dem prachtvoll gekleideten Mann in dem roten Mantel zu entfernen, und huschte an Sadiras Seite hinüber.

Erleichtert hob ich ihren Kopf auf meine Knie, beobachtete dabei die beiden Männer, die sich gegenüberstanden. Verduccis Gesichtsausdruck war grimmig und unnachgiebig, trotzdem sah ich ungläubig, wie sich ein Lächeln auf seine Miene schlich. »Ich glaube, die Signorina wird dich nicht begleiten, John, doch vielleicht sollte ich dafür sorgen, dass du hierbleibst. Du verstehst sicher, dass ich das Risiko, dich laufen zu lassen, nicht eingehen kann?«

Die Unschuld auf Roberts engelgleichem Gesicht wirkte beinahe überzeugend. Die Verschlagenheit in seinen Augen konnte davon allerdings nicht überdeckt werden. Auch er lächelte. »Aber Domenico, alter Freund ... Nicht ich war es, der sich ehrlos verhalten hat. Ich werde selbstverständlich meine Männer abziehen und von deinem alten Schiff verschwinden. Überdies hat mich deine Gastfreundschaft noch nie überzeugen können.«

Er setzte einen entschuldigenden Gesichtsausdruck auf und das Lächeln verschwand selbst dann nicht von seinen Zügen, als Verducci ihm ein Zeichen machte, sich umzudrehen und vorauszugehen. »Bitte, nach dir, *alter Freund*.«

Es war nicht schwer, die Ironie aus den Worten des Narbenmannes herauszuhören. Roberts tat, was er von ihm verlangte, nicht aber, ohne sich noch ein weiteres Mal zu mir herumzudrehen und mich verführerisch anzulächeln. Eine Verführung, der ich nicht nachzugeben versucht war.

»Wir werden uns wiedersehen, Mylady. Dessen könnt Ihr Euch gewiss sein.« Enthielten seine Worte eine Drohung? Ich wusste es nicht einzuordnen. Er zwinkerte mir vertraulich zu, dann stieß Verducci ihn grob mit der Klinge an und der großspurige Mensch verschwand aus der Kajüte.

Ich wagte es, aufzuatmen und wollte mich gerade um Sadira kümmern, als ich ein leises Stöhnen von dem vergessenen Red Sam vernahm, der Anstalten machte, aus seinem unfreiwilligen Schlummer zu erwachen. Ich hatte allerdings endgültig die Lust daran verloren, mich mit Piraten und Ihresgleichen herumzuschlagen und griff beherzt nach dem schweren Buch, um seinen Kopf noch einmal mit den ledergebundenen Seiten Bekanntschaft machen zu lassen. Zufrieden bemerkte ich, wie er zusammensank und weiterschlief.

Der Schlachtenlärm verstummte langsam und Roberts Männer zogen sich auf ihr Schiff zurück. Ich wollte nicht wissen, wie viele Menschenleben dieser Tag gekostet hatte und ich fürchtete mich davor, nach draußen zu gehen und einige der Männer, mit denen ich die letzten Tage verbracht hatte, nicht mehr vorzufinden.

Doch diese Gedanken hatten Zeit, vorerst galt es, sich um Sadira zu kümmern, die die Augen aufschlug und mich anblickte. Nun, da ich sie näher betrachten konnte, fiel mir auf, dass nicht alles von dem Blut auf ihrer Bluse von ihr selbst stammte und dass es in der Tat nicht so schlimm um sie bestellt war, wie ich zuvor angenommen hatte. Zumindest in dieser Hinsicht hatte der Pirat die Wahrheit gesagt. Die Beule auf ihrem Kopf würde ihr trotzdem noch für einige Tage zu schaffen machen.

Sie stöhnte auf, wollte sich erheben, doch ich hielt sie zurück und spielte meinerseits die strenge Aufseherin, die mir Sadira stets gewesen war. »Der Kapitän ...?«

Behutsam half ich ihr, sich niederzulegen und lächelte sie beruhigend an, um ihre Sorge zu zerstreuen. »Der Kapitän ist wohlauf, sorge dich nicht. Hast du große Schmerzen?«

Die kleine Marabeshitin schüttelte verneinend den Kopf, was ihr ein neuerliches Stöhnen entlockte. Ich begab mich zu dem Schrank, von dem ich wusste, dass sie dort ihre Heilmittel aufbewahrte. Ich wagte es nicht, die Kajüte zu verlassen, um frisches Wasser zu besorgen und nutzte stattdessen den Krug mit süßem Wasser, der mir zur Verfügung stand, um ihre Wunden zu reinigen und sie mit sauberen Tüchern aus dem Schrank zu verbinden.

Sadira sprach nicht und ließ die Behandlung ohne Murren über sich ergehen. Endlich konnte ich mir ein genaues Bild von ihren Verletzungen machen und zählte einige kleinere Schnitte, aber auch eine große Wunde an ihrer rechten Schulter, durch die ein Dolch oder Rapier gedrungen war.

Ich suchte nach einigen ihrer Tinkturen, deren Wirkung mir bekannt war, und versuchte, die Blutung zu stillen, die mit ein wenig Glück bald nachlassen würde.

Es wurde Zeit, dass jemand zu uns herabkam und sich um den Rothaarigen kümmerte. Ich traute mich nicht, ihn von seinem Lager zu stoßen, um Sadira an seiner Stelle diesen Platz einnehmen zu lassen. Zu groß war die Gefahr, dass er dabei erwachen würde.

Der Augenblick, durchzuatmen, war gekommen, und ich spürte, wie die Anspannung von mir abfiel, während ich wartete und Sadira versorgte. Dieses Mal war Verducci der Heaven's Fire entkommen und ich hoffte inständig, dass es zu keinen weiteren Zusammenstößen mit Roberts und seinen Männern kommen würde, bevor die Promessa Terrano erreicht hatte.

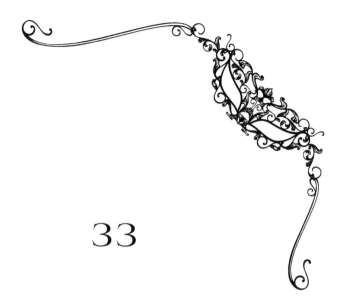

33

Je länger wir mit dem Rothaarigen in einem Raum saßen, desto unruhiger wurde ich. Ständig schielte ich zu ihm hinüber, denn ich hatte nicht vor, das Buch weiterhin zum Einsatz zu bringen. Es hätte mich nicht stören sollen, ob er einen dauerhaften Schaden davontrug, so wie auch er sich im Gegenzug nicht daran gestört hatte. Trotzdem lehnte ich Gewalt ab, wenn man sie mir nicht aufzwang.

Sadira war in sich gekehrt und ich nahm an, dass sie in ihre eigenen Gedanken versunken war, die sich mit Sicherheit nicht allein um Verducci drehten, sondern auch um John Roberts. Ob diese Gedanken von dem Kampf herrührten oder ihre Wurzeln in der Vergangenheit lagen, war ein Rätsel, das ich allein nicht zu lösen vermochte.

Die Neugier machte mich nervös und ich suchte nach einem passenden Zeitpunkt, um sie darauf anzusprechen, wurde aber durch Robertos Ankunft davon abgehalten. Er wirkte verlegen. Zumindest meinte ich, dies an seinem unsicheren Verhalten und der leichten Röte auf seinen Wangen zu erkennen. Er war in der Takelage völlig in seinem Element und neigte dazu, dort mit seinem Talent anzugeben. Sobald er allerdings mit einer Frau allein war, blieb der Aufschneider in ihm spurlos verschwunden. Ich kicherte heimlich in mich hinein, blickte den Mann auffordernd an und wartete ab, was er zu sagen hatte.

Roberto war ein schlanker, drahtiger Terrano mit dichtem, schwarzem Haar und es wunderte mich nicht, dass er keine bemerkenswerten Verletzungen davongetragen hatte. Er besaß eine katzenhafte Anmut, die ihn sicherlich allen Angriffen mühelos ausweichen ließ. Ich bewunderte sein Können oft, wenn er seiner Arbeit nachging.

Roberto stand für einen Moment unschlüssig in dem Raum und das Rot auf seinen Wangen vertiefte sich noch. Er kratzte sich am Kopf und deutete dann auf Red Sam. »Ich soll den Roten abholen und nach oben bringen, Signorina.«

Ich lächelte ihn aufmunternd an, was ihn jedoch nicht zu beruhigen schien, sondern eher das Gegenteil bewirkte. »Vielen Dank, Roberto. Es wäre sehr nett von Euch, wenn Ihr mir helfen würdet, Sadira auf mein Lager zu legen, nachdem Ihr Red Sam hinausbegleitet habt.«

Roberto nickte eifrig und ging zu dem größeren Piraten hinüber, den er sich mühelos über die Schulter hievte. Die reine Körperkraft des schlanken Piraten war erstaunlich und ich war Edea dankbar dafür, dass Roberto nicht wie Enrico war, der sich nahm, was er wollte. Er mochte zwar daran denken, setzte es allerdings nicht in die Tat um.

Sadiras Kopf lag reglos in meinem Schoß und ich hoffte, dass Roberto nicht lange brauchen würde, um zurückzukehren. Das Blut wich langsam aus meinen Beinen und ließ sie taub werden. Ein leises Stöhnen kam über die Lippen der Marabeshitin und sie bewegte sich unruhig. Auch für sie war diese Lage keineswegs bequem.

Tatsächlich beeilte sich Roberto, wieder zu uns zurückzukommen. Er hob die leichte Sadira mühelos vom Boden auf, um sie dann vorsichtig auf das frei gewordene Lager zu legen. Ich dankte ihm erneut, musste ihn aber aufhalten, als er hastig aus der Kajüte verschwinden wollte.

»Wartet bitte, Roberto. Was wird mit dem Rothaarigen geschehen? Und wie sieht es oben auf Deck aus? Hält sich Kapitän Roberts noch auf der Promessa auf?«

Roberto versuchte sich an einem schiefen Lächeln, konnte seine Verlegenheit aber dennoch nicht verbergen. Was er zu sagen hatte, war ihm in der Gegenwart zweier Frauen sichtlich unangenehm. »Er wird dem Kapitän die Treue schwören oder er geht über die Planken.« Er hielt in seinem Satz inne und zuckte die Schultern. »Roberts ist noch auf dem Schiff und wird hierbleiben, bis die Heaven's Fire weit genug von uns entfernt ist, um keine Gefahr mehr darzustellen. Dann wird er auf einem Beiboot ausgesetzt und von seinen Leuten aus dem Meer gefischt, wenn sie es wollen.«

Zumindest war dies eine klare Aussage. Dem alvionischen Kapitän hätte deutlich Schlimmeres widerfahren können und ich bezweifelte, dass man Verducci ebenso gnädig behandelt hätte, wäre er der Unterlegene gewesen. Roberts machte keinen freundlichen Eindruck und ich gönnte ihm sein Schicksal. Der großspurige Mann hatte wenig Mitleid verdient, besonders, wenn ich mir Sadiras Zustand ansah. Den Zustand einer Frau, die wohl einst das Bett mit ihm geteilt hatte.

Ich nickte Roberto zu und er verließ die Kajüte, um nach oben zu gehen. Schließlich lief ich unruhig zu der Fensterfront hinüber und blickte nach draußen, wo die Heaven's Fire davon segelte und in Richtung des Horizonts verschwand. Es war spät geworden und die Sonne würde bald untergehen.

Nachdenklich blickte ich zu Sadira hinüber, die den Kopf in meine Richtung gedreht hatte und mich beobachtete. Die Zeit,

Fragen zu stellen, war gekommen, falls ich überhaupt das Recht dazu besaß. Müde rieb ich meine Augen und lehnte mich gegen den Schreibtisch des Kapitäns. Meine Muskeln schmerzten von der Anstrengung, Red Sam von mir herunterzuziehen, und ich fühlte mich kraftlos und unsicher auf den Beinen.

»Du und Roberts ...?« Die Anspannung lag hörbar in meiner Stimme. Ich wusste nicht, wie ich es formulieren sollte, ohne Sadira zu nahe zu treten.

Die Marabeshitin klang schwach, man konnte ihre Erschöpfung förmlich hören und sie antwortete mir mit einem einzigen Wort. »Ja.«

Ich wandte mich ab und ging zu der Kiste mit meinen Habseligkeiten hinüber, mehr, um mich zu beschäftigen, als um wirklich etwas darin zu suchen, auch wenn ich eine frische Bluse bitter nötig hatte, wie ich nach einem skeptischen Blick bemerkte. Ich erwartete nicht, dass Sadira noch einmal das Wort an mich richten würde, und so war ich umso überraschter, als sie es letztlich doch tat. »John ... kann sehr verführerisch sein, wenn er es möchte. Und der Kapitän hat mich niemals beachtet. Was hätte ich tun sollen? Ich war unglücklich und er versprach mir alles, was ich mir wünschte. Wie hätte ich Nein sagen sollen?« Sie seufzte leise bei der schmerzvollen Erinnerung. »Und wie hätte ich ahnen können, dass es für ihn ein Spiel war? Dass er dem Kapitän damit etwas wegnehmen wollte? Er wusste um meine Gefühle für ihn und er hat mich für seine Zwecke benutzt.«

Ich wandte mich zu Sadira um. Die Gefühle, die in ihrem Inneren miteinander stritten und um die Vorherrschaft rangen, waren sichtbar. So vieles stand auf ihrem Gesicht geschrieben – Hass auf Roberts, Schuldgefühle, ihre Liebe zu Verducci.

Ich wusste nicht, was ich erwidern sollte und blickte ziellos in die Ferne. »Es ist nicht deine Schuld, Sadira. Was heute geschehen ist, hätte niemand verhindern können. Du solltest dich ausruhen und dich nicht über die Vergangenheit grämen. Ich befürchte, ich bin als Heilerin nicht wirklich zu gebrauchen und das Schiff braucht dich.« Ich zwang mich zu einem aufmunternden Lächeln, dann schwiegen wir beide, in unsere eigenen Gedanken versunken.

Es war an der Zeit, mir das Geschehen an Deck näher anzusehen. Jetzt, da keine Gefahr mehr drohte, mussten sicher einige Wunden versorgt werden, und solange Sadira dies nicht konnte, würde ich helfen müssen, so gut ich es vermochte.

Ich vergewisserte mich ein letztes Mal, dass es ihr an nichts fehlte, und trat dann den Weg nach oben an. Eine unangenehme Nervosität breitete sich in meinem Magen aus und begleitete jeden meiner Schritte. Ich zögerte, bevor ich das Deck betrat, gab meinem Herzen einen Ruck und sah mich vorsichtig auf der Promessa um. Nein, bei Edea – ein Piratenschiff nach einem Kampf war kein schöner Anblick. Doch zumindest herrschte Ordnung in dem Chaos, das von Verducci ruhig dirigiert wurde, während ihm die weniger schlimm Verletzten dabei zur Hand gingen. Ich näherte mich ihm, stieg vorsichtig über durcheinander geworfene Kisten und Fässer, die mir den Weg versperrten. Er hatte sich des blutigen Hemdes entledigt und ich konnte sehen, dass er nur wenige Kratzer davongetragen hatte, von denen die meisten nicht tief in die Haut gedrungen waren. Das Blut war mittlerweile getrocknet und begann, eine Kruste zu bilden. Einige der Männer trugen notdürftige Verbände. Sie waren jedoch nicht so schlimm zugerichtet, wie ich es vermutet hatte. Ich atmete erleichtert auf, als ich sie lebendig vorfand. Offenbar hatte es nicht in Roberts Absicht gelegen, zu töten, und er hatte seine Männer stattdessen angewiesen, auf dem Schiff Schaden anzurichten. Der Narbenmann wandte sich zu mir um, als er meine Schritte hörte. Sein Gesicht wirkte besorgt und er kam mir schnellen Fußes entgegen. Ich musste mir trotz allem ein Lächeln verbeißen, war ich mir doch sicher, dass seine

Sorge Sadira galt. Tatsächlich versuchte er nicht, den Grund für seine Besorgnis zu verbergen. »Ist ... Ist Sadira in Ordnung? Roberto sagte, sie sei bei Bewusstsein ...«

Endlich gönnte ich mir ein kleines Lächeln und nickte beschwichtigend. »Sie ist wohlauf, wenn auch sehr geschwächt. Ein Rapier hat ihre Schulter erwischt und sie hat einiges an Blut verloren, doch sie wird schon bald wieder auf den Beinen sein. Sadira gehört nicht zu den Menschen, die lange stillliegen können, ohne etwas zu tun.«

Verduccis Brust hob und senkte sich, als er den Atem ausstieß und kurz die Augen schloss. Als er sie öffnete, schlich sich etwas auf sein Gesicht, das mich an ein zaghaftes Lächeln erinnerte, also wagte ich einen Vorstoß in unsichere Gefilde. »Vielleicht möchtet Ihr nach ihr sehen, Signore Verducci? Sadira wäre sicher sehr erfreut über einen Besuch Eurerseits.«

Ich blickte ihn mit schief gelegtem Kopf an und verschränkte abwartend meine Arme vor der Brust, beobachtete genüsslich, wie er sich innerlich wand und einen Kampf mit seinem Stolz ausfocht. Schließlich schien er zu einem Ergebnis gelangt zu sein und ein amüsiertes Lächeln spielte auf seinen Lippen. »Ihr habt Euer Gewerbe verfehlt, Signorina Lukrezia. Ihr seid vorzüglich als Kupplerin geeignet, auch wenn ich Eure Fähigkeiten als Kurtisane nicht einzuschätzen vermag. Eine Frau, die Andrea Luca Santorini einfängt, ist jedoch sicher nicht zu unterschätzen.« Er schüttelte den Kopf über sich selbst, bevor er weitersprach. »Nun gut, ich werde also zu Sadira hinabgehen. Vielleicht möchtet Ihr Euch unterdessen die Wunden meiner Männer ansehen, bevor sie heute Abend ihren Sieg feiern und die Schmerzen über dem Alkohol in ihrem Blut vergessen.«

Ich ließ es zu, dass sich mein Lächeln vertiefte, dann deutete ich einen Hofknicks an und wandte mich ab, nicht aber, ohne noch eine letzte Bemerkung über meine Schulter zu werfen. »Stets zu Euren Diensten, Signore Verducci.« Dann verschwand ich mit einem leisen Lachen in Richtung der verletzten Männer, während Verducci mir kopfschüttelnd hinterher sah.

Ich beschäftigte mich damit, mir auszumalen, wie die Begegnung in der Kajüte wohl verlaufen mochte, und lenkte mich damit von dem Anblick der grausig aussehenden Wunden ab, die sich einige der Männer eingefangen hatten. Die Piraten waren von derlei Widrigkeiten kaum zu beeindrucken und ließen sich ausgesprochen gern von einer Frau versorgen, wenn ich dies auch nicht halb so gut zu bewerkstelligen vermochte wie Sadira. Domenico hatte mir vorsorglich einige von ihren Tinkturen und Medizinfläschchen gebracht und es war deutlich zu erkennen, dass Sadira selbst ihm dazu die Anweisungen gegeben haben musste, ansonsten hätte er wohl kaum die Richtigen finden können. Es war ein erheiternder Gedanke, wie die kleine Sadira den großen Piraten Verducci befehligte, und ich lächelte leise in mich hinein, wann immer das Bild in mein Gedächtnis zurückkehrte. So verging die Zeit wie im Fluge, während ich Wunden von Säbelschnitten reinigte, Verbände anlegte und Knochen schiente. Etwas, das mir besonders schwerfiel, bei dem mir allerdings Roberto gut zur Hand ging, um mich vor dem Schlimmsten zu bewahren.

Es war schon dunkel geworden, als ich meine Arbeit beendete und mir überlegte, zu Sadira zurückzukehren. Ich zögerte noch, war Verducci doch zwischenzeitlich nicht nach oben gekommen und ich wollte nicht diejenige sein, die die beiden in ihrer trauten Zweisamkeit störte.

Die Entscheidung wurde mir abgenommen, als Verducci an Deck erschien. Sein Gesicht war ernst und ich fragte mich, ob die Begegnung schlecht verlaufen war, bis ich sah, wie er einen langen Dolch aus seiner Lederscheide zog. Einen Dolch, der eher an einen marabeshitischen Ritualdolch, als an eine Waffe erinnerte. Er war sorgfältig verziert und mit Edelsteinen besetzt, die im Licht der Laternen funkelten.

Ich zuckte erschrocken zusammen, als er einige Befehle bellte, und beeilte mich, möglichst schnell aus der Schusslinie zu gelangen, ohne meinen Beobachtungsposten zu verlassen. Neugierig blickte ich mich um. Einige von Verduccis Männern verschwanden, kehrten aber nach wenigen Minuten mit Red Sam in ihrer Mitte zurück.

Als der rothaarige Pirat meiner gewahr wurde, fuhr er merklich zusammen und schaute mich aus großen, respektvollen blauen Augen an. Nun gut, zumindest würde er sich nicht mehr an mir vergreifen.

Ich schenkte ihm ein katzenhaftes Lächeln und zwinkerte ihm zu, eine Geste, die ihn vollkommen verunsicherte und seine Augen noch größer werden ließ. Beinahe tat mir Red Sam leid, allerdings wirklich nur beinahe. Der Pirat hatte wenig Gutes im Sinn gehabt.

Fasziniert beobachtete ich, wie die Männer einen Kreis um ihren Kapitän und Red Sam bildeten. Sie hatten sich in der Mitte des Schiffes aufgestellt und bezeugten schweigend das Geschehen. Red Sam scheute nicht zurück und zeigte keine Angst. Er stand ruhig da und sein rotes Haar leuchtete im Licht der Fackeln auf. Verducci blickte ihm fest und grimmig in die Augen, drehte den Dolch und reichte ihn dem Piraten mit dem Griff voran.

Schlagartig wurde mir bewusst, was gerade vor meinen Augen geschah. Red Sam würde seinen Schwur leisten oder sein Leben war verwirkt und er durfte Bekanntschaft mit den Haien schließen, die sich über einen solchen Leckerbissen sicher freuen würden.

Verduccis Stimme war ebenso düster wie sein Gesicht, als er das Wort ergriff. »Nun ist die Zeit deiner Entscheidung gekommen, Red Sam. Schwöre den Wegen deines Kapitäns ab und gelobe der Promessa und mir deine Treue oder triff dein Schicksal. Es liegt in deiner Hand.«

Der Rothaarige blickte den Kapitän stur und ohne zu blinzeln an, dann griff er nach dem Dolch und ritzte sich blitzschnell mit der scharfen Schneide über die Handfläche. Dunkelrote Blutstropfen fielen auf die Holzplanken des Schiffes. Er ballte seine Faust und seine raue Stimme, mit dem starken Akzent eines Alvioners, erklang auf Terrano. Red Sam war gebildeter, als ich es angenommen hatte. »Ich schwöre dir die Treue, Domenico Verducci, und ich werde auf der Promessa dienen, solange es nicht gegen mein eigenes Volk geht.«

Ein Murmeln lief durch die Menge, dann verzog sich Verduccis Gesicht zu einem amüsierten Grinsen und er nahm den Dolch, den Red Sam ihm darbot, zurück, um sich ebenfalls die Handfläche aufzuschlitzen.

Auch das Blut des Kapitäns tropfte zu Boden und vermischte sich dort mit dem des rothaarigen Mannes von den Smaragdinseln. Schließlich reichte er ihm die blutende Rechte und Red Sam schlug ein.

Endlich löste sich die Anspannung auf dem Schiff und Alkohol wurde gebracht. Ich zog mich diskret zu Sadira zurück, wo es sicherer sein würde. Das Gelächter und die Rufe der Männer hallten in meinen Ohren nach. Seemannslieder erklangen und verstummten während der ganzen Nacht, in der der Rum in Strömen floss, nicht mehr.

Ich fand Sadira in der Kajüte in einem glückseligen Zustand vor, der anzeigte, dass ihr Beisammensein mit Verducci gut verlaufen war, und begab mich, nach einigen Sätzen, die dies bestätigten, auf mein improvisiertes Lager auf dem Boden.

Meine Gedanken schweiften zu Andrea Luca und ich fragte mich, ob auch uns irgendwann das Glück vergönnt sein würde, zusammen zu sein. Die Kurtisane und der Terranofürst – es schien zu schön, um wahr zu sein. Ich drängte tapfer die Tränen zurück, die über meine Wangen laufen wollten.

Die Zeit, den Rest der Reise anzutreten, war gekommen und dann würde sich mein Schicksal ebenso entscheiden, wie es das von Red Sam heute getan hatte. Wir waren nun mehr nur noch wenige Tage von Terrano entfernt, wenn der Wind günstig blieb, und mein Treffen mit Beatrice Santi stand kurz bevor.

Ich seufzte leise, als ich an die Botschaft dachte, die mir Andrea Luca für sie gegeben hatte, widerstand jedoch der Versuchung, sie zu öffnen. Ich würde ohnehin früh genug erfahren, was mir bevorstand und verspürte nicht den Wunsch, in eine Zukunft zu blicken, die mich mit Angst erfüllte. Mit diesen beunruhigenden Gedanken schlief ich zu dem Klang rauer Seemannsstimmen und lauten Gelächters ein, um schon bald dem nächsten Morgen in das sonnige Antlitz zu blicken.

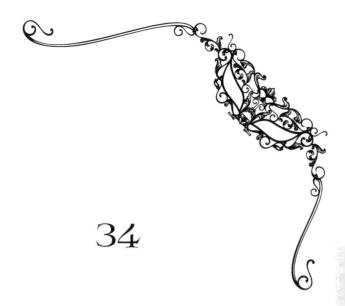

34

Lautes Johlen auf der Promessa riss mich aus meinen wirren Träumen und ich setzte mich erschrocken auf. Benommen rieb ich den Schlaf aus meinen Augen und sah zu Sadira hinüber, doch von der kleinen Marabeshitin fehlte jede Spur.

Ohne mich um mein Erscheinungsbild zu kümmern, warf ich alles beiseite, was mich an der freien Bewegung hinderte und hastete an Deck hinauf, wo ich die Mannschaft an der Reling versammelt vorfand. Dies war also der Grund für mein Erwachen und hier fand ich auch Sadira, die etwas abseits von den lachenden Männern stand. Sie klammerte sich an das Holz des Schiffes, um nicht den Halt zu verlieren.

Neugierig lief ich zu ihr hinüber und wurde mit dem köstlichen Anblick des nun nicht mehr sonderlich selbstgerechten John Roberts in einem kleinen Beiboot belohnt, der voll hilflosen Zornes zu der Mannschaft hinauf starrte, während er davon trieb. Selbstverständlich von den besten Wünschen der Besatzung der Promessa begleitet, die in entsprechender Lautstärke kundgetan wurden.

Amüsiert sah ich dem Piraten für eine Weile hinterher, suchte dann nach Verducci, der einen erhöhten Standort gewählt hatte und sich das Schauspiel von dort besah. Ein grausames, hartes Licht tanzte in seinen Augen, obgleich seine Mundwinkel anzeigten, dass er sich ebenfalls amüsierte. Sadira hatte mich inzwischen bemerkt und ich blickte sie auf gespielt strenge Weise an, was sie ihre Schultern zucken ließ. Eine Geste, die sie, nach ihrem vor Schmerz verzogenen Gesicht zu urteilen, schnell bereute.

Ich stützte die Marabeshitin und verschwand mit ihr unter Deck. Dabei wurden wir beständig von Verduccis besorgtem Blick verfolgt, der Sadiras Haltung sogleich aufrechter werden ließ.

Irgendwann war das Gelächter der Männer verstummt und alle begannen damit, wieder an ihre Arbeit zu gehen. Eine Arbeit, die uns immer näher an Terrano heranbrachte und mich mit jeder Seemeile besorgter werden ließ. Beatrice Santi aufzusuchen erschien mir, wie die Höhle einer Löwin zu betreten, die gerade ihre Jungen bekommen hatte.

Der Gedanke an die Artista ließ das Blut in meinen Adern gefrieren. Andrea Luca schien dieser Frau zu vertrauen und ich fragte mich, in welcher Beziehung sie zueinander standen, erschien es mir doch, trotz seines Rufes, als eher unwahrscheinlich, dass sie in Liebe miteinander verbunden waren.

Grimmig spielte ich sämtliche denkbaren Szenarien in meinem Kopf durch und erinnerte mich an die vielfältigen Gerüchte, die mir über Beatrice Santi zu Ohren gekommen waren. Offenkundig gab es nur wenig Gutes über die Artista zu berichten.

Die Fürstin von Orsanto lebte schon seit geraumer Zeit allein, ohne einen Mann an ihrer Seite, nachdem es um ihre

Ehe einen Skandal gegeben hatte, von dem man wenig wusste, über den aber vieles vermutet wurde. Scheinbar hatte es etwas mit den Santorini zu tun. Ob darin allerdings der legendäre Hass zwischen Beatrice und dem jüngeren Pascale Santorini begründet lag, wusste in Wirklichkeit niemand. Nach all den Jahren war diese Geschichte, die sich vor meiner Geburt abgespielt hatte, noch lange nicht vergessen und man wagte es nicht, darüber zu reden, wenn der Fürst in der Nähe war.

Manche flüsterten davon, dass die mächtige Artista ihren Mann getötet hatte, andere erzählten von einer dunklen Quelle, aus der sie ihre Macht bezog und die die Magie in ihrem Blut verstärkte. Ich glaubte nichts davon, obgleich mir die Gerüchte eiskalte Schauer über den Rücken jagten. Es war nicht von Belang, ob sie der Wahrheit entsprachen. Aber es war gewiss, dass Beatrice Santi nichts unternahm, um sie verstummen zu lassen und sie stattdessen durch ihr geheimnisvolles Auftreten beständig nährte. Es war müßig, darüber nachzudenken, doch die Gedanken zwangen sich ständig in meinen Kopf. Angelina und Andrea Luca rückten in greifbare Nähe, ebenso wie meine Heimat und mein altes Leben, in das ich niemals wieder zurückkehren konnte. Es war kein Wunder, dass mich die ungewisse Zukunft beschäftigte.

Das Leben auf der Promessa nahm seinen Lauf. Das Schiff segelte weiter und John Roberts und seine Männer gerieten langsam in Vergessenheit. Sadira ging es mit jedem Tag, an dem sie Ruhe hielt, besser, wenngleich ich manchmal große Mühe hatte, sie davon zu überzeugen, auf ihrem Lager zu bleiben und nicht auf dem Schiff herumzuspazieren.

Ich blieb oft an Deck, um Verducci seine Besuche zu gestatten, die stets eine greifbare Aura der Glückseligkeit um Sadira hinterließen. Ich selbst wurde unterdessen immer grüblerischer und sehnte den festen Boden unter meinen Füßen herbei. Es war mir zuwider, warten zu müssen und ich wollte nicht mehr länger die Bilder in meinen Träumen sehen, die mich schweißgebadet erwachen ließen und meine Ängste bis zu einem unerträglichen Grad steigerten. Die Tage vergingen mit einer quälenden Langsamkeit. Häufig lief ich über das Schiff, um mich abzulenken und nicht mehr nachdenken zu müssen. Ich suchte das Gespräch mit Sadira und Verducci, ebenso wie mit den Männern der Mannschaft, die mir diesen Gefallen gerne erwiesen und mich beschäftigten, sofern es ihre Arbeit zuließ.

Endlich kam der ersehnte Ruf, am Mittag des dritten Tages: »Land in Sicht!« und ich stürzte hinaus, um mich selbst davon zu überzeugen, meine Heimat mit eigenen Augen zu sehen. Und tatsächlich! Dort in der Ferne erstrahlten die grünen Weinberge Terranos im Licht der Sonne und ich sah die Gebäude, die in dem vertrauten Stil meiner Heimat erbaut waren, erkannte schon beinahe den weißen Marmor der höher gelegenen Palazzi Chiasaros, der Hauptstadt von Orsanto. Ebenso wie Porto di Fortuna lag sie am Ozean, dessen blaue Wellen einen reizvollen Kontrast zu dem saftigen Grün bildeten. Die Luft meiner Heimat roch anders als die Luft auf See und ich sog sie tief in meine Lungen, genoss das Aroma, das die Erinnerung an Oliven und Orangen in mir aufwallen ließ.

Tränen stiegen in meinen Augen auf. Es war nicht Porto di Fortuna, nein, doch schon in Kürze würden meine Füße den Boden Terranos berühren. Die Gefühle, die dies in mir auslöste, konnte ich kaum beschreiben. So bemerkte ich erst spät, dass Verducci an mich herangetreten war. Er wartete eine Weile ab, bevor er mich ansprach. »Es gibt nichts Schöneres, als den Anblick der Heimat nach einer langen Reise auf See.«

Ich wischte mir die Tränen aus den Augen und drehte mich mit einem leisen Schniefen zu Verducci um, in dessen Augen ich ein merkwürdiges Licht spielen sah. Nahezu verträumt wirkte es. Es passte nicht zu dem sarkastischen Narbenmann, der selten ein anderes Gefühl, als seine immerwährende Belustigung zeigte. Doch die letzten Wochen hatten eine Veränderung in ihm bewirkt, ebenso wie in uns allen.

»Es wird noch schöner sein, endlich ihren Boden zu berühren.«

Verducci nickte und sah in die Ferne. »Wir werden erst in der Nacht anlegen, obwohl ich keinen Ärger erwarte. Die Promessa gilt in Terrano als Handelsschiff meiner Familie und so dürften wir kaum Aufsehen erregen.«

Während Verducci sprach, wurde die Flagge Terranos gehisst. Der nachtblaue Stoff mit den silbernen Abzeichen der fünf mächtigsten Blutlinien flatterte munter in der sanften Brise, die uns vorantrieb. Ich beobachtete die Flagge in den vertrauten Farben, die an ihrem Mast nach oben glitt und an seinem höchsten Punkt verharrte. Die schwarze Flagge, die die Seitenansicht eines männlichen Gesichtes zeigte, dessen rechte Gesichtshälfte von einer langen Narbe geziert wurde, war schon lange verschwunden. Die Promessa wirkte wie damals, als ich sie zum ersten Mal zu Gesicht bekommen hatte.

Ich bemerkte, dass Verducci mich beobachtete, und wandte mich zu ihm um, um alles Nötige mit ihm zu besprechen, was noch zu sagen blieb, bevor sich unsere Wege trennten. Für wie kurz oder wie lange, konnte ich nicht sagen. Es lag nicht in meiner Macht, darüber zu bestimmen.

»Ich werde meinen Weg zu Signora Santi antreten müssen, sobald wir angelegt haben ...«

Eine knappe Geste Verduccis unterbrach mich, bevor ich meinen Satz beenden konnte und ich verstummte, da er mir seinerseits etwas zu sagen zu haben schien. »... und wir werden auf See auf Euch warten, Signorina Lukrezia. Es wäre feige, Euch einfach hier zurückzulassen, nachdem Ihr es gewesen seid, die Roberts außer Gefecht gesetzt hat. Und außerdem gab ich Signore Santorini mein Wort, Euch nicht aus den Augen zu lassen, bis er diese Aufgabe selbst übernehmen kann. Ihr werdet jederzeit einen von uns in der Lachenden Meerjungfrau, einer kleinen Hafenspelunke nahe den Docks, finden.«

Erstaunt blickte ich Verducci aus großen Augen an. Ich hatte niemals damit gerechnet, dass der Kapitän in meiner Nähe bleiben würde, war immer der Meinung gewesen, dass die Promessa davon segeln würde, um weiter die Weltmeere zu bereisen. Ich schluckte schwer, denn ich wusste in meiner Überraschung nicht, wie ich meiner Dankbarkeit Ausdruck verleihen sollte. Verducci blickte mich amüsiert an, ein Ausdruck, der mich an unsere früheren Streitigkeiten erinnerte und mir letztlich die Sprache zurückgab.

»Dann scheint es mir, als würden wir diesen Weg noch eine Weile gemeinsam gehen, Signore Verducci. Dabei war Eure Freude darüber, mich endlich hinter Euch zu lassen, bereits so groß ...«

Der Narbenmann lachte und in seinen Augen tanzten glitzernde Lichter. »Oh, schiebt es auf meine angeborene Neugier, Signorina – ich möchte zu gerne erfahren, wie Ihr Euch weiterhin durch diese Geschichte schlagt.«

Ich kicherte leise bei seinen Worten und widmete ihm eine elegante, einladende Geste mit einem angedeuteten Knicks. »So scheut Euch nicht, an meiner Geschichte teilzuhaben, Signore Verducci.«

Wir lachten gemeinsam, bevor sich unsere Wege trennten und die Promessa auf dem Meer vor Anker ging. Wieder in der Kajüte angelangt, betrachtete ich unter den neugierigen Blicken Sadiras meine Kleidung. Einem Treffen mit Beatrice Santi waren Hosen sicher nicht angemessen und meine Stiefel würden ohnehin als unschicklich gelten. Dennoch bezweifelte ich, dass meine Kleider für diesen Anlass besser geeignet waren.

Ich kam von einer langen Seereise. Meine sonst so blasse Haut hatte eine wesentlich dunklere Farbe angenommen und meine Locken hatten seit langer Zeit keine parfümierten Duftwässerchen oder andere pflegende Substanzen gesehen. Sie fielen nur von dem blauen Seidenband gehalten über meine Schultern. Alles in allem wirkte ich eher wie eine Piratin und nicht wie eine kultivierte Kurtisane, aber wenn Signora Santi sich daran stören sollte, konnte ich es nicht ändern.

Ungerührt suchte ich mein Rapier aus der Truhe heraus und wand die Scheide um meine Hüfte, dann steckte ich den Dolch in meinen Stiefel. Bisher hatte er mir gute Dienste geleistet und ich hoffte, dass dies auch der Fall sein würde, falls es in Signora Santis Heim zu einer unangenehmen Begegnung kam. Schließlich holte ich noch die Nachricht von Andrea Luca hervor und wiegte sie unentschlossen in meinen Händen. Doch ich würde sie auch jetzt nicht mehr öffnen, also schob ich sie stattdessen in meine Bluse, wo sie gut verwahrt war.

Sadira amüsierte sich köstlich über meine Inspektion und gab ab und an einen belustigten Kommentar zu meinen Versuchen ab, einigermaßen passabel auszusehen. So verging der Mittag recht schnell und wurde von der Dämmerung abgelöst, während die Promessa auf den sanften Wellen auf und ab schaukelte.

Endlich setzte sich das Schiff in Bewegung und wir segelten, angetrieben von dem schon kühlen Wind, der den Hauch des Herbstes in sich trug, in Richtung des Hafens von Chiasaro, an dessen Kai ich einige vertäute Schiffe erblickte. Lampen flammten mit der zunehmenden Dunkelheit in der Stadt auf und gaben den Häusern ihr warmes Licht, das durch die Fenster nach draußen schimmerte und seinen Schein auf die Straßen warf.

Wir brauchten nicht lange, um anzulegen, nachdem die Promessa den Hafen erreicht hatte und ich verabschiedete mich von Sadira, hoffte, dass es kein Abschied für immer sein würde. Ich war Verducci für seine Unterstützung dankbar, fühlte ich mich dadurch doch nicht mehr gänzlich allein. Nicht, dass es gegen eine Beatrice Santi irgendeine Bedeutung besessen hätte, aber es war dennoch ein beruhigendes Gefühl.

Unruhig sah ich zu, wie die Planke herausgeschoben wurde und Verducci mir seine Hand entgegenhielt, um mir hinunter zu helfen. Dankbar ergriff ich sie, denn ich konnte in diesem Moment, in dem meine Knie weich geworden waren, jede Unterstützung gebrauchen. Ich lief unsicher hinab, bis meine Füße endlich den Boden Terranos berührten. Trotzdem hätte ich mir angenehmere Umstände für dieses freudige Ereignis gewünscht, und keine mächtige Artista, die auf mich wartete.

Sadira stand ruhig an der Reling und sah auf mich hinab, bis ich den dunklen Hafen erreicht hatte, von dem aus mich zwielichtige Gestalten beobachteten. Ihr Blick wandte sich jedoch schnell in eine andere Richtung, wenn sie den blitzenden Säbel an Verduccis Seite erkannten, der ihn nicht als lohnendes Ziel auswies, wenn man auf die eigene Gesundheit bedacht war.

Die Schiffe, die hier angelegt hatten, schaukelten mit eingeholten Segeln auf dem Meer. Leises Plätschern ertönte, das ab und an von dem Anstoßen eines Schiffs an der Kaimauer begleitet wurde. Die Promessa selbst würde nicht lange im Hafen liegen bleiben, sondern schon im ersten Licht des neuen Morgens auf den Ozean hinausfahren, um dort zu ankern.

Der Hafen von Chiasaro war in der Tat kein erfreulicher Ort. Es roch übel nach Fisch und allerlei anderen Abfällen und der Boden war schmierig und glitschig. Ich meinte, ein kleines Tier vorbeihuschen zu sehen, das mich auf unangenehme Art und Weise an eine Ratte erinnerte. Ein Anblick, der dazu führte, dass Schauer über meinen Rücken liefen. Aus den zahlreichen Tavernen, in denen sich die Seemänner aufhielten, drang lautes Gelächter, das sich gelegentlich mit dem erschrockenen Quietschen eines Schankmädchens, das ungewollt auf dem Schoß eines Seemannes landete, und grölendem Gesang abwechselte.

Verducci führte mich, ohne seiner Umgebung mehr als die notwendige Aufmerksamkeit zu schenken, weiter vom Hafen weg und tiefer in die Stadt hinein.

Jetzt würde es nicht mehr lange dauern, bis wir den Palazzo Santi erreicht hatten und die Nervosität in meinem Inneren ließ mich bei jedem ungewohnten Geräusch aufschrecken und brachte mein Herz dazu, lauter und schneller zu schlagen.

Schon bald würde ich sehen, was das Schicksal diesmal für mich bereithielt. Ich hoffte, dass endlich eine Besserung eintrat, war ich doch der Abenteuer und der Gefahren müde geworden.

35

Chiasaro war eine schöne Stadt. Sie war anders als Porto di Fortuna mit den endlosen Kanälen, die das Stadtbild unterteilten, aber trotzdem mit einem eigenen Charme gesegnet, der die Besucher sofort in ihren Bann schlug.

Die Stadt der Santi stieg in sanften Wellen an und schmiegte sich an die hügeligen Weinberge, deren saftiges Grün ich am Tage bewundert hatte. Eine ganz eigene Aura umgab die fein verzierten Häuser der besser Begüterten. Großzügige Gartenanlagen wurden von eleganten Marmorstatuen geziert und man erkannte auf den ersten Blick, dass Chiasaro nicht umsonst die Stadt der Künste genannt wurde. Die einfachen Teile der Stadt waren gemütlich und voll Wärme. Hier und da erklang leises Gelächter und vergnügte Stimmen drangen an mein Ohr. Besonders diese Teile waren es, die mich anzogen, erinnerten sie mich doch an mein Zuhause und meine eigene Familie.

In Verduccis Gegenwart fühlte ich mich sicher. Ich lief an seiner Seite und nahm abgelenkt die Eindrücke der Stadt auf, die auf mich einströmten und meine Sinne benebelten. Nach meiner Zeit in der Wüste war mir meine Heimat fremd geworden und ich entdeckte die Facetten Terranos mit neuen Augen. Ich fühlte mich wie ein Kind, das eine Welt voller Wunder sieht, anstatt das feine Spinnennetz der Intrige zu erblicken, das sich durch unser aller Leben wand. Nicht nur einmal musste Verducci anhalten und mich auf den rechten Weg zurückbringen, wenn ich eine besonders schöne Statue oder eine andere Kostbarkeit Chiasaros betrachtete und dabei stehen blieb oder näher heranging, um sie aus geringerer Entfernung bewundern zu können. Erst viel später wurde mir bewusst, dass ich dies tat, um zu verdrängen, auf welchem Weg ich mich befand und was mich an seinem Ende erwartete. Doch so weit es zum Palazzo Santi auch sein mochte und so beschwerlich der Aufstieg durch die ewig ansteigenden Kurven der Straßen auch war, am Ende näherten wir uns unaufhaltsam unserem Ziel.

Schließlich erblickte ich den Palazzo der Beatrice Santi zum ersten Mal mit meinen eigenen Augen. Alle Wärme wich aus meinem Körper, als ich zu den mächtigen Mauern aus schwarzem Marmor empor sah, die im Mondlicht dunkel und von silbernen Adern durchzogen schimmerten. Eine leichte Übelkeit ergriff Besitz von mir und ich fragte mich, ob die Farbe des Marmors natürlicher Herkunft war oder der Magie der mächtigen Artista entsprang.

Die hohen Rundbögen, die die Fensteröffnungen darstellten, wirkten schwarz. Ich meinte jedoch, einen zarten Lichtschimmer hinter den schweren Vorhängen hervor blitzen zu sehen, und nahm dahinter eine sachte Bewegung wahr, die mich erschauern ließ. Auch Verducci schien ähnlich beunruhigt und trat unbehaglich von einem Bein auf das andere, während er näher zu mir herankam und sich nervös die Umgebung besah. Ich konnte spüren, dass ihm nicht gefiel, was er hier vorfand und ich konnte es ihm nicht verdenken.

Mein Blick streifte das verzierte Tor aus schwarzem Eisen, hinter dem sich der Eingang des Palazzo verbarg. Rosenranken wucherten an den Mauern empor und verbanden sich mit anderem Gestrüpp, das so wild wuchs, wie es die Natur vorgab und von keines Gärtners Hand bezähmt worden war. Die Dornen der Rosen, die allgegenwärtig waren und merkwürdigerweise auch zu dieser Jahreszeit in voller Blüte standen, erschienen mir viel zu lang und zu mächtig, um natürlichen Ursprungs zu sein. Ihr Duft strich schwer und betörend an meiner Nase entlang und erfüllte bald vollkommen meine Lungen.

Es war still, bis auf das leise Plätschern eines entfernten Springbrunnens und das gelegentliche Geräusch eines kleinen Tieres, das durch das Laub am Boden huschte, ohne unsere Scheu zu empfinden.

Verducci sah mich fragend an und legte eine Hand auf meinen Arm, doch ich nickte lediglich und lächelte tapfer, bevor ich nach dem Tor griff, um es aufzuschieben und meinem Schicksal entgegenzugehen. Ohne ein Geräusch schwang das Tor mühelos auf und gewährte mir Einlass. Verducci blieb davor stehen und sah mir nachdenklich nach. Dies war ein Ort, an den er mir nicht zu folgen vermochte und an dem es keinen Schutz mehr gab, den er mir gewähren konnte. Kein Rapier, kein Krummsäbel, keine Waffe dieser Welt war dazu gemacht, gegen die Magie einer Artista anzukämpfen und sie zu überwinden.

Die Atmosphäre auf dem Anwesen war bedrückend. Ich kämpfte mich den verwilderten Weg entlang, um die große, schwere Flügeltür zu erreichen, die ins Innere dieses gewaltigen Bauwerkes führte, das über mir in den Himmel emporwuchs und mir das Gefühl gab, klein und unbedeutend zu sein. Stumme, überwucherte Statuen von halb nackten Frauen und mythischen Gestalten säumten meinen Weg bis zur Treppe, die mich mit jedem weiteren zögerlichen Schritt näher an die Tür heranführte, hinter der Beatrice Santi wartete.

Behutsam legte ich einen Finger auf den Türknauf. Ich war es nicht gewohnt, dass es an einem solchen Ort keine Diener gab, die Besucher empfingen und dafür Sorge trugen, dass niemand ungebeten Eintritt in den Palast erlangte und die darin lebende Herrschaft belästigte. Doch Beatrice Santi empfand dies offenbar nicht als notwendig und ersparte sich solch weltliche Regungen.

Ebenso wie das Tor, war auch die Tür unverschlossen und gab mit einem leisen Knarren nach, als ich leichten Druck auf die schweren Flügel ausübte. Eilig zog ich meine Finger zurück und sah in den nun offenliegenden Eingang des Palazzo hinein, der von flackernden, weißen Kerzen, die in prunkvollen Haltern steckten, erleuchtet wurde.

Ein weicher, dunkelroter Teppich bedeckte den Boden. Er erinnerte mich an die Farbe getrockneten Blutes und ließ es mir noch kälter werden. Fröstelnd setzte ich meinen Fuß auf die dicke Schicht und versank dabei nahezu darin. Es war ein merkwürdiges Gefühl, auf diesem Teppich entlangzugehen, beinahe als wandelte man über Wolken und hätte den Kontakt zum Boden verloren.

Wie betäubt schaute ich auf die Ölbilder, deren goldene Rahmen von dem Kerzenlicht zum Strahlen gebracht wurden, sah jedoch auch die Spinnenweben, die alles mit ihrem feinen Gewebe bedeckten.

Ich brauchte einen Augenblick, um festzustellen, dass etwas nicht stimmte, waren zwar die Spinnennetze unzerstört, doch es fehlte der Staub, der anzeigen würde, dass sich niemand um das Haus kümmerte. Die Gesichter auf den Bildern konnte ich klar und deutlich erkennen. Es waren Porträts, die Angehörige anderer Blutlinien, darstellten und ich biss mir heftig auf die Unterlippe, als mir bewusst wurde, was dies bedeuten mochte.

Beatrice Santi bevorzugte eine sehr exzentrische Art des Wohnens, wenngleich ich langsam daran zweifelte, dass die

Artista tatsächlich in diesen Räumlichkeiten lebte. Der Drang, von hier zu verschwinden, wurde stetig stärker und nagte beharrlich an mir.

Der Duft nach Rosenblüten war innerhalb des Gemäuers noch stärker als in dem wilden Garten und er nahm mir beinahe den Atem in seiner betörenden, die Sinne vernebelnden Intensität. Er ließ keinen Platz mehr für andere Gerüche.

Meine Füße führten mich weiter und weiter, obgleich es in meinen Gedanken zu schreien begann, ich solle endlich umkehren und laufen, so schnell und so weit ich konnte. Hatte Andrea Luca mich in eine Falle gelockt? Nein, es wäre mehr Mühe, als ich es wert war. Er hätte mich mühelos töten können, als ich in seinen Armen schlief, wenn sein Sinn danach stand, sich meiner zu entledigen.

Zitternd lief ich auf die nächste Flügeltür zu, die wohl aus dem großzügigen Eingangsbereich endgültig in den Palazzo führen würde, und versuchte, einen klaren Kopf zu behalten und die in mir aufsteigende Panik zu bekämpfen.

Ich kam nicht mehr dazu, meinen Mut auf die Probe zu stellen, denn plötzlich schwang die Tür, die noch in dem einen Moment unberührt vor mir gelegen hatte, wie von Geisterhand auf. Sie gab den Blick auf eine junge Frau frei, die mit einem schweren Leuchter in der Hand vor mir stand und mich auf beunruhigende Art und Weise anlächelte.

Eine zarte weiße Hand vollführte eine einladende, gezierte Geste und ich trat näher an die Frau heran, die keinerlei Anstalten machte, das Wort an mich zu richten.

Nein, dies war keine Terrano. Die zarte Haut war hell und durchscheinend wie feines Porzellan, der volle Schmollmund rosig, eine perfekte Umrandung für die weißen Zähne, die wie Perlen schimmerten. Goldenes Haar ringelte sich lockig aus einer makellos aufgesteckten Frisur. Der schlanke Körper steckte in einem edlen, schwarzen Gewand, das, allen Erwartungen zum Trotz, hochgeschlossen war und das Dekolleté züchtig bedeckte.

Die klaren, honigfarbenen Augen, die mich von Kopf bis Fuß musterten, machten mir auf unangenehme Weise meinen Aufzug bewusst. Ich hatte Mühe, nicht an mir herunterzusehen und selbst die nicht ganz fleckenlose Hose und die hohen Stiefel zu betrachten, die mich in den Augen dieser Dame unzüchtig und ohne Manieren wirken lassen mussten. Nachdem die Musterung abgeschlossen war, öffnete sich der rosige Mund und ließ die weiche, klangvolle Stimme des feenhaften Geschöpfes erklingen, deren Akzent und die Art wie sie mich ansprach, sie eindeutig als von mondiénner Abstammung auswiesen.

Eine Frau aus Mondiénne im Hause der großen Artista? Der Umstand ließ mich stutzig werden, denn Bedienstete aus dem Reich der Königin Heloise waren in Terrano eine Seltenheit. Doch andererseits, was kümmerte dies eine Beatrice Santi, die es sich erlauben konnte, von einem solchen Palazzo aus zu herrschen?

Ich sah aufmerksam auf mein Gegenüber, während ich mich bemühte, meine Nervosität und mein Unbehagen vor ihr zu verbergen. Etwas an dieser Mondiénnerin gefiel mir ganz und gar nicht, denn es lag eine unterschwellige Kälte in ihren Augen, die die Vorsicht in mir wachrief. »Mademoiselle Cellini, wir haben Euch bereits erwartet. Madame Santi hat mich angewiesen, Euch zu Euren Gemächern zu bringen, damit Ihr Euch erfrischen könnt. Sie wird Euch am frühen Morgen eine Audienz gewähren, nachdem Ihr geruht habt. Wenn Ihr mir bitte folgen möchtet?«

Cellini.

Die Fürstin war offenbar bestens über meine Familienverhältnisse informiert. Ich fragte mich, ob Alesia ihr davon erzählt hatte oder ob Beatrice Santi womöglich ihre eigenen Nachforschungen angestellt hatte.

Ganz gleich, wie die Zusammenhänge sein mochten, ich begann, den Klang meines Familiennamens immer weniger zu mögen. Von den Lippen dieser Mondiénnerin, die mich beständig und still musterte, klang er ebenso Unheil verheißend wie aus dem Munde Alesias.

Die Frau aus Mondiénne sah mich mit Herablassung in den glänzenden Augen an, als ich für einen Augenblick zögerte, und ich besann mich endlich auf das, was ich war. Hier würden mir weder das kleine Messer noch das Rapier helfen. Hierbei war die Erziehung gefragt, die mir Signorina Valentina hatte angedeihen lassen und ich musste mich wieder in die Rolle einer Kurtisane einfinden, wenn ich an diesem Ort überleben wollte.

Ich versuchte, mir in meinen für eine Kurtisane höchst ungewöhnlichen Kleidern eine möglichst majestätische Haltung zu verleihen und widmete der blonden Frau einen ebenso hochmütigen Blick wie jenen, den sie mir hatte angedeihen lassen.

Ich sah zu meiner Zufriedenheit, wie flüchtig eine ihrer Augenbrauen nach oben schnellte, und betrachtete sie ebenfalls abschätzig. Dann lächelte ich süßlich und setzte meinerseits zu einer Erwiderung in meinem besten Mondiénne an. Schließlich hatte nahezu jede Kurtisane gelernt, diese Sprache perfekt zu beherrschen, waren die Mondiénner und ihre schöne Königin doch für einige bedeutsame Modeerscheinungen und ihre Parfums überall auf der Welt bekannt und berühmt.

»Ich danke Euch, Mademoiselle. Leider habt Ihr es versäumt, mir Euren Namen zu nennen ...« Ich blickte mein Gegenüber erwartungsvoll an und konzentrierte mich darauf, dass mein Lächeln in dieser bedrückenden Atmosphäre nicht erlosch und meine wahren Gefühle preisgab.

Auch die Mondiénnerin hielt ihr Lächeln mühelos aufrecht. Sie hatte die Anspielung selbstverständlich verstanden und wechselte ihrerseits in ihre Muttersprache, die die Männer an Frauen so sehr liebten, da sie einen besonderen, weichen und fließenden Klang besaß. »Man nennt mich Ophélie, Mademoiselle *Cellini*.«

Lag dort eine leichte Betonung auf dem Namen meiner Familie? Ich war mir nicht sicher und schob es darauf, dass meine Nerven überreizt waren. Dieser Ort war unheimlich genug, um jeden, der sich hier aufhielt, zu beunruhigen.

»Nun gut, dann wäre ich überglücklich, wenn Ihr mich zu meinen Räumen bringen würdet, Ophélie.« Ich bedeutete Ophélie, voranzugehen und beendete damit das unerfreuliche kleine Gespräch. Etwas an dem Gang der blonden Frau ließ mich sicher sein, dass sie keineswegs so züchtig war, wie sie sich mir gegenüber gab. Ich fragte mich, wer diese Frau sein mochte, die mich an diesem merkwürdigen Ort empfangen hatte und mir nun, mit dem Leuchter in der Hand, den Weg zu den mir zugedachten Gemächern wies. Ein einfaches Dienstmädchen war sie eindeutig nicht.

Die gedrehten Kerzen in dem goldenen Leuchter erhellten die Räume, durch die sie mich führte, nur in geringem Maße und so blieb vieles in den Schatten verborgen, die meine Fantasie auf unangenehme Art anregten. Bizarre Formen ragten halb aus der Schwärze heraus und ließen mich dahinter allerlei Schrecknisse vermuten, sodass ich nicht verwundert gewesen wäre, wenn mir plötzlich ein Geist gegenübergestanden hätte.

In jeder Ecke standen ähnliche Marmorstatuen wie jene, die ich im Vorgarten gesehen hatte. Sie führten einen seltsam verdrehten Tanz auf, wirkten wie zum Leben erwachter Stein. Ich bestaunte die Kunstfertigkeit, mit der sie gearbeitet waren und die jedes fein definierte Detail zum Vorschein brachte, das den Dargestellten zu eigen war.

Ophélie lief schnellen Schrittes voran und führte mich eine lange Treppe mit einem Geländer aus dunkel glänzendem Holz hinauf. Sie war ebenfalls mit dem roten Teppich ausgelegt, der in der Lichtlosigkeit schwarz wirkte.

In diesem Palazzo klangen die Gerüchte über Beatrice Santi kaum noch abwegig und das Blut in meinen Adern wollte bei dem Gedanken, ihr gegenüberstehen zu müssen, schier gefrieren. Was konnte ich schon gegen die Artista unternehmen, wenn sie mir Böses wollte? Weder meine magischen Kräfte noch mein Geschick mit dem Rapier waren ausreichend, um gegen sie bestehen zu können. Alles, was mir blieb, war allein der Gedanke an Andrea Luca und das Vertrauen, das er in diese Frau gesetzt hatte. Ich betete zu Edea, dass er nicht von ihrer Magie verblendet war.

Schnell folgte ich Ophélie über eine Galerie, von der aus ich den Saal überblicken konnte, durch den wir zuvor gelaufen waren. Erneut sah ich die Gesichter auf den Porträts an den Wänden. Manche davon vage vertraut in dem Halbdunkel, andere fremd und sicher seit langer Zeit vergessen.

Würde ich auch Andrea Luca an diesem Ort finden? Oder gar Alesia della Francesca und Pascale Santorini? Einerseits wünschte ich mir mehr Licht, um es feststellen zu können, andererseits wollte ich es nicht wissen. Was wäre, wenn ich hier gar ein Bild meiner Selbst vorfand?

Ich verdrängte den Gedanken, als Ophélie in einen Flur bog und eine der vielen Türen aufstieß. Sie bedeutete mir, ihr nach drinnen zu folgen. Vorsichtig stellte sie den Leuchter auf einem polierten Holztisch ab und verschränkte geheimnisvoll lächelnd ihre langen Finger ineinander. Ich sah mich um, nahm einen großen Wandschrank und das Bett mit den schweren Samtvorhängen in dem großzügig ausgestatteten Raum wahr. In dem hohen Spiegel mit dem Goldrahmen, der an einer Wand befestigt war, konnte ich ein Bild über dem Bett erkennen. Das Licht reichte jedoch nicht aus, um zu ergründen, wer darauf abgebildet sein mochte. Ich beachtete es nicht weiter, wandte mich zu Ophélie um, die damit beschäftigt war, mich unauffällig zu beobachten.

Erneut öffneten sich die zarten Lippen und ihre melodische Stimme erklang. Beinahe einlullend war sie und ich schüttelte benommen den Kopf, um die Schwere zu vertreiben, die sie in mir hinterließ. Ein Gefühl der Schwäche und des Unwohlseins ergriff mich, doch ich schob es auf die ungewohnte Umgebung. »Madame Santi hat Kleider für Euch anfertigen lassen. Ihr werdet sie dort drüben im Schrank finden. Sie wünscht, dass Ihr passend gekleidet zu Eurer Audienz erscheint.« Die betörende Stimme verstummte und mein Kopf wurde auf der Stelle klarer und ließ meine Gedanken kreisen.

Also hatte Beatrice Santi mich neu einkleiden lassen. Ein zu großer Aufwand für einen Gast, der nicht lange bleiben würde. Ich behielt meine Gedanken für mich und setzte meinerseits die lächelnde Maske auf, die mir schon zuvor von Nutzen gewesen war. »Ich danke Euch, Ophélie. Ich denke, ich werde mich nun zu Bett begeben, um Madame in angemessener Verfassung begegnen zu können.«

Die Mondiénnerin neigte den Kopf und drehte sich dann um, um in den Flur zu treten und mich allein zu lassen. Doch bevor sie den Raum verließ, blickte sie über die Schulter zurück und ihr Lächeln war noch ein wenig breiter geworden. »Scheut Euch nicht, nach mir zu rufen, Mademoiselle Cellini. Ich werde Euch hören, wenn Ihr mich braucht.«

Sie lachte rätselhaft, ehe sie aus dem Raum huschte und die Tür hinter ihr ins Schloss fiel. Allein gelassen blickte ich mich in dem großen Zimmer um. Durch das geöffnete Fenster drang die abgekühlte Nachtluft herein. Eine Waschschüssel und ein Krug standen neben der Kommode auf einem Tischchen. Zumindest wusste Beatrice Santi, wie man einen Gast behandelte, auch wenn es mir übertrieben erschien, neue Kleider für mich schneidern zu lassen.

Neugierig ging ich zu dem riesenhaften Wandschrank hinüber, ohnehin davon überzeugt, dass ich in diesem Palazzo keine Ruhe finden würde, und zog eine der schweren Holztüren auf, um hineinzusehen.

Erschrocken wich ich zurück, als ich sah, welcher Art die Kleider waren, die die Herrin dieses Hauses für mich hatte anfertigen lassen. Es waren die weißen, hochgeschlossen Kleider einer Artista und die passenden Schleier, die mein Gesicht verbergen würden. Hastig schlug ich die Tür zu und setzte mich mit unsicher gewordenen Beinen auf das Bett, das mich in weiche Federn einsinken ließ.

Was hatten diese Kleider zu bedeuten? Wollte Beatrice Santi tatsächlich eine Artista aus mir machen oder war es ihre Art von Humor, Kurtisanen auf diese Art zu quälen? Ich biss mir auf die Unterlippe und starrte zu dem Schrank hinüber. Es war, als sei ich erneut in einem Albtraum gelandet.

Warum hatte Andrea Luca mich an diesen Ort gelockt? Und was wollte Beatrice Santi damit erreichen? In meinem Kopf drehte sich alles. Ich fiel zitternd in die Kissen und zog die Beine nah an meinen Körper heran. Es war entsetzlich kalt in diesen Räumen und ich wollte nichts lieber, als von hier zu verschwinden, um der Artista und ihren Machenschaften zu entkommen. Doch war dies überhaupt noch möglich? Oder war ich wie ein hilfloses Insekt in ihrem Netz gefangen und vollkommen ihrem Willen ausgeliefert?

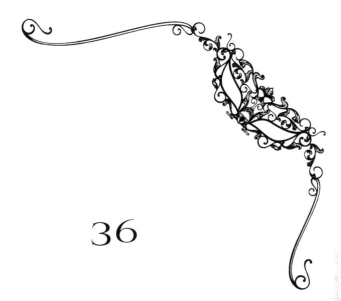

36

Eine Ewigkeit schien zu vergehen, bis ich in einen unruhigen Schlaf hinüberglitt, aus dem ich immer wieder erwachte, um auf jedes Geräusch in dem unheimlichen Palazzo zu lauschen. Trotzdem gelang es mir, ein wenig Ruhe zu finden, bevor ich der Herrin dieses Hauses begegnen musste.

Schon die ersten Strahlen der Sonne, die durch das hohe Fenster hereinschienen, ließen mich mit schweren Gliedern und hämmernden Kopfschmerzen erwachen. Ich bewegte schwerfällig meinen Körper aus dem Bett, um mich frisch zu machen, bevor Ophélie erschien, um mich zu der Artista zu bringen.

Das Licht vermochte es kaum, das Zimmer zu erhellen, denn das Fenster war von Rosenranken überwuchert und ließ mich durch die langen Dornen und dunkelroten Blüten wenig von der Umgebung des Palazzo erkennen. Alles schien düster und grau und meine Stimmung reagierte auf mein Umfeld, das mir die Luft zum Atmen nahm. Wieder und wieder krochen die Gerüchte um Beatrice Santi in meine Gedanken und ich verwünschte Andrea Luca, der mich in ihre Obhut gesandt hatte, obgleich er doch wissen musste, was mich hier erwartete.

Oder hatte die Artista ein Netz gewoben, in dem sich der junge Terrano verfangen hatte? Ich fand keine Antworten auf meine Fragen, würde sie so lange nicht finden, bis ich ihr Auge in Auge gegenüberstand.

Nachdem ich mich mit Wasser erfrischt und dem Frühstück, das mir die Mondiénnerin während meines Schlafes serviert haben musste, einen halbherzigen Blick gewidmet hatte, wanderten meine Augen erneut zu dem mächtigen Wandschrank. Doch ich öffnete ihn nicht noch einmal, wollte mich nicht dem Willen der Artista unterwerfen. Meine Mutter hatte nicht gewollt, dass ich das Kleid einer Malerhexe trug und so würde ich es selbst dann nicht tun, wenn mir eine Beatrice Santi gegenüberstand. Also würde ich meine Stiefel und meine Hose tragen, ganz gleich, wie schief mich Ophélie ansah und wie spöttisch ihr Lachen sein mochte.

In meiner Unruhe war ich schon eine Weile in dem Zimmer auf und ab gelaufen. Der Teppich dämpfte meine Schritte zu einem dumpfen Klang, der kaum mehr an das Ohr zu dringen vermochte und es fiel mir schwer, meine Ungeduld zu bezähmen. Schließlich hielt ich es nicht mehr in meinem Gemach aus. Ich war des Wartens auf Ophélie müde und entschloss mich dazu, meiner unseligen Neugier freien Lauf zu lassen und mir die Schrecken des Palazzo im Licht des Tages anzusehen.

Behutsam öffnete ich die Tür, die in den Flur hinausführte und huschte auf den langen Gang, der von einem fahlen Lichtschein an seinem Ende schwach erleuchtet wurde. Leise schlich ich voran, musterte dabei die Gesichter auf den allgegenwärtigen Porträts, die mit einer enormen Kunstfertigkeit gemalt worden waren. Beinahe meinte ich, dass mich die Augen der Dargestellten verfolgten, so lebensecht wirkten sie.

Manche der abgebildeten Personen erkannte ich als Menschen, die mir bei gesellschaftlichen Ereignissen begegnet waren. Doch ich maß keinem davon eine Wichtigkeit bei, die seine Darstellung gerechtfertigt hätte. Andererseits vermochte ich es nicht, in den Geist der Artista zu blicken und zu sehen, was sie als wichtig erachtete. Waren diese Bilder magisch? Ich konnte es durch die Entfernung nicht spüren und wagte es nicht, mich ihnen zu nähern.

Im schwachen Licht des Tages konnte ich einige der Dinge, die mir im Dunkeln als furchterregend erschienen waren, als einfache Statuen identifizieren, die stumm und bewegungslos in die ihnen vorgegebene Richtung starrten. Im Gegensatz zu den Bildern enthielten sie keine Ähnlichkeit mit lebenden Personen, denen ich begegnet war. War Beatrice Santi eine Sammlerin erlesener Kunstgegenstände oder hatte sie alles mit ihren eigenen Händen erschaffen? Ich wusste wenig über die Fürstin und so blieben mir nur Vermutungen.

Alles an diesem Ort erschien mir alt und unberührt, als hätte seit Jahrzehnten niemand mehr in diesem Haus gelebt. Überall fanden sich Erinnerungen an die Vergangenheit, achtlos in eine Ecke gestellt und dort vergessen. Ich fragte mich, ob Beatrice Santi noch in unserer Welt weilte oder schon lange nicht mehr an den verwinkelten Wegen des Lebens um sie herum interessiert war. Doch wenn dies so war, warum herrschte sie dann weiterhin über ihr Land und warum hatte kein Angehöriger ihrer Familie ihr die Macht genommen? Fürchteten sie diese Frau so sehr, dass es niemand wagte, ihre Herrschaft infrage zu stellen?

Der Palazzo war ein Bauwerk voller verschlungener Flure und Abzweigungen. Es fiel mir schwer, den Weg, über den ich gekommen war, im Gedächtnis zu behalten. Bald schon musste ich mir eingestehen, dass ich mich verirrt hatte. Verwirrt verharrte ich und blickte mich nervös um, nahm auf einmal wieder den dunkelroten Teppich unter meinen Füßen und die vielen Augen wahr, die mich anstarrten. Der Palazzo gewann seinen alten Schrecken zurück. Atemlos und mit laut klopfendem Herzen lehnte ich mich an die Wand und versuchte, meine Gedanken zu ordnen, schalt mich selbst dafür, dass ich so achtlos und gedankenverloren umhergewandert war, ohne an die Konsequenzen zu denken.

Dann erblickte ich einen hellen Lichtschein am Ende des Flures und meine Neugier lockte mich weiter, um die Quelle des ungewöhnlichen Phänomens zu erkunden. Vorsichtig und so leise wie möglich tastete ich mich voran, während ich die Furcht in meinem Herzen ignorierte.

Das Geheimnis der Artista beschäftigte mich schon zu lange, um einfach nur den Weg zurück zu suchen, wenn es doch mehr zu entdecken gab, das mir vielleicht weitere Hinweise geben mochte. Die Mondiénnerin hatte mit Bestimmtheit schon bemerkt, dass ich nicht mehr in meinen Gemächern verweilte und es war nur eine Frage der Zeit, bis sie mich finden würde. Schließlich kannte sie sich hinter diesen Mauern aus, was ich nicht von mir behaupten konnte.

Der Lichtschein erhellte bald größere Teile des Flures, je näher ich an seine Quelle heranging. Ich war erstaunt, dass es im Palazzo Santi tatsächlich einen hellen Flecken gab, der nicht der allgegenwärtigen Dunkelheit anheimgefallen war.

Endlich hatte ich den hohen, bogenförmigen Durchgang erreicht und spähte um die Ecke, in einen Salon hinein, durch dessen hohe Fensterfront das Licht der Sonne ungehindert eindringen konnte.

Keine Spur von Verfall und Staub konnte ich in diesem Raum entdecken, in dem feine Porzellanfiguren in gläsernen Vitrinen der Blicke überraschter Besucher harrten. Ich ließ meine Augen über den kristallenen Leuchter, der im Sonnenlicht in allen Farben funkelte, und den dunkelblauen Samt gleiten, der die

Möbel mit seiner schimmernden Weichheit überzog. Der Salon war hell und weitläufig. Nahezu lebensgroße Gemälde hingen an den Wänden und zogen meinen Blick unweigerlich auf sich.

Neugierig blickte ich zu den Dargestellten empor und schlug die Hände vor den Mund, um nicht aufzuschreien. Ich sah Andrea Luca, so lebendig, als stünde er vor mir. Alesia della Francesca direkt neben ihm, das süße Puppengesicht mit dem rosigen Mund zu einem erfreuten Lächeln verzogen. Auch Sante Santorini war an der Seite seines Sohnes zu sehen. Sein muskulöser Körper saß bequem auf einem goldenen Stuhl, der liebevolle Blick seiner dunklen Augen war auf denjenigen gerichtet, der ihn so gemalt hatte. Schreckerfüllt fuhr ich herum, nur um Pascale Santorini in die kalten, grausamen Augen zu sehen. Daneben Battista Vestini von Serrina, der der jüngere Bruder meiner Mutter sein musste und der Pascale wenig in seiner Gefühllosigkeit nachstand. Dann Lorenzo Mantegna von Arnola, stolz und gerade aufgerichtet, wie es sich für einen Erben der Tiberer geziemte. Er war der einzige der männlichen Fürsten, dessen Augen Wärme auszustrahlen vermochten. Auch die ehrgeizige Fürstin Alessandra Barile von Aliora, ihrerseits eine Artista, starrte neben den Männern auf mich herab. Ich musste schmerzhaft schlucken, als ich alle Oberhäupter der großen Blutlinien hier versammelt fand und erkannte, welch feines Netz Beatrice Santi gesponnen hatte.

Ich verstand nicht, warum die Santorini Familie zu einem solch hohen Anteil hier vertreten war und ich war mir nicht sicher, ob ich die Gründe erfahren wollte. Hektisch griff ich nach dem Pergament, das an seinem Platz in meiner Bluse steckte, wollte es einerseits öffnen und andererseits davonlaufen, um all das zu vergessen, was ich gesehen hatte. Doch dann ließ ich meine Hand sinken, drehte mich von Übelkeit erfüllt um, um auch die anderen Bilder anzusehen, die hinter mir angebracht waren. Das Blut in meinem Kopf pochte so stark, als wolle er zerspringen.

Suchend glitt mein Blick über die Wände, streifte die wichtigsten Persönlichkeiten Terranos und das, was ich fand, ließ mich in stillem Entsetzen erzittern. Eine schöne, junge Frau blickte von ihrem Platz an der Wand auf mich herab. Ihr Teint war viel zu hell für eine Terrano und auch ihre Augen, die von der Farbe des Meeres waren, sprachen nicht für die Reinheit ihres Blutes. Unbezähmbare, dichte schwarze Locken wellten sich über ihren Rücken und ihr voller Mund lächelte voller Lebensfreude. Die Energie, die von ihr ausging und die in ihren funkelnden, saphirfarbenen Augen lag, war noch durch das Bild hindurch zu spüren.

Ich kannte sie gut, konnte ihr helles Lachen und ihre dunkle Stimme hören, die der meinen so ähnlich war. Fürstin Fiora Vestini stand vor mir, so lebensecht, als würde sie gleich aus dem Rahmen hinabsteigen, um mich in die Arme zu schließen. Ja, dies war meine Mutter. Doch das Kleid, das sie trug, machte sie mir fremd, denn es war das weiße Kleid einer Artista, wenngleich der Schleier fehlte und ihr Gesicht frei zu erkennen war. War es dieses Bild, das Alesia gesehen hatte? War sie in diesem Raum gewesen und kannte deshalb meine Mutter und meine wahre Identität? Und was war mit Andrea Luca? Hatte er immer gewusst, wer ich wirklich war, auch wenn ich es selbst nicht tat?

Voller Bestürzung blickte ich in das geliebte Gesicht meiner Mutter und fragte mich, in welch dicht gesponnenes Intrigennetz ich geraten war. Ich stolperte fassungslos zurück und stieß gegen einen halb bearbeiteten Marmorblock, der hinter mir stand und bedenklich zu schwanken begann.

»Eine wunderschöne Frau, nicht wahr?« Die Stimme, die in meinem Rücken erklang, so leise und sanft, brachte alle Härchen an meinem Körper dazu, sich aufzurichten. Ich drehte mich zaghaft zu ihr um, ahnte, wer zu mir getreten war.

Dort stand die Frau, der zu begegnen ich so sehr gefürchtet hatte. Beatrice Santi hatte mich gefunden und nun sah ich mich der Artista gegenüber, die von einer greifbaren Aura der Macht umgeben wurde. Sie war majestätisch, wenn auch kleiner, als ich angenommen hatte. Die glatten, schwarzen Haare waren zu einem strengen Knoten gefasst und von einem zarten, weißen Schleier bedeckt. Scharfe, kühle Augen sahen mich darunter unverwandt an, nachdem sie sich von meiner Mutter gelöst hatten. Sie trug das weiße Kleid, das ich in meinem Traum gesehen hatte, und wirkte zerbrechlich, trotz der großen Macht, die in diesem schlanken Körper steckte. Wie alt mochte Beatrice Santi sein? Sie wirkte alterslos und schön, weder jung noch alt und ihre Züge waren klar, wie in Marmor gemeißelt. Doch trotzdem musste sie im Alter meiner Mutter sein.

Mühsam griff ich nach dem letzten bisschen Mut, das mir geblieben war und sank ehrerbietig vor der Fürstin von Orsanto zu Boden, die kaum Notiz davon nahm.

»Du ähnelst ihr auf verblüffende Weise, Ginevra. Ja, deine Mutter hat einen anderen Weg gewählt als ich. Sie hat sich die Freiheit genommen, nach der ich mich nur sehnen konnte und so hat sie mich verlassen, um ihr Glück zu finden.«

Ich horchte auf und hob den Kopf zu ihr empor, als ihre Stimme wie aus einer weit entfernten, traurigen Vergangenheit zu mir drang und ihre dunklen Augen in die Ferne blickten. Diese Augen ... Sie erinnerten mich an jemanden oder täuschte ich mich? Schließlich wandte sie sich zu mir um und bedeutete mir, mich zu erheben. Meine Stimme war leise und ungewohnt zurückhaltend. Ich musste mich räuspern, bevor ich die richtigen Worte fand. »Was meint Ihr damit, Signora Santi? Ich fürchte, ich verstehe nicht.«

Die Artista sah mich durchdringend an und setzte sich dann elegant auf eines der blausamtenen Sofas, bevor sie mich zu sich winkte und ich ebenfalls auf dem weichen Samt niedersank. Ihre Stimme war kühler geworden. Die Sanftheit war verschwunden und ließ darunter eine Härte spüren, die deutlich zeigte, wie es um den Willen dieser Frau bestellt war. »Wirklich nicht, Ginevra? Natürlich, sie hat es dir nie erzählt. Deine Mutter und ich waren unser Leben lang wie Geschwister und unser Band wird sich niemals lösen, selbst wenn sie sich dazu entschlossen hat, ihren eigenen Weg zu gehen und ihr altes Leben hinter sich zu lassen.«

Ich schluckte und suchte auf dem rutschigen Samt nach einem Halt, den ich nicht zu finden vermochte. Ich spürte die Nachricht, die noch immer in meiner Bluse steckte, und zog sie mit unsicheren Fingern daraus hervor.

Die Augen der Artista verfolgten jede meiner Bewegungen und etwas tanzte am Rande meines Bewusstseins entlang, entglitt mir jedoch, sobald ich es fassen wollte. »Signore Santorini hat gewünscht, dass ich Euch diese Nachricht überbringe ...«

Ich reichte ihr das mitgenommen wirkende Pergament und sie nahm es entgegen und blickte das Siegel prüfend an, bevor sie es brach und das Schriftstück auseinanderfaltete. Aufmerksam begann sie, es zu lesen und ich meinte, auf ihren Lippen ein leichtes Lächeln zu erkennen. Es verschwand, als sie mich forschend anblickte und das Pergament mit Andrea Lucas elegant geschwungener Schrift sinken ließ.

»Also ist es wahr. Andrea Luca hat sich seinen eigenen Weg gewählt. Niemals hätte ich vermutet, dass es ausgerechnet eine Kurtisane sein würde, doch ich vertraue seinem Urteil und dem Blut, das in deinen Adern fließt. Dem Blut deiner Mutter. Ich wusste, dass es eines Tages geschehen würde.«

Ich blickte die Artista verständnislos an und öffnete den Mund, um sie zu fragen, was sie damit meinte, als ihr Blick zu dem Marmorblock glitt, gegen den ich zuvor gestoßen war. Ich hatte dem weißen Gebilde, das noch im Entstehen begriffen war, bisher wenig Beachtung geschenkt, doch nun sah ich es mir genauer an und der Schrecken fuhr kalt durch meine Glieder.

Diese Statue trug mein Gesicht! Nur bis zur Hüfte behauen und geglättet, zeigte sie mir das nachtblaue Kleid mit den diamantenen Rosen, das Andrea Luca mir damals geschenkt hatte, als wir den Maskenball seines Vaters besucht hatten.

Von Grauen erfüllt, wandte ich den Blick widerwillig auf die Artista, die mich genau beobachtete und um deren Lippen erneut ein rätselhaftes Lächeln spielte, dessen Ursprung ich nicht ergründen konnte. »Erschreckt es dich so sehr? Das braucht es nicht.« Sie seufzte leise auf und faltete das Pergament zusammen, während ich um meine Fassung rang und der Impuls, den Palazzo schnellstens zu verlassen, immer stärker in mir wuchs. Doch sie begann abermals zu sprechen, bevor ich meinerseits etwas äußern konnte. »Ich weiß, wie es sich anfühlt, wenn man nicht den Menschen lieben darf, für dessen Seite man bestimmt ist. Und ich möchte nicht, dass Andrea Luca dieses Schicksal erleiden muss. Also werde ich euch helfen, Ginevra, auch wenn ich andere Pläne für ihn hatte. Eine Ehe mit Alesia della Francesca war niemals das Richtige für ihn, das hätte Pascale bedenken sollen.« Sie betonte den Namen, legte einen solchen Hass in die Worte, dass ich zusammenzuckte, als sie wie ein Peitschenschlag aus ihrem Mund erklangen. Ihre Augen waren von einer unglaublichen Intensität erfüllt, ähnlich dem Blick, der so oft in Andrea Lucas Augen lag.

Ich rutschte unruhig auf dem Sofa umher, als sie mich ansah, meinen Aufzug musterte und für ungenügend befand. Ich wusste, welche Frage nun kommen musste und ich bereitete mich innerlich auf eine Konfrontation mit der einschüchternden Frau vor, die mir gegenübersaß.

Ihre Stimme klang gefährlich leise und bedrohlich. Unter dem Blick dieser Frau fühlte ich mich wie ein unreifes Mädchen, das nichts von der Welt verstand. »Du hast die Kleider, die ich für dich habe anfertigen lassen, nicht angelegt?«

Ich atmete tief durch und setzte mich gerade auf, versuchte, mich gegen ihren Einfluss zu wappnen, bevor ich zu einer Antwort ansetzte. »Nein, das habe ich nicht. Ich bin keine Artista, Signora Santi, und ich werde niemals eine Artista sein. Ihr sagt, dass meine Mutter wie eine Schwester für Euch sei und wenn dies der Wahrheit entspricht, so bitte ich Euch, ihre Wünsche zu respektieren. Sie wollte niemals, dass ich das Kleid der Artiste trage und ich glaube nicht, dass sich daran etwas geändert hat.«

Die Artista schenkte mir einen undeutbaren Blick – amüsierte sie sich über mich? Ich bemühte mich, ihrem Blick standzuhalten und nicht zurückzuschrecken, ganz gleich, wie viel Kraft es mich kosten mochte. Ich spürte die Gefahr, die von dieser Frau ausging und die Macht, die mich verschlingen konnte. Eine unterschwellige Übelkeit stieg in mir auf, die mich vor Magie warnte, doch das Gefühl verging, so schnell es gekommen war. Beatrice Santi lehnte sich in die seidenen Kissen zurück und der Hauch ihrer Macht verflog. »Du bist deiner Mutter sehr ähnlich. Auch sie hat sich niemals dem Willen anderer unterworfen. Nun gut, du sollst deinen Willen haben, Ginevra. Geh nun, ich werde dich später zu mir rufen lassen, um unser Gespräch fortzusetzen.«

Ophélie trat in den Raum, ohne gerufen worden zu sein und bedeutete mir, ihr nach oben zu folgen. Ich erwies der Fürstin noch einmal meine Ehrerbietung, schwieg jedoch und folgte Ophélie wortlos zu meinen Gemächern.

Ich konnte mir keinen Reim auf die Worte der Artista machen. Sie sprach in Rätseln, ohne Fragen zu gestatten. Ich wusste nicht, welche Pläne sie für mich hatte und ich konnte nur raten, welcher Art ihre Verbindung zu Andrea Luca sein mochte. Doch es half mir nichts. Solange ich in ihrem Palazzo bleiben musste, würde ich es ertragen müssen.

Grübelnd folgte ich der Mondiénnerin zu meinen Räumen und blieb schließlich, allein gelassen und verwirrt, mit meinen

Gedanken zurück. War ich endgültig in die Hände einer Verrückten gefallen?

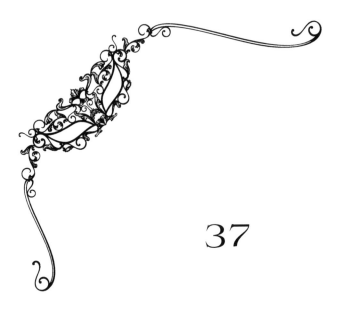

37

Je länger ich über meine Begegnung mit Beatrice Santi nachsann, desto wütender wurde ich. Auch wenn es sich bei ihr um die mächtigste Artista handeln mochte, die jemals das Angesicht dieser Welt betreten hatte, so konnte sie trotzdem nicht einfach alle Menschen nach ihrem Willen manipulieren und ihnen somit ihre Selbstbestimmung nehmen. Was gab dieser in unschuldiges Weiß gekleideten Frau das Recht, über alles zu bestimmen? Hatte ihre Macht sie so verblendet, dass sie sich selbst für eine Göttin hielt, für die die Welt nicht mehr war, als ein Spiel, das auf ihrem Schachbrett ausgetragen wurde? Die Angst hielt mein Herz mit eiserner Faust umklammert, seitdem ich gesehen hatte, dass ein Bildnis meiner Mutter in ihrem Salon zu finden war. Und wenn sie sich wirklich so nahestanden, wie es die Artista behauptet hatte, zweifelte ich nicht daran, dass dieses Bild magischer Natur war und es ihr erlaubte, meine Familie zu beobachten, wann immer sie das Bedürfnis danach verspürte. Auch die Augen der Artista hatten mich stutzig gemacht. War sie mit Andrea Luca verwandt? Ich hatte eine flüchtige Ähnlichkeit erkennen können, die mir zu schaffen machte, denn wie sollte die Santorini Familie in einem verwandtschaftlichen Verhältnis zu den Santi stehen? Beide Familien waren schon seit Jahrhunderten verfeindet. Sicher wäre die Hochzeit von Alesia und Andrea Luca eine Brücke für die Zukunft gewesen und der Bruch dieser Verlobung bedeutete für die zukünftigen Beziehungen nichts Gutes.

Ich wunderte mich darüber, wie der Fürst einen solchen Fehler hatte begehen können, war er doch als ein wahrhaftiges Genie bekannt. Wenn ich allerdings an Delilahs Magie und ihre offensichtlichen Reize dachte, erstaunte es mich kaum, dass auch er diesmal den Kopf verloren hatte. Pascale Santorini war, bei aller Genialität, nur ein Mann, der dem geschickt gesponnenen Netz einer Frau zum Opfer fallen konnte.

Der Zorn wärmte mich von innen und trotzte der Kälte dieser Mauern für den Augenblick. Bisher hatte sie es verhindert, dass ich meiner Umgebung mehr Aufmerksamkeit geschenkt hatte. Doch nun, da ich mich ein wenig beruhigt hatte und die ersten unheilvollen Gedanken beiseitegeschoben waren, sah ich, dass die Türen des großen Wandschrankes nur angelehnt waren.

Neugierig näherte ich mich dem Schrank, um zu sehen, welche zweifelhaften Wohltaten Signora Santi diesmal für mich bereithielt und blieb zögerlich davor stehen. Doch dann zuckte ich ergeben die Schultern - was nutzte es, dumm vor dem Schrank herumzustehen und zu warten, bis er sich von allein öffnete? Diesmal war ich wesentlich besser vorbereitet und so erschrak ich nicht allzu sehr, als ich einige meiner eigenen Kleider vorfand. Ihre vielfältig leuchtenden Farben ersetzten das Weiß, das sich zuvor darin befunden hatte.

Ein warmes Aufwallen in meinem Magen fachte meine Wut von Neuem an. Einer der Handlanger von Signora Santi war in mein Haus eingedrungen, um dafür zu sorgen, dass sie das bekam, was sie wünschte. Ein Fremder hatte in meinen persönlichen Habseligkeiten herumgewühlt, ohne dass ich die Macht besaß, es zu verhindern. Ich war an einem Punkt angelangt, an dem es mir schwerfiel, der Artista edle Motive zu unterstellen. Ich war kurz davor, die Türen wütend zu schließen, als mir nachtblau schimmernde Seide auffiel, die mit zarten, silbernen Fäden bestickt war. Vorsichtig nahm ich das Kleid aus dem Schrank, das mir Andrea Luca damals, in jener sorgenfreien Zeit, geschenkt hatte, als mein Leben noch in normalen Bahnen verlief, streichelte einmal mehr über den glatten Stoff und die kleinen, diamantenen Rosen, die ihn rau machten.

Also hatte Beatrice Santi auch dieses Kleid in den Palazzo bringen lassen. Zu welchem Zweck und woher sie davon wissen mochte, blieb jedoch offen. War es nur Zufall oder Absicht? Das üble Gefühl, das sie Andrea Luca und mich damals beobachtet hatte, hinterließ einen schlechten Geschmack in meinem Mund, der einfach nicht vergehen wollte. Seufzend hängte ich das Kleid und die damit verbundenen Erinnerungen in den Schrank zurück und blickte zum ersten Mal seit Tagen bewusst auf den blitzenden Rubin an meinem Finger.

Ich vermisste Andrea Luca von Tag zu Tag mehr. Wenn er nicht bei mir war, fühlte sich mein Herz leer und einsam an und nur ein dumpfer Schmerz erinnerte mich daran, dass es noch schlug und ich am Leben war. Es war einfacher, wenn ich abgelenkt wurde und sich meine Gedanken auf etwas anderes konzentrierten, aber in der Nacht, wenn ich allein war, kehrte der Schmerz zu mir zurück. Er brachte mir Visionen von Andrea Luca und Delilah, die ich nicht sehen wollte und die mich stets schweißgebadet erwachen ließen.

Hätte ich ihm doch nur so vertrauen können, dass ich einen Sinn in dem Spiel der Artista erkennen konnte und seine Absicht, die dahinterstand. Ich fühlte mich verraten und konnte mir kaum vorstellen, dass sie mir helfen wollte, selbst wenn ich die Tochter der Fiora Vestini war. Als Kurtisane war ich die erklärte Gegenspielerin einer jeden Artista und das Verhalten der Fürstin deutete nicht darauf hin, dass ich ihr je an ihr kaltes Herz wachsen würde. Und darüber hinaus - welche Hilfe konnte Beatrice Santi schon bieten?

Müde und resigniert zog ich eines der Kleider, die ich am Tage trug, aus dem Schrank und brachte es zum Bett hinüber, um mich dem Anlass angemessener zu bekleiden. Ich hegte nicht die Absicht, Beatrice Santi ein weiteres Mal in Hosen und Stiefeln gegenübertreten zu müssen. Die Seide in dem zarten Blau, die mit weißer Spitze besetzt war, würde mich gut genug kleiden und ich zweifelte nicht daran, dass ich auch die passenden Schuhe vorfinden würde, wenn ich mir den Schrank genauer besah. Die Artista und ihre Dienerin hatten sehr gute Arbeit geleistet, das musste ich ihnen lassen.

Ich fragte mich, ob Antonia von Zeit zu Zeit zu meinem Heim zurückgekehrt war, hoffte jedoch, dass sie mir gehorcht hatte und dem Anwesen ferngeblieben war. Normalerweise hätte ihr keine Gefahr mehr drohen sollen, wenn der Fürst ohnehin meine Schwester in seiner Gewalt hatte. Sicher war ich allerdings nicht.

Ich versuchte, die Verzweiflung, die dieser Gedanke mit sich brachte, zu verdrängen und sah mich weiter in dem Gemach um, um mich endgültig davon zu lösen. Vielleicht hielt Beatrice Santi noch einige andere Überraschungen für mich bereit.

Bei der näheren Inspektion des Raumes stellte ich fest, dass Ophélie an meine Versorgung gedacht hatte und fand, unter einer silbernen Haube verborgen, ein leichtes Mahl mitsamt einer Kristallkaraffe voll roten Weines.

Unentschlossen betrachtete ich die Speisen und deckte sie dann wieder ab. Für den Augenblick war mir der Appetit vergangen und bei allem, was Ophélie mir brachte, war ich ohnehin misstrauisch. Ich erwartete nichts Gutes von der kühlen, spöttischen Mondiénnerin, die bislang keinen vertrauenswürdigen Eindruck auf mich gemacht hatte. Wann immer wir uns trafen, musterte sie mich mit einem abschätzigen Blick, der mir genau zeigte, was sie von einer Kurtisane hielt.

Ich hoffte, dass mein Aufenthalt bei der Artista nicht mehr von langer Dauer sein würde. Wenn sie sich wirklich dazu entschlossen hatte, uns zu helfen, würden wir ohnehin bald nach Porto di Fortuna abreisen müssen. Das Schiff der Prinzessin, das Andrea Luca und Bahir mit sich trug, würde bald anlegen und dann wurde unsere Zeit immer knapper.

Die Zeit, Angelina zu befreien und die Hochzeit zu verhindern. Bei dem Gedanken daran, dass es nun schon bald zu der Entscheidung kommen musste, die unser aller Zukunft bestimmen würde, wurde die Hitze der Wut von der Kälte der Angst aus meinen Gliedern vertrieben. Ich saß wie auf heißen Kohlen, als ich in meinen Gemächern auf dem riesigen Bett darauf wartete, dass Ophélie endlich erschien und mich ein weiteres Mal den Launen ihrer Herrin auslieferte.

Beatrice Santi verstand es beneidenswert, ihre Opfer lange genug warten zu lassen, um sie gefügig zu machen. Es dauerte unerträglich lange, bis Ophélie sich dazu herabließ, an meine Tür zu klopfen und zu melden, dass Madame mir endlich eine Audienz gewähren wolle. Mit einem überaus liebenswürdigen Lächeln erhob ich mich von meinem Platz und bemerkte dabei zu meiner Zufriedenheit, wie Ophélie bei meinem Anblick stutzte und sich ihre Augen weiteten, bevor sie ihre Fassung wiedergewann. Scheinbar hatte sie nicht mit einer solchen Wandlung gerechnet.

Mit eleganten Schritten folgte ich ihr durch die langen Flure des dunklen Hauses und ignorierte die unheimliche Stimmung und den betörenden Rosenduft, so gut es in meiner Macht lag. Diesmal war ich besser auf die Begegnung mit der Artista vorbereitet und die in meinem Inneren köchelnde Wut half mir dabei, die Fassung zu bewahren und einen möglichst selbstsicheren Eindruck zu machen, der über meine Unsicherheit hinwegtäuschte.

Sicherlich waren die Artiste Meisterinnen ihres Faches. Perfekt ausgebildet und mit ebenso perfekten Manieren, die der Adelsstand mit sich brachte. Doch eine Kurtisane stand ihnen darin in nichts nach, sofern sie eine gute Lehrmeisterin ihr Eigen genannt hatte. Und Signorina Valentina war eindeutig eine Meisterin, die Ihresgleichen suchte. Eine Begegnung zwischen ihr und Beatrice Santi wäre ein interessantes Schauspiel gewesen und noch nicht einmal Magie hätte es vermocht, über die Siegerin zu entscheiden.

Zu meinem Erstaunen führte mich die Mondiénnerin erneut in den Salon mit den Bildern, der mir zuvor einen solchen Schrecken eingejagt hatte, und zog sich dann ebenso leise zurück, wie sie gekommen war. Wenn sie nicht sprach, war Ophélie überaus leicht zu übersehen. Man hatte sie also darin ausgebildet, nicht aufzufallen, wenn sie nicht auffallen wollte. Eine wahrhaft perfekte Spionin ihrer Herrin in jeglicher Hinsicht, sofern sie nicht ihre eigenen Ziele verfolgte, was ich nicht für ausgeschlossen hielt.

Ohne lange darüber nachzudenken, begab ich mich zu einem der Sofas, auf denen ich schon früher an diesem Tage mit Signora Santi gesessen hatte, und setzte mich darauf nieder, um auf die Artista zu warten. Meine Augen wanderten durch den Raum und musterten noch einmal die Kunstwerke.

Für einen Moment fragte ich mich, ob die Dargestellten auf der Leinwand ebenso alterten wie im wirklichen Leben. Alle, die hier zu finden waren, wirkten so wie vor den wenigen Wochen, als ich sie noch mit eigenen Augen gesehen hatte. Alle, außer meiner Mutter, die als junge Frau dargestellt war. Hatte die Artista sie womöglich aus irgendeinem Grunde nicht beobachten können? Die Frage drängte sich mir förmlich auf, als ich alle anderen der Reihe nach prüfend ansah und mit den Bildern in meiner Erinnerung verglich.

In meine Beobachtungen versunken, bemerkte ich das Eintreten der Artista kaum. Ebenso wenig wie den Umstand, dass sie mich reglos beobachtete, bevor sie sich endlich bemerkbar machte. Ertappt wandte ich mich zu dem Türbogen um, von dem aus Beatrice Santi in ihrem weiß schimmernden Kleid den Raum betrat. Das Gesicht streng und kalt, beinahe wie aus Marmor gehauen und anschließend poliert, um für die Ewigkeit erhalten zu bleiben. Auch ihre Stimme stand ihrem geschäftsmäßigen Ausdruck in nichts nach und ich bemühte mich, ebenfalls so kühl zu wirken, wie sie es tat, als ich mich erhob und vor ihr knickste.

Die Artista ließ sich schließlich auf dem mir gegenüberliegenden Platz nieder. »Wie ich sehe, findest du an deinen eigenen Kleidern mehr Gefallen, als an jenen, die ich dir habe anfertigen lassen, Ginevra. Oder sollte ich dich Lukrezia nennen, wie es dir als Kurtisane gebührt?«

Der Fürstin sagte mein Verhalten offenbar nicht zu. Dies war jedoch nichts, was mich sonderlich berührte, schlug einer Kurtisane doch selten die Gegenliebe einer anderen Frau entgegen, sei sie nun Fürstin oder Bauersfrau. Ich blickte sie an und hielt meine Stimme gleichmäßig und ohne erkennbare Gefühlsregung, als ich ihr antwortete. »Ich gebe nicht vor, etwas zu sein, das ich nicht bin, Signora. Nennt mich, wie es Euch beliebt.«

Ihre Augen verengten sich für einen kurzen Augenblick, dann wurde ihre Miene so eben und ausdruckslos wie zuvor, zeigte keine Emotion mehr, die einen Hinweis auf ihre Gedanken gab. »Es ist bedauerlich, dass du es ablehnst, den Weg der Artiste einzuschlagen. Doch ich warne dich, es ist gefährlich, die Kräfte, die du in dir erweckt hast, nicht auszubilden und es könnte dir selbst und jenen, die du liebst, Schaden zufügen.«

Ich nickte knapp. Die Artista berichtete mir nichts, was ich nicht zuvor schon herausgefunden hatte, doch ich empfand es als verwunderlich, dass sie mich scheinbar gerne in eine Rolle drängen wollte, die ich nicht zu spielen bereit war. »Ich glaube nicht, dass man mich jemals unter den Artiste akzeptieren würde, Signora Santi. Ich bin in ihrer aller Augen nichts weiter, als die Bastardtochter einer Fürstin, die als Kurtisane ausgebildet worden ist. Meine Überlebenschancen erscheinen mir gering, wenn ich näher darüber nachdenke. Ohne Zweifel seid Ihr zu dem gleichen Schluss gelangt.«

Beatrice Santi stieß ein Geräusch aus, das ich als amüsiertes Kichern wertete und ihre Augen funkelten für einen flüchtigen Moment vergnügt, was mich noch weitaus mehr verwirrte. Ich fragte mich, was wohl der Grund für ihre Belustigung sein mochte. Allerdings wurde ihr Amüsement schnell von Ernst überlagert. »Die Artiste sind ohne Zweifel grausam, Ginevra, doch es gibt Dinge, gegen die selbst sie nichts ausrichten können. Dein Leben ist ohnehin in Gefahr, wenn du auf deinen Platz an Andrea Lucas Seite beharrst, ebenso wie das seine und das eurer Kinder. Dies ist das Schicksal, über das ihr euch im Klaren sein müsst, wenn ihr nicht voneinander lassen könnt. Doch du entstammst einer der großen Blutlinien, selbst wenn dein Vater ein einfacher Maler ist, und so kann keine gewöhnliche Artista es wagen, dich einfach zu töten und die Kraft in dir auszulöschen, ohne eine schreckliche Strafe zu riskieren. Das Blut, das in deinen Venen fließt, ist zu stark, ebenso wie das Blut in Andrea Lucas Adern.«

Ich war erschrocken darüber, wie weit Beatrice Santi in die Zukunft dachte. Ich hatte niemals zuvor ernsthaft in Betracht gezogen, als Ehefrau an Andrea Lucas Seite zu leben, ganz zu schweigen davon, dass wir Kinder haben würden. Schließlich war ich weiterhin eine Kurtisane in den Augen der Gesellschaft und dies würde sich niemals ändern. Was wusste Beatrice Santi, das mir verborgen blieb?

Ich rutschte unbehaglich auf meinem Platz umher und blickte intensiv auf den weichen Teppich, während die Artista mich aufmerksam beobachtete und sich ihre Augen förmlich in meine Haut brannten. Nachdem ich mich gesammelt hatte, richtete ich meinen Blick zu ihr hinauf und wagte es, jene Frage zu formulieren, die mir schon lange auf der Seele lag.

»Ich habe niemals erwartet, mein Leben an der Seite Andrea Lucas verbringen zu können. Doch sagt mir, Signora, in welcher Beziehung steht Ihr zu ihm? Welches Interesse habt Ihr an einem Santorini, wenn Ihr seine Familie doch hassen müsst?«

Zu meinem Erstaunen lachte die Artista laut auf und beugte sich zum Tisch hinab, um Wein in einen der beiden Kelche zu gießen. Die blutrote Flüssigkeit floss schwerfällig aus dem kristallenen Gefäß und leuchtete im späten Licht der Sonne auf. Dann vollzog sie das gleiche Ritual mit meinem Kelch und reichte ihn mir über den Tisch hinweg.

Ohne darüber nachzudenken, nahm ich das schwere Kristall entgegen und unterdrückte ein Schaudern über die Farbe des Weines. Dann wandte ich mich zu Beatrice Santi um, in deren Augen vergnügte Lichter tanzten. »Er hat dir also noch nichts davon erzählt? Nun, dann wird er es sicher tun, wenn ihr euch das nächste Mal begegnet. Es obliegt ihm, diese Geschichte zu erzählen, wenn die Zeit gekommen ist.«

Wütend funkelte ich die Artista an und setzte den Kelch an die Lippen, dabei vollkommen meine übliche Vorsicht vergessend. Ihre Augen ruhten kalt auf mir.

Ich schluckte eine zornige Entgegnung mit der süßen Flüssigkeit hinunter und versuchte, einen kühlen Kopf zu bewahren. Es lag nicht in meiner Absicht, die Artista gegen mich aufzubringen, solange ich ihr Haus nicht verlassen konnte. Auch Beatrice nippte an ihrem Kelch und lehnte sich dann zufrieden zurück. »Es mag dir nicht gefallen, aber dennoch werde ich dich einige grundsätzliche Dinge lehren. Ich kann es nicht zulassen, dass du Andrea Luca verletzt, indem du deine Kräfte nicht richtig kontrollieren kannst und du möchtest sicher nicht noch einmal von Alesia in eine Falle gelockt werden, nicht wahr?«

Ich blickte erstaunt zu der Artista auf. Wusste sie etwa von den Geschehnissen auf dem Schiff?

Die Fürstin nickte nur, als hätte ich laut zu ihr gesprochen und beantwortete meine Frage dann übergangslos und ohne jede weitere Erklärung. »Aber ja. Sicher ist dir aufgefallen, dass Alesia sich in letzter Zeit nicht mehr genähert hat, Ginevra. Ich habe dafür gesorgt, dass sie sich aus den Dingen heraushält, die nicht für sie bestimmt sind. Ihr Blut ist stark, erstaunlich stark für eine della Francesca. Doch sie ist noch viel zu jung, um alles zu verstehen, was in der Welt vor sich geht und um zu erkennen, wann sie verloren hat.« Die Artista sah abwesend auf einen Punkt in ihrem Salon, der offenbar nicht vorhanden war, und schwieg für die Dauer einiger Herzschläge.

Zumindest erklärte dies, warum Alesia in letzter Zeit so ruhig war und nicht mehr durch meine Träume wandelte. Wie mochte die Fürstin dafür gesorgt haben, dass Alesia stillhielt? Ich würde es wohl entweder niemals erfahren oder erst dann, wenn eine der beiden Artiste es mir aus eigenem Antrieb berichtete - was allerdings unwahrscheinlich war.

So still war es für einen langen Moment, dass die Stimme der Fürstin einem Kanonenschuss gleichkam. Sie drehte sich zu mir um und hielt meine Augen mit ihrem Blick gefangen. Für einen kurzen Augenblick vergaß ich zu atmen, während sie mich auf diese Weise ansah und ich fühlte mich, als würde sie in meine Gedanken eindringen und dort alles lesen, was ich vor ihr zu verbergen trachtete. »Sei vorsichtig, Ginevra. Du hast in Alesia della Francesca eine mächtige Feindin, die niemals ruhen wird, solange sie nicht das bekommt, was sie haben möchte. Aus dem jungen Mädchen wird eines Tages eine Frau werden, die eine ernst zu nehmende Gefahr darstellt. Alesia vergisst niemals, merke dir das.«

Erschrocken schnappte ich nach Luft, als die Artista meine Gedanken freigab, und fiel schwer atmend in die Kissen hinter meinem Rücken, die unter meinem Gewicht zusammensackten.

Auch die Fürstin lehnte sich in die Kissen zurück und redete dann in einem Plauderton weiter, der das vorangegangene Geschehen unwirklich erscheinen ließ und ihr Eindringen in meine Gedanken Lügen strafte. »Wir werden morgen in aller Frühe nach Porto di Fortuna aufbrechen und uns dort in meinem Stadthaus niederlassen. Die Einladungen zur Hochzeit sind bereits eingetroffen und es sieht so aus, als ob Pascale keine Zeit verlieren und seinen Neffen endlich verheiraten will, um Marabesh in seine gierigen Finger zu bekommen. Es ist zu schade, dass er es nicht weiß ... doch selbst ein Pascale Santorini ist nicht allwissend.«

Meine Augen mussten verraten haben, was diese Enthüllung in mir auslöste, denn die Fürstin von Orsanto schenkte mir einen wissenden Blick, während mein Herz immer schneller schlug. Hatte Andrea Luca etwa schon Terrano erreicht? Wie sonst konnte der Fürst davon erfahren haben, dass er zurückkehrte?

Die Artista lächelte mich freundlich an, ein Lächeln, das jedoch nicht warm wirkte, sondern eine Kälte in sich trug, die niemals von ihr zu weichen schien. »Oh, Giulia Santorini entstammt zwar lediglich einer niederen Blutlinie, doch sie ist durchaus fähig dazu, Andrea Luca im Auge zu behalten, wenn er nahe genug ist. Und Alesia hat sich sicherlich insofern meinen Anweisungen widersetzt, dass sie weiterhin ein Auge auf ihn hat. Sie scheut sich nicht, ihre Informationen zu verkaufen, wenn sie es für angebracht hält. Darin gleicht sie ihrer Mutter.«

Diese Worte klangen, als habe Beatrice Santi einst Alesias Mutter auf eine unangenehme Art und Weise kennenlernen müssen. Es wunderte mich nicht, dass Alesia ein falsches Spiel trieb und so traf mich diese Enthüllung nicht sonderlich schwer. Sie stellte sich bei dem Fürsten in ein gutes Licht, während sie hoffte, Delilah aus dem Weg zu räumen, sobald diese genügend von ihrer Macht eingebüßt hatte, um ein leichtes Opfer für sie abzugeben. Schließlich rückte die Hochzeit dann für sie in greifbare Nähe. Einmal mehr beobachtete mich die Fürstin aufmerksam, als könne sie meine Gedanken lesen, doch diesmal kam ich ihr zuvor und schnitt ihr das Wort ab. »Wie möchtet Ihr reisen, Signora Santi? Die Zeit wird immer knapper und eine Kutsche ist ein unsicheres Gefährt für eine solche Reise. Die Promessa liegt außerhalb des Hafens vor Anker und der Kapitän erwartet eine Nachricht von mir. Wenn Ihr Euch mit dem Aufenthalt auf einem Schiff anfreunden könnt, so dürfte dies der beste Weg sein, um schnell und unauffällig nach Porto di Fortuna zu gelangen, ohne das Augenmerk des Fürsten auf uns zu ziehen.«

Beatrice Santi zog überrascht die Augenbrauen in die Höhe, schien aber über diese Option ernsthaft nachzudenken. Sie lächelte gedankenverloren, während ich gespannt ihre Antwort erwartete. Nach einer kurzen Zeit des Schweigens tippte sie sich nachdenklich mit einem langen Zeigefinger an die Lippen. »Ein Schiff. Welch amüsante Idee! Also werden wir am morgigen Tag Kontakt zu deinem Kapitän aufnehmen und ihm mitteilen, dass Beatrice Santi auf seinem Schiff reisen wird. Ophélie wird sich um alles Weitere kümmern.«

Mit diesen Worten sah ich unser Gespräch als beendet an und der Blick der Artista glitt wieder in Welten, die nur sie allein wahrnehmen konnte. Ich erhob mich leise und erwies der Fürstin meine Ehrerbietung, bevor ich auf den Bogen zulief, der in den Flur hinausführte. Ich fühlte mich hungrig und benebelt von dem Wein, der mir sofort ins Blut geschossen war und meine Schritte waren entsprechend unsicher.

Nur kurz erklang die Stimme der Artista in meinem Rücken und ich hielt inne und drehte mich zu ihr herum, um zu hören, was sie zu sagen hatte. Ein belustigter Unterton schwang in ihren Worten mit. »Die Speisen werden dir nicht schaden, Ginevra. Ophélie kennt sich zwar gut mit Giften aus, sie würde es jedoch niemals wagen, ihr Wissen gegen meinen Willen einzusetzen.« Sie lachte leise und überließ es mir, daraus meine eigenen, nicht sehr beruhigenden Schlüsse zu ziehen. Es würde wahrlich ein wundervoller Tag sein, wenn ich diesen Palazzo endlich verlassen konnte und ich hoffte, dass mich mein Weg nie mehr an diesen Ort zurückführen würde.

Doch es war an der Zeit, dass ich mich um den Erhalt meines Körpers kümmerte, der momentan ein dringlicheres Problem darstellte, als die Rätsel, die die Artista mir aufgab.

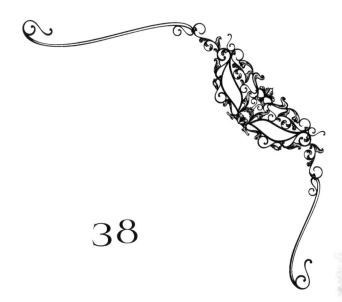

38

Auf dem Weg zurück in die mir zugebilligten Gemächer verdrängte ich das Gespräch mit der Artista, so gut es mir möglich war. Zu vieles war noch immer ungeklärt und ich verfluchte sie im Stillen dafür, dass sie mir ihre Verbindung zu Andrea Luca nicht offenlegte und sich stattdessen in ihre Geheimnisse hüllte.

Die Enthüllungen über Alesia della Francesca erstaunten mich nicht allzu sehr, hatte ich doch nichts anderes von der jungen Artista erwartet. Eine ganz andere Geschichte war es jedoch, dass Beatrice Santi mich als die Frau an Andrea Lucas Seite sah. Ich ärgerte mich mittlerweile darüber, dass ich die Nachricht nicht geöffnet hatte, denn dann hätten sich einige ihrer Rätsel gelöst, war aber gleichzeitig froh, dass ich Andrea Lucas Vertrauen nicht gebrochen hatte.

Die Nachwirkung des Weines lag wie ein Schleier über meinen Sinnen und vernebelte sie, sodass mir erst spät auffiel, dass leise Schritte hinter mir erklangen und verstummten, wenn ich selbst stehen blieb, um nach ihnen zu horchen. Es hätte mich kaum verwundert, wenn in diesen Mauern urplötzlich ein Gespenst aufgetaucht wäre, dennoch hielt ich die Quelle des Geräusches für zu real, um übernatürlichen Ursprunges zu sein.

Schwankend hielt ich mich an dem Geländer der breiten Treppe fest, die ich hinaufgehen wollte, und blickte mich um, meinte, den Schatten eines dunklen Rockes gesehen zu haben, der hastig in einer Türöffnung verschwunden war. War es Ophélie, die mir nachgeschlichen war? Und aus welchem Grund tat sie dies? Sie wusste, wohin ich ging und brauchte mir kaum hinterher zu spionieren, um meinen Aufenthaltsort ausfindig zu machen, hatte sie mich doch selbst dort untergebracht. Verwirrt blieb ich noch für einen weiteren Augenblick auf dem Treppenabsatz stehen, bemüht, die Gedanken in meinem Kopf zu ordnen, die aufgrund des Weines zu tanzen begonnen hatten. Es wurde Zeit, dass ich mein Zimmer erreichte, bevor ich auf der Treppe in Ohnmacht fiel oder mich ein ähnlich unangenehmes Schicksal ereilte. Folgte mir Ophélie, um sicherzustellen, dass ich mich nicht wieder in Räumen umsah, die mich nichts angingen? Wenn dem so war, dann war Beatrice Santi eine ausgesprochen vorsichtige Gastgeberin, die mir mehr zutraute, als ich mir selbst.

Schwerfällig lief ich die Treppe hinauf, während meine Beine immer schwerer wurden und mir der Weg immer weiter erschien. Ich verfluchte den Wein, der diese unnatürliche Schwere in meinen Gliedern auslöste, und schleppte mich voran, bis ich mein Schlafgemach erreichte und schwach die Tür hinter mir ins Schloss fallen ließ. Endlich fiel ich auf das Bett, in dem ich die letzte Nacht verbracht hatte und das Drehen in meinem Kopf setzte sich noch für eine Weile fort, bevor sich meine Gedanken endlich zu klären begannen.

Erschöpft nahm ich die Speisen wahr, die mir Ophélie am Mittag gebracht haben musste, und musterte die silberne Haube misstrauisch. Ich wusste nicht, was in dem Wein gewesen war und ob er überhaupt einen Inhaltsstoff enthalten hatte, der diesen Zustand bei mir ausgelöst hatte, doch es erschien mir riskant, es darauf ankommen zu lassen. Andererseits würde mein Körper nur dann weiterhin funktionieren, wenn ich zumindest die Flüssigkeit zu mir nahm, die mir zur Verfügung stand.

Seufzend richtete ich mich auf, fiel jedoch sogleich in die Kissen zurück, als mich der Schwindel übermannte. Ich würde tatsächlich ein überaus amüsantes Bild abgeben, wenn ich auf die Promessa zurückkehrte. Doch wenigstens war ich dort in einer angenehmeren Umgebung, als an diesem Ort, der in der Vergangenheit zu existieren schien. Beatrice Santis Gastfreundschaft war ohne Zweifel vorbildlich. So vorbildlich, dass ich ihr die Gesellschaft der Seemänner unter Verduccis Kommando eindeutig vorzog.

Aus den Augenwinkeln nahm ich eine riesenhafte Truhe wahr, die vor dem geöffneten Schrank stand. Ophélie war scheinbar ihrer Arbeit nachgekommen und hatte bereits meine Kleider für die Abreise bereit gemacht, während ich mein Gespräch mit ihrer Herrin geführt hatte.

Widerwillen regte sich in mir, wenn ich darüber nachdachte, dass die Mondiénnerin ständig in meinen Kleidern herumwühlte und womöglich in meinem Haus zugange gewesen war, um sie hierher zu schaffen. Und ich ärgerte mich über den Umgang der Artista mit dem Besitz anderer Menschen, wusste aber auch, dass es mir momentan nicht möglich war, meine Habseligkeiten selbst zu packen. Flüchtig regte sich in meinem Geist die Frage, wer wohl die schwere Truhe tragen sollte, dann fielen mir die Augen zu und verhinderten, dass ich näher darüber nachsinnen konnte.

Als ich erwachte, fand ich Ophélie in meinen Gemächern damit beschäftigt, zwei kräftig gebaute Männer anzuweisen, meine Habseligkeiten aus dem Raum zu schaffen, die sie zuvor liebenswürdigerweise für mich verpackt hatte. Somit war zumindest dieses Rätsel gelöst, denn Signora Santi verfügte eindeutig über Bedienstete, die man nicht zu Gesicht bekam. Mein Blick war verschwommen und in meinem Kopf tobten Wirbelstürme, die jeden klaren Gedanken in weite Ferne rissen. Ich richtete mich auf und versuchte, meinen Verstand dazu zu bringen, die Vorgänge in dem Zimmer zu verstehen.

Ophélie amüsierte sich offenbar köstlich über meinen bedauernswerten Zustand. Ein offen zur Schau getragenes Lächeln lag auf den vollen Lippen der Mondiénnerin, während sie meine Versuche beobachtete. Wie bei jeder unserer Begegnungen war sie hochgeschlossen und in dunkle Farben gekleidet, die ihren hellen Teint betonten, jedoch wenig davon preisgaben.

Mondiénner standen nicht in dem Ruf, züchtig und scheu zu sein. Ganz im Gegenteil, waren die Damen des hohen Adels dort noch um ein Vielfaches zügelloser, als so manche Kurtisane in Terrano und so verwunderte mich ihr Auftreten, wann immer ich sie erblickte. Es fiel mir nicht leicht, ihr diese Haltung abzunehmen, wirkte sie doch, als trüge sie der Welt eine Maske zur Schau, die sie bei Bedarf einfach abnehmen würde, um zu zeigen, was dahinter verborgen lag. Ophélie schien darauf bedacht, einige Worte an mich zu richten, und so kratzte ich den letzten Rest meiner Selbstbeherrschung zusammen, der mir zu einer würdevolleren Haltung verhelfen konnte, und schenkte ihr einen kühlen Blick. Ich wagte es noch nicht, mich auf die Beine zu stellen, konnte ich mir doch nur allzu gut vorstellen, wie sich dies auf meine Würde auswirken würde.

Ophélie beobachtete meine Bemühungen ungerührt und ihr Lächeln verblasste auch dann nicht, als ihre zarte Stimme erklang. »Guten Morgen, Mademoiselle. Ich hoffe, Ihr hattet eine angenehme Nachtruhe? Ich habe bereits veranlasst, dass Eure Kleider zur Kutsche gebracht werden. Madame erwartet Euch in einer Stunde in der Eingangshalle.«

Ich schenkte der Mondiénnerin meinerseits ein giftiges Lächeln, machte jedoch keine Anstalten, mich zu erheben und Ophélie damit einen enormen Gefallen zu erweisen. »Meine Nachtruhe war ausgezeichnet, vielen Dank, Ophélie. Euer Wein hatte einen erstaunlichen Jahrgang, der mir unerwartete Einsichten geschenkt hat.«

Das Lächeln der blonden Frau vertiefte sich, insofern dies überhaupt noch möglich war, und sie deutete einen spöttischen Knicks an. »Ich stehe stets zu Euren Diensten, Mademoiselle.« Sie wandte sich auf elegante Weise zur Tür um und schickte sich an, das Zimmer zu verlassen, nicht jedoch, ohne noch eine letzte Bemerkung an mich zu richten. »Euer Frühstück steht bereit. Ihr werdet sicherlich hungrig sein, nach dem gestrigen Tag.«

Dann war die schlanke Dienerin verschwunden und ließ nur den Hauch ihres schweren Parfums zurück, das sich auf unangenehme Weise mit dem allgegenwärtigen Rosenduft verband und sich in einer üblen Mischung in meiner Nase ausbreitete. Ich nahm den Duft der Rosen nur noch am Rande wahr, nachdem ich ihm so lange ausgesetzt gewesen war, wünschte mir aber dennoch sehnlichst frische Luft, um Ophélies Parfum zu vertreiben, das mich wie eine Wolke umgab. Ich mochte die schweren Parfums aus Mondiénne nicht. Sie benebelten die Sinne ebenso wie die Menschen dieses prunkvollen Landes, die man mit erheblicher Vorsicht genießen musste, wenn man ihren Ränken nicht zum Opfer fallen wollte.

Mein Magen schmerzte bereits vor Hunger und die Speisen unter ihrer Haube riefen mit verführerischer Stimme nach mir, doch ich wollte der Versuchung nicht nachgeben. Die Erfahrung mit dem Wein hatte mir gereicht. Vorsichtig kam ich auf meine schwachen Beine und stolperte zu dem Tischchen hinüber, auf dem, neben der Haube, auch ein Krug mit klarem Wasser stand. Es war riskant, davon zu trinken, doch mein Hals war trocken und ich brauchte die Flüssigkeit, wenn ich bei Kräften bleiben wollte.

Seufzend goss ich ein wenig davon in einen Kelch, der offenbar genau zu diesem Zweck hier stand und roch an dem Wasser, das jedoch keine verdächtigen Merkmale aufwies. Es war keine Garantie dafür, dass es in Ordnung war. Während meiner Ausbildung hatte ich einiges über Gifte gelernt und war in ihrem Einsatz versiert, wenn ich ihn auch ablehnte und meine Probleme lieber auf andere Art und Weise löste. Ich beendete meine Anschauung und nippte vorsichtig an dem Kelch, denn es hatte keinen Sinn, zu verdursten. Ob nun Gift oder nicht, es würde beides das gleiche Ende nehmen.

Die Stunde bis zur Abfahrt verging zäh. Ich hatte keine besonders große Lust, mich weiter im Palazzo Santi umzusehen und so blieb mir wenig mehr, als abzuwarten und dabei die Wände anzustarren. Das Auftauchen der beiden Männer hatte mir bewiesen, dass es hier noch mehr Bedienstete geben musste, als lediglich Ophélie. Sie waren jedoch gut genug ausgebildet, um nicht in Erscheinung zu treten.

Der Palazzo war ein ausladendes Gebäude und die Annahme, dass andere Teile alles andere als düster waren und dass es hier wesentlich mehr Menschen gab, die diesen Ort bewohnten und betreuten, war nicht abwegig. Schließlich war es Beatrice Santi und Ophélie unmöglich, das Gebäude allein instand zu halten. Offenbar wollte die Fürstin erreichen, dass ihre Besucher von weiteren Aufenthalten hinter diesen Mauern absahen und zumindest bei mir hatte sie dieses Ziel mühelos erreicht. Ich wollte nichts lieber, als von hier zu verschwinden.

Aufmerksam verfolgte ich jede Bewegung des Uhrzeigers der großen Standuhr, die in meinem Gemach untergebracht war. Auch wenn die Minuten nur langsam verstrichen, so war ihr Vergehen unaufhaltsam.

Tatsächlich wurde es bald Zeit, das Zimmer zu verlassen und nach unten zu gehen, wo mich Ophélie an der Eingangstür erwartete. Sie bedeutete mir mit einer eleganten Geste, mich zu der wartenden Kutsche zu begeben, in der die Fürstin bereits Platz genommen hatte.

Ich lief an ihr vorbei, ohne sie eines Blickes zu würdigen, und betrachtete stattdessen die schmucklose schwarze Kutsche mit unserem Gepäck auf dem Dach. Vier schneeweiße Pferde waren davor angespannt. Die prachtvollen Tiere standen in einem merkwürdigen Kontrast zu der Schlichtheit des Gefährts.

Schnell strebte ich die Treppe hinab und ein älterer, livrierter Diener mit ergrautem Haar, der die Kutsche offensichtlich fahren sollte, öffnete mit einer halben Verbeugung die Kutschentür, um mich einzulassen. Kaum war ich eingestiegen, als Ophélie ebenfalls auf gezierte Art hineinkletterte, dann schloss sich die Tür und ich war mit Beatrice Santi und ihrer Dienerin allein auf engstem Raum. Es war eine Erfahrung, die ich niemandem wünschte.

Die Artista reagierte kaum auf meinen Gruß. Lediglich ein Nicken deutete an, dass sie mich wahrgenommen hatte. Dann zogen die Pferde an und das Klappern ihrer Hufe übertönte die Geräusche der Außenwelt, als wir zum Hafen hinab fuhren, wo einer von Verduccis Männern in der lachenden Meerjungfrau auf eine Nachricht von mir warten würde.

Die Fahrt verging in Schweigen. Die Pferde trabten durch Chiasaro, um uns unserem Ziel näherzubringen und ich sehnte es herbei, den schwankenden Boden der Promessa erneut betreten zu dürfen und die frische Meeresluft tief einzuatmen. Der Gedanke an eine Hafenspelunke, die mit betrunkenen Seemännern gefüllt war, wirkte wenig einladend auf mich, doch ich vertraute darauf, dass Verducci diesen Ort gut genug kannte, um die Gefahren einschätzen zu können. So war ich zwar nervös, sorgte mich jedoch nicht zu sehr. Was konnte schlimmer sein, als Beatrice Santis Gastfreundschaft genießen zu müssen, selbst wenn diese nur von kurzer Dauer war?

Endlich hielt die Kutsche vor einer heruntergekommen wirkenden Taverne an. Es handelte sich um ein Fachwerkhaus mit gesplitterten Fenstern und einem schief hängenden, hölzernen Schild, das eine grinsende, obszön wirkende Meerjungfrau als Wahrzeichen trug. Die Spelunke erweckte den Anschein, als hätte es erst vor Kurzem eine deftige Schlägerei darin gegeben und ich hoffte inständig, dass Verduccis Männer nicht daran beteiligt gewesen waren.

Der Diener, der vom Kutschbock gestiegen war, öffnete mir mit unbewegter Miene die Tür und ich glitt aus der Kutsche heraus, um mich nach einem bekannten Gesicht umzusehen. Ich wusste nicht, wen Verducci geschickt haben mochte und nahm nicht an, dass es sich um Sadira handeln würde. Entsprechend musste seine Wahl auf einen seiner Männer gefallen sein.

Kalte Schauer liefen über meine Haut, als ich bemerkte, wie sich die Blicke der Anwesenden durch mein Kleid hindurch in meine Haut bohrten. Ich wünschte mir inständig, meine Hosen und mein Rapier zu tragen, die aber beide von Ophélie in die Truhe gepackt worden waren und sich somit meinem Zugriff entzogen. Vorsichtig ging ich auf die Tür zu, um ins Innere zu gelangen, als mich eine starke Hand am Arm packte und mich in meiner Bewegung aufhielt, bevor ich den Türknauf erreichen konnte. Erschrocken fuhr ich herum und sah mich einem großen Mann gegenüber, dessen Gesicht und Haar von einer Kapuze verdeckt wurden, sodass ich ihn nicht erkennen konnte.

Hektisch wollte ich ihm meinen Arm entreißen, um mich von ihm zu befreien, was jedoch einfacher gesagt, als getan war. Er war mir schließlich nicht allein an Körpergröße überlegen, sondern brachte auch einiges mehr an Muskelmasse mit, der ich keinesfalls gewachsen war. Wütend blickte ich zu ihm auf und wollte ihm gerade einen scharfen Kommentar entgegen zischen, um meine Angst zu überdecken, als ich ein tiefes Lachen unter seiner Kapuze heraus vernahm, das mir nicht unbekannt war. Staunend hielt ich inne, versuchte, einen Blick auf sein Gesicht zu erhaschen.

Da erklang auch schon seine kräftige Stimme in einem leisen Flüsterton und ließ mich von weiterer Gegenwehr absehen. »Nein, Lady. Du willst doch wohl nicht in die dreckige Spelunke gehen und dein Kleid beschmutzen. Ich glaube nicht, dass du da drinnen Bücher finden wirst, um dich zu wehren, wenn dich einer anfassen will.« Er lachte erneut und ich wagte es, den angehaltenen Atem wieder auszustoßen, als ich rote Locken unter der Kapuze aufleuchten sah. Red Sam war offenbar derjenige, der mich an diesem Tag erwarten sollte. Ich hoffte inständig, dass er mir die kleine Szene in der Kajüte vergeben hatte und meine Wehrlosigkeit nicht ausnutzen würde.

»Wir müssen schnell zur Promessa, Sam. Ich habe noch zwei weitere Passagiere für Verducci dabei, die ebenfalls in Kürze Porto di Fortuna erreichen müssen. Wo befindet sich das Boot?«

Red Sam nickte unter seiner Kapuze. »Das Boot liegt nicht weit von hier an einer verdeckten Stelle. Aber ich habe keine Ahnung, wie wir darauf das ganze Gepäck transportieren sollen.« Er warf einen skeptischen Blick auf die Truhen, die auf die Kutsche geschnallt waren und ich folgte der Richtung seines Blickes, um dann seufzend den Kopf zu schütteln.

Ophélie hatte offenbar nicht bedacht, dass wir auf einem Boot reisen würden, als sie gepackt hatte. Möglicherweise hatte ihr die Fürstin auch nichts davon erzählt, und wenn dies der Fall war, so würde die Mondiénnerin eine sehr unangenehme Überraschung erleben. Gehässig fragte ich mich, ob sie wohl anfällig für die Seekrankheit war, bevor ich mich wieder dem rothaarigen Alvioner zuwandte. »Das Gepäck soll unsere kleinste Sorge sein. Ich bin mir sicher, dass sich dafür eine Lösung finden lässt.«

Sam schenkte mir noch einmal das Geräusch seines tiefen, klingenden Lachens und deutete dann auf die Kutsche. »Geh wieder hinein, Lady. Ich werde den Kutscher schon in die richtige Richtung lenken, keine Sorge.«

Er schob mich förmlich auf die Tür zu und genoss es, dabei seine großen Hände auf meinen Hintern zu legen. Ich ignorierte seinen Übergriff und stieg wortlos hinauf zu der Artista und zu Ophélie, die die Szene beobachtet hatten. Beatrice Santi nahm alles mit einer gelassenen Miene hin, die nicht darauf hinwies, dass sie das Gesehene auf irgendeine Weise mit Verwunderung erfüllte. Allerdings nahm ich mit Genugtuung das Entsetzen in Ophélies weit geöffneten Augen wahr und lehnte mich zufrieden auf meinem Platz zurück. Wenn der Anblick Red Sams sie schon dermaßen schockierte, so würde sie auf dem Schiff wohl einen Schock nach dem anderen erleiden.

Still in mich hinein grinsend, spürte ich den leichten Ruck, als die Pferde die Kutsche anzogen, und hörte über allem Red Sams laute Stimme, die in einem nicht akzentfreien Terrano den Weg zum Beiboot der Promessa erklärte.

Langsam fuhren wir zum Hafen hinab, endlich zurück in die Freiheit, weit weg von den erstickenden Mauern und uralten Erinnerungen in Signora Santis Reich.

39

Tatsächlich dauerte es nicht lange, bis wir das Beiboot erreicht hatten und Red Sam es zu Wasser gelassen hatte, um uns zum Schiff zu bringen. Mit Vergnügen beobachtete ich, wie Ophélie bei dem Anblick des Bootes zweifelnd zu ihrer Herrin schaute und dann einige Worte auf Mondiénne an sie richtete, die sich um das auf der Kutsche verbleibende Gepäck drehten. Eine Kleinigkeit, die der gepflegten Ophélie sehr zu missfallen schien, wollte sie doch ihre hochgeschlossenen Kleider nicht missen.

Auch mir wäre es lieber gewesen, mein Rapier und meine Hosen am Leib zu tragen und nicht beides innerhalb der Truhe zu wissen, die die Mondiénnerin gepackt hatte. Aber es war nicht mehr zu ändern und so seufzte ich nur schicksalsergeben und ließ mir von dem rothaarigen Alvioner in das sanft schwankende Boot helfen. Im Vergleich zum Palazzo Santi erschien es mir nahezu ebenso gemütlich wie meine eigene Terrasse.

Nachdem Beatrice Santi und Ophélie ihre knappe Diskussion beendet hatten, die, wie es zu erwarten gewesen war, die Artista gewonnen hatte, half Sam auch den beiden anderen Frauen in das Boot hinein. Signora Santi verzog keine Miene und gab sich wie eine vollendete Dame, die von einem Fürsten hofiert wurde. Ophélies Ansichten waren allerdings schon von Weitem zu erkennen. Red Sam nahm es gleichmütig hin und ließ sich nicht davon abschrecken. Im Gegenteil - er schenkte ihr ein freches Zwinkern und tätschelte ihr beruhigend das Hinterteil. Die Empörung der Mondiénnerin kannte keine Grenzen. Sie holte aus, um dem unverschämten Piraten eine Ohrfeige zu versetzen. Dieser wich ihr jedoch geschickt aus, bevor er die Geste mit einem belustigten Schnalzen und einem drohenden Zeigefinger quittierte.

Es war keine einfach zu bewältigende Aufgabe, mir das Lachen zu verbeißen. Ich bemühte mich um eine neutrale Miene und wartete ruhig und bescheiden auf meinem Platz, bis beide Frauen endlich eine annehmbare Position gefunden hatten. Die Fürstin gab ihrem Kutscher ein Zeichen, dessen Bedeutung mir verborgen blieb. Ich sann allerdings nicht lange darüber nach.

Amüsiert beobachtete ich das Entsetzen auf Ophélies Gesicht, als Red Sam die Ruder in seine großen Hände nahm und sich das Boot durch seine gleichmäßigen Bewegungen in Fahrt setzte. Wir glitten der Promessa entgegen, auf der ich einige Männer der Besatzung sehen konnte, die uns bereits erspäht hatten.

Red Sams Muskeln boten ein beeindruckendes Schauspiel und seine roten Locken leuchteten im Licht der Sonne wie das Feuer selbst. Er konnte durchaus anziehend wirken, wenn er es darauf anlegte. Sicher wartete an den Häfen dieser Welt das eine oder andere Mädchen auf den kräftigen Seemann. Kurz blitzte die Erinnerung an die Prinzessin von Marabesh in meinen Gedanken auf, doch ich verdrängte das Bild ihrer kupferroten, schlangenartigen Haare und konzentrierte mich auf das, was vor mir lag.

Hatte Beatrice Santi den Schatten gesehen, der über mein Gesicht gezogen war? Ihr Blick war aufmerksam auf meine Züge gerichtet. Ein leichtes Lächeln spielte auf ihren Lippen, als hätte sie ebenfalls wahrgenommen, was ich für einen Moment erblickt hatte. Trotz der warmen Morgensonne, die auf meine Haut schien, lief mir ein kalter Schauer über den Rücken. Es fühlte sich an, als läge eine dünne Schicht harten, schimmernden Eises auf meiner Haut.

Ich war glücklich, als wir endlich die Promessa erreicht hatten, verfluchte jedoch noch im gleichen Atemzug das hellblaue Kleid, das ich noch immer trug. Ich wünschte mir, alle Manieren über Bord geworfen und die Fürstin von Orsanto in meinen Hosen aufgesucht zu haben. Aber es nutzte nichts, darüber zu jammern. Also kletterte ich mühsam und mit gerafften Röcken die Strickleiter hinauf, die man zu uns herabgelassen hatte. Ich lächelte grimmig, als mir bewusst wurde, dass Red Sam, dort unten im Boot, äußerst erfreut über die ungeahnten Ausblicke war, die sich ihm bei meinen Kletterkünsten boten. Ohne Zweifel würde er auch der mächtigen Artista bald unter den Rock schauen dürfen, wenn sie an Bord ging. Wobei ich mir nicht sicher war, ob er überhaupt wusste, um wen es sich bei der Frau in dem weißen Kleid handelte.

Verducci war ebenfalls anwesend und beugte sich über die Reling, um mir hinaufzuhelfen. Dabei erblickte er Beatrice Santi und Ophélie, die noch in dem Boot warteten, bis sie an der Reihe waren. Der Kapitän sah mich mit einer Mischung aus Verwirrung und offenem Entsetzen an, während er mich an Bord zog und meine Füße endlich die vertrauten Planken der Promessa berührten. Offenbar wusste er nur allzu genau, wer dort im Boot darauf harrte, sein Schiff zu betreten, und diese Entdeckung war keineswegs angenehm. Ich konnte ihn zwar verstehen, erwiderte seinen Blick trotzdem mit einem ergebenen Achselzucken und versuchte, einen möglichst unschuldigen Eindruck zu erwecken. Ich wusste nur allzu gut, dass ich die Schuld daran trug, wenn der Kapitän eine schlaflose Nacht durchlitt. Als ich mich umsah, konnte ich sehen, dass die Männer, die die Artista bereits gesehen hatten, einen ähnlichen Anblick boten wie ihr Kapitän. Dieser bemühte sich mittlerweile darum, seine Fassung zurückzuerlangen und straffte sich, um die neuen Passagiere standesgemäß zu empfangen.

Lediglich Sadira, die etwas abseitsstand, trug eine gleichgültige Miene zur Schau. Als Marabeshitin war sie nicht mit den beunruhigenden Geschichten über die Artiste und ihre Fähigkeiten aufgewachsen. Sie blickte den Geschehnissen mit einer Ruhe entgegen, die beneidenswert war. Als ich über der Reling auftauchte, lächelte sie erfreut und kam dann auf mich zugelaufen, um mich zu begrüßen. Erfreut schloss ich die kleine Marabeshitin in die Arme, ein Gefühlsausbruch, der uns beide überraschte, bevor sie meine Umarmung erwiderte. So sehr ich darauf bedacht gewesen war, das Schiff zu verlassen und endlich meine Heimat zu betreten, so glücklich war ich nun, das sanfte Schwanken unter meinen Füßen zu spüren.

Aus einiger Entfernung beobachtete ich, wie Beatrice Santis Kopf mit dem weißen Schleier auftauchte und alle Männer geschlossen einen Schritt in die entgegengesetzte Richtung zurückwichen. Beinahe spürte ich Mitleid mit Verducci, der als Kapitän an vorderster Front stehen bleiben musste, um ihr nach oben zu helfen und sie zu begrüßen. Der Piratenkapitän verneigte sich formvollendet vor der Artista, als sie fest auf dem Boden stand, und küsste dann ihre Hand, bevor er sich aufrichtete und sie ansprach. »Signora Santi, es ist eine große Ehre für mich, einen solch hohen Gast an Bord meines Schiffes begrüßen zu dürfen.«

Die Artista sah Verducci emotionslos an und ließ ihren Blick auffällig über seine Narbe gleiten. Ich konnte sehen, wie unwohl er sich unter ihrer Musterung fühlte und sein Gesicht erstarrte zu Stein. Dennoch ließ er sie wortlos gewähren und schluckte die spitzen Worte, die er jedem anderen entgegen geschleudert hätte. »Die Ehre ist ganz auf meiner Seite, Signore Verducci. Ich wäre Euch verbunden, wenn Ihr unser Gepäck am Hafen abholen lassen würdet.«

Verducci verneigte sich abermals. Ich meinte jedoch, diesmal einen harten Unterton aus seiner Stimme herauszuhören, als er auf die Bitte der Artista, die eher den Klang eines Befehls besessen hatte, reagierte. »Aber selbstverständlich, Signora. Ich werde sofort alles in die Wege leiten.«

Ich konzentrierte mich so sehr auf die beiden, dass es mir kaum auffiel, als Ophélie ebenfalls an Bord kam und Red Sam ihr unmittelbar folgte. Am äußersten Winkel meines Bewusstseins nahm ich die begehrlichen Blicke wahr, die ihr einige der Männer zuwarfen, als sie hinter Beatrice Santi zum Stehen kam und sich herablassend auf der Promessa umsah. Verducci wandte sich ebenfalls zu ihr um und begrüßte sie. Ich meinte, für den Bruchteil einer Sekunde ein Licht in ihren Augen aufglimmen zu sehen, das mich mit Übelkeit erfüllte, als sie den Narbenmann verführerisch anlächelte und ihre süße Stimme nahezu singend erklang, um seinen Gruß zu erwidern. Verduccis Haltung veränderte sich auf der Stelle und seine Augen folgten ihr, während sie ihren Platz hinter ihrer Herrin einnahm.

Ich spürte, wie sich Sadira neben mir versteifte und blickte sie von der Seite her an, sah, wie ihre schwarzen Augen wütende Blitze auf die Mondiénnerin schleuderten. Die Promessa setzte sich unterdessen in Bewegung und segelte in Richtung des Hafens, um das Gepäck abzuholen, das bei dem Kutscher verblieben war. Es würde keine angenehme Zeit auf dem Schiff werden, solange sich die Mondiénnerin an Bord befand und das schlechte Gefühl, das mich bei der ersten Begegnung mit Ophélie beschlichen hatte, verstärkte sich.

Nachdem Verducci seine Anweisungen gegeben hatte, nahm er die verhängnisvolle Aufgabe, Beatrice Santi und ihre Dienerin unter Deck zu bringen, heldenhaft auf sich und verschwand aus unserem Blickfeld. Sadira sah ihm düster hinterher und schaute mich dann fragend an. Aber ich hatte keine Antworten für sie. Auch in meinem Kopf wirbelten die Fragen umher, schien mir Verduccis Verhalten doch alles andere als normal zu sein.

Wir beobachteten, wie das Schiff das Landstück ansteuerte, auf dem die Kutsche wartete, und sahen den Männern zu, wie sie die großen Truhen über die hinabgelassene Planke schleppten und in den Innenraum brachten. Es dauerte eine lange Zeit, bis Sadira die Sprache wiedergefunden hatte und als sie sich zu mir umdrehte, klang ihre Stimme rau und dunkel. Ein Schatten hatte sich über sie gelegt. »Wer ist diese Frau?«

Ich wandte mich zu der temperamentvollen Marabeshitin um, in der etwas Unheil Verheißendes köchelte, und legte nachdenklich den Kopf schief. »Sie nennt sich Ophélie und dient der Fürstin von Orsanto – zu weiteren Auskünften wollte sie sich nicht herablassen. Doch ich befürchte, dass noch mehr hinter ihrer hübschen Fassade schlummert.«

Sadira nickte bedächtig und stützte ihre Arme auf die Reling, schien zu überlegen. Schließlich wandte sie ihren Kopf erneut zu mir um. »Ihre Stimme ... Es liegt etwas Seltsames darin, ein singender Ton ...« Sie brach ab, als sie nicht die richtigen Worte fand, um ihre Empfindungen zu beschreiben. Ihre Hände bewegten sich in einer hilflosen Geste, fielen dann ratlos hinab. Sie sah mich Hilfe suchend an. Auch ich hatte bereits diese merkwürdige Wandlung in Ophélies Stimme bemerkt und machte mir meine eigenen Gedanken über die Bedeutung dieses singenden Tonfalles, den sie eingesetzt hatte und der

Verducci so merkwürdig reagieren ließ. Es war, als besäße ihre Stimme eine magische Anziehungskraft.

Konnte es das sein? Magie? Ich hatte Gerüchte über Mondiénner gehört, deren Stimme so wunderschön sein sollte, dass sie eine wahre Zaubermacht ausüben konnte und die Menschen in ihren Bann schlug, wann immer sie es wollten. Es waren Gerüchte, die mir immer zu unglaublich erschienen waren und denen ich niemals eine große Bedeutung beigemessen hatte, doch vielleicht war das ein Fehler gewesen.

Ohne sofort zu antworten, dachte ich für eine Weile über meine Erlebnisse im Palazzo Santi nach und beobachtete, wie sich das Schiff nach dem Beladen in Bewegung setzte, um Porto di Fortuna, anzusteuern.

Ich brauchte nicht lange, um zu einem Schluss zu gelangen, der Ophélie ganz und gar nicht gefallen würde. Wenn ich mich nicht sehr täuschte, hatte der Wein, den mir die Artista serviert hatte, einige Stoffe enthalten, die nicht dazu beigetragen hatten, mein Wohlbefinden zu steigern. Und Beatrice Santi hatte mir bereits verraten, dass Ophélie sich bestens mit Giften auskannte. Zu dumm, dass sie ihre Künste an einer Kurtisane versucht hatte.

Mit einem versonnenen Lächeln, das mir einen misstrauischen und nicht minder neugierigen Blick von Sadira einbrachte, wandte ich mich zu der Marabeshitin um. Ich senkte meine Stimme zu einem Flüsterton, um nicht von einem der Männer gehört zu werden, die um uns herum ihrer Arbeit nachgingen. »Wenn das Vögelchen aus Mondiénne eine solch bezaubernde Stimme besitzt, müssen wir dafür sorgen, dass sie ihren Mund hält, bis sie das Schiff verlassen hat.«

Sadiras Augenbrauen schnellten in die Höhe, als ich ihr meinen Plan erklärte. Nachdem ich geendet hatte, erwiderte sie mein Lächeln auf eine dämonische Weise, die ich niemals von der Marabeshitin erwartet hätte. Dann nickte sie zustimmend und unser Pakt war geschlossen. »Ich habe die betreffenden Kräuter vorrätig. Ich habe allerdings nicht gewusst, dass man sie zu diesem Zweck einsetzen kann.«

Ihre Worte brachten ein stilles Schmunzeln auf meine Lippen. Ich malte mir vor meinem inneren Auge Ophélies Schicksal in leuchtenden Farben aus. »Nun, wenn sie nicht von allein seekrank wird, müssen wir eben ein wenig nachhelfen. Ansonsten hört die Mannschaft schon bald allein auf ihr Kommando, nachdem sie ihr süßes Liedchen gezwitschert hat. Und das wollen wir doch vermeiden, nicht wahr?«

Wir teilten noch einmal ein gemeinsames Lachen, was Red Sam, der gerade in unserer Nähe stand, dazu veranlasste, sich nach uns umzudrehen und sich verwundert am Kopf zu kratzen. Schließlich gingen wir getrennte Wege, um Ophélie bis zu unserer Ankunft den Schmollmund zu stopfen.

Tatsächlich verlief die Ausführung unseres Planes reibungslos. Sadira verabreichte Ophélie und der Fürstin einen Tee, der in Ophélies Fall jedoch nicht allein die Inhaltsstoffe enthielt, die ihr versprochen worden waren. Es war ein recht riskantes Unterfangen, wenn man bedachte, dass die Tassen an die richtige Person gelangen mussten. Die mangelnde Vertrautheit beider Frauen mit den Sitten auf einem Schiff half uns dabei, eine schnelle Ausrede dafür zu finden, die in alten Traditionen begründet war, die jedem Seemann die Haare gesträubt hätten.

Es dauerte nicht lange, bis sich die schlanke Mondiénnerin zum ersten Mal über die Reling beugte, um sämtliche Nahrungsmittel, die sie zuvor zu sich genommen hatte, wieder herauszuspucken. Eine Begebenheit, die von Sadira und mir mit einem breiten Lächeln quittiert wurde, das sich noch weitaus mehr erhellte, als Verducci zu seinem alten Selbst fand und der nun mehr nur noch krächzenden Ophélie keine besondere Aufmerksamkeit mehr widmete. Die unheilschwangeren

Blicke, mit denen die Mondiénnerin Sadira und mich bedachte, blieben uns dabei nicht verborgen. Sie ließen auf eine baldige und sehr unangenehme Rache von ihrer Seite schließen.

Für den Augenblick war allerdings jegliche Gefahr aus ihrer Richtung gebannt und so ging ich mit Sadira daran, meinen Schlafplatz für diese Nacht, eine der vielen Hängematten bei den Männern, vorzubereiten. Schließlich zauberte ich noch die Hosen und das Rapier aus der großen, braunen Truhe hervor. Sie waren für das Leben auf See und unter Piraten um ein Vielfaches besser geeignet, als ein Seidenkleid und der zugehörige Reifrock. Es erfüllte mich zwar nicht mit der größten Freude, die Nacht mit einem Rudel Seemänner zu verbringen, doch war es in meinen Augen wesentlich angenehmer, als sich die Kajüte mit Beatrice Santi zu teilen. Überdies lag der Platz, den ich mir mit Sadira ausgesucht hatte, ein wenig weiter von den Männern entfernt und wurde, zumindest an diesem Tag, mit einer Art Vorhang aus einem alten Segel von ihren Schlafplätzen getrennt. Auch Verducci war zwangsläufig an diesem Ort zu finden, nachdem ich ihn aus seiner Kajüte vertrieben hatte. Er war allerdings an seinem Schicksal eindeutig selbst schuld, denn ich hatte mir den Aufenthalt in Marabesh nicht selbst gewählt und ihn nicht gezwungen, mich auf die Promessa zu bringen.

Der restliche Tag verging ohne besondere Ereignisse, wenn man von Ophélies andauerndem Würgen an Deck absah. Trotzdem fand ich in der Nacht keine Ruhe, als die Gedanken in meinem Kopf einmal mehr ihr Eigenleben führten.

Verzweifelt wälzte ich mich auf meiner Hängematte hin und her und lauschte auf das regelmäßige Atmen der Männer, die in der Nacht keinen Dienst versahen. Sie schliefen ruhig an ihrem Platz und ich hörte jede ihrer Bewegungen, jedes Murmeln und jedes Knarren auf dem Schiff, atmete die schlechte, stickige Luft, die von so vielen Menschen auf engstem Raum verursacht wurde, die nicht die gesündeste Nahrung zu sich nahmen und wenig von Hygiene hielten.

Mit jeder Seemeile, mit der wir uns Porto di Fortuna näherten, wurde ich unruhiger, musste an Andrea Luca denken, der mit Bahir irgendwo auf dem Schiff oder schon im Palazzo Santorini sein würde. An Angelina, die sich ebenfalls dort befand und bei dem Fürsten abwartete, ob es jemals ein Lebenszeichen von mir gab. Wie lange würde es dauern, bis sie die Geduld verlor und genügend Informationen gesammelt hatte, um einen Ausbruch zu wagen?

Schon bald würden wir alle wieder vereint sein, doch ob zum Guten oder zum Schlechten, musste sich erst noch erweisen.

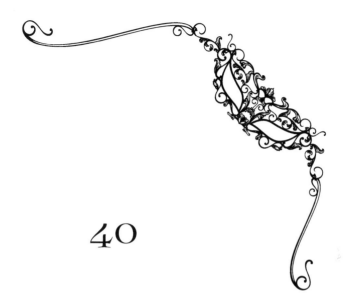

40

Schließlich verging auch diese Nacht und der Morgen brachte das Licht des neuen Tages mit sich, während wir uns unaufhaltsam Porto di Fortuna näherten. Von Beatrice Santi und Ophélie hatte ich seit den frühen Abendstunden nichts mehr gesehen und es wäre mir wesentlich lieber gewesen, ihre Gesichter auch am Morgen nicht erblicken zu müssen. Doch Edea hatte mir über Nacht nicht den Gefallen erwiesen, die beiden Frauen verschwinden zu lassen. So musste ich mich also damit abfinden, dass sie am Morgen, kurz bevor wir endlich in Porto di Fortuna anlegten, ebenfalls den Weg an Deck antraten.

Ophélie wirkte blass und abgespannt. Es sah ganz danach aus, als sei sie in der Nacht nicht zur Ruhe gekommen, was sie jedoch nicht davon abhielt, mir einen reizenden Blick voller Gift zu schenken, den ich mit einem frostigen Lächeln erwiderte. Beatrice Santi verzog keine Miene, beobachtete unsere stille Kommunikation jedoch sehr genau und ich war mir sicher, dass sie ahnte, was zwischen uns vorgefallen war und somit auch den Grund für die anhaltende Übelkeit ihrer Dienerin erraten hatte.

Ich kümmerte mich nicht allzu sehr um die beiden Frauen und richtete meinen müden Blick lieber auf meine Heimatstadt, die allmählich über den Wellen auftauchte und in meinem Magen eine merkwürdige Reihe sehnsuchtsvoller Stiche auslöste. An diesem Ort hatte alles angefangen und hier würde es nun auch enden. Jetzt, da wir uns der Stadt mit den unzähligen Kanälen näherten, verflog meine Nervosität und ich wurde unnatürlich ruhig. Nun gab es keine Möglichkeit mehr, meinem Schicksal zu entrinnen.

Gelassen beobachtete ich die Schiffe, die im Hafen lagen, und betrachtete die Gondeln, die ruhig über die Kanäle glitten. Porto di Fortuna hatte etwas Verträumtes, wenn man nicht mit den Machenschaften des Fürsten vertraut war und ich ließ diese träumerische Atmosphäre auf mich wirken, während wir näher an die Stadt heran segelten.

Erinnerungen zogen durch meinen Geist. Sie zeigten mir mein eigenes Haus und die vielen Villen der Adeligen, die ich in meiner Laufbahn als Kurtisane besucht hatte, um auf ihren Bällen gesehen zu werden. Ebenso wie so viele andere Orte, die zu meinem täglichen Leben gehört hatten, bevor ich zum ersten Mal auf Alesia della Francesca getroffen war und sich alles verändert hatte. Doch trotz allem, trotz der Geschehnisse in dieser Stadt, die sich so negativ auf mein Leben ausgewirkt hatten, trotz aller Gefahren, die hier lauerten, wollte ich endlich wieder nach Hause und hatte das Leben auf See und an all den fremden Orten gründlich satt. Dort, in der Ferne, konnte ich den Punkt erkennen, an dem sich alles entscheiden würde. Ich blickte auf den Palazzo Santorini, den Palast des Fürsten, in dem er meine Schwester gefangen hielt, und dessen weiß-goldener Marmor ihn in der Sonne des Morgens aufleuchten ließ wie eine geisterhafte Erscheinung.

Heiße Wut breitete sich in meinem Körper aus und vertrieb die Kälte des Morgens aus meinen Gliedern. Wut auf den Herren dieses Palazzo, der sich das Recht genommen hatte, einfach über das Leben so vieler Menschen zu bestimmen, die ihm nicht gehörten.

Das Bild seines Gesichts kam in meinen Sinn, die Züge des Mannes, der Andrea Luca so ähnelte, in dessen Brust jedoch ein Herz aus Stein zu schlagen schien. Es war nicht leicht, dieses Gesicht zu hassen, wenn es dem seines Neffen so ähnlich war, aber ich tat es dennoch und schwor mir in diesen Augenblicken meiner Heimkehr, mich für all seine Taten an ihm zu rächen, wenn die Zeit gekommen war.

Ein sanftes Kribbeln in meinem Nacken zeigte mir, dass ich beobachtet wurde, doch ich drehte mich nicht zu der Artista um, deren Augen in meinen Rücken stachen, blickte weiter auf die Stadt, die sich vor mir auftat und in der ich bald an Land gehen würde.

Unbewusst balancierte ich das Schwanken der Promessa unter meinen Füßen aus und ließ meinen Blick über die anderen Schiffe gleiten. Die frische Seeluft ebbte langsam ab, je näher wir der Stadt mit ihren Gerüchen kamen. Es lagen einige Handelsschiffe im Hafen, sicher vertäut und die Segel eingeholt. Seeleute brachten ihre Waren hinab, um sie zu ihrem Bestimmungsort zu bringen oder verluden Kisten auf die Schiffe, um sie von hier aus in die ganze Welt zu tragen. Ihre lauten Rufe schallten zu uns herüber, während die Kapitäne Befehle gaben oder andere, die die Aufsicht über das Geschehen hatten, die Männer in die richtige Richtung dirigierten.

Es war so lebhaft wie immer an dieser Stelle des Hafens und alles wirkte so vertraut, als hätte ich die Stadt niemals verlassen. Schließlich wanderte mein Blick zu den geschlossenen, gut bewachten Anlegeplätzen des Fürsten hinüber und mein Atem stockte für die Dauer eines Herzschlages, als ich das goldbeschlagene Schiff Delilahs dort liegen sah. Die Almira hatte Porto di Fortuna also bereits erreicht und Andrea Luca musste sich an irgendeinem Ort befinden, der nun für mich erreichbar war. Erleichtert stieß ich meinen angehaltenen Atem aus, denn nun wusste ich, dass ihm nichts geschehen war und dass auch er wieder unsere Heimat betreten hatte. Ein flüchtiger Blick zu Verducci, der eine finstere, versteinerte Miene zur Schau trug, zeigte mir, dass auch er das Schiff entdeckt hatte und seine eigenen Schlüsse daraus zog.

Ich versuchte, gegen die in mir aufsteigende Ungeduld anzukämpfen, während die Promessa in den Hafen einlief, konnte es aber nicht verhindern, dass meine Finger auf dem Holz der Reling zu trommeln begonnen hatten.

Nachdem das Schiff endlich vertäut, und die Planke herabgelassen worden war, konnte ich nur mit Mühe den Impuls unterdrücken, sofort hinab zu laufen. Aber meine Ungeduld wurde gedämpft, als Signora Santi den Kapitän dazu anhielt, eine Kutsche zu besorgen, die uns zu ihrem Anwesen bringen sollte. Seufzend hielt ich in der Bewegung inne, wenig begeistert von der Aussicht, noch länger die Gastfreundschaft der Artistafürstin ertragen zu müssen und vor allem, ein Haus mit Ophélie zu teilen. Trotzdem sah ich die Notwendigkeit ein.

Ich war mir sicher, dass man mir die Ungeduld ansehen konnte, und bemühte mich deshalb, eine möglichst gleichmütige Miene zur Schau zu tragen, die meine Gefühle so lange verbarg, bis ich endlich allein sein konnte. Es gab einiges zu tun, sobald ich wieder meine eigene Herrin war und mir niemand mehr vorschrieb, wie meine nächsten Schritte auszusehen hatten.

Verducci beeilte sich glücklicherweise, den Anweisungen der Artista möglichst schnell nachzukommen und sandte Red Sam aus, um ein solches Gefährt zu besorgen. Dieses Vertrauen erfüllte mich mit Staunen. Besonders, wenn man in Betracht zog, dass der große, rothaarige Mann noch vor nicht allzu langer Zeit der Mannschaft eines John Roberts angehört hatte, der der Promessa keinesfalls wohl gesonnen war. Aber Verducci würde seine eigenen Gründe für sein Vorgehen haben. Ich hatte keine Lust dazu, mich mit ihnen zu beschäftigen, fühlte ich mich doch mit jedem Augenblick weniger wohl, da die Augen all jener, die meine Lage kannten, aufmerksam auf mich gerichtet waren. Sie musterten jede meiner Regungen, als gäbe es auf der ganzen Welt nichts, das von größerem Interesse war.

Ich schluckte einige unfreundliche Bemerkungen hinunter und begann innerlich damit, die Sekunden zu zählen, bis die Kutsche mit Red Sam auf dem Kutschbock erschien. Danach beobachtete ich zähneknirschend, wie die Truhen in einem erschreckend langsamen Tempo auf ihrem Dach angebracht wurden, bevor sich die Artista und ihre Dienerin in Bewegung setzten und sich die Planke der Promessa mit laut klingenden Schritten hinab führen ließen.

Es bedurfte nur eines kurzen Blickes zu Sadira, um mich von ihr zu verabschieden. Sie wusste, was ich fühlte und wir benötigten nach den langen Tagen zu zweit keine großen Worte mehr, um einander zu verstehen. Sie nickte lediglich ermutigend, bevor ich meinen Fuß ebenfalls auf die Planke setzte und hinab laufen wollte, jedoch erschrocken innehielt, als sich eine Hand auf meine Schulter legte und mich zurückhielt. Fragend sah ich in die smaragdgrünen Augen Domenico Verduccis, zu dem die schlanke Hand gehörte, musterte sein ernstes Gesicht, von dem sich die Narbe geisterhaft abhob. Seine Stimme war sanfter, als ich sie gegenüber meiner Person jemals erlebt hatte. »Wir werden hier sein und warten, Lukrezia. Ihr könnt mich jederzeit im Hause meiner Schwester finden.«

Das Haus seiner Schwester? Ich blickte ihn verwirrt an und wollte gerade meinen Mund öffnen, um ihm endlich sein Geheimnis zu entlocken, als mein Blick einmal mehr auf diese smaragdgrünen Augen fiel, die mir schon oft so vertraut erschienen waren. So vertraut, als würde ich ihn schon lange kennen und hätte einige schöne Erlebnisse mit ihm geteilt. Ein bekanntes Element in einem fremden Gesicht mit einem zu dunklen Teint, umkränzt von dunklem Haar, das mich auf eine falsche Spur gelenkt hatte. Endlich hatte ich Gewissheit über das, was er so lange verborgen hatte und mir wurde bewusst, welches Spiel der Narbenmann und seine Schwester gespielt hatten. Wie hatte ich nur so schrecklich blind sein können? Von meinen Problemen in Anspruch genommen, hatte ich nicht glauben wollen, was klar und deutlich auf der Hand lag, hatte es nicht einmal ernsthaft genug in Erwägung gezogen.

»Smeralda. Also doch«, hauchte ich tonlos.

Verducci nickte bestätigend und nahm die Hand von meiner Schulter. »Ja, Smeralda. Leonora Verducci. Meine Schwester. Aber es wird Zeit, Lukrezia. Ihr solltet die Fürstin nicht warten lassen.«

Also war es Smeralda, die ihren Bruder gesandt hatte, um mich zu schützen. Smeralda, die seine Geschichte kennen musste und die Verbindung zwischen uns gesehen hatte, lange bevor ich auf die Spur von Verduccis Geheimnis gekommen war.

Ja, Smeralda hatte mehr gesehen, als ich hatte sehen wollen. Ich lächelte grimmig über die Weitsicht und das Geschick der Frau, die seit Jahren an meiner Seite gestanden hatte und die meine Gefühle erraten hatte, bevor ich mir selbst über ihre Existenz bewusst geworden war.

Ich sah in die Ferne, gab meinen Gedanken noch einen Moment, um sich zu sammeln und richtete dann meine Augen auf die Kutsche, in der Beatrice Santi bereits auf mich wartete. Es wurde in der Tat Zeit, zu gehen.

Wie schon die erste gemeinsame Fahrt mit den beiden Frauen, verging auch diese größtenteils in Schweigen. Während Ophélie mich böse anstarrte, hatte Beatrice Santis Gesicht einen verträumten Ausdruck angenommen, der auf ihren sonst stets harten Zügen merkwürdig fehl am Platze wirkte und mich über die Gründe dafür rätseln ließ.

Sie sah aus, als seien ihre Gedanken tief in eine Vergangenheit gewandert, die niemand außer ihr sehen konnte. Ich wunderte mich, was einen solchen Wandel in der Fürstin von Orsanto ausgelöst haben mochte. Sicherlich suchte Porto di Fortuna in ihrer Schönheit Ihresgleichen, doch ich hatte die Fürstin zuvor nicht als besonders empfänglich für solcherlei Reize empfunden und beobachtete sie in mildem Erstaunen, bis die Kutsche anhielt und der Kutscher die Tür öffnete. Vorsichtig stieg ich aus dem Gefährt und sah mich in meiner Umgebung um. Es dauerte nicht lange, bis ich feststellte, dass wir uns an einem erhöhten Punkt der Stadt befanden, an dem einige der adeligen Familien ihre Palazzi errichtet hatten. Tatsächlich war ich schon einige Male zuvor an diesem Ort gewesen und so kannte ich viele der hier erbauten Villen, hätte dabei aber niemals vermutet, dass diese prachtvolle Villa, mit den marabeshitischen Mosaiken, Beatrice Santi gehörte. Geschweige denn, dass sie überhaupt ein Anwesen in Porto di Fortuna ihr Eigen nannte. Es beunruhigte mich nicht, dass das Gebäude mit den bunten Steinchen verziert worden war, gab es doch einige Bauwerke in Porto di Fortuna, die an dieses Vorbild angelehnt waren, was wohl eine Folge der engen Handelsbeziehungen zu Marabesh war. Nun, zumindest für meinen Geschmack waren diese Beziehungen ein ganzes Stück zu weit gegangen.

Die Villa war ein imposantes, lang gezogenes Gebäude mit runden Bogenfenstern, die hinter den Säulen eines Balkons verborgen waren, der dem zweiten Stock vorgebaut worden war. Aus den Gärten trieb der Duft der wundervollen, von einem Gärtner gepflegten Blüten zu uns herüber. Der Gesang kleiner, bunter Vögel, die fröhlich ihre Liedchen zwitscherten, untermalte die Atmosphäre stimmungsvoll.

Dieses Gebäude war kein Vergleich zu dem unheimlichen Palazzo Santi, der die Besucher eher abschreckte, als sie anzuziehen. Ich begann unwillkürlich damit, ein wenig von meiner inneren Anspannung abzulegen, als wir auf die Villa zu traten. Ein Diener in einer roten Livree öffnete mit einer Verbeugung die Tür, um seine Herrin und ihre Gäste zu begrüßen und sofort ihre Anweisungen entgegenzunehmen.

Neugierig blickte ich mich in dem Gebäude um, in dem es keine unheilvollen Erinnerungen an die Vergangenheit zu geben schien. Auf den ersten Blick nahm ich keine Porträts an den Wänden wahr, sah keinen Staub und keine Spinnennetze, sondern nur glitzernde, kristallene Lüster, die im Luftzug der geöffneten Fenster ihr leises Lied sangen, und weiße Marmorstatuetten, die die Räume dekorierten.

Der frische Duft nach Orangenbäumen aus den Gärten zog durch die Fenster herein und unterstrich den Eindruck eines gemütlichen Heimes voller Licht und Luft, in dem man sich gerne aufhielt und zu dem man gerne zurückkehrte. Ich war mehr als überrascht, als ich mich umsah und dabei die leichten Möbel aus dunklem Holz wahrnahm, die auf den hellen Teppichen aus Marabesh standen und zum Verweilen einluden. Wie konnte es sein, dass Beatrice Santi an zwei solch unterschiedlichen Orten lebte?

Eine enorme Schar von Dienern tauchte nach und nach in den Räumen auf, begrüßte die Fürstin voller Zuneigung und begann dann damit, die Truhen in die jeweiligen Zimmer zu bringen und alles zum Wohle ihrer Herrin herzurichten. Auch ich wurde freundlich empfangen und mir wurde ein rosiges

Mädchen mit schwarzem Haar und dem klangvollen Namen Emilia zugeteilt, das mich zu meinen Räumlichkeiten begleiten sollte. Ich folgte ihr nur zu gerne, um dem entstandenen Trubel zu entkommen, und erinnerte mich erstaunt an das Gesicht der Artista, als sie zu mir herübergesehen hatte. Alle Härte war daraus verschwunden und sie wirkte wie ein junges, gerade aufgeblühtes Mädchen, das seinen Geliebten in Kürze empfangen würde, um romantische Stunden mit ihm zu teilen.

Neugierig lief ich hinter Emilia her, die mich über Treppen und durch Flure dirigierte, bis wir im oberen Bereich der Villa angekommen waren. Dort öffnete sie mir mit einem warmen Lächeln die große, dunkle, mit Schnitzereien verzierte Holztür und ließ mich eintreten.

Ich mochte mein Zimmer sofort, lief zu dem hohen, offenen Fenster hinüber, um einen Blick auf den großen Garten zu erhaschen, in dem ich einen kleinen Teich voller Zierfische und die Quelle des Gesangs der Vögel entdeckte, begab mich dann zu dem großen Himmelbett mit den weißen Vorhängen, die sich in einer sanften Brise bewegten. Es gab hier nichts Dunkles, außer dem verzierten Holz, aus dem die Möblierung gezimmert worden war. Endlich atmete ich auf und gestattete es mir, ein wenig Ruhe zu finden. Diener kamen und gingen, brachten mir meine Kleider und hängten sie in den Schrank, damit ich sogleich Zugriff darauf haben konnte, wenn es mich danach verlangte. Ich hatte zwar nicht die Absicht, für längere Zeit hier zu verweilen, ließ sie aber dennoch gewähren.

Dann entdeckte ich das Badezimmer, in dem eine große, kupferne Wanne stand, die mit heißem Wasser und duftendem Öl gefüllt wurde. Ich konnte mich nicht erinnern, wie lange ich kein Bad mehr genommen hatte und glitt, erfreut über diese neuerliche Annehmlichkeit, in das wogende, dampfende Nass, in dem alle Sorgen, zumindest für den Augenblick, von mir abfielen.

Die Dienerschaft der Fürstin von Orsanto war perfekt ausgebildet. Sie verwöhnte und versorgte mich mit allem, wonach es mich verlangte, sodass ich am Abend, als die Sonne im Ozean zu versinken begann und sich der dunkle Schleier der Nacht über alle Häuser ausbreitete, nur noch eines meiner bereitliegenden Nachthemden überzog und in die weichen, duftenden Federkissen fiel.

Ein kratzendes Geräusch an dem offenen Fenster ließ mich schlaftrunken aus meinem kurzen Schlummer erwachen. Ich rieb mir müde die Augen, um die Quelle des Geräusches klarer sehen zu können, hatte mit meinen Versuchen jedoch nur mäßigen Erfolg.

Mit laut klopfendem Herzen schlug ich die Decke zurück und schwang die Beine aus dem Bett, versuchte, meine Augen an die Dunkelheit zu gewöhnen. Ich starrte in die Leere des Zimmers, die nun bedrohlich wirkte, bis etwas Weiches, Zartes an meinen Beinen entlang strich und ein lautes Schnurren vernehmen ließ.

Erleichtert stöhnte ich auf und beugte mich dann lachend zu der gescheckten Katze hinunter, die wohl die Ursache des kratzenden Geräusches war. Ihre Augen leuchteten in der Dunkelheit gelblich auf und sie ließ ein leises, protestierendes Miauen vernehmen, als ich sie auf die Arme hob und das weiche, warme Fell streichelte. Dieser Eindringling zumindest würde mir kein Haar krümmen, solange ich nett zu ihm war, dessen war ich mir sicher. Ich setzte mich mit der Katze auf das Bett und redete sanft auf sie ein, um mich selbst nach dem Schrecken zu beruhigen. Mit der Katze beschäftigt, bemerkte ich erst spät, wie ein großer Schatten das Mondlicht auslöschte und jemand mit einem geschickten Sprung in meinem Zimmer landete.

Erschrocken fuhr ich hoch und ließ die Katze von meinem Schoß springen, wollte gerade aufschreien, als ich das Gesicht des dunkel gekleideten Mannes mit dem leichten Schatten eines Bartes und dem schwarzen Haar erkannte - Andrea Luca hatte mich gefunden.

Für einen kurzen Augenblick blieb ich wie angewurzelt auf meinem Platz stehen, starrte ihn wortlos an, wie er dort im silbrigen Licht des Mondes stand, als seien wir niemals getrennt gewesen.

Auch er stand reglos da und sah zu mir hinüber, ohne sich zu bewegen, ohne eine Geste, betrachtete mich einfach nur. Und dann, ich wusste nicht, wer von uns sich zuerst bewegt hatte, lag ich in seinen Armen und genoss das Gefühl seiner Nähe und seiner Wärme.

Andrea Lucas Atem streichelte warm und regelmäßig über meinen Nacken, dann strich er meine Locken zurück und begann, mich sanft und ohne Unterlass zu küssen. Schließlich hielt er inne und lehnte sich zurück, ohne mich loszulassen. Ein leichtes Lächeln spielte um seine Lippen, dem ein heiseres Flüstern folgte: »Du bist wunderschön.«

Auch ich lächelte und küsste ihn noch ein weiteres Mal voller Leidenschaft, bis ich zurücktrat und jede Einzelheit seines Gesichtes in mir aufnahm, um es niemals wieder zu vergessen.

Es erschien mir wie ein Traum, der endlich wahr geworden war und aus dem ich niemals mehr erwachen wollte. Dennoch klärten sich meine Gedanken allmählich wieder ich schüttelte benommen den Kopf, um die letzten Reste des Schleiers, der uns beide umhüllt hatte, abzuschütteln. Erst jetzt kam mir zu Bewusstsein, in welche Gefahr er sich mit seinem Besuch gebracht hatte und ich löste mich von ihm, um ihn vorwurfsvoll anzublicken und die Hände in meine Hüften zu stemmen.

»Und was genau denkst du, was du hier tust, Andrea Luca? Was ist, wenn dich der Fürst beobachten lässt? Ich glaube nicht, dass er deinen Spaziergängen gegenüber besonders aufgeschlossen ist.«

Andrea Luca legte seinen Kopf schief und schenkte mir einen amüsierten Blick, bevor er mich unnachgiebig näher an sich heranzog und mir eine Antwort gewährte. »Wäre es dir etwa lieber, wenn ich mein Lager mit der Prinzessin teile? Delilah ist mittlerweile ausgesprochen oft darauf bedacht, in meine Nähe zu gelangen, doch ich kann mir nicht vorstellen, dass dich diese Aussicht erfreut, Lukrezia.« Eine seiner Brauen wanderte empor und er blickte mich fragend an, gab mir aber keine Zeit, um darauf zu antworten. »Mich erfreut sie jedenfalls nicht. Aber sorge dich nicht, wir haben uns um potenzielle Verfolger gekümmert. Niemand weiß, dass ich hier bin und niemand wird es jemals erfahren.«

Seine Finger streichelten sanft über meine Wange und ich bemerkte bereits, wie mein Widerstand gegen ihn schmolz und vergaß die Vorwürfe, die ich ihm hatte machen wollen, schlang stattdessen meine Arme um seinen Hals.

Weiter kam ich nicht, denn unvermittelt wurde die Tür zu meinen Räumen aufgestoßen und Beatrice Santi trat über die Türschwelle. Ihr Gesicht hatte von seiner alten Kälte zurückgewonnen, ein Ausdruck, der jedoch durch das milde Licht in ihren Augen, das noch immer nicht ganz verschwunden war, sanfter erschien. Es dauerte einige Sekunden, bis ich erkannte, dass dieser Ausdruck diesmal nicht mir, sondern Andrea Luca galt, der seine Hand hatte sinken lassen, sich aber nicht von mir löste.

Erschrocken blickte ich auf die Artista und spürte, wie die Temperatur in dem Raum sank, während sie einander gegenüberstanden und schwiegen. Beatrice Santi brach als Erste das Schweigen. »Ich habe trotzdem erfahren, dass du hier bist, Andrea Luca. Und ich bin überaus enttäuscht von dir. Du kommst in mein Haus, ohne zuvor bei mir vorstellig zu werden und ein Wort des Grußes an mich zu richten. Es sind in der Tat traurige Zustände, wenn du nicht einmal mehr die

Zeit aufbringen kannst, mir einige Minuten deiner kostbaren Gesellschaft zu widmen.«

Ich sah verwirrt von Andrea Luca zu der Artista und konnte mir keinen Reim auf die Geschehnisse machen. Andrea Lucas Gesicht verzog sich zu einem merkwürdigen Lächeln und er ließ mich los, um sich vor der Fürstin von Orsanto zu verneigen. Nachdem er sich aufgerichtet hatte, trat er einen Schritt näher an sie heran und richtete dann, mit stolz erhobenem Kopf, das Wort an sie. »Verzeih mir, Mutter. Ich wollte deine Nachtruhe nicht stören und habe es stattdessen vorgezogen, nach Lukrezia zu sehen. Schließlich warst du bestens über meine Schritte informiert, wie ich sehen kann, und bedurftest von daher keiner sofortigen Information über mein Wohlbefinden.«

Mutter? Ich taumelte einige Schritte zurück und verlor den Halt, als ich gegen das Bett stieß und mich fassungslos darauf niederließ. Ich konnte kaum glauben, was Andrea Luca gerade gesagt hatte und schaute verwirrt und verständnislos auf die Szenerie, die sich vor mir aufgetan hatte.

Keiner von beiden schien mich wahrzunehmen und so beobachtete ich, wie sich Mutter und Sohn gegenüberstanden, beide mit den gleichen durchdringenden, unergründlichen Augen, die einander anstarrten und einen Kampf austrugen. Dann lachte Beatrice Santi kaum hörbar und streckte die Arme nach ihrem Sohn aus, der der Aufforderung Folge leistete und seine Mutter liebevoll umarmte. Ich war erstaunt über die Zurschaustellung echter Gefühle, die diese beiden Menschen an den Tag legten, und ich meinte, einige von Andrea Lucas Wesenszügen besser zu verstehen, nachdem ich seine Verwandtschaft zu Beatrice Santi enträtselt hatte.

Doch unter dieser Oberfläche verbarg sich weitaus mehr.

Andrea Luca war der Sohn von Beatrice Santi und Sante Santorini, deshalb hing das Bild des Mannes mit dem liebevollen Blick in ihrem Salon. Und diese ungewöhnliche

Verbindung brachte noch mehr ans Tageslicht. Andrea Luca war, ebenso wie ich, der Bastard einer Fürstin, doch er war kein gewöhnlicher Bastard, er war die Verbindung zweier der mächtigsten Blutlinien, die Terrano beherrschten! Der Schock fuhr unbarmherzig durch meinen Körper und ich begann zu zittern, als mir das ganze Ausmaß dieser Enthüllung bewusst wurde. Ich sah mit großen Augen auf die Bilder, die sich vor mir abspielten und Angst schlich in mein Herz, denn nun wusste ich um das große Geheimnis der Artista, ein Geheimnis, für dessen Wahrung so mancher töten würde.

Mutter und Sohn lösten sich voneinander und der glühende Blick der Fürstin richtete sich auf mich und lenkte auch Andrea Lucas Aufmerksamkeit zu mir hinüber, ließ ihn, ohne lange zu zögern, zu mir treten. Er lächelte schief, als er meine Verfassung bemerkte. »Ich glaube, ich werde Lukrezia einiges erklären müssen, Mutter. Ich werde dich jedoch morgen in aller Frühe aufsuchen. Wenn du uns nun entschuldigen würdest?«

Ein Lächeln huschte über die Lippen der Artista und sie nickte wissend, bevor sie sich zur Tür umwandte und auf die Öffnung zu trat, ohne sich noch einmal umzusehen. »Wie du wünschst, mein Sohn.«

Dann war Beatrice Santi verschwunden und die Tür schloss sich mit einem leisen Geräusch. Nur ein letzter Hauch ihrer machtvollen Präsenz lag noch in der Luft, als Andrea Luca und ich allein zurückblieben.

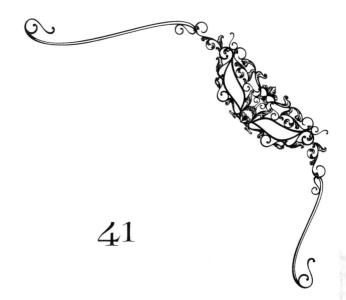

41

Nachdem Beatrice Santi gegangen war, schwiegen wir für eine lange Zeit. Andrea Luca setzte sich neben mich und nahm meine Hand. Es dauerte einige Atemzüge, bis ich mich soweit gefasst hatte, dass ich ihm in die Augen zu blicken vermochte. Ich sah ihn stumm und fragend an, ohne Worte zu finden, die meine Gefühle beschreiben konnten.

Andrea Luca wirkte merkwürdig scheu, ein Verhalten, das ich nicht von ihm kannte. Schließlich fasste ich mir ein Herz und versuchte, das unangenehme Schweigen zu brechen, das wie eine erstickende Decke über uns lag. Ich musste mich räuspern, bevor ich meine Stimme wiedergefunden hatte, die in meinen eigenen Ohren einen dünnen Klang besaß. »Sie ist deine Mutter. Das war es, was du mir nie sagen wolltest. Weiß der Fürst davon?«

Andrea Luca schüttelte den Kopf und starrte abwesend aus dem Fenster. Ich folgte seinem Blick und sah den Mond, der hoch am Himmel stand und uns sein Licht spendete. In der

Ferne konnte ich die Silhouetten der anderen Villen und ihrer Gärten erkennen, die Terrano so einzigartig machten. Erst als Andrea Luca sprach, wurde meine Aufmerksamkeit wieder auf ihn gezogen. »Nein. Er weiß, dass es in meiner Familie einen Vorfall gab, in den Beatrice Santi verwickelt war. Aber er war seinerzeit noch zu jung, um zu hinterblicken, was geschehen ist. Er weiß allerdings, dass ich nicht reinen Blutes bin.«

Seine Stimme war ebenso leise, wie die meine und ich musste mich anstrengen, um jedes Wort verstehen zu können. Das war also der Grund, aus dem Andrea Luca tat, was der Fürst von ihm verlangte? Ein hoher Preis für das Verbergen seiner wahren Abstammung, falls es nicht noch andere Dinge gab, die ihn verpflichteten. Es schien nahezu unglaublich. Der Spross zweier der mächtigsten Adelsfamilien Terranos diente seinem Onkel ergeben, obgleich er derjenige sein sollte, der auf dem Thron Ariezzas saß. Endlich verstand ich die Worte der Artista. Eine Verbindung zwischen Andrea Luca und mir bedeutete eine Vereinigung von drei der fünf herrschenden Häuser in einer Hand. Sie würde das Machtgefüge Terranos auf eine Art verändern, die für die übrigen überaus bedrohlich war. Mein Atem stockte, wenn ich daran dachte, was dies für unsere Zukunft bedeuten mochte, käme jemals ans Licht des Tages, welches Blut in unseren Adern floss.

Ich blickte auf die schlanken Hände Andrea Lucas, die meine Hand umfasst hielten, und bemerkte, wie er nachdenklich über den Rubin an meinem Finger strich. Er machte nicht den Eindruck, als wolle er die Geschichte seiner Abstammung weiterverfolgen. Dennoch war ich zu neugierig, um die Vergangenheit ruhen zu lassen und wagte einen zögerlichen Vorstoß in die Geheimnisse des Andrea Luca Santorini. »Aber wie kann das sein? Die Santi und die Santorini sind seit Jahrhunderten verfeindet. Niemals hat es eine Verbindung zwischen den Familien gegeben …«

Andrea Luca sah mich mit einem grimmigen Blick an und schien meine Frage zuerst nicht beantworten zu wollen. Dann wandelte sich der Ausdruck auf seinem Gesicht und ein undeutbares Licht trat in seine Augen. Verwundert nahm ich wahr, dass er lächelte. »Deine Neugier wird dir eines Tages den Hals brechen, Lukrezia. Ich bin erstaunt, dass du bisher unbeschadet davongekommen bist.«

Er schwieg.

Seine Augen wanderten in die Ferne und ließen mich allein zurück. Es war seltsam, ihn so zu erleben. Er war so in seinen Gedanken versunken, dass er seine Gefühle nicht mehr unter Verschluss hielt. Als er zu sprechen begann, klang seine Stimme von widerstrebenden Empfindungen bewegt, deren Ursprung tief in der Vergangenheit verborgen war. »Die Männer in meiner Familie neigen zu komplizierten Liebschaften. Ich scheine dabei keine Ausnahme zu sein.« Er lächelte flüchtig und seine Augen streiften mich, das Lächeln erlosch jedoch sogleich und er erzählte weiter. »Ich kann dir die Geschichte nur so erzählen, wie ich sie von meiner Mutter gehört habe und selbst ich kenne sie nicht in allen Einzelheiten. Die ganze Wahrheit kannst du allein von ihr und von meinem Vater erfahren. Möglicherweise noch von Maria und Giuseppe.«

Er unterbrach sich für einen Augenblick, um sich auf die alte Geschichte zu besinnen. Dann begann er, die Geheimnisse seiner Familie zu lüften, über die er so viele Jahre geschwiegen hatte. »Es muss kurz vor der Hochzeit meines Vaters mit Gemma Alvorini geschehen sein, als er meiner Mutter auf einem Maskenball begegnet ist. Er wusste nicht, wer sich hinter der Schwanenmaske verbarg, obgleich es nicht schwer war, die Verbindung zum Wappen der Santi herzustellen. Es ist unnötig, zu erwähnen, dass sein Maskenball seitdem in jedem Sommer zu Ehren meiner Mutter stattfindet. Ebenso wie die Tatsache, dass sie diesem Fest niemals ferngeblieben ist. Sie hatten nie die

Möglichkeit, lange miteinander glücklich zu sein und so haben sie jede sich bietende Gelegenheit dazu nutzen müssen.«

Er blickte mir tief in die Augen und lächelte dann geheimnisvoll. Es war nicht zu übersehen, dass die Geschichte seiner Eltern dicht mit der unseren verwoben war. Doch ob dies seine Absicht gewesen war, als er mich zum Maskenball seines Vaters geführt hatte oder Schicksal, blieb im Verborgenen. »Er tanzte in dieser Nacht mit keiner Anderen mehr, als mit der jungen Frau mit der Schwanenmaske, deren geheimnisvolle Schönheit ihn auf der Stelle bezaubert hatte. Und er konnte sie von diesem Tage an niemals wieder vergessen. Aber auch der jungen Beatrice erging es nicht besser. Santes Lebensfreude und sein Charme ließen ihr Herz höherschlagen, wann immer sich ihre Augen trafen. Und so kam es, dass sie irgendwann in jener Nacht in den Garten hinaus wanderten und dort ihre erste Liebesnacht verbrachten. Eine Nacht, die nicht ohne Folgen blieb, wie sie später feststellen sollten.«

Ich hörte Andrea Luca aufmerksam zu und beobachtete dabei die verschiedenen Gefühlsnuancen, die über seine Züge tanzten. Ich erkannte das Leuchten in seinen Augen, als er von dem Ball sprach, sah jedoch auch das Zucken in seinem Mundwinkel, als er von den Folgen dieser Nacht erzählte, bei denen es sich um seine Existenz handelte. Dann verdüsterte sich sein Gesicht und seine Augen wurden hart, zeigten allerdings auch die darunterliegende Traurigkeit. Ich begann unbewusst damit, über seinen Handrücken zu streicheln und wartete ab, welchen Fortgang seine Erzählung nehmen würde.

»Noch in dieser Nacht, nachdem die Masken gefallen waren, schworen sich Beatrice und Sante, dass sie sich wiedersehen würden, sobald es eine Möglichkeit gab. Zu dieser Zeit wusste Sante bereits, dass seine Geliebte verheiratet war. Und auch er würde bald vor den Altar Edeas treten, um eine Frau zu ehelichen, die er nicht liebte. Das Ergebnis dieser Nacht siehst du vor dir. Es gelang meinen Eltern zunächst tatsächlich, ihr Geheimnis zu bewahren. Dann kam jener schicksalshafte Abend, an dem sie sich im Hause des Schuhmachers Giuseppe trafen, wie schon oft zuvor. Alles schien zu sein wie immer und so waren sie sorglos, bis sie den schrillen Schrei aus Marias Mund vernahmen, der sie warnte, dass jemand auf dem Weg nach oben war. Es war Beatrices Mann, der seiner Frau zu ihrem Anwesen nach Porto di Fortuna gefolgt war und Rache an Sante nehmen wollte. Und er hatte Gemma Santorini bei sich, ebenso hochschwanger wie meine Mutter. Edea weiß, warum er das getan hat.«

Als er diesmal schwieg, dauerte es lange, bis er weiterredete. Seine Stimme klang so dunkel, als würde sie aus einer Gruft aufsteigen, die voll alter Erinnerungen und Schmerz war. Auch mein Herz schmerzte, als ich seinen inneren Kampf auf seinem Gesicht ablas und meine Hand fuhr unwillkürlich zu seiner Wange. Er schreckte davor zurück, als hätte ich ihn geschlagen. Erschrocken über seine Reaktion ließ ich die Hand sinken und verbarg sie in meinem Schoß. Es war Zeit, das Ende zu hören.

»Was nun geschah, hatte wohl keiner voraussehen können. Es kam zum Kampf zwischen den beiden Männern, der damit endete, dass das Rapier des Giorgio Santi bei einem Angriff auf meinen Vater fehlging. Er durchbohrte stattdessen Gemma Santorini, die sich zwischen die beiden Männer geworfen hatte, und ihr ungeborenes Kind, mit seiner Klinge.

Ich weiß nur wenig über die weiteren Geschehnisse an diesem Abend. Die Klinge meines Vaters traf schließlich Santis Leib und streckte ihn nieder. Es war unausweichlich, denn er hätte als Mörder einer Artista ohnehin nicht mehr lange zu leben gehabt. Der damalige Fürst, mein Großvater, erfuhr von dem Duell und er half seinem Sohn und seiner Geliebten, die Wahrheit vor den neugierigen Augen der Welt zu verbergen. Doch mein Vater musste für seine Taten bezahlen.

Der Anspruch auf den Fürstenthron von Ariezza war für ihn erloschen und Pascale, damals nicht mehr als ein Kind, wurde der nächste Thronfolger der Santorini. Der Preis mochte für ihn geringer erscheinen als die Aussicht, Beatrice ganz zu verlieren, doch es war ein hoher Preis für das Volk von Ariezza. Und ich habe einen Platz eingenommen, der nicht der meine war. Für die Welt bin ich der Sohn der Gemma Santorini, die bei meiner Geburt gestorben ist. Es ist die große Lüge meines Lebens. Ich habe den Platz des legitimen Nachfolgers meines Vaters eingenommen, dabei bin ich nur sein Bastard.«

Andrea Lucas Gesicht war bitter geworden. Ich wagte es nur zaghaft, mich ihm zu nähern, um die dunklen Wolken von seinen Zügen zu vertreiben. Seine Erzählung brachte Licht in das Dunkel um die Gründe für Pascale Santorinis Herrschaft über Ariezza.

Alle Welt glaubte, dass Sante Santorini zugunsten seines jüngeren Bruders freiwillig auf den Fürstenthron verzichtet hatte. Die Motive dafür waren nicht bekannt. Man munkelte, dass es ihm lieber sei, sich um die Weinberge der Familie zu kümmern, als über das Land zu herrschen. Und es war ein offenes Geheimnis, das er selbst gerne und oft dem Saft der Trauben zusprach. Zumindest Letzteres erschien mir nicht mehr unerklärlich, nun, da ich die traurige Geschichte seines Lebens kannte.

Es dauerte eine Weile, bis Andrea Luca zu mir zurückkehrte. Seine Brust hob und senkte sich in einem tiefen Atemzug, dann ließ er den Atem aus seinen Lungen entweichen. Er lächelte verzerrt und neigte seinen Kopf zur Seite, um mich anzusehen. »Nun kennst du das Geheimnis, von dem nur fünf Menschen auf dieser Welt wissen, Lukrezia. Andrea Luca Santorini ist der Bastardsohn von Beatrice Santi und Sante Santorini. Eine erstaunliche Entdeckung, nicht wahr?« Trotz der betont gleichgültigen Fassade, die Andrea Luca zur Schau trug, konnte ich spüren, wie aufgewühlt er war und ich bemerkte die Unsicherheit, die wohl jeder mit sich tragen musste, der ein solches Geheimnis verbarg.

Seinen Ursprung an eine Kurtisane zu verraten war ein großes Risiko, dessen er sich vollkommen bewusst sein musste und es ließ nur wenige Schlüsse zu. Entweder würde er mich töten müssen, das Wissen benutzen, das er über mich haben mochte, um mich zum Schweigen zu bringen oder er vertraute mir. Letzteres war die wahrscheinlichste Aussicht.

Ich seufzte leise und schüttelte über meine Überlegungen den Kopf, dann richtete ich meinen Blick auf Andrea Luca, beantwortete seine Frage jedoch nicht, sondern küsste ihn einfach, um seine Zweifel zu zerstreuen. Als wir uns voneinander lösten, hatte Andrea Luca sich beinahe wieder gefasst. Ein schmales Lächeln zeigte sich auf den vollen Lippen.

Er zupfte an meinem Nachthemd und hob dann eine Augenbraue. »Meine Mutter hat also dafür gesorgt, dass du deine eigenen Kleider bekommen hast. Ich hoffe, sie hat dich nicht zu sehr erschreckt.«

Er zwinkerte mir zu, eine Geste, die möglicherweise nicht seine klügste Wahl war, erinnerte sie mich doch an einige Kleinigkeiten, die ich in meiner Wiedersehensfreude und den darauf folgenden Enthüllungen vergessen hatte. Er hatte mich ohne Vorwarnung in die Arme Beatrice Santis geschickt und dabei sehr genau gewusst, was mich in ihrem Palazzo erwartete. Wütend wich ich ihm aus, als er eine Hand nach mir ausstreckte, und funkelte ihn verärgert an.

Er musterte mich, als hätte ich den Verstand verloren und öffnete den Mund, um mir eine Frage zu stellen. Ein Vorhaben, das von meiner scharfen Stimme im Keim erstickt wurde. »Oh ja! Sicherlich hattest du sehr viel Spaß daran, mich zu diesem Haus zu schicken, ohne vorher auch nur anzudeuten, was mich dort erwartet! Hat sie dich darüber auf dem Laufenden gehalten, wie ich mich gehalten habe, als ihre kleine, arrogante Dienerin mir den Wein mit den anregenden Zusätzen verabreicht hat? Oder hast du ihr meine Maße gegeben, damit sie mich mit den Kleidern einer Artista eindecken konnte? Wirklich, Signore Santorini – ein meisterhafter Streich!«

Andrea Lucas Lächeln verschwand bei meinen Worten. Falten erschienen auf seiner Stirn, als er versuchte, den Sinn dahinter zu erfassen. Er machte erneut Anstalten, seine Hand nach mir auszustrecken und mich zu berühren, doch ich wich vor ihm zurück und verschränkte die Arme vor meiner Brust.

Schließlich brach er das Schweigen und seine Stimme war bedrohlich ruhig. Mir wurde kalt und ich umfasste unwillkürlich meinen Körper, um mich in dem dünnen Hemdchen zu wärmen. »Was sagst du da, Lukrezia? Was hat meine Mutter getan?«

Ich war so überrascht über den Wechsel seiner Stimmung, dass ich meine Wut vergaß und ihn erschrocken anblickte. Etwas in seiner Haltung ließ mich die Anschuldigungen verwerfen und so erzählte ich ihm stattdessen, was sich im Palazzo Santi zugetragen hatte. Andrea Luca hörte mir aufmerksam zu und ich konnte sehen, wie Feuer in seinen Augen flackerte. Er blieb gefährlich ruhig und ernst, bis ich geendet hatte und er sich von dem Bett erhob, um zum Fenster zu gehen und hinauszuschauen. Nach einer Weile drehte er sich zu mir um und schüttelte den Kopf, eine Bewegung, die fast entschuldigend wirkte. »Ich habe nichts davon gewusst, bitte glaube mir das. Es scheint, als müsse ich mit meiner Mutter reden und ihr verdeutlichen, dass sie derlei niemals wieder mit dir tun wird. Doch zuvor ...«

Andrea Luca bewegte sich näher zu mir heran und verharrte dann reglos, blickte mich nachdenklich an, ohne ein Wort zu sagen, bevor er langsam auf ein Knie hinab sank und von dort zu mir hinaufsah.

Ich blickte ihn verständnislos an und streckte mechanisch eine Hand nach ihm aus, die er noch auf dem Weg abfing und mit seiner eigenen umfasste. Mein Herz begann, schneller zu schlagen. Er suchte offenbar nach den richtigen Worten, rang mit sich. Dann schüttelte er einmal mehr den Kopf und lächelte, als amüsierte er sich über sich selbst.

Andrea Luca hatte die Worte gefunden, die er mir sagen wollte und ich hielt unbewusst den Atem an. Noch nie zuvor hatte eine solche Zärtlichkeit in seiner Stimme gelegen. Das flackernde Feuer war aus seinen Augen gewichen und hatte ein tiefes Gefühl zurückgelassen. »Ich weiß nicht, wer du wirklich bist, Lukrezia, ich weiß nur, dass du nicht das bist, wofür ich dich gehalten habe. Doch es ist mir gleich, denn alles, was ich von dir möchte, ist, dass du an meiner Seite bleibst.« Andrea Luca hielt inne, um ein kleines Kästchen aus seinem Hemd zu befördern, das ich dort zuvor nicht bemerkt hatte. Ich legte eine Hand auf meinen Mund, um einen Schrei zu unterdrücken, als er das einfache Behältnis aus dunklem Holz öffnete und mir seinen Inhalt darbot. Ein schmaler, verzierter, goldener Reif lag darin, auf dem ein weißer Stein in allen Facetten des Lichts aufleuchtete, dessen er in der Nacht habhaft werden konnte. Es war ein Diamant, der wie ein Stern am Himmel leuchtete. »Möchtest du meine Frau werden?«

Ich starrte Andrea Luca für einen Augenblick an, als habe mich ein Blitz getroffen. Die Gedanken rasten durch meinen Kopf und ich war zu keiner Antwort fähig. Er wollte mich heiraten, obwohl seine Hochzeit mit Delilah in wenigen Tagen bevorstand? Aber ich war eine Kurtisane und Kurtisanen heirateten niemals. Das war unser Schicksal. Niemals hatte ich daran geglaubt, dass dieser Tag kommen würde und nun, da er gekommen war, wusste ich nicht, was ich tun sollte.

Ein fragender Ausdruck schlich sich auf Andrea Lucas Gesicht, ein Ausdruck, der sich in Enttäuschung verwandelte, je länger ich mir mit meiner Antwort Zeit ließ. Schon sank sein Blick zu Boden und er ließ das Kästchen ebenfalls sinken. Endlich war ich wieder zum Denken fähig und die Mauern meiner Erziehung begannen zu bröckeln. Nein, eine Kurtisane heiratete niemals, doch ebenso wenig floss das Blut einer Artista in ihren Venen. Und ja, ich wollte diesen Mann heiraten! Es war alles, worauf ich in den letzten Wochen gehofft hatte. Meine Stimme war leise und sein Blick hob sich staunend zu mir empor, als die Antwort über meine Lippen drang, auf die er nicht mehr zu hoffen gewagt hatte. »Ja, das möchte ich.«

Endlich kehrte das Lächeln auf Andrea Lucas Lippen zurück und er hob seine Hand, um mir über die Wange zu streicheln. Danach nahm er vorsichtig den Ring aus dem Holzkästchen und steckte ihn an meinen Finger. Seine Hand schloss sich darüber und er zog mich an sich. Es bedurfte keiner Worte mehr. Warm rollte eine Träne über meine Wange und ich schmeckte erstaunt das Salz auf meinen Lippen. Andrea Luca erhob sich vom Boden und zog mich mit sich. Die Tränen versiegten, als er laut auflachte und mich in die Luft hob, um mich, gefangen in diesem Moment der Freude, im Kreise zu wirbeln.

Wir mochten das ganze Haus aufwecken, doch diesmal kümmerte ich mich nicht um das, was andere von mir dachten. Ich stimmte in sein Lachen ein und überließ mich dem Glück, das seine Worte in mir ausgelöst hatten.

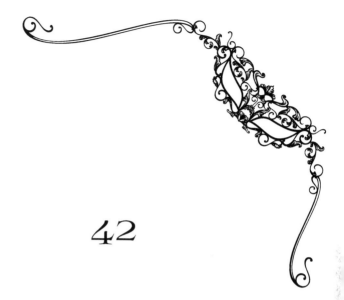

42

Als wir beide wieder zur Besinnung gekommen waren, drangen in meinem Inneren die zuvor verdrängten Fragen und Zweifel an die Oberfläche. Ich blickte Andrea Luca mit skeptischer Miene an, nachdem wir uns erneut auf dem Bett niedergelassen hatten. Er schien sich meiner Gedanken bewusst zu sein, ließ es jedoch nicht zu, dass sie sich auf seinen eigenen Zügen abzeichneten, sondern verschloss seine Gefühle tief in sich.

Für sein Vorhaben würde er einen kühlen Kopf brauchen. Zumindest dies verstand ich gut, wenn es mir im Augenblick auch nicht gefiel. Unbewusst hatte ich damit begonnen, an einem meiner Fingernägel zu nagen. Eine Unart, die mir Signorina Valentina mühsam abgewöhnt hatte.

Ich ließ die Hand sinken, sobald mir zu Bewusstsein kam, was ich dort tat und ihre ermahnende Stimme in meiner Erinnerung erklang. Andrea Luca beobachtete mich grinsend und ich seufzte gereizt, bevor ich ihn mit einem halbwegs ernst gemeinten, erbosten Blick bedachte. »Und wie hast du dir unsere Hochzeit vorgestellt? Sicherlich wird es ein wenig schwirig werden, dem Fürsten deinen Entschluss mitzuteilen, denkst du nicht?«

In Andrea Lucas dunklen Augen schimmerte ein abenteuerlustiges Licht, das mich misstrauisch werden ließ. »Pascale wird es erst erfahren, wenn die Zeit dazu gekommen ist. Und du solltest dich nicht damit belasten. Ich habe einen Plan.«

Ich blickte Andrea Luca neugierig an, war mir jedoch vollkommen darüber im Klaren, dass er seinen Plan nicht preisgeben würde. Die Sekunden verstrichen, während ich bestrebt war, in seinem Gesicht zu lesen, doch dann gab ich es auf und wandte mich einem sehr viel dringenderen Thema zu. »Ich nehme nicht an, dass du mir deinen Plan verraten möchtest, nicht wahr? Behalte ihn ruhig für dich, Andrea Luca. Aber wundere dich nicht, wenn ich meine eigenen Pläne habe.«

Andrea Lucas Augenbrauen schossen in die Höhe und er sah mich forschend an.

Ich ließ mich jedoch nicht davon beeindrucken und fuhr ungerührt in meiner Rede fort. »Es gibt allerdings etwas, das mich gerade wesentlich mehr interessiert und niemand außer dir kann mir diese Frage beantworten. Hast du meine Schwester gesehen? Geht es Angelina gut?«

Meine Stimme war ängstlich geworden und Andrea Luca legte seine Hand auf meinen Arm, um mich zu beruhigen. Dann nestelte er an seinem Kragen und legte damit die Haut seines Halses frei. Verdutzt beobachtete ich ihn und versuchte zu verstehen, was er dort tat, bis ich im Halbdunkel des Zimmers einige lange Kratzer entdeckte, die sich rötlich gegen die gebräunte Haut des Terrano absetzten.

Erschrocken hob ich die Hand, um mir die Kratzer genauer anzusehen, doch Andrea Luca lachte nur und sah mich dann mit einem schiefen Blick an. »Ich nehme an, dass es ihr gut geht. Zumindest war sie in der Lage, sehr effektiv nach deinem Aufenthaltsort zu fragen, nachdem wir allein waren. Ich hatte Glück, dass sie keine scharfen Waffen in ihrer Nähe verstecken kann, denn sonst würde ich höchstwahrscheinlich nicht hier sitzen.«

Ein leichtes Lächeln huschte über meine Lippen, als ich Andrea Lucas Worte vernahm, denn dies sah meiner Schwester in der Tat ähnlich. Wenige Frauen würden es wagen, einem Santorini auf diese Weise zu begegnen.

Ich schenkte ihm einen gespielt mitleidigen Blick. »Oh? Du musst sie beleidigt haben. Ich kann mir kaum vorstellen, dass sie sonst zu einer solchen Reaktion fähig gewesen wäre.«

Andrea Lucas Augen leuchteten in einem merkwürdigen Licht. Er bedachte mich mit einem schmerzlichen Lächeln und seine Stimme klang gequält, was ich ihm, angesichts seiner Begegnung mit einer wütenden Angelina, nicht verdenken konnte. »Sie war offenbar der Meinung, dass ich hinter deinem Verschwinden stecke. Es hat mich sehr viel Kraft und Atem gekostet, sie vom Gegenteil zu überzeugen. Deine Schwester ist ein ausgesprochen misstrauischer Mensch.«

Ich nickte zustimmend, spürte, wie die Anspannung langsam von mir wich. Angelina war wohlauf und schien in keinem schlechten Zustand zu sein, wenn sie dazu fähig war, Andrea Luca solche Wunden zuzufügen. Doch es gab keine Garantie, dass dies so bleiben würde und einige Bilder, die ich nicht zu erleben hoffte, erschienen in meinem Geist und brachten die Sorgen zurück.

»Was ist, wenn Delilah Angelina zu Gesicht bekommt? Sie weiß zu viel und sie muss sich sicher sein, dass ich in der Wüste den Tod gefunden habe. Sie könnte dem Fürsten alles verraten.«

Andrea Lucas Gesicht wurde ernst und er sah zu Boden. »Ich tue, was ich kann und Bahir ist mir eine große Hilfe dabei,

Delilah von dieser Spur abzulenken. Doch ich kann dir keine Garantie dafür geben, dass sie nicht über Angelina stolpert. Ich habe ihr erzählt, was ich preiszugeben wagen konnte, doch Pascale wird Delilah und Angelina früher oder später zusammenbringen, um sich an ihrer Reaktion zu erfreuen und was dann geschieht, steht in den Sternen.«

Ich hörte seinen Worten mit versteinertem Gesicht zu und wusste nichts darauf zu antworten. Alles war eine Frage der Zeit und der Laune des Fürsten. Kein beruhigendes Wissen, wenn man bedachte, wozu er fähig war. Ich spürte, wie ich trotz der warmen Nachtluft zu zittern begann, und zog die Decke über meine Schultern, was jedoch nur wenig half, wenn die Kälte aus dem Inneren stammte. »Gibt es eine Möglichkeit, mich gegen Angelina auszutauschen? Schließlich ist es das, was der Fürst möchte - es ist nicht Angelina, von der er sich etwas erhofft. Er will mich, nicht sie.«

Mein Zittern verstärkte sich noch und Andrea Luca legte seinen Arm um mich und zog mich näher an sich heran, bevor er den Kopf schüttelte und mein Kinn anhob, um mir in die Augen zu sehen. »Nein Lukrezia, es ist zu gefährlich für dich. Für euch beide. Wenn wir auch nur einen Fehler machen, wird er nicht nur Angelina in seiner Gewalt haben, sondern auch dich. Es gibt keine Möglichkeit, euch sicher auszutauschen. Und außerdem würde ich es niemals zulassen.«

Sein Tonfall duldete keinen Widerspruch und ich wusste, dass er recht hatte, obgleich sich in mir Widerstand gegen diese endgültigen Worte regte. Doch was sollte ich dagegen ausrichten? Der Fürst würde Angelina kaum gehen lassen, nur weil ich mich vor die Mauern des Palazzo Santorini stellte und ihre Herausgabe verlangte.

Mühsam schluckte ich meinen Widerspruch hinunter und löste mich von ihm, bereute es sogleich, als er sich von meinem Bett erhob und seinen Blick zum Fenster schweifen ließ.

Instinktiv wusste ich, was er vorhatte, wollte es aber dennoch nicht zulassen und stand meinerseits auf, um ihn aufzuhalten. Ich schaute unter langen Wimpern zu ihm auf und schmiegte mich eng an seine Brust, um ihm den Weg abzuschneiden, was Andrea Luca dazu brachte, innezuhalten und auf mich herabzusehen. Ein wissendes Lächeln lag auf seinen Lippen. Seine Hände legten sich um meine Arme, um mich aus dem Weg zu schieben.

Ich hatte bereits mit dieser Reaktion gerechnet und störte mich nicht daran, setzte stattdessen all das ein, was Signorina Valentina mich gelehrt hatte und senkte meine Stimme auf eine rauchigere Tonlage. »Aber Signore Santorini, möchtet Ihr mich denn so schnell wieder verlassen?«

Andrea Luca lachte und fing eine meiner Locken ein, die er spielerisch um seinen Finger wickelte. Ich konnte das Verlangen in seinen Augen erkennen, bis sich Bedauern über seinen Blick legte und jede Spur davon auslöschte. »Nein, Signorina Lukrezia. Noch kann ich nicht bei Euch bleiben, doch ich verspreche, dass ich dies nachholen werde, sobald es mir möglich ist.« Er ließ die Locke von seinem Finger gleiten und küsste mich, bevor er sich widerstrebend von mir löste und zum Fenster hinüberging. Noch einmal drehte er sich zu mir um und zwinkerte mir zu, dann kletterte er auf die Fensterbank. »Ich werde bald zurückkommen, Lukrezia.«

Er verschwand aus meinem Blickfeld und glitt hinab in die Tiefe. Schnell lief ich meinerseits zum Fenster, um zu sehen, wohin er ging, doch Andrea Luca war bereits in der Dunkelheit verschwunden, als sei er niemals bei mir gewesen. Es gab keine Spuren, die darauf hindeuteten, dass überhaupt ein lebendes Wesen in dieser Nacht durch den Park der Villa Santi gekommen war. Nachdem Andrea Luca gegangen war, blieb ich verwirrt und mit meinen Gedanken allein zurück. Ich begab mich auf das Bett, um besser nachdenken zu können. Die

Geschehnisse der letzten Minuten erschienen mir, als seien sie nicht mir selbst geschehen, sondern die Bilder eines sehr realen Traumes, der dem Leben einer anderen Person entsprungen war.

Müde geworden unterdrückte ich die Gedanken an all das, was nun bevorstand, ebenso wie die leichte Panik, die mich ergriff, wenn ich daran dachte, meine Freiheit für immer gegen die Ehe einzutauschen. Mein Leben würde niemals mehr sein, wie es vorher war und ich war mir noch nicht einmal sicher, was ich wirklich wollte. Ich hatte erkannt, dass ich nicht in der Lage war, mein Leben als Kurtisane zu verbringen. Doch war ich dafür gemacht, an der Seite eines Adeligen zu leben und die Geschicke eines Hauses zu leiten? Ich hatte erhebliche Zweifel an meiner Eignung für diese Aufgaben.

Seufzend wälzte ich mich über das Bett und zerknüllte das Kopfkissen unter meinem Körper, unfähig, den Schlaf zu finden, den ich mir für diese Nacht erhofft hatte. Meine Gedanken trieben wie Wolkenfetzen über das Meer der Erinnerung und brachten mir die Erlebnisse der letzten Wochen erneut ins Gedächtnis. Irgendetwas drängte darin an die Oberfläche und wollte meine Aufmerksamkeit erringen. Ich hatte etwas Wichtiges übersehen, dessen war ich mir sicher. Doch was war es? Die Härchen in meinem Nacken stellten sich auf und ein Kribbeln lief über meine Haut, ein Kribbeln, das mich eindeutig vor einer Gefahr warnen wollte, die ich vergessen hatte.

Erschöpft presste ich die Hände auf meine Augen und schüttelte den Kopf, um das Gefühl abzuwehren, als mir langsam klar wurde, vor welcher Gefahr mich dieses Kribbeln warnen wollte. Jeder Schritt, jede Bewegung, jedes Wort Andrea Lucas wurde von einer Artista überwacht, die mit Sicherheit alles tun würde, um eine Verbindung zwischen ihm und mir zu verhindern. Ja, Alesia della Francesca war eine Gefahr, die ich viel zu blauäugig übersehen hatte. Solange sie das Bild besaß, mit dem sie ihn beobachtete wie eine Katze die Maus, die sie zu ihrem Opfer erkoren hatte, würden weder Andrea Luca noch Angelina jemals sicher sein.

Ich konnte nicht erahnen, ob sie seinen Besuch bei mir verfolgt hatte, aber ich war mir sicher, dass sie um seine wahre Abstammung wusste. Und wenn sie auch nur ansatzweise eine Ahnung von seinem Plan hatte, würde dieses Geheimnis nicht vor Pascale Santorini verborgen bleiben, falls es einen Nutzen für sie besaß. Die Konsequenz dieses Gedankenganges brannte sich unauslöschbar in mein Gedächtnis ein. Ganz gleich, was die Zukunft für uns bereithielt, Alesia durfte das Bild nicht länger in ihrem Besitz behalten oder es würde eines Tages unseren Untergang bedeuten.

Unruhig setzte ich mich auf und ließ mich schließlich wieder zurückfallen, während ich versuchte, einen Plan zu fassen, mit dem ich ihr das Gemälde entwenden konnte. Würde das große Gemälde das Einzige sein, das ihr zeigte, was Andrea Luca tat oder gab es noch mehr? Ich wusste nur von dem einen, das sie mir gezeigt hatte, doch das bedeutete nichts.

Zumindest war mir bekannt, wo sich das Gemälde befand und wie ich in das Haus gelangen konnte. Aber diesmal würde ich mit Sicherheit nicht die Handschuhe vergessen, wenn ich vor dem Rosenspalier stand und ich würde nicht allein gehen. Ein wenig zufriedener legte ich mich in die Kissen zurück und schloss die Augen, um Ruhe zu finden. Ich würde in dieser Nacht nicht mehr viel ausrichten können, denn ich musste eine Nachricht zur Promessa senden und benötigte dazu einen zuverlässigen Boten, dem ich vertrauen konnte.

Ich hatte lange wach gelegen, bevor mich endlich der Schlaf überwältigt hatte. Am nächsten Morgen erwachte ich mit pochenden Kopfschmerzen und dem Geruch eines reichhaltigen Frühstücks in der Nase, der mich dazu verführte, meine Augen zu öffnen und mich aus den Laken zu quälen. Nachdem mir dies gelungen war, nahm ich die frischen Früchte auf dem Tablett und das duftende, noch warme Brot in Augenschein. Sie standen nicht weit von dem hohen Fenster entfernt, durch das die Morgensonne herein leuchtete und das Zimmer in ihr helles Licht tauchte.

Ich fragte mich flüchtig, ob Andrea Luca wohl schon bei seiner Mutter eingetroffen war, um mit ihr gemeinsam sein Frühstück einzunehmen, hegte aber nicht den Wunsch, den beiden Gesellschaft zu leisten. Ich befürchtete, dass man mir meine Pläne an meinem Gesicht und der leichten Nervosität abzulesen vermochte, die mich bereits seit dem Erwachen ergriffen hatten. Und dies war das Letzte, was ich wollte. Beatrice Santi mochte sich für unfehlbar halten, doch ich konnte mir nicht vorstellen, dass ein Verbot von ihrer Seite Alesia davon abhalten würde, ihre Ziele weiterzuverfolgen. Es war ein Fehler, das Mädchen so zu unterschätzen, das hatte ich am eigenen Leib erfahren müssen und wollte es nicht noch einmal riskieren.

In meine Gedanken und das Frühstück versunken, bemerkte ich kaum, wie sich die Tür öffnete und ein Mädchen mit wehenden Röcken hinein huschte. Ich hielt sie für Emilia, die ihrer täglichen Arbeit nachging und etwas in diesen Räumen zu erledigen hatte. Um nicht unhöflich zu erscheinen, wandte ich mich zu ihr um, um sie mit einem Lächeln auf den Lippen zu begrüßen und legte die Kirsche, die ich gerade in den Fingern hielt, wieder auf den Teller zurück.

Nur einen Herzschlag später war ich froh darüber, denn das Mädchen mit dem glatten, dunklen Haar, das dort in der Tür stand, war keineswegs das Dienstmädchen der Beatrice Santi.

Erschrocken schlug ich die Hand vor den Mund und blickte aus großen Augen auf die junge Frau, dann öffnete ich mit einem leisen Aufschrei meine Arme, als sie zu mir lief und sich in meine Umarmung sinken ließ. Antonia war zu mir zurückgekehrt.

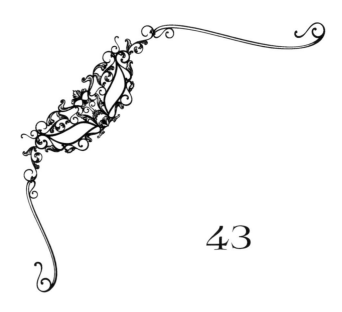

43

Nachdem die erste Wiedersehensfreude abgeebbt war, schob ich Antonia ein kleines Stück von mir, um das Mädchen genauer betrachten zu können. Sie wirkte kaum anders als damals, als ich sie nach Hause geschickt hatte, damit sie nicht dem Fürsten in die Hände fiel. Ihr rabenschwarzes Haar ergoss sich glatt und glänzend über die schmalen Schultern, vielleicht ein wenig länger, als bei unserer letzten Begegnung, und die dunkelbraunen Augen glänzten vor Freude feucht, was ihnen ein hübsches Schimmern verlieh. Antonia sah älter und gereifter aus, obgleich nicht viel Zeit verstrichen war. Dies mochte daran liegen, dass sie schon seit Langem bei mir lebte und ich sie täglich gesehen hatte.

Antonia und ich waren selten mehr als eine Nacht lang getrennt gewesen und erst jetzt, als sie vor mir stand, kam mir zu Bewusstsein, wie sehr ich das ruhige, zuverlässige Mädchen vermisst hatte. Ich hatte Antonia zu Beginn meiner Laufbahn aus ihrem armen Elternhaus geholt, um ihr und ihrer Familie ein besseres Leben zu ermöglichen. Sie würde niemals in die Verlegenheit kommen, einen wohlhabenden Mann heiraten zu müssen, den sie nicht liebte.

Ich bezweifelte ohnehin, dass dies für sie noch möglich war, veränderte der Dienst bei einer Kurtisane die Menschen doch nachhaltig. In gewisser Hinsicht war unser Leben freier als das Dasein so mancher adeliger Frauen, die zu ihrem Glück gezwungen wurden, ob sie es wollten oder nicht.

Antonia blickte aus ihren großen Augen zu mir auf und wischte sich eine Träne aus dem Augenwinkel, bevor sie eine ordentliche Haltung einnahm und die schneeweiße Bluse glattstrich. Ihre Stimme war zuerst unsicher und gebrochen, doch nach einem kurzen Räuspern klang sie wieder so fest, wie ich es von ihr gewohnt war. Ein kleines, zaghaftes Lächeln umspielte den rosigen Mund des Mädchens und sie musterte mich besorgt. »Geht es Euch wirklich gut, Signorina Lukrezia? Ich habe so viele schreckliche Dinge gehört, die Euch geschehen sein sollen.«

Ich lächelte beruhigend und schüttelte den Kopf, um ihre Zweifel zu zerstreuen, ließ es zu, dass sie mich von Kopf bis Fuß betrachtete. »Nein, ich bin wohlauf und ich nehme an, dass die meisten dieser Gerüchte einfach nur die natürlichen Folgen des Verschwindens einer bekannteren Persönlichkeit sind. Aber sag mir zuerst, wie du mich gefunden hast, Antonia. Hat Signora Santi dich hierherbringen lassen?«

Ein leichter Hauch von Panik schlich sich auf Antonias Züge, als ich den Namen der Artista erwähnte, dann versuchte sie, sich zusammenzunehmen und straffte ihre Körperhaltung, schüttelte verneinend den Kopf. Ein aufgeregtes Leuchten trat in ihre Augen und ersetzte die Furcht, die sich darin befunden hatte. »Nein, Signore Santorini kam zu unserem Haus und hat mich heute Morgen zu dieser Villa gebracht. Er meinte, dass Ihr sicher Euer eigenes Mädchen brauchen würdet, und hat mich Signora Santi vorgestellt. Sie war … unheimlich.« Antonia schluckte sichtbar bei der Erinnerung an ihre Begegnung mit der Artista. Ich konnte es ihr nicht verdenken, war mein erstes Zusammentreffen mit dieser Frau schließlich auch nicht das schönste Erlebnis meines Lebens.

Also hatte Andrea Luca mir mein eigenes Mädchen gesandt. Vertraute er den Dienerinnen seiner Mutter nicht? Wenn ich an Ophélie dachte, wunderte mich sein Verhalten kaum. Ich war ihm dankbar dafür, vertraute ich Antonia doch blind und fühlte mich in ihrer Gesellschaft sogleich wesentlich wohler.

Eine andere Frage, die ich mir zuvor gestellt hatte, war mit diesem Satz ebenfalls beantwortet. Andrea Luca befand sich in der Villa Santi oder war zumindest am Morgen hier gewesen, um seine Mutter aufzusuchen. Nur zu gerne hätte ich gewusst, welche Worte bei dieser Begegnung gefallen waren. »Mach dir keine Sorgen wegen Signora Santi, Antonia. Wir sind in ihrem Hause sicher, zumindest hoffe ich das. Aber du hast von Gerüchten gesprochen. Welche Gerüchte haben Porto di Fortuna in Atem gehalten, nachdem ich die Stadt verlassen hatte?«

Das Mädchen entspannte sich und nickte, bevor sie zu dem Tablett hinüberging und mechanisch damit begann, das benutzte Porzellan zusammen zu räumen und anzuordnen. Ich lächelte zufrieden, während ich sie dabei beobachtete. Antonia war die beste Wahl, die ich hatte treffen können, als ich auf der Suche nach einem Mädchen war. »Oh, zuerst hat man sich erzählt, dass Ihr Euch vor Kummer über die Abreise von Signore Santorini in den Canale gestürzt habt. Doch das konnte ich einfach nicht glauben und so habe ich mich weiter umgehört. Dann habe ich erfahren, dass Ihr im Palazzo Santorini gesehen worden seid und dort als die neue Mätresse des Fürsten lebt. Dieses Gerücht wurde oft erzählt und so habe ich angenommen, dass etwas Wahres daran sein müsse. Wieder andere meinten, Signore Santorini habe Euch so reichlich ausgezahlt, dass Ihr Euch auf dem Lande zur Ruhe setzen konntet. Doch dies erschien mir sehr unwahrscheinlich und so habe ich keinen Gedanken daran verschwendet, dass es wahr sein könnte.«

Ich lachte amüsiert über die Vorstellung, ich könne mich vor Kummer in den Canale stürzen, denn dies war mit Sicherheit das Letzte, was ich tun würde. Aber die Gerüchte über meinen Aufenthalt bei dem Fürsten entbehrten leider nicht so sehr eines Hintergrundes, wie ich es mir gewünscht hätte, betrafen sie doch eindeutig Angelina.

Antonia bemerkte die Falten auf meiner Stirn, während ich darüber nachsann, und sah mich fragend an. »Aber was ist Euch wirklich widerfahren, Signorina?«

Ich legte nachdenklich einen Finger an die Lippen und schwieg für einen Moment. Meine Augen wanderten aus dem Fenster auf die smaragdgrün schimmernden Blätter der hohen Bäume im Park der Villa und fanden dort ein kleines Vögelchen, das damit begonnen hatte, sein Lied zu trällern. Dann wandte ich mich zu Antonia um und schüttelte den Kopf. »Ich werde dir später gerne alles erzählen, was es zu berichten gibt, Antonia. Aber die Zeit ist knapp und ich brauche jemandem, dem ich vertrauen kann.«

Der neugierige Blick des Mädchens in dem roten Rock folgte mir, als ich mich nach dem Schreibtisch mit den fein geschnitzten Mustern umsah, der in einer Ecke des Raumes stand und nur darauf wartete, endlich benutzt zu werden. Schnell lief ich zu dem Tisch hinüber und ließ mich auf den Stuhl mit dem weichen Brokatkissen gleiten, öffnete die Schubladen, um Tinte, Feder und Pergament zu finden.

Ich hatte Glück, Beatrice Santi hatte entweder nicht daran gedacht, die Dinge zu entfernen, die ich auch für die Magie hätte benutzen können oder sie hatte sie nicht entfernen wollen.

Ganz gleich, mit welcher Begründung sich das feine, kristalline Tintenfässchen mit der weißen Feder hier befand, ich war mehr als dankbar dafür. Es erleichterte meine Aufgabe ungemein und verhinderte, dass ich lange danach suchen oder gar die Artista darum bitten musste. Ich entrollte das bräunliche Pergament, das ich in einer der Schubladen gefunden hatte und begann, in schnellen Zügen eine Nachricht an Sadira zu verfassen. Nach den ersten Worten war ich mir allerdings nicht mehr sicher, ob sie überhaupt dazu in der Lage sein würde, Terrano zu lesen. Gereizt aufseufzend zerknüllte ich das Pergament und langte nach einem neuen Bogen. Also würde ich Verducci über meine Pläne in Kenntnis setzen müssen. Eine Tatsache, die mir absolut nicht behagen wollte, die jedoch unausweichlich war. Piraten waren nicht unbedingt dafür bekannt, gute Lesekenntnisse zu besitzen und ihre Nasen in Bücher zu stecken. Es waren eher ihre Köpfe, die damit Bekanntschaft schlossen, wie ich mit einem kurzen Kichern bei der Erinnerung an Red Sam feststellen musste. Schulterzuckend wischte ich meine Bedenken über Verducci als Empfänger der Nachricht beiseite und begann erneut zu schreiben. Dann löschte ich die Tinte mit dem bereitstehenden Sand aus dem kleinen Glasgefäß und faltete das Pergament zusammen. Weitere Erkundungen des Schreibtisches brachten einen roten Stift harten Siegelwachses zum Vorschein, mit dem ich das Pergament versiegelte, bevor ich den Brief an Antonia reichte.

Diese hatte inzwischen meine Kleider nach einem passenden Gewand durchsucht, und eines aus violetter Seide mit feinen, silbernen Stickereien zum Vorschein gebracht. Mit einem protestierenden Blick legte das Mädchen die Nachricht beiseite und sah mich unangenehm berührt an, was mir die Worte in der Kehle stecken bleiben ließ. »Aber Signorina! Ich weiß nicht, wo Ihr Euch in letzter Zeit aufgehalten habt, doch Ihr möchtet sicher nicht den ganzen Tag in Eurem Nachtgewand verbringen!«

Ich schaute lachend an mir herab und neigte dann entschuldigend den Kopf. In meiner hektischen Planung war mir noch nicht einmal aufgefallen, dass ich vergessen hatte, mir über meine Kleidung Gedanken zu machen.

So ließ ich mir ohne weiteren Widerspruch von Antonia in das Kleid helfen, bevor sie daranging, meine Haare mit ihren kundigen Händen in einen ordentlichen Zustand zu bringen, der sich sehen lassen konnte. Ich hatte lange nicht mehr die Annehmlichkeiten einer solchen Behandlung genossen und überließ mich träge der Pflege des Mädchens. Im Spiegel beobachtete ich, wie sich eine verwahrloste Piratin in edlen Kleidern in die Kurtisane Lukrezia verwandelte. Erst, nachdem all diese Vorbereitungen abgeschlossen waren, nickte Antonia zufrieden und nahm das Pergament zur Hand. Ihre Geste brachte mich in die Realität zurück und erinnerte mich an das, was vor mir lag. »Bring diese Nachricht zu Signore Domenico Verducci, dem Kapitän der Promessa, und gib Acht, dass niemand dir folgt. Dieser Brief ist allein für seine Augen bestimmt, und wenn dich jemand aufhalten möchte, so sage ihm einfach, dass ich dich geschickt habe.«

Antonia nickte. Sie verstaute die Nachricht sicher zwischen dem schwarzen Mieder und der weiten Bluse. Dann nahm sie das Tablett von dem kleinen Tischchen auf und blickte noch einmal flüchtig zu mir zurück. »Ihr könnt auf mich zählen, Signorina Lukrezia.«

Die Tür öffnete sich leise und fiel mit einem kaum hörbaren Klicken in das Schloss, nachdem Antonia sich mit dem Tablett hinausgewunden hatte und irgendwo in der weitläufigen Villa verschwunden war. Ich blieb, erleichtert darüber, dass sie endlich wieder bei mir war, auf dem hochlehnigen Stuhl zurück und versuchte mich zu sammeln, bevor ich mich schließlich erhob, um den Schrank zu durchsuchen.

Es dauerte nicht lange, bis ich das Rapier und meinen Dolch gefunden hatte, ebenso wie meine Hosen und die Stiefel. Die arme Ophélie musste in der Tat mehr als angewidert gewesen sein, als die Fürstin ihr zugemutet hatte, solch profane Dinge in die Truhe einer Frau zu packen. Aber sie hatte ihre Anweisungen dennoch befolgt und dies erleichterte es mir nun, alles bereitzulegen, ehe ich damit beginnen musste, unruhig auf den Abend zu warten.

Wie so oft in ähnlichen Situationen verging die Zeit quälend und viel zu langsam. Antonia kehrte vormittags mit geröteten Wangen und glänzenden Augen von der Promessa zurück und berichtete mir, dass sie Verducci die Nachricht überbracht hatte. Ich fragte mich, was sie wohl auf der Promessa so Aufregendes erlebt haben mochte, ließ ihr aber ihr kleines Geheimnis. Der eine oder andere Seemann an Bord mochte durchaus reizvoll für ein junges Mädchen wie Antonia sein und ich lächelte still in mich hinein, während ich ihre beschwingten Schritte beobachtete.

Am Mittag durfte ich gemeinsam mit einer kühlen Beatrice Santi in ihrem hell eingerichteten Speisezimmer mit den weit geöffneten Fenstern speisen. Wir führten eine gepflegte Konversation, die nicht besonders in die Tiefe ging und bei der sie mich die ganze Zeit über taxierte, um aus meiner Körpersprache mehr zu lesen, als meine Worte preisgaben.

Ich war nicht böse darüber, als dieses gemeinsame Essen sein Ende fand und ich die Dame des Hauses nach einem höflichen Knicks verlassen durfte, um in meinen Räumen zu verschwinden. Ich hatte nicht den Wunsch, allzu schnell wieder daraus hervorzukommen, was ich eigentlich nur aufgrund des wunderschönen Parks bedauerte, der zu einer Erkundung einlud.

Ob Andrea Luca seine Mutter über seine Pläne in Kenntnis gesetzt hatte? Ich konnte nur Vermutungen anstellen, hatte sie dies doch mit keinem Wort zu erkennen gegeben und ein, zumindest für sie, gewöhnliches Verhalten an den Tag gelegt.

Ich fand es schade, dass er mich nicht aufgesucht hatte und war gleichzeitig froh darüber, denn so war ich nicht in Versuchung gekommen, ihm etwas über meine eigenen Pläne zu enthüllen.

Es war kaum zu glauben, aber schließlich neigte sich der Tag seinem Ende zu. Ich ließ mir von Antonia aus dem leichten Sommerkleid helfen und schlüpfte stattdessen in Hosen und Stiefel. Weitaus langwieriger war es, die geschmückten Nadeln aus meinen Haaren zu entfernen, die das Mädchen am Morgen mühsam zu einer eleganten Frisur verarbeitet hatte. Für mein Unterfangen war Eleganz eher hinderlich. Es erschien mir unerheblich, ob ich im Falle einer Entdeckung ein attraktives Äußeres vorzuweisen hatte.

Nach einer Weile waren alle Vorbereitungen abgeschlossen und ich musterte meinen Aufzug eingehend. Danach wies ich Antonia an, zu Bett zu gehen, als sei alles vollkommen gewöhnlich und schlich mich aus dem Zimmer.

In der Villa Santi war es mittlerweile ruhig. Ich konnte nirgends Diener entdecken, die noch ihrer Arbeit nachgingen, während ich über die Flure huschte und mich dabei von Schatten zu Schatten bewegte.

Ich hielt nur für einen kurzen Moment inne, um ein Stoßgebet an Edea zu senden, in dem ich sie darum bat, Andrea Luca in dieser Nacht nicht an meinem Fenster auftauchen zu lassen. Dann kam auch schon die breite Treppe in mein Blickfeld, deren sonst stets schimmerndes Holz in der Dunkelheit matt wirkte. Irgendjemand hatte alle Fenster geschlossen und so lag die Villa in völliger Stille da, in der kein Laut zu vernehmen war. Es wirkte, als sei sie ausgestorben und als sei ich der einzige atmende Mensch hinter ihren Mauern.

Leise und vorsichtig stieg ich die Stufen hinab, achtete dabei auf jedes Knarren, das möglicherweise unter meinen Sohlen hervordringen konnte. Bald hatte ich jedoch auch diese Hürde überwunden und eilte durch den mir bekannten Salon, in dem ich einen offenen Durchgang kannte, der nach draußen führte.

Es erschien mir zu riskant, den Vorderausgang zu nutzen, an dem ich eine Wache vermutete. Zwar gab es keinen Grund dafür, da wohl nur die wenigsten wussten, wer hier residierte. Allerdings hielt ich Beatrice Santi für misstrauisch genug, um nichts dem Zufall zu überlassen.

Schnell trat ich in den Garten hinaus und lief über das weiche Gras, das meine Schritte angenehm dämpfte. Es führte mich in die Schatten der Bäume, die mich zumindest ein klein wenig vor dem unbarmherzig hellen Licht des Mondes schützten und mich sicher über die Mauer geleiteten.

Kein Hindernis kreuzte meinen Weg und niemand hielt mich von meinem Vorhaben ab. Mein Ausbruch in die Freiheit, hinaus auf die silbrig leuchtenden Straßen von Porto di Fortuna, war beinahe zu leicht gelungen. War es möglich, dass die Herrin des Hauses meine Schritte beobachtete? Es würde keine Schwierigkeit für sie darstellen, an meine persönlichen Habseligkeiten zu gelangen und wer wusste schon, womit sie sich am Tage die Zeit vertrieb? Suchend sah ich mich auf der dunklen Straße um und ließ meine Augen über die anderen Adelsvillen dieser Gegend gleiten. War Sadira erschienen oder hatte Verducci ihr meine Nachricht vorenthalten? Mein Herz begann, in meiner Nervosität lauter zu schlagen und ein unangenehm unruhiges Kribbeln breitete sich in meiner Magengegend aus, während ich auf ein Zeichen wartete, dass ich nicht allein war.

Endlich erblickte ich die kleine Frau, wie sie aus dem Schatten der Villen auftauchte, und beeilte mich, ihr entgegenzulaufen. Sadira hatte ein abenteuerlustiges Lächeln auf den Lippen. Ein schmales Rapier hing an ihrer Seite und wippte im Takt zu ihren Schritten und zu den Bewegungen ihres zu einem Zopf gebundenen Haares, als auch sie schneller zu laufen begann.

Für einen Moment wunderte ich mich über die Wahl ihrer Waffe, hatte ich bei einer Marabeshitin doch eine andere Klinge erwartet. Aber ich verwarf den Gedanken sogleich. Es gab nun Wichtigeres.

Dann, als ich sie schon beinahe erreicht hatte, trat ein großer, breit gebauter Mann mit langem, lockigem Haar aus der Dunkelheit. Ich blieb erschrocken mitten auf der Straße stehen, starrte ihn voller Verwunderung an. Sein rotes Haar leuchtete im Licht des Mondes blass auf und ließ keinen Zweifel mehr zu. Red Sam hatte sich dazu entschlossen, die zarte Marabeshitin zu begleiten.

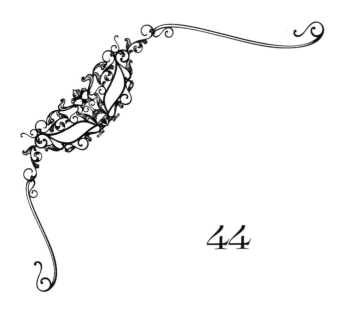

44

Es dauerte eine Weile, bis ich mich so weit gefangen hatte, dass ich mich in Bewegung setzte und in die Schatten tauchte, wo man mich nicht sofort sehen würde. Verwirrt blickte ich von Sadira zu Red Sam, der mich angrinste, richtete dann eine stotternde Frage an die kleine Frau, die mich mit einem entschuldigenden Achselzucken bedachte.

»Was tut er denn hier?« So dümmlich diese Worte auch klingen mochten, in diesem Augenblick kam mir nichts Besseres in den Sinn, um meinem Erstaunen Ausdruck zu verleihen. Der Alvioner störte sich allerdings nicht an meiner unhöflichen Begrüßung.

Sadira verzog das Gesicht und vollführte eine wegwerfende Geste, als würde sie Unrat über ihre Schulter befördern. »Der Kapitän war der Ansicht, dass ich nicht allein durch die Stadt laufen sollte, und hat mir deshalb einen Freiwilligen zugeteilt. Sam hat sich am lautesten gemeldet, also hat er ihn mitgeschickt.«

Anhand des Ausdrucks auf ihrem Gesicht meinte ich ablesen zu können, was sie von Verduccis plötzlicher Fürsorge hielt. Es fiel mir schwer, mir das leichte Lächeln zu verbeißen, das sich auf meine Lippen schleichen wollte. Es war eindeutig fehl am Platz und ich wollte Sadira nicht unnötig verärgern, wenn sie ohnehin nicht gut auf diese Angelegenheit zu sprechen war. Sie lernte gerade zweifelsohne die Schattenseiten der Liebe kennen und war davon nicht sonderlich angetan.

Stattdessen räusperte ich mich nur leise und nickte, nach einem letzten misstrauischen Blick auf den Mann von den Smaragdinseln mit dem engelhaften Grinsen. »Wenn das so ist, sollten wir keine Zeit mehr verlieren. Ich habe keine Ahnung, ob wir beobachtet werden, also sollten wir es schnell hinter uns bringen und verschwinden, bevor jemand bemerkt, was wir getan haben.«

Sadira und Sam schien dieser unterschwellige Hinweis auf die Natur unseres Vorhabens nicht zu behagen. Sie warfen vorsichtige Blicke in die Schatten, als lauerten dort unbekannte Gefahren, die ohne Vorwarnung auf uns losstürzen würden. Ohne auf ihr Verhalten zu achten, setzte ich mich in Bewegung und begann damit, mir meinen Weg durch die Straßen zu bahnen.

Von der Villa Santi aus war es nicht weit bis zur Villa della Francesca, und falls die Schatten Augen besaßen, so näherten sie sich uns zumindest nicht. Ich wunderte mich kaum darüber, war Red Sam doch eine Gestalt, mit der man sich keineswegs anlegen wollte. Besonders dann nicht, wenn man die schwere alvionische Klinge an seiner Seite und die prallen Muskeln an seinen Armen wahrnahm.

Es dauerte nicht lange, bis die hinter hohen Mauern verborgene Sandsteinvilla der della Francesca vor uns auftauchte. Ich gab meinen beiden Begleitern ein Zeichen, stehen zu bleiben und deutete ihnen an, dass wir unser Ziel erreicht hatten.

Meine Weggefährten blickten nachdenklich zu den Mauern hinüber. Dann schlich Sam davon, um sich das Grundstück genauer zu betrachten. Er wollte überprüfen, ob es eine Wache gab, die dafür sorgte, dass sich keine ungebetenen Besucher näherten und sich an dem angehäuften Reichtum der Familie vergriffen, der hier so eindrucksvoll zur Schau gestellt wurde. Schlagartig wurde mir bewusst, dass der große Pirat an so manchem exquisiten Gegenstand der Familie della Francesca Gefallen finden könnte. Ich stöhnte auf, was mir einen mahnenden Blick aus Sadiras Richtung einbrachte.

Nach einer Weile hatte Red Sam seine Inspektion offenbar zu seiner Zufriedenheit beendet und kam grinsend zu uns zurückgeschlendert. Wieder bei uns angekommen, ließ er ein wegwerfendes: »Terrano Adel. Keine Wachen und keine Vorsicht. Arrogantes Pack«, verlauten, schenkte mir dann ein freundliches Zwinkern seiner blauen Augen und verneigte sich auf ungeahnt elegante Art und Weise. »Nach euch, Ladies.«

Ich schnaubte, amüsiert über das Verhalten des Piraten, und kam seiner Aufforderung ohne zu zögern nach. Ich hatte nicht damit gerechnet, dass sich an dem Zustand der Bewachung seit meinem letzten Besuch etwas verändert hatte. So überraschte es mich nicht, dass es auch in dieser Nacht keine Wachen gab, die es zu überwinden galt.

Red Sam erwies sich bei seiner neuen Aufgabe als vollendeter Kavalier. Er half Sadira und mir dabei, unbeschadet über die Mauern zu gelangen und setzte uns mit einem gekonnten Sprung nach, nachdem wir den Garten der Villa sicher erreicht hatten.

Als ich mich im Inneren des Gartens der della Francesca befand und mich darin umsah, fiel die ausgelassene, heitere Stimmung, die der Pirat verbreitet hatte, von mir ab. Ich blickte mich vorsichtig zwischen den hohen Bäumen um. Alles war so, wie ich es bei meinem ersten Besuch vorgefunden hatte und das Haus schien schlafend und ruhig dazuliegen, was mich ein wenig ermutigte.

Red Sam und Sadira sahen mich fragend an. Ich ließ meinen Blick suchend über die Hauswand streifen, bevor ich den kleinen Balkon und das zugehörige Rosenspalier entdeckt hatte und stumm darauf wies. Der Anblick ließ mir die unangenehme Tatsache zu Bewusstsein kommen, dass ich erneut die Handschuhe vergessen hatte und mir wieder die Finger würde zerstechen lassen müssen. Doch alles Verfluchen meiner eigenen Vergesslichkeit nutzte nun nichts mehr, denn ich konnte sie, trotz meiner neu entdeckten Fähigkeiten, nicht einfach herbeizaubern.

Amüsiert nahm ich wahr, wie Red Sam bei diesem Anblick der Unterkiefer nach unten klappte, doch auch er würde es durchstehen müssen, ob nun mit oder ohne schützendes Beiwerk. Und ein Pirat verfügte über wesentlich unempfindlichere Finger als eine Kurtisane, daran bestand kaum ein Zweifel.

Nur eine leise, eindringliche Warnung zischte ich den beiden noch zu, bevor ich mich auf den Weg machte: »Seid vorsichtig und hinterlasst keine Blutspuren!«

Ich konnte trotz der Dunkelheit erkennen, wie Sams Gesicht bei meinen Worten blass geworden war und jeglicher gesunden Farbe entbehrte. Ungerührt lief ich auf den Balkon zu und bemerkte nach einem Augenblick, wie mir Sadira und Sam zögerlich folgten.

Der Aufstieg war nicht allzu beschwerlich, wenn man von den vielen kleinen Stichen absah, die die Rosen an unseren Händen hinterließen. Wir erreichten den Balkon schnell, nur um dort vor einer neuen Hürde zu verharren. Die hohe Tür, die ins Innere führte, war verschlossen und sie sah keineswegs so aus, als würde sie von alleine aufschwingen wollen.

Es mochte sein, dass Alesia darauf bestanden hatte, dass in der Nacht alle Türen und Fenster geschlossen blieben, nachdem ich sie besucht hatte. Ich fragte mich, welche anderen Überraschungen uns wohl im Inneren erwarteten. Sadira sah mich erwartungsvoll an, ich antwortete jedoch nur mit einem hilflosen Schulterzucken. Was konnte man gegen eine Tür ausrichten, wenn man möglichst keinen Lärm verursachen durfte?

Red Sam rieb sich nachdenklich über die rotgoldenen Bartstoppeln und überlegte. Dann breitete sich ein fröhliches Lächeln auf seinen Lippen aus und er nestelte an einem kleinen Stoffbeutel, der, von mir bisher unbemerkt, an seiner Seite hing. Er schien einige hilfreiche Materialien zu enthalten.

Sam wirkte mitnichten von dieser Hürde eingeschüchtert. Ich wartete beinahe darauf, dass er anfing, ein munteres Seemannsliedchen zu pfeifen, während er einen langen, metallenen Gegenstand aus dem Beutel beförderte und uns anwies, zur Seite zu treten.

Fasziniert beobachtete ich, wie er sich damit an der Tür des Balkons zu schaffen machte und eine Weile ausgesprochen konzentriert beschäftigt war. Dann war ein leises Klicken zu vernehmen und die Tür schwang ohne Gegenwehr auf.

Mit einem stolzen Grinsen trat Sam beiseite und zog eingebildet eine seiner dichten Brauen in die Höhe, bevor er uns mit einer Geste einlud, einzutreten. Kein wahrer Gentleman, wenn man bedachte, dass er uns damit in die Gefahr vorausschickte. Aber seine Imitation eines Höflings war durchaus annehmbar.

Wie erwartet, fanden wir uns im Salon der della Francesca wieder, dessen kleine Kostbarkeiten an Ort und Stelle standen. Sie brachten golden blitzende Münzen in Red Sams Augen und entlockten ihm ein leises Schnalzen. Offenbar fand er an diesen Dingen ebenso großen Gefallen wie zuvor an Ophélies Unterröcken.

Ich konnte es ihm nicht verdenken, war er doch in einem wahren Paradies gelandet, warf ihm aber trotzdem einen strengen Blick zu. Er reagierte mit einem hundeartig treuen Blick seiner unschuldigen, blauen Augen. Ich konnte beinahe spüren, wie sich sein Körper entschlossen straffte, als er tapfer versuchte, den Versuchungen zu widerstehen und beeilte mich deshalb, den Salon so schnell wie möglich hinter uns zu lassen.

Im Gegensatz zu Sam war Sadira vollkommen auf ihre Aufgabe konzentriert. Sie folgte mir aufmerksam, ohne den Reichtümern sonderlich große Beachtung zu schenken. Angesichts der Tatsache, dass sie hinter Sam ging und ihm auf die Finger klopfte, beruhigte mich dies ein wenig.

So ging ich also ein weiteres Mal den Weg, den ich in der Nacht zuvor ständig in meiner Erinnerung durchlaufen hatte. Bald erreichten wir die tückische Treppe, die mir bei meinem letzten Besuch mit ihrem Knarren zu schaffen gemacht hatte. Ängstlich warf ich einen Blick auf den schweren Alvioner, dessen Gewicht in keinerlei Hinsicht mit Sadira oder mir zu vergleichen war. Ich betete stumm dafür, dass er zumindest nicht allzu viel Lärm verursachen würde, während ich meinen Fuß vorsichtig auf die erste Stufe setzte und den anderen bedeutete, dass diese Treppe nicht zu unterschätzen war.

Sam musterte das glänzende Holz misstrauisch und folgte mir dann, so darauf bedacht, keinen Laut zu verursachen, dass es wirkte, als liefe der große Mann über rohe Eier.

Nach einer Weile hatten wir die Treppe erfolgreich gemeistert und ich hielt auf dem Treppenabsatz inne, um mich zu orientieren und dann die Richtung einzuschlagen, in der Alesias Arbeitszimmer in meiner Erinnerung lag. Das Haus war still, als gäbe es kein Lebewesen innerhalb seiner Mauern. Ich war dankbar dafür, spürte aber dennoch ein leichtes Prickeln der Gefahr in meinem Nacken, das meine Schritte unsicher werden ließ. Es wollte mich vor etwas oder vor jemandem warnen, dessen war ich mir sicher, denn ich kannte das Gefühl mittlerweile nur zu gut.

Es war jetzt nicht mehr weit bis zu dem Arbeitszimmer. Ich hoffte inständig, dass Alesia in dieser Nacht einen festen Schlaf besaß und nicht urplötzlich den Wunsch verspürte, den Raum zu betreten, um nach Andrea Luca zu sehen.

Nachdenklich sah ich mir die Türen an, denn eine der dunkelbraunen Holztüren mit den Schnitzereien glich der anderen und so gab es keine Orientierungshilfe. Ich würde meinem Instinkt vertrauen müssen.

Mit einem aufmunternden Lächeln in Richtung meiner Begleiter schritt ich munter voran, um den Eindruck zu erwecken, dass ich ganz genau wusste, welches der Zimmer wir betreten mussten. Ich lief weiter, bis ich mich dazu entschied, anzuhalten und vorsichtig die Tür zu öffnen, die ich für die Richtige hielt. Ein Klicken teilte mir mit, dass die Tür nicht verschlossen war und so atmete ich tief ein, bevor ich sie einen Spalt weit öffnete und mir der vertraute Geruch nach Farbe in die Nase stieg. Dies war tatsächlich der gesuchte Raum, meine Erinnerung hatte mich nicht getrogen. Mit einem leisen Zischen entwich die Luft aus meinen Lungen und ich nickte Sadira und Sam zu, die mit misstrauischen Blicken hinter mir standen und mein Tun beobachteten. Bei dem Geruch, der aus dem Zimmer strömte, sahen sie nicht wesentlich glücklicher aus, dennoch folgten sie mir hinein und Sadira schloss die Tür.

Der Mond beleuchtete den Raum mit seinem blassen Licht und ließ die weißen Leinentücher, die über den Gemälden lagen, wie Geister erscheinen. Sie waren bestens geeignet, einen arglosen Besucher zu erschrecken und ihn in die Flucht zu schlagen.

Mit einigen stummen Bewegungen wies ich auf die Tür zu Alesias Schlafzimmer hin. Sadira positionierte sich sogleich mit gezogenem Dolch daneben, während Sam an der Tür stehen blieb, durch die wir eingetreten waren, und die Arme vor der

Brust verschränkte. Kein schlanker Terrano würde an dem breiten Mann vorbeigelangen.

Ich zögerte nicht lange und schaute mich suchend in dem Raum um, bis mein Blick an einem hohen Gemälde hängen blieb, das ebenfalls von einem Leinentuch bedeckt wurde. Es bestand kein Zweifel daran, hinter diesem Tuch würde ich Andrea Lucas Gesicht finden.

Der Ring an meinem Finger begann, auf unangenehme Weise zu pulsieren und strahlte eine fast unerträgliche Hitze ab, die meine Haut rötete, als ich das leichte Tuch zur Seite zog und das Gemälde dahinter freilegte.

Erneut staunte ich über Alesias Kunstfertigkeit, die die kleinsten Details noch im dürftigen Licht des Mondes erkennen ließ. Sie verlieh dem Bildnis einen solch starken Anschein von Lebendigkeit, dass ich es kaum wagte, die Leinwand in dem schweren Rahmen zu berühren, aus Angst, ich könnte etwas Unwiederbringliches zerstören. Übelkeit erfasste mich, wie jedes Mal, wenn ich mit Alesias Magie in Berührung kam. Ich verspürte einen unwiderstehlichen Drang, das Bildnis zu bedecken und von diesem Ort zu verschwinden. Wenn mir jedoch in diesem Moment eines deutlich bewusst war, dann war es die Tatsache, dass ich dieses Werk nicht in Alesias Besitz zurücklassen durfte. So fuhr meine Hand stattdessen zu meinem Stiefel hinab, in dem der Dolch steckte und ich zog das glänzende Stück Stahl aus seiner Scheide, um mich an die Arbeit zu machen.

Als die Schneide in die Leinwand eindrang, hatte ich das Gefühl, durch lebendiges Fleisch zu schneiden. Weich und pulsierend fühlte es sich an, als das Messer voran glitt und die Leinwand sauber aus dem Rahmen heraustrennte. Ich versuchte, das Gefühl des Grauens in mir zu überwinden und zog das Messer immer weiter an dem Rahmen entlang, während die Übelkeit bis an die Grenze des Erträglichen anwuchs.

Ich schluckte hart, um sie zurückzudrängen. Schweißperlen bildeten sich auf meiner Stirn und rannen an meinem Gesicht hinab, bis sie meine Lippen berührten und salzig auf meiner Zunge endeten.

Ich betete zu Edea, dass es nicht Andrea Lucas Fleisch war, durch das ich schnitt und zog das Messer unbarmherzig und so kaltblütig ich es vermochte voran, bis sich die Leinwand aus dem Rahmen löste und zu Boden fiel. Ich wollte nicht glauben, dass ich ihn verletzen konnte, ohne es selbst zu bemerken.

Mein Werk in dieser Nacht war getan. Ich atmete erleichtert auf und wischte über meine Stirn, ehe ich mich hinab kniete, um das Bildnis zusammenzurollen. Zuletzt legte ich das Tuch über den leeren Rahmen, der jetzt ein gähnendes Loch voller schwarzer Leere war, als habe man ihm jegliche Daseinsberechtigung geraubt und ihn überflüssig zurückgelassen.

Ein kalter Schauer kroch über meinen Rücken und ich kämpfte darum, die in mir aufsteigende Panik zu unterdrücken, bis ich diese Mauern hinter mir gelassen hatte.

Auch Sadira und Red Sam schienen sich unbehaglich zu fühlen. Ich konnte hören, wie sie unruhig von einem Bein auf das andere traten und beständig ihr Gewicht verlagerten. Sie konnten es kaum erwarten, nicht mehr hier verharren zu müssen und wieder die frische Luft der Nacht einzuatmen. Doch bevor ich das Messer zurückstecken konnte, erstarrte das Blut in meinen Adern zu Eis. Ein einziger, tiefroter Blutstropfen schimmerte auf dem kalten Stahl und glitt unaufhaltsam an der glänzenden Klinge hinab. Er tropfte langsam und zäh zu Boden, während ich voller Entsetzen darauf starrte, als sei es ein Bild aus einem Albtraum, dessen Ende ich zu sehen fürchtete.

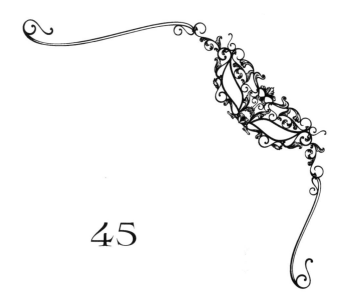

45

Ein erschrockenes Keuchen ließ mich aus meiner Erstarrung erwachen und ich sah zu meinen Begleitern, denen nicht verborgen geblieben war, was sich gerade abgespielt hatte.

Mein Blick wanderte von Red Sam, dessen blaue Augen so groß wie Handteller geworden waren, zu Sadira, der kleinen Piratin aus Marabesh, die so viel Grausames in ihrem Leben gesehen hatte und nun voller Entsetzen auf die Klinge in meiner Hand starrte. Ich wusste, dass wir uns jetzt beeilen mussten.

Schnell packte ich die schwere Leinwand und warf sie über meine Schulter. Nur wenige geflüsterte Worte verließen meinen Mund, doch Sadira und Sam benötigten keine Aufforderung mehr. »Lasst uns verschwinden!«

Wir kamen nicht dazu, den Raum zu verlassen. Im gleichen Moment, in dem meine Stimme verklungen war, öffnete sich die Tür zu Alesias Schlafzimmer mit einem laut knarrenden Geräusch. Sadira, die sich gerade hatte in Bewegung setzen wollen, fuhr erschrocken herum, den aufblitzenden Dolch fest in ihrer Hand. Für einen Augenblick konnte ich nur ein Gewirr aus Körperteilen erkennen, die miteinander rangen, als sie sich auf den Menschen stürzte, der dort eintreten wollte. Hier und da blitzte ein weißer Stofffetzen auf, der von Spitze umsäumt wurde, bis Sadira schließlich die Oberhand gewonnen hatte. Sie setzte den Dolch unbarmherzig an die weiße, zarte Haut des Halses der jungen Artista Alesia della Francesca, die zitternd und nach Luft schnappend an ihren Körper gepresst verharrte. Entsetzt blickte ich auf das junge Mädchen, an dessen nacktem Arm sich ein langer, blutiger Striemen hinabzog. Sie wirkte blass und erschöpft, als hätte sie all ihre Kraft aufgebraucht, obgleich sie doch soeben aus ihrem Schlafgemach getreten war.

Die Marabeshitin war ganz in ihrem Element. Ihre Augen blitzten hart und grausam, was mich beinahe dazu veranlasste, mir ungläubig die meinen zu reiben, um zu sehen, ob es sich um eine Täuschung gehandelt hatte. Ihre Stimme enthielt eine deutliche Drohung, als sich ihren Lippen ein leises Zischen entwand. »Sag besser kein Wort, Artista, sonst wirst du den Kuss meines Stahls zu spüren bekommen.«

Für die Dauer einiger Atemzüge starrten wir uns stumm an und niemand sprach ein einziges Wort. Dann ergriff Sadira, die die undankbare Aufgabe besaß, die Artista zu halten und ihr an Körpergröße unterlegen war, erneut das Wort. »Was sollen wir mit ihr tun? Wenn ich sie loslasse, hetzt sie uns ihre Männer auf den Hals, ehe wir das Haus verlassen können.«

Ihre Stimme riss mich aus meiner Starre. Alesia musste es ähnlich ergehen, denn ihr erschrockenes Gesicht verwandelte sich in eine kalte, überlegene Maske. Ein schmales Lächeln umspielte ihren rosigen Mund.

Sam musterte eingehend seine Fingernägel, bevor sich ein grausames Grinsen auf seinen Zügen ausbreitete, das selbst Alesia merklich schlucken ließ. Er bot einen ausgesprochen niederträchtigen Anblick. Ich fragte mich unwillkürlich, ob dies lediglich einer gewissen Übung zuzuschreiben war oder tatsächlich einen seiner verborgenen Wesenszüge darstellte.

»Ach, wir nehmen sie entweder einfach mit oder müssen sie eben töten – wobei das schade wäre. Ich könnte so ein hübsches Ding gut dazu gebrauchen, meine Stiefel zu putzen und mir das Bett zu wärmen.«

Sam trat näher an Alesia heran, die sich instinktiv zurückziehen wollte, sich dabei jedoch nur noch fester an Sadira presste. Er musterte sie eingehend mit einem lüsternen Grinsen auf den Lippen. Ich musste mich räuspern, um bei der Vorstellung einer stolzen Artista, die die Stiefel eines Piraten putzen sollte, nicht in hysterisches Gelächter auszubrechen und schalt mich für meine schlechten Nerven.

Dann schob ich den blutigen Dolch entschlossen in meinen Stiefel zurück, verdrängte das in mir aufwallende Schaudern und schenkte Alesia meinerseits ein unschuldiges, süßes Lächeln. »Wir sollten uns schnell entscheiden, was wir mit ihr tun, bevor sie einen ihrer schmutzigen Tricks anwendet. Oh, aber ich bin unhöflich. Ich grüße Euch, Signorina della Francesca. Verzeiht unser nächtliches Eindringen in Eure Gemächer, doch ich glaube, ich bin nicht gewillt, Eure Machenschaften noch länger zu unterstützen. Unsere Zusammenarbeit endete bereits bei Eurem zweifelhaften Versuch, mich zu beseitigen. Ihr erinnert Euch sicher daran.«

Wir starrten uns feindselig an und in diesem Moment schien, außer uns beiden, niemand zu existieren. Alesias Gesicht verzerrte sich zu einer Maske voller Hass, bevor sie ihren Gleichmut wiederfand. Ein grausames Lächeln, das einem Piraten alle Ehre gemacht hätte, trat auf ihre Lippen. Ihr Blick fiel auf die zusammengerollte Leinwand, die ich in meinem Arm hielt und die Wut in ihren Augen wirkte, als könne sie alles verbrennen, was ihren Weg kreuzte. »Du hättest das nicht tun sollen, Ginevra. Du hast in deiner Dummheit deinen eigenen

Untergang besiegelt.« Sie ließ ihre Augen zu meinem Stiefel wandern, in dem der Dolch nun steckte, und betrachtete sich dann den Blutfleck am Boden. Ihr Gesicht verzog sich plötzlich vor Schmerz und sie brach in Sadiras Armen zusammen. »Was hast du getan, du närrisches Weib!«

Ihre Knie gaben nach. Ich starrte sie voller Entsetzen an und mein Herz krampfte sich vor Angst zusammen. War das, dort am Boden, Andrea Lucas Blut? Oder war es ein weiterer Trick der Artista, mit dem sie sich ihren Weg freikämpfen wollte?

Tränen stiegen in ihren Augen auf, als sie laut und schmerzvoll aufschluchzte und ihr Körper erschlaffte.

Es fiel Sadira immer schwerer, sie noch zu halten. Die Marabeshitin blickte mich hilflos und mit weit aufgerissenen Augen an, bevor sie Alesia zu Boden sinken ließ. Das Blut in meinen Ohren begann zu rauschen, als sei ich einer Ohnmacht nahe. Wie durch einen Wasserfall hörte ich Red Sams Stimme an meinem Ohr und fühlte, wie mich ein starker Arm stützte. »Verdammt, Sadira! Bring sie zum Schweigen oder sie wird mit ihrem Geschrei das ganze Haus in Aufruhr versetzen!«

Dankbar lehnte ich mich für einen Augenblick an die breite Brust des Seemannes und schüttelte den Wasserfall aus meinen Ohren, versuchte, klar zu denken. Sicher war es nur eine List. Andrea Luca konnte nichts geschehen sein und Alesia würde alles tun, um aus dieser Situation unbeschadet hervorzugehen.

Ich atmete tief ein und packte den Griff meines Rapiers fester, verließ mich wieder auf meine eigenen Beine. »Schnapp sie dir, Sam! Wir müssen hier raus, so schnell wir können!«

Der große Rothaarige setzte sich sofort in Bewegung und lief zu Sadira hinüber. Alesias Schluchzen wurde lauter. Schon hörte ich, wie sich schnelle Schritte über den Flur näherten, und fluchte aufgebracht über die kleine Artista, die uns diese Probleme eingebracht hatte. Jetzt war keine Zeit mehr, an Andrea Luca zu denken. Ich würde ohnehin früh genug erfahren, ob ich meinen Geliebten getötet hatte oder nicht. Es galt nur noch, lebend die Villa della Francesca zu verlassen, um überhaupt zu dieser Erkenntnis gelangen zu können.

Im gleichen Moment, als Sam sich zu Alesia hinab beugte, wurde die Tür aufgestoßen und ich blickte in das staunende Gesicht von Angela della Francesca.

Alesias Mutter war gekommen, um nach ihrer Tochter zu sehen und sie ließ sich nicht lange Zeit, bevor sie einen schrillen Schrei ausstieß, der das ganze Haus vollends in Alarmbereitschaft versetzte.

Türen wurden aufgerissen und knallten laut, als sie zuschlugen. Schritte näherten sich in einer beängstigenden Geschwindigkeit. Sadira handelte schnell. Sie sprang von ihrem Platz auf und schlug der älteren Artista die Tür vor der Nase zu. Dann warf sie einen gehetzten Blick durch das Zimmer, der schließlich an mir hängen blieb. »Was nun? Sie werden jeden Augenblick hier sein!«

Ich zuckte die Schultern und zog mein Rapier mit einem Zischen aus seiner Scheide. Das Schluchzen der am Boden liegenden Alesia hatte sich in ein leises Kichern verwandelt. Ich schüttelte angewidert den Kopf und unterdrückte den Impuls, den schalen Geschmack auf meiner Zunge auszuspucken.

Ich lächelte Sadira zu, obwohl es mir nicht nach Lächeln zumute war. »Dann sollten wir sie gebührend empfangen, nicht wahr? Und was diese kleine Schlange dort am Boden betrifft – sie hätte es verdient, dass man ihr die Kehle durchschneidet ...« Zufrieden bemerkte ich, wie sich Alesias große Augen bei diesen Worten weiteten. Ich schenkte ihr ein wölfisches Grinsen. »... aber ich möchte vermeiden, dass wir uns an ihr die Finger beschmutzen.«

Alesias Augen verengten sich auf der Stelle. Sie machte Anstalten, sich vom Boden zu erheben, bis ich auf sie zu trat und mein Rapier gefühllos an ihre Kehle hielt. Sofort erstarrte sie in ihrer Bewegung und blickte mich ängstlich an. Ich musterte sie mit einer emporgezogenen Augenbraue, hörte das scharfe, leise Geräusch, das von Sadiras und Sams eigenen Klingen verursacht wurde.

»Aber nein, Signorina Alesia, wer wird denn einfach verschwinden wollen? Du bleibst so lange hier, bis wir diesen Ort verlassen haben.« Ich schenkte ihr noch ein liebenswürdiges Zwinkern, bevor die Tür erneut aufgestoßen wurde. Vier Männer mit gezogenen Rapieren stürmten in den Raum, gefolgt von der zeternden Angela, die ihnen ihre Anweisungen gab. Dort blieben sie wie angewurzelt stehen, als sie Sadira und Red Sam blutlüstern und mit ihrerseits gezogenen Klingen vor sich stehen sahen. Ebenso wie Alesia, die am Ende meines Rapiers am Boden saß und mit schreckgeweiteten Augen in ihre Richtung starrte.

Ich hatte genügend Zeit, die Gesichter der Männer zu mustern, erkannte aber nur einen von ihnen. Offenbar war Fabrizio della Francesca herangeeilt, um seiner kleinen Schwester aus der Klemme zu helfen. Das lange schwarze Haar war von seiner Nachtruhe oder anderen Tätigkeiten zerzaust, die ich nicht näher erörtern wollte. Ich hatte den jungen Adeligen noch nie gemocht, auch wenn ich ihn vor meiner ersten Begegnung mit Alesia nicht als ihren Bruder gekannt hatte. Er war stets arrogant und überheblich, hatte die Frauen schlecht behandelt, die sich von ihm hatten ausführen lassen. Fabrizio hielt sich nicht damit auf, die Situation lange zu überblicken. Stattdessen stolzierte er an den anderen Männern vorbei, verharrte mit einer hochmütigen Miene vor den Klingen von Sadira und Sam. »Ich empfehle Euch, meine Schwester loszulassen und Euch dann unserer Gnade zu überantworten. Ihr habt keine Chance, diesen Mauern lebendig zu entkommen.«

Ich verdrehte gereizt die Augen, nachdem er dieses blasierte Geschwätz von sich gegeben hatte. Offenbar war die Intelligenz allein auf Alesia übergegangen. Die Arroganz war dafür zwischen beiden gleichmäßig aufgeteilt und im Übermaß vorhanden. Auch Sam schien von Fabrizios Ausführungen nicht beeindruckt. Er schwenkte warnend sein großes Schwert vor den Nasen der Terrano, die die breite Klinge unsicher beäugten. »Wenn das da deine Schwester ist, solltest du besser aufpassen, was du sagst, Kleiner. Du bist in einer zu schlechten Position, um Forderungen zu stellen. Die kleine Lady dort ...« Er bewegte seinen Kopf in meine Richtung und die anderen Männer folgten seiner Bewegung mit den Augen, starrten mich finster an. »... wird der Kleinen schneller das Rapier durch eine lebenswichtige Stelle jagen, als ihr schauen könnt. Also geht uns aus dem Weg«, knurrte er abschließend mit einem süffisanten Unterton in der Stimme.

Die Männer tauschten besorgte Blicke. Ich tat mein Bestes, um einen möglichst gefährlichen Eindruck zu erwecken und legte einen wilden Ausdruck in meine Augen, als sei ich dem Wahnsinn nahe. Tatsächlich war ich meiner geistigen Gesundheit nicht mehr sicher, wenn diese Situation noch länger andauerte. Ich hoffte, dass Fabrizio klug genug sein würde, um auf Red Sams Worte angemessen zu reagieren.

Es war still geworden. Alesias Bruder hatte fieberhaft nachzudenken begonnen. Auch seine Männer verharrten und warteten auf weitere Anweisungen. Sie sollten nicht mehr länger warten müssen, denn Alesia hatte offenbar genug von der Situation und nahm die Befehle selbst in die Hand. »Nun tut doch endlich etwas und steht nicht einfach nur herum!«

Ihr Ruf hallte durch den stillen Raum und die Männer machten halbherzige Anstalten, ihm Folge zu leisten. Sie hielten jedoch verunsichert inne, als ich mich der Artista noch weiter näherte und mein Rapier dichter zu ihrem Hals bewegte. Ich bemühte mich, meine Stimme bedrohlich klingen zu lassen und die Nervosität darin zu verbergen, fauchte sie meinerseits wütend an. »Ihr solltet besser Euren niedlichen Mund halten, Signorina Alesia. Macht nicht noch einmal den Fehler, mich zu unterschätzen.« Die Drohung war klar aus meiner Stimme herauszuhören. Ich unterstrich sie noch damit, dass ich Alesias Haut mit meiner Klinge anritzte, gerade genug, um eine geringe Menge ihres Blutes aus dem Schnitt quellen zu lassen.

Angela della Francesca schrie entsetzt auf und bahnte sich den Weg durch die Männer und ihre Klingen. Wenn es eines gab, das die Artista über alles liebte, so war es ihre Tochter. Ich konnte sehen, wie sie zitterte. Sie schnappte nach Luft, um hektisch Worte hervorzubringen. »Ich bitte Euch, verletzt sie nicht! Nehmt alles, was Ihr möchtet und geht, aber verletzt meine Tochter nicht!«

Mitleid schlich in mein Herz, als ich die Frau ansah. Gleichgültig, welche Schandtaten Alesia Tag für Tag beging, diese Frau liebte sie wirklich bedingungslos.

Fabrizio starrte seine Mutter ungläubig an, wagte es jedoch nicht, ihr zu widersprechen. An seinem Gesicht war zu erkennen, dass er die Situation zu gerne weiter ausgereizt hätte. Ich fragte mich, wo Alberto della Francesca stecken mochte, doch dies war zumindest für diesen Augenblick kaum von Bedeutung. Auf eine Geste Angelas hin traten die Männer zurück und gaben den Weg zur Tür frei. Ich überlegte, wie wir am Besten aus der Villa herauskommen konnten, ohne einen Kampf zu riskieren. Angela wartete scheinbar auf eine Antwort und so gab ich Alesia ein Zeichen, sich langsam zu erheben, wandte mich dann zu ihrer Mutter um. »Wir sind nicht gekommen, um Euch zu berauben, Signora della Francesca. Doch Eure Tochter besitzt etwas, das ihr nicht gehören darf. Ihr solltet darauf achten, welche Beziehungen sie pflegt und was sie in diesem Raum verbirgt, bevor ein Unschuldiger Schaden nimmt. Ihr werdet es sicher verstehen, wenn Alesia uns noch bis zur Tür begleitet. Nur um sicherzugehen, dass Eure Männer uns nicht in den Rücken fallen.«

Die Artista, die trotz ihres ungewöhnlichen Aufzuges stolz und herrisch wirkte, nickte bejahend und wies auf die Tür des Zimmers. »Ich gebe Euch mein Wort, dass Euch nichts geschehen wird, solange Ihr Alesia kein Haar krümmt.«

Sie trat beiseite und ich stieß Alesia mit meiner Klinge an, voranzugehen, bedeutete Sadira und Red Sam, mir zu folgen. Beide benötigten keine Einladung dazu.

Die Männer hatten ihre Klingen eingesteckt, blieben aber trotzdem bereit, sie wieder zu ziehen, falls es nötig werden sollte. Ich konnte in der hitzigen Atmosphäre regelrecht spüren, wie sie darauf brannten, ihre Fechtkunst einsetzen zu dürfen. Der hasserfüllte Blick Fabrizio della Francescas zeigte mir deutlich, was wir von ihm zu erwarten hatten, sobald er unserer habhaft werden konnte.

Alesia gehorchte wohl zum ersten Mal in ihrem Leben. Sie schritt mit brennenden Wangen voran, den Stahl meiner Klinge beständig als kühle Warnung in ihrem Rücken. So erreichten wir schon bald die Straße, wo ich sie unbarmherzig anstieß. »Halte dich aus unserem Leben heraus, Alesia. Unsere nächste Begegnung wird nicht so glimpflich verlaufen, das schwöre ich dir.«

Dann ließ ich sie unter den fassungslosen Blicken von Sadira und Sam laufen. Sadira schenkte mir einen zweifelnden Blick von der Seite, bevor wir uns schleunigst in Bewegung setzten, um die Villa della Francesca hinter uns zu lassen. Ich zweifelte nicht an Angelas Aufrichtigkeit. Fabrizio hingegen war keineswegs als ehrlicher Zeitgenosse bekannt und so wollte ich kein Risiko mehr eingehen. Alles, was ich gewollt hatte, lag über meiner Schulter. »Warum hast du sie gehen lassen? Sie wird uns schaden, dessen kannst du sicher sein. Ich habe den Hass in ihren Augen gesehen.«

Ich nickte zustimmend und setzte ungerührt meinen Weg fort, während Sam hinter uns herlief und vorsichtig die Umgebung im Auge behielt. »Ja, das wird sie. Aber wir hatten keine andere Wahl. Sie ist tot eine ebensolche Gefahr wie lebendig. Und wenn man sie gefangen nimmt, wird ihre Familie alle Hebel in Bewegung setzen, um die Täter zu fangen und zu bestrafen. Vielleicht ist das Wort ihrer Mutter die beste Garantie, die wir bekommen konnten. Es ist zumindest die Einzige.«

Wir setzten unseren Weg schweigend fort. Jeder war in seine eigenen Gedanken versunken, die von einer unschönen Zukunft sprachen, die sich immer weiter verdüsterte.

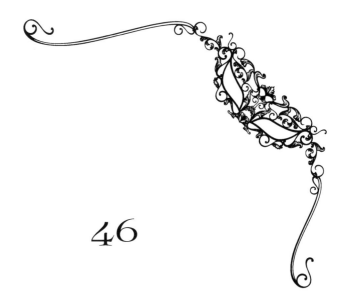

46

Unsere Rückkehr zur Villa Santi verlief ungehindert. Ich begab mich bald, nachdem ich mich von Sam und Sadira verabschiedet hatte, zum zweiten Mal in dieser Nacht über die Mauer. Die zusammengerollte Leinwand erschwerte mein Vorhaben diesmal allerdings ein wenig. Müde und erschöpft lief ich über das feuchte, stark duftende Gras und ließ die Geschehnisse noch einmal in meinem Kopf passieren.

Ich war weiterhin unsicher, ob der Zusammenbruch der Artista nur ein Spiel gewesen war. Oder war er tatsächlich der Vermutung entsprungen, dass mein Tun Andrea Luca Schaden zugefügt hatte? Kalte Schauer krochen über meinen Körper, wenn ich daran dachte, dass es sein Fleisch gewesen sein könnte, durch das mein Messer gedrungen war. Eine plötzliche Übelkeit überkam mich und Angst und Nervosität machten mich beinahe unfähig, meinen Weg aus eigener Kraft fortzusetzen.

Verbissen lief ich weiter und achtete dabei kaum auf meine Schritte. Erschrocken stellte ich fest, dass sie mich unbewusst zum Vordereingang der Villa Santi geführt hatten. Ich war vor der hohen, offenen Haustür zum Stehen gekommen und dort war ich nicht allein. In ihrem Rahmen empfing mich eine vollständig bekleidete und unter dem großmaschigen, weißen Schleier streng blickende Beatrice Santi höchstpersönlich.

Ich sah schuldbewusst vom Fuß der Treppe zu ihr auf und der Schrecken durchfuhr meinen Körper siedend heiß. Es dauerte einige Sekunden, bis ich mich genügend fassen konnte, um ihr aufrecht entgegenzutreten. Ich kam allerdings nicht dazu, mich weit zu ihr voran zu wagen, ehe ihre kühle, schneidende Stimme die Stille der Nacht zerstörte. »Nun, Ginevra? Ich hoffe, dein kleiner Spaziergang hat deinen Hitzkopf abkühlen lassen. Du musst wissen, dass ich es ungern sehe, wenn die künftige Gemahlin meines Sohnes des Nachts allein durch die Stadt schleicht. Dennoch bin ich selbstverständlich an deinen Gründen dafür interessiert.«

Das Blut, das mir zuvor vollständig aus dem Gesicht gewichen war, fuhr schmerzhaft durch meine Adern zurück und ließ mich in einer Art Schuldgeständnis erröten. Wütend auf mich selbst, jedoch auch auf die Artista, die mich wie ein Kind behandelte, wischte ich die Erkenntnis, dass sie bereits von Andrea Lucas Heiratsplänen wusste, beiseite. Stattdessen ließ ich die Leinwand von meinen Schultern gleiten. Ich bemühte mich, meine Stimme so gleichmäßig wie möglich klingen zu lassen, musterte die Artista meinerseits mit einem gezwungen ruhigen Ausdruck. »Es tut mir leid, falls ich Euren Schlaf gestört haben sollte, Signora Santi. Doch es waren dringliche Angelegenheiten, die mich Euer Heim verlassen ließen. Ihr möchtet sicher nicht, dass dieses Werk noch länger im Besitz von Alesia della Francesca verbleibt.«

Mit diesen Worten entrollte ich die Leinwand auf dem feuchten Gras und ließ sie mit eigenen Augen sehen, wozu die junge Alesia imstande war. Mit einer gewissen Befriedigung nahm ich wahr, wie sich die Augen der Artista für den Bruchteil einer Sekunde weiteten. Sie raffte ihren weiß glänzenden Seidenrock und stieg zu mir auf die Wiese hinab.

Ungläubig betrachtete sie Alesias Meisterwerk, das ihren eigenen Sohn darstellte. Sie begab sich sogar, ohne auf die Grasflecken zu achten, auf die Knie und strich über die trockene Farbe, wischte mit einem feuchten Zeigefinger darüber, den sie dann mit einem Hauch des Entsetzens anstarrte. Ich konnte nicht sofort erkennen, was sie in eine solche Unruhe versetzt hatte. Als ich es schließlich sah, wich alle Wärme aus meinem Körper. Der Finger hatte sich rot verfärbt, als hätte man trockenes Blut mit Wasser gelöst.

Mit einem erschrockenen Keuchen blickte ich in die Augen der Artista. Ernst und Besorgnis lagen in ihrem Blick. Ich konnte die Frage in meinem Herzen nicht mehr länger bezähmen, als es schnell und voll wilder Angst zu schlagen begann. »Ist es ... Andrea Lucas Blut?«

In meinen Ohren rauschte mein eigenes Blut. Ich hatte zu zittern begonnen, während ich auf die Antwort der Artista wartete, die verneinend den Kopf schüttelte und die Leinwand mit einer für sie ungewöhnlichen Hast zusammenrollte. »Es ist nicht Andrea Lucas Blut, sorge dich nicht. Es muss Alesias Blut sein und sie dürfte zu einer solchen Tat noch nicht einmal fähig sein.« Sie schwieg. Ich schluckte schmerzhaft und die Erleichterung über ihre Entwarnung drohte mich zu überwältigen. Die Artista erhob sich und wischte flüchtig über die feuchten, grünlich verfärbten Stellen an ihren Knien, dann bedeutete sie mir, ihr in das Haus zu folgen. »Aber darüber sollten wir besser hinter diesen Mauern reden. Es wäre nicht gut, wenn fremde Ohren davon erfahren.«

Ihre Worte brachten meinen Magen dazu, sich zu verkrampfen. Ich starrte auf die Leinwand, die Beatrice vor mir die Treppe hinauftrug.

War dies der Grund für Alesias blutende Wunde? Artiste malten mit ihrem eigenen Blut?

Die Artista ging voran und lief zielstrebig durch den Flur hindurch, bis wir zu einem der beleuchteten Salons kamen, in dem Ophélie auf ihre Herrin wartete. Doch diese schüttelte den Kopf und wies sie an, uns allein zu lassen. Die Dienerin quittierte ihre Anweisung zunächst mit einem ungläubigen Blick. Als jedoch keine Reaktion erfolgte, die sie zu bleiben hieß, begab sie sich mit stolz erhobenem Kopf aus dem Raum.

Die Fürstin von Orsanto legte die Leinwand nieder, bevor sie das auf dem Tisch stehende Schachbrett aus dem Weg räumte und das Bild darauf ausbreitete.

Mit einer von Angst durchtränkten Faszination beobachtete ich ihre Untersuchungen. Ihr Schleier war zurückgeschlagen und ich konnte die tiefe Falte zwischen ihren Augenbrauen erkennen, als sie schließlich von der Leinwand aufsah. Keine Frage, Beatrice Santi war sehr besorgt über das, was sie vorgefunden hatte und ihre Stimme klang dunkel. »Das, was Alesia hier getan hat, ist nicht das gewöhnliche Werk einer Artista. Es ist Schwarze Magie. Sie hat ihr eigenes Blut benutzt, um eine Bindung zu Andrea Luca herzustellen und Edea allein weiß, wozu sie noch fähig gewesen ist.«

Ich schluckte schwer. Mir war stets bewusst gewesen, dass Alesias Macht zu stark für ihr Alter war, vor allem, da sie einer niederen Blutlinie entstammte. Doch Schwarze Magie hatte einen schrecklichen Beiklang, mit dem ich nicht gerechnet hatte.

Fragend sah ich Beatrice Santi an, die das Gemälde zusammenrollte und sich dann die Hände an ihrem Rock abwischte, als wolle sie sich von dem soeben berührten reinigen. Sie erschien mir für einen Moment abwesend, wie ich es bei ihr schon oft zuvor erlebt hatte. Dann kehrte sie in die Wirklichkeit zurück. »Ja, es gibt Artiste, die sich der dunklen Magie verschrieben haben und die ihre Macht durch ihr eigenes Blut und das Blut ihrer Opfer erzwingen. Ich hätte niemals vermutet, dass Alesia diesen Weg einschlagen könnte. Aber der Wunsch nach Macht floss wohl zu stark in ihren Adern und so hat sie die Lehren der Octavia zu ihrem Weg gemacht.«

Sie sah für einen weiteren Augenblick in die Ferne. Als sie sich zu mir umwandte, leuchtete ein beängstigendes Licht in ihren dunklen Augen, das mir eine Gänsehaut verursachte. »Sie wird den Artiste Neri übergeben werden müssen.«

Ich musste bei dieser Enthüllung ausgesprochen entgeistert gewirkt haben. Auf den Lippen der großen Artista zeigte sich ein mildes, nachsichtiges Lächeln. Ich nahm all meinen Mut zusammen, unsicher, ob ich überhaupt mehr über das Erwähnte erfahren wollte, und stellte die Frage, die sich unwillkürlich in meinem Geist gebildet hatte. »Die schwarzen Artiste? Ich habe diesen Begriff noch nie gehört, wenn ich auch zugeben muss, dass ich mich niemals zuvor damit befasst habe.«

Wie so oft, wenn ich in der Nähe dieser Frau war, fühlte ich mich unbehaglich, wie ein kleines Kind, das auf eine Lehrstunde wartete. Ich wand mich unter ihrem stechenden, durchdringenden Blick, als sie mich einmal mehr kühl musterte und dabei ihre Gedanken kaum vor mir verbarg. Es dauerte eine Weile, bis sie diese Tätigkeit zu ihrer Zufriedenheit ausgeführt hatte und sich endlich dazu herabließ, mir zu antworten. »Nun, dann wird es Zeit, dass du dich damit befasst. Denn auch du selbst lebst in ständiger Gefahr, sollte jemals bekannt werden, über welche Kräfte du verfügst.«

Ich starrte mein Gegenüber misstrauisch an, sagte jedoch nichts, um die Fürstin nicht zu unterbrechen.

Sie schien mir ohnehin keineswegs auf eine Unterbrechung bedacht, auch wenn sie mich in langen Pausen zappeln ließ und sich viel Zeit nahm, um fortzufahren. »Du weißt bereits, dass die Artiste ihre Reihen rein halten und Bastarde nicht gerne sehen. Das ist kein Geheimnis und genau aus diesem Grunde existieren die schwarzen Artiste. Selbstverständlich wird dieses Wissen geheim gehalten und sie treten niemals selbst in Erscheinung. So kann jede Artista eine von ihnen sein, auch wenn du es niemals vermuten würdest. Man sollte niemandem leichtfertig vertrauen, doch das weiß eine Frau mit der Ausbildung einer Kurtisane sicherlich, nicht wahr, Ginevra?«

Ich nickte stumm, erwiderte jedoch nichts, was die Fürstin dazu veranlasste, mir ein verhaltenes Lächeln zu schenken. »Ich sehe, du verstehst mich. Eine schwarze Artista ist niemand, dem man begegnen möchte. Und wer von ihnen vor Gericht gestellt wird, kommt selten mit dem Leben davon, wenn er nicht reinen Blutes ist und die Gesetze der Artiste gebrochen hat. Alesia mag den Tod nicht zu befürchten haben, wohl aber eine harte Strafe.

Bei dir ist es natürlich eine vollkommen andere Sache, ebenso wie bei Andrea Luca. Das Gericht der Artiste Neri steht über allen Gesetzen dieser Welt. Selbst wenn keine Artista es wagen kann, die Macht einer anderen auszulöschen, so sind es die Artiste Neri, denen es als Einzigen obliegt, ein solches Urteil zu vollstrecken. Ja, auch mein Sohn hat die schwarzen Artiste zu fürchten, wenn sie jemals erfahren, dass Magie in seinen Adern fließt. Bisher ist es mir gelungen, es vor ihnen zu verbergen und ich bin damit einen ähnlichen Weg gegangen wie deine Mutter.«

Ich blickte die Artista schief an, denn mir war nicht eingängig, aus welchem Grunde sich diese Frauen für Andrea Luca interessierten sollten. Bisher hatte ich noch nie davon gehört, dass auch Männer mit der Gabe geboren wurden. Entsprechend konnte ich in den Worten der älteren Frau keinen Sinn finden.

Sie schien meine Gedanken lesen zu können, obgleich ich ihnen keinen Ausdruck verlieh, und antwortete auf meine unausgesprochenen Fragen. »Dass niemand davon spricht, bedeutet nicht, dass Männer die Gabe nicht besitzen können, auch wenn sie selten ist. Bei ihnen prägt sie sich allerdings anders aus. Man nennt sie Scultori, Bildhauer, und es gibt nur wenige Artiste, die davon wissen. Andrea Luca weiß nichts von der Macht in seinem Blut, wenngleich ich sein Talent im Stillen gefördert habe. Würde es jemals bekannt, wäre sein Leben verwirkt.«

Andrea Luca besaß die Gabe der Magie? Es gab Männer, die die Gabe besaßen, ohne jemals Kenntnis davon zu erlangen, welche Macht in ihren Adern floss? Wie konnte es sein, dass ein solches Geheimnis seit Jahrhunderten nicht ans Tageslicht gedrungen war? Als mir klar wurde, welche Bedeutung die Worte Beatrice Santis besaßen, wurde mir kalt. Was mochte hinter den Kulissen Terranos vor sich gehen, um das Geheimnis der Artiste zu hüten? Was lag hinter den Fassaden dieser weißen Schleier verborgen?

Was Beatrice Santi erzählte, erinnerte mich an die Inquisition und an Geschichten von Schwarzer Magie und Menschen, die mit dunklen Mächten im Bunde standen.

Es klang, als stamme es aus einer der Geistergeschichten, die wir als Kinder in heißen Sommernächten gehört hatten, wenn wir alle um ein Lagerfeuer versammelt gewesen waren. Es fiel mir schwer, daran zu glauben. Andererseits wirkte es auf mich nicht, als sei Beatrice Santi zu Scherzen aufgelegt. So blieb mir wenig anderes, als ihre Worte als Wahrheit hinzunehmen. Während sie erzählte, bemerkte ich, wie im Osten bereits die Sonne aufging. Sie tauchte den Himmel hinter der großen, gläsernen Fensterfront des Balkons in ein rötliches Licht, das die Schatten der Nacht vertrieb. Durch das gläserne Mosaik, das am Fenster angebracht worden war, fielen bunte Formen aus Licht auf den weichen Teppich aus Marabesh, der den Boden bedeckte. Sie bannten die düstere Stimmung, die sich in der Dunkelheit ausgebreitet hatte.

Ich wartete ab, ob die Artista noch weitererzählen mochte, doch sie schwieg. Es erschien mir, als ob auch sie für diese Nacht die Lust an dunklen Geheimnissen und Verschwörungen verloren hatte. Ich dachte nicht lange über das Schicksal nach, das Alesia nun erwarten würde, zu umwölkt war mein Geist von der Müdigkeit, die sich in meine Glieder geschlichen hatte. Ich empfand kein Mitleid mit ihr. Die Ausübung Schwarzer Magie musste bestraft werden.

Ich nahm nur am Rande wahr, dass die Artista sich von einem der hell bezogenen Samtsessel erhob und mir ein Zeichen gab, ebenfalls aufzustehen. Nur knapp konnte ich ein leises Aufstöhnen unterdrücken, als ich ihrer Aufforderung Folge leistete. Ich folgte der Fürstin, die wirkte, als habe ihr die durchwachte Nacht überhaupt nicht geschadet, durch den Flur zu der breiten Treppe, die sie mich hinauf geleitete. In meinem Unterbewusstsein regte sich das Wissen, dass dies nicht der Weg zu meinen Schlafräumen war. Doch ich war zu erschöpft, um einen weiteren Gedanken daran zu verschwenden und folgte ihr mechanisch zu einer Tür, die sich geräuschlos öffnete und uns eintreten ließ.

Benebelt sah ich mich in dem großzügigen Raum um, dessen Fenster von schweren, dunklen Vorhängen bedeckt wurden, die das Morgenlicht noch nicht in das Zimmer dringen ließen. Beatrice trat vor und zog die Vorhänge mit einem Ruck beiseite.

Geblendet schloss ich für einen Augenblick die Augen, bis ich mich blinzelnd an das helle Licht gewöhnt hatte, das von der Ostseite her in den Raum eindrang und mir ein leeres, kahles Zimmer zeigte. Leer und kahl, bis auf etwas beinahe Menschengroßes, das von einem Tuch bedeckt war.

Neugierig sah ich zu der Artista hinüber, unsicher, ob ich sehen wollte, was sie mir zu zeigen hatte. Ein Gefühl, das von dem rätselhaften Lächeln auf ihren Lippen noch verstärkt wurde.

Beatrice Santi lief um das mit dem weißen Tuch bedeckte Gebilde herum, bis sie schließlich zu mir hinübersah und mir bedeutete, näher zu ihr heranzukommen. Ich zögerte, bereits eine Frage auf den Lippen, als sie ihrerseits zu reden begann und mir damit das Wort abschnitt. »Mein Sohn hat dich zu seiner Braut erkoren, Ginevra. Und du bist in der Tat eine Wahl, mit der ich niemals gerechnet habe, denn Kurtisanen sind nicht zum Heiraten geboren. Dennoch bist du weitaus mehr als eine Kurtisane. Du bist eine Fürstentochter aus dem Hause Vestini und hast nach deiner Mutter den Anspruch auf die Herrschaft über das Fürstentum Serrina. Deshalb ist es nur angemessen, dass du bei der Hochzeit mit einem Spross aus dem Geschlecht der Santorini und der Santi in passender Ausstattung erscheinst.«

Verwirrt sah ich zu der Malerhexe auf, blickte dann zu dem Gebilde inmitten des hellen Raumes hinüber, ohne mein Misstrauen verlieren zu können. Die Artista hatte sich also erneut dazu entschlossen, mir eine Überraschung zu bereiten. Ich hoffte, dass sich unter diesem Tuch nicht das nächste Kleid für eine Angehörige ihrer Zunft befand. Mit einer schwungvollen Geste, die ich in diesem Augenblick sicher nicht mehr hätte vollbringen können, zog sie das weiße Tuch zur Seite und gewährte mir den ersten Blick auf das, was sich darunter befand.

Mein Atem stockte, als ich auf das schönste Kleid blickte, das ich in meinem Leben jemals zu Gesicht bekommen hatte. Und derer waren es viele gewesen. Weiße Seide, die von dem Licht der Morgensonne berührt wurde, strahlte mir in ihrer Reinheit so hell entgegen, dass ich den Impuls unterdrücken musste, meine Augen zu bedecken. Stattdessen starrte ich weiter auf das Kleid, dessen Mieder aus feinem Brokat, eng anliegend und tief ausgeschnitten, von zarter Spitze umsäumt und von leuchtenden, glitzernden Kristallen über und über bedeckt wurde. Ich meinte, in ihnen das Wappen der Vestini zu erkennen, die weiße Rose über der weichen Schreibfeder und dem Pergament, ebenso wie das Wappen der Santorini, die hier zu einer Einheit verbunden waren. Sie fingen die ersten Strahlen der Sonne betörend und verzaubernd ein. Der weite Rock mit der Schleppe fiel über einem Reifrock aus weißer Spitze in seidigen Wellen zu Boden. Er wurde von den gleichen Kristallen bedeckt, die schon an dem Mieder angebracht worden waren. Über allem lag ein großmaschiger Schleier, der mit feinen Steinchen besetzt war und dem einer Artista ähnelte, ohne ihm vollkommen zu gleichen.

Leise zischend ließ ich den Atem aus meinen Lungen weichen, kaum fähig, den Blick von dem traumhaften Werk abzuwenden. Dem Kleid, das ich bei meiner eigenen Hochzeit tragen sollte. Der Hochzeit einer Kurtisane, die wie die Fürstentochter gekleidet werden sollte, die sie niemals hatte sein dürfen.

Beatrice Santi war nicht von meiner Seite gewichen und hatte meine Reaktion beobachtet. Nun schien sie des Beobachtens müde geworden, denn sie bedeckte das Kleid sorgfältig mit dem Tuch, bevor sie nach Ophélie rief. Nachdem die Mondiénnerin den Raum erreicht hatte, wobei sie keineswegs mehr so gerade stand wie ihre Herrin, richtete die Artista noch einmal das Wort an mich. »Ophélie wird dich zu deinen Räumen bringen, Ginevra. Wir sehen uns wieder, wenn du deinen verlorenen Schlaf nachgeholt hast.«

Damit verließ sie mich. Ich nickte müde und wollte ebenfalls den Raum verlassen, als mir eine letzte Frage in den Sinn kam, die ich zu stellen vergessen hatte. Ich musste sie der Fürstin nachrufen, die sich bereits ein ganzes Stück entfernt hatte. »Wann soll es soweit sein?«

Beatrice Santi, die Fürstin von Orsanto, lachte leise und zuckte ihre Schultern, bevor sie ihren Weg fortsetzte. »Du wirst es schon bald erfahren.«

Dann verhallte die Stimme der Artista und ließ mich mit ihrer Dienerin allein in dem Gemach zurück, in dem sich mein Hochzeitskleid befand.

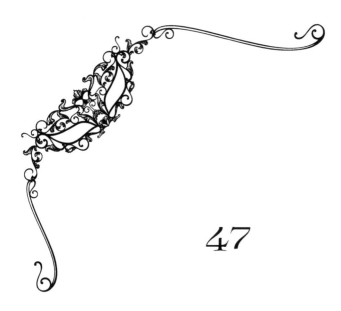

47

Betäubt von den Geschehnissen dieser Nacht verharrte ich reglos in dem Raum mit dem nun wieder bedeckten Kleid und versuchte erfolglos, meine Gedanken zu ordnen.

Erst die Erinnerung daran, dass Ophélie neben mir stand und mich mit einem wissenden Lächeln auf dem vollen Schmollmund abwartend anblickte, erleichterte diese schwierige Aufgabe. Um nichts in der Welt wollte ich ihr einen Grund zur Genugtuung geben. Seit unserer letzten Begegnung auf der Promessa hatte ich kein Wort mehr mit ihr gewechselt. Ich war mir jedoch sicher, dass sie noch immer nach Rache dürstete und nur nach der richtigen Gelegenheit suchte, um mir die erlittene Schmach heimzuzahlen. Also kratzte ich meinen letzten Rest würdevollen Benehmens zusammen und lächelte sie mit falscher Freundlichkeit an, wenngleich ich ihr lieber auf andere Weise die Zähne gezeigt hätte.

Ophélie ließ sich davon nicht aus der Ruhe bringen, während sie scheinbar darauf wartete, dass ich zu reden begann.

Ich überlegte kurz, ob ich ihr tatsächlich diesen Gefallen erweisen sollte, zuckte dann aber ergeben die Schultern. Ich war zu müde, um mich auf ihre kleinen Spielchen einzulassen und sie konnten gut und gerne warten, bis ich ein wenig Schlaf gefunden hatte. »Vielen Dank, Ophélie. Ich denke nicht, dass ich Eure Hilfe noch benötige. Ich finde meine Gemächer auch ohne Eure Unterstützung.«

Ophélie zog eine ihrer zarten Brauen in die Höhe und musterte mich, bevor sie bestürzt ihre schmalen Finger an die Lippen legte und mich zweifelnd ansah. »Aber Mademoiselle Cellini! Ihr seid keineswegs in der Verfassung, allein durch das Haus zu wandern. Und Ihr möchtet doch sicher nicht, dass ich mich Madame Santis Anordnungen widersetze.«

Sie lächelte mich bezaubernd an, ein Gesichtsausdruck, der dafür sorgte, dass sich die Härchen an meinen Armen aufstellten. Dann trat sie näher an mich heran, um meinen Arm zu nehmen. Es fiel mir schwer, den Impuls zu unterdrücken, ihr den Arm zu entreißen. Mein Körper war mit einem Schlag hellwach und funktionierte, ohne mir Schwierigkeiten zu bereiten.

Ophélies Arbeit war offenbar noch nicht beendet und sie würde mir keine Ruhe gönnen, bis sie ihr Vorhaben in die Tat umgesetzt hatte.

Ich legte in einer Imitation ihrer Geste meine Hand auf die Brust und heuchelte ebenfalls Bestürzung, jedoch nicht, ohne mir dabei ausgesprochen lächerlich vorzukommen. Ich würde also mitspielen und ihr nicht kampflos das Feld überlassen. »Verzeiht, Ophélie! Selbstverständlich würde ich Euch niemals in Schwierigkeiten bringen wollen! Lasst uns gehen. Dieser Raum ist keineswegs die passende Umgebung, um darin Ruhe zu finden.«

So wie deine Gesellschaft, du kleine Hexe, fügte ich in Gedanken hinzu und lächelte dabei zuckersüß auf die zierliche Frau hinab.

Diese nickte zufrieden, während wir uns in Bewegung setzten und den Weg zu meinen Gemächern antraten.

Ophélie schwieg für einen Moment, während dem ich die Entfernungen in derartig großen Gebäuden verfluchte. So würde ich gezwungen sein, ihre Gesellschaft noch länger zu ertragen, als es mir lieb war. Die blonde Mondiénnerin schien von meinen düsteren Gedanken nichts zu bemerken. Sie schritt munter und voll Elan voran, sodass ich Mühe hatte, mit meinen schweren Beinen Schritt zu halten und nicht undamenhaft hinter ihr herzustolpern. Ophélie machte einen sehr wachen Eindruck dafür, dass bereits die Morgenstunden angebrochen waren. Und sie erwies mir schon bald erneut die Ehre, mich auffällig von der Seite zu mustern. Ich war mir selbst nie derartig interessant erschienen, bevor ich zum ersten Mal den Palazzo Santi betreten hatte. Seitdem schien jede meiner Gefühlsregungen ausgesprochen sorgfältig inspiziert und bewertet zu werden.

Schließlich entschloss sich die Dienerin dazu, die Stille zu brechen und begann, in einem Tonfall zu reden, der mich an eine leise Melodie erinnerte. Ich war mir sicher, dass sie eine hervorragende Sängerin sein musste, wenn sie sich dazu durchringen konnte, vor Publikum aufzutreten. Allerdings verspürte ich nicht den Wunsch, eine Kostprobe davon am eigenen Leib erfahren zu müssen.

»Es mag nicht so aussehen, doch Ihr müsst wissen, dass ich mich für Euch freue. Kurtisanen haben nur selten die Gelegenheit, in eine Familie des Hochadels einzuheiraten. Und es war an der Zeit, dass Andrea Luca endlich gezähmt wird, wenn ich auch meine Zweifel daran habe, dass er für alle Zeiten nur einer einzigen Frau treu sein kann.« Sie lachte verhalten und schenkte mir einen vertraulichen Blick, als seien wir schon von Kindesbeinen an die besten Freundinnen.

Ich war irritiert von ihrem Gerede und ihrer Vertraulichkeit. Sicher, die Erwähnung meiner Tätigkeit als Kurtisane war dazu gedacht, mich herabzusetzen und mich zu ärgern. Doch was sollte die Anspielung auf Andrea Luca? Mir war sehr wohl bekannt, dass der junge Andrea Luca Santorini keineswegs ein Heiliger gewesen war. Dies war in Porto di Fortuna kein Geheimnis. Trotzdem konnte ich nicht leugnen, dass ihre Worte mir einen Stich versetzten.

Ich lenkte meine Augen interessiert auf die Gemälde an den Wänden, Landschaftsszenen, nichts von Bedeutung für eine Artista, bevor ich mich genügend gefangen hatte, um ihr zu antworten. »Eure Sorge erfreut mein Herz. Doch ich glaube, zu wissen, wie man einen Mann halten kann, also sind Eure Befürchtungen vollkommen unbegründet. Wie Ihr schon selbst bemerkt habt, bin ich eine Kurtisane und fürchte mich nicht vor anderen Frauen.«

War dort eine Spur von Zorn in Ophélies honigfarbenen Augen? Ich konnte es nicht mit Bestimmtheit beurteilen, begann jedoch, mich genauer auf ihre Reaktionen und ihre Körpersprache zu konzentrieren.

Wenn tatsächlich Zorn in ihr brodelte, so ließ sich die Mondiénnerin nichts davon anmerken. Sie setzte sogleich wieder ihre herablassende Miene auf, bevor sie mitten auf einem der Flure anhielt und mich an einem Arm festhielt.

Ich zog erstaunt die Augenbrauen in die Höhe und wartete, durch ihr Verhalten neugierig geworden, darauf, dass Ophélie fortfahren würde. Sie verschwendete keine Zeit damit, sich vorsichtig an ihr Vorhaben heranzutasten, sondern schlug sofort zu. »Oh, ich habe mich auch niemals gefürchtet, Mademoiselle Cellini! Ich dachte, ich könne ihn für immer halten. Und ich war mir sicher, dass ich seine Auserwählte sein würde, nachdem er mir meine Ehre genommen hat, doch wie bitter hat er mich enttäuscht!«

Die andere Frau hielt meinen Blick intensiv mit ihren Augen gefangen. Ihre Fingernägel bohrten sich schmerzhaft in das Fleisch meines Armes, bevor ich ihn ihr endlich entreißen konnte und sie abschüttelte. Heiße Wut stieg in mir auf, als ich Ophélie betrachtete, die ihr Schauspiel so gut beherrschte, dass ich mich wunderte, warum ihr keine Tränen in die Augen stiegen. Doch dazu war diese Hexe zu stolz.

Das war also ihre Rache an mir. Sie wollte Zweifel in mein Herz streuen und oh ja, dies hatte sie auf wunderbare Weise vollbracht! Ich konnte mit all den namenlosen, gesichtslosen Frauen in Andrea Lucas Vergangenheit leben, wenn es sein musste. Doch der Gedanke an ihn und Ophélie ließ Übelkeit in mir aufsteigen. Ich fühlte, dass ich die Fassung verlieren würde, wenn ich noch mehr Zeit mit dieser Frau in meiner Nähe verbringen musste.

Kühl blickte ich in ihre Augen und legte so viel Eis in meine Stimme, dass ihr das Blut davon in den Adern gefrieren musste, wenn es überhaupt Blut war, das in ihr floss und kein reines Gift. »Dann werdet Ihr mit dieser Enttäuschung leben müssen, Ophélie. Sicher kommt eines Tages ein anderer Mann Eures Weges und ich werde Andrea Luca gerne Eure Betroffenheit ausrichten. Ihr entschuldigt mich nun sicher.«

Ich drehte mich um und ließ die verschlagene Dienerin Beatrice Santis auf dem Gang stehen, ohne mich noch einmal nach ihr umzudrehen. Zu tief hatte der Schlag gesessen.

Ich konnte mich kaum daran erinnern, wie ich mein Zimmer erreicht hatte, denn mein Blick war von der Wut in meinem Herzen getrübt. Ich verfluchte Andrea Luca für seine Affären und dafür, dass er in mein Leben getreten war. Wie sollte ich einen Mann heiraten, der noch nicht einmal seine schmutzigen Hände von der Dienerin seiner Mutter lassen konnte? Der dazu in der Lage gewesen war, eine solche Giftschlange anzurühren? Ja, ich glaubte Ophélie, denn es fügte sich nur zu gut in Andrea Lucas Vergangenheit und sie war reizvoll genug, um seine Aufmerksamkeit zu erringen. Auf ihre eigene Weise exotisch in Terrano, mit dem goldenen Haar und den honigfarbenen Augen. Was würde folgen? Smeralda? Angelina? Oder sogar Sadira, wenn Verducci sie nicht wollte?

Der heiße Zorn in meinem Inneren drohte, mein Blut verglühen zu lassen und ich feuerte wütend das Rapier in eine Ecke des Schlafzimmers. Es prallte mit einem lauten Schlag an der Wand ab und blieb anklagend am Boden liegen. Dann fiel ich auf das Himmelbett, an dessen Seite Andrea Luca mich gebeten hatte, seine Frau zu werden.

Eine Kurtisane war dazu ausgebildet, sich nicht an Ehefrauen zu stören. Sie war dazu ausgebildet, anderen Frauen im Leben ihres Geliebten keine Beachtung zu schenken. Doch ebenso wenig wie ich die Tochter einer einfachen Frau war, konnte ich den Gedanken an die Mondiénnerin in Andrea Lucas Armen ertragen. Ich fragte mich nicht zum ersten Mal, wie ich nur daran hatte denken können, dass ich zu einem Leben als Kurtisane geeignet war. Es dauerte lange, bis sich das Feuer in meinen Adern beruhigt hatte. Nur eine Taubheit blieb zurück, die von meiner Müdigkeit angefacht worden war und die sich jetzt in meinen Gliedern ausbreitete, sie schwermachte, bis mir die Augen zufielen und ich schließlich einschlief.

Doch selbst in meinen Träumen fand ich keine Ruhe. Ich sah Bilder von Schwarz gekleideten Artiste in einem Ring aus Feuer. In ihrer Mitte, wie ein leuchtender Fleck reinen Lichtes, Alesia in ihrem weißen Kleid, das Gesicht von ihrem Schleier überschattet und vor Angst und Schrecken verzerrt, während sie das Urteil der strengen Frauen unter den schwarzen Schleiern erwartete.

Auch Beatrice Santi war anwesend. Dort, außerhalb des Feuerringes, sah sie zu, was mit Alesia geschah. Sie sprach zu den schwarzen Artiste, doch ich konnte ihre Worte nicht verstehen. Das Tosen des Feuers dröhnte in meinen Ohren und verschluckte jedes andere Geräusch.

Dann wandelte sich ihr Gesicht, wurde allmählich zu meinem eigenen. Oder war es Angelina? Ich konnte es nicht unterscheiden, betrachtete nur wehrlos das Geschehen, das an mir vorüberzog und hörte den leisen Singsang vieler weiblicher Stimmen, der sich erhob und abebbte, fühlte den Schmerz auf meiner Haut, als wollte er mich verbrennen und schrie schmerzerfüllt auf.

Die Bilder meines Traumes lösten sich vor meinen Augen in undeutliche Fetzen auf, die langsam schwanden, als hätten sie niemals existiert. Benommen öffnete ich die Augen und unternahm einen halbherzigen Anlauf, meine Umgebung klar wahrzunehmen, spürte eine sanfte, warme Berührung an meiner Wange. Eine schemenhafte Silhouette saß neben mir auf dem Bett und hatte einen Arm ausgestreckt, dessen Hand ich als Ursache der Berührung einordnete.

Es schien sich eindeutig um einen Mann zu handeln. Für eine Frau war die Silhouette mit zu wenigen Rundungen ausgestattet und überdies um einiges zu breit. Es dauerte seine Zeit, bis ich so weit das Bewusstsein erlangt hatte, um Andrea Luca zu erkennen. Seine Augen waren besorgt auf mich gerichtet und sein Mund zeigte ein erleichtertes Lächeln, nachdem ich ohne erkennbaren Schaden erwacht war.

Ohne dass ich es wollte, fing mein Herz an, laut und schnell zu schlagen. Ich erwiderte sein Lächeln schwach, bis Ophélies Worte in mein Gedächtnis zurückdrängten und das Lächeln auf meinen Lippen erlosch wie eine Kerzenflamme, die von einem Windstoß ausgelöscht worden war. Ich konnte die Frage in Andrea Lucas Augen erkennen. Seine Hand hielt unsicher in ihrer Bewegung inne, als mein Gesicht zu Eis erstarrte und ich ihn voller Feindseligkeit anblickte. Er setzte sich zurück, entfernte sich von mir, und ich bemerkte, wie er meine Körpersprache zu studieren begann, um daraus lesen zu können. Meine Stimme troff vor Bitterkeit, als ich das Wort an ihn richtete und er sah mich an, als hätte er mich noch nie zuvor gesehen. »Oh, Andrea Luca? Haben dich deine Schritte endlich zu mir geführt? Sicher gab es die eine oder andere Geliebte, die du vor deiner Hochzeit noch aufsuchen musstest, um Abschied zu nehmen?«

Andrea Lucas Augen verdunkelten sich merklich und seine Gefühle tanzten für eine kurze Zeit streitend über seine Züge, bevor sie ausdruckslos wurden. Trotzdem konnte er die noch unausgesprochene Frage in seinem Blick nicht ganz verbergen. »Wovon redest du, Lukrezia? Ich komme aus dem Palazzo und es war beileibe kein Kinderspiel, mich von den Hochzeitsvorbereitungen davonzuschleichen, um zu dir zu gelangen. Was hat dieser Empfang zu bedeuten?«

Er war zu sehr von meinem Verhalten überrascht, um wütend zu werden. Ich dachte kaum über meine Worte nach, bevor ich sie aussprach, denn der Zorn in meinem Inneren begann wieder unvermindert zu brodeln und trieb mir die Röte ins Gesicht. »Ich habe dich nicht um deinen Besuch gebeten!«

Meine Antwort war heftiger und lauter, als ich es beabsichtigt hatte. Andrea Luca zuckte zusammen wie nach einem Peitschenschlag. Ich warf die Decke zurück und kam schwankend auf meinen Füßen zum Stehen. Auch er erhob sich und streckte die Arme nach mir aus, hielt mich fest und zwang mich dazu, mich unter seinem Griff zu ihm herumzudrehen. Alle Feuer der Hölle brannten in meinen Augen. Ich starrte ihn voller Zorn an und unternahm einen halbherzigen Versuch, mich von seinen Händen zu befreien. Es war nicht schwer, sich auszumalen, was Andrea Luca fühlen musste, denn er würde wohl kaum mehr die Welt verstehen. Trotzdem war mein Mitleid mit ihm begrenzt und ich konnte spüren, wie auch er langsam wütend wurde.

»Was zur Hölle ist mit dir los? Ich bin nicht hierhergekommen, um mir von dir die Augen auskratzen zu lassen. Und wenn du es dennoch versuchen möchtest, würde ich gerne zuvor den Grund erfahren.«

Voller Bitterkeit wollte ich ihm meine Anschuldigungen entgegen speien und wünschte mir mehr als alles andere, meine Hände freizuhaben, um ihm deutlich meine Argumente aufzuzeigen, als mir die seltsame Situation bewusst wurde, in der wir uns befanden.

Ich schüttelte benommen meinen Kopf. Was in Edeas Namen war mit mir los? Ich atmete tief ein, um etwas ruhiger zu werden und schaute zum Fenster hinüber, um mich zu sammeln.

Es musste früher Abend sein, wenn ich den Stand der Sonne richtig beurteilte. Die Nacht würde schon in Kürze über uns hereinbrechen. Ich hatte den ganzen Tag geschlafen und fühlte allmählich den Hunger, der in mir aufstieg, während ich diese Feststellung machte. Edea sei Dank, hatte Andrea Luca offenbar an diese Möglichkeit gedacht.

Ich erblickte mit einem Anflug von Dankbarkeit eine Schale frischen Obstes und eine silberne Glocke, unter der sich mit einiger Wahrscheinlichkeit Speisen befanden. Die kurze Ablenkung hatte es mir erlaubt, zur Besinnung zu kommen. So funkelte ich den Terrano zwar weiterhin zornig an, hatte mich aber ausreichend beruhigt, um einigermaßen klare Gedanken fassen zu können. »Deine kleine Ophélie hat mir von ihrer Enttäuschung berichtet, da du es nicht in Erwägung gezogen hast, sie zu ehelichen, nachdem du ihre Jungfräulichkeit gestohlen hast. Oh, ich kann dich sehr gut verstehen, schließlich ist sie durchaus keine Frau, die man alle Tage sieht. Doch ich werde keinen Mann heiraten, der es in seiner Lüsternheit sogar mit der Dienerin seiner Mutter treibt!«

Mit schnellen Bewegungen nutzte ich seine kurzzeitige Verwirrung aus und riss mich von ihm los, um den Ring von meinem Finger zu streifen und ihn zu Boden zu werfen. Er kam mit einem harten Geräusch auf dem Holz auf und rollte noch ein kurzes Stück, bevor er zu Andrea Lucas Füßen in einer klirrenden Drehbewegung zum Liegen kam.

Der Diamant blitzte im schwindenden Tageslicht auf und mir wurde im gleichen Moment bewusst, was ich gerade getan hatte. Erschrocken trat ich einen Schritt zurück.

Ein hartes Funkeln lag in Andrea Lucas Augen und sein Mund nahm einen bitteren Zug an.

Ich schluckte schwer, als sein Blick von dem am Boden liegenden Ring zu mir hinauf glitt. Doch er bewegte sich nicht und starrte mich nur mit diesen flackernden, dunklen Augen an, ohne ein Wort zu sagen.

Die Stille war bedrückend. Ich hatte das Gefühl, als sei die Welt um uns herum erstarrt, bis Andrea Luca sich, nach einem schier endlosen Augenblick, zu Boden beugte und den Ring aufhob. Nachdenklich drehte er ihn in seinen Fingern und ließ den Diamanten damit aufleuchten, bevor er sich zu mir umwandte.

Traurigkeit lag in seinen Augen und er schüttelte den Kopf, trat vorsichtig näher zu mir heran, bis er schließlich vor mir stand und meine Hand nahm. Ich wusste nichts zu sagen, vernahm ohnehin nur das laute Rauschen des Blutes in meinen Ohren, als er den Ring in meine offene Handfläche legte und meine Finger sanft darüber schloss. »Und du hast ihr alles geglaubt, nicht wahr, Lukrezia? Du hast es hingenommen, ohne ihre Worte infrage zu stellen.«

Seine Stimme war ruhig und seine Augen wanderten über mein Gesicht. Ich wagte es nicht zu sprechen, schwieg, aus Angst, alles noch schlimmer zu machen, nickte nur knapp und kaum merklich. Zu meiner Überraschung lachte Andrea Luca und seine Hände streichelten sanft über meine Arme. Eine Geste, die mir unpassend erschien und nun mich dazu verleitete, ihn fragend anzusehen. »Ich glaube nicht, dass

Ophélie unschuldig war, als ich sie zum ersten Mal traf, doch du darfst dir sicher sein, dass ich sie trotzdem niemals angerührt habe. Meine Mutter hätte zuerst sie getötet und mich im Anschluss aus ihrem Hause gejagt. Überdies kann ich mir einen angenehmeren Tod vorstellen, als in den Armen einer Giftmischerin langsam dahinzusiechen ...« Er zwinkerte mir ironisch zu, bevor er weitersprach. »... es wäre mir wesentlich lieber, an der Seite einer Kurtisane, die sich ebenfalls auf solcherlei versteht und nicht minder gefährlich ist, alt zu werden.«

Ich wäre am liebsten vor Scham über die Szene, die ich Andrea Luca gemacht hatte, im Erdboden versunken. Doch da das Holz des Fußbodens so unnachgiebig war, musste ich meinem Schicksal in das ungnädige Auge blicken und an Ort und Stelle verweilen. Ich räusperte mich und wich Andrea Lucas festem Blick aus, begann beinahe schon wieder, ihn zu hassen. Ich bemerkte, dass er mittlerweile Gefallen an der Situation fand, hatte ich doch bereits zu viel von meinen Gefühlen preisgegeben, ohne es zu wollen. Verärgert über mich selbst und zornig auf Ophélie, die ihr Ziel spielend leicht erreicht hatte, übertrug ich meine Wut auf Andrea Luca und die unangenehme Lage, in der wir uns befanden.

»Und wer sagt mir, ob du die Wahrheit sprichst? Sag mir warum, Andrea Luca. Warum willst du mich heiraten? Bin ich nur das kleinere Übel für dich? Leichter kontrollierbar als eine Prinzessin oder eine Artista? Oder liegt es wirklich allein daran, dass ich dich so schrecklich viel gekostet habe?«

Alle Gefühle, die sich im Laufe der Zeit angestaut hatten, brachen sich mit einem Mal die Bahn. Ich streifte Andrea Lucas warme Hände ab und brachte Abstand zwischen uns, verschränkte meine Arme und blickte ihn kühl und abwartend an. Dieses eine Mal würde er mir antworten, das schwor ich mir.

Nun war es eindeutig an ihm, sich unbehaglich zu fühlen. Er ließ einen Laut vernehmen, der mich verdächtig an ein resigniertes Seufzen erinnerte, jedoch auch ebenso gereizt klang. Offenbar akzeptierte er den Abstand zwischen uns, denn er versuchte nicht, sich mir zu nähern und lehnte sich stattdessen gegen den Schreibtisch, an dem ich am Tag zuvor meine Nachricht verfasst hatte.

Die Stille fühlte sich unangenehm zäh an. Ein Gefühl, auf dessen baldige Wiederholung ich gerne verzichten wollte. Dann verließ Andrea Luca die Geduld und er drehte sich zu mir um. »Edea weiß, dass ich nicht heiraten wollte. Weder Delilah noch Alesia. Doch meine Familie hat mir keine andere Wahl gelassen und ich weiß sehr wohl, Lukrezia, dass du ebenso gefährlich bist, wie Alesia. Mir sind deine Kräfte nicht verborgen geblieben, auch wenn ich nicht weiß, welcher Blutlinie du angehören magst und noch nicht einmal deinen wahren Namen kenne ...« Er brach ab und leckte sich nervös über die trocken gewordenen Lippen. »... doch vielleicht ist es an der Zeit, dass du ihn mir preisgibst. Es wäre wohl unangebracht, wenn ich ihn erst vor dem Altar erfahre.«

Zumindest in dieser Hinsicht hatte Andrea Luca eindeutig recht. Und er hatte offenbar nicht davon Abstand genommen, mich zu seiner Frau nehmen zu wollen, was mir aber meine Frage nicht beantwortete. Ich zögerte, nicht sicher, ob ich ihm wirklich soviel preisgeben wollte. Doch ich vermochte es nicht, es ihm zu verweigern, nachdem er mir die gesamte Geschichte seiner Abstammung verraten, und somit ein großes Stück seines Selbst in meine Hände gegeben hatte. Ich stockte unsicher, ehe ich den Mund öffnete, um mein Geheimnis zu lüften. »Mein Name ist ... Ginevra. Ginevra Cellini. Mein Vater war der Hofmaler der Fürstin von Serrina ... Aber du hast meine Frage nicht beantwortet.«

Ich hasste die Unsicherheit in meiner Stimme, ein äußerliches Anzeichen dafür, wie aufgewühlt ich in Wirklichkeit war. Andrea Luca zog erstaunt die Augenbrauen in die Höhe, bevor er verstehend nickte und seinen Platz an dem Schreibtisch verließ. Ich hatte die Arme um meinen Körper gelegt, um das plötzliche Frösteln zu unterdrücken, bemerkte nun überdeutlich, wie ich aussehen musste, in meinen Hosen und der von den Rosen zerrissenen Bluse, die ich noch immer trug.

Andrea Luca schien sich daran nicht zu stören, denn mit einem Mal stand er vor mir und schob seinen Finger unter mein Kinn, hob es soweit an, dass er mir in die Augen sehen konnte und lächelte dann schief. »Ich möchte dich heiraten, weil ich dich liebe, Ginevra, Lukrezia oder wer auch immer du sein magst. Du bist die einzige Frau, für die ich jemals so empfunden habe und es ist mir gleichgültig, wer du bist und woher du kommst, solange du nur diesen verdammten Ring wieder an deinen Finger steckst und dein vorlautes Mundwerk für eine Weile von weiteren Attacken abhältst.«

Seine Stimme war sanft und liebevoll und ich hatte das Gefühl, dass das Herz in meiner Brust sofort zerspringen müsse.

Er zog mich näher an sich heran und begann mich zu küssen, ohne Anstalten zu machen, mich bald wieder loszulassen. Die Wärme, die sein Körper ausstrahlte, war überwältigend und ich konnte jeden einzelnen Muskel unter seinem dünnen Hemd spüren, so nahe war ich ihm.

So lange hatte ich auf diesen Tag gewartet und Andrea Luca hatte sich so viel Zeit damit gelassen, mir endlich seine Gefühle in dieser Deutlichkeit zu offenbaren, dass ich das Gehörte kaum zu glauben vermochte.

Hatte ich seine Worte wirklich vernommen? Oder war dies ein Traum, aus dem ich bald erwachen würde? Dann überkam mich ein Gefühl der Freude, wie ich es noch nicht einmal verspürt hatte, als er mich bat, seine Frau zu werden. Ich schlang meine Arme um ihn und erwiderte seine Küsse, während ich mir wünschte, dass dieser Moment niemals verging und wir für immer in diesem Augenblick, an diesem Ort, gemeinsam gefangen sein würden.

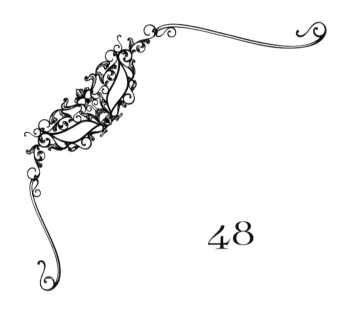

48

Nachdem ich wieder dazu in der Lage war, einigermaßen klar zu denken, löste ich mich von Andrea Luca, der mich mit einem erstaunten Blick bedachte, und sah ihn prüfend an. Es war unwahrscheinlich, dass er mich ohne Grund aufgesucht hatte. Und es gab zudem noch einiges zwischen uns, was endlich zur Sprache kommen musste, wenn ich mich nicht ohne Vorwarnung vor einem Altar der Kirche Edeas wiederfinden wollte.

In meiner geschlossenen Hand spürte ich scharf die Kanten des Diamanten, den ich noch nicht wieder übergestreift hatte. Ich öffnete sie, um ihn auffordernd Andrea Luca entgegenzuhalten. Immerhin war es nicht meine Aufgabe, mir diesen Ring an den Finger zu stecken.

Er kam meiner Aufforderung mit einem leisen Lachen nach und schaute mich dann mit einer in die Höhe gezogenen Augenbraue und einem ironischen Grinsen an. »Bist du nun zufrieden?«

Ich tippte nachdenklich mit dem Zeigefinger an meine Lippen und blickte durch meine Wimpern hindurch zu ihm auf. Ein Blick, der eindeutig nicht seine Wirkung verfehlte, denn Andrea Luca zog mich näher an sich heran. Doch ich wich zurück und schüttelte verneinend den Kopf. »Nein, das bin ich nicht. Du bist nicht ohne Grund gekommen, nehme ich an, denn ich kann nicht glauben, dass dich allein deine Sehnsucht zu mir getrieben hat?«

Ein schelmisches Glitzern tanzte in den Augen des Terrano. »Aber Signorina Lukrezia, es war die Sehnsucht allein. Schon morgen werde ich vor den Altar treten und meine Freiheit bis in alle Ewigkeit gegen das Band der Ehe eintauschen. Seid Ihr nicht ebenfalls der Meinung, dass es mir unter diesen Umständen gestattet sein sollte, die letzte Nacht in Freiheit mit meiner Kurtisane zu verbringen?«

Ein heißer Schrecken durchfuhr meinen Körper, als er die so bald anstehende Hochzeit erwähnte. Ich schluckte, um die Nervosität in meinem Magen zurückzudrängen. Mir wurde bewusst, was Andrea Lucas Worte bedeuteten und ich blickte ihn voller Unglauben an. Sie ließen darauf schließen, dass er mich während seiner Hochzeitszeremonie mit Delilah gegen die Schlangenprinzessin austauschen wollte. Ich entfernte mich von ihm und schüttelte fassungslos den Kopf. »Du bist wahnsinnig, Andrea Luca! Das kann niemals gut gehen! Der Fürst wird uns beide töten!«

Zu meinem Erstaunen lächelte er nur und verschränkte die Arme vor der Brust, sah mich mit einer Herausforderung in den Augen an. »Wird er das wirklich? Nein, Lukrezia. Du solltest gelernt haben, mir mehr Vertrauen zu schenken. Wo ist die abenteuerlustige Kurtisane, die auf einem Piratenschiff über die Meere gesegelt ist und sich einer marabeshitischen Zauberin entgegengestellt hat? Ist sie so schnell verschwunden, nachdem wir Terrano erreicht haben?«

Seine Worte waren eindeutig dazu gedacht, mich zu reizen und aus der Reserve zu locken und es gelang ihm ohne Mühe. Ich war aus der Sklaverei entkommen, mit Wüstenräubern gereist und durch das Haus einer exzentrischen Artista gewandert. Also würde ich auch jetzt nicht aufgeben und Delilah das Feld überlassen. Andrea Luca sollte seinen Willen haben.

Ich erwiderte sein Lächeln auf die gleiche Weise und trat näher an den Terrano heran, der mich abwartend anblickte. Bedächtig näherte ich mich ihm und ließ dann meine Hände über seine Brust wandern, bis ich meine Arme um seinen Hals gelegt hatte. Sein Gesichtsausdruck wandelte sich von dem herausfordernden Abwarten zu gespannter Erwartung, und seine Hände glitten zu meiner Taille herab. »Nun gut, Signore Santorini. Ihr sollt Euren Willen bekommen, wenn Ihr es wünscht. Doch Ihr seid gekommen, um Eurer Kurtisane Lebewohl zu sagen. Und so werde ich diesen Abschied gebührend mit Euch feiern, bevor wir uns niemals mehr in Freiheit wiedersehen werden.«

Melancholie lag in Andrea Lucas Augen, ebenso wie in meiner Stimme, als ich zu ihm sprach, wie ich es oft getan hatte, als unser Leben noch in anderen Bahnen verlief. Uns beiden war bewusst, dass sich von nun an alles verändern würde. Vielleicht war es besser so. Die vergangenen Wochen waren nicht an uns vorübergegangen, ohne Spuren zu hinterlassen. Unser Schicksal hatte sich verändert. Nichts konnte bleiben, wie es war.

Aber an diesem Abend würde es ein letztes Mal so sein wie damals, als Andrea Luca in der Nacht über meine Terrasse in mein Haus geklettert war. Und sei es nur gewesen, um meinen Schlaf zu bewachen und unbemerkt zu gehen, bevor die Morgensonne der Welt das Licht des neuen Tages schenkte.

Mit einem leisen Seufzen schüttelte ich die trüben Gedanken ab und schmiegte mich an Andrea Lucas muskulösen Oberkörper, der sich an meiner Brust schneller zu heben und zu senken begonnen hatte. Verlangen leuchtete in seinen unergründlich tiefen Augen auf und ließ sie noch dunkler wirken. Nach einer schnellen Bewegung seines Körpers fand ich mich auf seinen Armen wieder. Ich küsste die Lippen des Terrano, bevor er mich sanft auf dem weichen Bett ablegte und ich ihn zu mir herabzog, um den Abschied einer Kurtisane von ihrem Geliebten zu feiern.

Als ich im grauen Licht des neu anbrechenden Morgens erwachte, war Andrea Luca bereits verschwunden. Der Duft einer dunkelroten Rose, die neben mir auf dem Kissen lag, erfüllte den Raum mit Erinnerungen an die Zeit, die wir miteinander verbracht hatten. Erschöpft blickte ich durch das Zimmer und streifte dabei das noch immer bereitstehende, geleerte Tablett auf seinem Tischchen. Abgelenkt spielte ich mit dem Stiel der Rose und versuchte, die in mir aufsteigende Nervosität zu unterdrücken.

Die Hochzeit würde in den frühen Mittagsstunden stattfinden. Es blieb also nicht mehr viel Zeit, bevor ich das weiße Kleid anlegen musste, um einem ungewissen Schicksal entgegenzusehen. Nur noch wenige Stunden, bevor ich erneut Delilah und Pascale Santorini gegenüberstand. Teil eines Planes, in den ich nicht eingeweiht war und von dem ich keine Details kannte. Wütend verwünschte ich die Geheimnistuerei von Beatrice Santi und ihrem einzigen Sohn, fluchte mehr als einmal darüber, dass diese Familie so überaus schweigsam war. Ich würde kaum die Flucht antreten, selbst wenn ich Genaueres darüber wüsste, was an diesem Mittag geschehen sollte.

Die letzte Nacht mit Andrea Luca hatte einen schwer fassbaren Zauber besessen. Die Melancholie war niemals völlig von uns gewichen und hatte ihr etwas Feierliches verliehen, dem wir beide uns nicht hatten entziehen können.

Schließlich würden wir einen Teil unseres Lebens aufgeben, der bisher bestimmend gewesen war. Ich würde niemals mehr ein freies Leben als einfache Frau führen können. Und Andrea Luca würde nie mehr über Terrassen klettern und einer schönen Frau im Vorbeigehen eine Rose schenken, um ihren Verehrer damit zu verärgern, auch wenn ich bezweifelte, dass man ihn jemals vollkommen zähmen konnte.

Sinnierend drehte ich mich auf dem Bett herum, als sich im gleichen Moment die Tür öffnete und Antonia mit vor Aufregung geröteten Wangen in das Zimmer trat. Auf ihren Armen balancierte sie mit erstaunlicher Übung ein volles Tablett mit meinem Frühstück und ich sah sie fragend an. Antonia stellte das frische Tablett ab und nahm dafür das andere auf, um es hinauszubringen, vergaß dabei aber nicht, auf meinen Blick zu reagieren. »Signora Santi schickt mich, um Euch mitzuteilen, dass es Zeit ist, mit den Vorbereitungen zu beginnen. Sie wird selbst in Kürze erscheinen ...« Antonia hielt inne und schaute mich besorgt an, ein wenig unsicher, wie sie das Folgende formulieren sollte. Dann fasste sie Mut und die Frage, die ihr das Herz schwer machte, sprudelte einfach aus ihr heraus. »Wenn Ihr mit Signore Santorini verheiratet seid, was wird dann aus mir?«

Besorgnis verdüsterte die zarten Gesichtszüge des jungen Mädchens. Mir wurde mit einem Mal bewusst, dass sie kaum älter als Alesia war und doch so anders als die verwöhnte Adelige. Ich lächelte sie beruhigend an, während ich meinen Körper aus dem Bett bewegte, und blieb auf der Bettkante sitzen, bevor ich Antonias Sorgen mit meiner Antwort zerstreute. »Du wirst selbstverständlich bei mir bleiben, Antonia. Ein so gutes Mädchen werde ich unter all den fein ausgebildeten Dienerinnen der Adeligen nicht finden. Und sie würden ohnehin nicht zu mir passen.«

... *falls ich diesen Tag überlebe*, fügte ich im Stillen hinzu und beobachtete, wie sich die Düsternis auf Antonias Zügen verflüchtigte. Stattdessen drang sie in mein Herz ein. Ich lächelte, ohne mir etwas anmerken zu lassen und sah, wie Antonia erleichtert aufatmete, bevor sie mit dem Tablett aus dem Zimmer verschwand, um sich ihrer Arbeit zu widmen.

Die nächsten Stunden nahm ich wie durch den feinen, weißen Schleier einer Artista wahr. Das nervöse Kribbeln in meinem Magen ließ es weder zu, dass ich mehr als nur wenige Bissen von meinem Frühstück zu mir nahm noch, dass ich mich in dem nach Rosen duftenden, dampfend heißen Bad entspannen konnte. Normalerweise liebte ich es, in die wärmenden Fluten einzutauchen, um meine Sorgen zu vergessen. Diesmal half es jedoch nicht.

Antonia traf alle Vorbereitungen mit sicherer, geübter Hand. Sie steckte meine Locken nach dem Bad zu einer perfekten Frisur auf, ohne sie zu streng wirken zu lassen. So aufmerksam, wie es mir möglich war, beobachtete ich ihre Bemühungen, um mich abzulenken. Ich bewunderte die feinen, kristallenen Nadeln, die bald überall zwischen den schwarzen Wellen und den sich ringelnden Löckchen aufleuchteten, als seien die Sterne am Nachthimmel aufgegangen.

Das schwere, glitzernde Kleid war mittlerweile von zwei kräftigen Dienerinnen heraufgebracht worden. Nun lag es in all seiner Pracht auf dem Bett ausgebreitet, während ich darauf wartete, dass Antonia ihre Arbeit beendete. Der Reifrock mit der weißen Spitze war breiter als alles, was ich bisher getragen hatte. Ich beäugte ihn misstrauisch, als Antonia mich bat, von meinem Platz aufzustehen, um mir hineinhelfen zu lassen. Alles in allem würde es kein einfaches Unterfangen sein, sich darin zu bewegen. Ich überlegte fieberhaft, wo ich mein Messer unterbringen konnte. Ich würde selbstverständlich keine Stiefel tragen können, sondern war auf die feinen Schuhe angewiesen, in denen ein Messer einen höchst albernen Anblick bieten würde. Es erfüllte mich mit Unbehagen, mich ungeschützt an einen gefährlichen Ort begeben zu müssen.

Ich sehnte mich nach meinem Rapier, das zumindest ein wenig Sicherheit versprach, seufzte jedoch ergeben, nachdem Antonia mir den Rock übergestreift hatte und das Mieder mit flinken Fingern zu schnüren begann. Also musste ich auf das bewährte Versteck der Kurtisanen zurückgreifen – mein prall sitzendes Dekolleté, in dem der Dolch kaum auffallen würde.

Schließlich, nach einiger harter Arbeit, stand ich in all meiner Pracht vor dem Spiegel mit dem goldenen Rahmen. Ich erblickte mich selbst in dem weißen Kleid einer Braut.

Beinahe fremd erschien ich mir, als ich mich drehte und wendete, mich aus allen Positionen heraus besah. Antonia hatte gute Arbeit geleistet und mich in ein Wesen von nahezu ätherischer Schönheit verwandelt, das bei jeder Bewegung schimmerte wie eine Erscheinung. Das Kleid passte perfekt und schmiegte sich an meine Figur, als sei es mit meiner Haut verwachsen.

Erst jetzt, da ich es trug, fiel mir auf, dass es den Schnitt eines typischen Artista Kleides mit dem Schnitt vereinte, der von Kurtisanen bevorzugt wurde. Es ließ meine Schultern frei, obgleich die Ärmel glockig und lang über eine an den Gelenken geschnürte Bluse fielen, wie es bei den Artiste üblich war.

Es war eine erstaunliche Arbeit, der kein anderes Kleid gleichkommen konnte. Ich lächelte grimmig über Beatrice Santi, deren Finger ich bei dem Entwurf dazu im Spiel vermutete.

Fragend schaute ich zu Antonia hinüber, die ihr Werk mit einiger Zufriedenheit betrachtete. Sie zuckte in einer hilflosen Geste die Schultern und sah mich betreten an. Offenbar war auch das Mädchen nicht in den weiteren Verlauf eingeweiht, war nun ein eben solches Opfer der Geschehnisse wie ich selbst.

Mit einem resignierten Seufzer ließ ich mich auf dem Bett nieder. Kein leichtes Unterfangen unter den gegenwärtigen Umständen. Antonia folgte meinem Beispiel und setzte sich in einer ähnlichen Position auf einen Stuhl. Es blieb uns nur abzuwarten, bis irgendjemand die Güte besaß, uns zumindest eine kleine Information zukommen zu lassen, was als Nächstes geschehen sollte.

Es dauerte nicht allzu lange, bis sich die Tür zu den mir zugewiesenen Gemächern endlich öffnete und keine Geringere als Beatrice Santi selbst den Raum betrat. Sofort erhob sich Antonia von ihrem Platz und ihr Gesicht nahm eine rötliche Farbe an. Sie verneigte sich höflich vor der Fürstin. Ich tat es ihr nach und erhob mich ebenfalls, verheimlichte dabei allerdings nicht, dass ich des Wartens müde war.

Die Artista entließ Antonia mit einem knappen Nicken, betrachtete mich dann für eine Weile schweigend. Ich drehte mich ironisch im Kreise, um ihr diese fordernde Aufgabe zu erleichtern. Es mochte nicht klug sein, diese Frau zu reizen, doch ich war selbst zu angespannt und zu nervös, um alles klaglos zu erdulden.

Wenn es die Fürstin störte, so ließ sie es sich nicht anmerken. Sie förderte ein kleines, hölzernes Kästchen zutage, das auf Schmuck als Inhalt schließen ließ. Ich beobachtete sie neugierig, während sie den Deckel anhob und mich auf den weißen Samt in seinem Inneren blicken ließ. Ein diamantener Schwan an einer goldenen Kette lag darin. Ebenso wie passende Ohrringe, die im Licht des Morgens aufleuchteten und in zu vielen Farben schimmerten, um sie vollkommen erfassen zu können. Ich erkannte das Zeichen als das, was es darstellte: das Symbol der Santi und somit das einzige Wappen, das auf meinem Kleid fehlte.

Die Artista nahm die feine Kette aus dem Kästchen und stellte es auf der nahen Kommode ab, an der Antonia mich zuvor hergerichtet hatte. Für einen Augenblick sah sie abwesend auf den glitzernden Schwan. Die Lichter der Steine fingen sich auf ihrem Gesicht und tanzten darüber. Dann richtete sie ihre kühlen Augen auf mich und brach das Schweigen. »Diesen Schwan trug ich damals, als ich Sante Santorini zum ersten Mal auf dem Ball seines Vaters begegnete. Es ist nur angemessen, dass du ihn auf der Hochzeit meines Sohnes, der aus unserer Verbindung entsprungen ist, tragen sollst, Ginevra. Möge er dir mehr Glück bringen, als er mir gebracht hat.«

Mit diesen Worten trat sie an mich heran und legte mir die Kette um den Hals. Sie fühlte sich kalt an, als sei der Schwan aus purem Eis, anstelle von edlen Diamanten. Ich fasste unwillkürlich danach, als die Artista von mir wegtrat, und neigte dankend meinen Kopf. »Ich danke Euch, Signora Santi.«

Die Artista lachte auf und schenkte mir einen rätselhaften Blick aus den dunklen Augen, die sie ihrem Sohn so ähnlich machten. »Danke mir nicht, Ginevra. Noch nicht. Denn wenn du meinen Sohn jemals unglücklich machen solltest, wirst du es bereuen.«

Die Drohung in ihrer Stimme lag schwer in der Luft und ließ sie kalt werden. Ebenso kalt wie mein Blick, nachdem sie verstummt war. »Das werde ich nicht. Wenn er mich nicht unglücklich macht.«

Wir starrten uns für einen langen Augenblick an. Zwei Kontrahentinnen, zwischen denen die Luft hätte zu Eiszapfen erstarren können. Dann drehte sich die Artista um und lief zur Tür hinüber, während vor meinem inneren Auge die Eiszapfen zu Boden fielen und zersprangen. »Es wird Zeit, zu gehen. Die Kutsche wartet.«

Ich nickte stumm und folgte der Artista, die bereits den Weg aus dem Raum hinaus angetreten hatte. Also wurde es endlich Zeit, zu erfahren, wie unsere Geschichte enden sollte.

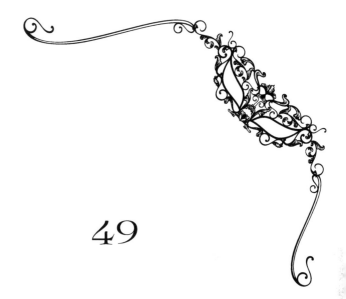

49

Es dauerte nicht lange, bis wir in der Kutsche saßen. Antonia hatte mir einen weißen Umhang über die Schultern gelegt, der den Schnitt meines Kleides verbarg. Zusätzlich hatte mir die Fürstin den Schleier einer Artista aufgenötigt, der meine Züge notdürftig verdeckte. Entsprechend würde ich kaum auffallen, sofern sich niemand an einer Artista in einem besonders prachtvollen Kleid aus Beatrice Santis Gefolge stören wollte. Die wenigsten würden darunter eine Braut vermuten. Beatrice Santi hatte scheinbar ihre beste Kutsche bringen lassen. Prachtvolle, schwarz glänzende Pferde von edlem Geblüt zogen das ebenso schwarze Gefährt mit den leuchtend weißen Insignien der Santi, das so weich dahinglitt wie die Promessa auf den Wellen der Weltmeere.

Ich fühlte mich unbehaglich im Inneren der Kutsche mit den dichten Vorhängen, die das Licht des anbrechenden Mittags ausschlossen. In dem unheilschwangeren Dämmerlicht zählte ich die Sekunden, die ich mit der Artista darin verbringen musste. Ihre Kälte war seit unserem letzten Zusammenstoß schwer zu ertragen und keine von uns sprach ein Wort. Ich hatte genügend Ruhe, um mir in allen Farben auszumalen, was mich in Santa Filomena erwartete. Es waren keine angenehmen Bilder, die sich in meinen Gedanken abspielten. Mittlerweile plagte mich eine derart starke Übelkeit, dass ich kaum noch die Herrin meiner eigenen Sinne war. Ich musste alle verbliebenen Kraftreserven einsetzen, um in der Lage zu sein, die Kutsche an unserem Ziel eigenständig zu verlassen. Santa Filomena, die prachtvollste Kathedrale Porto di Fortunas, lag hoch auf den Klippen über der Stadt. Die Sonne strahlte warm auf mein Gesicht, als ein Diener in einer prunkvoll anzusehenden Livree die Tür der Kutsche öffnete. Vorsichtig setzte ich meine Füße in den feinen Schuhen auf den Mosaikboden und versuchte dabei, meine Nervosität so gut wie möglich zu unterdrücken. Es fiel mir unglaublich schwer, den Eindruck einer selbstsicheren Artista aus dem Hause Santi zu erwecken. Aber ich musste es versuchen, wenn ich mich nicht verraten wollte. Neugierige Blicke folgten mir. Sie musterten den weiten Rock, der im Sonnenlicht zu glitzern begonnen hatte, als bestünde er aus Schnee und Diamanten. Ich lächelte, trotz meiner schlechten Verfassung. Die Szenerie erinnerte mich an frühere Gelegenheiten, bei denen ich in Erscheinung getreten war und die Blicke auf ähnliche Weise auf mich gezogen hatte. Zumindest in dieser Beziehung war mir das Geschehen vertraut und ich richtete mich gewohnheitsmäßig auf, um ihnen eine bessere Sicht zu gewähren.

Die Augen der Anwesenden sprachen deutlicher als es Worte jemals vermocht hätten. Wer ist diese Fremde? Was tut sie hier? Und ich sonnte mich in der Aufmerksamkeit und der Bewunderung, die meine Erscheinung hervorrief.

Der Platz vor Santa Filomena glich einem Meer aus Juwelen und edlen Stoffen. All die Adeligen, die zum Anlass des neuesten Geniestreiches des Pascale Santorini geladen worden waren, entstiegen dort ihren prachtvollen Kutschen. Vielfältige Farben leuchteten in der Sonne auf, als die Gäste in die Kirche strömten. Sie konnten es kaum erwarten, das Spektakel beginnen zu sehen. Doch als sich Beatrice Santi näherte, machte auch der arroganteste Adelige Platz. Wo auch immer die Artista ging, wurde sie von staunend aufgerissenen Augen verfolgt. Sie teilte das Meer der Besucher mühelos mit ihrer schieren Präsenz.

Offensichtlich hatte niemand mit ihrem Erscheinen gerechnet. Das aufgeregte Tuscheln entlang unseres Weges war deutlich zu vernehmen. Wir schritten Seite an Seite zu den geprägten, goldenen Portalen der Kathedrale und näherten uns der Treppe, die ins Innere führte.

Aus unermesslicher Höhe blickten Edeas Engel mit ihren wunderschönen Gesichtern auf uns herab. Die heilige Filomena ruhte mit ihrem Attribut, dem Stab der unermüdlichen Wanderin, über dem Eingangsportal. Sie sah aus funkelnden, blauen Saphiraugen auf das Treiben zu ihren Füßen. Wie seltsam musste es ihr erscheinen? All die Dekadenz, all der Reichtum, der sich unter ihr erstreckte. Unter der Frau, die rastlos durch die Welt gewandert war, um den Kranken und Bedürftigen zu helfen.

Ohne einen Blick an meine Umgebung zu verschwenden, imitierte ich die Pose der Artista, die hochmütig alles um sich herum ignorierte. Und so begannen wir den Aufstieg über die Stufen Santa Filomenas. Ein Adeliger, der nicht schnell genug unseren Weg verlassen hatte und sich anschickte, einige rüpelhafte Bemerkungen auszustoßen, schluckte sie sofort mit blass gewordenem Gesicht. Er trat eilends zur Seite, nachdem er sich einen vernichtenden Blick Beatrices eingefangen hatte, der selbst Stein durchbohrt hätte. Ich verbiss mir das Lachen, das in meiner Kehle aufsteigen wollte, und richtete meine Augen stur geradeaus auf die offenstehenden Flügeltüren. Nur noch wenige Schritte trennten uns vom Innenraum der Kathedrale.

Der Mantel, der zuvor die Sonne von meiner Haut abgehalten hatte, verhinderte nun, dass ich in der schattigen Kälte der Kirche zu frösteln begann. Ich genoss die heilig anmutende Stille des hohen Bauwerkes, von dessen Kuppel mich der blaue Himmel mit Edeas Heiligen anlachte. Ein beschwichtigendes Gefühl der Ruhe ergriff mich. Die Nervosität und die Anspannung fielen von mir ab, während wir die Empore hinaufstiegen, auf der die Fürstin und ich unseren Platz fanden.

Überwältigt sah ich auf die langen Reihen der geschnitzten, hölzernen Bänke hinab, die sich mit den Gästen der Hochzeit füllten. Ich bewunderte die bunten Glasfenster, die vielfältige, farbige Muster auf den Marmorboden warfen, wenn das Licht darüber spielte. Am Altar erkannte ich, vor den gemalten Szenen des Edea Zyklus, die aufgeklappt worden waren, um die volle Pracht der alten Ölfarbe auf dem Holz zu zeigen, die Statue der schönen Göttin. Sie sah mit weit geöffneten Armen liebevoll auf ihre Kinder hinab. Voller Faszination und von den Düften der aromatischen Kräuter, mit denen der Innenraum ausgeräuchert worden war, ein wenig benommen, bemerkte ich kaum, wie die Zeit verging. Nur am Rande nahm ich wahr, dass sich die Kirche bis auf den letzten Platz gefüllt hatte.

Ein kalter Schrecken durchfuhr mich, als die ersten Töne der Musik erklangen. Die Menschen auf den Bänken verstummten, als Pascale Santorini an der Seite seiner Gemahlin, der stets kränklich wirkenden Giulia, und mit seinen beiden kleinen Töchtern die Kirche betrat. Jeder wusste, welche Enttäuschung seine Familie für den stolzen Fürsten darstellte, war ihm doch ein Sohn verwehrt geblieben.

Ihre Schritte verhallten kaum hörbar auf dem weichen Teppich und sie knieten vor dem Altar nieder. Der Priester sprach eine feierliche Segnung in der heiligen Sprache für das Wohl des Fürsten und seiner Familie aus, die ich grimmig zur Kenntnis nahm, obgleich ich sie nicht verstand. Als Kurtisane war es mir nicht erlaubt gewesen, die heilige Sprache zu erlernen, auch wenn ich alle anderen Freiheiten besessen hatte. In Terrano ging man mit der Vergabe eines solchen Rechtes nicht leichtfertig um.

Als die ersten Gesänge ertönten, deren Klang direkt aus den Himmelsphären zu stammen schien, erhob sich die Fürstenfamilie. Sie stiegen zu ihrer eigenen Empore hinauf, die der unseren gegenüberlag. Ich fing einen düsteren, hasserfüllten Blick auf die Fürstin von Orsanto auf, deren Erscheinen Pascale Santorini nicht beglückte. Die Luft knisterte nahezu in der Spannung zwischen den Parteien. Ich wandte meine Augen von dem Geschehen ab, um nicht die Aufmerksamkeit des Fürsten auf mich zu ziehen, bevor die Zeit dazu gekommen war.

Suchend ließ ich meinen Blick über die Menge schweifen, bis sich mir ein Anblick bot, der mir das Blut in den Adern gefrieren ließ. Dort vorn, ein wenig abseits von der ersten Reihe der Bänke, erblickte ich im Schatten meine eigene Zwillingsschwester. Ich erkannte die schwarzen Locken, die man ihr so untypisch aufgesteckt hatte, und den schlanken Körper, der athletischer gebaut war, als der meine und den man in das Kleid einer Kurtisane gesteckt hatte.

Es gelang mir nicht, einen erschrockenen Laut zu unterdrücken, als ich sie dort stehen sah, die Hände auf den Rücken gebunden und dunkel gekleidete Wachen ganz in ihrer Nähe.

Die Artista an meiner Seite streckte warnend eine Hand nach mir aus, folgte meiner Blickrichtung. Ihre Augen verengten sich, als sie in meine Richtung sah, dann nahm sie ihre Hand zurück und nickte kaum wahrnehmbar unter dem weißen Schleier. Nun hatte Beatrice Santi ebenfalls das Wissen über die Existenz meiner Zwillingsschwester erlangt. Es fiel mir schwer, die pochende Angst in meinem Herzen zu ignorieren, die mich zu überwältigen drohte.

Ich biss auf meine Unterlippe, gleichgültig, ob dies Antonias vorherige Bemühungen zunichtemachen würde. Die Ruhe, die ich beim Eintritt in die Kathedrale empfunden hatte, war von einer Sekunde auf die nächste schlagartig verflogen.

Zitternd wartete ich ab, was als Nächstes geschehen mochte und kämpfte gegen das Rauschen in meinen Ohren an. Es übertönte die heiligen Gesänge, die dem Raum Harmonie und Frieden verleihen sollten, für mich jedoch nur grell und schmerzhaft klangen.

Schon bald veränderte sich die Musik und die Augen aller Anwesenden richteten sich gebannt auf das Eingangsportal. Auch ich wandte meinen Blick auf die doppelflügelige Tür und hielt den Atem an, als drei schöne, weiß gekleidete Jungfern den Raum betraten und Blüten auf den Teppich streuten. Ich kannte dieses Ritual, sollte es doch die Fruchtbarkeit Edeas verdeutlichen und dem Paar viele Kinder bescheren. Kälte floss bei diesem Anblick durch mein Inneres und ich schlang, nach Wärme suchend, die Arme um meinen Körper, auch wenn mir dies einige warnende Blicke der Artista einbrachte.

Bald schon traten die nächsten Mitglieder der Santorini Familie ein. Ein jeder von ihnen in strahlendes Weiß gekleidet, ganz gleich, ob Mann oder Frau. Ich musste nicht lange suchen, bis ich Andrea Luca in ihrer Mitte entdeckte.

Ganz in Schwarz, wie es seine Art war, hatte er sich dem Brauch, bei einer Hochzeit Weiß als Zeichen der Freude zu tragen, widersetzt und bot einen Anblick, bei dem sicher einigen der anwesenden Frauen die Röte in die Wangen stieg. Das Haar glänzte wie Rabenfedern und der schwarze Bart rahmte die vollen Lippen, die mich noch in der Nacht zuvor geküsst hatten. Sein Gesicht war ernst, seine langsamen Schritte hielten den Zug in seinem Voranschreiten auf und veranlassten den Fürsten auf der Empore dazu, die Stirn missbilligend in Falten zu legen.

Es war keine Frage, Andrea Luca brachte deutlich zum Ausdruck, was er von seiner Hochzeit hielt. Seine Kleider waren einfach. Sicherlich edel und von perfektem Schnitt, bis zu den hohen, glänzenden Stiefeln. Aber er hatte auf allen Schmuck verzichtet, der bei einer Fürstenhochzeit angemessen gewesen wäre, um nicht gegen die geltende Etikette zu verstoßen.

Ich lächelte unter dem Schutz meines Schleiers und auch Beatrice Santi gab neben mir ein knappes, belustigtes Geräusch von sich.

Der Zug teilte sich unterdessen und die Teilnehmer strömten zu beiden Seiten davon, um sich auf die vorderen Bänke zu verteilen. Andrea Luca kniete allein vor dem Altar nieder. Mein Herz sank, als ich ihn dabei beobachtete. So nah bei mir und doch weiter von mir entfernt, als es in Marabesh der Fall gewesen war. Nachdem er sich erhoben hatte, schweifte sein Blick über die Empore, vorbei an dem grimmigen Gesicht des Fürsten, hinüber zu seiner Mutter, bis er mich an ihrer Seite gefunden hatte.

Sein Lächeln versetzte meinem Herzen einen Stich, als er seine Mutter und mich mit einer leichten Verneigung bedachte, die die versammelten Gäste leise zu murmeln beginnen ließ. Pascale Santorini trieb es die Zornesröte in das angespannte Gesicht. Beatrice nickte huldvoll in Richtung ihres Sohnes und die Versammelten freuten sich, versprach diese Hochzeit doch, überaus interessant zu werden.

Schließlich beruhigte sich der Aufruhr und die Augen aller richteten sich erneut auf den Eingang, durch den nun die marabeshitische Prinzessin zu erwarten war.

Delilah ließ in der Tat nicht lange auf sich warten. Eine prunkvollere Version der mir schon bekannten Sänfte, die in Edeas Haus grell und fehl am Platz wirkte, wurde von starken

Sklaven mit nackten Oberkörpern vor dem Portal abgesetzt. Sie zogen die Vorhänge beiseite, um die Prinzessin und ihren Vater, den Sultan von Marabesh, entsteigen zu lassen.

Delilah verstand ihr Handwerk. Die Prinzessin bot das Schauspiel, das von ihr erwartet wurde. Sie war dürftig bekleidet, trug selbst an diesem heiligen Ort wenig mehr, als in allen erdenklichen Grüntönen schimmernde Schleier. Diese wurden von protzigen, goldenen Schmuckstücken und erlesenen Smaragden ergänzt. Ihr bronzefarbener Körper erstrahlte schier unter dieser glühenden Pracht. Acht Sklavinnen, die sich mit weitaus blasseren Farben begnügen mussten und deren Gesichter und Körper dicht verhüllt waren, trugen den langen Schleier, der ihr rotes Haar bedeckte. Er reichte nahezu durch die ganze Kathedrale.

Sultan Alim führte seine schlangengleiche Tochter, deren geschmeidige Bewegungen die Augen der Männer ebenso fesselten, wie ihre Magie es vermochte, mit stolzem Blick. Er folgte dem Brauch der Terrano, bei dem der Vater seine Tochter an ihren Gemahl übergab. Sein weißer Turban wurde von einem riesigen Saphir geschmückt, der seinen Reichtum über jeden Zweifel erhaben und für alle sichtbar zur Schau stellte.

Ein triumphierendes Lächeln lag auf Delilahs Lippen, als sie an Andrea Lucas Seite trat und dort verharrte. Dieser betrachtete sie ausdruckslos, ließ kein erkennbares Gefühl über seine Züge gleiten. Delilah warf einen hochmütigen Blick über die Menge, bevor sie in ihrer Selbstzufriedenheit den Kopf zur Seite neigte, um die Worte des Priesters anzuhören. Worte, die sie womöglich ebenso wenig verstand wie ich selbst.

Mein Magen begann sich zu verknoten, je weiter die Zeremonie voranschritt und mein Blick wanderte ruhelos von Angelina zu Andrea Luca, deren Mienen sich kaum voneinander unterschieden. Was mochte meine Schwester wissen? Hatte sie mehr erfahren als ich und wusste, was nun geschehen sollte? Ich befeuchtete meine ausgetrockneten Lippen, während ich versuchte, ruhiger zu werden. Die Entscheidung stand nun bevor und ich konnte ihr nicht mehr entrinnen, musste hinnehmen, was geschah, ganz gleich, ob Andrea Luca nun die Prinzessin zur Frau nehmen würde oder nicht.

Wie auf heißen Kohlen begann ich damit, unmerklich auf meinem Platz umherzurutschen. Die Zeremonie wurde immer wieder von Gesängen unterbrochen, nach deren Ende der Priester seine Predigt über die Pflichten der Ehe fortsetzte.

Schließlich wandte er das Wort an Delilah, hielt inne, um sie auf seine Frage antworten zu lassen. Sie sprach mit zufriedener Stimme, erinnerte mich an eine Katze, die gerade ihre Milch aufgeleckt hatte. Man hatte sie offenbar gut in der Zeremonie unterwiesen. Dann wandte er sich an Andrea Luca und sprach zu ihm, bevor er erneut verstummte.

Der Fürst neigte sich auf seiner Empore nach vorne, um besser verstehen zu können, was Andrea Luca antwortete, doch dieser zögerte.

Leise Stimmen brandeten auf wie Wellen, die an den Strand schlugen und einige ungläubige Blicke wurden getauscht. Das Gesicht des Terrano verzog sich zu einem schiefen Lächeln. Seine Stimme hallte in der plötzlich eingetretenen Stille laut und unbarmherzig durch die Kathedrale, wurde noch bis in ihren letzten Winkel getragen und ließ jeden der Anwesenden hören, was er zu sagen hatte. »Nein. Dies ist nicht Prinzessin Delilah von Marabesh und ich werde keine Betrügerin zu meiner Frau nehmen.«

Ein entsetztes Aufkeuchen ging durch die Menge, nachdem seine Stimme verstummt war. Ich sah für einen flüchtigen Augenblick den Schrecken in den Augen des Fürsten, bevor er sich wieder gefangen hatte. Ein schriller Aufschrei des fassungslosen Erstaunens entwand sich Delilahs Lippen und sie wandte sich zu Andrea Luca um. Ihr Mund blieb offen, scheinbar nicht in der Lage, ein Wort hervorzubringen. Andrea Luca wandte sich zu der Empore um, auf der der Fürst sich mittlerweile erhoben hatte. Alle Blicke flogen zu ihm hinauf, um seine Reaktion abzuwarten. Pascale Santorini war wütend. Feuer tanzte in seinen dunklen Augen und drohte, alle Anwesenden zu verbrennen, die sich gegen ihn wenden mochten. Doch seine Haltung drückte nichts als reine, elegante Gelassenheit aus, als er die Hände hob, um die Versammelten verstummen zu lassen.

Totenstille herrschte in Santa Filomena. Er lächelte auf sein Volk herab und wandte dann das Gesicht zu seinem Neffen. Seine Stimme war von einer gefährlichen Ruhe durchdrungen, enthielt die verborgene Drohung, sich seinen Befehlen niemals zu widersetzen. »Was hat das zu bedeuten, Andrea Luca? Ich werde nicht zulassen, dass du die zukünftige Königin von Marabesh beleidigst und damit die Freundschaft unserer beiden Nationen leichtfertig gefährdest.«

Seine Augen glühten wie die Flammen des Abgrundes, als er jemandem ein Zeichen gab, den ich nicht zu sehen vermochte. Auch in Andrea Lucas Haltung war die Spannung zu erkennen, seine Augen ein Echo der Augen des Fürsten, als sich beide Männer anstarrten. Dann vernahm ich ein leises Klicken. Ein Abzug wurde gespannt, dann folgte ein schmerzerfülltes Keuchen, als zuerst ein schwerer Gegenstand, dann eine Wache zu Boden stürzte. Ein großer Mann mit leuchtend rotem Haar unter einem dunklen Umhang trat in Erscheinung. Ich hatte mich, ohne es zu bemerken, zur Hälfte erhoben, spürte Beatrice Santis Hand, die mich unbarmherzig auf meinen Platz zurück presste, bevor sie mich mit einem scharfen Blick ermahnte.

Die anderen Wachmänner lösten sich aus dem Schatten und gaben ihre Gesichter zu erkennen. Ich kannte jeden Einzelnen von ihnen. Besonders die kleine, zarte Frau, die in das Licht getreten war, eine Pistole in jeder Hand und einen wilden Blick in den tiefdunklen Augen. Irgendwo erhoben sich Bahir und Verducci aus der Menge der Gäste und traten in den Gang hinein. Beide waren bewaffnet und boten mit ihren blitzenden Krummsäbeln einen Anblick, der zur Vorsicht gemahnte.

Verducci beförderte ein Rapier unter seinem Mantel hervor und warf es in hohem Bogen zu Andrea Luca hinüber. Dieser fing es unter dem verständnislosen Blick des Fürsten auf, um sich dann elegant vor ihm zu verneigen. »Es tut mir leid, Pascale, doch ich befürchte, ich werde dir von nun an nicht mehr zu Diensten sein können. Überdies werden diese beiden Männer, beide einstmals treue Diener des Sultan Alim, meine Worte gerne bestätigen.«

Bahir trat auf den Gang hinaus, der muskulöse Körper eines Kriegers von dem dunklen Mantel verdeckt. Er ließ seine kraftvolle Stimme, die eines Königs würdig war, durch die Kirche erschallen. »Ich bin Bahir Al-Ahmar, der auserwählte Prinz meines Volkes, den Fah'dir der Dashatwüste. Ich beschuldige diese Frau des Mordes an Prinzessin Delilah von Marabesh, ausgeführt, um ihren Platz einzunehmen!«

Ein wütender, verneinender Schrei Delilahs schnitt durch die angespannte Stille. Sie machte Anstalten, sich Andrea Luca zu nähern, die Hände in einer flehenden Geste erhoben. Dieser blickte die Marabeshitin angewidert an und trat von der falschen Prinzessin zurück, um ihren suchenden Händen zu entrinnen. Delilah ließ sich davon nicht beeindrucken. Unvermittelt blitzte ein rotes Licht in ihren Schlangenaugen auf und ihre Worte waren von einem leisen Zischen begleitet, das an ihr wahres Wesen erinnerte. »Aber nein, Geliebter! Wie kannst du den Worten dieses Verräters Glauben schenken? Er ist gekommen, um uns mit seinen Lügen auseinanderzutreiben, weil sein Herz von Eifersucht zerfressen ist!«

Ein Schleier hob sich, in dem hilflosen Versuch, die Situation zu ihrem Vorteil zu wenden. Ich sah mechanisch zu dem Sultan hinüber, der sich von seinem Platz erhoben hatte, um zu widersprechen. Verstehen zeigte sich auf seinem Gesicht, glomm gegen seinen Willen in seinen Augen. Delilah hatte die Herrschaft über ihre Erscheinung verloren, nun, da das Land unter ihren Füßen sie nicht mehr zu stärken vermochte. Ein erschrockener Aufschrei fuhr durch die ersten Reihen der Gäste, als sich schuppige Flecken auf ihrer bronzefarbenen Haut bildeten und sie als das zeichneten, was sie wirklich war.

Andrea Luca schenkte der Prinzessin ein kaltes Lächeln und hielt sie mit der Spitze seines Rapiers von sich ab. Weitaus schärfer noch als seine Klinge, war jedoch seine Stimme. Sie zerstörte unbarmherzig alle Hoffnungen der Frau, die Königin hatte sein wollen. »Ich habe genug gesehen, Schlangenbrut.«

Der Sultan fiel wie gelähmt auf seinen Platz zurück, wo er den kraftlosen Kopf in den Händen barg, als müsse er seinen schlimmsten Albtraum durchleben. Sein Gesicht war fahl, hatte jede Farbe verloren, als er das wahre Wesen seiner geliebten Tochter erkannte. Er war endlich aus dem Bann der Magie erlöst, die sie in jenem letzten Aufwallen ihrer Macht verbraucht hatte. Verducci war seinerseits erstarrt. Er blickte die Prinzessin ruhig an und eine schwache Melancholie lag in seinem Blick. Schließlich trat er gemessenen Schrittes an Bahir vorbei, legte zuvor eine Hand auf die Schulter des Wüstenprinzen, um dessen Zorn zu beschwichtigen. Delilahs Augen weiteten sich in stummem Entsetzen. Sie versuchte, vor ihm zurückzuweichen, stolperte gegen den unglücklichen Priester, der gezwungen war, der vermeintlichen Prinzessin auszuweichen.

Doch Verducci hielt nicht an. Wie ein von den Toten Auferstandener musste er auf die Marabeshitin wirken, als er sich unaufhaltsam näherte. Der Griff des Säbels lag fest in seiner Hand und die grünen Augen waren auf die Frau gerichtet, die ihren Untergang auf sich zukommen sah. Delilah wusste, dass sie ihm nicht mehr zu entrinnen vermochte. Schon bald hatte er die Prinzessin erreicht, überwand den Absatz, der zum Altar hinaufführte, und packte sie fest an ihrem Arm. Nur wer ihn kannte, mochte erahnen, was in diesem Augenblick in dem Piratenkapitän vorging. Nach langer Zeit stand er der Schlangenprinzessin von Angesicht zu Angesicht gegenüber. Der Frau, die sein Herz gebrochen und ihn dann zum Sterben zurückgelassen hatte. »Dein Spiel ist aus, Delilah, Königin der Schlangen. Die Zeit, für deine Sünden zu bezahlen, ist gekommen.«

Mit diesen harten Worten zerrte er scharf an dem Arm der schlanken Frau, die ihn mit weit aufgerissenen Augen anblickte. Sie war unfähig, all das zu verstehen, was in den letzten Minuten, vor denen sie sich am Ziel ihrer Träume gewähnt hatte, geschehen war.

Nein, Andrea Luca würde sie nicht mehr heiraten. Daran konnte selbst Pascale Santorini nichts ändern, der das Geschehen in der Kathedrale von der Empore aus beobachtete und nach einem Ausweg suchte, der alles zu seinen Gunsten wenden würde. Ob Delilah den nächsten Morgen noch erleben mochte, hing allein von Verduccis Gnade ab, der die Prinzessin mit versteinerter Miene aus der Kirche hinausführte.

Sobald er Santa Filomena verlassen hatte, brach erneut der Tumult unter den Adeligen aus. Stimmengewirr erfüllte die heiligen Hallen. Die Atmosphäre der Ruhe und des Friedens zersplitterte vollends, als sie aufgeregt das gerade Gesehene in Worte zu fassen trachteten. Ich konnte erkennen, wie sich Pascale Santorinis Gesicht immer weiter verdüsterte. Er erhob sich, um für Ruhe zu sorgen, nachdem ihm die Situation derartig entglitten war. Die Nervosität drohte, meinen Magen umzudrehen und mich höchst undamenhafte Dinge tun zu lassen. Das Auftreten des Fürsten weckte eine uralte, instinktive Angst in mir. Dann ertönte irgendwo, inmitten des Stimmengewirres, eine weitere Stimme, die schlechte Erinnerungen in mir wachrief. Fabrizio della Francesca, aufgeputzter als so mancher andere Adelige, hatte sich seinerseits erhoben. Er bahnte sich seinen Weg durch die anderen hindurch, bevor er den Fürsten auf untertänigste Art und Weise ansprach.

»Mein Fürst! Verzeiht mein unangemessenes Auftreten zu dieser schweren Stunde. Doch ich möchte Euch eine Lösung dieses Dilemmas anbieten, die sicherlich dazu beitragen wird, dass dieser Tag seine Rettung erfährt.« Er pausierte in dramatischer Pose, was den Fürsten würdevoll auf seinen Platz zurückgleiten ließ. Dann fuhr er nach dessen knappem Nicken in seinen Ausführungen fort. »Diese Hochzeit, die in Eurer weisen Voraussicht die Nation Marabesh und unser geliebtes Ariezza verbinden sollte, hat die Beziehungen zwischen dem Hause Santorini und den della Francesca belastet. Dies kann endlich ungeschehen gemacht werden.«

Eine erneute Pause erfüllte die Kirche mit Stille und ein verschlagenes Lächeln erhellte die Züge Fabrizios. Andrea Luca lauschte seinem Vortrag mit zur Seite geneigtem Kopf und in die Höhe gezogenen Brauen aufmerksam. Schweißperlen traten auf meine Stirn. Ich leistete Antonia eine stille Abbitte dafür, dass ich sicherlich all ihre Bemühungen zunichtemachte.

»Ich denke, ich spreche für alle Mitglieder meiner Familie, wenn ich Eurem Neffen erneut die Hand meiner Schwester, Alesia della Francesca, antrage die rechtmäßig an diesem Tage an seiner Seite hätte stehen sollen. Ich appelliere dabei an Euren Großmut und Eure Weisheit.« Er verneigte sich ehrerbietig, streckte seine Hand nach Alesia aus, die sich in ihrem weißen Kleid erhoben hatte und gemessenen Schrittes auf ihren Bruder zu trat, den Kopf bescheiden zu Boden geneigt.

Ein grausames Lächeln zeigte sich auf den Lippen des Fürsten. Er deutete eine einladende Geste in Richtung des Altars an. Seine Augen glitzerten amüsiert und seine Stimme zeigte dieses Gefühl ebenfalls in beeindruckendem Ausmaß, nun, da er die Situation unter Kontrolle wähnte. »So sei es. Lasst uns die Waffen im Hause Edeas niederlegen und mit der Zeremonie fortfahren, um diesen Bund zu schließen ...«

Weiter kam die Ansprache des Fürsten nicht. Beatrice Santi erhob sich neben mir und ein ehrfürchtiges Schweigen legte sich über die Menge. Mein Herz begann so laut zu schlagen, dass ich meinte, es müsse für jeden deutlich zu hören sein.

Ich befürchtete, einer Ohnmacht gefährlich nahe zu sein, als die Artista ihre majestätische Stimme durch die Kirche dringen ließ und dem Fürsten somit einfach das Wort abschnitt. »Ihr seid ein noch größerer Narr, als ich dachte, Pascale, wenn ihr denkt, dass Euer Auftreten allein gegen die bewaffneten Männer ankommen kann, die diesen Raum eingenommen haben.«

Betroffenheit machte sich auf einigen Gesichtern breit. Ich befürchtete fast, dass der Fürst zu einer Waffe greifen würde, um die Artista, die es wagte, sich gegen ihn zu stellen und ihn vor seinem Volke zu beleidigen, niederzustrecken. Beatrice zeigte sich von dem wilden Aufblitzen in seinen Augen nicht beeindruckt und fuhr ungerührt in der gleichen Stimmlage fort. »Doch sei es, wie es will. Ich werde es nicht zulassen, dass Andrea Luca eine Artista zur Ehefrau nimmt, die sich den schwarzen Künsten verschrieben hat und die das Werk aller Artiste Terranos mit ihren Taten besudelt.« Alesia erblasste sichtlich unter ihrem Schleier. Sie erstarrte in ihren Bewegungen, als sich die Augen aller zuerst auf sie richteten, und dann zur Empore hinauf glitten. Ihre Mutter schrie in leisem Entsetzen auf. Ich wünschte mir beinahe, ihr etwas Tröstendes sagen zu können, um den Schmerz zu lindern. Doch der Impuls verging schnell, denn die Fürstin von Orsanto wies mich an, mich von meinem Platz zu erheben. Eine Aufforderung, der ich mit zitternden Beinen nachkam. »An seiner statt soll der Bund nun mit der Frau geschlossen werden, die das Schicksal für ihn ausersehen hat und die in den Augen Edeas und der ganzen Welt an seine Seite gehört.«

Alle Blicke richteten sich auf mich und die Fürstin bedeutete mir, die Empore hinabzusteigen, um mich an Andrea Lucas Seite zu begeben. Die Augen des Fürsten durchbohrten mich auf meinem Weg, während ich versuchte, so würdevoll wie möglich die Distanz zu dem Altar zu überbrücken. Dort wartete Andrea Luca auf mich, das Rapier fest in der Hand.

Doch Pascale Santorini dachte nicht daran, das Spiel schon aufzugeben. Er stand der Artista gegenüber wie ein Kriegsherr, der sich einen Plan zurechtlegte, die verlorene Schlacht noch zu gewinnen, nachdem ihn seine Gegner überrannt hatten. Ich hielt inne, als seine Stimme wie ein Donnersturm ertönte.

»Wer ist diese Frau, die Ihr über eine Adelige Terranos zu erheben wagt?«

Seine Knöchel waren weiß angelaufen, seine Finger krampften sich um das Geländer. Ein äußeres Anzeichen für den Aufruhr, in dem er sich befand, wurde er doch auf seinem Hoheitsgebiet herausgefordert. Merkwürdigerweise gab mir diese Geste, die anzeigte, dass selbst der Fürst über menschliche Regungen verfügte, endlich den Mut, den ich brauchte, um meinen Weg fortzusetzen und ihn ebenfalls herauszufordern. In einer fließenden Bewegung ließ ich den Mantel zu Boden gleiten und streifte den Schleier von meinem Haar, um mich vor den Augen der Versammelten zu offenbaren.

Erkennen flammte in einigen Gesichtern auf, die mich kannten, ebenso wie in den Gesichtern jener, die den Ball des Fürsten besucht hatten und dort Zeuge der Verlobung Andrea Lucas geworden waren. Mit hoch erhobenem Kopf und stolzem Gesicht blickte ich zu dem Fürsten hinüber, der nun endlich herausgefunden hatte, mit wem er es zu tun hatte und verstehend von mir zu Angelina sah. Ein ironisches Lächeln umspielte seine Lippen.

»Es enttäuscht mich, dass Ihr Euch nicht mehr an mich erinnert, mein Fürst, habt Ihr Euch doch schließlich die Mühe gemacht, eine unbedeutende Frau wie mich zu Eurem Ball anlässlich der Verlobung Eures Neffen einzuladen. Habe ich Euch denn so wenig Freude bereitet?«

Sein Lächeln erlosch und ich blickte ihn erwartungsvoll an. Er schwieg für eine Weile und lenkte seine Augen zu Beatrice Santi hinüber, die das Geschehen mit einer ruhigen Miene beobachtete, die kein Gefühl erkennen ließ. Das Amüsement kehrte auf sein kantiges Gesicht zurück, nachdem er mich noch ein weiteres Mal gemustert hatte und dann das Wort an die Artista richtete. »Ihr möchtet meinen Neffen mit einer Kurtisane verheiraten? Ich beglückwünsche Euch zu diesem amüsanten Spiel, Beatrice. Doch ich befürchte, dass ich dies nicht zulassen kann.«

Zur Überraschung aller lachte Beatrice laut auf. Das einzige Gefühl, das sie gezeigt hatte, seitdem wir Santa Filomena betreten hatten und ein Laut, der mir einen Schauer über den Rücken jagte. Ich setzte meinen Weg jedoch unbeirrt fort. Es gab momentan keinen Ort, an dem ich lieber sein wollte, als an der Seite Andrea Lucas, dem einzigen Pol der Ruhe in der Kathedrale. »Seid Ihr so sehr von den Schönheiten geblendet, die Euch Tag für Tag umgeben, dass Ihr in dieser Kurtisane nicht die Züge einer der schönsten Frauen erkennt, die Terrano jemals hervorgebracht hat?« Sie lachte erneut. »Nein, Pascale, ich möchte Euren Neffen nicht mit einer Kurtisane verheiraten. Ich möchte meinem Sohn die Tochter der Fürstin Fiora Vestini von Serrina zur Frau geben. Die rechtmäßige Erbin ihrer Länder, sollte sie selbst keinen Anspruch mehr darauf erheben.«

Ich blickte in Andrea Lucas erschrockenes, bleich gewordenes Gesicht, das mich ungläubig anstarrte. Beatrice hatte mein Geheimnis vor dem versammelten Adel Terranos an das Licht des Tages gebracht. Wütende Stimmen erklangen aus der Richtung, in der die Vestini Familie saß. Und auch Angelina, die mit offenem Munde die Worte der Artista vernommen hatte, sah mich an, als habe die ganze Welt den Verstand verloren. Bahir stand an ihrer Seite, nachdem er ihr ein Rapier gegeben und ihre Fesseln gelöst hatte. Ich flüchtete mich mit schnellen Schritten in Andrea Lucas Arme, der mich schützend umfing, während ich das unpraktische Kleid in Gedanken verfluchte, das mich behinderte, sollte es an diesem Ort zum Schlimmsten kommen. »Ihr seid des Wahnsinns, Beatrice! Die Hexerei hat Euren Verstand vernebelt.«

Pascales Wut traf den Raum mit voller Stärke und ich erkannte mit einem Mal die Lücke in dem Plan, den Andrea Luca sich zurechtgelegt hatte. Pascales Leibwache war noch immer bewaffnet. Der hünenhafte Mann, der wie der Schatten des Fürsten wirkte, zog in atemberaubender Geschwindigkeit seine Pistole und richtete sie auf das einzige Ziel, das er ins Auge fassen konnte, ohne alle Fürstenhäuser in einen Krieg zu stürzen, dessen Tod jedoch einige Beziehungen stärken mochte.

Er richtete den Lauf seiner Waffe auf mich.

Unfähig mich zu bewegen, blickte ich in die Mündung der Pistole, aus der sich mit einem lauten Knall ein Schuss löste. Die Kugel schnellte auf mich zu. Im gleichen Moment drehte mich Andrea Luca zur Seite, bereit, sie selbst abzufangen. Dann wurden wir beide von einem schwarzen Schatten, der aus dem Nichts zu kommen schien, zu Boden gestoßen und kollidierten unsanft mit dem kalten Marmor.

Die Luft wurde aus meinen Lungen gepresst und vor meinen Augen breitete sich eine rote Lache auf dem Boden aus. Erschrocken aufkeuchend richtete ich meinen Blick zuerst auf Andrea Luca, dann auf den schwarzen Schatten, der vor mir lag.

Es war Bahir. An seiner Schulter klaffte eine furchterregende Wunde, die die Quelle des schimmernden Flecks am Boden war.

Ein zweiter Schuss löste sich, kaum dass ein erster dankbarer Atemzug meine Lungen gefüllt hatte. Ich erwartete, die nächste

Kugel des Leibwächters in mein Herz eindringen zu spüren, als über unseren Köpfen ein schmerzerfüllter Laut erklang.

Der Körper des Riesen stürzte über die Empore zu uns hinab. Ein übelkeitserregendes Geräusch begleitete seinen Aufprall auf dem Boden der Kathedrale und ich wandte meine Augen in stillem Grauen ab, erblickte Red Sam, nicht weit von mir, der mit unbewegter Miene seine noch rauchende Pistole in der Hand hielt. Rotes Blut besudelte mein weißes Kleid, als ich mich zu Bahir niederbeugte. Auch Andrea Luca war auf den Beinen und besah sich die Wunde des Wüstenprinzen, warf einen bittenden Blick zu Sadira, die sich bereits in Bewegung gesetzt hatte und mit bleichem Gesicht zu uns hinüberrannte.

Andrea Luca erhob sich, sein Gesicht eine entschlossene Maske, hinter der alle Feuer des Abgrundes mit einer verzehrenden Hitze loderten. Das Rapier nun wieder fest in der Hand, hatte er sich zu der Empore umgewandt, auf der der Fürst immer noch stand. Er starrte voll ohnmächtigen Zornes auf uns hinab, wo Sadira bemüht war, Bahirs Blutung zu stillen, so gut sie es unter diesen Umständen zu vollbringen vermochte.

Niemals zuvor hatte ich eine solch schwelende Wut in Andrea Luca gespürt wie in diesem Moment, da er angespannt auf den Fürsten zu trat. Die Herausforderung deutlich in jeder Bewegung, in jedem Atemzug zu spüren. Kälte erfasste mein Herz, als ich begriff, was er vorhatte, was er nun tun musste. Schlimmer noch als die Kälte, die mein Herz berührt hatte, als Bahir zu Boden gestürzt war und sich selbst geopfert hatte, um uns zu retten.

»Du bist zu weit gegangen, Pascale. Und du hast in deiner Grausamkeit jedes Recht verwirkt, über dieses Land zu herrschen.« In Andrea Lucas Stimme schwang eine gefährliche Ruhe mit. Sie war einem Vulkan gleich, der im Begriff war, seine Lavamassen auf die Welt zu ergießen und mit seinem Ausbruch seine ganze Umgebung zu zerstören. »Ich fordere dich heraus, Pascale Santorini. Ich fordere die Aufgabe deiner Herrschaft über Ariezza und bei Edea! Wenn du sie nicht freiwillig aufgibst, so werde ich dich dort herabholen und dich dazu zwingen!«

Die ganze Welt schien den Atem anzuhalten und richtete ihren Blick auf den Fürsten und seinen Herausforderer.

Die beiden Kontrahenten standen sich in der Stille der Kirche gegenüber, und ein leises: »Nein!«, entwand sich meinen Lippen.

Ich mühte mich auf die Beine, überließ Bahir, der sich trotz seiner Schmerzen ruhig verhielt und seine Behandlung geduldig ertrug, den kundigen Händen Sadiras.

Auch Angelina war zu uns herangetreten, nahm meinen Platz an Sadiras Seite ein.

Der Fürst erhob sich wie eine große Raubkatze und ein Diener reichte ihm das gefährlich scharfe Rapier. Seine Zähne waren vor Wut zusammengebissen, als er Andrea Lucas Herausforderung erwiderte. »Ich werde dich lehren, wo dein Platz ist, du kleiner, überheblicher Bastard.«

Ohne Hast verließ er die Empore der fürstlichen Familie, um sich seinem Neffen zu stellen. Mit einem Mal wurde mir bewusst, dass der Fürst nur etwa zehn Jahre älter war als Andrea Luca und damit noch in der Blüte seiner Manneskraft stand. Jeder Muskel seines Körpers sprach von seiner blendenden Verfassung, jede seiner Bewegungen von seiner Geschmeidigkeit. Andrea Luca wich nicht vor ihm zurück. Er trat auf seinen Onkel zu, das Rapier in kampfbereiter Pose erhoben, aber dennoch nicht gewillt, ihn anzugreifen. Er schüttelte den Kopf, als der Fürst sich ihm näherte, bereit, seine infrage gestellte Herrschaft auf der Stelle zu behaupten.

»Nein, Pascale, ich werde das Haus Edeas nicht entweihen. Ich erwarte dich auf den Klippen Santa Filomenas.« Mit diesen Worten wandte er sich ab, drehte dem Fürsten selbstsicher den

Rücken zu und verließ die Kathedrale Edeas ohne ein weiteres Wort. Ich blieb an seiner Seite. Um nichts in der Welt würde ich jetzt noch von ihm weichen.

Red Sam war ebenfalls aus seiner Nische getreten und hatte sich zwischen uns und den Fürsten gestellt, die Hand sicher an seiner Pistole, die mir das Leben gerettet hatte. Er würde dafür Sorge tragen, dass Pascale Santorini keinen falschen Schritt tat.

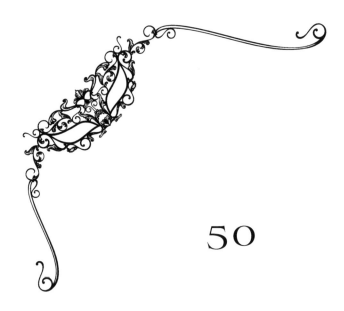

50

Die bereits tief stehende Sonne brannte unbarmherzig auf uns hinab, als ich an Andrea Lucas Seite auf die Klippen hinaustrat, die sich hinter der Kirche erstreckten. Heftige Windböen lösten mein Haar aus der Frisur und ließen es ungebändigt um mein Gesicht tanzen.

Trotz der kühlen Luft, die den eisigen Hauch des Herbstes in sich trug, öffnete Andrea Luca die Schnürungen seines Wamses und entledigte sich des einengenden Kleidungsstückes, das er achtlos fallen ließ. Das weiße Hemd, das darunter zum Vorschein kam, fing den Wind ein, wann immer uns eine der Böen traf und der dünne Stoff flatterte gleich den Flügeln einer Taube.

Ich erschauerte, als auch der Fürst aus der Kirche trat und sich dem freien Platz näherte, auf dem Andrea Luca ihn erwartete. Die Angst nagte an meinem Herzen, während ich das Geschehen hilflos verfolgte. Ich beugte mich nieder, um Andrea Lucas Wams vom Boden aufzunehmen und es an meine Brust zu pressen, als sei es alles, was mir auf dieser Welt etwas bedeutete.

Pascale Santorini war als Fechter von tödlicher Präzision und Meisterschaft bekannt. Ich fürchtete um Andrea Luca, der zwar ebenfalls ausgezeichnet focht, aber im Gegensatz zu dem Fürsten kein Meister war, dessen Namen man nur voller Ehrfurcht zu flüstern wagte. Er würde alles aufbringen müssen, was er an Geschick und Mut besaß, um seinen Onkel zu besiegen. Ich zweifelte nicht daran, dass dieser dem Leben seines Neffen bei dem kleinsten Fehler ohne jede Reue ein Ende bereiten würde.

Die beiden Männer starrten einander in höchster Konzentration an, nachdem der Fürst sein Ziel endlich erreicht hatte und vor seinem Neffen zum Stehen gekommen war. Im Gegensatz zu Andrea Luca hielt er es nicht für notwendig, das prunkvoll bestickte, weiße Wams abzulegen und machte damit deutlich, was er von seinem Gegner hielt. Andrea Luca war die Mühe nicht wert.

Dieser nahm die unterschwellige Beleidigung gelassen entgegen, reagierte mit der Andeutung eines schiefen Lächelns. Vielleicht würde Pascale Santorini noch erleben, was es bedeutete, seinen Gegner zu unterschätzen und ich schöpfte Mut aus dieser Erkenntnis. Das Alter allein war kein Maß für das Können eines Mannes, ebenso wenig, wie es der Ruf war.

Der Fürst schenkte mir einen lüsternen Blick, der mich erahnen ließ, welches Schicksal mich erwartete, sollte Andrea Luca in diesem Kampf unterliegen. Die Geste erfüllte mich mit Verwunderung, hatte er doch noch vor wenigen Minuten den Befehl gegeben, mich töten zu lassen. Mein Herz schien unter einer dünnen Eisschicht erfroren zu sein und ich schleuderte ihm einen kühlen Blick voller Verachtung entgegen. Ich entlockte ihm wenig mehr als ein amüsiertes Emporziehen einer dunklen Augenbraue. Betont gelassen wandte er sich zu

Andrea Luca um. »Du solltest dich von deiner Braut verabschieden, Neffe, denn ich glaube nicht, dass du sie in diesem Leben wiedersehen wirst. Aber du musst dich nicht sorgen. Ich werde mich um sie kümmern, wenn du dieses Leben verlassen hast.«

Mittlerweile hatten die meisten Gäste die Kirche verlassen und blieben in gebührendem Abstand von den beiden Gegnern stehen, um den Ausgang des Duells mitzuerleben. Angelina kam über den Weg gelaufen, drängte sich ohne Rücksicht an ihnen vorbei, das scharfe Rapier in der zarten Hand, bis sie zu mir aufgeschlossen hatte. Das gleiche Blut, endlich wieder vereint.

Ihre Augen durchbohrten den Fürsten voller Hass und Verachtung und ich fragte mich, was ihr im Palazzo Santorini widerfahren sein mochte.

Andrea Luca blickte seinen Onkel ruhig an. Als er sprach, schwangen Entschlossenheit und Selbstvertrauen in seinen Worten mit. »Ich *werde* sie wiedersehen, Pascale. Aber zuerst werde ich Ariezza von deiner Tyrannei befreien.«

Seine Stimme war kaum verhallt, als ihn wenige Schritte an meine Seite trugen, er mich noch einmal küsste und sanft über meine kalte Wange strich. Seine geflüsterten Worte waren nur für mich allein bestimmt und der Wind trug sie davon, bevor sie an Ohren dringen konnten, für die sie nicht gedacht waren. »Vertraue mir noch dieses eine Mal, Lukrezia. Ich liebe dich, Fürstentochter, die einst eine Kurtisane war und die immer mein Herz in ihrer Hand halten wird, ganz gleich, was auch geschehen mag.«

Ich nickte stumm, hielt ihn auf, als er sich von mir lösen wollte, um den ungleichen Kampf zu beginnen. Nun galt es auch für mich, meinen Stolz zu überwinden, denn wenn ich es jetzt nicht tat, so würde es vielleicht niemals die Gelegenheit dazu geben. Andrea Luca blickte mich fragend an. Meine

Lippen näherten sich seinem Ohr, um kaum hörbare Worte zu hauchen. »Ich liebe dich, Andrea Luca. Wage es nicht, mich zu verlassen.«

Er lächelte und ein melancholischer Schimmer glitzerte in seinen Augen, ehe er sich von mir löste, um seinem Onkel von Angesicht zu Angesicht entgegenzutreten. Auch der Ausdruck auf des Fürsten Gesicht veränderte sich. Sein dämonisches Grinsen wandelte sich zu einer Maske reiner Konzentration. Endlich standen sich die beiden Männer gegenüber, die sich so sehr ähnelten, als seien sie von der gleichen Mutter geboren.

Widerstrebend ließ ich mich von meiner Schwester davonziehen, weg von den Männern, deren Klingen schon bald aufeinanderprallen würden. Angelina hielt mich fest mit einem Arm umklammert, der mir gleichsam Trost spendete, mich jedoch auch von Andrea Luca fernhalten sollte.

Stumm schweiften meine Augen über die Anwesenden, sahen erwartungsvolle Gesichter. Manch eines mit einem verschlagenen, lauernden Ausdruck, andere von Desinteresse oder purer Sensationsgier gezeichnet.

Beatrice Santis strenge Züge hatten an Schärfe verloren, spiegelten ihre Besorgnis wider. Offenbar hatte auch sie nicht damit gerechnet, dass Andrea Luca den Fürsten herausfordern könnte. Es war das erste Mal, dass ich Angst auf ihrem Gesicht erkennen konnte. Angst, die aus ihren Augen heraus leuchtete und die auch von dem Mann an ihrer Seite, Sante Santorini, nicht gemildert werden konnte, der das Geschehen hilflos verfolgte.

Alle Blicke waren gebannt auf die beiden Männer gerichtet, die sich langsam und abwartend zu umkreisen begannen. Sie ähnelten zwei Falken, die ihre Beute am Boden erblickt hatten und immer engere Kreise flogen, bevor sie vom Himmel herabstießen, um ihr Opfer zu erlegen.

Ich zuckte zusammen, als die Klinge des Fürsten zum ersten Mal nach Andrea Luca stieß und dieser den blitzartigen

Vorstoß mit einer schnellen Drehung seines Rapiers abwehrte. Das Geräusch des aufeinandertreffenden Stahls zerschnitt die Stille mit einem jähen, klirrenden Schlag, der in meinen Ohren dröhnte wie ein Erdbeben. Wieder und wieder trafen sich die Schneiden, stießen auf eine Seite, dann auf die andere, um eine Lücke in der Verteidigung des Gegners zu finden, durch die sie in das Fleisch eindringen konnten. Die Erkenntnis, dass dies kein Kampf war, um die Kräfte zu messen wie jener gegen Verducci, traf mich mit schmerzhafter Klarheit und ich erbebte in Angelinas fester Umarmung.

Ich wollte die Augen schließen, um nichts mehr sehen zu müssen, doch ich vermochte es nicht, befürchtete, eine entscheidende Wendung zu versäumen. Die Gegner hielten inne, umkreisten sich wieder, um nach der ersten Konfrontation nach Atem zu schöpfen.

Sie schwiegen, zu konzentriert damit beschäftigt, die Schwächen des anderen auszuloten, um zu reden. Dann prallten sie erneut aufeinander und die Klingen nahmen ihren Tanz von Neuem auf. Ein tödliches Ballett, dessen Verlierer nichts mehr bleiben würde, während der Sieger alles gewann.

Dann, ohne Vorwarnung, wagte der Fürst einen Vorstoß. Sein Rapier schlug wieder und wieder mit schwindelerregender Geschwindigkeit auf Andrea Luca ein, trieb ihn immer weiter zurück, auf den nahen Abgrund zu. Der jüngere Mann musste all seine Fähigkeiten aufbieten, um die Klinge abzuhalten, die nach seinem Leben trachtete.

Ich schrie voller Entsetzen auf und bohrte meine Nägel verzweifelt in Angelinas Arm. Sie hielt mich mit all ihrer Kraft fest, ließ ihre eigene Waffe zu Boden fallen, um mich nicht loszulassen. Tränen schossen in meine Augen, als Andrea Luca dem Abgrund immer näher rückte und der Fürst nachsetzte, ihn vor sich hertrieb, wie es ihm gefiel. Ich schmeckte den metallischen Geschmack frischen Blutes auf meiner Zunge, nachdem meine Lippen dem beständigen Druck meiner Zähne nachgegeben hatten. Mühsam schluckte ich, bemerkte den körperlichen Schmerz kaum mehr, der durch den Schmerz in meinem Herzen betäubt wurde, als die Füße meines Geliebten nur noch eine Handbreit vom Abgrund entfernt waren.

Das dämonische Lachen des Fürsten drang über den Platz. Der Wind verzerrte es, ließ es in seinem Heulen noch grauenvoller wirken. Seine Klinge holte aus, bereit, Andrea Luca den Todesstoß zu versetzen, der ihn in die Tiefe stürzen lassen würde. Dieser warf sich mit letzter Kraft herum, als ihn die Schneide in einer schlitzenden Bewegung traf, sprang an dem Fürsten vorbei und rollte sich über den Boden ab. Noch einmal der Todesgefahr entronnen, jedoch nicht ohne Schaden davongekommen. Ein blutiger Striemen zog sich über seine Brust. Hemd und Haut waren sauber durchtrennt und tiefes Rot verfärbte das reine Weiß.

Andrea Luca kam schwankend und mit vor Schmerz verzerrtem Gesicht auf die Füße, eine Hand auf die Brust gepresst, die andere weiterhin um das Rapier geschlossen. Der Fürst näherte sich von Neuem, ein grausames Grinsen auf den Lippen, obgleich auch er schwer atmete. Er wartete einen kurzen Augenblick ab, legte den Kopf in einer amüsierten Imitation von Andrea Lucas oft gezeigter Haltung schief. »Du bist mir dieses eine Mal entkommen, Andrea Luca. Doch nun musst du der Welt Lebewohl sagen und Edea um ihre Gnade anflehen, denn ein zweites Mal wird es dir nicht gelingen.«

Pascale Santorini kostete seine Überlegenheit genüsslich aus. Ich konnte sehen, wie sich Andrea Lucas Brust vor Anstrengung schwer hob und senkte. Er spie ihm seine Erwiderung voller Hass entgegen. »Fahr zur Hölle, Pascale!« Sein Rapier schlug nach dem Fürsten, der dem unsicheren Schlag mit Leichtigkeit auswich. Doch auch er zeigte Spuren der Erschöpfung. Seine Schläge wirkten, als ob sie an Stärke verloren hatten und es wurde sichtbar, dass sein Vorstoß an seinen Kräften gezehrt hatte. Er musste damit gerechnet haben, dass Andrea Luca ihm nicht entkommen konnte, und hatte seine Reserven unnötig verschwendet.

Nun tanzten die Klingen langsamer, trafen mit weniger Wucht aufeinander, obgleich ihre Tödlichkeit nicht an Schrecken verloren hatte. Blut strömte über Andrea Lucas Brust. Pascale versuchte erneut, ihn an den Abgrund zu treiben und parierte seine Schläge wieder und wieder.

Verzweiflung regte sich in meinem Herzen und ließ mich nicht mehr los, als ich die Erschöpfung sah, die Anstrengung und Blutverlust tief in Andrea Lucas Gesicht eingegraben hatten. Er würde das Spiel des Fürsten nicht mehr lange durchhalten und seine Kräfte schwanden sichtlich.

Das Rapier wurde bei einem mächtigen Schlag seines Onkels beinahe aus seiner Hand gerissen. Er schwankte gefährlich, verlor erneut das Gleichgewicht und es bedurfte nur eines leichten Stoßes des Fürsten, um ihn vor dem Abgrund zu Boden stürzen zu lassen. Erneut sauste die Klinge des Älteren auf ihn hinab, bereit, das Spiel zu beenden. Ich bot in meinem eigenen Kampf gegen Angelina alle Kräfte auf, die mir zur Verfügung standen, um mich von ihr loszureißen. Nur verschwommen sah ich, wie Andrea Luca mit letzter Kraft sein Rapier in die Höhe riss, um Pascales Schlag mit einem eigenen zu kontern, nahm wahr, wie seine Klinge das Handgelenk des Fürsten aufritzte. In dessen Augen stand Erstaunen darüber, dass Andrea Luca es vollbracht hatte, ihn zu verletzen. Sein Neffe nutzte seine Gelegenheit, nutzte endlich die Überheblichkeit und die Überraschung des Fürsten zu seinem Vorteil. Noch immer lag er am Boden und der Fürst stand über ihm, die Schwerthand nahezu unbrauchbar durch den stark blutenden Schnitt an seinem Handgelenk. Wind umtoste die beiden Männer. Andrea Luca zog seine Beine an und mobilisierte seine letzten Kräfte, um Pascale einen Tritt zu versetzen, der ihn über den Abgrund rutschen ließ.

Endlich war ich frei, schüttelte die Arme meiner Schwester ab und raffte meine Röcke, rannte ohne Halt auf Andrea Luca zu, der auf die Beine gekommen war und zu seinem Onkel hinabblickte. Pascale klammerte sich mit letzter Kraft an die Felsen, um dem drohenden Tod zu entkommen. Andrea Luca sah mich kommen, streckte abwehrend einen Arm aus, um mich zurückzuhalten.

Ich sah zum letzten Mal in die Augen des Fürsten Pascale Santorini, jenes Mannes, der alles getan hatte, um mein Leben zu zerstören. Kalter Hass loderte in seinem Blick, als er zu uns hinaufsah und seine Stimme erklang drohend aus dem Abgrund. »Du hast noch nicht gewonnen, Andrea Luca. Wir sehen uns in den Tiefen des Abgrundes wieder.«

Dann rutschten seine Hände endgültig ab, rissen einen Wirbel von Staub und kleinen Steinchen mit sich, als er mit einem wütenden Aufschrei in die Tiefe hinabstürzte. Sein Körper verschwand in den Nebeln, die vom Wasser des Meeres aus zu uns hinaufstiegen.

Andrea Luca starrte reglos in den Nebel hinab, in dem sein Onkel verschwunden war, atmete schwer und keuchend. Ich näherte mich ihm, um mir seine Wunde anzusehen. Er drehte sich zu mir um und sah mich an, ohne mich wahrzunehmen. Dann schloss er die Augen und trat vom Abgrund zurück, zog mich mit seinen letzten Kraftreserven an sich. Sein Blut vermischte sich mit dem Blut Bahirs auf dem weißen Kleid.

Tränen ließen meinen Blick verschwimmen, als sein Körper schwer auf mir lastete und ich erkannte, in welchem Zustand er sich befand. Innerhalb weniger Sekunden kamen helfende Hände und nahmen sein Gewicht von mir. Beatrice Santi und Sante Santorini rannten auf uns zu, stützten ihren gemeinsamen Sohn und ich konnte selbst auf dem harten Gesicht der Artista

Tränenspuren erkennen. Dann waren auch Angelina und Sam bei uns und die Welt versank in einem besorgten Stimmengewirr, bis Andrea Luca den Kopf schüttelte und sich von allen löste, die ihn festhalten wollten.

Sein Blick galt nur mir allein und ich trat auf ihn zu, fiel in seine Arme. Er streichelte über meine gelösten Locken und flüsterte leise in mein Haar: »Ich habe dir geschworen, zurückzukehren, Lukrezia, meine Lukrezia. Es ist vorbei. Wir sind endlich zuhause.« Er seufzte, ein Geräusch, das ich bisher nur selten von ihm vernommen hatte und ich blickte erstaunt zu ihm auf. Er brachte ein schwaches Grinsen zustande. »Und nun lass uns besser gehen, bevor ich das Bewusstsein verliere.«

Die Tränen brachen sich endlich alle Dämme, flossen ungehindert und heiß über meine Wangen. Ich begann hilflos zu schluchzen, lachte und weinte gleichzeitig, küsste Andrea Luca, ohne einen klaren Gedanken fassen zu können.

Sein Blut durchweichte klebrig und feucht mein Kleid und drang bis auf meine Haut. Er stützte sich schwer auf mich und presste seinen freien Arm auf die Wunde, während wir zu Santa Filomena hinab traten und sich der Adel auf unserem Weg vor dem neuen Fürsten von Ariezza verneigte.

Schweißperlen standen auf Andrea Lucas Stirn, als wir den Platz vor der Kathedrale erreicht hatten. Besorgt fragte ich mich, wie lange ihn seine Willenskraft noch aufrecht halten konnte, ehe seine Kräfte schwanden. Doch er gab nicht auf, bis wir quälend langsam die Treppe erstiegen hatten und er für alle deutlich sichtbar auf ihrem Absatz zum Stehen gekommen waren.

Die Portale Santa Filomenas leuchteten im Licht der schwindenden Nachmittagssonne golden auf und rahmten seine Gestalt mit ihrem Glanz. Andrea Luca wirkte wie ein wahrer Fürst, stolz, edel und durch nichts auf dieser Welt zu brechen. Ich stand an seiner Seite, blickte auf den Adel Terranos hinab, der abwartend zu ihm aufsah, und wusste instinktiv, was Andrea Luca nun tun musste. Der Priester Edeas war aus Santa Filomena getreten, die Augen weit geöffnet und von den Schrecken des Tages erfüllt. Er trug einen juwelenbesetzten, in der untergehenden Sonne hell aufleuchtenden Dolch bei sich, den er Andrea Luca unter einem zeremoniell anmutenden Singsang feierlich reichte. Der neue Fürst nahm ihn entgegen, zog die Spitze des scharfen Messers mit einem schnellen Ruck über die linke Handfläche, die Seite des Herzens, und ballte die Faust, um das Blut zu Boden tropfen zu lassen. Es vermischte sich mit dem Staub Terranos zu unseren Füßen.

Die Stimme des Priesters erklang erneut in der heiligen Sprache. Er erhob Andrea Luca zum Fürsten über Ariezza, ließ ihn den Schwur leisten, sein Land für die Zeit seiner Herrschaft vor allen Gefahren zu schützen und seinem Volk ein guter und gerechter Fürst zu sein. Jubel brandete auf, nachdem der Priester verstummt war und alle Segnungen vollzogen hatte. Andrea Luca brachte den letzten Rest seiner Kraft auf, um mich an seine Seite zu ziehen und diesen Moment mit mir zu teilen, in dem sich unser beider Leben auf immer und ewig vor den Augen der Welt veränderte.

Das letzte Licht des Tages schwand, um den Sternen über uns Platz zu machen.

EPILOG

Alles um mich herum ist im Wandel und ich halte oft inne, um über die vergangenen Geschehnisse nachzusinnen. Es ist erstaunlich, wie nachhaltig wenige Wochen das Leben eines Menschen verändern können. Manchmal, wenn ich in der Nacht erwache und Andrea Luca an meiner Seite schläft, kann ich es kaum fassen, dass er friedlich dort neben mir liegt. Oftmals bleibt er bis zum Morgen bei mir, auch wenn ich noch immer ab und an ein leeres Kissen und eine rote Rose vorfinde, wo er zuvor geschlafen hat.

Seine Mutter hat nach der ersten gemeinsamen Nacht an jenem verhängnisvollen Tag darauf bestanden, dass wir bis zu unserer Hochzeit getrennte Gemächer bewohnen. Ich erinnere mich gut an den Ausdruck in Andrea Lucas Augen, als sie diese Forderung aussprach. Doch selbst eine solch mächtige Artista wie Beatrice Santi vermag es nicht, alles zu kontrollieren. Und obgleich ich mir sicher bin, dass sie weiß, wo er seine Nächte verbringt, schweigt sie darüber, solange es nicht an die Öffentlichkeit dringt. Es ist ein amüsantes Spiel für uns, in der Nacht durch den Palazzo zu schleichen und dabei sämtlichen Dienern und Dienerinnen aus dem Weg zu gehen.

Ich bin keine Kurtisane mehr und lebe nicht mehr in meinem kleinen Haus, sondern besitze meine eigenen Gemächer im Palazzo Santorini. Auch Giulia Santorini lebt mit ihren Töchtern hinter diesen Mauern, erleichtert darüber, der Tyrannei des Fürsten entkommen zu sein. Trotzdem kehre ich oft zu meinem alten Zuhause zurück, wenn ich meiner Leibwache entrinnen kann. Dort fällt es leicht, in die Erinnerung an eine Vergangenheit einzutauchen, in der Andrea Lucas Kopf in so mancher Nacht über dem Geländer aufgetaucht ist. Manchmal tut er dies noch immer, aber auch sein Leben hat sich verändert. Der ehemals freie und ungebundene Terrano muss nun die Verpflichtungen eines Fürsten erfüllen und sein Land regieren.

Für uns beide ist es ungewohnt, in diesen neuen Rollen aufzutreten. So wie auf dem ersten Ball nach der feierlichen Zeremonie, in der er offiziell und in Anwesenheit der Oberhäupter Terranos, zum Herrscher über Ariezza ausgerufen worden ist. Es war ein merkwürdiger Anlass für mich, die stets hinter einer Maske verborgen die Welt beobachtet hat. Ich trug weder die Maske einer Kurtisane noch den Schleier einer Artista und war den Blicken aller Gäste in der Nacktheit meines Gesichts schutzlos ausgeliefert. Es ist etwas, mit dem zu leben ich erst lernen muss.

Ohnehin ist eine Zeit des Lernens für mich angebrochen. Oft fühle ich mich, als sei ich erneut in der Obhut Signorina Valentinas, denn ich kann es nicht vermeiden, von Signora Santi in die Wege einer Artista eingeweiht zu werden.

Beatrice Santi ist durch die nun offenbarte Liebe zu Sante Santorini ein wenig sanfter geworden. Doch das hält sie nicht davon ab, mir gegenüber stets die gewohnte Strenge an den Tag zu legen.

Manchmal frage ich mich, ob sie vielleicht doch in die Zukunft geblickt und den Ausgang des Tages der Hochzeit gesehen hat. Es ist kein angenehmes Gefühl, denn wann immer ich in die kühlen Augen der Artista schaue, sehe ich dort das Wissen über Dinge, die ich noch nicht erfahren darf. Der Gedanke, dass sie unsere Zukunft kennt und sie lenken kann, ängstigt mich.

Auch die Erinnerung an die letzten Worte des Pascale Santorini lebt in meinen Albträumen weiter und sie verfolgen mich, obgleich ich keinen Grund dafür finden kann. Vielleicht ist es die Furcht, dass er selbst aus dem Reich der Toten noch nach uns zu greifen vermag, um seine Rache zu nehmen.

Der Gedanke an die Existenz der schwarzen Artiste ist ebenfalls der Gegenstand vieler dunkler Träume, die mich in der Nacht heimsuchen. Alesia della Francesca ist seit der Hochzeit spurlos verschwunden und es fällt mir nicht schwer, zu erraten, warum. Ich warte beinahe jeden Tag darauf, dass sie auch die Töchter der Fiora Vestini in ihre Gewalt zu bringen versuchen, um herauszufinden, ob die Gabe durch unsere Adern fließt. In diesen Augenblicken hasse ich Beatrice Santi dafür, dass sie unser Geheimnis der ganzen Welt preisgegeben hat. Sie hat uns damit einer Gefahr ausgesetzt, für die keine Notwendigkeit bestand.

Für Angelina ist es eine schwierige Zeit, seitdem sie von ihrer wahren Abstammung erfahren hat. Mehr noch als ich wehrt sie sich gegen das Erbe der Artiste und sie versucht, den ungewollten Verpflichtungen auszuweichen, wann immer es ihr möglich ist. In letzter Zeit sehe ich sie häufig in der Begleitung des genesenen Bahirs, der von der zweiten blauäugigen Frau aus der Prophezeiung fasziniert ist. Es ist eine Faszination, die auch in Angelina zu erblühen scheint. Ich befürchte nicht selten, dass sie einfach ihre Pflichten vergessen und Bahir nach Marabesh folgen könnte. Auf zu neuen Abenteuern und weit weg von dem Leben einer Fürstentochter, das sie in Terrano erwartet.

Sultan Alim hat schon lange den Weg zurück nach Hause angetreten, voller Trauer über den Tod seiner wahren Tochter und voller Wut. Ohne Delilah, deren Verbleib wohl nur Domenico Verducci bekannt ist. Wann immer ich ihn frage, was mit ihr geschehen ist, versteinert sein Gesicht wie an dem Tag, an dem er sie ihrem Schicksal überantwortet hat. Er antwortet nie. Selbst Sadira hat es aufgegeben, die Lösung dieses Rätsels zu suchen und so überlassen wir Verducci den Schatten seiner Vergangenheit, die er mit niemandem teilen möchte. Nur der Sultan und Bahir, die ihm in dem Leid ihrer verlorenen Liebe verbunden sind, scheinen mehr zu wissen. Sie hüllen sich jedoch in Schweigen, um die dünne Oberfläche, die sich über Verduccis Wunde gebildet hat, nicht zu zerstören.

Was bleibt nun, nachdem alles vorbei ist? Oder hat etwa alles erst begonnen? Ich weiß es nicht, fehlt mir doch die Fähigkeit, in die Zukunft zu blicken. Und ich möchte mein Schicksal nicht in die Hände einer jener Wahrsagerinnen des Wandervolkes legen, die auf den Märkten in ihre kristallenen Kugeln blicken.

Die Adelshäuser Terranos sind in Aufruhr. Die Häuser Santi und Santorini sind durch einen gemeinsamen Erben vereint, der eine Erbin des Hauses Vestini zu seiner Fürstin machen möchte. Folglich befürchtet man in den Häusern Mantegna, Barile und Vestini eine zu starke Konzentration der Macht in einer Hand. Und tatsächlich, ich brauche keine Kristallkugel, um vorherzusehen, dass uns aus dieser Richtung Gefahr drohen wird. Ganz davon abgesehen, dass meine Existenz eine Bedrohung für das Machtgefüge innerhalb meiner eigenen Familie darstellt. Einer Familie, die ich noch nicht einmal kenne.

Natürlich erhebe ich keinen Anspruch auf den Thron Serrinas. Aber Fiora Vestini war eine beliebte Fürstin und wie lange wird es dauern, bis das Volk seine Stimme erhebt? Den Anspruch ihres Bruders in Zweifel zieht? Battista Vestini steht nicht in hohem Ansehen. Seine Verschwendungssucht und sein

Jähzorn sind weithin bekannt. Zwei mögliche Erbinnen seiner Schwester sind sicherlich das Letzte, was er braucht, selbst wenn sie das Blut eines Malers von niederer Geburt in ihren Adern tragen.

Meine Mutter war nicht glücklich, als sie erfahren hat, was ihren Töchtern widerfahren ist. Niemals hat sie gewollt, dass unser Erbe an das Licht des Tages dringt, Reichtum und Magie für unsere Sicherheit aufgegeben. Trotzdem weiß sie nur zu gut, dass das Geschehene nicht mehr rückgängig zu machen ist. Sie zieht es weiterhin vor, im Verborgenen zu bleiben, das Leben einer einfachen Frau zu führen, das sie so viele Jahre gelebt hat. Aber es ist kein Geheimnis, das sie wieder zu Pinsel und Farbe greift, um unseren Weg aus dem Hintergrund zu verfolgen.

Mittlerweile weiß ich, dass sie sich dadurch angreifbar macht, für andere Artiste auffindbar wird. Deswegen hat sie der Magie in ihren Venen vor langer Zeit entsagt. Ob sie Beatrice Santi jemals vergeben kann, was diese in Santa Filomena getan hat, steht in den Sternen und es liegt allein in der Hand Edeas, darüber zu bestimmen, was geschehen wird.

Manchmal, wenn Andrea Luca und ich am Abend auf einem der Balkone des Palazzo stehen und über Porto di Fortuna hinabsehen, die Augen über den Canale di Stelle und den Hafen mit den stolzen Schiffen wandern lassen und die leichte Sommerbrise nicht nur den Geruch nach Orangen und Oliven, sondern auch die sanfte Meeresluft zu uns hinüber weht und durch unser Haar streicheln lässt, ergreift uns eine merkwürdige Melancholie. Es ist eine ungeahnte Sehnsucht nach den Weiten des Meeres und den Ländern, die dort hinter dem Horizont warten. Und wer kann schon sagen, welch verschlungener Weg vor uns liegen mag und wohin uns das Leben noch treibt?

PERSONEN

Alberto della Francesca - Der Vater von Alesia della Francesca und Angehöriger einer niederen Blutlinie, die durch die Heirat von Alberto mit Angela Santi erstarkt ist.

Alesia della Francesca - Eine junge Adelige aus einem Geschlecht der Artiste, das sich von der großen Blutlinie der Santi abspaltet. Sie wurde Andrea Luca vor Kurzem versprochen.

Alessandra Barile - Die überaus ehrgeizige Artista, die über Aliora regiert und stets darauf erpicht ist, den Ruhm ihres Fürstentums zu mehren. Alessandra ist nur wenig älter als Beatrice Santi von Orsanto, deren Macht ihr ein ständiger Dorn im Auge ist.

Alim - Der Sultan von Marabesh und Vater von Prinzessin Delilah, der die Handelsbeziehungen zu Ariezza durch eine Eheschließung stärken möchte.

Andrea Luca Santorini - Der Neffe des Fürsten von Ariezza, der in seinen Diensten steht und einen zwiespältigen Ruf besitzt. Andrea Luca ist gleichzeitig als skrupelloser Handlanger Pascales wie auch als Verführer bekannt.

Angela della Francesca - Die Mutter von Alesia della Francesca. Eine fähige und ambitionierte Artista, die in direkter Linie von den Santi abstammt.

Angelina Cellini - Lukrezias Zwillingsschwester. Sie führt ein Leben als einfache Malerin, gibt sich in den Nächten jedoch weitaus gefährlicheren Tätigkeiten hin.

Antonia - Lukrezias Dienstmädchen und nahe Vertraute der Kurtisane, die einer armen Familie entstammt.

Bahir Al-Ahmar - Der Wüstenprinz. Anführer des Nomadenvolkes der Fah'dir und der Wüstenreiter, in dessen Adern nach dem Glauben seines Volkes göttliches Blut fließen soll.

Baldassare Lorenzini - Ein einstiger Verehrer Lukrezias, der zugunsten Andrea Lucas weichen musste. Dieser spricht gerne davon, dass er Lukrezia von Baldassare freigekauft hat, auch wenn er niemals ein Wort darüber verliert, wie dies gemeint sein mag.

Battista Vestini - Der jüngere Bruder der Fürstin Fiora Vestini, der nach ihrem Verschwinden die Herrschaft über das Fürstentum Serrina übernommen hat. Battista gilt als machthungrig und wird von seinem Volk nicht geliebt, das immer noch Fiora als wahre Fürstin Serrinas ansieht.

Beatrice Santi - Die mächtigste Artista, die jemals über das Antlitz Terra Edeas gewandelt ist und die regierende Herrscherin über

Orsanto. Eine geheimnisvolle, kühle Frau, um die sich schon zu ihren Lebzeiten zahlreiche düstere Legenden ranken.

Bruder Antonius - Ein Geistlicher aus Falkenland, der das weibliche Geschlecht Edeas anzweifelte und die Kirche damit spaltete. Er gilt als Begründer des Glaubens an Edean, den Vater allen Lebens.

Cordelia Bennett - Die Erzieherin der Mädchen des Sultans, die in dessen Harem lebt und dafür Sorge trägt, dass dort die Keuschheit gewahrt bleibt. Cordelia entstammt den Smaragdinseln.

Delilah - Die Prinzessin von Marabesh, die ein Leben an der Seite Andrea Lucas anstrebt. Sie beherrscht die Magie des Schleiertanzes.

Domenico Verducci - Der Sohn eines reichen Kaufmannes aus Porto di Fortuna, der Terrano vor Jahren verlassen musste und seitdem die Weltmeere zu seinem Zuhause erklärt hat.

Elizabeth Weston - Eine Frau von den Smaragdinseln, die als Haushälterin in Verduccis Haus in Marabesh lebt.

Emilia - Eine Dienerin, die Lukrezia im Hause der Beatrice Santi zugeteilt wird.

Enrico - Der Bootsmann der Promessa. Ein unangenehmer Torege, der Bestrafungen allzu sehr genießt.

Fabrizio della Francesca - Alesias älterer Bruder und Erbe des Familienbesitzes. Ein großspuriger, verschlagener Mensch.

Farasha - Die zehnte Ehefrau des Sultans von Marabesh.

Fiora Vestini - Die verschwundene Fürstin über das Fürstentum Serrina, deren Verbleib niemals aufgeklärt worden ist. Man nimmt an, dass sie von ihrem Bruder, Battista, ermordet wurde.

Fiora Cellini - Die Mutter von Lukrezia und Angelina.

Gemma Alvorini - Die Ehefrau des Sante Santorini, die angeblich bei der Geburt ihres Sohnes den Tod fand.

Gespari - Ein grober Schläger, der beauftragt wird, Lukrezia notfalls mit Gewalt von Andrea Luca zu trennen.

Giorgio Santi - Der Ehemann der Beatrice Santi, der unter mysteriösen Umständen verstarb. In Terrano bleibt bei der Heirat stets der Name des Thronfolgers einer Blutlinie gewahrt, gleichgültig, ob es sich dabei um einen Mann oder eine Frau handelt, wodurch Giorgio seinen Familiennamen zugunsten des Namens Santi aufgeben musste.

Giorgio Cellini - Der Vater von Lukrezia und Angelina, einst der Hofmaler der Vestini, der den Hof nach einem Streit mit dem Bruder der Fürstin verlassen musste und seitdem ein einfaches Leben an der Seite seiner Frau Fiora geführt hat.

Giuseppe - Ein Schuhmacher, der in La Modestia einen kleinen Laden besitzt.

Giulia Santorini - Die stets kränkliche Frau des Fürsten Pascale Santorini, die ihm zwei Töchter geschenkt hat.

Heloise de Mondiénne - Die exzentrische Königin von Mondiénne, die stets Anlass zu allerlei neuen Gerüchten gibt.

Hanifah - Eine alte Frau der Fah'dir, die sich um Lukrezias Wohl und ihre Versorgung kümmert.

John Roberts - Der Kapitän der Heaven's Fire, der mit Domenico Verducci in eine alte Fehde verstrickt ist.

Karida - Die zweite Frau des Sultans Sajid von Marabesh.

Leila - Die Königin der Nacht, Tochter der großen Schlange. Eine mythische Gestalt, die von den Schleiertänzerinnen Marabeshs als der Ursprung ihrer Magie verehrt wird. Leila gilt als dunkle Wesenheit, die ihre Opfer mit dem Versprechen von großer Macht lockt. Somit ist sie in Marabesh als Sarmadees Gegenspielerin zu verstehen.

Lorenzo Mantegna - Der Fürst über Arnola, der seine Familie noch bis zu den alten Tiberern verfolgen kann. Lorenzo ist ein Förderer der Wissenschaft und sucht stets nach Wegen, sein Fürstentum über die Grenzen des Landes hinaus noch bekannter werden zu lassen.

Maria - Die Frau des Schuhmachers Giuseppe. Eine fröhliche ältere Frau, die sich um das Wohl derer kümmert, die ihr anvertraut werden.

Octavia - Die Begründerin der Lehre der Schwarzen Magie der Artiste. Octavia hat sich den dunklen Pfaden verschrieben, die einen schnelleren Machtgewinn versprechen, dafür jedoch große Opfer von der Anwenderin fordern.

Ophélie - Die persönliche Dienerin der Beatrice Santi. Die Frau aus Mondiénne besitzt eine zauberische Stimme, die ihre Zuhörer in ihren Bann zu schlagen vermag.

Paolo - Der Kanonier der Promessa.

Pascale Santorini - Der regierende Fürst von Ariezza und Andrea Lucas Onkel. Pascale Santorini gilt als skrupelloser und grausamer Mann, der für das Erreichen seiner Ziele über Leichen geht. Von den fünf Fürsten Terranos ist er wohl derjenige, der nach Beatrice Santi die größte Legendenbildung um seine Person aufzuweisen hat.

Red Sam - Ein Pirat von den Smaragdinseln, der auf der Heaven's Fire unter John Roberts Kommando gefahren ist.

Rico - Der Spitzname Enricos.

Roberto - Ein Matrose auf der Promessa.

Sadira - Eine marabeshitische Heilerin, die ihr Leben in einem der Tempel Sarmadees aufgegeben hat, um Domenico Verducci über die Weltmeere zu folgen.

Sajid - Ein früherer Sultan von Marabesh, der eine Schlüsselrolle in der Geschichte von Leila, der Königin der Nacht, innehat.

Sante Santorini - Der Vater von Andrea Luca und Bruder von Pascale Santorini, der zugunsten seines jüngeren Bruders auf die Thronfolge verzichtet hat. Die Gründe dafür sind nicht bekannt.

Signorina Valentina - Die Lehrmeisterin von Lukrezia. Zu ihrer Zeit war sie eine geschätzte und überaus beliebte Kurtisane, deren Leben einige abenteuerliche Begebenheiten beinhaltet hat.

Silvio - Der Schiffskoch der Promessa.

Smeralda - Eine Kurtisane, die eng mit Lukrezia befreundet ist und die mit ihr gemeinsam die Ausbildung bei Signorina Valentina absolviert hat.

Begriffe und Orte

Aliora - Das Fürstentum der Barile, das für den fruchtbaren Boden und für die feine Goldschmiedekunst bekannt ist.

Almira - Das Flaggschiff des Sultans von Marabesh.

Alviona - Der flächenmäßig größte Teil der Smaragdinseln, der unter der Herrschaft von König James IV. steht.

Alvioner - Bezeichnung für die Bewohner Alvionas.

Ariezza - Das südlichste Fürstentum Terranos, das stark von der Nähe zu Marabesh beeinflusst worden ist. Ariezza wird von Fürst Pascale Santorini regiert.

Arnola - Das Fürstentum der Mantegna und ein Magnet für Besucher aus aller Welt, die die Wunder der tiberianischen Bauten mit eigenen Augen erblicken möchten.

Artiste - Malerhexen. Frauen, die mit Pinsel, Leinwand und Farbe in die Zukunft schauen und das Schicksal eines Menschen verändern können.

Artiste Neri - Die Artiste Neri sind ein Geheimbund, der für die Einhaltung der Gesetze der Magie Sorge trägt. Ihr Urteil übertrifft jedes weltliche Gericht, was sie zu der einzigen Instanz macht, die eine Artista oder einen Menschen, der magisches Blut in den Adern trägt, zum Tode zu verurteilen vermag.

Canale di Stelle - Die Hauptwasserstraße, die sich durch Porto di Fortuna zieht.

Chiasaro - Die Hauptstadt Orsantos, Regierungssitz der Santi. Eine Stadt, in der die Künste sehr stark gefördert werden.

Die Gabe - Eine andere Bezeichnung für die Magie der Artiste, die allerdings auch für andere Spielarten der Magie verwendet werden kann.

Die große Schlange - Eine mythische Gestalt aus den Legenden Marabeshs. Angeblich die Mutter der Königin der Nacht, die das Böse in den Herzen der Menschen nährt und sie zur Dunkelheit verführt.

Edea - Die hohe Mutter allen Lebens, einzige Göttin über Terra Edea. Sie gilt als Schöpferin dieser Welt und hat somit den Glauben an die alten Götter der Tiberer verdrängt.

Fah'dir - Ein Nomadenvolk, das durch die Wüste Marabeshs zieht und an deren Oasen lagert. Die Wüstenreiter sind eine Gruppierung innerhalb dieses Gefüges, die sich davon abgespalten hat und gegen die ausbeuterische Herrschaft des Sultans kämpft.

Faridah - Das Juwel der Wüste und die Hauptstadt von Marabesh, die den Palast des Sultans beherbergt.

Fontana di Allegra - Ein Brunnen auf der Piazza San Giovanni, in dessen Nähe sich die erste Begegnung zwischen Lukrezia und Andrea Luca zugetragen hat.

Heaven's Fire - Das Schiff des Kapitän John Roberts.

Hohe Mutter allen Lebens - Eine Bezeichnung für Edea.

Il Diamante - Das am höchsten liegende Viertel Porto di Fortunas, das der Adel sein Zuhause nennt.

La Modestia - Das Viertel der einfachen Leute Porto di Fortunas.

Malerhexen - Eine eher abwertende Bezeichnung für die Artiste, die allerdings niemals in ihrer Nähe genutzt wird.

Marabesh - Ein reiches Land im Süden Terra Edeas, das Einfluss auf seine Nachbarländer Terrano und Torego genommen hat.

Marabeshit - Ein Bewohner Marabeshs.

Mondiénne - Ein Land, das im Norden an Terrano grenzt und das ebenso für seine Mode und seine Parfums, wie auch für seine exzentrische Königin bekannt geworden ist.

Mondiénner - Ein Bewohner Mondiénnes.

Orsanto - Das Fürstentum der Beatrice Santi, das im Norden an Terrano grenzt und das ebenso für seine Marmorsteinbrüche, wie auch für seine Künstler berühmt ist.

Porto di Fortuna - Die Hauptstadt von Ariezza und die wohl südlichste Stadt Terranos, zu deren Füßen sich der Ozean von Khalidea erstreckt.

Promessa - Domenico Verduccis Schiff.

Sarmadee - Die Bezeichnung, unter der Edea in Marabesh verehrt wird.

Santa Filomena - Ebenso der Name der heiligen Filomena wie auch der Name der großen Kathedrale, die auf den Klippen über Porto di Fortuna errichtet worden ist.

Schwarze Artiste - Eine weitere Bezeichnung für die Artiste Neri.

Scultori - Männer, die den Blutlinien der Artiste entstammen und die die Gabe in sich tragen.

Serrina - Nördlich von Orsanto gelegen, ist Serrina als die Wiege der Oper bekannt geworden. Herrschaftssitz der Vestini.

Smaragdinseln - Ein Inselkönigreich im Norden des Kontinents Eldarea, das als Seefahrernation gilt und somit in einem ständigen Wettstreit mit Torego liegt.

Terra Edea - Die Bezeichnung für die Welt.

Terrano - Eines der südlichsten Länder Terra Edeas, aber auch der Begriff für die Bewohner dieses Landes.

Tiberer - Das Volk, das von der Stadt Tibera aus die halbe Welt erobert hat und aus dem die Terrano hervorgegangen sind.

Toregen - Bezeichnung für die Bewohner Toregos.

Torego - Ein Land, das westlich von Terrano liegt und das für seine heißblütigen und wissbegierigen Menschen bekannt ist.

Printed in Poland
by Amazon Fulfillment
Poland Sp. z o.o., Wrocław